■ 总制片人张磊（左）和作者合影

■ 总制片人张磊和制片人王雅静在研讨剧本

■ 制片人王雅静、总制片人张磊、作者和执行制片人张玲合影（左起）

■ 中共中央宣传部文艺局局长杨新贵(右)听取广州天胜十三行文化传播有限公司摄制《大清国商》工作汇报后，给予高度评价并和制片主任汤汉荣合影留念

■ 海上丝绸之路之马来西亚拿督黄罕荣（左二）收藏宋振国先生书法作品

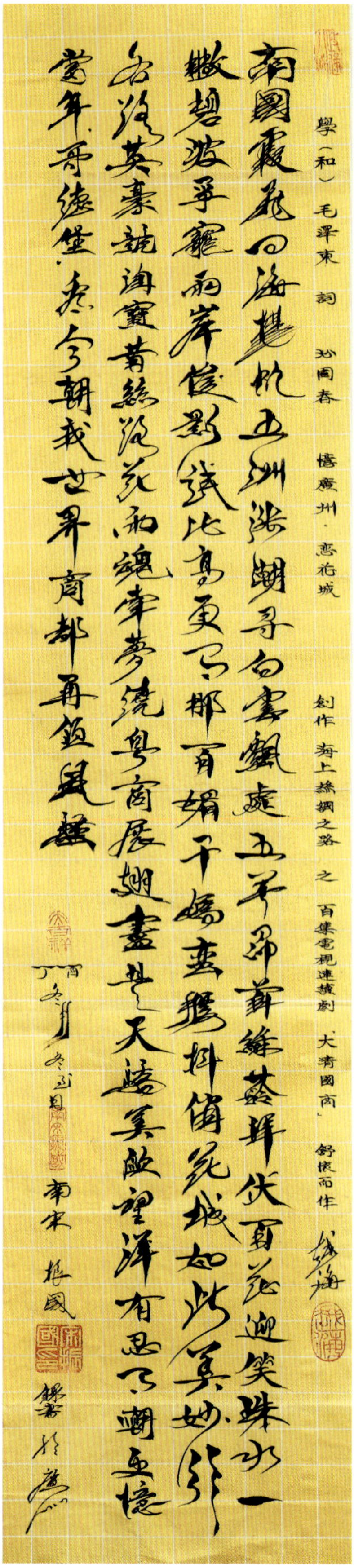

作者词作及书法

证　书

宋振国　同志：

为了表彰您为发展我国文学艺术事业做出的突出贡献，特决定发给政府特殊津贴并颁发证书。

国务院

政府特殊津贴第9340047号　　一九九三年十月一日

■ 安徽省十佳先进人物（1985年）（右三为作者）

■ 中外新闻社陈彬云主任（右）向米兰世博会德国国家馆长迪 · 威乐斯（左）赠送作者作品《江山如此多娇》

■ 思索的力量

■ 作者和他的小棉袄（好好）在办公室合影

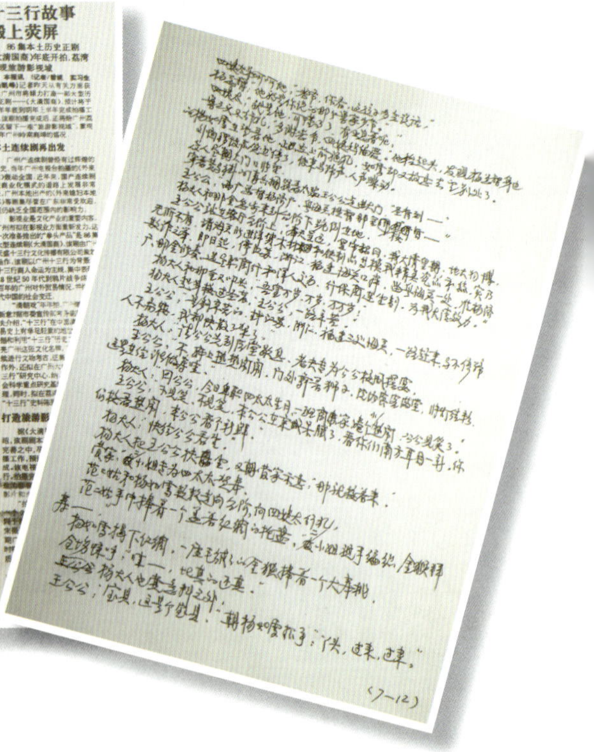

86集電視劇《大清國商》廣州十三行拍攝場景效果圖

广州市委宣传部　　广州市荔湾区委区政府

广州天胜十三行文化传播公司

海上丝绸之路百集电视连续剧第一部

大清國商

「崛起」

编剧 宋振国

羊城晚报出版社
·广州·

图书在版编目（CIP）数据

大清国商．崛起 / 宋振国著．—广州：羊城晚报出版社，2017.12

ISBN 978-7-5543-0517-1

Ⅰ．①大… Ⅱ．①宋… Ⅲ．①电视文学剧本—中国—当代 Ⅳ．①I235.2

中国版本图书馆CIP数据核字（2017）第310517号

大清国商·崛起

Daqing Guoshang．Jueqi

策划编辑 吴 江
责任编辑 黄捷生
责任技编 张广生
装帧设计 友间文化
责任校对 杨 群
出版发行 羊城晚报出版社
（广州市天河区黄埔大道中309号羊城创意产业园3-13B 邮编：510665）
发行部电话：（020）87133824
出 版 人 吴 江
经　　销 广东新华发行集团股份有限公司
印　　刷 佛山市浩文彩色印刷有限公司（佛山市南海区狮山科技工业园A区）
规　　格 889毫米×1194毫米 1/16 印张36 彩插4 字数850千
版　　次 2017年12月第1版 2017年12月第1次印刷
书　　号 ISBN 978-7-5543-0517-1
定　　价 98.00元

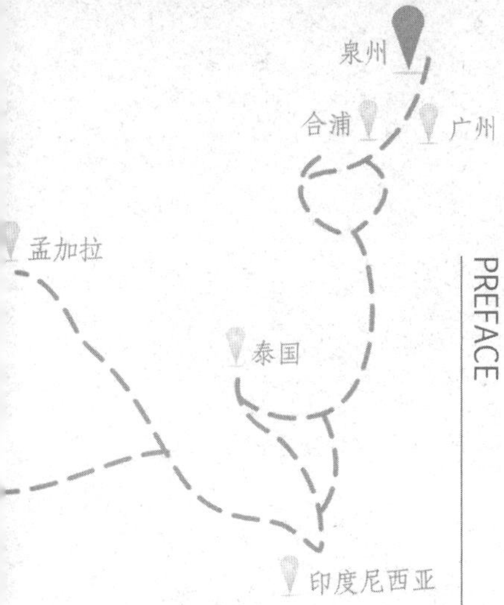

PREFACE

等人的时间（代序）

时间——
就是时光的空间
每个人的生命
就是这个空间中的一闪
每个人的成败
就是这个一闪中的一念

奋斗六十载
品味退休的平安
偏偏就是一念
又让自己磨砺十年
因为——
身未老　心不甘

在广州谢幕
回味广州的白云
还有广州的山
党的怀抱
朋友的温暖
思绪逐浪翻

有恩必报
做人的必然

报答广州
再做奉献
让自己的一念
在时光中再闪一闪

改革开放的排头兵
一直矗立在最前沿
被公认的世界商都
就是五洲客商云集的亮点
为什么呢?
刨根寻源

读广州两千多年的历史
思十三行商人几百年荣耀变迁
阅晋商 徽商 浙商之经历
悟粤商成功之经典
结伴 包容 共赢——
就是粤商走向世界的肝胆

于是乎——
交当年十三行精英后人为友
结当代粤商成功人士为朋
细细倾听
絮絮低语
悟出来了
写当年粤商故事就是坚定信念

八十集也好
一百集也罢
定宗旨——就是一句话
借粤商的经典经历
教人怎么做人
教商人怎么建商厦

思吧
想吧
练吧
念吧
一个个历史人物重生
一个个真实故事再现
容易吗？不——
简单吗？烦——
剧作研讨会召开了
星光好像很灿烂
十月怀胎
不是怀　而是为产哪
磨砺又重新开始
当然不能忘专家们的诚恳意见

区区一个退休人员
无权无势更无钱
有老板花大价买剧本—— 不卖
年老“生”娇子给人抱养 ——不干
合作摄制签协议吧
被人牵着鼻子误了三年

问天　　没有回答
问霍金　离的太远
亲人问　无言以对
朋友问　只有默然
问自己　无愧今生
丝丝之中好像有回答——等时间

一带一路伟大战略开启了
海上丝绸之路的剧作成了亮点
一位领导打电话说
宋老师 您的创作思路出奇的前瞻
我说　谢谢您的夸赞

是我撞上了等人的时间

老骥伏枥　志在千里
就是名言
感恩经历
感恩时间
感恩时代
感恩诚挚的朋友圈

《大清国商》出书了
海上丝绸之路大剧要拍摄了
新的长征起步了
生命不息 奋斗不止
这不是梦
是对每个人拼搏精神的回报

时间 对每个人都公平
时间 对每个人都考验
星星 为什么会眨眼睛
月亮 为什么又缺又圆
时间会不会等你
就是看你的精神、 你的才情
能不能创造出不平凡

写于2017年10月31日
宋振国

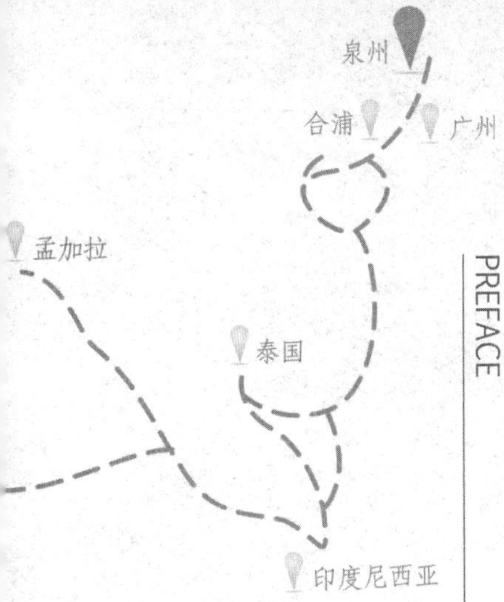

PREFACE

为了梦园

是2019年，还是2020年呢？广州突然冒出个庞大壮观犹如世外桃源的新景点，它的名字叫“粤商园”。

穿着清兵服，挎着马刀的保安人员迎来送去；梳着大辫子，穿着长袍大褂的商店伙计和清朝女佣装扮的内务店员，可鞠的笑容，热情的接待，让您在丝绸街上任选苏、杭及湖州的丝绸锦缎；小吃街上让您任品老广州的传世茶点；陶瓷和古藏街上让您目不暇接；眼花缭乱；还有那些美容美甲养生沐足店，让您流连忘返；更有那依江傍海的无数红船，肉粥、及第粥的清香和粤曲伴唱的神韵缭绕；更让人想不到的是那艘停靠的哥德堡号古船，洋人侍者为您捧上历史悠久的瑞典式西餐，餐厅的大屏幕上竟然播放着长篇电视连续剧《大清国商》，不光是在中国的大江南北，还有东南亚，欧洲，瑞典……

好惬意吆！

醒了，原来是现代海上丝绸之路文化创建的梦境和亮点。

写剧为了拍，拍剧为了播，播剧为了火，火了才有收获。

出书了，要拍了，又想起毛泽东的两句诗：“雄关漫道真如铁，而今迈步从头越”，也是鼓舞人们连续拼搏的誓言。

导、摄、美、服、化、道、灯光、统筹都已就位，而那些重现历史的演员们，更必须认真磨练，任重道远！

梦是思的花絮，想是思的结晶，梦想就是愿望，愿望靠拼搏才能实现。

洋洋百万语，只为说一句话：“人该怎么做人，商人该怎么做商人。”

历史上，晋商、徽商、浙商等等，都曾红极一时。在今天，为什么广州成为世界商都，成为中国新时代改革开放的排头兵和前沿阵地？独立思考也好，读书观剧也好，但愿——粤商文化的底蕴、精髓，包容豁达、团结、共赢成为每个人，每一个商人成功的理念。当然，这也正是国家“一带一路”倡议正在影响世界政治、经济、文化和共创人类命运共同体的世纪宣言。

2017年11月11日晌午

宋振国

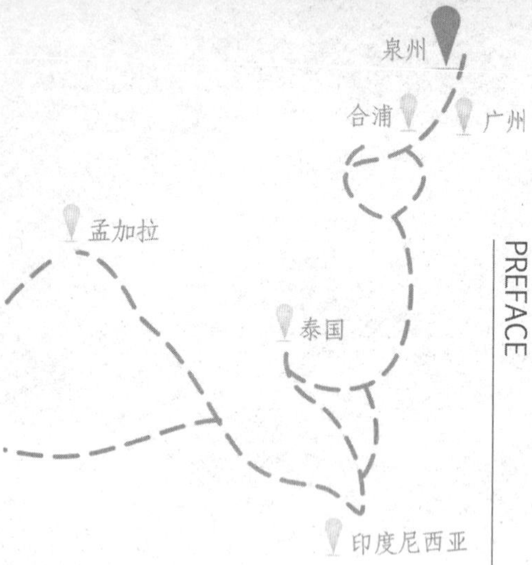

序

PREFACE

（片头）

无垠的大海……

一艘商船在忙乱地逃跑，船上的木箱上贴着广州广利商行的字样。

一艘海盗船追了上来……

海盗扔出几条铁钩钩住商船，众海盗沿索向商船靠近。

商船上乱作一团……

船长苏诺向水手们高喊：“准备战斗。”

船舷的绳索一个一个被砍断。

海盗们有的挣扎，有的掉进海里。

又有两条绳索套在商船的桅帆上，海盗向桅帆攀登，眼看着就要登船。

手提板斧的水手潘启明迅捷地蹭上桅帆——

潘启明脖子上的挂件特写——

海盗们和潘启明搏斗，而且和潘启明扭在一起，另一个海盗已经扯住他的脚踝，情急之中，他果断利索地斩断了海盗的绳索，和海盗一起落进大海……

商船得救，急驰着……

苏诺船长和水手们悲惨地高呼：“潘启明——”

海盗船眼望着商船逃脱了……

商船靠近了打鱼的渔船……

海盗船撤退了。

众人欢呼。

苏诺船长含泪回望远海，痛心呆滞地：潘启明，启明，我，我的好孩子……

广利行的押货掌柜常二喜手抓船栅顿足：潘水手——

海边，穿梭的货船……

码头，忙碌的搬夫……

夷馆区，飘扬着各国国旗和进出的洋人，买办……

商馆区，行商们忙着接待各地货商和验货，打包，交接白银……

小吃街，各类广州小吃引诱着过往食客……

花楼前，浓妆艳抹的老姐儿带着姑娘招来着客商，玩主……

以上镜头中——

童贞稚气的孩子们在食街望摊解馋，唱着儿歌：

洋船争出是官商，十字门开向两洋。

五丝八丝广缎好，银钱堆满十三行。

引出主题歌声和字幕旁白：

这首清代广为流传的广州儿歌，引出了一群似乎被遗忘的商人，他们曾为中华民族和大清帝国做出过举世瞩目的贡献。人事有代谢，往来成古今，历史留传奇，警示后来人。他们的传奇经历，他们的酸甜苦辣将由本片细细陈述……

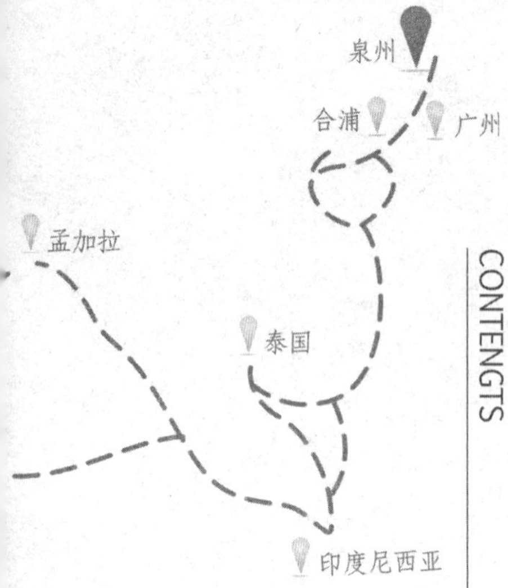

CONTENGTS

目录

1

第一部 《崛起》

第一部

《崛起》

第一集

▩ 广州　黄埔港口

粤海关的旗子在空中飘扬。

清政府将五口通商改为一口通商之后，这里分外繁华起来。

繁华的大环境中，纷扰的人群里，出现了一个人，通过他脖子上的挂件，我们知道，他就是片头中出现的那个勇敢机智的潘启明。此时的潘启明，很落魄，衣衫褴褛。显然，他非常饥饿，从他看望路边饮食摊上食物的眼神中，可以看出这一点。

▩ 广利行

广利行，招牌很显眼，门面很壮阔，是这一带洋行生意的翘楚。大掌柜满叔正在指挥人从仓库出货。今天的货物是茶叶。满叔拿着一些帖子，上面写着“陈茶”字样，指挥伙计往茶包上张贴。有一个伙计从里面出来：满叔！

满叔知道里面有事情，需要他过去一下，他把手中的字帖交给另一个伙计阿黄之后，跟来人走向里面。

鲁子义，广利行老板鲁青山的儿子。一个有些轻佻浮华的少年，眉眼里透着精明。从外面走进来。

几个伙计急忙跟少东家施礼：少东家！

鲁子义看看他们写着“陈茶”的字帖，很不高兴：明明是今年的新茶，为什么贴这个东西？

一个伙计想跟他解释，另一个伙计偷偷戳了想说话的伙计一下。这个伙计接受暗示，不说话了。

鲁子义不满：这不是自己坑害自己吗？他说着，走过去，收了伙计阿黄手中的字帖，准备撕掉。

阿黄想阻拦：哎——

满叔从后面走出来，看到他：少东家！

鲁子义停住手，脸上露出和悦：满叔，你老人家不要这样客气，叫我子义。父亲让我跟您学生意，您应该是我的师父呢！

满叔：少东家，您客气。少东家，看样子您准备撕掉这些帖子？

鲁子义毕竟少年气盛，又来了火气，并且越说越来气：我正想问您呢，明明是今年的新茶，为什么硬说是陈茶？新茶什么价？陈茶什么价？有这样做生意的吗？这样一包茶叶，就要亏损一两多银子，这银子可是我们家的！说着，又要撕掉字帖。

▩ 街上

潘启明虽然肚子饥饿，但是，口袋里没有钱。他看看自己的挂件，似乎想用它变出钱来，这是一个木头刻的简陋粗糙的福字，并不值钱。这时候，他看到了广利行的招牌。

▩ 广利行

满叔拦阻急于撕碎帖子的少东家：少东家，银子是东家的，责任是我的。我们行有规定，谷雨之前，是新茶；谷雨之后，就是陈茶。昨天是谷雨。今天，广利行出去的所有茶叶，都要贴上这个帖子。

鲁子义突然笑了：满叔，做生意是为了赚钱的，不是自己坑自己的，一切规矩，都以能生利为标准。这规矩，从今天开始，我要改了。说着，他真的将字帖撕掉了。

纷纷的碎纸片飘落一地。

满叔愣住了，过了一会儿，他摇摇头，走到账柜上，那里有笔墨纸张，显然刚才撕掉的那些字帖，都是在这里写的。满叔不动声色地重新写字帖：陈茶。

鲁子义有些激动了，不满地：满叔！我可是少东家！

满叔神态很平和：少东家，老东家还在，这事情要老东家说了算。等到……不往下说了。

鲁子义一下子噎住了。

这时候，潘启明走进来了。他很有礼貌地问：请问，哪位是掌柜的？

鲁子义一肚子火气没有地方出，立刻想对来人发脾气，看到满叔已经迎了上去，又忍住了。

满叔谦和地：请问客人，什么事？

潘启明走过去，向满叔施礼：打扰了。

满叔：客人请坐。

潘启明客气地：这里没有晚辈的座。

满叔：客人请指教。

潘启明：晚辈潘启明，福建人，曾追随洋商流浪南洋，稍稍懂一些洋商的经营。久仰贵行大名，现在无业，想在贵行用力气换口饭吃，恳求掌柜俯允。

满叔：潘先生，看你的形象，听你的谈吐，老汉知道你是个见过世面的人。你的体格也很好，我想——扫了一眼鲁子义，在广州黄埔港这里，能找到你喜欢的事情做。

潘启明：老人家，不瞒您说，我就是奔广利行来的。人家都说，广州洋商中间，广利行做生意名气最大，一个是讲究信用，一个是经营得法。晚生吃饭固然重要，想学习做人做生意才是最大的心愿。晚生恳求老人家不要马上拒绝。

满叔呵呵笑起来，表现出了兴趣：别的不敢说，你说我们老东家讲究信用，经营得法，我不敢谦虚。年轻人，识字吗？算盘呢？

他们没有注意到，在一旁憋了一肚子火气的鲁子义，早就不耐烦了。

潘启明：识字聊供人情往来，算盘无非简单账目而已。

满叔：客气了。说着，把手中的笔递给潘启明，指着已经写好的“陈茶”字样——来，帮助我写两张如何？

广东巡抚府衙后门

杨如雪，巡抚杨大人的掌上明珠，待字闺中的少女。她带着丫鬟悄悄溜出来。

杨如雪显然没有出来过，她不知道路，望着街上熙熙攘攘，很茫然，又很惊喜。

看得出来，丫鬟是个老出门乱窜的孩子，对有些害羞，有些担心，也很兴奋的杨如雪：小姐，不要怕，有我在，嘻嘻……

广利行

潘启明去接毛笔，但是，从旁边伸过来一只手，把毛笔抢了过去。

鲁子义抢过去毛笔，对潘启明：出去！

潘启明一头雾水。

鲁子义：看不到，我们正在忙着吗？

潘启明不明所以，满脸期待，向满叔请教：大叔，这位是——

满叔无奈，向鲁子义表示恳求：少东家！

潘启明这时才明白，眼前这位被冷落的年轻人原来是少东家，急忙施礼：少东家，怠慢了。请原谅潘启明失礼。

鲁子义嘿嘿笑起来：不用这样客气了。少东家，不是东家。少东家说话是不作数的。不过，虽然现在不作数，我却知道，我们广利行不需要增添人手。

满叔想说话。鲁子义挥挥手，将他阻拦：我们满叔，也不需要带什么徒弟。目前，他老人家已经有一个徒弟了——他指指自己，然后很客气地对潘启明——您请吧！

满叔：少东家，这件事情，由我来处理，好不好？您且去吃茶。

鲁子义用脚踢踢一地的碎纸片，满面笑容地：满叔，这些事情，我没当家，做不了主。我们广利行收不收学徒，我总可以发表意见吧？您老人家不是总强调规矩吗？我曾经听您说过，没有保人，不能收学徒！这个福建人，他在这里有保人吗？也许，他会写“陈茶”这两个字。满叔，我们不再需要把新茶写成陈茶的人了。

满叔很尴尬。

鲁子义为自己的机敏很自得，对潘启明：福建人，你会写“利润”吗？听准了，“利润”！

说着，他把毛笔递给潘启明。

▩ 街上

那青在东张西望。她装扮成一个男性武生，配着宝剑，英姿飒爽，她自己也很得意，顾盼生辉。她和一个小伙子不小心互相撞了一下。因为没有注意，防备不周，所以没有占到便宜，她很生气，憋足了劲儿，拉开架势，准备再撞一次，小伙子胆怯了，远远躲开。那青很得意。

▩ 广利行

潘启明接过去鲁子义递给他的毛笔，看看满叔。发现满叔在努力隐忍激动，知道其中有自己不了解的背景，很含蓄地：少东家，“利润”两个字，可不是随便可以写好的。我恳求到贵行来学习，就是为了学习写好这两个字。如果贵行肯收留于我，我一定全心全意学习，努力写好这两个字。他轻轻放下了毛笔：如果少东家认为我现在还不适宜在这里学习，我以后再来，好不好？

潘启明向着满叔行了一个礼：谢谢老人家。又向鲁子义行了一个礼：少东家，谢谢您的教诲。他慢慢退出了广利行。

望着潘启明的背影，满叔很佩服。

鲁子义倒有些尴尬了。

▩ 街上，绒线商店

杨如雪带着丫鬟在这里买绒线。

杨如雪坐在那里，很端庄。卖绒线的妇女陪着丫鬟挑选绒线。

丫鬟拿起一色绒线，走到杨如雪那里，给她看：小姐？

杨如雪仔细看看，说：还要素一些才好！还有，不要这样光亮。绣出的东西，贵在神采，不在艳丽，过分艳丽，则失之俗。

卖绒线的妇女连连点头：小姐的眼力真厉害。说着，竖起了大拇指。

丫鬟撇撇嘴：哼，要你说！

丫鬟和卖绒线的都笑了。

杨如雪仍然不苟言笑，看得出是大家闺秀。

潘启明走到大街上，很饥饿，甚至脚步都有些踉跄。他看到一个乞丐，乞讨到了食物，不禁有些羡慕。也许他想到自己要振作起来，他看到绒线商店，往里看看，有杨如雪她们在里面买东西，可是，没有文具。他继续往前走。终于看到一家文具店，走进去。

卖文具的伙计看到衣衫褴褛的潘启明，有些疑惑，但是，职业性笑容马上来到脸上：客家？

潘启明看看毛笔，又看看算盘：掌柜的，这杆毛笔，这只算盘，一共多少钱？

伙计这次是真笑容了：一共三十八个钱，客家。

潘启明想了一想，掏出脖子上的挂件：掌柜的，在下有祖传的保命挂件，能否置换三十八个钱？或者，在下将此保命挂件抵押，暂借您的毛笔和算盘片刻？

伙计接过去潘启明的保命挂件，看看，忍不住嘴角露出一丝轻蔑的笑容，立刻收住，装作郑重其事地：您的宝贝固然贵重，不过，小店从来没有这样的经营，东家不在，小可不敢破坏规矩。

潘启明：权当大哥行好事如何？

伙计很聪明：我给你出个主意，出门不远，就是典当行，东家陈徽州，万贯家业，乐善好施，还非常识货。您这传家宝贝，指不定能当出大钱来呢！

潘启明继续恳求：大哥！

伙计一本正经地：您只要当出钱来，小可一定把毛笔算盘卖给您，甚至再低一些价钱都行。请吧！

潘启明无可奈何收回挂件，回头慢慢走去。

伙计嘿嘿冷笑：这种破玩意儿，你能当出来一个大钱，算我瞎眼。

▩ 街上

那青东张西望，非常高兴，突然，看到买绒线的门前，围着一些人，也凑过去看热闹。

绒线商店内，杨如雪发现有些人往里面张望，已经面向里面而坐了。

那青看到杨如雪的背影，似乎熟悉，但是不敢断定是谁。突然，她看到丫鬟了，不由得一喜。

丫鬟发现有人围观小姐，很生气，出门掐腰吓唬：看什么？看什么？都走开，不然，小心狗腿！

围观的人并不惧怕这个小丫头，嘻嘻笑，甚至有人向他伸咸猪手：是不是仙女下界思凡了？

丫鬟气急了：不怕死的东西，知道我们是谁吗？

杨如雪转过面来，很镇静地：不要和他们计较，且挑绒线！

那青看清楚了，果然是自己的朋友杨如雪。很高兴，有了恶作剧的想法。

▩ 典当铺

潘启明走进来。典当的柜台很高，他把挂件举起来：掌柜的！

掌柜的接过来挂件，瞥了一眼，撂回去：不当！

潘启明：掌柜的，我只要三十八个制钱而已！

掌柜的：对不起，一个制钱也不当。

潘启明感觉到一个在里面，高高在上，一个在外面，需要仰头才能说话，就退后一步：掌柜的，我可以许愿：你当给我三十八个制钱，一个月后，我用三百八十个制钱赎当！

掌柜的不相信：你有病？

这时候，当铺的东家陈徽州正好从里面的内门走过来。他听到了这番话。他示意掌柜的继续和潘启明对话。然后坐在一边品茶。

掌柜的改变了口气：不过，年轻人，你的承诺有点让人出乎意料，也很有吸引力，很可惜，我们从来不收这样一钱不值的东西。

潘启明：是的。论说，它工艺粗糙，对别人来说，它一钱不值不为过。不过，他是我的信誉，对我来说，一个人的信誉是万金难买的。对您来说，如果做了这笔生意，先生，有一天您会发现，这个代表信誉的挂件对您来说，就价值万金了。

掌柜的不以为然地：请说说你的理由好了。

潘启明：外面就会传扬您的生意做得大气，做得有眼光，知道您的当铺是最讲究信誉的，诚信为本。你呢，不是那些只看价钱，不看精神意义的俗气商人。眼光，器量，气度，信誉，这些，对于商人来说，不是价值万金吗？区区三十八个制钱而已，就可以做出这样的宣传来，不是很实惠吗？

这时候，佣人给陈徽州送来几样点心。

陈徽州取了一样点心，示意掌柜的给潘启明。

掌柜的：年轻人，是不是肚子饿坏了，才急着需要这三十八个钱？给——他端起一样点心——这里有点心，你拿去吃吧！

潘启明吞咽了一口吐沫：是的。我已经三天没有吃东西了，我饿。不过，我最需要的不是吃的东西，我也没有到需要乞讨的地步。

掌柜的：那你需要什么呢？

潘启明：我需要一支毛笔，一把算盘。这些，需要三十八个钱才能买到。我保证，一个月之后，我会用十倍的价钱赎当！

陈徽州仔细端详潘启明。

掌柜的坐看陈徽州的神色。

潘启明和陈徽州对视。

陈徽州：你需要一份工作吗？

潘启明点头。

陈徽州：你可以留下来，在这里做工。

掌柜的：这是我们的东家陈老板。

潘启明点头致意：谢谢。陈老板，我毕生志向，就是要学习做洋商。我想到贵铺对面的广利行去做学徒。

陈徽州微微点头思索着。

掌柜的请示：东家？

▩ 绒线店

一个青皮向丫鬟伸出咸猪手。丫鬟勃然，反而引得一伙青皮大笑。

那青从后面拍拍咸猪手青皮：喂，小子，闪开！

青皮：咦，你是哪庙里的神仙？

那青：老子要你闪开！

青皮：咦——？凭什么要老子闪开？！

那青直指杨如雪：那是老子的老婆！

青皮有些毛了，回头看丫鬟，发现丫鬟好像反对，知道对方是冒充：你的老婆？嘻嘻，分明是老子的老婆。

那青：你胆敢在我的面前放肆？

青皮：咦，这是谁的裤裆烂了，冒出一个愣头青？

那青一巴掌，把青皮打了个转圈。

青皮不服气，立刻冲上来和那青撕打。哪里是那青的对手？被那青一脚踢个大马趴。疼得龇牙咧嘴。

青皮招呼：兄弟们，上！

一伙青皮摩拳擦掌，气势汹汹，准备对付那青。

▩ 当铺

掌柜的把三十八个制钱放到潘启明手掌中。

潘启明：谢谢。

掌柜的：一月之后，如果——你来赎当，我们东家会约请朋友，请你吃饭。

潘启明：不敢当。不过——就两个字……

掌柜的：哪两个字？

潘启明：就在当物上啊！

掌柜的这才拿起吊件。上面清晰地刻着“诚、信”，点头：嗯。把吊件捧到陈徽州手中。潘启明：谢了。准备离开。

陈徽州：慢。

潘启明停住。

陈徽州：这两个字说明什么？

潘启明坦然地：以晚辈的理解，商以诚为本，诚以信为基，信以德为源。

陈徽州按捺住惊奇：这话是谁说的？

潘启明平静地：晚辈学经商，是这么想，应该这么做。

陈徽州倒抽了一口气，端起点心：年轻人，我看你确实饿了，请到里面来，吃点东西吧？

潘启明看看点心，摇摇头：今天咱们的生意里，没有这个说法。谢谢。

潘启明走出门去。

陈徽州对掌柜的：这个人，是个角色。

掌柜的：他很有志气，饿死不吃嗟来之食。

陈徽州：他不仅仅是有志气，他懂得经商的高明道理……绝非平庸之辈！

▩ 绒线店外

一群青皮被那青统统打倒了，狼狈而逃。

为首的青皮，死要面子：你等着，你等着！

那青一跺脚，他没命般窜了。

杨如雪带着丫鬟走出门来，向那青施礼：多谢壮士援手！

那青不禁愣住了，因为杨如雪称呼她壮士：你叫我什么？

丫鬟：我家小姐感谢壮士。

那青发现对方真的不认识自己，眼珠一转，决定开玩笑：你真是大水冲了龙王庙，一家人不认识一家人。你真的不认识我？

杨如雪决定不纠缠了：谢谢壮士！说完，低头转脸就走。

这个时候，潘启明正好走到这里。不禁停足观看。

那青上前一把抓住：不要走啊。

杨如雪：壮士休得无礼。

那青：嗨呀，你怎么连老公也不认识了？

杨如雪很生气：适才，壮士胡言乱语，小姐我考虑到你是为了吓退混混坏人而已，已经宽恕与你，此时怎可继续胡说。壮士不要糟蹋自己的名节才好！

丫鬟：你知道我们小姐是什么人吗？我们小姐是巡抚大人的掌上明珠。

可是，那青依然嬉皮笑脸，似乎不当回事。

丫鬟想帮助杨如雪摆脱那青，可是，那青轻轻一推，就把她推开好远。

那青：老婆，想走也可以，让老公抱抱再走也好！说着，要非礼杨如雪。

杨如雪大窘且着急，挣扎。

潘启明路见不平，走上前去，拍拍那青：壮士，请自重。

那青看看潘启明，感觉到很好笑：咦，谁的裤……突然意识到这句话很粗俗，不禁满脸绯红，转缓了口气：你是谁？

潘启明：路见不平之人而已。

那青指着杨如雪问潘启明：认识她吗？

潘启明：素不相识。

那青拔出宝剑：你为她而死，值得吗？

潘启明：你会因为她而杀人吗？

那青：老子杀人，很轻松的。

潘启明毫无惧色：纵死于你手，我也是为了伸张正义而死。

那青：你敢和我过招，我就放了她。

潘启明：在下愿意舍死奉陪。

那青：那好吧，咱们过两招吧！说着，做了一个很凶险的高难度的剑术动作。

杨如雪对潘启明：大哥，你不是他的对手！说着，上前一步，似乎想保护潘启明。

潘启明拱手，表示感谢。无奈地笑笑：你愿意受他的侮辱？

杨如雪坚决地摇头。

潘启明拒绝地：请让开，潘某有死而已！

但是，他的话还没有说完，突然感觉到头晕眼花，昏厥过去。

那青：嘿，就这胆量？吓死了！

陈徽州走过来，对那青：不，姑娘，他是饿昏了。

杨如雪听说陈徽州称呼那青为姑娘，不禁愣住了。

这时候，丫鬟带着一些校尉和清兵跑步过来。丫鬟指着那青：给我捆了！

那青笑笑，摘下帽子，露出满头青丝：杨如雪，真不认识你老公了？

杨如雪这才认识是朋友那青，哭笑不得地：那青？

丫鬟抱怨地：那小姐，你这样开玩笑，会把人吓死的！

那青吓唬丫鬟：不好好在家侍候小姐，撺掇小姐偷偷出门，抛头露面，小心我告诉巡抚大人，打下你的下半截来！

丫鬟害怕了，伸伸舌头。

杨如雪关切地：快快救人要紧。

校尉急忙指挥清兵，架起地上的潘启明。

潘启明苏醒过来：谢谢。说着，挣扎着站起来。抱拳：诸位，再会。

杨如雪：慢，请问壮士贵姓？

潘启明：市井小民而已，有辱清听，不说也罢。说着，蹒跚而去。

杨如雪让丫鬟取出银子，向陈徽州：长者请了。

陈徽州：在下徽州当铺东家陈长顺，人称陈徽州。杨小姐有何吩咐，只管直言。

那青笑起来：我说怎么认识我，原来陈老板！上前取过杨如雪的银子，递给陈徽州：杨小姐想求您出面，请这位见义勇为的壮士吃饭。以示感激。

陈徽州没有接收银子：那小姐，回到海关，替在下向海关那监督请安。杨小姐，回府请替在下向杨大人请安。两位小姐所命，在下一定尽力而为。不过，赐下的赏钱，是绝不敢收的。

杨如雪施礼：谢过长者。只是，这位壮士——？

那青：不错。这人挺有骨气。

陈徽州：这个，在下倒是知道一些，他姓潘，叫潘启明。福建龙潭人。来我们黄埔港，学做洋商。据我看来，他会留在咱们这里的。

那青心直口快地：说不定他会有所作为。

杨如雪眼里也有一些异样的光彩，喃喃自语：这样的人难得，能帮帮他就好了。

■ 文具商店

伙计满怀惊奇和讨好的神情，收了潘启明的钱，并将毛笔算盘恭恭敬敬地递给了潘启明。

潘启明出门。

伙计掂掂手中的铜钱，自言自语：嗨，这事还真奇了怪了！

■ 街上

杨如雪跟着丫鬟走了，不过，她还不时回头，似乎希望再次看到潘启明。

而那青并没有走，她这里看看，那里停停，不过，如果注意，会发现她在寻找什么。也许，她也希望再次看到潘启明。

▩ 广利行

门前大街上铺的都是青石板，走的人多车多，石板铮亮。潘启明用瓦钵盛了一些清水，左手端着瓦钵，右手拿了毛笔算盘，来到门前的青石板上站定。他显得气定神闲，也显得深奥莫测。谁也不知道他想玩什么把戏。

一些人围拢过来。渐渐地，围拢的人越聚越多。

潘启明用毛笔蘸了清水，开始在石板上写字：

私心久慕黄埔港，

来自福州龙潭乡。

欲问身往何处栖？

商海明珠广利行！

围观的人轰然。

有夸奖字好的，有评价诗好的。

广利行内，早把一切看在眼里的满叔对一个伙计吩咐：快，去请老东家来。

伙计应声飞身跑去了。

围观的人中，有好事者：年轻人，你的书法很好，这首诗句也很有文采。不知道算盘如何？

潘启明：请先生出题。

好事者：那好吧，你把“斤两十五求”打给我看看就可以了！

这当然是个难题，围观的人中有人惊叹：哇！

有人：这个太艰深了，还是先从一些简单的打起吧。

好事者显然很刁钻，牛气烘烘地：简单的？一上一，二上二，谁不会？哼！

大家瞩目潘启明，大部分人显出不能相信的样子。

潘启明似乎胸有成竹，微笑着，拿起算盘，轻轻一抖，干净利落，上下两档算子都归位了。他开始拨动算子，同时念起口诀：一求，隔位六二五；二求，退位一二五；三求，一八七五记；四求，改曰二十五；五求，三一二五是；六求，两价三七五……越说口诀越快，手指拨动得也越快。简直让人们眼花缭乱了。

▩ 鲁青山府第

鲁青山正在恭恭敬敬地陪母亲说话。

鲁老太太的心爱侍女阿娇给鲁青山侍候茶水。

鲁老太太慈祥地看着阿娇：青山，一样的茶叶，阿娇泡出来，味道就是不一样。

鲁青山：那是当然，阿娇得到了娘亲的真传了。

鲁老太太：哪里是，阿娇就是聪明。

阿娇腼腆地：奶奶就是宠爱奴婢。说到这里，似乎听到外面有动静，急忙出门察看。

果然，在门外看到了来找鲁青山的伙计。

■ 广利行门外大街

潘启明打算盘，越打越快，引起一片喝彩的声音：好——！

满叔分开人群，把鲁青山带进来。

潘启明看到满叔，停手，施礼：掌柜的！

满叔对潘启明：年轻人，这位就是我们广利行东家，鲁老板！

潘启明立刻施礼：给老东家见礼！

鲁青山认真看看潘启明，不由得笑了：潘先生，咱们到铺子里说话，好不好？

潘启明：敢不从命！

人群分开了，鲁青山走在前面，满叔陪着潘启明跟在后面。三人向广利行大门走进去。

陈徽州从一边过来，跟鲁青山打招呼：鲁老板！

鲁青山：陈老板！

陈徽州：鲁老板，今天在下邀请你到茶楼小坐片刻，如何？

鲁青山：陈老板请客，那是给我面子，难得啊难得！不过，实在抱歉，今天有一件事情需要处理。改日，我做东，请陈老板。

■ 杨巡抚府第

在杨如雪的闺房前，四姨太焦急地来回走动。奶妈也有些不知所措。

四姨太：奶妈，你都这把年纪了，什么事情没有经验过呢，怎会出这种事情？

奶妈：肯定是那个小丫头片子撺掇的。等他们回来，看我不好好收拾小丫头。

四姨太：回来？万一老爷不回来呢？天都到这个时候了，人影不见，能不能回来，很难说了。算了，干脆，报告老爷吧……

奶妈哀求：四奶奶，您老人家再等一会儿吧。人回来了，天下太平，老爷也不会知道这件事情。万一老爷知道了，奶妈我不怕死，您老人家也要吃挂落呀。您说是不是？再等等吧，小姐不是那种没有把握的人。

四姨太有些迟疑。但是，片刻之后，终于下定决心：不行，万一不回来了，老爷会怪罪我匿情不报，耽误时机，那可就让我吃罪不起了！

这时候，杨如雪和丫鬟回来了。

看到他们回来了，正在愤怒焦急的四姨太马上眉开眼笑。杨如雪是嫡出，又是巡抚大人的心肝宝贝。作为四姨太，是不敢太开罪她的。

杨如雪：跟四娘请安了。

奶妈恨透了丫鬟，对她恶眉恶眼。

丫鬟自恃小姐撑腰，并不买账：不就在街上转了一圈嘛！

奶妈小声训斥丫鬟：家里快翻了天，你不知道？

杨如雪掩护丫鬟：如雪心情烦闷，到后花园附近散心去了。惹得四娘和奶妈挂念，很是不安。

四姨太不想扩大事端，急忙抹稀泥：回来就好，回来就好！阿弥陀佛！

▩ 粤海关

粤海关总督那金正在审问女儿：到底又去哪里疯去了？

那青嬉皮笑脸：老豆，今天，大开眼界！

那金仍然绷着脸：到哪里去了？

那青继续故弄玄虚：大开眼界，哎呀，大开眼界啊！

那金动了好奇心，他的脸板不住了：说给老豆听听。

那青突然板起面孔：没有情绪。

那金嘿嘿笑起来：嗨，你呀，生生让爹爹惯坏了呀！

▩ 茶楼

陈徽州、潘启明、鲁青山、满叔在一起吃茶。

鲁青山对潘启明说：启明，有陈老板做你的保人，有满掌柜大力推荐，我鲁青山毫无疑义地收你在广利行了。

潘启明起身抱拳：谢谢东家。

鲁青山：不过，你要先做一阵子伙计。你知道，伙计可是很辛苦的啊！什么事情，都要慢慢来。

潘启明：东家，潘启明就是来做伙计的。值此无家可归之际，能得到收留，已经感恩不尽。潘启明一定老实做人，认真做事，不负陈老板保举，满大叔举荐，不负东家的恩养！

▩ 广利行

潘启明辛勤劳作，打扫卫生。

镜头切换，另一个时段：

潘启明在招呼生意。客客气气送走了客人。

满叔递给他一条毛巾：擦擦汗吧。

潘启明恭恭敬敬接过来毛巾：谢谢满叔。

满叔：你去休息一下吧。

潘启明：不累。

镜头切换，又是一个时空：

潘启明正在盘货，很认真，一丝不苟。满叔配合他工作。

鲁子义坐在一边喝茶，悻悻地望着……

阿娇捧着叠好的衣物走进来。迎头碰上鲁子义。

鲁子义：阿娇，拿的什么东西？

阿娇：回少东家，我拿的是启明哥哥的换洗衣服。

鲁子义很出意外：启明哥哥？潘启明啥时候成了你的哥哥？

满叔踱过来，插话：少东家不知道，阿娇姑娘和启明是老乡，都是福建龙潭人呢。

鲁子义很不满意，伸手取过来阿娇手中的衣物：你回去吧，让奶奶到处找你呀！

阿娇不得已地：启明哥哥，你的衣服送来了，在少东家这里呢！

潘启明大声地：谢谢阿娇妹子！

他们几个男人一起目送阿娇走远。阿娇已经长成大人，从背影就可以看出线条很好，走路的姿势很是动人。

鲁子义走近潘启明：明仔，告诉你，虽然你们是老乡，但是你要知道，阿娇是奶奶身边的贴身丫鬟。随随便便让她给你洗衣服，就是对奶奶的不敬。

潘启明：启明知道了。

鲁子义仍然不解气：据说你在行里很卖力气。就是你很卖力气，也不能没大没小，不讲规矩。你不是学徒吗，学徒第一就是学规矩……

满叔看鲁子义说话太刻薄，又无尽无休，插话：启明，少东家教训得很有道理，要记住啊。好了，抓紧时间盘货吧。老东家等着要数目呢！

■ 陈徽州当铺

今天是潘启明答应赎当的日子。陈徽州已经做好了准备。好多人围绕着，等待潘启明的到来。还准备了一挂鞭炮。果然，人们看到潘启明提着一串制钱走来了。潘启明特意换了衣服，好像参加什么重要庆典一样。他一走进大门。突然，鞭炮炸响了。倒把潘启明吓了一跳。大家很高兴，气氛很热闹。

陈徽州：明仔，我说过，你来赎当，我要请客的。我在刘长兴饭庄订了桌子。我还邀请了你们满掌柜呢！

潘启明：陈老板，您太客气了。说着，把一串制钱，连同当票，一起递给陈徽州身旁的手下：请点点数。

陈徽州大声地对大家：潘启明答应一个月的时间，十倍的价钱赎当。看看，是不是三百六十个制钱！

手下人已经点清楚：回老板，正好三百六十个制钱，不多不少！

陈徽州兴奋地：各位同仁，什么是商家的信誉？这就是！说着，把挂件取出来，对大家说：这是什么，有人说是一个挂件，一个很简陋的装饰品，不是的。是人的信誉！我陈徽州，收这件当品的时候，没有当作挂件看，我是当作潘启明的人品信誉看待的。商家不重人品信誉，肯定不是真正的商人。而潘启明呢，他是个讲究人品信誉的人。所以，我们才有了今天大家看到的这个生意。谁说我们商人俗气，谁说我们商人不懂文雅情趣，我看这件事情，就算得上风流雅事！

围观的人一起喊好。

一个广利行小伙计阿黄跑过来：明仔，明仔，东家让我来叫你呢。

■ 广利行

东印度公司拉斯托姆大班来看丝绸货样。他随身带的荣翻译跟着他。

鲁青山和满叔很客气地向他介绍各种丝绸的特点。

每看中一样丝绸，满叔就将样货拿到大柜上。看中的样品真不少，大柜上已经排列了很多。拉斯托姆还在兴致勃勃地挑选。又看中一样，正好潘启明走进来。看到满叔要搬动样品，他立刻赶过去，替满叔搬起了样品。放在大柜上。然后手脚麻利地去泡茶。

拉斯托姆大班感觉到没有新的样品了，心意犹是未尽。对荣翻译说了一阵英语。

荣翻译对鲁青山和满叔说：拉斯托姆大班说了，这些丝绸太好了。他需要大批订货。选中的样品，请裁下小样，以备签署合同。

鲁青山：我们一定照办。请拉斯托姆大班，给一个基本准确的数目。

荣翻译回头对拉斯托姆说了一阵英语。拉斯托姆也回答了一些英语。荣翻译回头对鲁青山说汉语：鲁老板，你发财了。嘻嘻，我也跟着发点儿小财。

鲁青山：呵呵，大家都发财。他要的数量很大吗？

荣翻译：不错。每种样品，至少都要在二百匹以上！

鲁青山和满叔都抽了一口气，同时也很惊喜，这确实是一个很大的数目。

拉斯托姆又说了几句话。

荣翻译：大班问你们有没有什么问题？

鲁青山：没有问题，当然没有问题。

荣翻译用英语告诉拉斯托姆没有问题。拉斯托姆很高兴。

荣翻译：大班说了，明天来签署合同。今天，就失陪了。

鲁青山：请荣翻译告诉大班，我们今天请他吃饭。

荣翻译：我已经告诉他可以留下来吃饭。大班说今天要赶去澳门，他们驻澳门的东印度公司有个会议。

拉斯托姆带着荣翻译走了。

送走客人之后，鲁青山收敛笑容，显得并不高兴，甚至有些闷闷不乐。

潘启明悄悄向满叔打听：满叔，东家为什么不高兴？难道这笔生意不好吗？

满叔：好当然好，谁不盼望有大生意！只是你知道，他们的船要趁着季节风回航。对方数额太大，时间也有很紧迫的限制，更难办的是，我们资金运转有问题。

潘启明眼珠一转，有了想法：满叔，据我所知，凡是来中国采购的洋船，都是带足了金银的。回航的时候，如果有用不了的金银，还要想办法保存。这些金银，几乎成了他们的负担，我们为什么不向他们借钱呢？我想，他们是乐意借给我们的。

鲁青山一直在倾听，这时候插话了：明仔你不懂，朝廷最讨厌我们洋商向洋人借钱。朝廷认为这有关我们大清的形象。堂堂中华大邦商人，怎能向那些外夷借款呢？犯了朝廷的忌讳啊！

满叔继续解释：再说，借自己人的钱，拖欠了，可以说明情况，增加利息，也就没有事情了。如果拖了外国人的钱，只要官府知道了，轻的家产罚没，重的，还可能杀头呢！比玩火厉害，可不敢闹着玩。

潘启明不由得深长思索。

满叔招呼潘启明：明仔，裁小样吧！

潘启明从沉思中惊醒，急忙操起工具，开始裁小样：东家，很不好意思，陈老板让我给您和满叔带来了请帖。他要请你们今天中午到刘长兴饭庄小坐。

鲁青山眼前一亮：好啊，我正说找他周转一些资金呢。

满叔心思细密：你咋说不好意思，明仔？这有什么不好意思？

鲁青山也对这个问题感兴趣。

潘启明：东家，没有想到，陈老板也请了我。您看，我一个伙计，怎么可以和东家同席呢？很不方便的。推辞吧，又恐怕惹得陈老板生气。陈老板和您是好朋友，他的命令，和您的命令，我都不敢违抗的……

鲁青山哈哈笑了起来：明仔，你真会说话！走吧，咱们一起过去。陈徽州看你明仔的面子，也许可以多借一些钱给我呢！

▩ 鲁青山家

一乘轿子，跟了好多跟班，原来四姨太拜访来了。

鲁家立刻忙乱起来。老太太被阿娇搀扶着，吩咐：快去请老爷回家！回头又安排，喊少爷出来迎接贵宾！

四姨太：不要这样，我是来看看老太太的，说说话就走人。

老太太：给四太太见礼。

四姨太：不敢不敢，我要给老人家磕头呢！

老太太哪里敢接受这种大礼，连忙安排阿娇：拦住四太太，折杀我老太婆了！

四姨太也没有打算真的磕头。大家这样客气了一阵子，便都坐下了。

鲁子义慌慌忙忙跑过来，跟四姨太见礼：见过四奶奶。

四姨太：哎呀，就是一转眼的机会，子义长成大小伙子了，啧啧！

鲁子义：四奶奶，我老豆昨天还说呢，快换季节了，你上次说的丝绸，我们就打算给您送过去呢。我说，反正最近就去杭州运丝绸了，干脆，等杭州这批丝绸到了，请四奶奶大驾过来随便挑选吧！您今天既然来了——回头对阿娇——阿娇，让明仔送丝绸样品来。又一转念，不用了，阿娇，不用你去了，让别人去喊明仔吧！

阿娇：还是我去吧！说着，出门而去。

鲁子义望着走出的阿娇，未免有些走神。

四姨太：子义，你说最近有船去杭州？

鲁子义心神都在走出去的阿娇那里，没有听到四姨太说话。

奶奶：义儿，四奶奶跟你说话呢！

鲁子义这才回过神来：四奶奶，您吩咐。

四姨太也发现鲁子义的心神在阿娇身上，不由地一笑，问道：你说最近有船去杭州，运丝绸？

鲁子义：是的。东印度公司需要很大一批丝绸，定了样货，嘻嘻，这不得去杭州贩运嘛！

四姨太眼珠转转，想起一个心思：巡抚大人很快就要进京述职，那些王公大臣，都喜欢咱们的洋货。

鲁子义：这些洋货，我们可以供奉给巡抚老爷。

四姨太：你们的供奉，哪里够用呢。在你们，已经觉得给了很多了，你们的压力够大了。可是，对京城里的王公大臣来说，杯水车薪，差远了。有心给你们增加数码，大人又心疼你们。你们挣些银钱，也不容易。

鲁老太太：巡抚大人真是体恤下情啊！

鲁子义：洋商孝敬大人，都是应该的。

四姨太：老爷打算自己也备办一些礼物，一来，可以随自己的心意，二来，可以帮助你们洋商省些银两。大人这样做事情，好固然是好，可是谁办呢？总不能让大人自己动手做生意吧？这事情，也就只有我办呢。

鲁老太太：就是，四奶奶是个最会办事的。

鲁子义：那是，那是！

四姨太：我想，用银钱买洋人的东西，太贵了。用咱们自己的东西，和洋人交换，就便宜很多。所以，我就想自己办些中国货物来……

鲁老太太眼睛里露出警惕。

鲁子义马上接过了这个茬口：四奶奶，如果你老人家认为我能办事，这事情就交给我办理吧。

四姨太正中下怀，马上笑起来。

奶奶谨慎：你个小孩子，不要乱插嘴。这事情，等你父亲来了再说。

这时候，潘启明来到了，背着一个装丝绸样品的大包袱：给四奶奶见礼。

四姨太抬抬手，让他站起来。自顾给奶奶说话：不，老太太，您不要不相信这孩子。我就相信他。我谁都不找，我就找子义来做。子义，告诉我，这次去杭州，要运多少钱的货物？

鲁子义大包大揽：四奶奶，您也不要问多少了。您要是捎带丝绸，我保证您要多少给您带多少，不收运费。如果您过意不去，拿几个钱，给您算股份。

四姨太极快地接口：孩子，只怕你说了不算！

鲁子义：四奶奶，我家父亲对您，非常尊重。您说的话，有一句他听一句。

四姨太问奶奶：老人家，是这样吗？

奶奶心里有数，温婉地：青山对咱们巡抚府，哪还有什么话说？不过，我看，四奶奶就不要算什么股份了。巡抚府做生意，外人知道了，名誉不好。

鲁子义不知道厉害，急忙阻拦奶奶：杨大人和咱合伙做生意，那是咱的荣誉。奶奶，外人怎么会知道呢？只要咱不说，外人不会知道的。

四姨太哈哈大笑，对奶奶：老人家，看看现在的年轻人，多活络！回头对丫鬟：阿香，拿过来！

显然，四姨太是有备而来的，阿香立刻取出来一张银票。递给了四姨太。四姨太接过来，对鲁子义说：子义，这里有一张五千两的票子，您先拿着，回去，我再让阿香送些过来……

鲁子义很高兴，准备去接银票。

潘启明看到鲁老太太向他使眼色，当然明白其中含义，上前拦住了鲁子义，朝四姨太跪下来：四奶奶，小人有话对您说，您允许说，小人就说，您不允许说，小人不说。不过，小人认为，小人要说的话很重要。

鲁子义很不高兴：这里哪里有你一个伙计说的话，到外边去等候！

奶奶呵斥鲁子义：怎么能这样对明仔说话。回头对四姨太：明仔这孩子，非常懂事，我们家青山经常夸奖他深明大义。如果他有什么重要的话说，还是让他说出来为好，是不是四奶奶？

四姨太突然想起来了：啊，你就是潘启明？听丫鬟说你很英雄了得，你还帮过我们家小姐呢！

潘启明：那是一场误会，小人出丑了。

四姨太：本来，在奶奶面前，没有下人说话的份儿。好了，看在我们家小姐的面子上，奶奶准许你说话。有什么说的，你就说吧！

潘启明：小人劝四奶奶，既不要捎带货物，更不要入股做生意！

第二集

鲁青山家客厅

潘启明的话刺激了四奶奶，四奶奶立刻生气了，脸色红红的，喘气也很粗了。

鲁子义一看势头不对，朝潘启明屁股上就是一脚：滚出去！

潘启明不防备，一下子趴在地上。一旁的阿娇下意识地扑过去搀扶。潘启明轻轻推开阿娇，继续跪在四姨太面前。

阿娇当然为潘启明伤心难过，躲到一旁流泪去了。

奶奶很生气，呵斥鲁子义：这孩子，在四奶奶跟前，咋能如此放肆？让明仔说完嘛！

四姨太也装作大度地：让他说完。

潘启明神色不变，仍然心平气和地：四奶奶，以您的英明，应当知道，做生意，是有风险的。

鲁老太太急忙附和：对，对，有风险！

四姨太不以为然地：广利行，是条大船，财大气粗利润丰厚，有什么风险？

潘启明：四奶奶，不在船上坐，不知风浪恶。所以，如果生意人和生意人合伙，都要签署一个合同，说明“利润均沾”——

四姨太立即接过去话头：不错，利益均沾，有钱大家花，你发财，我发财，大家都发财，谁也不能独吞！就是要利润均沾。

潘启明：还有一条，更要说明在前——“风险共担”！

四姨太翻白眼。

鲁子义想说话，被奶奶狠狠瞥了一眼，不敢说了。

潘启明：四奶奶，以小的说，您不用掏钱捎带货物。我们带回来的货物，您可以随便挑选，凡是您看中的，我们只收您的进货价。这不就等于替您捎带了货物吗？并且毫无风险可言。您如果真想入股份，最好跟我们东家商量。不过，我们商家是不好和巡抚大人家人签署“利润均沾，风险共担”合同的。我们不好意思让官老爷和我们“共担风险”啊！在我们，当然甘心效忠大人，甚至求之不得。可是，如果传扬出去，将不利于老爷官声啊！

奶奶白了孙子一眼，意思是你看看人家多么善于处理事情：四奶奶，潘启明说的有道理啊。咱可不能伤害了老爷的官声！传扬出去，不知道人家还会怎样胡说呢！

四姨太不怀好意地笑了：子义，看来，你考虑不周啊？你还是不行啊，你不仅不能当家，还要跟你的学徒好好学习学习呢！

一席话，说得鲁子义面红耳赤。

四姨太突然一变脸：子义，四奶奶我要是不怕风险，你敢不敢接这张银票呢？

潘启明知道这是四奶奶给鲁子义一个下台的台阶，其实，谁能跟四奶奶真正共担风险的呢！他担心鲁子义找到了下台阶的路子，轻易许诺，立刻抢着说：谢谢四奶奶信任。不过，这事情，请您还是要跟我们东家说说。

四姨太回头用挑拨的眼神看鲁子义：我今天一定要听听子义的说法。

鲁子义：四奶奶，他们做伙计的，根本不了解内情。实话给您说，我们的资金短缺，我父亲正在四处筹款。如果不能筹齐备款子，还不能做这笔大生意呢。您的银票，孩子我肯定接。我替我父亲接。说着，伸手接过了四姨太递过来的银票。

潘启明：少爷，您最好跟老板商量商量。

鲁子义勃然：废话。这里哪里有你说的话？

潘启明：少东家——

鲁子义：你是不是想挑拨我们父子的关系？

四姨太很高兴：好了，好了。区区五千两，也不是什么大事情。也不会引起你父子反目。现在，奶奶我要看看丝绸小样了！向潘启明：嗯！

潘启明只好打开了包袱，往外展示丝绸样品。

鲁子义对潘启明厌恶地：你先出去吧。

四姨太阻拦，有些轻佻地：别。我还要听他说说，为了我们小姐，他是怎样和那青小姐决斗的呢！

■ 广利行

鲁青山愤怒异常，来回走动。满叔坐在一旁，低头不语。

潘启明垂首站立，接受老板的呵斥。

鲁青山拍打着桌子上的五千两银票：这是合伙吗？这是讹诈。平时，三时六节，我们给他们官府进贡，是应该的，那也是有数的。现在，这样区区五千两银子，进贡就变成了分成。并且只分利润，不担风险，这是个洞啊，还是个无尽无休无底洞啊！还有，你敢保证她今后不来这里指手画脚？干涉经营？

潘启明：小人认为，绝对不是巡抚大人的意思，这些钱，是四姨太的私房钱。

鲁青山呵斥：你还好意思说！你明明在那里，为什么不阻拦？别人糊涂，你能不明白？你揣着明白装糊涂，你对得起我吗？你对得起广利行吗？

满叔不同意：东家！少东家……

鲁青山对满叔：你不要说子义，他不懂生意。不明白其中的厉害。他明仔是明白的。

潘启明：怪我。我没有尽力阻拦。

鲁青山还想说什么。伙计领着阿香来了。阿香带来了一只包包：鲁老板，四奶奶说，汕头富祥丝绸庄吴老板，是四奶奶本家哥哥。四奶奶的本家侄儿有病，这是四奶奶给本家侄儿带的药。你们去杭州的人，可以顺便给带上。

鲁青山示意潘启明接过来包袱：吴老板是我的老朋友。这次去杭州，我也安排了顺路跟他送礼的事情。请四太太放心，这件事情，我一定安排妥当的人处理。

阿香：还有。说着，又掏出来一张银票。少老板说，明仔是个伙计，不懂事，冲撞了四奶奶，为了表示赔礼道歉，把奶奶的五千两入股银子，算作一万两。硬是给了我家奶奶一万两的收条。实在没有办法推脱，我家奶奶只好答应再增加五千两。说过的话不能不作数，是不是？我奶奶让我把这五千两带来了。给您吧，鲁老板。

鲁青山愣住了。半晌，才慢慢接过来银票。

阿香：我们奶奶说，少东家太会办事情了！仁义大气，分得清远近厚薄。老东家教育孩子很好，但是，不要对伙计太客气了，免得他们过分放肆！我告辞了。说完，不等发呆的鲁青山有所反应，扬长而去了。

满叔安慰鲁青山：老板，是福不是祸，是祸躲不过。

鲁青山手拿银票，愣了半晌，摇摇头，叹口气，对垂手而立的潘启明：这件事情，也不全部怪你。

潘启明：谢谢东家。

满叔：东家，不是我多嘴，这事情，少东家无论如何都应该先跟您商量。

鲁青山：这孩子也是听我说资金紧张。再说，他以为攀上了巡抚，就有了后台。都怪咱们商人的地位太低了，总是担心别人看不起啊。

潘启明：东家，国人看不起商人，这事情在咱们中国有几千年的历史了。不是一天两天可以解决的问题，再说，攀附权贵也不是解决这个问题的唯一道路，还可能带来不安全呢。我认为，四奶奶的股份绝对不能要，只要咱们好好想办法，也许能让四姨太自动退出呢。

鲁青山似乎看到希望：你有办法？

潘启明轻轻摇头：暂时没有。这事情只好从长计议了。关于咱们这次资金的问题，眼下最是当紧，我想，还是在洋人那里想办法。

鲁青山摇摇头：让洋人出钱？谈何容易。还是在咱们自己的地盘上筹措资金吧。

满叔：东家，一个是在内地筹措资金难度太大，还有一个，利息太高。除掉利息之外，我们的所赚就有限了。借钱赚钱，不是好办法。用钱生钱，才是终南捷径。

潘启明：东家，据我所知，洋船来咱们中国的时候，为了压舱，也是为了保证生意顺利，总是把所有需要的银两带在船上。来到中国之后，这些银两的保护，有些困难。特别是如果当年的采购用不完的话，还要再千里迢迢带回自己国家，就更加不方便了。我想，我们可以劝说拉斯托姆把他们带来的银两，交给我们保存。我们不收他们的保存费用，他们呢，也不要说什么利息。咱保证他们随用随取，绝不耽误。如果，他们不信任我们，不愿意这样做，那他们的订货，也应该先交一些定金。如果，他们先交三成的定金，岂不是什么事情都解决了？

满叔显得非常欣赏，非常佩服，拍拍潘启明的肩膀：对，这是个办法。让他们交定金。

鲁青山：谈何容易！以前没有这样的规矩，所以也没有人敢这样想。说通洋人，是很复杂的事情。中间人，那些翻译，担心承担风险，也不愿意从中斡旋。不好办的。

伙计过来报告：东家，荣翻译带着那个东印度公司大班拉斯托姆来了。

鲁青山急忙带着满叔和潘启明出门迎接。

大家在门口互相抱拳施礼，只有拉斯托姆过来和大家一一握手。

鲁青山把客人引领到客厅。

大家坐定之后，大班打开皮包，取出来合同，递给了荣翻译。

荣翻译：昨天晚上，大班他们把需要货物的单子弄好了，反正每年都是这样子，清单就是这个样子啦。不同的是今年的需要数量大了一些，日期紧了一些。你们看看吧。说着，把清单递给了满叔。

清单一式两份，一份中文，一份英文。

鲁青山和满叔只顾看中文清单，没有注意到潘启明看英文清单。

倒是拉斯托姆注意到了这一点，他好奇地用英语问潘启明：你可以看懂英文？

潘启明用熟练的英语回答：我粗浅地认识一些英文。

这一下，所有的人都愣住了。

拉斯托姆：请问，你在什么学校毕业？

潘启明：对不起，我因为生活所迫，曾经在英属国家谋生过几个年头。还在你们洋船上做过水手呢。

拉斯托姆和潘启明握手：这太好了。我又多了一个中国朋友。

潘启明：谢谢您把我当作朋友。既然我是您的朋友，我可以和您谈一些有关生意的事情吗？

拉斯托姆：请讲。

潘启明用中国话对鲁青山和满叔说：东家，满叔，我可以和拉斯托姆大班认真谈谈我们共同的利益吗？

鲁青山很兴奋：好，明仔，你好好谈。你相信好了，这件事情谈成了，我会考虑你的提成和奖励的。

潘启明：谢谢老板。回头用英语对拉斯托姆解释说：我必须取得我们老板的授权。

拉斯托姆：我理解。

潘启明用中文对荣翻译解释：因为牵扯到你们不愿意干涉的事情，我就直接对拉斯托姆交涉了，请您原谅。

荣翻译：没有问题。

潘启明用英语对拉斯托姆：大班，您这笔生意，我们非常欢迎。这样大的生意，又是丝绸专业，在这块地方上，您只有找我们广利行交易。不过，经商第一是诚实，我可以实话给您说，我们的进货资金有困难。

拉斯托姆：谢谢您的坦诚。资金有困难，合同还能签署吗？

潘启明：签署合同的事情，咱们可以暂时不谈，我想谈一些其他的问题，当然，也涉及资金的问题。

拉斯托姆：请讲。

潘启明：谢谢。大班，据我的经验，您的大船来中国的时候，已经准备好了交易的银圆。

拉斯托姆：不错。

潘启明：这些银圆，来到中国，保存很困难。如果今年货物采购不理想，不能用完，还要千里迢迢带回去。这与您增加了很多麻烦。

拉斯托姆：是这样。看来，你确实在我们洋船上工作过，情况很熟悉。我很欣赏处处留心的人。

潘启明：谢谢。我建议，您将带来的银圆，全部交给我们广利行保存——您可以随时用随时取出，我们保证使您非常方便。

拉斯托姆想说话，潘启明打断了他：对不起，我们不会收您的保存费用的。这是朋友之间的一种互助。

拉斯托姆：这个主意，应该说很好，我想想——是很好。不过，我要请示。请给我一个时间。就像你说的，我必须取得授权。

潘启明：能得到您的称赞，我很高兴，谢谢大班。

拉斯托姆：现在，我们可以谈谈关于清单的事情了吧？

潘启明：可以。关于清单，这里已经很全面了。我们认为这些货色，我们能提供，没有问题。不过，我们要求，贵东印度公司必须提交定金。数额不得低于三成。

拉斯托姆：定金？如果你们资金有问题，我可以考虑借给你们一些。我们从来不提交定金的。我们东印度公司的信誉，是不能有任何怀疑的。

潘启明：大班，难道我们广利行的信誉值得怀疑吗？你们东印度公司愿意和信誉值得怀疑的公司联合经营吗？如果我们不能按时供货，你们的船只，就不能顺着季节风按时回国，你们的损失就太大了。所以，你还是认为我们的信誉是绝对可靠的。大班，更重要的，这不仅仅是信誉问题。这里面有个互相平等的关系问题。我们要体现平等，我们要体现互相尊重。贵国一直很提倡互相尊重的。你们不是经常说：尊重别人，就是尊重自己吗？

拉斯托姆连连点头。回头对荣翻译：他的意见很有道理，你说是不是？

荣翻译：我认为有道理。

拉斯托姆：他仅仅是这个公司的一个普通职员吗？

荣翻译：一个低级职员，小伙计。

拉斯托姆：对此，我怀疑。

潘启明：荣翻译说的是真的。

拉斯托姆问潘启明：潘先生，你愿不愿意跟我做专职翻译？还可以兼职我的助手，应该是我的最高级的职员，我们会给你合适的待遇，请相信。

潘启明：谢谢大班。今天可以先谈买卖。

拉斯托姆：我同意您的意见，尊敬的潘先生。

潘启明：我再一次表示感谢。我们商谈的结果，请您让您的翻译容先生直接告诉我的老板吧。

拉斯托姆对荣翻译：请你直接告诉鲁老板，我同意他们的要求。

荣翻译使用汉语，对鲁青山和满叔：鲁老板，满掌柜，你们的潘启明先生说服了拉斯托姆大班，关于把银圆存在你们这里的事情，大班本人同意，但是要请示总公司之后才能给以答复。关于订货要交三成定金的事情，拉斯托姆大班完全同意，我们现在就可以答应下来。

鲁青山很感激地看了潘启明一眼，对拉斯托姆抱拳施礼。

拉斯托姆向荣翻译：请你告诉他们，潘先生是一个难得的人才，仅仅做一个小小的伙计，是对人才的不尊重。

潘启明阻拦：这个，就不要说了。我们老板对我很好。

拉斯托姆哈哈大笑，拍打着潘启明：朋友，你是个很有魅力的人呢！

▩ 鲁家书房里

鲁青山在和满叔商量去杭州押货的事。

鲁子义和潘启明站在一边。

满叔：此趟杭州押货，事关重大，时间紧，又不能有任何闪失，不知东家……

鲁青山沉思着：二喜有没有消息？

满叔：前几日带信来，说是近日回，可就是没说准日子。

鲁青山叹了口气：按日子算，不能再等了。

满叔：按说，常二掌柜是专门办货押货的，经验丰富，不等他的话……东家，我来跑这一趟吧！

鲁青山不假思索地：不行，行里少不了你，再说，你这年岁，哪能经得起这样的大折腾啊？说着不由自主地扫了潘启明一眼。

潘启明心领神会地正要上前开口，鲁子义却拦在前面。

鲁子义：爹，孩儿愿担此重任。

鲁青山出乎意料地：你——？你从没出过远门，还有海上，你知道有多大的风险吗？

鲁子义：孩儿既然学做生意，总归是要出远门，经风雨见世面的。

鲁青山沉吟片刻：这趟押货太重要了，关系到广利行和全家人的身家性命啊。

鲁青山说着乜眼满叔。

满叔和鲁青山对视后又半合眼睛。

阿娇捧菜上来，上前捧菜。

鲁青山端菜，又把目光投向启明。

潘启明会意地：东家，可否让我跑这一趟？

满叔忙接上：我认为启明可担此重任。

鲁子义急了：爹，他毕竟是个伙计，遇到事情怎么能当家呢，我是你的亲儿子啊！

鲁青山轻叹口气：爹不是不信任你，而是——不能有一丁点闪失啊！

一个人突然在门口扑地下跪：东家——！

鲁青山和满叔一惊：二喜。

满叔：常二掌柜——！

鲁青山上前把常二喜扶了起来。

常二喜戴着孝，泪流满面：东家，二喜老母过世了，为送终晚回了几天，甘受责备。

鲁青山：给老母送终，尽孝心，理所当然，回来就好，回来就好！

满叔：刚才还在念叨你呢。

常二喜一喜：有急差？

满叔笑了，望鲁青山。

鲁青山：二喜呀，歇两天再说吧！

常二喜：东家，养兵千日用兵一时，我凭什么歇着呀！

满叔：你常二掌柜还是办事风风火火。

鲁青山：满叔，你就跟二掌柜交代交代，带上启明，准备出发。

鲁子义急了：爹——！

鲁青山：就这么定了。

满叔：二掌柜，这就是新来广利行的同事，叫潘启明。

常二喜这才注意到站在一边的潘启明：大惊失色：你——潘水手！

潘启明平静地：常先生，常掌柜。

常二喜又认真地注视了启明两眼，然后朝启明扑地拜倒……

鲁青山也愣住：这是怎么回事？

潘启明和满叔一起扶起常二喜。

常二喜：东家，他就是我曾经给您说的，救了南洋的船，救了咱们的货还救了我们命的那个水手哇，潘水手，真没想到，你落海了，还能活着，你还到广利行。

潘启明：常掌柜，你在船上常说广利行有信誉，我就投奔来了。

鲁青山和满叔朝潘启明点头。

鲁子义悻悻地皱起眉头。

■ 潘启明居室

潘启明正在收拾东西，阿娇来到了门外，敲门。

潘启明打开门：阿娇妹子！

阿娇走进来，带来了一些洗好的衣物和一包吃的东西：明仔哥哥，今天，我到宝林寺烧香许愿去了。

潘启明：许什么大愿啊？

阿娇：请求佛祖保佑明仔哥哥这次去杭州，一路顺风。

潘启明由衷地：谢谢妹子。

阿娇低头半晌：妹妹家没有亲人了，明仔哥哥就是阿娇的亲人。

潘启明：阿娇妹子也是我的亲人。

阿娇：哥哥明天出发，妹妹不能到码头送行了。出门在外，一定要小心谨慎，自己照顾好自己。

潘启明：哥哥晓得的。

阿娇又认真看看潘启明收拾的包袱，然后，恋恋不舍地退出门去：启明哥哥，我走了。

潘启明追了两步，来到门口：我不在家，妹妹自己也要照顾好自己。回来的时候，哥哥给你带什么礼物好呢？

阿娇：只要哥哥能平安回来，比带什么都好。

阿娇刚走没有好远，阿黄来了，顺着潘启明眼望的方向，看到了阿娇的背影：对不起，明仔哥，我来得不是时候。

潘启明：阿黄，不要胡说。阿娇是我的妹妹。

阿黄语气酸酸的：对，你们一个是哥哥，一个是妹妹。

潘启明笑了：看我不揍你！

两个人闹起来。

阿黄：别动，我忘记了，外面有一个傻小子找你。他说：让那个名字叫潘启明的傻小子出来见我！

潘启明沉思：这是谁呀？我没有开罪谁呀？

阿黄：你出来看看不就知道了。

大门外

那青还是一身男装，骑在一匹高头大马上。

那青看到潘启明跟着阿黄出来了，呵呵大笑：傻小子，还认得大少爷吗？

潘启明一看，也忍不住笑了：原来是那大英雄驾到了。失迎失迎！

那青：听说你要到杭州贩运丝绸，对不对？

潘启明：是的，在下要去杭州。

那青：好了。本大英雄本来准备跟你去杭州玩玩，顺便一路上会会三山五岳的英雄豪杰。因为有些琐事缠身，暂时不去了。可是，又担心这一路上的三山五岳的英雄们不认识你，找你的麻烦。说着，取出一支短剑，撂给了潘启明：喏！本大英雄的武器。遇到哪个不识抬举的东西，找你麻烦，就用我这个东西对付他吧！

说毕，一勒马，转头走了。

潘启明愣住了。

阿黄：明仔，这是谁啊？这样牛！说着，抽出潘启明手中的短剑，寒光闪闪，显然是一把宝剑：哇！

黄埔码头

去杭州的大船已经收拾停当，就要起航了。

岸边，鲁青山对常掌柜和站在常掌柜身后的潘启明，深深作揖：常掌柜，鲁青山的身家性命，都在这一条船上了，拜托了！

常掌柜：东家，我跟随您这些年了，您还不放心，何况，这次，还有明仔跟着呢。您只管放心吧。

鲁青山对潘启明施礼。

潘启明急忙架住鲁青山施礼的手臂，自己跪下：老板，不要这样，折杀我了。老板放心，潘启明在，您的货物就在！

鲁青山很感动，喊在一旁闲溜达的鲁子义：义儿，过来！

鲁子义急忙跑过来。

鲁青山扶起来潘启明，对鲁子义：给你常掌柜和启明哥磕个头！

鲁子义犹豫。

鲁青山愤怒：跪下！

潘启明急忙拦住了鲁子义。

鲁青山拉开潘启明：不行，这个礼数，一定要做到。

■ 鲁青山家

奶奶带着儿媳等一家人在自己香堂烧香，保佑去杭州的人一路顺风。

■ 广州街头　春节前夕

各种卖年货的商店，路摊……

忙着购买年货的人群……

■ 汕头　富祥丝绸庄大门口

二喜和潘启明带着盛药物的包袱和一些礼品，站在大门外。

一个掌柜的模样的人走出来，大家互相施礼。

掌柜的看到潘启明，突然一愣，因为发现他长得太像某一个人了：你——

潘启明知道对方认错人了，解释性地自我介绍：我姓潘，广州广利行的伙计。侍候我们常掌柜。说着，把常二喜介绍给对方。

掌柜的有些走神，不过，很快镇定下来：我姓游。

常二喜：游掌柜的！

游掌柜：常掌柜，潘兄弟，我们老板本来准备好好接待二位，可惜，我们少爷的病情一天比一天沉重。今天更加不好，老板的心情非常不好。喏，这是一点心意。说着，取出一块白银，二位自己去吃茶吧。等二位从杭州回来的时候，一定要到家里来盘桓。

潘启明收过银子：谢谢掌柜的。我们本当到床前给少爷问病，既然东家心情不好，我们就不打扰了。但愿我们从杭州回来的时候，少爷就痊愈了。那时候，我们一定登门贺喜！

常二喜：谢谢吴老板的赏赐！这些礼物，一些是巡抚大人府里的，一些是我们东家的心意，内中皆附有书信，请转交贵东家。我们就去了。

游掌柜：一路顺风！

游掌柜望着潘启明的背影，有些迷惑。

■ 粤海关　外/内　日

高高的旗杆上飘扬着“粤海关”大旗。

各商行正忙着为海关官兵送年货。

篓筐上还都贴着“广利商行”、“怡和商行”等字样。

稽查统领许头领带着清兵在验收。

“广利行腊味十篓——！”

“怡和行整猪四只——！”

“天利行八箱炒货——！”

“同兴行米酒二十桶——！”

许头领理所当然地对来送礼物的伙计们：各位行家，回去给你们老板带个话，那总监那大人忙着见客，我就替海关的兄弟们谢了。

众拱手：大人客气了，弟兄们辛苦一年，我们理当孝敬。

■ 海关总监那府　外/内　日

家人们在忙着接收礼盒。

那金招呼鲁青山、伍天胜等老板：坐，坐吧，喝茶。

鲁青山等人拘谨地坐下。

那大人踱着步子巡视礼盒。

家人打开一个盒盖，白花花的银子映入眼帘。

上有大红纸条：广利行纹银五百两。

那大人微微点头，示意合上，又捏着胡子坐下：各位老板，今年——都发了大财吧，呵——

众：微不足道，微不足道。

鲁青山：大家都是资本有限，银子都押在货上了，所以——

卢老板：做生意，就靠银子周转，稍不留神，周转不灵，那就得欠债。

那大人：好了，别在我面前叫穷了，我这吃朝廷粮的，每月几个死数，总不能坐吃山空地为你们办差——！

众：那是，那是。

■ 广东巡抚府　外/内　日

杨大人四姨太房里。

四姨太爱不释手地观赏手中的玛瑙镯子：嗯，好成色，是付上品，鲁老板哪，你咋就知道我喜欢这些玩意呀。

鲁青山放下茶杯，朝站在身边的儿子鲁子义瞧了一眼：四太太，不瞒你说，本来，这付玛瑙镯子是给我家老太太预备的，可子义说，得到这样的上品不容易，四奶奶这么喜欢它，还是应该孝敬四奶奶。

四姨太：哟，这孩子越来越懂事，疼你喜欢你，还真值了。突然想起来了：说媳妇了没有？

鲁青山：还没呢，读书不成器，一心想着学做生意，还没看到有出息。

四姨太：快别这么说，我看，这孩子不光有出息，还会有大出息，有你带着，调教着，这孩子，哎，像你呢，喜欢上哪个姑娘没有，要是有，跟我说，我出面给你保媒。

鲁子义：四奶奶——

四姨太：这孩子，你哪能这么喊呢。这一阵子，我就在想，我是你们的大股东，以后经常见面，子义天天跟着喊奶奶是不合适的，虽说我比你大不了几岁，喊姐姐吧，可这辈分在这里呢，干脆，喊四姨妈好了，喊哪！

鲁子义看父亲。

四姨太催促：喊呀！

鲁青山：嘿嘿，那就高攀了。

鲁子义：四姨妈。

四姨太甜甜地：哎！这多好，多显得亲！又突然想起般地：鲁老板，咱们那些杭州丝绸，啥时候能到呀？

鲁青山：按照一般规律算，年前就能回到广州，卸了货，就可以随您挑了。

四姨太兴奋地：好，好，自己的东西，那就方便多了。

▩ 富祥丝绸庄

吴老板家刚刚处理好了丧事，他的儿子久病不治，终于不幸去世。吴老板抱着儿子的画像，痛不欲生。

掌柜的走进来：老板，您自己也要保重。都两天没有吃东西了，这哪里行呢？

掌柜的说着，慢慢从吴老板怀里取出来少爷的画像。可以根据画像看出来，吴老板的儿子长相和潘启明几乎一样。

▩ 海船上　外　日

一艘三桅船在航行着。

船舱的货包上贴着广州广利商行字样。

货包边还放着一些石头压舱。

▩ 船头上

常二喜坐着抽烟袋。

潘启明平躺在船板上脸对着天。

常二喜：明仔，有一句话，我想问你。

常二喜：你对广利行有功，为什么你来广利行的时候只字不提？

潘启明：为什么要提？

常二喜：你是在落魄的时候，应该提，需要提。

潘启明：我是来广利行学做生意的，不是来讨饭讨生活的。

常二喜：看来，要不是我还回来，你是要闷在肚子里咯？

潘启明没作声，仍然看着天上的云彩。

常二喜：启明，可以看出来，少东家不喜欢你。

潘启明：要是提了以前的事，他会更不喜欢。

常二喜：启明，老哥轻看你了，你小子不是二般的人，日后飞黄腾达了，别忘了老哥和你同患难过就行了。

潘启明：二掌柜，日后，启明困难的时候，你能帮着说句话，拉一把就行了。

常二喜：说我，还能帮上你？

潘启明：一个好汉三个帮，任何人都需要人帮的时候。

常二喜：这话有意思，耐寻思。

潘启明：做事难，做人更难哪。

常二喜：明白，不知咋的，咱俩有缘，跟你在一起，心里踏实。看看天，咱们快进广东了吧？

潘启明：只要风好，今晚咱们就能在汕头靠。

常二喜：这样算起来，不出腊月二十，就能到家。

潘启明：但愿吧！

常二喜：但愿？

潘启明：做事在人，成事在天，要看老天爷帮不帮忙。

■ 鲁家　外/内　日

鲁老板和鲁子义朝后院走着。

鲁老太太房里，使女阿娇正在为老太太梳头。

鲁老太太照着镜子，感叹地：还是白头发比黑头发多呀。

阿娇：奶奶，现在呀，长命百岁的老人多得是，凭您这身子骨，准九十九。

鲁老太太：阿娇，你这孩子是让我开心。

鲁青山和鲁子义进门。

鲁老太太：回来了。

鲁青山：回来了。坐下来嘘了口气：烧香拜佛一大圈，这个年总算能安生地过了。

鲁子义开心地：陪爹转了几天，孩儿明白一个大道理。

鲁青山：噢——

鲁老太太：说说看。

鲁子义：天底下啥好，还是银子好，官再大，身份再高，见了银子都是眉开眼笑。

鲁老太太：这话没错。

鲁青山：你就光明白这个道理呀，银子从哪来，不会是天上掉吧，得一分一钱地去挣。

阿娇给鲁青山和鲁子义倒着茶。

鲁老太太：孙儿呵，你要是好好读书，当了官，不照样有人给你送吗？

鲁子义：都是为了挣银子，我看，靠读书当官太慢了，我跟着爹做生意，不也一样挣银子吗？

鲁青山：挣银子不那么容易呀，做生意那么简单哪？得眼尖透明，小心谨慎，步步为营，稍不留神，倾家荡产。

鲁老太太也感触地：说得是呵，杭州的船啥时候该到哇？

鲁青山：我也在等信呢，全部家产都押上了呢。

鲁老太太：有他二喜和明仔押船，尽管放心。

鲁青山还是心事重重地：天，随时都会有不测风云哪，我让阿黄从陆地走，就是为了沿途上能多个口信。

■ 汕头码头　外　日

阿黄背个搭链风尘仆仆地找码头。

阿黄在打听：这位大哥，码头在哪？

路人一指：前面就是。

路边小二在高喊：住店啦，住店啦，有铺有饭有海鲜还有靓妞陪床了！

阿黄头也不转地走过。

汕头码头的圆形拱楼映入眼帘。

阿黄长舒一口气，这才从褡链里摸出一个馒头啃着，到路边茶摊上：来碗凉茶。

■ 海船上　外　日

夕阳西下

潘启明一个人坐在船头上，头靠着缆桩看天，看海。

二喜在喊：明仔，到后舱喝口茶吧，快吃饭了。

潘启明：我是在担心这个天。

二喜又来到船头：天不好好的吗？

潘启明：你看，南边。

二喜：没什么呀，金光灿灿的，看，还有彩虹呢！

潘启明：那是断虹。

二喜：会怎么样？

潘启明：断虹现，天要变哪！有台风。

二喜：呵——，不会吧，噢——又担心地：对了，你在南洋当过水手，海上的事，你是知道得多。

空中，大群海鸟向大陆方向飞去，有几只疲惫地跌落在船头上，没摔死的望天发出悲鸣……

潘启明大惊：不好，后面就是台风，快，喊船老板，船老大。

二喜匆匆跑往船尾：老大，老大——

很快，船老大跟着二喜往船头跑来。

潘启明：老大，你看，云彩。

果然，老大也拧起眉头：是坏兆头。

潘启明：你再看那两条渔船。

海上的两条渔船在收网升帆……

潘启明命令似地：叫几个水手，立即检查缆绳，后舵。二掌柜，咱俩固定货舱，决不能让舱货摇动乱跑。

众人都紧张地工作起来……

■ 码头上　外　黄昏

阿黄在小摊上把一碗汤粉吃喝得干干净净。

摊主：要不要再来一碗？

阿黄：饱了。付钱。

摊主：你都在这坐了几个时辰了，等船吧。

阿黄：没错，等船，等信。

摊主：北边来的。

阿黄：你怎么知道。

摊主：你是南方口音，当然是等北边的船了。你能保准今晚到？

阿黄：前天碰面说的，我那伙计说话是个准。

摊主：哟，海上起风了。

阿黄一惊：呵——

摊主一指：你看临海的那山头上。

果然，不远处的山头上，树在摇摆……

阿黄担心地：这风不会有事吧。

摊主：这是老天爷的事，难说。

▩ 海上　外　黄昏

黑云开始拥来，压来。

船上的人都在紧张地忙碌着。

起风了，掀浪了。

潘启明指挥着：老大，赶紧转舵，跟上那两条渔船，避港。

风大了，船被吹得反着跑。

潘启明：快转桅——

水手们忙转桅。

晚了，大风大雨倾盆而来。

大浪把船颠来颠去。

潘启明大叫：落帆——

三桅帆顿时落下。货船任凭风浪起伏了……

不远处的渔船时隐时现。

一个水手指着：看——

潘启明一看，一条渔船已经肚子朝上，随即消失……

潘启明：快，抛石，抛压舱石头。

众水手在颠簸中从舱里搬石头往海里扔……

船一下被大浪高高托起，一下又被丢进旋涡。

桅杆有时快贴近海面……

潘启明抓住绳索朝水手们狂呼：砍桅，砍桅——

船老大：不能砍哪，不能砍，桅砍了，船就完了。

潘启明抓着绳索从舱边抽出大板斧。

船老大跑上去夺斧。

船老大滑倒了，还差点掉进海里。被二喜一把拉住。

潘启明抡起大斧，然而，脚下乱跑，不容他砍。

潘启明把自己用绳子缠在另一根桅杆上，然后奋力劈向桅杆……

▩ 码头海滩　外　晨

被台风暴雨冲刷过的海滩和码头，到处是断树，残枝，乱瓦，横木……

海滩边……

渔民的家属老老少少面对大海哭天叫地……

码头上……

阿黄落汤鸡似的坐在那木头人一般……

码头边……

人们在清理倒树乱枝和瓦砾……

做生意的挑子照样出动了。

行人边走边谈论着：不光刮倒房子，还压死了人呢。

群众甲指着海滩：说是海上的船全沉了，连尸首都难找。

卖汤粉的摊主又挑着他的家什来到昨天的地方。

阿黄坐在那里，两眼动也不动。

摊主：你在这坐了一夜？

阿黄只是喃喃地：完了，全完了。

▩ 广州，沙面，刘长兴饭庄　内　日

鲁青山、伍天胜、卢老板等在楼上喝早茶。

楼上的桌子都坐得满满的。

小六子忙得跑上跑下。

鲁青山他们桌上。

伍天胜：鲁兄，该上的供，都忙完了？

鲁青山轻轻叹口气：总归得上呵，晚上不如早上，图这个年家里能过得平平安安。

卢老板有些愤愤地拿筷子点桌子：辛辛苦苦忙一年，好不容易挣上点银子，这不成规矩地年年上供，算下来，这一年又白干了。

伍天胜：不上行吗，他们多多少少从你们肉里挑点刺，那时候，你要掏得更多。

鲁青山：老弟，不服不行呵，挣的银子，能留下三成养家糊口就很不错了，幸亏皇帝老子还开着粤海关，一道圣旨关了，你又能怎么着。

卢老板：说得也是，倒三七……真是。

一位绸布店老板满脸堆笑地上前揖首：鲁大老板，伍大老板，卢老板，几位大老板谈笑风生，我朱某恭喜发财了。

卢老板：朱老板，你才发了大财呢，昨晚我太太还嘀咕，你那铺子好绸缎全卖光了，你说

你还不发了。

朱老板委屈地：哪回事呵，上好的那几匹，被上面看上了，说要就要，我连屁都不敢放一个。你看，这年前，家家都想扯上点好丝绸做过年的新衣裳，可我，断了货。鲁大老板，听说，您年前有一船货要到，照顾照顾，匀给我两件，应应急。

鲁青山：这船货没你的份，那是东印度公司订的货，我可匀不出来，到时候，违了约，连我的生意都做不成了。

朱老板：鲁老板，鲁大哥，您行大，财大，面子大，您就发发慈悲，拉兄弟一把吧。

鲁青山：要是东印度公司不主动退货，你就是找那总监、杨巡抚大人也都没用。

▩ 荒岛海滩上　外　日

断了桅的货船搁浅在水中。

两个水手、二喜、明仔都仰面躺在浅水里，沙滩上。

潘启明先醒了，爬起来，木然地看看船，看看人。

明仔先扯扶二喜：二掌柜，二掌柜。

二喜神志不清地：你是谁？

潘启明：我是明仔呀。

二喜：明仔，咱还活着？

潘启明：是呵。

二喜又凄惨地：活着，船翻了，咱们活着又有什么用呵。

潘启明：二掌柜，你看。

二喜果然发现船在。

二喜：快，看看那两个。

一个水手自己爬起来。

另一个水手已经死了。

二喜：走，上船看看。

▩ 货船上

已经一片狼藉。

船老大两手作着揖昏倒在后船尾上。

二喜和潘启明一个按太阳穴，一个掐人中……

船老大渐渐醒了过来：天哪——

▩ 海上　外　日

一艘清军快船扬帆行驶。

水师小统领郭大川带船巡海。

船桅挂着龙旗。

船头清兵列队。

郭大川：弟兄们，昨晚刮台风，不少船翻的翻，沉的沉，今日轮到我带队巡海，你们都算交了好运，飘着的，除了死人都给我捞上来，快过年了，你们都给我把眼睛睁大点，不管是捞到的，捡到的，大家都有份！

众清兵水手欢欣鼓舞。

愿听大人吩咐——！

▩ 荒岛货船上　外　日

几个人站在船边发着愁。

船老大：既然是个荒岛，很难会有过往船只。

一水手：船也搁浅了。桅杆也断了。虽说是死里求生，这个麻烦也大了。

船舱里，二喜和明仔把货点完。

二喜：还好，货没少，就是潮水了。

潘启明：不幸中的大幸。

两人爬出船舱。

船老大还是激动地朝明仔向前一跪：明仔，是你救了我的船，救了我的命，我一家五口，都给您磕头了。

潘启明急忙扶起船老大：大叔，船是你的，货是我们的，大家都在船上，当然同渡险关，同舟共济啊。

船老大：现在怎么办，我都听你的。

潘启明：这是个荒岛，咱们也不知被漂哪儿呀，想要求救，只有点火。

船老大：对，只有点火。朝水手：二子，快找东西出来，在船头上点火。

二子应声去找铁盆。

潘启明此时麻利地爬上断桅桅杆，向四周瞭望。

他发现了碧浪中的帆影……

▩ 水师船上　外　日

一个小兵在高喊：郭大人，看，那个荒岛上有烟往上冒。

郭大川：求救信号，好，弟兄们，开过去，有财发了。

水师船转向荒岛开去……

▩ 荒岛货船/官船　外　日

水军船渐渐靠近……

船老大和满叔他们激动地招着手。

官船终于靠上货船，拴上绳子，搭上跳板……

官船上。

郭大川：你们都不许说话，看我眼色行事。

清兵：是！

郭大川带人登上货船，如临大敌，下船查验。

郭大川：我问，你们答，问谁谁说话。问什么，你们回答什么，不准插话。

二喜他们坦然等待。

郭大川：谁是船老大？

船老大：是我。感谢大人相救，感谢，感谢。

郭大川：从哪儿来？

船老大：杭州。

郭大川：船上装的什么？

船老大：丝绸，全是丝绸。

清兵们暗喜地对视。

郭大川：船怎么跑这儿来了？

船老大：昨夜起台风，漂到这来了，谢天谢地。

郭大川：知道这是什么地方吗？

船老大：不知道。老爷，这是啥地方呵？

郭大川：军事要地，我们的管区。

船老大：军事要地，老爷，您是？

郭大川：谁是货主？

二喜：是我，我们是……

郭大川打断：什么货？

二喜：杭州丝绸。

郭大川：往哪儿运呵？

二喜：广州。我们是广利贸易商行的。

郭大川：货单呢？

二喜：有，有。从贴身肚脐腰中掏出个油布裹着的货单，递给郭大川。

郭大川的目光盯在单上的两千匹上……

郭大川嘴角微扬，欣然收起货单。

二喜伸手：大人，这货单——

郭大川：你急什么，老爷我还没查完呢。

一清兵上前禀报：禀大人，没错，船中全是丝绸。

郭大川：船老大。

船老大：在。

郭大川：船能不能开？

船老大：禀大人，船没事，就是桅断了，要上桅。

郭大川：岛上还有你们的人吗？

船老大：全在船上呢。

郭大川这时和颜悦色起来：好了，你们辛苦了一夜，保了一条命。不过，你们幸亏碰上是本统领带当值，沿海域查访，要不是本大人认真当差，恐怕很难会有船前来搭救。

船老大和二喜连连揖首：多谢搭救，多谢搭救。

郭大川：你们，都到我们船上来。先把你们送到安全地方去。这船呢，现在不能拖，要等到涨潮之后才行。不过呢，本统领负责了。你们在安全地方等候吧。不过，本统领给你们拖了船过去，可不能白了我的兄弟们。

二喜：那是应该孝敬大人的。各位大哥，也都有谢意。

郭大川：好吧，都上我们兵船上来吧。

潘启明：统领大人，我在船上看守。等候涨潮，等候大人来拖船。

郭大川一瞪眼：不行，都要上我们的船。留下的，本大人不能负责生死。

潘启明：统领大人，小人不怕死。

郭大川：你不怕死？老子害怕担责任呢！

郭大川一使眼色，过来两个清兵，将潘启明拖到兵船上来了。

丝绸船上的全部人员，都被关进一间小舱室里，门被关上了，外面戒备森严，他们好像关押囚徒一样。

潘启明显得很是警惕。

第三集

▩ 码头上　外　黄昏

阿黄仍然在小摊主的摊后坐着，面向大海痴呆般地张望。

小摊主：喂，小老弟，你都坐了一天了，看来是没指望了。

阿黄：信，是报回了。可这船，人，还没个结果啊，就是人不在了，也得等个尸首哇。

阿黄呜咽着泪流满面……

小摊主：我说实话，你不要讨厌，这茫茫大海，有几个能找回尸骨的？

▩ 广州，广利商行　内　日

荣翻译陪拉斯托姆找鲁老板催货。

鲁老板亲自给他们敬茶。

拉斯托姆（英语，中文字幕）：鲁老板，我们已经合作了好多次，无论如何，我要尽快装货。请问，你的货物，有信息了没有？

荣翻译：鲁老板，大班关心您的货物，应该有信息了吧？

鲁老板：按道理，应该进我们广东地界了。我已经派人去接应，估计，应该今明两天之内就有信息。

拉斯托姆（英语，中文字幕）：这批丝绸，主要供给我们皇室，对我来说，对我们东印度公司来说，极端重要。根据以往的经验，现在应该有准确信息了。

荣翻译：鲁老板，拉斯托姆大班的意思，这批丝绸对他来说非常重要。主要是供给皇室的。请原谅他不停地来催促您。

鲁老板：应该说，每一笔生意，对我行都非常重要，广利行诚信为本，没有诚信，根本做不了生意的。

荣翻译把这些话用英语告诉了拉斯托姆。

拉斯托姆：你有诚信，我相信。可是，为了保险起见，我希望提前。每一天对我都很重要。要是这几天能装船，我会很高兴。天气不正常啊！我们总是喜欢说：货物落舱，心脏回到了胸膛。货物不落舱，马上就要赶上你们中国人过什么春节。那个什么春节，大家都不做事，每天吃，喝，玩，乐，一个春节过那么久，很麻烦。

荣翻译：拉斯托姆跟我说，咱们的春节很有趣，不做事就没趣了，不过，他很担心年前装不上货。那就有耽误季节风的危险。为了保险起见，他希望提前。

鲁老板：先生，你跟拉斯托姆这些年，和我们广利行做不少次生意，我鲁青山说话算数，货要提前到，我会马上交。先生，你也知道，咱们中国人忙一年，就盼过个春节团圆，年前都会把该做的事做完。

拉斯托姆：一定要保证春节前，让我们装船。

荣翻译：春节前，必须保证装船。

鲁老板：保证。请转告拉斯托姆大班，我们的信誉比生命重要。

■ 海面上　外　夜

郭大川带人，来到荒岛，把丝绸大船拖走了。

一个小头目：头儿，那些商人问我们要丝绸，咋说？

郭大川：这还不好说？我们来了，船没有了。大海荒岛，大风小风，潮涨潮落，船来船往，谁知道飘到哪里去了！老子把他们的人命都救了，还不是功德无量！要是别的统领，还不把他们一个一个都砍头？

小头目：郭统领就是慈悲！

郭大川：老子只求发财。

小头目：高，高！一转念：不过，这些东西，往哪里藏呢？很显眼的。再说，那些人，我们也不能总是关住不放。

郭大川：放心，我老人家有办法！三两天之内，就把他们全部换成白花花的银子。

另一个清兵：嘿嘿，跟着咱们郭头儿，就是享福！

大家都对郭大川表示感激。郭大川很得意。

■ 汕头的军事码头

郭大川的官船……

潘启明坐在船头上，凝神思索。一个清兵，好像无意其实有心，在他的周围转来转去，实施监督。

船舱里，二喜在和船老大喝茶聊天。

船老大：这趟船，要不是你们明仔呀，咱们一家老小还不知怎么哭叫呢。

二喜得意地：那是，我们明仔在南洋，在吕宋岛，大风大浪见多了。我们老板虽然有财有势，对他也是另眼相看。

船老大：哎，我看他心事不小，老坐在船头发愣，咋回事呀？

二喜：他平常说话就不多，更不会油嘴滑舌。

船老大：喊他下来喝茶呀。

二喜：明仔，明仔——

潘启明下了舱。

二喜：船得救了，你该高兴呵，来，喝茶。

潘启明：二掌柜，我觉得，这个郭大人不大对劲。

二喜立刻警觉了：是吗？

潘启明：他不该把我们清单、税票所有证据都收走。再说，我说留下来看船，他好像很生气，这是不应该的。

船老大：他会不会为了贪财，杀我们灭口？

潘启明摇头：还不至于吧？想杀人，还不早下手了？

二喜：他会不会过一阵子告诉我们，我们的运丝绸船找不到了？

潘启明：也不可能，那样，我们会出去告他的，他就会遇到麻烦。我想，他要想办法堵住我们的口，让我们没有办法告状。

船老大：这样说，他还是杀人啊！

潘启明：大约他会说我们是走私。

船老大：哎呀，那不得坐大牢？

▩ 官船上　内　夜

郭大人正在舱内喝酒。

一清兵忙着给他斟酒：大人，这条鱼够大吧。

郭大川：嗯，够大。

清兵伸着手指头：有没有这个数？

郭大川一怔：嗯，你小子，心里打什么算盘哪，人人有份，你甭多想。

清兵堆笑：哪敢呢。

另一清兵甲进来：大人，快进港了。

郭大川：你给我全体传话，任何人不准走漏风声，派人把咱们船严加看守，不准有任何人上下。船老大和货主，一定给我看守住，明松暗紧。如果他们问什么时候去拖货船，就说大帅找我有事。回来就出发。一句话，没有的命令，一定对他们严加扣押。

清兵甲：遵命——

▩ 港口　外/内　夜

潘启明对一个总是跟随的清兵：大哥，什么时候去拖我们的货船呢？

清兵：我们统领说了，大帅找他有事情，回来再说了。

小头目走过来：天晚了，咋还不睡觉？说着，就上来推明仔。

潘启明只好下舱。来到舱里，看到自己的三个水手若无其事般地准备睡觉。二喜和船老大还在喝茶，忧心忡忡。

小头目在舱门外：睡觉。这是军法规定！

大家都老老实实准备休息。

潘启明走到二喜跟前，不言不语躺倒。

小头目熄灯，离开。

一条船上，好像到处都漆黑。气氛显得很是紧张肃杀。

潘启明悄悄对二喜：二掌柜，情况确实不好了。

二喜忧心忡忡：怎么办呢？

潘启明：必须走掉一个人，这样，才有救。还有，只要走掉一个，他就不敢轻易伤害其他人。这样，你先试探一下。我会见机行事的。

二喜：好。

二喜起来，朝舱门走去。

舱门之外，原来好像没有人把守，看到二喜出现，突然闪出来一个清兵，很紧张地：干什么？

二喜：撒尿！

立刻，外面又出现一个清兵，态度是非常明显的假惺惺：来，来，我陪你老人家。年龄大了，不能不小心一些。

潘启明等他们声音去远了，悄悄起身，来到舱门。

清兵吓一跳：你干什么？

潘启明笑着：撒尿。

清兵：不行，等那一个回来，你这一个再出去。

潘启明：不行，我要拉肚子。说着，做忍受不住的样子。

清兵有些犹豫，不知所措：哎，不行。

可是，清兵突然发现，一把锋利的短剑，已经架在他的脖子上。

清兵吓坏了：大爷，你……

潘启明：你要敢喊，老子就杀了你！

清兵：不敢，不敢。

潘启明：带我到船舷——如果惊动别人，我先杀你！

清兵连连点头。

他们两个迅速朝船舷移动。

水手紧张地问船老大：大叔，我们怎么办？

船老大：大家不要动。明仔看出来情况不妙。不过，只要这个明仔能出去，我们就有救。要是我们一乱起来，谁也跑不掉，明仔也不能安全出去了。

大家立刻装作若无其事，静静躺倒。

原来陪二喜的清兵又陪着二喜回来了。这个清兵发现同伙不在了：嗯，我兄弟呢？

船老大：他说想喝酒！

清兵不满地：这个狗日的，就是酒瘾大！

■ 官船船舷　外　夜

潘启明胁迫清兵来到这里。压低声音对清兵：告诉我，你们的统领，叫什么名字？

清兵：郭大川。

潘启明：我们的货物，是不是已经拖回来了。

清兵点头。

潘启明完全明白了，威胁：如果你说出我的事情，你们的统领就会第一个杀掉你，明白不？

清兵连连点头。

明仔收了清兵的武器，反手一扎，扎进远处的一根木桩上。然后，纵身一跃，悄悄潜进水中……

清兵急忙回头，拔出了自己的刀，无事人一样，也悄悄回自己的岗位去了。

■ 水军官船船舱

船老大：长官，我也要撒尿。

清兵：不行，等我的兄弟来了再说。

二喜：长官，我咋感觉着不对味道，我们怎么就像囚犯一样。

清兵：你们乘风冒雨出船，形迹可疑，是不是企图走私，哪个敢说准呢？现在都有命在，就该千恩万谢了，老老实实听候发落吧！

大家顿时如雷轰顶：呵——

■ 码头，港口，外　日

潘启明一边喝大碗茶，一边盯着港湾里的断桅船……看到卖茶娘子走过来：大姐，我想打听一下，咱们本地，最大的丝绸庄，是哪家？

卖茶娘子：嗨，看样子客官没有来过这里，最大的丝绸庄没有第二家，富祥丝绸庄！大东家吴老板！

潘启明眼前一亮，应酬地：吴老板，大富大贵之人！

卖茶娘子：也有福也有贵，就是命不好。就一个儿子，病死了！万贯家业，无人继承！

潘启明：哦！

■ 街市　外　日

郭大川已经换成便装，匆匆走着。

■ 富祥丝绸庄　外　日

郭大川的娘舅桂老板在看小伙计裁绸子。

郭大川进屋：娘舅，忙乎着呢。

桂老板：嗐，川仔啊，咋跑店里来了？

郭大川：随便溜溜。走到柜台边朝桂老板低声地：到后面说话。欣然走进柜台，掀开后面的门帘。

小伙计在忙着生意。

后室里。

桂老板拿着货单大惊：这还得了。

郭大川：怎么啦？

桂老板：这可是几百万两的货呀。

郭大川感到很惊喜：值那么多啊，老舅，你能收下吗？

桂老板：孩子，我门面虽然显得很大，其实本钱少，要是千儿八百两，还马马虎虎。这么多，涨死我也不成呵。

郭大川：多销一些日子呢？

桂老板：指望门市，二十年也不行！

郭大川：有没有其他路子？如果不能很快变成银子，那么多弟兄我怎么堵嘴呀。三天没有动静，他们就会跟我翻脸的。

桂老板沉吟片刻：有办法了——找吴老板。对，吴老板富祥绸庄总店就在这儿。

郭大川：吴老板？富祥绸庄的？你能攀上他？

桂老板：平时，我去那里批点儿货，是够不上吴老板说话。巧了，前几天他儿子死了。我去上香。昨天，我又去看望他，我还陪他喝了一杯茶呢。

郭大川看到了希望：对，吴老板家业大，肯定有办法！

桂老板：当然了！广州，杭州，汕头，汕尾，他都有绸布店。不仅财大，还气粗，他表妹就是省城巡抚大人的四姨太，出点事情，人家还能罩住。低价塞给他，都得利，还保险。

郭大川：能保证他接手？

桂老板：嗨，生意人，只要利润大……

郭大川：那就快找吴老板。

桂老板：那么急呀。

郭大川：走了风声咋办？！早出手早平安。

▩ 富祥绸庄

潘启明来到富祥绸庄，和一个值班的伙计互相见礼。

潘启明：兄弟，我想见大东家！

伙计仔细看看潘启明，像当初游掌柜初见潘启明一样，也是一愣：你——

潘启明急忙自我介绍：我是广州广利行的伙计，潘启明。

伙计明白过来了：哦，你姓潘？

潘启明：对。我叫潘启明。

伙计：对不起。我们大东家最近不见外人。

潘启明犹豫了一下：我知道，东家心情不好。这样，我见游掌柜的，行不行？

伙计：他也很忙。你找他什么事，可以和我说。

潘启明想了想：我找他是还账的，一笔很大的账目。

伙计一听就紧张了：哦，是这样，请稍等。

伙计急匆匆到里面去了，不大会，游掌柜的出来了，看到潘启明，当然认识：噢，潘兄弟回来了，常二掌柜呢？

潘启明抱拳：游掌柜的，咱们借一步说话好不好？

游掌柜的感觉到对方确实有重要的事情，点头，带领潘启明向里面走去。

▩ 街上

桂老板带着郭大川走来。

▩ 富祥绸庄

潘启明对游掌柜的：游掌柜的，实不相瞒，有一件大案子，牵扯到我们吴老板的妹妹，在下必须立刻见到吴老板。

游掌柜的：案子？

潘启明：人命关天，倾家荡产！

游掌柜的：确实牵扯到我们东家的妹子？

潘启明肯定地点头。

游掌柜：好，请你等一等，我要先去跟东家打个招呼。

潘启明：谢谢！

游掌柜的来到吴老板的内室。看到吴老板正对着儿子的画像悲伤：东家，广州广利行的伙计潘启明从杭州回来了，说有重大的事情，要见您。

吴老板：对不起，我没有心情。给他一些银子，请他们自便吧。

游掌柜的：东家，来人说，有一件重大的案子，甚至牵扯到了广州您的妹子。

吴老板苦笑：我的妹子？她是杨巡抚的四姨太太。什么案子巡抚大人不能摆平？我心情不好，让他们走吧。

这时候，潘启明已经走进来了，抱拳施礼：吴老板，巡抚当然能摆平，不过，等杨大人出面摆平的时候，财产，几条人命，什么都完了。

吴老板突然看到潘启明，也是不由地一愣：你——

吴老板以为是自己的儿子又活过来了，他很激动，一步一步走向潘启明，泪水盈眶。

潘启明上前一步，搀扶吴老板：我是您的朋友鲁青山东家的伙计，我名字叫潘启明。吴老板，我是求您救命来的。

吴老板蓦然惊醒，不由得愣住了：你是？

游掌柜看出了门道，立刻过来搀扶东家，解释：东家，他是您的朋友鲁青山的伙计，潘启明。

吴老板这才回过神来，回头看看儿子的遗像，泪水滔滔。

潘启明走到吴老板儿子遗像前，上了一炷香，三鞠躬。

吴老板：你很好。回头对游掌柜的：游师傅，好好招待他们。

游掌柜的看东家实在无心接待，只好向潘启明示意跟自己出去。

潘启明哪里肯走：吴老板，我这一出门，我们鲁老板，你的朋友，就死在你这里了！

吴老板一愣：什么？

潘启明上前一步，双膝跪在吴老板面前：吴老板，我这替我的东家，你的朋友鲁青山，给您磕头的。

吴老板急忙搀扶：起来，起来，慢慢说话。

潘启明：吴老板，我们的货，几百万的货物，在你的这块地方，被坏人霸占了。

吴老板：谁霸占的，怎样霸占的？

潘启明：我们船遇到台风，折舵在一个荒岛上。海军巡航发现了。领头的是个统领，名字叫郭大川。他把我们关押在官船船舱，谎称等候时机再帮助我们去荒岛拖船。

吴老板：怎样知道他企图霸占呢？

潘启明想了想，很干脆地：吴老板，我已经打听了，在这个地方，论财力，论势力，只有您能拿下这批货物。如果我没有估计错的话，很快，就有人来找你低价出让我们的货物了！

吴老板：一定会找我？

潘启明：只有您能很快拿出他们需要的银子！

■ 富祥绸庄大店

桂老板带着郭大川来到了。

伙计一看是桂老板，急忙恭迎。

桂老板：去，通报一声，我要见见吴老板！

伙计：请稍等。

■ 富祥内，吴老板内室

吴老板：几百万银两的货物？清单在哪里？

潘启明：所有的票据，证据，都已经被郭大川没收。

吴老板听说没有清单了，不免踌躇。

潘启明：吴老板，是不是担心没有清单了，不好说话。

吴老板点头。

潘启明：小人可以重新开列出来。

吴老板不免吃惊，看看游掌柜的。游掌柜的也不相信，正在看东家。

吴老板毫不掩饰自己的怀疑：几百万的货物，你能凭着记忆重新开列货物清单？

这时候，有伙计在外边喊：游掌柜，请出来一下。

游掌柜看看吴老板。

吴老板示意让他出去。

游掌柜的出去了。

潘启明很笃定地：吴老板，请赐笔墨，在下立刻把清单开给您。

吴老板向书案一指，示意潘启明可以去书写。

潘启明表示感谢。走向书案。

吴老板看着潘启明书写的形态，眼前出现幻觉，好像自己的儿子复生了，正在那里写字。

游掌柜回来了：东家，是桂老板带着一个人，说是找您，有大笔生意做。

吴老板抽一口气：果然！

潘启明停下书写，打听：这位桂老板带的那个人，是不是郭大川统领？

游掌柜：穿了便装。不过，眉眼口气，像个行伍。

吴老板沉吟片刻，对游掌柜的：请他们略等片刻。

游掌柜的请教东家：就这样吧，我先出去应酬。等一会儿，您方便的时候，直接出去如何？

吴老板：也好。一定不要惊动了他们。

游掌柜的：明白。说着就出去了。

吴老板看看笔走龙蛇的潘启明，再看看自己儿子的遗像，不免又一次产生一些幻觉，好像儿子正在书写东西。

■ 富祥绸庄外面的接待处

桂老板和郭大川正在和游掌柜的说话。

桂老板：按道理说，无论什么生意，都应该先跟您游掌柜的说。不过，这笔生意很特殊，只能跟吴老板商量。务必请游掌柜的谅解。

游掌柜的：不要客气。桂老板，您知道，咱们都是多年经商的，这种事情，是经常发生的。

郭大川伸出大拇指：游掌柜的，您开明！

游掌柜的：先生过奖了！先生英气勃勃，在哪里供职呢？

郭大川正欲说明。

桂老板拦住了：我的一个亲戚，小生意，混饭吃罢了。

游掌柜的：失敬失敬。

■ 吴老板内室

潘启明把清单开好了，递给吴老板：请吴老板过目！

吴老板：这样多项目，你都记得？没有错吧？

潘启明自信地：东家信任我们，所以，在下过手的账目，不敢有一点轻慢。何况，这笔生意，关系到我们东家的生死存亡。临来的时候，我们少东家还行了大礼呢！所以，在下更是特别留心。

吴老板显得非常亲切：孩子，你很有本事，更重要的，你是个可以信任的人！

潘启明：谢谢吴老板。吴老板准备怎样处理这件事情呢？

吴老板：我正要向你求教呢！

潘启明：吴老板这样说，就折杀在下了。不过，面对您这样的长者，又是我们东家的大事，潘启明是知无不言，言无不尽。吴老板，您应该先稳住郭大川，然后再说。

吴老板慢慢点头。

▩ 富祥绸庄外接待室

郭大川有些着急了：这个吴老板，咋回事？

游掌柜的：我们东家新近身体实在不好，可能正在服药。在下再进去看看，给以敦促，好不好？

这时候，吴老板走出来了：桂老板，还有这位朋友，对不起了。实在怠慢了，抱歉，抱歉！

▩ 鲁家　外/内　日

鲁老板在书房写信封：杭州……

阿香跟着一个佣人走进来。鲁青山抬头看到了阿香：哎呀，阿香姑娘来了？四奶奶来了没有？

阿香：四奶奶安排奴婢，过来看看，杭州那边有消息没有？

鲁青山：按说，应该有消息了。可是……

就在这时候，荣翻译也来了，不等鲁青山接待，急匆匆地：不好意思，鲁老板，我是路过，顺便过来看看的。

鲁青山：不要客气哦，你来看看，催催，都是应该的。我也正在着急，按理说，应该有信息了。

▩ 隔壁

鲁老太太的房子里，老太太正在躺椅上养神。

阿娇坐在窗边缝衣服。

鲁子义走进来。

阿娇忙向子义示意，别惊动老太太。

鲁子义真的轻手轻脚走近阿娇，一把抓过阿娇手中的长袍展开看。

阿娇又急又不敢出声：你——

鲁子义：是给我缝的吧，还保密呀！

阿娇又羞又急地：少爷，别——

鲁子义嬉皮笑脸地去拉阿娇的手：你的手还真巧。

阿娇闪躲着。

吴管家匆匆进院，高喊：老爷，老爷，阿黄来了急件——！

满院的人都惊动了，出门来看。

鲁老板已急步走出书房。

阿香和荣翻译也跟了出来。

吴管家：是阿黄的字，我认得，算起来，明仔，二掌柜过两天该到了。

鲁老板急切地拆开，看着，他的手开始发抖，开始天旋地转……

大家一看不对，都乱喊“老爷——老爷——”

鲁老板正要倒下时被人扶住，急忙抬进卧室。

鲁老太太：吴管家，快喊郎中。

吴管家匆匆回头就跑……

富祥绸庄外接待室

桂老板：实不相瞒，我的这位亲戚，其实是我的亲外甥。他是一位海军统领，这次带队缉私，查到一批丝绸，兄弟们供养不好，都很辛苦，想偷偷换一些银子，补贴补贴。兄弟本钱小，实在吃不下，所以，求到您这里来了。东西成色很好，价钱吗，吴老板，您看吧！

吴老板：谢谢桂老板，有了好处能想到在下。帮助兄弟们，也是应该的事情。东西的成色，我自然相信桂老板的说法。在什么地方？有多少？太大了，我恐怕也吃不下。

桂老板：哈哈，你吃不下？就怕你吃不下一个杭州！大川，嗯——

郭大川得到提醒，急忙把清单取出来，双手奉给了吴老板：货物清单在这里，请吴老板过目！

吴老板看清单，果然和潘启明开列的一模一样，不由得手有些微微发抖。

郭大川看到了：吴老板，您这是？

游掌柜：我们东家近来身体一直不好。

桂老板：吴老板，我说过多少次了，您一定要节哀保重。

吴老板：谢谢桂老板。统领大人，这批货分量很重。吃下，我倒是能吃下。不过，这些走私的人，可要家破人亡了。吴某有些于心不忍啊！

郭大川不由得面露凶气：哼哼，我们军人，讲究的是量小非君子，无毒不丈夫。这些东西，不杀他人头，就是宽宏大量了。

吴老板：统领大人，我是个商人，我希望发财，但是，我不喜欢我的钱上沾血。我没有别的求你，钱，我们赚了。那些人命，给他们留下吧。

郭大川：我也是个诚实人，老板，可以不杀他们。不过，不给他们一些徒刑，恐怕也难以堵住他们的嘴巴。一句话，人命留下，三年两年的充军，恐怕难免。

吴老板知道这个人不可救药了。能让他答应不杀人，也就好了。点点头，把清单还给了他。

郭大川一惊：怎么，吴老板不要？

吴老板很自信地一笑：如果我不要？只怕两广丝绸商人就没有谁能要了。第一，我要看货，不看货，不能定论；还有，要给我一点儿时间，筹集款子。这个，你先带回去，交货清点的时候再说。

郭大川高兴了，取回清单，一边装起来，一边问：好，好。吴老板，您打算给多少呢？兄弟们不敢想多，但是太少了，也很难堵住大家的嘴巴，是不是？

吴老板很老练地反问：统领大人打算要多少呢？

郭大川没有把握：这——

吴老板：这样吧，一事不烦二主，还是麻烦桂老板居中吧。

郭大川：好，这样更好。

吴老板：桂老板，请您一手托两家。

桂老板自然很高兴：好说，好说。

吴老板：今天晚上，您带一些样货过来。我呢，趁您没有来之前，凑凑银子。不论统领大人多宽宏客气，弟兄们多好说话，这个数目，也不是谁能一伸手就凑齐的。是不是？

桂老板：有道理，有道理。

郭大川很草莽气地：好，就这样说。

吴老板：我身体不好，今天就不能奉陪二位吃饭了。游师傅——

郭大川有心事，忽地一声地站起来，一口拒绝了：今天算了，游掌柜的也很忙。改天，我做东，请大家好好乐一乐！

■ 巡抚府　四姨太处

四姨太正在逗鹦鹉，阿香跑过来：奶奶，奶奶，不好了。

四姨太惊慌：啥事？

阿香：杭州的丝绸……完了！

■ 大街上

拉斯托姆坐在马车上，匆匆而行。

荣翻译看到了拉斯托姆，气急败坏地大喊：大班，大班！

拉斯托姆终于听到了，命令赶车的停车。

荣翻译追过来，气喘吁吁：大班，杭州的丝绸完了！

▩ 汕头都统军营大帐

詹大人急急忙忙出门，迎接吴老板。

吴老板带着潘启明来见詹大人，他们见面寒暄之后，一起回到大帐，坐下。

吴老板：詹大人，吴某有要事相求，事关广东巡抚大人，请乞退左右。

詹大人命令左右：退下。

周围的清军都退下了。

詹大人：吴老板有话请讲。

吴老板朝潘启明一使眼色。潘启明立刻弯腰向詹大人送过去一张银票。上面可以清清楚楚看到是五百两的数字。

詹大人认为礼物很重：哎呀，太破费了，吴老板，您太破费了。下官很不好意思，何况，给您办事，就是给巡抚大人效力，实在受之有愧，受之有愧。

吴老板：今天求您办的事情，不同以往。舍妹——帮助广东洋商广利行在杭州买了一船丝绸，供应外商的货物，被大人的一个部下劫了去！

詹大人大吃一惊：吴老板，您不要开玩笑，这个是杀头的大罪。下官的人头虽然不重要，全家三十多口，都指望着他了。是哪一个王八蛋干的事，您要给我证据。

吴老板：一个叫郭大川的统领。这位——一指潘启明——就是从郭大川那里死里逃生的伙计。他凭着记忆，新开列了一份货物清单——示意潘启明，将清单呈送——大人请查看。将来，我会从郭大川那里拿到正式清单，大人可以对照。

詹大人看看清单：这样多！足够杀头的罪了。吴老板，人命关天，我要人赃俱获，才好决定。

吴老板：詹大人，不要担心，虽然是您的部下，只要您顺利破案，严惩罪犯，我保证，功劳都是您的，一定会得到巡抚大人嘉奖。

詹大人放心了，来了精神：好，下官立刻派人捉拿这个郭大川。这个混账东西，他是活腻了。

吴老板：不要这样。大人——指着潘启明——这孩子倒是有个办法，大人不妨听听，也许好用。

詹大人：好，请讲。

▩ 鲁家　内/外　日

鲁老板躺在床上，昏昏沉沉。阿娇守在床边。

鲁老太太在看郎中写方子：二剂药喝下去了，怎么还不见起色呀。

郎中：伤心过度，只有慢慢补脾补气。

刘嫂走进来：老太太，院中有人送礼，说是要见见老爷。

鲁老太太疑惑地：外面人不知道哇，怎么回事。说着，起身跟刘嫂来到前院。

绸布庄朱老板提着礼品站在院中。

朱老板迎上：老太太，您好哇。

鲁老太太：您是——

朱老板：我是绸布庄的朱和呀，和鲁大老板很有交情。想跟鲁老板聊聊天。

鲁老太太：有什么事吗？

朱老板赔着笑：听说，鲁老板的杭州丝绸，快到广州。我想请鲁老板帮衬帮衬，匀给我几匹，应应年前门面。请——这时，他发现鲁老太太眉头紧皱，只咬牙关。

朱老板：老太太您——

鲁老太太：您走吧，鲁老板外出办事了。

朱老板纠缠地：老太太，我知道鲁老板在家，请您老人家一定让我见见，帮帮小店……

鲁老太太怒容地：刘嫂，让他走。

朱老板：老太太您——

鲁老太太：让他滚——

▩ 粤海关

那金是个好武的人，各种武功都很好。正在练功。

帮办走进来，对正在练功的那金：大人，有个洋人，东印度公司大班，要见您。

那金不满意：老子堂堂朝廷命官，跟他们外夷洋鬼子扯什么？不见。

帮办：大人，咱当的就是海关监督啊！

那金抱怨：一边是奸商，一边是洋鬼子，都是下九流，凡是我中华堂堂正正的男人，谁都不待见他们。偏偏要跟我老人家纠缠。有什么事，让他们跟你说吧。

帮办：大人，人家说事情大，你不见，人家就去北京见皇上。

那金笑了：皇上？皇上好见得？叫他们过来吧！

帮办出去了。下人过来帮助那金穿衣服。刚刚穿好，拉斯托姆和荣翻译进来了。

荣翻译急忙施礼：参见监督大人。

拉斯托姆走过去，要和那金握手。

那金装作整理衣服，躲过了握手。

那金：什么事情，说吧。

荣翻译：大人，我的大班拉斯托姆他们东印度公司，和广利行之间有一个交易。说着，示意拉斯托姆取出提供给广利行的清单——

拉斯托姆拉开皮包，取出来清单。帮办急忙接了过去。

荣翻译：我们已经给这份清单提供了三成的保证金。现在看来，广利行无力兑现承诺了。东印度公司请求大人实施财产保全。就是，立刻查封广利行所有财产，以保证东印度公司的利益不受损伤。

那金闭着眼睛不说话。

大家都不说话了。很安静。

拉斯托姆问荣翻译：他睡着了吗？

荣翻译求助地看望帮办。帮办心里明白，拉荣翻译往外走了两步，小声地：先生，你的主人，他不懂规矩！

荣翻译看帮办的手势，知道是索贿，只好说：外国人，好像没有这个规矩。

帮办也学那金的样子，闭目养神。

荣翻译无奈：好，我跟大班商量商量。说着，来到拉斯托姆身边，小声：大班，他们认为找他们办事情，需要收取手续费。

拉斯托姆很奇怪：他们不是代表政府吗？他们难道不领薪水？

荣翻译：这是这里的规矩。薪水之外，他们还要贿赂。

拉斯托姆很认真地：这样不好。这是对我的人格的侮辱。对他们来说，也是一种侮辱。牵扯到人格，我不能让步。

荣翻译对帮办：对不起，外国人在这个问题上，一根筋。他们总是不开窍。

帮办：你告诉他，我们监督大人今天身体不好，让他过两天再来。

荣翻译：别。我再跟他商量商量。回头对拉斯托姆：大班，如果您不行贿，他们就会拒绝办理。

拉斯托姆：告诉他们，我会到京城，找大皇帝上告。

荣翻译：大班，您找大皇帝上告固然很好。但是，旷日持久，肥的拖瘦，瘦的拖死，事情就办不成了。那样，您就不好跟总公司交代了。

拉斯托姆很为难，半晌：我给他们银圆，他们好意思收下吗？

荣翻译：他们不仅会好意思，还会很高兴。

拉斯托姆：但是，我不好意思给他们，怎么办？

荣翻译：你委托我行不行？

拉斯托姆：这不是对你的侮辱吗？

荣翻译：用我们这里的眼光看，这是我的荣幸！

拉斯托姆嘟哝：真是很奇怪的事情！

■ 鲁家　外/内　黄昏

全家人走进走出，人人面情黯然。

阿娇躲在树后偷偷抹着眼泪，轻声哭泣……

鲁老板大瞪着眼，有气无力地：娘，您也别伤心，这是天意，怪不得人说，生意生意，就是心生发财之意，要是稍不留意，一抛就是深渊海底呀。

鲁老太太：儿呵，为娘伤心的是，你拼死拼活大半辈子挣的家业，就这么……（偷抹两下眼泪）放宽心养着，娘陪着你，再重整旗鼓——

吴管家进来：东家，当铺陈老板求见。

鲁老太太：那个当铺陈徽州？

鲁青山：人家是来逼债的。

吴管家：不，陈老板说明了，绝没有逼债的意思。来看看你，希望你宽心。还有，他想知道潘启明的消息。

鲁青山：陈老板是个好人。如果四姨太来了，就不好说了。还有，东印度公司怎么没有人过来？这不是个好兆头。

■ 富祥绸庄

内室，潘启明陪着詹大人在这里。他们要听听外面的人说什么。

外面，是吴老板和游掌柜的接待客人的地方。

游掌柜的带着桂老板和郭大川进来了。郭大川背着一个硕大的包袱。

吴老板抱拳施礼：二位辛苦了。

郭大川很直率：为了发财，不辛苦。

吴老板：统领大人倒是快人快语。

郭大川：噢，这是你要看的样货，我带了一些过来。

郭大川说着，卸下包袱，并且打开。

游掌柜的挑亮灯火，吴老板认真看了丝绸：是的，正宗杭州货，都上等品相。统领大人没有骗我。

郭大川嘿嘿笑起来。

吴老板：统领大人，恭喜，您发财了。

郭大川：大家都发财。回头问桂老板：是不是？

桂老板：对，大家都发财。

吴老板：不过，我还是要问问统领大人，那些货主，怎样处理。

郭大川：吴老板，您只管发财，何必这样关心他们。

吴老板：我说过，我不想沾血腥。他们现在什么地方，你准备怎样处置？

郭大川只得实话实说：都在我的船上关押着呢。我打算留下一些丝绸，算是他们走私的罪证，每个人判他一年充军。也省得他们给我们惹麻烦。

吴老板：这样就好。货物在什么地方，统领打算怎样交货？

郭大川：货物都在原来的船上，船藏在码头东面三百码远的芦苇丛中。放心，我有兄弟严密把守。

吴老板：好了，咱们谈谈价钱吧！

郭大川：好，老舅，你们说吧，老子口渴了。说着，退到一边去喝水。

桂老板靠近吴老板，掏出清单：吴老板，我根据清单核算了一下，价值超过了四百万。郭统领他们弟兄的意思，打对折，您出一百万两，都是您的。如何？

吴老板：郭统领，桂老板，我心里总觉得对不起那些货主。不论军人，商人，都要讲究良心。发了这个财，我总是感觉到良心不安。这样好不好，为了大家心安，我出一万两，给你和你的兄弟们，权当是大家的辛苦费。把这些货物还给人家，让人家安全回家过年去吧。

郭大川勃然，一下子把口中的茶水都喷出来了：吴老板，你有病？

▩ 广州广利行

前厅，陈徽州坐在那里等候回信。

四姨太来了，轿子一停下，四姨太就迫不及待地跳出来。

陈徽州上前见礼：见过总督太太。

四姨太打量对方：哦，大名鼎鼎陈大老板！

陈徽州：不错。正说跟太太送节礼去呢！

四姨太：好呀，我准备好茶叶侍候陈老板。

陈徽州：那可不敢当。这个时候，太太来鲁老板家，探病吗？

四姨太：嗯，是的。还有一些其他的事情。

阿香：我们奶奶是来讨债的。

陈徽州：太太，如果来探病，天太晚了，不敢劳动您的大驾。如果讨债，请听我陈某一句话，如何？

四姨太：说。

陈徽州：杭州的丝绸船，还没有最后论定。就是有什么三长两短，鲁老板正在情急之时，也不方便急着讨债。我看，第一，再等等杭州的消息；第二，给鲁老板一个喘气的机会。

四姨太笑起来：陈老板，你们做生意的，就是聪明啊。你想稳住我，抢先把鲁家欠你的债务清理了。等我来讨债的时候，什么都没有了？嘻嘻，陈老板，还是你在外边等等吧！

说完，扬长而入。

▩ 富祥绸庄

吴老板：郭统领，如果你认为一万两少了，吴某再增加一万两，总可以了吧？

桂老板：吴老板——

吴老板：桂老板，你放心，我会考虑到你的辛苦费用。

桂老板：吴老板，我不是这个意思。我的意思，郭统领开弓没有回头箭，船到江心回头难。事情已经做到了这一步，就只好这样了。就算他给您面子，那些兄弟，可不是好惹的，万一闹出什么事情来，大家都不好做人了。

吴老板：郭统领，做生意的人，和气生财，我不想伤害任何一个人。俗话说，救人一命，胜造七级浮屠啊！

郭大川：行，吴老板想救人，可以。你出三十万两，我答应。

吴老板：三十万两，郭统领，太过分了。三万两吧！

郭大川：三万两，石狮子的屁股，没门！

詹大人带着潘启明从里面走出来，詹大人怒气冲冲地：三万两，我愿意！

郭大川一下子愣住了。

■ 鲁青山家

大家都给四姨太见礼。然后退出。鲁青山已经叫来了儿子鲁子义。

鲁青山让他跟四姨太见礼：跟四奶奶磕头。

四姨太喜笑颜开：不是说过了，不叫奶奶。

鲁子义很乖巧地：孩儿给姨娘见礼！

四姨太：这就对了。回头安排阿香，你先跟你子义哥哥出去说话，我有当紧的话要跟鲁老板说。

鲁子义跟着阿香走出去。

四姨太：鲁老板，不好意思。上次拜托你到杭州购买丝绸的事情，巡抚大人知道了，说我胡闹。官宦人家，怎好跟洋商瞎掺和呢！

鲁青山当然明白四姨太的意思：四奶奶的意思，想退股？

四姨太纠正：也不是退股，就是不用你的大船捎带丝绸了。

鲁青山笑了：就是，要把钱收回了？

四姨太：巡抚大人是这个意思。

鲁青山：不要说巡抚大人这个意思，就是四奶奶有这个意思，我也会十分尊重的。

四姨太：那就谢谢了。

鲁青山：不过，有些不便。

四姨太：哈哈，你别瞎说了，也不怕人家说你堂堂广利行大老板撒谎。区区一万两银子，在你鲁大老板，九牛一毛呀！

鲁青山：那是平时，一万两真是不算什么，现在不行了。全部都压在这批杭州丝绸上去了。

四姨太：你的现银都压上去了？

鲁青山：何止现银，还借了很多债务。

四姨太：你的不动产总没有动吧？你的这些房子，总还是你的财产吧？

鲁青山感到世态寒凉实在厉害，不由得非常伤感：是的，四奶奶，我的房产现在还在我的手上。如果四奶奶不放心鲁青山，可以把我的房产契约拿去，算是暂时抵押。

四姨太：我倒没有什么不放心。我这的一万两银子，不过是鲁老板牙缝子里一点点肉沫罢了。不过，巡抚大人那里我不好说话。我说已经退出了。何以为证呢？

鲁青山咬紧牙关，轻声对外：义儿，过来。

鲁子义应声进来了：爹。

鲁青山示意他打开自己床头上的一只木箱。

鲁子义打开了。

鲁青山颤巍巍地取出一卷文书：四奶奶，这是房产契约。你先拿去，等我还了您的一万两银子，您再还给我。要不，我一家老小，可就没有栖身之地了。

四姨太很快接了过去：其实，我也就是给老爷看看罢了。很快就给您送回来。好了，你好好养病吧！

说完，四姨太退出去了。等在外面的女眷们慌忙表示送客。

鲁青山显得很是悲怆。

鲁子义懵懵懂懂地劝说父亲：爹，姨娘明天就会给咱们送回来的。

鲁青山再也忍不住了，一口血喷了出来。

第四集

■ 汕头码头

丝绸船已经安全回到了潘启明他们手中。现在，他们正在收拾打扫，做重新起航的准备。

二喜：明仔，给东家的快信写好了？

潘启明：写好了，一会我请游掌柜帮助发了。你看看——说着，取出书信，交给了满叔。

二喜看信：为什么不给咱们东家说明白，东西已经回到了咱们手中？像你在信上说的这样子，只怕东家不放心呢。让我说，干脆，就说明白东西已经回到了咱们手中，让咱们东家彻底放心了算了！

潘启明：大叔，东家的精明，你还不了解？咱们办事的能力，东家也明白。咱们说到这种程度，东家也就明白了。退一步说，虽然东西已经回来了，咱们回家还有一段路要走，你敢保证这段路上不出什么意外？更重要的是，如果这船丝绸还在危险之中，四姨太不放心，也许就主动要求退股了。

二喜恍然大悟：哦，你在这里留了一手。说起来四姨太入股，这件事情，我也是一个大心病。不过，这次，吴老板帮了咱大忙，四姨太那里是不是……

潘启明正色：大叔，吴老板的恩情，不能全部记到四姨太的账上。就是感激四姨太，也另有感激的办法。四姨太这样的入股，对于咱们这样的生意，是个大弊端。他们讲究的是发财，咱们生意人讲究的是经营。平时，也许他们就是多占利润也就罢了，只怕到了关键的时候，强行干涉，横生枝节，闹得咱们没法正常经营，甚至添大乱子！还有，如果大大小小的官员，都学她的样子，还有我们商人的活路？

二喜不由得连连点头：你比我想得周密，看得长远。他拍拍手中的信件，充满希望地接着说：但愿，咱们东家利用这个机会，把四姨太辞掉了。

潘启明：我想，东家如此精明，不会轻轻放掉这个机会的。

二喜感叹地：有你这样的伙计，什么东家不发财，嗨！

游掌柜带着几个伙计，抬了食盒来到。

二喜急忙上前迎接。同时，招呼正在忙的潘启明：明仔！

潘启明上前跟游掌柜施礼：游师傅！

游掌柜很亲切：明仔，明天就要起航了，我们东家在海鲜楼给你们送行。

潘启明：游师傅，吴老板对我们太好了。

游掌柜：不过，吴老板有件事情拜托你。说着，取出来一只包袱。

潘启明：是不是带东西给四姨太？

游掌柜：不，这是我们东家送你的一身衣服，他老人家希望你明天起航的时候，能穿上这身衣服。

潘启明想了想，打开包袱，这是吴老板儿子遗像上穿的衣服。潘启明有些明白，连连点头：好，我一定穿上。游掌柜，我们有一封给东家的快信，请你帮助发出去可否？

游掌柜：好，好！

▩ 鲁青山家

满叔、老奶奶、鲁太太等一家人都守候在室外，鲁青山卧在室内，微微闭着眼睛。

鲁子义走进来，看样子，他有话说，但是也有顾虑。

奶奶低声：你想说什么？

鲁子义伸手向里面指一指，意思要跟父亲说。

奶奶低声，态度坚决地：跟我说。

鲁子义低声：海关帮办来了。说那监督请我父亲过去。

满叔：这个时候来，怕是没好事。

奶奶：自古官不差病人，你父亲大病在身，不去！

鲁子义：这话我说了，可是帮办说，用轿子抬，也要抬过去。

从内室传来鲁青山的声音：进来，跟我说。

鲁子义看看奶奶，奶奶带头朝室内走去。鲁子义只好跟在后面。他们走进内室。鲁青山挣扎着要坐起来。鲁子义急忙过去搀扶。

满叔：东家，我先抵挡一下吧。

鲁青山：你挡不住，马上回行里看着点。

满叔：是，东家。

鲁老太太：你是病人，不要管了，娘去对付。

鲁青山凄凉地：娘，咱现在不是病人，是犯人。

奶奶：欠几个钱，咱能是犯人？

鲁青山：主要看欠谁的债，欠了洋人的债，就是犯人。万岁爷就是不允许欠那些洋人的钱。堂堂中华大帮，居然欠夷人小丑的钱，岂不丢了皇帝的人？都是生意人，身份不一样啊。肯定是拉斯托姆到海关把我告下了——扶我起来。

奶奶：不行，你不能去。让义儿替你去。

鲁青山：义儿不行，他应付不了。如果明仔在这里，倒是可以替我去的。

鲁子义不服气，嘟哝：明仔好，他押运的丝绸船到哪里去了？

奶奶大怒：胡说八道，滚出去！

鲁青山不禁摇头。

▩ 汕头码头

丝绸船就要起航了。送行的人挤满了码头。吴老板很惆怅，因为他没有看到潘启明。

游掌柜发现了他的惆怅，安慰：东家，明仔这就过来，要跟您行大礼呢！看，看，他来了——

潘启明从船舱出来了，他已经穿上了吴老板赠送的衣服，和吴老板的儿子俨然一个人，他慢慢朝吴老板走来。走到吴老板跟前，双膝跪地：吴老板，大恩大德，无以言报，我代表东家鲁青山一家，代表我们满船人等，给您磕头了！

吴老板上前紧紧抱住潘启明，泪水盈眶：孩子——

▩ 粤海关大堂

那金升堂问案，病恹恹的鲁青山跪在地上，鲁子义在一旁搀扶。

拉斯托姆坐着，荣翻译在他一旁站着。

那金：鲁青山，这个洋人大班说他在你那里订了一批丝绸货物，有没有这件事情？

鲁青山：回大人，确有其事。

那金出示清单：这份清单，是不是你们约定的货物清单？

鲁青山取出自己的一份：大人，就是这份清单。

那金对照两份清单，连连点头：洋人说，曾经付给了三成定金，近四十万银两之多，是不是真的？

鲁青山：回大人，是真的。

那金：鲁老板，这个洋人大班说你去杭州贩运丝绸的大船遭遇风浪，已经失踪。看来你的买卖危险了。他要求，查封你的房产，一直到你确定供货之后，再行解封。

鲁青山：回大人，商民同意这样处置。只是，因为商民此次举债甚多，商民的房产，已经被其中一家债户作为抵押拿走了。

那金：不行。朝廷有明确规定，咱们中华大邦自己的债务好说，绝对不能欠那些洋人的钱。谁拿去了？快去跟他要回来！

鲁青山：大人……

鲁子义抢着回答：巡抚大人杨大人府！

那金一愣，有意提醒，呵斥：小孩子胡说八道，巡抚杨大人府怎会跟你们商人来往，小心老爷打你的板子！

鲁青山认为有必要替巡抚杨大人开脱，做进一步说明：回大人，不是巡抚杨大人府，是巡抚杨大人府的四姨太。四奶奶请商民带货，商民收了她一些带货的款子。现在商民无钱无货，只好用房产抵押她的货款。

那金沉吟：原来是这么回事！

拉斯托姆对荣翻译：据我们调查，四姨太是参股经营，不是借款带货。其参股部分也就是区区一万两白银，一万两白银就拿走了房产契约，鲁青山有转移资产的嫌疑。

荣翻译：老爷，我们大班——

那金看不起洋人，呵斥：什么我们大班，我们大班——你是个标准二鬼子，就说洋人！

荣翻译：是，老爷——我们大——洋人说，他已经调查清楚，鲁老板并不欠四姨太债务，四姨太是合股经营，一万两白银是投资款。区区一万两，债务人就将房产契约交给四姨太，有转移资产的嫌疑，请老爷明察！

那金：哼哼，这个洋鬼子还挺善于打官司呢，行家里手！问鲁青山：鲁老板，四姨太到底是借钱给你，还是参股经营？说到这里，有意提醒：堂堂巡抚大人的太太，怎会和你合资经商，你不要用总督吓唬本监督啊！

鲁子义认为应该拉着四姨太，这样才能显出来自己势力不同一般行商：四姨太是我们的大股东！

鲁青山呵斥：不可胡说！

那金：小孩子，你敢具结吗？

鲁子义认为那金不敢惹巡抚大人：敢！四姨太就是股东，老爷应该让四姨太来跟这个洋人打官司。

鲁青山费力地阻止儿子：老爷，不要听小孩子胡说。

荣翻译：大班，债务人承认四姨太是他们的股东。甚至敢于具结。

拉斯托姆很高兴：告诉海关大人，应该立即查封鲁老板的房产。

荣翻译：老爷，我们大，不，洋人说，少老板已经承认四姨太是合股经营，大人应该立即查封鲁老板的房产。并且追究四姨太为债务人。

鲁青山：大人，我是当家人，小孩子具结，是开玩笑，这是大事，儿戏不得！

那金对翻译：哼，小孩子说话哪里有准？再说了，一个洋鬼子说让我立即查封，我就立即查封？你的大班是监督，还是本老爷是监督？回头厉声大喝：鲁青山！

鲁青山：老爷！

那金：三天之内，还洋人的钱，不要给咱中华大邦丢人。如果不能还钱，你自己拉屎，自己擦屁股，不许拉大旗作虎皮，听明白没有？三天之后，老爷就查封你的房子，你就另外找个地方住去吧！

鲁子义还想说话，鲁青山费力地扯了他一下。

■ 汕头码头

潘启明的船越来越远，吴老板还是引颈远望。

游掌柜：东家，这个明仔，确实太像我们少东家了。

吴老板：不仅仅是长得像，更难得的是，他的为人行事，他的人品，更像！

■ 潘启明的船上

潘启明回头，已经看不到给他们送行的人了。潘启明开始脱衣服。

二喜：怎么不穿了。

潘启明：我要好好保存起来。

■ 鲁家　鲁青山卧室

鲁子义：爹，我说四姨太是咱们股东，那大人就不敢这样了，难道他不给广东巡抚大人面子？

鲁青山：无知的东西。那大人和杨巡抚，面和心不合。你这样说话，四姨太是不承认的。不仅开罪了四姨太，你同样保不住我们的家产……

鲁子义不服气。

一旁侍候的阿娇向他使了一个眼色。

鲁子义才勉强忍住了。

奶奶和鲁太太进来了。奶奶：青山，当初你爹给你起名字，就是有留得青山在不愁没柴烧的意思。你不要泄气，安心养病。咱不是有一处别人抵债的房子吗？虽然小了一些，一家人凑合着，也能住下。

鲁青山：老娘，孩子对不起你老人家了！

鲁太太：婆母，让你老人家作难，我们不孝啊！

奶奶：胡说八道，我们上有广利行的招牌，下有儿子继承香火，不出十年，又是一番天地！

鲁青山喃喃地：十年？好，你们都休息去吧，我也清静清静。

奶奶：好，阿娇，你留下来。我们大家都各人忙各人的去，把自己的东西收拾收拾，咱们准备搬家。

鲁青山：阿娇也去收拾自己的东西去吧。

阿娇不同意。

■ 航道上

潘启明张满了白帆，船行的速度明显加快了。

■ 四姨太居处

四姨太正在那里算账，阿香报告：奶奶，老爷来了。

四姨太手忙脚乱收拾好，起来迎接。杨大人是个很威严的人物，虽然在自己家里，还是一副大人物的样子。

四姨太：老爷！上前亲热地搀扶杨大人坐下，亲手接过来阿香捧上来的茶具，侍候总督用茶水。

杨大人取出一封信：海关老那来了一封信。

四姨太不敢看信，眼睛眨巴眨巴，楚楚可怜地看着杨大人。

杨大人不阴不阳，看不出什么态度：洋人告你和广利行合股经营，现在广利行眼看破产。恐怕你也要破财了！

四姨太：哎呀，真是天大冤枉啊！老爷，奴婢考虑到你快去京城述职，那些王公贵族都需要打点……

杨大人：打点王公贵族的礼物，按照规矩，那些洋商们自会替我考虑，不需要咱们自己想办法。

四姨太：这个奴婢自然明白。可是，那些王公贵族的内室，太太呀小姐呀，需要一些丝啊绸啊什么的，老爷未必能考虑周全，那些洋商，也是装糊涂，能推就推了。所以，奴婢取了一些私房钱，交给广利行。请他们带些上等丝绸回来，好准备给老爷您使用。听说广利行大船遇到风浪，奴婢的私房钱，就抛到东洋大海了。奴婢正说自认倒霉呢，鲁青山这个人倒是很好，非要用他们家的房产还咱们账。我死活不同意，他死活坚持。你看看……

杨大人：老那说，洋人揭露，你在广利行有股份。鲁老板也说是你入了股份，他给压了。洋人那里，他已经替咱们抵挡了三天。三天之后，就要帮助洋人查封那个洋商鲁什么山的房产了。你要赶快把事情处理干净一些。不要让我在老那那里留下什么把柄。

四姨太：奴婢明白了。

■ 鲁青山卧室

阿娇帮助鲁太太侍候鲁青山。鲁太太累了，在打盹。

鲁青山有气无力地：子义呢？

阿娇摇头。

鲁青山示意阿娇向太太打听。

阿娇轻轻摇摇鲁太太。

鲁太太猛然醒过来，有些茫然。

阿娇：太太，老爷问少爷去哪里了？

鲁太太：噢，四姨太让他过去一下。

■ 四姨太居处

鲁子义正在四姨太这里，和四姨太说话。

四姨太正在抚摸着鲁子义的脸颊，近乎猥亵，突然看到阿香进来，为了掩饰自己，急忙招呼阿香：阿香，你看看，这孩子的皮肤是咋长的，这样滑这样软，真像粉琢玉雕一样哎！

阿香本想装作没有看到，听到四姨太这样说，急忙过来一起欣赏：啧啧，可不！

四姨太缩回手：子义，阿姨给你说的话，都记住了。

鲁子义：全记住了，回去，我一定说服我父亲。姨妈只管放心。

四姨太：这孩子，不光人漂亮，心眼儿也够用。有你在，你们家将来还会发达的！我敢保证！

鲁子义仍然雄心勃勃：有四姨太帮助，孩子自信也能东山再起！

■ 江面上

丝绸船乘风破浪。

■ 鲁青山居处

鲁子义给父亲回报四姨太的意思：四姨太说，我们的房产，全部还账给东印度公司，也不够人家三成两成，自己家里什么都没有了，也还不清人家的账目，实在是不合算。如果都算成四姨太的，洋人那里，他们也没有办法，毕竟是巡抚大人府啊。四姨太还保证，把咱们的房产全部给她抵账，只是权宜之计。她是替咱们保全家产的。等事情过去了，她一定会把多余部分退还给咱。

鲁青山：你相信那个四姨太？

鲁子义：孩子想，人家是堂堂巡抚太太。

鲁青山：东印度公司是人，堂堂正正，讲究人情天理。四姨太是虎狼，心黑手狠，没有人性，她这是趁火打劫！

鲁子义愣了一下，随即表示不相信。

鲁青山说着很激动，病情加重，咳嗽个不停。

阿娇急忙过来照顾鲁青山：少爷，不要说了，以后再讲吧。

鲁子义着急：怎么以后再说，没有时间了。海关只给三天时间！你们没有看到，刚才我回来的时候，看到了，东印度公司已经派人来丈量咱们的宅基土地了！

阿娇急忙阻止他：少爷！

鲁青山愣了一下，绝望地：丈量吧，反正早晚是人家的。凄凉地：这就叫倾家荡产啊……

鲁子义：爹，与其给东印度公司，不如给四姨太了。说着，掏出来四姨太拟好的合同：爹，这是四姨太和我写的合同，您就在上面摁个手印吧！

鲁青山用茫然的眼神看着儿子，好像不认识了。

鲁太太走进来：老爷，四姨太来了。非要马上见你。我说让婆母阻拦吧，婆母又到咱们小房子那边打扫去了。你看看——

鲁青山怅然有顷，好像突然下定了决心：你们都出去一下，我想想，等我叫你们的时候，再过来。

鲁太太：好吧！

鲁子义还想说什么，看到父亲紧紧闭上眼睛，也只好留下合同，退出了。

阿娇不走，鲁青山已经感觉到了：阿娇，你也走吧，把门带上。

阿娇轻轻退出，关上了门。悄悄走到窗户下。

鲁青山看到室内无人了，起身，取出丝绦，搭在房梁上，准备自杀。

室外，鲁子义悄悄走过来，看到阿娇在窗子前往室内张望，阿娇的体型美妙，引发了他的欲望，忍不住动手动脚。

阿娇大吃一惊，回头低声：少爷，请自重！

鲁子义威胁地：你敢偷窥老爷！

阿娇再向室内看时，发现鲁青山在自杀，大吃一惊！

鲁子义看到情形不对，也争着向室内观看，发现里面的情况，立刻瘫痪在地上。

室内，鲁青山正准备把脑袋伸进丝绦的套子。

阿娇看到鲁子义已经不能指望，一时聪明，对着窗子，大声喊：明仔回来了！明仔回来了！

鲁青山听到阿娇的喊声，急忙把脑袋退出来，因为太激动，从凳子上摔了下来。

阿娇从外面撞开门，冲进室内，搀扶起鲁青山。

鲁青山满怀希望地：孩子，明仔回来了？

阿娇嗫嚅：老爷，您不能寻短见啊！

鲁青山明显失望：嗐——

这个时候，吴管家很激动地冲进院子，大声呼喊：明仔来信了！

前院里的人：鲁太太、四姨太、阿香等，簇拥着吴管家和鲁子义都一起涌进鲁青山室内。

鲁青山来了精神：吴管家，拿来我看！

四姨太一伸手，从吴管家手中把信件抢了过去：我来看！

她看了一阵子，撇撇嘴，把信递给鲁青山：猫咬尿脬——空欢喜！

鲁青山仔细看信，过了一阵子，心里明白了，抬头：是的。四姨太说得对。

所有的人都很失望。

鲁青山对大家：你们都退下吧，我和四奶奶说几句话。

其他人都出去了。

鲁青山：四奶奶，你说的事情，子义都跟我说了。四奶奶替我们家着想，鲁青山这里有谢了！

四姨太：不用客气，咱们是自己人。

鲁青山：四奶奶，万岁看不起洋人，所以，不允许我们洋商欠洋人的债务。如果我将房产全部给您，洋人得不到一点安慰，较起真来，只怕会连累巡抚大人。

四姨太嘴硬地：鲁老板不要担心，我们老爷不怕的。

鲁青山：再次感谢四奶奶。虽然老爷不怕，毕竟麻烦。我看不如这样，三天之内，如果我能还上四奶奶一万两本金，当然，还有两千两利息，不，三千两利息，咱们算是好合好散，仁义一场。从今后再也不要说什么参股经营的话了。

四姨太当然不甘心：如果不能偿还呢？

鲁青山：如果不能偿还，在海关查封房产前一刻，我把房产全部转您，如何？

四姨太想了一想：好！空口无凭。

鲁青山立刻拿起毛笔：俺们立字为据！

■ 鲁家门外

荣翻译带着一些人，丈量鲁青山的宅基。

鲁奶奶带着几个人从外面回来，看到这些人：你们这是干什么？

荣翻译：老太太，东印度公司在计算你们的房产价值。

鲁奶奶很大气地一笑：时候没有到呢，到了时候，再对照地契，仔细丈量，岂不更加准确。

荣翻译：对不起，这是我们大班的主意。

鲁奶奶：堂堂东印度公司大班，居然这样小手小脚，真让我老太太失望！

拉斯托姆问荣翻译：她说什么？

荣翻译：老人家说我们提前丈量，是小手小脚，没有大公司气度，失了东印度公司身份，让她老人家很失望！

拉斯托姆不禁肃然起敬，向老太太说英语：对不起，让您笑话了！回头对自己的手下：收工！

老奶奶当然不懂英语，看到他们很快撤退，问身边的人：我很凶恶吗？

众人：您老人家慈眉善目。

鲁青山出来了：母亲，那些丈量宅基的人呢？

老太太看到儿子居然有了精神，很高兴：孩子，你能起来了！

鲁青山：是的，母亲，孩子能站起来了！

老太太：他们看到我慈眉善目，吓跑了。说着哈哈大笑。

鲁青山也笑起来：娘，明仔有音信了……

老太太：明仔没有死？那就有指望！

阿黄和满叔跌跌撞撞地跑过来，一边跑一边喊道：东家，回来了！二掌柜和明仔回来了。

▩ 繁花似锦的花市　外　日

熙熙攘攘的人流，

广利行鲁家的大丫头阿娇领着一个嬷嬷刘姐和挑担的长工邱叔在挑选鲜花。

阿娇买着，刘姐怀中已经抱满了，二喜后面佣人的担子上也装满了盆景和金钱树。

刘姐：阿娇，够了吧，再买就会拿不完了。

阿娇：老太太说了，今年要好好喜庆喜庆。

阿娇的目光又盯上眼前的一片玫瑰。

卖花大姐：小姐，这玫瑰好鲜艳，好靓噢！说着麻利地把一朵红玫瑰插在阿娇的额头上。

阿娇果然兴致地挑选起来……

▩ 粤海关

那金正在陪着女儿练功，看到丫鬟急匆匆走来，收住式子。

丫鬟：小姐，那个广利行的伙计潘启明，来找您。

那金马上表示不高兴：老子不能摆脱那些商人纠缠，也是王命在身，实在不得已。我的千金小姐，就不能再跟那些奸商来往了。

那青眨巴眨巴眼睛，对丫鬟：对了，跟他说，本小姐没有兴趣见到他。让他有多远滚多远！

丫鬟很精明：明白了！

那金高兴了：这才是我的好女儿！

■ 街上

潘启明一个人走着，有些郁郁寡欢。

那青还是男人打扮，从后面走来，轻轻一拍潘启明的肩膀。

潘启明回头一看，马上认出来了那青，急忙施礼。

那青大大咧咧地：走，陪哥们儿酒楼喝几盅！

潘启明：实在荣幸。不过，对不起，启明从来不喝酒。

那青：生哥们儿的气了？刚才哥们儿是不想惹老爷子生气，不得已！

潘启明：哪里，真的是从不喝酒！

那青：那就是生气了。男子汉，哪能这样小肚鸡肠，走，上酒楼！

那青拉起潘启明，上了附近的一家酒楼。

小二一看，来生意了，急忙上前招呼：来了，老板！

那青：有没有雅间？

小二：有，给您准备着呢！

小二领路，他们进了一间雅间，潘启明只好坐下来。

那青吩咐小二：拣一些好的，给哥儿们上！好酒要南海龙江双蒸，两壶！

小二：好来！刮风一样跑了出去。

那青：今天，哥儿们要庆祝你大难不死，安全回来！

潘启明很感动：谢谢那小姐！如果不是那小姐赠送的利刃，也不会有我的大难不死！

那青很得意：嘿嘿，咱哥儿们有先见之明！喂，既然咱们有缘，你小子日后会有大富大贵，做个结拜兄弟如何？

潘启明苦笑地：你是皇室的大千金，我是个平民小百姓，你逗我玩，这哪是哪呀！

那青更开心地：你要是皇室的少爷和做官的人，我还懒得逗你玩呢！

潘启明：多谢您另眼相看。

那青一本正经地：告诉你，本姑娘看你有才有志还有德，交你这个哥们朋友了！

潘启明施礼：不敢，不敢，但求在下有难之时——

那青随即接住：哥们拔刀相助。

■ 鲁家院子里　外/内　日

家人们在忙碌着打扫卫生……

鲁家太太亲自在厨房里指点着烧菜……

鲁老板在书房里亲笔书写春联：生意兴隆通四海，财源茂盛达三江……

■ 阿娇走进书房

阿娇："老爷，所需鲜花都买回来了，您看怎么摆？"

鲁老板停笔："好！"

■ 潘启明居室

潘启明显然还是喝了一点儿酒。阿黄来到：明仔，你喝酒了？

潘启明：就一杯而已。

阿黄：你呀，八仙桌子上摆一只夜壶——不是盛酒的家伙！

潘启明嘿嘿笑起来。

阿黄：阿娇找你来了。

潘启明：那还客气啥，请进来呀！

阿黄：你现在是广利行有身份的人了，跟你相处，要讲究规矩了！

潘启明笑了：你就会胡说八道！出来伸手打开门，看到了阿娇：妹妹，你怎么不进来？真是！

阿娇提着个小包包，有些腼腆地低头进来了。

阿黄：我该离开一会儿了。说着，跑出去了。

潘启明：这个东西！回头，有些不好意思地对阿娇，坐下。

阿娇：哥哥，从你回来，我一直想过来见你，你看，人来人往，你是那么繁忙，就一直没有过来。

潘启明：我也一直想去看你，不是不方便，就是没有空。

阿娇：哥哥，听说你们在大海里遇到了台风，妹妹就……

潘启明注意到阿娇明显消瘦了：是的，妹妹消瘦了许多。谢谢妹妹。

阿娇打开包袱：哥哥，老太太扯了一些布，让我给你做了一件袍子，我拿来了，你穿上试一试看看是否合体。

潘启明准备穿衣服，突然想起来：是老太太扯的布？

阿娇：是的。

潘启明不愿意试穿了：妹妹，你不要现在给我，既然是老奶奶的布，你拿回去，等老太太亲手给我。

阿娇想了一想，点头：还是哥哥想得周全。

潘启明：妹妹，哥哥有一件事情告诉你，你暂时不要对外说，不过，你要跟我参谋参谋，看看哥哥想的是不是对头。

阿娇点头。

潘启明：我也想做洋商。

阿娇惊喜：这才是男子汉的主意。

潘启明：你赞同？

阿娇点头：不过，需要很多本钱，你哪里去弄？

潘启明：前一阵子，我的薪水，还有老板给我的提成，我积攒了一些。陈徽州对我很看重，我想，他会借一些给我的。如果非要等有了很多钱财再做生意，那些钱财从哪里来？钱财就是从生意中来嘛，是不是？从小做起，越做越大。

阿娇：哥哥需要我做什么呢？

潘启明想了想：等需要你的时候，我会告诉你！

阿娇脸红了：知道了。我走了！

阿娇退出门去。

潘启明突然想起来：妹妹！急忙回头取了一件东西，追了出来。

阿娇听到潘启明呼喊，站住了。

潘启明追出来：妹妹，本来，在杭州给你买了一副镯子，在海上遇到风浪，丢失了。实不相瞒，这是回到广州才买的，一点儿心意罢了，很不成意思。

他们没有注意，鲁子义已经站到一旁，并且很不高兴。

阿娇接过去。看到是一副耳坠，由衷地：妹妹喜欢！

鲁子义十分不屑地：既然是老乡，要送，就送一些值钱的东西！也不枉人家叫你一声哥哥！

阿娇害羞，转脸就跑掉了。

潘启明：少东家。

鲁子义哼了一声，悻悻地走了。

潘启明很失落。

阿黄冒出来：明仔，这少东家咋回事？阴阳怪气的？

潘启明：少东家，大手大脚惯了，看不上咱这小家子气呢。

阿黄撇撇嘴：明仔，陈徽州捎信来了，请你过去。

潘启明：哦！

阿黄：可能是请你喝酒，你也不是个胜酒的家伙，带上我吧，我替你喝酒！

潘启明：你休息吧。人家大老板，怎会请我喝酒？做梦娶媳妇，想得美！

■ 鲁青山的账房里

鲁子义翘首蹑脚过来，试图打开父亲的保险柜。突然，外面传来鲁青山的声音：不要着急，我马上就好！

鲁子义急忙躲藏起来。

鲁青山进来，打开保险柜，取出了一样东西，忘记关保险柜就出去了。

鲁子义急忙打开保险柜，拿了两样东西，装在怀里。关好保险柜，窜了出去。

他刚走，鲁青山进来。他可能是想起来刚才忘记关保险柜了，回头来关闭的。可是，他发现保险柜已经关闭好了。不禁敲敲自己的脑袋：刚才好像没有关上呀？嗨，老了！

■ 陈徽州居处

陈徽州请潘启明喝茶。

潘启明：我就经常想，做佣工，绝对是不能发财的。我应该做洋商，我这人，可能最适合做洋商。

陈徽州：第一次看到你，我就认定，你将来要自己做的。

潘启明：我真要感谢你对我的鼓励。其实，我来广州，专门投奔广利行，就是想学习洋商经营的。但是，我到底行不行，第一个认为我可以的，就是你！

陈徽州：没有我的鼓励，你也会做的。你不是那种让自己随波逐流的人。你有抱负，我能看得出来。再说，我不鼓励你，也会有别的人鼓励你。也许，别人的鼓励，比我还有作用，也不敢说！

潘启明注意到，陈徽州说这话的时候，很是意味深长：别人？

陈徽州：吉人自有天相！

潘启明：不过，做洋商，不同于做一般的商人，手续是很复杂的。要有自己的商铺，有足够的资本，还要有三个以上的保人。对我这个外来人说，哪一个问题都是难题。我在南洋，曾经积攒了一些资本，一次遇到海盗，全部失去了。

陈徽州：关于资本的问题，我可以多少给你一些帮助。其他的，要慢慢来。

潘启明：借你三十五十个制钱，我有抵押。如果借你成千上万的银两，我可是没有东西抵押啊！

陈徽州：我还要你的挂件！那就是个最贵重的抵押。

潘启明很感动：陈老板——

陈徽州：不要老是老板长老板短的了，如果你不嫌我俗气，我长你几岁，你就叫我大哥吧！

潘启明走到桌子外边，跪下：潘启明认下大哥了！说着，磕了一个头。

陈徽州急忙过来搀扶起潘启明：兄弟，请起。

两个人又回到了茶桌上。

陈徽州：你现在最重要的是取得鲁青山老板的同意。你这样的人才，他不会轻易放你的。伙计辞东家，有很多规矩，很麻烦。再说，你是个重感情的人，鲁老板会用感情挽留你。

潘启明：大哥放心，我能看见，我的前面有一座座的山，一道道的河，不论多艰险，我都要一步一步地走过去。

▩ 广利行商号　外/内　日

潘启明领着阿黄在清点库中货物。

鲁子义走了进来。

鲁子义：明仔，不用再对账了，都好几遍了，不会错的。

潘启明：少东家，你还没回呀？

鲁子义：我爹叫我跟着你学，不到时候，我能回吗？

潘启明：老东家就是认真，这是我们下人伙计做的事，不用学的。

鲁子义：是啊，我也这么说过，可我爹说“不用学也得看，看就是学”。

潘启明认真检查着窗户：嗯，老东家这话也有道理。

鲁子义：我爹还叫我跟你学洋鬼子的鬼话呢，堂堂中国人，又是东家，学鬼话，哼！要那些翻译干什么？哎，你是怎么会鬼话的呀？

潘启明：当年在南洋谋生，嗨，生活所逼呗。

鲁子义：你下过南洋，南洋好玩吗？

潘启明又检查一下仓库大门，然后合上：好好做人就好玩，做不好人，在哪里都不好玩。

潘启明和阿黄在库门上贴着封条……

▩ 鲁家院子里　外/内　傍晚

门上都贴上了春联，院子里花草焕然一新。

客厅里摆着两张八仙桌，家人们准备着酒杯，摆着菜肴。

老太太房里。

阿娇正伺候着老太太对着镜子整衣服，理头饰。

阿娇：老太太，您真是越来越年轻了。

鲁老太太：行里遇难呈祥，大家高兴。起身轻快地走了走：阿娇哇，这说着说着，你快二十岁了吧？

阿娇：明儿个就十九了。

鲁老太太：也该嫁人了，今个给你许个愿吧，等之义娶了媳妇，你也就有安排了。奶奶一定给你一份好嫁妆，说句心里话，我这老婆婆亏得你伺候得好。最舍不得你，离不开你呀！

阿娇听出来奶奶的意思是让她给鲁子义当偏房：老太太，我不嫁，我甘心一直伺候您。

鲁老太太：别说傻话了，女大当嫁，奶奶心里有数。

阿娇：老太太，我——

鲁子义一头撞了进来：奶奶，我回来了。

鲁老太太：启明呢？

鲁子义：跟二掌柜到我爹那交差去了。

鲁老太太：你怎么没去？

鲁子义：事都办完了，说一声就是了。掏出两个丝包来，可以看出，是他从鲁青山柜子中弄来的：奶奶，孙儿给你的礼物。——一个给了奶奶，另一个，伸手给阿娇：阿娇，这是给你的。硬塞在阿娇手中。

鲁老太太拆开看着，但脸上还是高兴地：奶奶还需要你的礼物？！

阿娇手中是一对玉镯。

鲁子义殷勤地：阿娇，来，我给你戴上。

阿娇认真地：谢谢少爷，我不要。

鲁子义硬是要给她戴手上。

阿娇硬是躲闪着。

老太太高兴地：他要帮你带上，就让他帮助吧——

鲁子义盯住阿娇的耳坠，知道是潘启明买的，很恶心：看，奶奶都能看上的东西，难道不比街头地摊上买的假货好？说着伸手去摘阿娇的耳坠。阿娇急忙躲闪。

鲁老太太突然发现自己手中是一尊非常精致的瓷器滴水观音。立刻变了脸色：子义，你这是从哪弄来的？

鲁子义嬉皮笑脸：奶奶，好东西，反正是都归您了，就别问了。

鲁老太太板起脸：你太没有家法了，简直是胆大妄为，我告诉你，你爹藏的东西，是留着给官府急用时送礼的，是不能乱动的，可你——奶奶本应该好好惩罚你。今儿是年三十，我先忍着。你先出去，把启明喊过来，我找他有事，去呀！

鲁子义不悦地嘀咕着：自己家的东西，拿了就拿了，又不是给别人，干嘛发这么大的火呀！朝门外走去。

阿娇识趣地把镯子放到老太太手上。

鲁老太太：阿娇，还是你懂事。从抽屉里取出个小红布包来：阿娇，这是过年给你准备的红包，十两银子，你爱买什么买什么，买玉镯、买耳环都足够了。

阿娇推辞着：跟着您，我花不着钱的。

鲁老太太又板起脸：别推了，这是我的心意，你再推，奶奶我真的不高兴了。

阿娇：这——

潘启明走了进来：过年了，祝老太太长命百岁，年年康健！

鲁老太太立时和颜悦色地：启明，快过来。朝阿娇努嘴。

阿娇从老太太床头捧出一个布包来。

鲁老太太：启明，累了吧，把外面衣裳脱掉。

潘启明乜一眼阿娇：这——

阿娇抿嘴微笑着——

鲁老太太：脱呀！

潘启明不得已解开外衣扣。

阿娇展开一件崭新的长袍给启明套上，整着。

鲁老太高兴地看着：嗯，合身，这是我扯的料子，阿娇的手工。

潘启明感激地：谢谢老太太。

鲁老太太：还有阿娇呢！

潘启明：谢谢阿娇姑娘。

阿娇捧着一双新布鞋，朝启明含情脉脉地：把新鞋也穿上吧！

刘姐在门口喊：老太太，老爷喊吃年饭啦！

鲁老太太：就来了。

潘启明知趣地告别。

阿娇下意识地送出来。

他们刚走出去，鲁青山走进来：母亲！

鲁老太太：青山，你脸色不好看，有什么事？

鲁青山往外看看，没有过来，压低声音：母亲，我得到一个信息。

鲁老太太：什么信息？

鲁青山：明仔可能要辞工。

鲁老太太大吃一惊：啊！因为什么？

鲁青山：不是太清楚。

鲁老太太：是不是嫌咱没有感谢他？

鲁青山：论说不会是这个原因。按照规矩，红包应该在今天晚上才发的呀。只有一种可能——他想自立门户。

鲁老太太：不可能。做洋商，他的条件相差太远。

鲁青山：那为什么？我想，如果是别的东家挖人才，明仔的人品在这里，不会为了一月多几个钱就轻易过去的！

鲁老太太想了一阵子：不论咋说，今天晚上，你要好好感谢感谢明仔。他是个重感情的孩子，只要咱对他好，他也不好说出来走人的话。

鲁青山：这倒是真的。

■ 鲁家客厅　内　夜

酒菜已经摆好。

主人桌、家人桌都已坐好。

鲁老太太领着阿娇和启明进厅各自就座。

潘启明很自觉地坐在门口家人们的桌边。

常二掌柜硬把他拉过来坐在身边。

鲁老板扶老太太在正中坐好，朝等在门口的满叔示意：放炮！

满叔很快将门外院子里的长鞭点燃。

鞭炮震得女眷们、丫头们直捂耳朵……

鞭炮停了，硝烟还在弥漫着。

鲁老板站起身来：吴管事。

吴管事忙起身：老板有什么吩咐？

鲁老板：红包都发下去了吧？

吴管事：按老爷的吩咐，都发下去了。

众伙计们齐声地：多谢老板恩赏。

鲁老板：好，咱们广利行这一年干得不错，趁今儿个一起吃年饭，我鲁青山谢谢大伙了。向众人作揖施礼。

众伙计：这都是我们应该做的。

鲁老板：今晚，我还要特地嘉赏一个人，阿娇，把我准备的东西端上来。

阿娇端着一个盖着红布的托盘站到鲁老板身边。

鲁青山：常掌柜的，请你过来。

常掌柜有些愕然，慢慢站起来：东家。

鲁青山：常掌柜，这里有一百两白银，为了这次丝绸船从杭州安全回来，鲁青山请您收下。

常掌柜想说话。

鲁青山：我知道，常掌柜想说什么，你少安毋躁。

常掌柜收下银包。

鲁老板：启明，你过来。

潘启明起身，迟疑着不动。

鲁老板：明仔，过来呀！

阿黄和众人把潘启明推了出来。

鲁老板：这一年，明仔勤勤恳恳、任劳任怨，为广利行促成了几单大生意，特别是年前这船货——鲁老板两眼有些晶莹起来：明仔救了船，救了货，也救了我全家人的命……来也！随着一声吆喝，两个伙计，抬上了一个大托盘，鲁青山掀开托盘上的红绸，白花花的一盘银子展现在众人面前。

众人惊奇地：哇——！

吴管事：老板决定，奖潘启明纹银五百两。

众人鼓掌。

鲁老板挥手，众人暂时安静下来。

鲁老板：从现在起，明仔升任为广利行的二掌柜，也就是说，我和满师傅不在的时候，行里生意上的事，他和常二喜一样做主。从今后，大家称呼明仔潘师傅！

众人又惊奇地唏嘘。

常二喜：老板，我说一句话。

鲁青山：常师傅请讲。

常二喜：这次杭州顺利返回广州，我没有任何功劳。这一百两白银，我受之有愧。如果老板认为我没有功劳有苦劳，非要奖励我不成，那我就转赠明仔。这一次，如果不是明仔，我这把老骨头，也不知抛在什么地方了。说着，泪水流了下来。明仔，你一定要接受老头子的这一点心意。

潘启明走到常二喜跟前，恭恭敬敬收下了他的一百两白银：常二掌柜，您的银子我收下了，算我借您的吧！

常二喜：还有，东家，您说让明仔跟我当副手。我不同意。

大家很惊奇。

常二喜：明仔做大掌柜，我跟明仔当副手。东家，你只管放心，明仔肯定是个好掌柜的。

鲁青山很高兴：常师傅，我鲁青山敬重您！明仔，不，潘师傅，从今天起，你就是广利行大掌柜！

所有的人都露出惊喜羡慕的神情。

潘启明抱拳：常二掌柜，谢谢您老的推重。老板，谢谢您的知遇之恩。钱，我全部收下，算我的欠账吧。不过，掌柜的，这个职位，我有话说。我知道，在这里，在这个大名鼎鼎的广利行，勤勤恳恳干十年二十年，未必能坐上掌柜的这个职位。仅仅一年，您就让我做掌柜的，在这广州，也算是个破天荒的事情。我真的感恩戴德——说着，流下了泪水——不过，我不能接受。掌柜的，还是满叔。我连二掌柜的，也不能接受——

鲁青山生怕潘启明说破了，不好挽回，立刻制止：明仔，有些事情，明年开工之后再说，今天，咱们痛痛快快，一醉方休！

大家一起高呼：一醉方休！

第五集

▩ 广利行　内/外　夜

街上家家都挂着过年的大红灯笼，家家都贴着大红门对关紧着大门，整个街上显得冷冷清清，只有远近传来的鞭炮声此起彼伏……

英国商人马斯顿被两个随从搀扶着，晃悠着。

马斯顿：太奇怪了，为什么家家都关上了门？（英语中文字幕）

荣翻译：不奇怪，这是我们中国的风俗。（英语中文字幕）

马斯顿：人都到哪里去了？（英语中文字幕）

荣翻译：家家都在吃团圆饭。（英语中文字幕）

马斯顿：为什么都在今天晚上团圆，难道平时就不可以团圆了？嘻嘻，为了享受今天的团圆，一年都不许团圆？（英语中文字幕）

荣翻译苦笑：马斯顿先生，你还不了解中国，我们中国人辛苦了一年，今天晚上一定要合家团聚，一起吃饭。就像你们每年要过圣诞节一样。（英语中文字幕）

马斯顿：啱——啱——，不一样，不一样，我们过圣诞节，有美酒，有女人，有礼物，非常热闹，开心，欢乐。这里却是家家关起门，没有酒吧，没有女人，我们还到哪里去。这个国家很神秘，很莫名其妙……（英语中文字幕）

荣翻译：明天就是年初一，那将会更加热闹，很欢乐的。（英语中文字幕）

阿黄和另一个伙计扶着启明歪颠着走过来。

广利行三个大字在大红灯笼辉映中非常耀眼。

潘启明：你们……把我领到这儿来干什么？

阿黄：咱们到家了。

潘启明：家？我哪里有家？我还没有家呢！

阿黄：你喝多了！

潘启明：我……没喝多，这儿——不是我的家。

阿黄：咱们行不就是家吗？！

潘启明：行？什么行？不，不——我还没有什么行呢！我的行才是我的家。我会有自己的行的，一定会有的。阿黄，我知道你不相信。哼哼唧唧地唱：男儿当自强，做洋商，开洋行！

阿黄也跟着哼哼唧唧地唱男儿当自强，做洋商，开洋行……一只手扶住启明，一只手拿钥匙开大门：你现在还是没有的，你会有的，嘻嘻。回家吧，未来的潘老板！

潘启明：不，不，我坚决不回。

阿黄开了门：等你有的时候，再说吧。

潘启明：说？我没有说！你们不明白，我没有说出来，是我一时说不出口来。给我的面子太大，我不好意思说。说着，硬是挣扎着坐在地上，靠在大门框上……

阿黄：明仔，明仔——回家里再睡吧。

潘启明合上眼睛似睡非睡地：这真不是我的家，我自己有我自己的家……

阿黄：不能在这睡啊，外面凉。明仔，听见没有？

马斯顿他们也在近前观看。

马斯顿：这个人怎么不参加团圆？在这里睡觉？（英语中文字幕）

荣翻译：这个人喝酒喝醉了，不愿意回商馆。（同上）

马斯顿：没错，你们中国的酒很好喝，也很厉害，稍不小心，你们中国人就会把人灌醉。我醉了一次，就知道你们中国人请人喝酒很有名堂。（同上）

荣翻译：对，你说得对，不过——，也不全对。（同上）

马斯顿：怎么不对，我就是喝醉了嘛！喝醉了！

潘启明突然用英语接了马斯顿的话：就是不对，怎么能喝醉呢？

马斯顿很奇怪：怎么不能喝醉呢？你说话没名堂，你不是就喝醉了吗？

潘启明：哦我没有醉。我们的话你不懂，酒不醉人人自醉，懂不懂？

马斯顿：咦，他的英语很好，可是，他的话我不懂！酒不醉人，人怎么能自己醉了呢？嘿嘿，酒不醉人人自醉？荣，他说的对吗？

荣翻译：马斯顿大班，这位是潘启明先生，他是一个很高明的人，他说了一句很高深的中国话。外国人很难听懂的。

马斯顿：嗯，我喜欢听很高深的中国话！

▩ 鲁家大院老太太房里　外/内　夜

鲁老板在陪老太太喝茶。

鲁老太太：看样子，明仔是决心走人了。

鲁老板点头：看得出来，他心里存着这句话，不过，我没有让他说出来。我不能让他说出来，一旦说出来，就不好收拾了。

鲁老太太皱皱眉，深思起来：今天不说，明天说，明天不说，后天说，只要决心走人了，总有一天，要说出来。要想个办法，彻底断了他的念头，让他死心塌地才好。

外面不时响起爆竹声，还有闪亮得烟火腾空……

鲁老板皱着眉头：母亲说的是。

鲁老太太对外：阿娇，阿娇！

阿娇应声过来：奶奶！

李老奶奶：你去把明仔喊来，我有事情要当面问问他。

阿娇当场答应：奶奶，明仔哥哥今天喝醉了，阿黄他们送他回去了。

鲁老板向母亲丢了一个眼色。

鲁奶奶似有所悟，很有深意地看看阿娇：哦！沉吟片刻：阿娇，你去看看子义在干什么？

阿娇：哎。应声而去。

鲁老太太：是的，是的，我想起来了，阿娇和明仔好像，好像……

鲁老板：母亲，大家都这样看！

鲁老太太：大家——恍然大悟般地：噢——，我明白了，是阿娇。

鲁老板：母亲，孩儿知道您疼阿娇，离不开阿娇，也舍不得阿娇，可阿娇她——毕竟是个大姑娘了呀！

鲁老太太长吁一口气：这不行呀，我请人看了阿娇的命相，是个十足的旺夫命。我原来打算，跟咱义儿当偏房呢。你没有看出来，咱家义儿可喜欢她了。

鲁青山叹了一口气：可惜，阿娇不喜欢咱家义儿。

▩ 鲁子义房里　内/外　夜

鲁子义正靠在床头偷看春宫画，他看着，还想着……

传来敲门声。

鲁子义忙把画片藏在枕下：谁？

门外阿娇的声音：是我，阿娇。

鲁子义兴奋地跳起来，忙去打开房门。

可是，阿娇似乎有防备，她远远站在门外，不愿意进门。

鲁子义慢慢凑到阿娇跟前，突然，一把把阿娇扯进屋，顾不上关门，上去就抱阿娇：你来得可真是时候。

阿娇挣扎，推开鲁子义：少爷，你这是干什么呀——故意向后张望——奶奶，奶奶！

鲁子义以为奶奶在后边，急忙松手。

阿娇趁机会挣脱了，退开一边：是奶奶让我来叫你的！

鲁子义发现上当，有些不高兴，转念一想，又喜不自禁地：这就对了，老太太知道我喜欢你，故意让你这时候来，来来来——欲扯住阿娇的手，阿娇要走，急忙改成招手——我给你看一样东西。绝对好看。

阿娇有些迟疑。

鲁子义伸手从枕头下摸出画片，举到阿娇眼前，神秘地：快看！

阿娇发现是一对光屁股的男女……

阿娇：鬼打架！抽身就跑。

鲁子义奔到门外拖住阿娇：阿娇，你……你可不能告诉奶奶噢！

阿娇：老太太就是让我看看你在干什么，原来你是在玩那些伤风败俗的破玩意儿。看我不告诉奶奶！

鲁子义：唉，求你啦，不就是看着玩玩吗！

阿娇：不好好读书，就会走下流道儿！

鲁子义：你就说，我在看书，这大过年的。

阿娇：我不会说假话。

鲁子义：为了我，你就说一次嘛，你知道，我是很喜欢你的，我打算跟爹说，我要娶你做二太太呢。

阿娇惊异地：啊？

鲁子义：是啊，不信啊？

阿娇很认真地：我的命不好，我不配。请少爷以后千万不要再说这种话！径直朝前走去。

鲁子义在后面跟着：哎哎哎——

▩ 鲁老太太房里　内/外　夜

鲁老板和鲁老太还在商量着明仔的事。

鲁青山：母亲，我说是不是这样，先把阿娇认作干女儿，这样，阿娇的终身大事，就是咱们家的事情了，到底是不是许给明仔，且不做决定。如果实在不行，再说下一步。咱们也许能用这个女儿，留下明仔呢。

鲁奶奶：好，这个主意不错，就是亏了咱们义儿了。

鲁青山：就这样先走一步说一步。认亲的事情，您老人家说到底行不行？

门外，阿娇正巧来到门口，听到老太太的话，不由停步，在门边偷听。

鲁子义也贴在阿娇身后偷听。

房内——

鲁老太太：行！不宜太迟，我马上就把阿娇认作干孙女！她的亲事，从今天开始，就由我老太太做主了。

鲁子义一把推开阿娇，急匆匆地闯进来：爹，奶奶，你们做主，就把阿娇许给我吧！好奶奶，求您了！

鲁老板和老太太都吃了一惊。

阿娇尴尬地站在门内，又小心地合上门。

鲁老板生气地：你乱嚷嚷什么。

鲁子义求救般地：奶奶，可不许阿娇嫁出去哇。咱们家离不开阿娇。阿娇给了我，他可以永远在咱们家侍候奶奶！

鲁老太太正色地：起来，阿娇的事情，我和你爹商量，关你什么事！

鲁子义回头求鲁青山：爹，奶奶，孩儿喜欢阿娇，孩儿要娶阿娇。

鲁青山：起来。现在不说阿娇出嫁的事情。

鲁子义：哼，不要以为我不知道，你们打算把阿娇许给另一个人。另一个人，他凭什么能娶阿娇？只有我，阿娇只能嫁给我——

鲁老板怒容地：你想娶阿娇，你——凭什么？

鲁子义大言不惭地：爹，你是最清楚的，阿娇孤苦伶仃一个野丫头，无亲无故，是奶奶把她收养，她总该报答报答咱家吧。又转脸朝阿娇：阿娇，你过来。

阿娇慢慢踱进来，低头不语。

鲁子义：你凭良心说，我们家里人对你怎样，有谁拿你当丫头和下人看过？

阿娇咬着嘴唇微微点头。

鲁老太太倒是希望孙儿将鲁家一家对阿娇的优厚待遇，详细地说一说，面无表情地：接着说。

鲁子义更是趾高气扬地：阿娇，我们家对待你，恩同再造。没有我们家，就没有你的今天，所以，我们家要你做什么，你就应该做什么。我看上你阿娇，也是你阿娇的福分呢。不过，你放心，爹，奶奶，都很看重你，对你很好，所以，你放心，他们是不会把你轻易赏给一个下人的！

鲁老板动怒地：你给我住嘴！

鲁子义也动情地：爹，我是你的亲生儿子吧，奶奶，我是你的亲孙子吧，这广利行也是咱们鲁家的吧，虽然，我现在还没有什么大作为，那是因为爹在，我不能多管事，要是爹不在了，我就是广利行当家的老板！

鲁老板两眼滚圆地：跪下！

鲁子义见状，不得已地跪倒在地上。

阿娇也跪倒在地：老爷，奶奶，都是阿娇不好，让你们家——

鲁老板立即打断：阿娇，没你的事，你起来，起来呀！

阿娇不起来：奶奶，老爷，请让阿娇把话说完。阿娇知道，鲁家对我，恩同再造。阿娇愿意一生一世，做牛做马，报答奶奶、老爷。只是，阿娇不愿意嫁人。奶奶、老爷是阿娇的恩人，请奶奶、老爷恩上加恩，恩准阿娇！

鲁老太太有些心疼地迟疑起来……

鲁子义非常生气：阿娇，你简直是胡说八道！除我之外，你休想嫁给任何人！我要让你侍候我一辈子，给我铺床叠被，给我端茶倒水……哪个敢要你，我就灭了哪个，你试试看！你嫁给谁，我都不会让你好过！

鲁老板斩钉截铁地：你才是胡说八道，你给我滚——

鲁子义抹着眼泪起身：好，我滚！说完愤愤然地走了。

鲁青山对外招呼：满师傅！

满叔应声，穿过院子走过进：东家。

鲁老板：去，叫少爷好好在房里闭门思过！

满叔：是。

鲁老太太对满叔：大过年地，也得安慰几句。

满叔：明白了。退去。

鲁老板扶起地上的阿娇：阿娇，子义的话，你不要放在心上，只要我和奶奶在，鲁家的人，谁都不许欺负你。你虽然不姓鲁，我们都认为你就是我们鲁家的人。奶奶没有孙女，你就是奶奶的孙女。我没有女儿，你就是我的女儿，现在我问你，我要正式收你做义女，你答应吗？

阿娇尽管已偷听到，现在还是感到突然地一愣。

鲁老板和鲁老太太都盯着她。

阿娇激动地猛然跪倒：爹爹，奶奶，受女儿，孙女一拜。接着便是虔诚地叩头。

鲁老板和鲁老太太喜滋滋地一齐搀起阿娇。

吴管家兴冲冲地进屋：老爷，老太太，时辰到了，马上就是年初一了，该放烟火爆竹啦。

■ 鲁家大院　内/外　夜

远处近处爆竹烟火早已连成一片，映红夜空，映红水面……

鲁家人倾巢出动，站在院子里和门口看满叔燃烟花，放爆竹……

阿娇和鲁老板搀扶着鲁老太太站在大门口，开心地指点着，欢笑着……

■ 广州沙面附近街道　外　日

大年初一，户户张灯结彩，处处喜气洋洋。

高跷、旱船在沿街巡游表演。

卖小风车及各种小玩意的跟着转悠。

孩子们打群地跟着玩耍……

马斯顿带着荣翻译也在好奇地跟着观看。

马斯顿：容，他们是不是嫌长得矮了，才在腿上绑上木棍让别人看？（英文，中文字幕）

荣翻译想了想：这是我们中国的传统文化。（英文，中文字幕）

马斯顿：我问的是，他们为什么要这么做。（英文，中文字幕）

荣翻译：我们中华民族，地大物博，人口众多，逢年过节，人更多。（英文，中文字幕）

马斯顿打断他：诺——诺——我知道你们人多，比我们大英帝国多得多，你不要跟我讲废话，敷衍我。（英文，中文字幕）

荣翻译认真地想了想：逢年过节，要大家欢乐，他们又要沿街表演，不用搭台，又要让大家都看得到，所以，才这么做。（同上）

马斯顿：噢，这个想法，这做法非常有创意，非常有意思……（英文，中文字幕）

表演队后面的人丛中，阿黄拉着潘启明疾步走着。

阿黄：快点吧，给老爷、老太太拜年，特别是你，不能落在后面哪。

潘启明：我头还好昏呐。

阿黄：你的好事一桩接一桩，是高兴得昏了头吧？

潘启明：都怪那该死的酒，害人的酒。

两人匆匆往前赶着。

旱船队伍在沿街表演着。

丑角在船前船后做着各种让人鼓掌和搞笑的动作。

马斯顿又在新奇地：他们玩的是什么玩意？（英文，中文字幕）

荣翻译：这叫旱船。（英文，中文字幕）

马斯顿：什么叫旱船？（英文，中文字幕）

荣翻译：就是能在旱地上玩的船。

马斯顿：不对，走在旱地上，那是车。

荣翻译难以回答了。

潘启明突然用流利的英语接上：这是一种艺术！（英文，中文字幕）

马斯顿新奇地望着不起眼的潘启明：哈哈，又遇到了你！（英文，中文字幕）

潘启明谦逊地：咱们有缘啊。

马斯顿：请您给我讲一讲这个船，它为什么艺术？它是一种什么艺术？（英文，中文字幕）

潘启明：在我们中国民间，在水上玩的叫龙舟，是赛船，在陆地上玩的叫旱船……（英文，中文字幕）

阿黄着急地拽着他：好啦，好啦，不能再耽误了。

潘启明向马斯顿表示歉意，然后，余意未尽地跟着阿黄走了。

马斯顿望着潘启明的背影，又朝荣翻译：你能不能跟他谈谈，我要用他为我工作。（英

文，中文字幕）

荣翻译不甘心地冒出一句中文：这不可能！

马斯顿：为什么？我需要说明。

荣翻译想了想：他是广州最大的洋商广利行的顶梁柱子，待遇很好。他本人不会跳槽的，他的老板也不允许他跳槽！

▩ 鲁家院子里　外　夜

鲁老太太坐在客厅门口中央的太师椅上。鲁老板坐在老太太边上，在接受家人们、仆人们的跪拜和叩头……

阿娇手里拿着一把红纸袋，在鲁老太太身旁侍候着。

鲁老太太按先后顺序，从阿娇手中接过赏钱分发着……

家人们、仆人们礼毕，手中拿着赏钱的红包，个个喜形于色，祝老太太和鲁老板新春愉快，年年发财……

院外零星的爆竹声。

街上传来阵阵的锣鼓声。

鲁老太太开心地合不拢嘴，又突然想起一般地：哎，怎么没见子义孙儿出来啊？

▩ 鲁家后院，鲁子义的房间　内/外　夜

房间关着门，鲁子义正用毛笔在纸上写着好多潘启明、潘启明……然后发狠地在名字上打×……

满叔看到了这一幕，忍不住过来劝导：少东家，我知道你的心事。青年男女在一起，有一些感情，都是正常的。再说，你看上那个阿娇，是阿娇的福气。

鲁子义感觉到遇上了知音：就是，她还不高兴呢！

满叔先顺着他说话：她凭什么？一个穷人家的孩子。

鲁子义：就是，谁说我只能娶个穷人家的孩子，至少应该是门当户对。

满叔：起码，大洋商家的小姐。还有，就凭少爷这一表人才，还有咱们广利行少东家的名头，就是知府家的小姐，甚至海关监督的女儿，都有下嫁的可能。

鲁子义：那是当然。

满叔：如果对外说，广利行少东家的太太，是穷人家出身丫头子，叫我看，别人很可能会笑话你。

鲁子义突然惊觉了：你什么意思？

满叔：我替少爷可惜，那些名门大户的女儿，都等着你挑选，你偏偏选中了一个没有学

问、没有身价、没有地位的粗使丫头。啧啧。

鲁子义：不对，粗使丫头怎的？我让她当偏房，侍候少爷。偏房，明白吧？你以为我不明白你的意思？哼哼，我的东西，我看上的东西，哪怕是狗屎，也不许别人动一动。谁敢动？我看谁敢动？

满叔：少爷，强扭的瓜不甜。

鲁子义：明明是我的瓜，眼看被别人强扭了去了！你是帮助谁的？你出去——

满叔：少东家！

鲁子义：出去！

满叔摇摇头，走出门去。

鲁子义恨恨不已，继续写潘启明，然后再打叉子！

鲁老板在门外敲门：义儿！

房内，鲁子义忙乱地把纸揉掉，扔进床底，故作没听清地：谁？

房外鲁老板又大声地：是我，你爹。

鲁子义又急忙从书架上抽出一本书，握在手中：来了。才慢慢打开房门：爹，是你呀。

鲁老板：大年初一，你关着门干什么？

鲁子义：你让孩儿闭门思过的嘛。

鲁老板：对你来说，这不是一时半时，三天两天就会想明白的事，你这是在跟爹怄气。

鲁子义低头不语。

鲁老板庄重地：我告诉你，从今天起，阿娇就成了咱们鲁家的人，你管她叫姐姐。

鲁子义愤愤地：这么说，我还叫潘启明那小子姐夫啦！

鲁老板发怒地：住嘴，今天是大年初一，我不收拾你，这笔账我给你记着，去，先到前院给你奶奶磕头拜年去。

鲁子义忍着气不动。

鲁老板厉声地：去呀！

■ 鲁家院子里　外　日

家人们、仆人们开心地围在一张大八仙桌边挑各类糖果和吃食……

潘启明和阿黄进院，疾步来到鲁老太太面前磕头，行礼。

潘启明：祝老太太年年康健，寿比南山——

鲁老太太：阿娇，快把明仔搀起来。

阿娇有些不好意思地上前去搀，启明顺势起身，忍不住偷看阿娇。

换上新衣和梳洗打扮得体的阿娇更加柔情靓丽。

两人的目光闪闪，互相对视。

鲁老太太乐呵呵地：阿娇，快把我的赏钱给明仔。

阿娇递给启明一个红纸包。

潘启明：谢谢老太太，谢谢阿娇。

鲁子义随鲁老板走过来，见状，故意慢步不前。

鲁老太太：明仔，来，到奶奶身边来。

潘启明略微迟疑地上前。

鲁老太太摸出一锭大银来：刚才那份是老爷给的，这份呀，是奶奶我单独赏你的。

潘启明有些失措地：这……这，奶奶，昨天晚上，东家已经开过了赏。这个——

鲁老太太故意沉下脸：那个赏，是那个。这个，这大过年的，你给长辈磕头拜年，是长辈给晚辈赏钱，是不是天经地义呀！

潘启明还是有些不好意思：奶奶，这……这。

鲁老太太：接着呀。说着，硬是起身把银子塞到启明怀里。

潘启明又要磕头，被老太太拉住胳膊：明仔呀，奶奶还要告诉你一件事。

潘启明：噢——

鲁老太太：昨天晚上，你们老爷已经认下阿娇为义女，就是说，阿娇，是我的孙女了，往后——

潘启明意想不到地一下不知如何称呼为好……

鲁子义突然上前跪倒在老太太面前，有些悲切地：奶奶，孙儿给您磕头拜年——！把头贴在地上不动了。

鲁老太太急忙拽起鲁子义。

鲁子义竟是满眼泪光……

鲁老太太忍不住抱住鲁子义：我的孙儿……

院外突然传来震耳的锣鼓声。

人们纷纷朝大门口拥去……

■ 鲁家大门外　外　日

两头大狮、两头小狮在锣鼓声中上下飞舞……

鲁老板和阿娇搀扶着鲁老太太也到了大门口看热闹。

发现主人出来，锣鼓声更响，大狮小狮舞得更欢。

鲁老太太看得非常开心。

鼓声突然戛然而止。

班头带着狮子和锣鼓手一齐向鲁老太太行礼，并齐声地：全家祥和，年年发财，寿比南山，福如东海……

鲁老太太乐得合不拢嘴似的：好，舞得好，哪儿的呀？

众又齐声地：番禺的沙坑舞狮！

鲁老太太：好，有名气，果不虚传。快赏，重赏！

吴管事应声捧上一盘亮晶晶的铜钱。

班头单膝跪地接钱盘：谢了，多谢了。

众又齐声地：全家祥和、年年发财，寿比南山、福如东海！

舞狮的队伍接过来赏钱，准备撤退。

老奶奶意犹未尽，很遗憾：这就完了，嗨。

潘启明突然钻了出来：兄弟们，请慢一步——

众人一怔。

潘启明朝舞狮队行礼：各位师傅，凑你们一个光！然后，潘启明又朝鲁老板和鲁老太太揖首：承蒙老爷、老太太厚爱，深表感激，今日借此机会，明仔想为老太太、老爷和全家人助个兴——

鲁老太太更加开心了：明仔，你还会这个，好——

潘启明又朝鲁老板抱拳：老爷，为老太太和全家高兴，明仔献丑了！

鲁老板微笑着点头。

班头知趣地：少爷，您请……

潘启明微笑：我可不是少爷，向您学两手，献丑！

潘启明欣然地接过舞狮的绣球，朝鼓手点头示意。

鼓声一响，启明先来了一个敏捷利索的弓腰马步亮相。

众立时鼓掌：好——

鼓点急骤，启明手托绣球引领四个狮子圆场翩翩起舞……

鲁家的人们忍不住叫好。

阿娇兴奋得满脸绯红。

鲁老太太倒是满脸紧张。

鲁子义倒是在吴管事身边悻悻地嘀咕：这种小把戏，不都是民间逗乐玩的，有什么大用场。

潘启明开始逗两只小狮子，或腾空，或跃上大狮的背，攀上大狮子的头……

全场沸腾……

两只小狮子被他逗玩得异常活泼可爱之时，启明把一只小狮驮上肩头，一手搂住狮腰，一手拢住趴在他大腿上的小狮头。

鼓声又戛然而至。

好哇——，好哇——

大开眼界了——

不少围观的人竞往场子里乱扔铜钱……

两只小狮子也拉开狮头亮相。

天哪，竟是两个妙龄的姑娘……

潘启明也一下愣，这才脸红起来……

■ 鲁奶奶房内

阿娇陪着鲁老太太。

鲁青山走进来。

阿娇：义父。

鲁青山点头：今天开张了。真快，这个年又算过去了。

鲁奶奶：明仔到柜上了？

鲁青山：阿娇，我给奶奶买了一些零食，在你干娘那里，你去拿来。

阿娇：是。

看看阿娇走了，鲁老太太：恐怕明仔要说话了。

鲁青山：只要看到他有这个苗头，就说阿娇他们的婚事。我估计，用阿娇，也许能暂时留住他。

鲁子义走进来：奶奶，爹！

鲁青山：我听说，你在发奋读书，学习洋话，很好。不过，不要三天兴头上，过了三天，又冷了！

鲁子义：是的，孩儿一定发奋，持之以恒。

鲁奶奶：不过，也要注意身子。你看明仔，不光学问好，身子也健康。

鲁子义：明仔啥都好，就是不知道对我们广利行是不是忠诚。

鲁青山警觉：你什么意思？

鲁子义：开当铺的陈徽州，悄悄过来找明仔，恐怕，哼哼——

鲁青山：说呀！

鲁子义：恐怕，为了他的好朋友，就顾不上我们广利行的利益了。

奶奶：你说清楚一些。

鲁子义：咱们仓库不是还有一些杭罗吗？

鲁青山：那是人家的订货，随时会来取走，不能动的。

鲁子义：恐怕要动了？

鲁青山：谁动它？

鲁子义坏坏地：好杭罗，只怕要变成次品了！

茶楼

陈徽州和潘启明在饮茶。

陈徽州：情况是这样的——说着，把身旁的一匹杭罗搬到桌子上——当初，人家来典当的时候，不错，我们给人家的票上开的是色暗货陈、虫咬烟熏等等，那是惯例。其实，人家是品相完好的东西。现在，不小心，弄成这个样子了——

陈徽州打开包装，潘启明看到了被火烤坏了的一匹杭罗。

陈徽州：如果我们坚持按照当票上写的，就这样退货，就是对方找咱官司，也能对付。但是——

潘启明：不行。我们生意人，要讲究道德。

陈徽州：对，名誉是大事情。不过，我给当主说了。我说我愿意照价赔偿。还可以加三成利息。哪里知道这位当主很贪心，他明明知道今年广州城杭罗全断货，一下子狮子大开口。要求我十倍的价钱赔偿！

潘启明：十倍？太离谱了。如果赔他杭罗，你需要多少匹？

陈徽州：数量不多，也不少，恐怕要十来匹吧！

潘启明：哦，这样多！

陈徽州：我想，你们广利行还有杭罗，我知道你这次运回来很多。

鲁老板家

鲁青山问儿子：你的意思，明仔会用那些坏掉的杭罗，抽梁换柱，倒换走咱们的好杭罗照顾他的朋友？

奶奶：明仔不会答应帮助陈徽州偷偷替换掉的。且不说明仔没有这样的孬心眼，就是明仔——不要说明仔——无论哪个伙计，就是有这种孬心眼，他也不敢。这不是小事！

鲁子义：奶奶不知道，潘启明和陈徽州关系不同寻常。

鲁青山很冷静地：我倒希望潘启明答应陈徽州。

鲁老太太和鲁子义都愣住了。

鲁子义很快反应过来，不禁义愤填膺：父亲，你对潘启明就太过分了。

鲁青山看到母亲似乎也不理解自己的意思，展开解释：如果潘启明做了这件事情，他就不好意思说走人了。那样再走人的话他亏心呀！不过，母亲说得对，明仔是个光明正大的人，没有这样的孬心眼。他绝对不会做这种毫无品行的事情。现在，退一步，我希望明仔答应把杭罗卖给陈徽州。那样，明仔就欠了我们广利行的人情，他就不会轻易说走人了。现在，以明仔不走，为最大目的。

鲁奶奶连连点头，若有所思：我看，这件事情够明仔难为的。

▩ 茶楼

潘启明：陈大哥，我不瞒你，我们仓库确实有杭罗。

陈徽州很高兴：那就好了。

潘启明：不过，不好办。这是给人家客户准备的货物，人家客户已经下过定金。商家的规矩，不要我多说。如果我是个烂仔，我可以用你的坏杭罗，把那些好杭罗偷偷换出来。我想，你不会认一个烂仔做兄弟的！

陈徽州点头。

潘启明：如果，我是个不忠实的伙计，我可以自作主张，把那些好的杭罗抢先卖给你。不过，你也不会认一个不忠实的伙计当兄弟。

陈徽州慢慢点头。

潘启明：目前，唯一的办法，就是我带你去找老板。不过，这也不好，我这是给我们老板出难题。真正的好伙计，应该替自己的东家遮风挡雨，不应给他出难题……我想，肯定还有更好的办法，只是我一时想不起来。

陈徽州：这样吧。你说得很有道理，其实，我来找你，就是听听你的主张。现在，我明白了。我自己去找鲁老板。我相信，鲁老板会给我面子的。

潘启明仔细想了想：不，你暂且不要去找我们老板——我再想想——（终于有了新的想法）这样吧，你且等等吧，我让我们东家去找你吧！

陈徽州感觉到很惊讶，但是，他相信潘启明，点点头：我等着。

▩ 鲁老板居处

一家人正在议论。潘启明来到了。

潘启明：老板，明仔想找您说一件事情。不知道是不是方便？

奶奶立刻站起来：好好，你们说话吧！说着，把其他人等都带走了。房子里只剩下鲁青山和潘启明。

鲁青山：明仔，有什么事情，你只管说。

潘启明：陈徽州老板找到我，说他需要十匹杭罗。

鲁青山：我们还有呢！他跟你关系很好，你可以答应他。

潘启明：谢谢东家。不过，我们的杭罗是别人订下的货，我们不能失信于客人。这是我们广利行绝对不能做的事情。所以，我不能答应。

鲁青山：你没有答应？

潘启明：我拒绝了。陈老板说，他可以来求你。

鲁青山似乎明白了：你同意他来找我？明仔，你放心，他来找我，我一定会答应的。你知道，上次去杭州进丝绸，为了筹措资金，陈老板是帮了大忙的。如果说那是生意，还不能算是人情的话，当听到大船出事的信息之后，所有的债主，都来逼债。大家都关心我的还债，有谁在乎过我的死活？只有陈老板没有，人家不仅不来逼债，还劝阻其他的债主。你知道，寻常人，这样做也许不难，生意人呀，将本求利，不能不过来逼债啊。我一直记在心里，我欠陈老板的人情，很大的人情。

潘启明推心置腹地：我和您一样，能欠债，不能欠人情。

鲁青山：是的。我时时刻刻在心里呢，很压抑。有一个偿还人情的机会，也很好。

潘启明：所以，明仔不同意他来找您。

鲁青山感觉到不可思议：他说过要找我，你替我挡驾了？

潘启明：是的。我不同意他来找您。

鲁青山：你这就不对了，你应该鼓励他来找我。给我一个机会。

潘启明：我认为，东家应该主动去找陈老板。

鲁青山愣住了，半晌，终于想明白了，点点头：好，好，他来找我，先要降低自己的身份。我去主动找他，闻风而动，咱有偿还人情的诚意。好，明仔，这确实是我报答人家陈徽州的一个机会。

■ 陈徽州处

掌柜的过来找老板：东家，那家杭罗当主，再有两个时辰，就该来赎当了，杭罗的事情，有眉目了没有？

陈徽州摇摇头。

掌柜的很焦急：这可咋办呢？

陈徽州：实在不行，满足他的讹诈，十倍偿还！

掌柜的：东家，用坏货抵数，咱的名声不好；十倍赔偿，咱的名声也受损失啊。广东堂堂陈家当典，最大的典当字号，居然出了这样的事情，丢份儿啊！

陈徽州：现在你明白了吧，很多事情，都不是钱的事情。做生意，不能两只眼睛都盯在钱上！

掌柜的：现在是明白了，不过，也晚了。

陈徽州：不晚，前车之鉴，后事之师。

佣人进来：大东家，广利行鲁东家来拜访——小声地——人家带来了一辆车子，我看，是咱们需要的杭罗！

陈徽州立刻振作起来，高声命令：迎接贵客！

说话间，鲁青山来到了，后面跟着一辆车子，阿黄推着，上面果然装满了杭罗。

两个东家互相施礼，非常热情，很快坐定了。

鲁青山：明仔告诉我，你需要一些杭罗顾急。我说，陈老板与我广利行，有恩有德，无论如何，都应当给以支持。

陈徽州起身施礼：谢谢。

鲁青山还礼：不客气。

陈徽州：不过，明仔也告诉我，您的杭罗，是有主顾的。补了我的眼前疮，却剜了你的心头肉，实在不妥当。

鲁青山：明仔是实话实说，不过，明仔已发快信给汕头吴老板，火速调剂一些杭罗过来，也许，不误我那里的主顾。

陈徽州：谁知吴老板那里有没有？这种办法终是不妥。鲁老板，我本朱子故里，儒商传家，“己所不欲，勿施于人”的道理还是明白的。您闻风而动，主动上门，如此盛情，我心领了。杭罗，还是退回去吧！

鲁青山：我已经带来了！

陈徽州：明仔知道您想帮助我，故意给您一个让陈某感动的机会，哈哈！

鲁青山：难道明仔也知道你肯定不会收下这些杭罗？

潘启明：他非常了解我的为人，自然知道这一点。

鲁青山：明仔虽然聪明，是让我们两个老家伙，都能高兴起来，更能增加我们的友谊。但是，他并没有解决我们面临的实际问题。我考虑，你的当主催要杭罗，如何处理？你考虑，我的货主来催货怎么办？除非，你的当主，他并不着急需要杭罗，就是趁机会弄些钱花！

这时候，陈徽州的掌柜的领着潘启明来了。

掌柜的：东家，潘师傅来了。

潘启明上前施礼。

鲁青山：我们正说呢，你虽然让我们两个老家伙很高兴，杭罗的事情，并没有好好解决啊！

潘启明：我就是为这事情来的。我突然想起一个办法，不妨试一试。

▩ 陈徽州当铺接待室

掌柜的恭恭敬敬地接待一位有些微微发胖的当主。

当主取出押当票据：朝奉，本人抵押的杭罗已经到期，喏，这是抵押当票，这是赎当的银票，请朝奉当面验过。

掌柜的：好说。

掌柜的取过抵押当票和支票，认真看了看，连连点头：不错。呼喊下人：我说来呀！

一个小伙计急忙跑过来：掌柜的！

掌柜的把手中的当票递给伙计：取当！

小伙计：好嘞！

当主一伸手：慢！

掌柜的：请讲！

当主：我抵押的货色，朝奉心中有数。如果被火烧损了，我可是不依的。

掌柜的：老板，您抵押的货色——收回伙计手中的当票，让当主看——上面写得清清楚楚，虫咬水渍，残缺不全——你不要着急，这是我们的规矩。不过，我们老板说了，如果硬将已经损坏的杭罗退还你，就是打官司，有这上面的文字，也不见得就输给你。不过，我们赚了钱，但是坏了我们的信誉，伤害了顾客心情，也是不好。

当主连连点头。

掌柜的：所以，我们东家给您调剂了新货，包您满意！

当主感到很意外，也很失落：真的是新货吗？

掌柜的：您且看看货色再说。

掌柜的说完，将手中的当票递给了小伙计。小伙接过去，回头朝着后仓库跑去。

掌柜的神色自若，很客气地招呼当主：请饮茶！

当主变得有些不安：朝奉，据我所知，现在广州杭罗断档，贵东家从什么地方调集了这么多杭罗，能否相告？

掌柜的：实不相瞒，我们陈徽州当铺，在广东一省一共一十八家，不要说十四八匹杭罗，就是十件八件黄马褂，也不是什么难事。

当主相信了，有些惶恐了：也是，也是。不过，前几天，在下因为和太太生气，脾气不好，对贵东家有所开罪也！

这个时候，小伙计带一些人，把杭罗运过来了。小伙计打开其中一匹，对掌柜的：请当主验货。

掌柜的把手一摆：且慢。回头对当主：老板请继续说。

当主已经看得清清楚楚，那些杭罗的包装，都是很新鲜很严整的，显然是新货，再看打开的那匹杭罗，当然是绝对好品相：朝奉，当时，贵东家说我的当品受损，要加价退我现银。我说过，我当时心中有火气，说话难听，开罪了贵东家。想想这些年来，经常麻烦贵东家，所以，这些天来，心里很是不安。

掌柜的：哦，这件事情，我倒是听敝东家说起过。他说，本来想结交一个朋友，不料遇到一个……嘿嘿——事情已经过去了，老板就不要放在心上了。

当主：恐怕以后很难取得贵东家原谅。朝奉，务必帮助想个周全的办法来。

掌柜的：不过，老板如果真想挽回此事，并不为难。

当主：诚心诚意，诚心诚意。朝奉请指教。

掌柜的：敝东家当时需您加价多少？

当主：三成利息。

掌柜的：老板现在还可接收现银，不过，只有两成利息，你看如何？

当主有些犹豫。

掌柜的立刻站起来：哈哈，玩笑，玩笑。请老板验货。

当主：不，我只要一成利息，意思意思而已。

掌柜的：老板是不是对我们现在的货色不放心呢？

当主：不，不，我愿意结交陈老板这样的朋友！

掌柜的笑起来，当主也笑起来。

■ 陈徽州居处

陈徽州、鲁青山都笑起来。

两个人笑够了，鲁青山突然整容，严肃地：陈老板，这件事算是过去了。我有一件事情，需要你帮忙。

陈徽州：请讲。

鲁青山：潘启明是一个难得的人才，且是我的恩人。我想留他在广利行，一个是帮助我，一个是给我一个报答的机会，至少十年八年。请您帮忙！

陈徽州：你说这事情，恐怕——

鲁青山：实不相瞒，我身体不好，三两年内就想让子义逐渐完成接手。但是，没有潘启明，子义绝对不是当家的材料。广利行是我两代人的心血，我不能有一点轻忽。不过，我会考虑启明的利益。

陈徽州沉吟良久：我知道，你认为我和明仔私交很好，可以说服他。我也应该帮助你。不过，我告诉你，启明是一个有自己主见的人。他自己拿定的主张，只怕谁都能以改变。这件事情，还是你亲自跟他谈吧。

■ 街上

潘启明走着，四处打量着，突然看到一处房产，上面张贴着告示：此房出租。

潘启明很感兴趣，发现此处可以用来做自己未来的洋行。他决定徒步丈量一下这些房子的面积。

■ 陈徽州居处

鲁老板：我也很难和他说。这一次，说真心话，我希望他能帮助你，哪怕是用你的残次杭罗，偷偷换掉我的好杭罗，我都认了。这样，他可以欠我一个人情。不料想，他这样三翻两翻，反而成全了咱们，让我又欠了他的人情。

陈徽州：他是个不仅聪明，并且十分厚道的人。

鲁青山：这样的伙计，你去哪里寻找？

陈徽州：不过，贵少爷也是一个非常聪明的人。听说，最近发奋学习，我相信，他能把广利行撑起来的。

鲁青山摇头：你不了解我的儿子，知子莫若父啊！

陈徽州：鲁老板，我实在是爱莫能助啊！

鲁青山陷入沉思，终于，他想到了好主意，也下定了决心，慢慢点头。

陈徽州看到了，不禁微微摇头。

▩ 街上

潘启明正在丈量房产，来了一个老者。老者打量潘启明片刻，凑过来打招呼：少掌柜，到家里坐坐吧？

潘启明：大伯，这是您的房子？

老者：替东家看守的。你也是替东家来看房子的？

潘启明：我自己替自己看房。

老者又打量潘启明一阵子：自己？后生可畏，后生可畏。

潘启明：咱们到里面详细谈谈。

老者有些犹豫：只有开大商店，才租这地方啊！

潘启明：哈哈，我替我们老板租的，人家开洋行。

老者释然：这还差不错，这就是开洋行的地方。

第六集

▩ 汕头，富祥绸庄

吴潮鸣老板一个人坐在自己的房子里，对着儿子的画像，闷闷不乐。

掌柜的来到门外，敲敲门。没有听到声音。停了一会儿，再一次敲敲门，仍然没有声音，忍不住：东家！

吴老板不耐烦地：我说过，不要干扰我。

掌柜的：东家，您这样不吃不喝，大家心里不安呢。

吴老板叹口气：嗨，你们总是让我没有办法静心休息一会儿。

吴老板眼望儿子画像，再一次泪水奔涌。

▩ 广利行

潘启明正在自查自封自己掌管的所有库房和账册。

鲁青山走进来：明仔！

潘启明笑容满面：东家！

鲁青山：明仔，我来，还是谈你的事情。

潘启明：东家您说。

鲁青山：满师傅找我了，他还是希望你能接下他的这个掌柜。我认为，他是诚心诚意的，我们应该尊重他。

潘启明：东家，我不愿意接满叔的掌柜，不是不忍满叔退休。满叔是个绝对称职的掌柜，这一点，没有任何人可以怀疑！我不愿意接，是另有原因。

鲁青山举起手，制止潘启明继续说下去：明仔，我明白你的意思。说良心话，我一直把你看作我自己的孩子。我不能想象你离开我。

潘启明想说话，又一次被鲁青山阻止。

鲁青山：明仔，我说一句话，你听准了：我老了，子义还很不懂事。我希望你再跟我几年，就这一句话，你看着回答吧。

这就等于摊牌了。潘启明郑重其事地：老板，既然这样，我就把心里话，说给您听。您老人家对我，我说什么呢？平常我们总是说，大恩不言谢。所以，我不说不讲。不说不讲，不等于心里没有。我一定会报答您的，但是，怎样报答，我有自己的打算，反正，以后的日子还很多。现在，先说咱们广利行眼前的事情。满叔是个称职的掌柜，在广州城所有洋行里找吧，还没有哪一个可以和他老人家相比，这一点，您应该承认。不用他做掌柜，是不明智的。您不用他，会有很多商行抢着用他。还有，您也不老，用三年五年时间，带着少东家熟悉熟悉生意，是完全可能的。少东家，不是甘居人下的人。聪明，心性很强，根本不要三年五年，一定会出人头地。还有——

鲁青山知道，下边的话最重要了：你只管说吧！

潘启明：恕我直言，东家，我和少东家，性格很不一样，如果在他接班这段时间内，由我来主持咱们的掌柜，只有两种可能：不是影响我和少东家的感情，就要影响咱们广利行的经营。明仔思来想去，只有现在，是我退出的最佳时间。

鲁青山对此，也很重视，考虑了一阵子：明仔，你和子义，可能有些小的分歧，不过，不会影响到大局的。子义，我会好好管教他的。

潘启明摇摇头，否定了鲁青山（鲁青山并没有真正认识自己的儿子）：我——反正，我认为，现在就是我出去的最佳时间。

鲁青山换了一个角度：现在，不是你退出的最佳时机。第一，独立做洋商，需要资本，我当年有三万两白银的资本，那还是捉襟见肘呢！你有吗？也许，有朋友借给你。你很快就会发现，靠借钱经营，孩子，不是办法。你有三万两白银的家底吗？明仔？

潘启明摇头。

鲁青山：第二，需要场地，你有商场商店吗？现在的行情，建一座粤海关能认可能批准的商场，没有一万两银子，办不到啊！孩子，你的商场在哪里？

潘启明摇头。

鲁青山：第三，需要三个以上的洋商担保，孩子，你来这里仅仅一年，以你的资质，以你来广州后结交的东家，你有把握找到三个以上替你担保的洋商吗？

潘启明摇头。

鲁青山：这些，你都没有。做一个独立的洋商，谈何容易。你面临的道路太艰难，太漫长了，明仔。

潘启明：这些，明仔都知道。道路很长，很艰难，总要走，一步一步地走啊。

鲁青山：一步步走？要多少年？就算你幸运，没有十年八年，也不可能。不过，今天我许给你——只要你在这个广利行再干三年五年，商场、资本、担保人，这一切，都会有的。

潘启明很激动，起身跪下：老人家，您对我太好了！

鲁青山：并不是全部为了你，也是为了广利行。话又说回来了，要说我对你不好，那是绝对说不过去的。

潘启明：您对我越好，我越要替您考虑。为了广利行，我必须离开。否则，我就太自私了。

说着，潘启明捧出了他已经做好的账册。交给鲁青山。

▩ 小街上　外　日

孩子们在街上放炮、玩耍……

提着礼盒，四处拜年的人们……

做生意的各类门面都贴着红对，紧闭着门。

潘启明走进了自己租的房子……

▩ 鲁家院子，鲁老太太房里　内/外　日

鲁老板在陪老太太喝茶

鲁老太太：这么说，明仔是铁了心。

鲁老板沉吟着：他是铁了心了。

鲁老太太：这个没良心的，咱们鲁家收留了他，刚混出个人样来，怎么说走就走了呢？

鲁老板：儿子不这么认为，咱家是收留了他，他也为咱家立了功，挣了钱嘛！潘启明并不欠咱人情，如果他自认欠咱的人情，他不会说走人的。

鲁老太太：不行，不能让他走，这事情太重大了。现在看来，只有用阿娇这一步棋了！

鲁青山：恐怕也危险。

鲁老太太：死马当作活马医，走一步说一步吧！

鲁子义穿了一身洋服兴冲冲闯了进来：爹，奶奶，看，洋气不？

鲁老板皱起眉头：在哪弄这鬼装？

鲁子义嬉笑着：年前在洋行里转悠，看到人家都穿着，觉得好玩，他们就送了给我。阿娇呢？

鲁老板：看着就别扭，去给我脱了。

鲁子义不高兴。

鲁青山：去！

鲁老太太：哎——这还过着年呢，孩子穿穿新衣裳，好玩呐！义儿，你坐下，给我听着。

鲁老太太：奶奶还要给你说说明仔。明仔是个有志气、有志向、有出息的人，你父亲断定，日后他会在生意场上出人头地，大展宏图。鲁家对他好，他肯定不会忘记。子义，我看你

读书读不到心里去，既然要学做生意吧，那就学学明仔，先学怎么做人，再学怎么做生意！

鲁子义很诚恳地：爹、奶奶，孩儿这几天闭门思过，想了很多，他明仔能干的，我照样能干，我还就不信，我还就是忍不下这口气，孩儿一定混出个出人头地的人样来，为爹、为奶奶争口气。

鲁老板有些疑惑地望着他。

鲁老太太高兴地：好，我孙子突然开了窍了。

鲁老板：光嘴上说，我还不信，要看行动，看结果。

鲁子义信手捡了一块点心，边吃边说：爹，儿子今后一定要叫你们刮目相看。说着，又朝里屋瞅着：阿娇呢？

鲁青山听到他到处喊阿娇，不禁又皱起眉头。

■ 富祥绸庄

吴老板走出门来，很多人立刻振作起来了。

吴老板：出去走走吧！

掌柜的忙不迭地：好好。东家去哪里？

吴老板漫不经心地：随便走走吧。

掌柜的大喊：轿子！

应声跑出来几个轿夫。

吴老板：不用！

掌柜的急忙：马！

马夫立刻应声侍候。

吴老板：不用。

掌柜的急忙：船！

几个划船的佣人也出来了。

吴老板：安步当车，随便转转。

掌柜的连连点头，紧随在吴老板身后，出门去了。

■ 鲁青山家

鲁青山：母亲，我看义儿不行，三年两年里出不来，没有明仔领路，他就是能领家了，也绝对是在明仔后头混小日子的料子。

鲁老太太：我这就让阿娇去找明仔。

鲁青山：阿娇，是一条路子。之外，我也要给粤海关送些礼物。没有粤海关点头，阿明很难领来洋商的执照。

鲁奶奶：你亲自送礼给粤海关大人？不好。外人知道你不让自己的伙计出门，人家会笑话你的。说你不行了，老了，胆小了，小肚鸡肠。

鲁青山点头：人家也会说我不够仁义。我让义儿去送礼物和信件。

鲁奶奶点头。

正好，鲁太太进门，给婆母施礼：婆母！

鲁老太太：正好，你去准备一些礼物来。分量要重一些，给粤海关的。

鲁太太：儿媳明白！

鲁青山：我那里有一架洋钟，那个带小鸟的，这次送他吧！

鲁太太不明白：为什么下这样大价钱？

鲁青山：不要多问！

鲁太太低头退下。

鲁青山开始写信。

阿娇进来，施礼：义父！

鲁青山点点头，折起纸角，意在掩饰写信。

鲁奶奶明白儿子意思，立刻打发阿娇躲避：阿娇，这里有些点心，我知道明仔喜欢，你给明仔送去吧。

阿娇有些迟疑：好的。

鲁奶奶：让你去看明仔，奶奶也有个意思，你们都老大不小的，明仔到底什么打算，你们不说清楚，奶奶也不知道。这一次，你设法探探口气，他如果心里真有你呢，让他来找奶奶说说。如果他心里没有你呢，我的孙女，虽然不是皇帝的女儿，我们也是不愁嫁的！

阿娇撒娇地：奶奶！

鲁奶奶笑着，把一个装着点心的食盒递给了阿娇。

鲁青山：奶奶说得很有道理，阿娇，快去吧！

阿娇：谢谢义父。

阿娇出门。

鲁青山继续写信。

■ 汕头码头

这就是前些日子吴老板送走潘启明的地方。

吴老板很落寞地在那里怅惘徘徊。

掌柜的知道他在想念潘启明——那个很像他的儿子的人。但是，掌柜的没有说话，也感觉到无话可说。

吴老板引颈远望，好像看到潘启明的船只正在慢慢远去。船上，穿着他儿子服装的潘启明正在向他招手。

■ 陈徽州居处

潘启明来拜访陈徽州。安排坐下，陈徽州带着疑问打量潘启明。

潘启明轻轻松口气：全部都说明白了。

陈徽州：都说了？

潘启明：反正，我把心里话都说出来了。

陈徽州：你说，鲁子义肯定容不下你，如果迁就少东家，就毁了生意，如果顾了生意，就开罪了少东家？

潘启明：就是这个意思。

陈徽州摇摇头：只怕你没有说服鲁老板。

潘启明表示不明白。

陈徽州：俗话说，知子莫若父。其实，鲁老板并不完全理解他的儿子。他虽然知道自己儿子有些懒惰，好吃好玩，但是他认为那都是少爷脾气，富人家的孩子，人人都这个这样子。随着年龄阅历，会改变的。他不相信儿子会不顾广利行的根本利益。

潘启明只好点头。

陈徽州：我相信，对你，鲁老板不会轻易放手的。

潘启明：东家提出了三个问题，倒是真实的问题。场地，资本，保人。

陈徽州：这些问题，虽说不是越不过去的火焰山。也存在很大的困难。

潘启明：场地，我看好了一家房子，很合适。

陈徽州：多少钱？

潘启明：要说买，我是买不起的。我租下了。粤海关要求洋商必须有合适的经营场所，但是没有明确要求一定是自己的祖产，或者自己买下的房产。只要能保证正常经营，按说就可以。

陈徽州：有道理。

潘启明：关于资本。有很多资本，开始运作经营，固然好。但是，不是每一个人都有我们少东家这样的运气，老一辈能给很多钱。我可以从小到大，一步一步走过来。有的人，还是要从分文没有开始做起的呢。何况我已经有了一两千两银子！实不相瞒，我的祖辈从来没有这样多钱过。我一定要做祖辈想做没有做成的事情。

陈徽州：钱的问题，我可以帮助你。但是，三个以上的保人，恐怕有困难。有资格作保人的东家们，没有谁了解你。再说，在这块地方上，大家都是很尊重鲁老板的，如果，他出面反对你，就会在这个问题上卡壳。

潘启明：看来，说服我们东家，是个关键。但是，我是很难说服他的。

陈徽州考虑了一阵，有了主意：这样，你应该去拜访海关监督那大人。

潘启明：我，拜访那老爷？不行。谁都知道，那大人看不起商人，每次见大东家，都是捏着鼻子。大东家们尚且不能得见，我一个小伙计，嘿嘿。

陈徽州：我带你去，我们准备些礼物。那大人倒是很喜欢接受礼物的。

▩ 广利行内　内/外　日

食盒摆在桌子上。

阿黄打开，惊喜地望着。

阿黄：哇——这么多好吃的，这下我沾了大光了。

阿娇又把食盒递上：哎——问你呢，明仔到底去哪了？

阿黄神气地：他去——保密。

阿娇：保密？！

阿黄：是啊，我对明仔下过保证，最近他做的事情，我要统统保密。

阿娇：对我也保密？

阿黄：可——没说对你不保密呀！

阿娇不悦地坐下来：我等着，看他回来说不说。

阿黄：恐怕——一时半时回不来吧。

阿娇：我不信他肚子不饿。

阿黄：他干起事来，一天不吃都没问题。我劝你，还是回去吧，放心，这些好吃的——浪费不了。

阿娇：阿黄，求你了，他到底在哪儿呀，我找他去。

阿黄：我说了你也找不到的，再说，我根本不会说。说着，拿起桌上一个根本没有字的账本，装模作样地看起来。

阿娇笑了：你以为我不知道，肯定是为自己开洋行的事情忙去了。

阿黄笑了：就知道瞒不住你——不对，你肯定比我还要早知道呢！嘿嘿。阿娇，我问你一句话。

阿娇：什么话？

阿黄：你们俩的事情，是不是已经挑明了？

阿娇：你问他嘛！

阿黄：明仔他是打心眼里喜欢你，做梦都想娶你，可是，现在——，他不敢，也不会答应娶你。

阿娇紧张地：呵——为什么？

阿黄：秃子头上的虱子——明摆着！

■ 鲁青山处

礼物和书信都准备好了。

鲁青山对鲁子义：义儿，这是我给粤海关那大人的一封信还有一些小小的礼物。我想拜托大人帮助咱们广利行做一个小事情。本来，应该我亲自前去的。你奶奶的意思，应该给你增加一些历练，所以，决定让你去办理。

鲁子义：父亲只管放心。请问，你求那大人做什么事情？

鲁青山：我在信里已经写明白了。你只要告诉那大人，说我身体不好，等过一些日子，还要亲自前往海关致谢，他就明白了。

鲁子义点头：父亲放心，孩子马上就去。

■ 粤海关，那金练武的场地

那金正在辅导女儿练武，帮办进来：大人。

那金：说。

帮办：当铺老板陈徽州求见。

那金：看不到，正忙着呢！

帮办靠近那金，用手暗示对方送礼。

那金明白：哦，那就见见吧！

■ 鲁子义书房

鲁子义带着礼品和书信进来，小心地关闭房门，放好东西，仔细地打开了父亲写给粤海关的书信，认真阅读，然后表现很生气：笑话，送礼就是为了留下一个小伙计。那个讨厌的东西，让他走人，岂不更好！我才不会为他送礼呢！

他收拾起东西，打开门，准备退回父亲，可是，突然又想起一个主意，重新关紧门窗，打开书信，取出来信纸，看看。撂在一旁：哼哼，老子为你送礼，送你滚蛋！

他开始另写一封信。一会儿，他把书信写好了。自己看看，很得意。然后，点火，烧掉了父亲的信纸：潘启明，你想不离开老子的广利行，都不行！

■ 那金处

那金坐下了：陈老板，给大人带来了什么洋玩儿？外国人虽说不行，夷末之族，未经王化，不过，他们那些洋玩意儿，还是挺精巧的。

陈徽州是站着的，潘启明提着礼品盒子，站在陈徽州身后。

陈徽州：大人，我是一个粗人，对大人的雅好一窍不通。不过呢，我带来的这些礼物，可以变成大人喜爱的洋玩意儿。说着，示意潘启明把银子呈上。

潘启明往上一步，将沉甸甸的礼盒递了上去。

那金是个很粗鲁直率的人，立刻拿起礼盒，发现是银子，呵呵大笑：不错，这个更直接，不过，有些不好意思也！

陈徽州：大人过谦了。

那金：有什么事情，说吧！

陈徽州：我想介绍这位朋友，给您大人请安！说着，向潘启明一伸手。

潘启明立刻施礼：商民潘启明给监督大人见礼！

那金：叫什么名字？

潘启明：回大人，商民名字——潘启明。

那金仔细思索：潘启明？这个名字有些耳熟啊？想了半天，没有想起来——哦，潘启明，你有什么事情，居然请来了我们陈大老板的面子，面子不小啊，说吧。

潘启明：商民请为洋商！

那金愣住了。

陈徽州：大人开恩。

那金：本老爷是个直肠子，有啥说啥，要不，也对不起你的这一大包人情！咱们大清国，不喜欢商人，这一个你们自己也明白。更不喜欢洋人，再一个，你们大概不知道。所以，过去他们明朝的五口通商，现在改成了一口通商。干脆不要跟他们洋人通商不行吗？不行，圣天子心怀天下苍生，要给外国人一个活路，是不是？要让外国洋人沾染一些王化，是不是？还有，万岁爷也想弄两个零钱花花。就现在来说，这个粤海关已经弄得动静不小了，给洋人的实惠已经很大了。朝廷的意思，适可而止，能收就收，哪里有再开口子的道理。本老爷来到这里一年多了，你们看，批过一家洋商没有？这事情，不好商量。

陈徽州：大人，如果说很好办理，哪里还显得到您的本事——

那金：不要给我灌迷汤，这件事先说到这里吧。

那金说着，伸手要端茶送客。帮办进来了。

帮办：大人，广利行少当家来拜见。

那金：嗯？

帮办示意有礼物。

那金来了兴趣：正好，大家一起说话。

帮办对外招招手，鲁子义进来了。

鲁子义看到有外人在场，似乎想掩藏自己的礼物：广利行鲁青山之子，鲁子义给大人见礼。

那金倒是很直接：鲁子义？这名字不赖。带的什么东西，有没有洋玩意儿？

鲁子义向陈徽州和潘启明笑笑，把手中的礼物和信件递了上去。

那金急忙去打开礼包，首先看到了自鸣钟，摆弄一阵子，不由得大乐：哈哈哈，这个玩意儿好，这个玩意儿好！

鲁子义：家父本来想当作传家宝的，因为知道大人喜欢这些洋玩意儿，就送来了。谢谢大人欣赏！

那金：嗯，会说话。你是鲁老板的儿子？

鲁子义：大人，商民名字鲁子义。

那金：知道了，你爹呢？

鲁子义：商民父亲身体不好，说等过一阵子，身体好了，一定亲自登门拜谢大人。

那金很明白地：嘿嘿，那要老爷把你爹他托我的事办好了，你爹才会登门拜访。你爹是个老江湖，会办事情的，先给我一个希望，一个小甜头，把老爷我吊起来。哈哈哈。你说吧，你爹有什么事情？本老爷先说明，能办的事情，咱们办理，不能办的事情，你送礼，也不行。我这里是礼物照收，朋友好做，事情看着办，哈哈哈！

陈徽州知道事情不好。看了一眼潘启明。

潘启明微笑，心里很紧张。

鲁子义：父亲请大人看书信。

那金：哦，还有信呢！光顾着看洋玩意儿了！说着，拿到信，打开了，看了半天，哈哈笑起来，对：潘启明，你小子很有一套啊 。

潘启明认为是阻拦自己的事情的，尽量装作很镇静。

陈徽州自然也怀疑是鲁青山阻拦，急忙解释：禀大人知道，潘启明原来是广利行的一个伙计，因为忠心耿耿，经营称职，鲁青山老板很是喜欢他，与他感情很深。

那金问潘启明：是这样？

潘启明站起来，很恭敬地：我们东家有大恩与商民。

那金又问鲁子义：是这样？

鲁子义：回老爷，家父十分看重潘启明的经商能力，认为他是经营洋商的一个不可多得的奇才！

那金沉思。这时候，那个自鸣钟唱起来。那金立刻醒悟：帮办，帮办，你先帮助我藏了起来，不要让我的宝贝女儿看到了！

帮办忍住笑，接过去自鸣钟，到另一个房间去了。

潘启明不敢笑，也没有心思笑出来。

鲁子义看在眼里，不免得意扬扬。

那金对潘启明：小伙子，你算是哪路神仙，在我这个地盘里，名不见经传哪，嘿，居然这个大名鼎鼎的陈老板替你说人情，给我送了这样重的礼物。这还罢了，甚至这个大名鼎鼎的广利行鲁老板，也很看重你，为了你，送了更重的礼物。

潘启明想解释一下和鲁青山的关系，那金摆手制止。

陈徽州看不让潘启明说话，自己想说话，那金摇摇手，也制止了他。

那金：好了，本来，你这个潘启明的事情，是没有商量的余地的。现在，我可要好好考虑考虑了！

潘启明不明白何以出现这样的结局，一头雾水。

陈徽州脸上出现笑容。潘启明看到陈徽州高兴，也有些高兴，可是，鲁子义的话，又让他们愣住了。

鲁子义：大人，商民回去怎样跟家父回话。

那金想了一想：嗯，你爹的这个洋玩意儿很好，老爷很喜欢！

▩ 街上

喜妹和母亲在街上走，看样子，是走亲戚的。

▩ 小街，巷口，院子　外/内　日

潘启明发现巷口，墙上有个石灰招牌，便匆匆走去。

石灰店贴着春联和门神，挂着红灯，大门紧闭。

潘启明照样敲门：有人吗？

没有人应。

潘启明不甘心地继续敲着：开门哪，我要买石灰。

喜妹和母亲拎着礼物走到巷口。

喜妹：别敲了，到了初八才开门做生意呢！突然发现潘启明很面熟，不由得有些惊奇。

潘启明转身：我有急事——突然发愣地望着眼前的姑娘，也是感觉到很面熟。

眼前这位姑娘正是年初一那天玩沙坑醒狮的小狮子。

喜妹也认出了启明：怎么是你？

潘启明礼貌地：请问，你是——

喜妹兴奋得眼睛发亮：那天你带我们舞狮子，忘了？

潘启明恍然大悟地：噢，噢，那天，原来是你。嘿嘿，那天献丑了。

喜妹：哪里呀，我们全班子的人都夸你呢，班头说了，方便的时候，要专门请你过去给我们做指导呢！

潘启明谦逊地：我可当不了指导，再说——唉，还不知道您贵姓呢？

喜妹：我姓冯，叫喜妹，你呢？

潘启明：我叫潘启明。

喜妹：那我叫你启明哥了。

潘启明：哎！

喜妹：启明哥，这大过年的买什么石灰呀！

潘启明：急着粉墙，等着开张。我才专门出来买石灰的。

喜妹：你们老板也是，过年放假还折腾人，明明还没到开门做生意的日子，年前他干啥去了。

潘启明嘿嘿笑着：事情多，没顾上嘛！

喜妹：好啦，跟我走吧。

潘启明迟疑地：这……

中年妇女：喜妹，这大过年的，你——

喜妹：启明哥，这是我娘。

潘启明礼貌地：大妈，过年好。

喜妹：这店，就是我大舅开的，今儿个我陪娘过来走亲戚，算是给你碰着了。走吧，我找大舅去。说着，带着启明朝巷子里进。

喜妹娘不想在过节期间惊动休息的哥哥：喜妹，你大舅他……

喜妹很任性地：娘，我不是给你说的那个狮子王吗，就是眼前这个启明哥。你不是想见见吗？没想到让你今儿也见到了。娘啊，他的功夫呵，真了不得的，看不出来吧，这才叫真人不露相。

喜妹娘：怪不得你找着揽事呢。

近处的院门开着，喜妹领启明径直闯入：大舅，大舅，我娘来了。

院子里虽然繁杂，却也拾掇得整齐。

大舅满脸堆笑地从堂屋迎出来：哟，妹子来了。喜子，一年没见，大姑娘了，也越来越俊俏了。

喜妹不好意思地看了启明一眼：舅，看你说的。

大舅：我夸夸外甥女还不行呵。

大舅的儿子阿生也走出来：表姐——！

喜妹：阿生！我说大舅啊，他叫潘启明，来买石灰的。人家是开门大喜，你这生意是没开门呢，就大喜了，今年大舅要发大财了。

大舅向潘启明点头致意：喜子，你越来越会说话了，要是个男孩子，将来准是生意场上的一把好手。

喜妹：舅，先给弄石灰吧，人家等着粉墙开张呢。

大舅：先生，你是哪个行呢，做事怎么没章法呀。

潘启明略微迟疑：叫——打算叫同文行。

大舅：同文行？没听说过，老板姓啥？

潘启明：姓潘。

喜妹：是——怪不得，潘启明，你是给自己的亲戚打工。

大舅：要多少？

潘启明：大概得五六十斤吧。

大舅：阿生，去拿两个桶，装石灰膏。哎，你用什么装呵？

潘启明：对不起，我没想到马上就能买上。我是看看路子的，没有想到遇到了喜妹，这事就成了，嘿嘿。

大舅：喜子，你们俩怎么认识的呀？

喜妹兴奋地：嘿，舅，我要——说呀，那可是太有趣了！现在不给你说——

■ 广利行　内/外　日

阿娇已经等得不耐烦了：天都晌午了，他怎么还不回来呀？

阿黄：是呵，我的肚子也早饿了。

阿娇：他到底回不回来呀？

阿黄：他绝对不会回，这饭，你就等于是给我送的。

阿娇：你怎么不早说。

阿黄：我要早说了，我也没得吃。

阿娇提食盒：我现在就全拿回去。

阿黄：哎——别——

阿娇：他在哪？领我去找他。

阿黄：这——

阿娇：他不让说，你就不说啦，告诉你，是鲁老爷叫我当面送给他的，我要是在老爷面前告你一状——

阿黄：哼，我才不怕，反正，我也干不了几天了。

阿娇：你跟他一起走？看阿黄点头，顺手丢了一件点心：给，赏给你了！

阿黄接过去点心，顿时高兴了：走，找他去！

■ 大舅家院子里　外　日

两桶石灰膏已装停当。

潘启明握着扁担，向大舅致谢：谢了，大过年的，给您添麻烦了。

喜妹：挑上走吧。

潘启明挑起担子，称着谢往外走。

喜妹扶着扁担头往外走。

大舅：喜子——你干吗跟着。

喜妹：把桶挑回来呀！既做好事了，还不做到底？

大舅：马上吃饭了。

喜妹：你们吃，我不饿。

喜妹娘：这丫头，疯疯癫癫，还任性，真没办法。

▩ 同文行　外/内　日

潘启明租的房子，现在，这里可以叫作同文行了。

这是一处还没挂匾的门面房，房门开着，后门也开着，看见一个宽畅的空大院和空围墙，挨着门面房只有一间后屋作为卧室了。

四十岁左右的贵叔和小伙子阿诚正在收拾桌椅板凳和茶具。

桌上摆放着扎好红绸的新匾 同文行。

阿诚：贵叔，咱们这行和其他行比起来，是不是太简陋了。

贵叔：傻小子，这才叫创业呢！

潘启明挑着灰桶，喜妹夹着红纸走进来。

贵叔高兴地：呵，启明，你还真有本事，能把石灰买回来。望着喜妹：这位姑娘是——

喜妹抢先地：给启明哥送石灰膏的。

贵叔：小妹，有你，你家的生意肯定红火。

喜妹放下红纸，四处张望着：这墙是该马上刷，哟，后面那么大的空院子干啥用呵。

潘启明：准备随时搭仓库哇。

喜妹：嗯，你们老板倒是够有远见的。租了个小门面，搭上个大院子。又回身注视着桌上的扎绸红匾：同文行，还真叫同文行！这名字起的，你们潘老板喝过不少墨水吧？

阿诚愣了一眼：你不认识潘老板？

喜妹：我家没有跟老板阔人有亲戚的。我认识他干吗？

阿诚：他就是我们潘老板。

喜妹也一怔：什么？启明哥，原来你就是老板，这么年轻就敢当老板。

阿诚：你叫启明哥了，还不知道吧，他下过南洋，去过吕宋岛，还会说洋话……可有本事了！

潘启明打断他：好了，干活吧。说着不经意地四处寻找着。

喜妹：你在找什么？

潘启明歉意地：喜妹，实在对不起，这桶一下子腾不出来。

喜妹一本正经地：腾不出来也得腾，马上就腾。

潘启明为难地：只有这个小铜盆，装不下呀！
喜妹像是命令地：打半盆水来。
潘启明在后院缸里勺了半盆水。
喜妹熟练地勺了石灰膏在盆里搅拌起来。
潘启明：这——喜妹，这大过年的，怎么叫你干这活呀。
喜妹若无其事般地：干习惯了，啥活都能干，还挑什么日子呀，准备梯子吧。
潘启明：梯子？
喜妹：粉墙要先粉上面，再粉下面，去呀。
潘启明：阿诚，把梯子搬来。
阿诚应声扛来梯子。
喜妹拿起刷子上梯：启明哥，你端着盆。
潘启明端起盆，站上板凳还在迟疑：这——多不好。
喜妹：今儿个我给你潘老板打工，等你有空得到我们那儿当指导。咱这是工换工，两不松！
潘启明忙点头：好好好，我答应。
两人配合默契地粉起墙来。
贵叔看着他俩干活，乐滋滋地摊开红纸，裁条，提笔写上 开张大吉。

■ 街上　外　日

阿黄提着食盒领着阿娇往同文行走着。
阿黄指着：看，那个高门楼就是，哎，你要跟明仔说，是你逼着我带你来的哟！
阿娇：好。
阿黄：其实，把你带来，他说不定要请我的客呢！
阿娇：去你的吧！
两人朝同文行走来，很快来到门口。

■ 同文行　外/内　日

喜妹正在粉着墙。
潘启明两手举盆：你要小心呵——！
喜妹：玩狮子的还怕爬高哇！又亲近地：哎，启明哥，给您商量个事。
潘启明：说吧。
喜妹：我在你同文行当伙计吧。
潘启明不以为然地：你一个姑娘家。

喜妹：姑娘家怎么啦，擦桌子扫地，整理仓房，来客人泡工夫茶，我泡工夫茶保证地道。

潘启明倒是有些心动：噢——！

阿诚突然插话：喜妹，我看你当内当家倒合适的。

贵叔：阿诚，不要胡说。

阿黄和阿娇已站在门口。

潘启明倒没发现：这样一说，我们倒是很需要你这样的，不过，你爹妈会依你？

喜妹依然兴致勃勃地：你都见到我娘了，你都看见了，不光我娘，就是我大舅，他们都听我的。就看你了，要不要我你一句话！

阿娇听着，两眼瞪老大，有一种说不出的感觉。

阿诚发现了他们：阿黄，你真行，把饭都送来了。

潘启明转脸一愣：阿娇，你怎么来了？

阿娇有些委屈地：给你送吃的东西，见不着人，跟着找呗。

潘启明跳下板凳：喜妹，你下来歇会吧！

喜妹答应着下梯子。

阿诚忙着开饭盒：呵，全是好吃的。

阿黄向大家暗示：大家看清，这可是俩人的饭啦。

大家很知趣，想走开。

喜妹倒是大大方方地：没啥，匀着吃呗。

几个人却忍不住笑起来。

喜妹脸上的石灰膏抹得像个可爱的小花猫……

■ 鲁家客厅里　内　日

鲁老板、鲁老太太、鲁子义和家人正在吃饭。

鲁子义：阿娇送饭怎么还没回来呀！

鲁太太有些伤心地：孩子，不要再满心里阿娇了好不好？

鲁子义低头不说话了。

鲁青山：那大人就说这一句话？

鲁子义：是的。

鲁青山：陈老板脸色很好看？心里很高兴？

鲁子义：是的。陈老板和潘启明都喜气洋洋的。桌子上有贵重的礼品，肯定是他们给那大人带去的。

鲁青山自言自语：这个那大人，你说他很直率，他也很直率，你说他很会绕圈子，我看他比谁都会绕圈子。

鲁子义：他是个老狐狸。

鲁青山点头。

鲁老太太语重心长地：义儿，在这块地盘上，只有老狐狸，才能混下去！

鲁子义心里很高兴，表面上装老实：奶奶，孙儿一定用心学习。

▩ 同文行外　小街上　外　日

潘启明在送阿娇往回走着。

在一片绿荫下，他们站住了。

阿娇提着空食盒心事重重地：哥哥，你教教我，回去怎么跟奶奶和老爷说？

潘启明思量了一会儿：实话实说呗。叹了口气：我知道鲁家对我好。不过，我这样，也是对鲁家好。只是他们现在不明白罢了。鲁家的恩情，日后会慢慢报答的。将来，终有一天，鲁老板会明白我的。

阿娇欲言又止。

潘启明：我知道，你担心我们的事情。

阿娇点头：我听阿黄说，咱们俩的事，你有新的打算？

潘启明点头。

阿娇有些着急了。

潘启明：你想想，奶奶为什么要认你做孙女。老板为什么认你做女儿？一个是确实对你好，离不开你。还有一个，就是通过你，把我留下来。

阿娇：是的。我从小跟奶奶长大，我不能不听老人家的。再说，我是他们的亲孙女，亲女儿，也不能无情无义。他们要真的不许我们的婚事……说到这里，不禁痛哭出声。

潘启明：不要哭了，你马上把我的眼泪也哭出来了。

阿娇马上止住哭声。

潘启明让步：要不，我就不出来独立了。我回去。

阿娇立刻捂住潘启明的嘴：不行。你在广利行，肯定会成为少爷的仇敌！那样，你不是把自己耽误了，就是把广利行耽误了。再说，你从小的志向就是做洋商，现在，大家都支持你，我不同意你放弃。

潘启明：妹妹，我不能想象，今后的岁月里，我没有你！

阿娇：哥哥，不论天塌地陷，妹妹的心，永远和你在一起！

潘启明很感动：妹妹！

两个人四手相握。

潘启明：哥哥和你一样想法，所以，我跟阿黄说，如果实在不行，我可以等，只要妹妹等我，海枯石烂，我都会等你。

阿娇又哭了：哥哥，你放心！

潘启明既感激又深情地望着阿娇。

阿娇闭上眼睛，等候哥哥的深情拥吻……

▩ 路口，刘长兴饭庄大门外　外　日

荣翻译陪着马斯顿和瑞典商人萨瑞从饭庄走出来。

萨瑞满面红光地：中国菜真好吃，真有魅力。（与洋商对话为英语，中文字幕，下同）

马斯顿：萨瑞，谢谢你的招待！

萨瑞：我能来中国，要感谢您，是您把中国的精品卖到我们瑞典，我们的卡尔国王很感兴趣，我才会来中国做生意。（英语，中文字幕）

马斯顿：所以，才宴请我？

萨瑞：是的。

马斯顿：一次不行，要经常宴请。（英语，中文字幕）

萨瑞：为什么要经常宴请？（英语，中文字幕）

马斯顿：本来，我在这里，所有的洋商都向我集中，我很吃香的。现在，你们的哥德堡号来了中国，抢走了我大批的生意，大批的银两。突然，他发现站在路口的潘启明：嘿，我看到了一个很有趣的人！

萨瑞：很有趣的人？

马斯顿赶上几步和潘启明打招呼：哈啰——！

潘启明认出马斯顿：哈啰——！

马斯顿：很高兴又遇见你。（英语，中文字幕）

潘启明：我也同感。（英语，中文字幕）

马斯顿：对不起，那天喝酒太多了，我忘记掉了，我应该怎么称呼你？（英语，中文字幕）

潘启明：在下潘启明，姓潘，天上启明星那个启明。（英语，中文字幕）

马斯顿生硬地：潘、启、明，这个名字很好。（英语，中文字幕）

萨瑞和荣翻译也走上前来。

荣翻译（汉语）：潘先生！

潘启明（汉语）：荣翻译，您好！

马斯顿：你刚才名字前面的“在下”两个字，是什么意思？为什么要在下？（英语，中文字幕）

潘启明：这是我们中国人的传统礼节。在下就是很谦逊地尊重对方，你高我低。（英语，中文字幕）

马斯顿半悟地：OK，不对，我们是平等的。你们中国人不好，心里看不起我们外国人，说我们洋鬼子，认为跟我们做生意是照顾我们，你们是天朝大帮，我们是外夷小洋人。嘴里又说什么你低我高。哈哈，不好，我们是平等的。好了，我来介绍，这是瑞典商人萨瑞先生，他第一次来中国，还不了解中国。希望你和他坦率地平等。（英语，中文字幕）

潘启明：你批评得很有道理。我接受。回头对萨瑞：欢迎萨瑞先生来我们中国经商，你是我们尊贵的客人！

萨瑞：谢谢！你是一个很有风度的人，我愿意和你交朋友。

潘启明：这也是我的心里话。

萨瑞：我需要尽快地了解中国，尽快地了解中国的商品。我们是好朋友了，我有一个要求，希望你能给我满意的答复。

潘启明：请讲！

第七集

萨瑞：其实，我的请求非常简单，你人很好，你的英语也很好，可不可以请你为我做翻译工作。（英语，中文字幕）

马斯顿立时拦住：不行，坚决不行，要按先后顺序，我先认识潘，我先请他工作。（英语，中文字幕）

萨瑞：你先认识他，我承认，我先打算聘请他的。认识他和聘请他，不是一回事情。（英语，中文字幕）

马斯顿：我曾经准备聘请他的。荣翻译，你可以证明。（英语，中文字幕）

荣翻译：你们是好朋友，不要因此闹得不愉快。如果潘先生也有这个意思，不妨这样，马斯顿先生，让潘先生为您工作，我愿意为萨瑞先生工作。或者，我为萨瑞先生工作……（英语，中文字幕）

马斯顿：这主意不错，萨瑞先生，你轻松地得到了一个懂商务工作的翻译。同样都是很优秀的人才。（英语，中文字幕）

萨瑞：深表感谢。（英语，中文字幕）

马斯顿：请用实际行动表示您的感谢吧，多多宴请我，请我喝中国的名酒，吃他们的名菜。哈哈哈！（英语，中文字幕）

他们都笑起来。潘启明也感觉到很可笑。

只有阿娇，在一边听得一头雾水，莫名其妙。

潘启明：马斯顿先生，萨瑞先生，很高兴认识你们。（英语，中文字幕）

马斯顿：是很高兴。（英语，中文字幕）

萨瑞：都很高兴。（英语，中文字幕）

潘启明：不过，请原谅，我不做翻译工作。

马斯顿成竹在胸地：我知道，你在一家大公司——广利行服务，据说那里的待遇很高。没问题，我可以开更高的工资给你。很高的报酬，行不行？为什么有更多的银子给你，你不干？

（英语，中文字幕）

潘启明：我准备自己开一间商行。（英语，中文字幕）

萨瑞：自己开商行？好，真正的男人，就应该自立。我支持你，这是好主意！

马斯顿：你自己开商行？我认为也是一个好主意。你的商行，请问叫什么名字？（英语，中文字幕）

潘启明：不好意思，正在筹备，就像少女一样，还在待字闺中。至于名字嘛，我不妨先告诉您，准备叫——同文行。（英语，中文字幕）

马斯顿：同文行？好！（英语，中文字幕）

潘启明自信地：谢谢。（英语，中文字幕）

马斯顿：潘，我愿意和你的——同文行——做生意，你是一个很文雅很明白的人，我们沟通很方便。（英语，中文字幕）

萨瑞也高兴地点头：我也有同感。（英语，中文字幕）

潘启明：谢谢。虽然还没有开张，我已经答应你们了。哈哈，马斯顿先生，萨瑞先生，我可以请你们喝茶吗？（英语，中文字幕）

马斯顿：在哪里？（英语，中文字幕）

潘启明指指刘长兴饭庄：就在这里。（英语，中文字幕）

马斯顿摇头：喏——喏——我们刚吃饱，肚皮很涨，我要去你的商行，了解情况和你谈谈生意。（英语，中文字幕）

萨瑞赞同地：OK。

潘启明摇头：恐怕不方便，我的商行还没开张，现在——在装修粉刷，很不像样子。不是接待客人的地方！（英语，中文字幕）

马斯顿：很好，很奇妙！我明白，你年纪轻轻，刚开始创业，我就要看你是怎么创业的，是在什么样的环境下创业的。你们中国人很了不起。康熙八岁登基当皇帝，现在把这个国家治理得很强大。（英语，中文字幕）

萨瑞：我们的卡尔国王也很想了解你们的国家，你们的皇帝。

潘启明：对不起，确实不是接待客人的地方。

萨瑞：客人？我们不是朋友吗？

马斯顿：对，我们是朋友，你要用朋友的眼光来看我们！你的商行在什么方向，快领我们去。（英语，中文字幕）

荣翻译（汉语）：有朋自远方来，不亦乐乎？

潘启明哈哈大笑，转身指了指：不远，就在那边。朋友们，潘启明热烈欢迎你们。（英语，中文字幕）

马斯顿鼓掌：OK，马上就去。（英语，中文字幕）

潘启明：对不起，请稍等片刻。（英语，中文字幕）

潘启明回头来，朝阿娇低声地：妹妹，放开心量，没有过不去的火焰山！

阿娇：我知道，哥哥，你去忙吧！

潘启明：这是两个外国商人，能和他们直接交往，是很好的机会。他们要去我的商行，以朋友的身份，认识一下。我想带他们去，你先回去吧。

阿娇依依不舍地：我很为你高兴，你要自己注意保重哦。

潘启明：放心吧。

阿娇突然想出来：哥哥——我来的时候，奶奶说，如果你同意咱俩的事情，她让你去找她说说。

潘启明：噢，看来，是要摊牌了。

阿娇点头。

潘启明：妹妹，你记住我说的话。不论我怎样处理，你都要明白我！好事多磨。

阿娇咬着嘴唇点头。慢慢走去。

潘启明大声地：给奶奶说，我这里安排好客人，就去见她老人家！

■ 汕头码头

吴老板实在忍不住对潘启明的思念，他决定去广州。

掌柜的带一些人把他送到船上。

吴老板：游师傅，拜托了！

掌柜的抱拳施礼：东家，到了广州，带个信回来！替我向潘启明朋友问好！

吴老板连连点头。

■ 街道上　外　日

潘启明一行朝同文行走着。

马斯顿：刚才那位姑娘是东方美女，很有魅力。（英语，中文字幕）

萨瑞：非常端庄，稳重。（英语，中文字幕）

马斯顿：你们非常亲密，她是不是你的妻子？（英语，中文字幕）

潘启明：将来，他会是我的妻子。（英语，中文字幕）

马斯顿念叨：噢，朋友，女朋友！他将来一定是你的妻子？（英语，中文字幕）

这句话说到了潘启明的心病上了。他不免出现痛苦的表情。萨瑞发现了，向马斯顿示意。

马斯顿：潘，我的朋友，你好像很痛苦？

潘启明勉强露出笑容，摇摇头。

萨瑞：潘，如果你把我们看成好朋友，可以让我们替你分解忧愁。当然，如果你不想让别人知道你的事情，你有权利保持沉默。我们尊重你的沉默。

潘启明：朋友们知道，我原来是广利行的伙计，我和东家的关系很好，所以，广利行不希望我出去独立，要求我继续在行里做事情。但是，我已经下定决心自立，成立自己的同文行。

萨瑞：我们知道。

潘启明：她——她的名字叫阿娇，是广利行东家的干女儿，他们对她像自己的亲女儿一样。如果我违背了东家的意愿，我们的婚姻，有可能受到干涉。

马斯顿：不对。就是亲生女儿，父母也没有权利干涉孩子的婚姻。爱情，是神圣的，是没有谁可以干涉的。

萨瑞：如果他们干涉，我要表示抗议。

荣翻译：对不起，萨瑞，你虽然是皇亲国戚，你的干涉，在这里，没有用处。

马斯顿：那怎么办呢？我的朋友，我希望，我们能给以帮助。

萨瑞：是的。我们可以让阿娇的父亲明白，爱的权力，是上天赋给我们的。

潘启明：我现在唯一的办法，就是把我的同文行做起来，做大做好。

萨瑞：这有关系吗？

潘启明：萨瑞朋友，在中国，是需要用力量说话的，权利不是天赋的，只有自己强大了，才有说话的地位。当然，我不仅要让广利行感觉到我的强大，还要让广利行感觉到我没有给他们带来任何副作用，相反，我是他们的好伙伴！

马斯顿：好吧，也许你说得有道理。如果需要我们，请说话！

萨瑞：记住，你有朋友！

■ 同文行　内　日

喜妹正站在梯子最高处细心地刷着房梁。

阿诚在清洗着工夫茶具，贵叔还在认真地写字，阿黄在擦洗账房。

喜妹：开水烧了吗？阿诚。

阿诚：在后院烧着呢。

喜妹：你会泡工夫茶吗？

阿诚：在跟贵叔学呢。

喜妹：等潘老板回来，我来泡。哎，阿黄，潘老板送人送那么长时间哪。

阿黄：边送边说话啰。

喜妹：我看，启明哥和阿娇姐是——天生一对，你说是不是。

阿黄不假思索地：当然是。

喜妹：下聘了吗？

阿黄如实地：怕是早着呢！

喜妹兴趣地：为什么呀？

阿黄：你小孩子，给你说你也不懂。

潘启明他们突然出现在门口。

阿黄：喜妹，你看是谁来了。

喜妹转身朝门口望去，两个黄头发的洋人，惊得失神失重：哎呀——身子往下倒了。

众人都吃了一惊：不好——！

阿黄慌着去接。

马斯顿和萨瑞也叫：哇——！

潘启明冲上前去。

没想到喜妹突然来了个倒翻跟斗，转了两圈，竟是轻轻地落地……

众人又惊又喜：哇——

阿诚惊喜地：喜妹，你真是喜妹，有你的！

萨瑞：潘，她会表演马戏？哈哈，你同文行还有玩马戏的？（英语，中文字幕）

潘启明：她是个舞狮的高手。（英语，中文字幕）

马斯顿恍然大悟：对，对，舞狮，我看到过。萨瑞，这位是中国的狮子。（英语，中文字幕）

萨瑞仔细打量着喜妹，不明白：中国的狮子？（英语，中文字幕）

荣翻译朝萨瑞翻译：就是穿戴上面具和外套，扮作狮子狂舞。

萨瑞：在什么地方能看到？（英语，中文字幕）

荣翻译：有机会，肯定有机会，马斯顿先生都见过了。

潘启明：阿诚，快点为客人泡茶。（英语，中文字幕）

喜妹抢先地：我来。

潘启明让着坐：请坐。（英语，中文字幕）

马斯顿：OK。（英语，中文字幕）

喜妹熟练地泡起工夫茶来。

潘启明介绍着工夫茶的程序……

喜妹把泡好的小杯依次文雅地放在客人面前：先生，请品尝。

马斯顿文质彬彬地端起杯子，朝萨瑞示意。

萨瑞也端起杯子。

马斯顿先闻香，陶醉地晃脑。

萨瑞闻了闻，也忍不住晃脑……

马斯顿慢慢地喝下。

萨瑞慢慢地喝下，咂咂嘴，惊叫起来：哇——我享受到了国王陛下的享受。（英语，中文字幕）

喜妹：启明哥，他说什么？

潘启明：萨瑞先生说，他享受到了他们国王陛下的享受。

喜妹抿嘴开心地一笑。

潘启明：你们现在喝的是高山云雾茶，因为山高，茶树一直被云雾缭绕着，滋润着。所以品质优良，余味无穷，透人肺腑。（英语，中文字幕）

萨瑞：潘，我要这种茶，我要带回瑞典，请您为我订货办理。（英语，中文字幕）

潘启明：多谢萨瑞先生对我的信任。虽然我现在还没有开张，也就是说没有经营的权力，但是，我一定会想办法帮助您办好，而且会让您满意。（英语，中文字幕）

萨瑞：谢谢。我还要请这位姑娘教我怎么泡茶，我学会了，回瑞典寻找时机，为我们的卡尔国王陛下现场献艺。（英语，中文字幕）

潘启明：这没问题。（英语，中文字幕）说完朝喜妹赞赏地点头一笑：萨瑞先生要请你教他茶艺。

喜妹掩饰不住地：启明哥，我今天好开心哦。

马斯顿：萨瑞先生，你刚到中国，不仅交上了朋友，还做成了生意，很有收获，你还要谢我！说着，做吃吃喝喝的动作。（英语，中文字幕）

萨瑞：大吃二喝。（英语，中文字幕）

马斯顿：你还要请我到你豪华的哥德堡号上做客。（英语，中文字幕）

萨瑞：当然没有问题。（英语，中文字幕）

▩ 鲁家，老太太房里　内　日

阿娇正在跟鲁老太太和鲁老板诉说着：……扎着红绸绣球的同文行牌匾放在桌上，我都亲眼看着呢。

鲁老板深吟着端起茶杯。

鲁老太太长叹一口气：唉，已经到了这一步了。

鲁老板：天要下雨，水流大海，挡是挡不住的啦！

鲁老太太不死心地：阿娇，我让你给明仔带的话，你带到了吧？

阿娇有些羞怯地：我说了。我说，奶奶很想念你，你是不是去看看奶奶。

鲁老太太：这样说不行，不明白——

阿娇：他就明白了。

鲁老太太：明白了？他说什么时候来了没有？

阿娇：今天就来！

▩ 街市上，外　日

喜妹的大舅在匆忙地走着，张望着，打听着。

大舅朝一位开着门士多店的商家打听：请问大哥，这附近有没有一个叫同文行的商行，老板姓潘？

店家摇着头：没听说过呀！

大舅急得直跳脚：嘿，这——一个大活人，怎么说没有就没有呢？

▩ 同文行　内

喜妹一面干着，一面欣赏着自己的杰作，不满意的地方还补上两刷。

潘启明倒是一边生着气：哎，你怎么就不听呢，我说，你别干了好不好？

喜妹还是若无其事地：怎么，我干得不好哇？

潘启明：好，好，就是你妈和你大舅早该急坏了。

喜妹悠然一笑：急就急呗，小时候，他们嫌我是个丫头，都不喜欢我，希望我能做个能自作主张的男孩子。现在，我长大了，能干事了，能做主了，叫他们急急有什么关系呀！只怕他们高兴还来不及呢！

潘启明着急地：这大过年的，你又是到大舅家走亲戚的。好了，好了，好心帮我，我领情了，你赶快回去吧，我谢谢你了。

喜妹：不用你谢，这是应该的。

潘启明：这——怎么就叫应该的呢？

喜妹：我不是说过吗，我来给你潘老板打工。你说能干什么，我说擦桌子扫地，整院子，搬货物，来了客人呢，端洗脸水，泡功夫茶。看，我不都派上用场了？包括那些个洋人来到，不也是很满意吗？

潘启明由衷地点头：没错，没错，做得好，有功劳。

喜妹：那你还想赶我走啊？

潘启明：可——你是个姑娘家——

喜妹：姑娘家咋的？人山人海还要我耍狮子呢，这算啥？

潘启明：你真心想留下来帮我？

喜妹：我不是正在干着吗？

潘启明忍不住一脸惊喜：我还以为你是说着玩的呢。

喜妹：抓紧干活吧，你今天茶叶生意都做成了，还不忙开张？

阿黄也兴奋地：喜妹呀，我算服了你啦！

喜妹：你服有啥用，潘老板还没点头呢！

潘启明开心地点头：你还真行！这样吧，对这里我暂时是放心了，我要出去一趟，你们自己忙活吧！

■ 鲁老太太处

佣人进来：东家，奶奶，明仔来了。

鲁老太太：好的，请他来吧。

看着伙计出去了。老太太对鲁青山和阿娇：你们先出去一下吧。

阿娇心里有数，首先退出去了。

鲁老太太向儿子看了一眼。鲁青山表示明白，也出去了。

潘启明进来：奶奶，明仔给奶奶磕头了。

鲁老太太：起来，快起来！

潘启明：奶奶，谢谢您老人家送去的点心。太好吃了！

鲁老太太：看，你是谁，奶奶是谁，奶奶有好东西，咋能忘记了我的明仔！

潘启明：谢谢奶奶。

鲁老太太：明仔，我让阿娇给你带的话，你听明白了？

潘启明：奶奶，明仔这次来，就是跟奶奶说这件事情的。

鲁老太太：那就说吧，有什么说什么！奶奶听着呢。

潘启明：奶奶，您是最关心明仔的。明仔今年二十多了，按照家乡规矩，也该成家了。只是明仔没有立业，羞于谈成家的话。

鲁老太太：贫富都应该成家，不然对不起祖宗！哪有只许有家业的大户人家成家的道理。明仔，看中谁了？

潘启明：奶奶明鉴，明仔本来不打算说出来的，因为现在的女方已经不是过去的女方了，身份高了，门台儿高了，明仔可能配不上了。不过，明仔考虑到奶奶对明仔很好，明仔还是斗胆说出来。奶奶你要宽容明仔的放肆。

鲁老太太：明仔不要过分谦虚了。给奶奶说吧。

潘启明：奶奶，明仔直说了——明仔想高攀阿娇姑娘。

鲁老太太：呵呵，明仔，不是你高攀我的孙女，是老太婆的孙女，高攀你呀！

潘启明：奶奶您折杀明仔了。明仔如果能得到奶奶的恩许，三生有幸，世世感恩！说着，站起来，走到鲁老太太面前，双膝跪下了。

鲁老太太：孩子，你起来！

潘启明不肯起来：明仔恳求奶奶恩准。

鲁老太太站起来，亲手搀扶起潘启明：明仔，你跟奶奶过来一下。

鲁老奶奶带着潘启明走出门，走进大院，又从大院的一个偏门走出去，来到一个小院落，小院落很优雅，也很精致。

鲁老太太：明仔，你看，这个地方怎么样？

潘启明由衷地：太好了！

鲁老太太：这是奶奶给阿娇的陪嫁，也就是奶奶给你和阿娇准备的家！

潘启明一下子愣住了。

鲁老太太暗暗得意，认为自己的这一招切实管用。

潘启明：谢谢奶奶。不过，明仔虽然贫寒，已经准备好了自己的家。

鲁老太太：明仔，奶奶不想让自己的孙女到外面去受罪。

潘启明恳求：是的，奶奶，明仔现在几乎就是一无所有，可是，明仔向您保证，不出三年，明仔让您的孙女住上这样的房子！

鲁老太太：不行。我的孙女，别说三年，三天我也不忍心。我看明仔并不是真心喜欢我的孙女。

潘启明：奶奶，明仔对阿娇一片真心。

鲁老太太：那就让阿娇在这里，奶奶不仅不忍心孙女受罪，也不愿离开孙女。

潘启明：奶奶。

鲁老太太：明仔，你听清楚奶奶说的话——如果你真心爱惜我的孙女，第一，做广利行的大掌柜；第二，就在这里和阿娇成亲！

潘启明低头不语。

鲁老太太：明仔，听清楚了？

潘启明：奶奶，您对明仔的看重，明仔感恩戴德。不过，明仔的心思，您老人家不了解。这样，明仔可以等您老人家明白，三年能等，五年能等，明仔会一直等下去的。

说着，潘启明退下，给老太太磕了一个响头，起身回头欲走。

鲁老太太：慢走！

潘启明站住，回头：奶奶！

鲁老太太：你能等，我的孙女不能拖下去。哪里有老大不嫁人的老闺女？你可以走，你要见见阿娇，听听阿娇说什么再走。

鲁老太太说完，回头大呼：阿娇！

阿娇一直等着呼唤呢，立刻就过来了。

阿娇看到潘启明的样子，就知道事情不好，向奶奶施礼：奶奶！

奶奶：阿娇，明仔说，他想娶你为妻，你愿意吗？

阿娇低声：奶奶，阿娇愿意。

奶奶：奶奶舍不得你离开，你愿意离开奶奶吗？

阿娇：阿娇愿意终生侍候奶奶。

奶奶：那你就和明仔商量一下，这件事情到底怎样处理好不好？

阿娇：阿娇听奶奶的。

奶奶说完，要走人，明仔拦住：奶奶，您老人家不要走，我给阿娇妹妹的话，您也可以听听。

奶奶：好，你说吧！

潘启明：阿娇妹妹，你听我说。我愿意和你一生一世白头偕老。不过，我要先做一个你值得下嫁的人。我愿意做奶奶的好孙女婿，我首先要做一个不给奶奶丢人的人。什么样的人才值得你下嫁呢，什么样的人才能给奶奶带来光彩呢？阿明以为，一个对得起祖宗的人，一个独立自主的人。阿明不愿意总是做下人，做帮工。阿娇妹妹，奶奶对你好，有恩德，你要报答奶奶，我能理解你。不过，我不能为了婚姻，放弃自己的信条，背叛祖宗的遗愿。你放心，只要你不嫁人，我不论到什么时候，都不会娶亲。我会一直等下去！

阿娇含泪点头。

潘启明心疼地看看阿娇，给鲁老太太行礼之后，毅然地回头走了。

阿娇伏地大哭。

老太太愣在那里，长时间没有反应过来。

阿娇渐渐止住哭声，慢慢站起来。

鲁青山走过来：母亲，回房子里再说吧。

阿娇和鲁青山搀扶着颤巍巍的老人，慢慢回到居室内。老人坐下之后，长长叹了一口气：看来，这也不是办法啊！

鲁青山终于下定决心：母亲，儿子准备请那大人吃饭了！

鲁老太太：娘是没有办法了，孩子，你看着办吧！

▩ 小街　巷口　大舅家　外/内　晚

夜幕降临，家家门前亮着红灯笼。

潘启明挑着空桶送喜妹回大舅家。

喜妹：启明哥，你的眼睛怎么这样红？刚才你去哪里了？谁欺负你了吗？

潘启明打起精神：先管好你自己的事情吧！

喜妹：哼，我自己的事情，我自己当家。

潘启明：等着吧，咱们到了你大舅家，你非挨骂不可。

喜妹：才不会呢。

潘启明：噢——

喜妹：不信打赌？

潘启明：打赌就打赌！

喜妹：输什么？

潘启明：一头整猪！

喜妹：真的？

■ 喜妹大舅家堂屋里

桌上摆着饭菜，点着蜡烛，大家坐着，没人动筷子。

喜妹娘：哥，先吃吧。

大舅：来走亲戚，人没了，能吃得下吗？

喜妹娘：放心，那个野丫头，保证丢不掉的。

大舅：城里人多，还有洋鬼子转来转去的，怎么能放心哪！

外面传来敲门声。

大舅和喜妹娘匆忙跑过去开门。

果然是喜妹站在门口。

大舅和喜妹娘还是惊喜地：我的小姑奶奶吔——

喜妹突然开心地大笑起来。

大舅和喜妹娘被她笑得直犯傻。

喜妹朝启明：你输了吧？一头整猪，拿来！

潘启明：可以，你要一口吃完！

喜妹：不干，你耍赖！

大舅：你们——到底是怎么回事呵？

喜妹把启明拉到院内：进来再说。

喜妹郑重其事地：舅舅，娘，告诉你们，这位就是同文行商号的老板，大洋商潘启明先生。

大舅也确实一愣：那么年轻就当上商号的老板？

潘启明：哪里，还没有正式开张呢！

喜妹自豪地：虽然没有开张，生意已经上门了。今天，英国人、瑞典人都找上门来，和他做生意呢！所以，把我也忙坏了。

大舅：你忙坏了？

喜妹：可不。你们不知道，我参加同文行了。

喜妹娘：你参加了他们同文行，你能干啥？

大舅：就是，你是啥头衔？

喜妹也忽然想起来了，对潘启明：对呀，潘老板，我都跟干了一天活儿了，你还没给我个衔头呢！

潘启明果真想起来：这个——我还真得想想！大舅、伯母，喜妹今天真为商号帮了大忙……

大舅和喜妹娘都惊奇地瞪大眼睛……

■ 刘长兴饭庄门口　外　日

鞭炮炸得上下翻飞……

刘长兴带着伙计们站在门口观看。

炮声止了，落了满地喜庆的炮皮……

鲁青山带着鲁子义走来。

鲁老板拱手致意：刘老板，开年发财。

刘长兴施礼：多谢关照，大家发财！又嘱咐：小六子，快！

小六子应声点燃手中的一挂鞭炮……

鲁老板：你这是——

刘长兴：今天开张是您鲁老板订的第一桌饭，我不但给您免茶，打折，还要每个客人都送上一份点心，让大家的家里人也都尝尝我们饭庄点心师傅新做的点心。

鲁老板高兴地：刘老板，你的生意真是做到家了。

刘长兴：哪里哪里，你们这些老板就是我的财神爷，我要是不服侍好，不就是对不起财神爷了吗？鲁老板，鲁公子，您先请进去上楼喝茶。

小六子手里的鞭炮又响了。

刘长兴高兴地：好，伍老板到——！又大声地：伍老板，恭候您发财了。

伍老板应声地：大家发财，大家发财！

鲁老板：伍老板，鲁某恭候了。

伍老板：鲁老兄，刚开年，您就客气。贵公子也越来越帅气了。

鲁老板：开年了，约几位老朋友喝喝茶，聊聊天，让子义也来听听各位老板、各位叔伯们的高谈，让他慢慢历练历练。

鞭炮声又响了。

陈老板、卢老板、魏老板等陆续而来……

■ 同文行　内　日

行内已摆设停当，清清爽爽，看样子，单等开张了。

陈徽州来这里，替鲁老板邀请潘启明到刘长兴饭庄吃饭。

潘启明却在为难地沉思着：按说，东家请各行东家老板吃饭，没有我的份儿。只有承认了我的自立门户，才会给我算一分子。

陈徽州：是这样。

潘启明：不过，他跟我的关系在这里，如果请我去，不应该让你来请我。随便派个伙计来说一声就是了。

陈徽州：看来，对你有些生分了。

潘启明：心里有气。

陈徽州：难免。

潘启明摇摇头：这样，就不好办了。

陈徽州：我就说你身体不好？

潘启明：不能躲藏，不是办法，也是对东家的不尊重。

陈徽州：有道理。不过，这一场相会，决定着你今后在广州，在所有洋商面前的形象。稍有不慎，以后就寸步难行。你还是慎重为好。

潘启明：我换换衣服，咱们去。反正他是老东家，老人家，打我，我能接受，骂我，我能忍受。早晚有这一回呢！

陈徽州：鲁老板也是好面子的人，你给了面子，他也不会为己太甚的。

马斯顿和萨瑞正好过来了。

潘启明立刻站起来，向陈徽州说：大哥，我给你介绍两位洋朋友——这位，东印度公司马斯顿大班。这位，瑞典皇家贵族豪华的哥德堡号，就是他的！

陈徽州：幸会幸会！

潘启明：二位，这位是我的老大哥，著名的徽商，陈先生！

两个洋人学着陈徽州，用生硬的中国话：幸会幸会！

马斯顿：潘，你的样子，很像是去赴宴？（英语，下同）

潘启明：是的，可惜，我不能邀请你一同参加。我没有权利，也没有心情邀请你们。这个宴会，对我来说，是难以言说的。

马斯顿：你的意思，这是个很痛苦的聚会？既然痛苦，为什么还要去？

萨瑞拉住马斯顿：这是潘的隐私，你不要这样追问。

马斯顿：对不起。

潘启明反而不好意思了：没有关系，是我的东家，请我到刘长兴饭庄吃饭。我担心，在这个宴会上，我的东家，会对我做一些批评。当着很多人，他的一些问题，我不能正面回答。所以，我可能要很为难。

马斯顿：刘长兴饭庄？

潘启明：是的。

马斯顿：据我所知，不仅你和你的东家，你的东家还请了尊贵的海关长官那先生！

潘启明愣住了。

陈徽州：启明，出了什么事？

潘启明告诉陈徽州：他说，东家还请了海关监督那大人。

陈徽州：哦，是这样！

两个人都很担忧。

萨瑞很关切地：潘，事情很严重吗？

潘启明：我们担心，我的东家会动员监督大人，干涉我的独立。

马斯顿：这很不好，这是一种侵权行为。我们要给监督先生提出抗议。

萨瑞：抗议，我们抗议！

陈徽州看他们非常激动，不明所以：启明，他们怎么回事？

潘启明：他们说，坚决支持我成立同文行，他们要找那大人提出抗议。

陈徽州：他们这是帮倒忙。告诉他们，不要添乱。

萨瑞问潘启明：陈老板说什么？

潘启明：陈老板的意思，谢谢你们。不过，你们最好不要参与这件事情，你们的抗议，有可能会使事情更加恶化。

两个洋人互相对视，有些不服气。

潘启明：陈老板还说，你们是很有智慧的先生，你们也许会用很智慧的办法，给我以声援。

两个洋人都表示明白了：我们会使用智慧的！

■ 刘长兴饭庄　外/内　日

客人们寒暄着陆续上楼。

大家都跟鲁青山父子相互施礼，客套寒暄声一片。

陈徽州和潘启明来到了。

潘启明：明仔给东家施礼！

鲁青山很客气：启明，好好！

鲁子义一肚子火气，讽刺地：你自己都是老板了，不要再喊东家了！

潘启明非常诚恳地：少东家，在明仔心目中，东家是永远的东家。

陈徽州：好汉不忘出身，启明说得对。走到天涯海角，人人都知道，潘启明出身广利行，鲁老板，总不至于不认自己的孩子了吧！

鲁青山：哪里……

门外高喊：粤海关监督那大人到——

人们又慌忙下楼出迎……

鞭炮声大作。

大家给那金施礼。

那大人：好，好，好，大家都好。新年大发财，哈哈，大发财！

众：借您吉言，借您吉言！

众人拥簇着那金上楼……

▩ 饭庄楼上　内　日

大厅内，开了好多桌，那金当然是主桌客人。那金坐好之后，招呼：大家不要客气，依次入座吧！

客人们陆续就座，寒暄着问好，喝茶。

刘长兴站在门口伺候着，小二们团团忙乎着。

鲁老板：刘老板，上菜吧。

刘长兴：六子，上菜。

楼下的六子高喊：上菜——

鲁青山突然发现潘启明坐在很远的下手，打招呼：明仔，你过来！

潘启明站起来，有些迟疑。以为鲁青山距离那金最近，他如果靠近鲁青山坐的话，俨然第二东家了。

鲁青山认真地：过来呀！

潘启明只好走过去，朝主宾座的那金施礼。

那金似乎忘记了这位青年是谁：嗯？好，坐坐！

潘启明坐下来，有些局促不安。但是，突然看到鲁子义很不服气的眼光，立刻挺起了胸膛。

酒菜摆好了。

鲁青山捧杯在手，站起来，清一下喉咙：各位同仁，在下说几句过年的话。

大家笑起来，表示欢迎。

鲁青山：诸位，我等洋商，去年虽说生意大小不等，确实都很有进项。这都是托了万岁爷的福分，得了那大人的照顾。

大家都说：言之有理，言之有理。

鲁青山：没有万岁爷英明的一口通商，我等何来通洋生意。没有那大人提携统领，哪有现在繁荣景象？为此，我广利行特设薄宴，向那大人一表谢忱。所幸那大人给鲁某面子，居然大驾光临，真是三生有幸啊！鲁某建议，谨以此酒，敬祝那大人官运亨通，鸿运高照！

大家一起举杯：那大人官运亨通，鸿运高照！

那金高兴得哈哈大笑：鲁老板，你很懂事。你说得太有道理了。哈哈。没有万岁爷隆恩，恩准你们和洋人做生意，哪里有大把的银子给你们赚啊！

众人一起附和：那是、那是。

那金：不过呢，万岁爷对你们好，你们也要知道表示忠诚。万岁爷需要这个的时候——说着，他用手做了一个抓银子的动作——你们也大方一些，不要搞得咱们两下里都难看，是不是？

众人：明白，明白。

那金：有一个大臣，特别看不起洋人，也看不起你们这些商人，他跟万岁爷说，不要照顾那些洋人了，不要增长大清国老百姓的奸商之气了，干脆，把那个黄埔港也关闭了吧！

众人都大惊失色。

那金：我们主子说了，外国人需要教化，天子也需要一些零钱花花，黄埔港，那是朕的南库房，先给朕留着吧！

众人都高兴了。

那金：听到没有？咱们这里，是天子南库啊！天子南库有没有银子，就看你们了！你们尽忠，南库房就充实，你们要赖，南库房就唱空城计。不过，你们如果让南库房唱空城计，天子就让你们喝西北风！哈哈哈哈！

众人立刻毕恭毕敬站起来：我等一定竭尽忠诚！

那金大乐：哈哈，这就对了！喝酒，喝酒！

热热闹闹喝开了。

鲁青山带着儿子，过来给那金敬酒。那金认出来是给他送自鸣钟的孩子，高兴地：哈哈，认识这孩子，你给老爷送过一个很好的洋玩意儿。叫，叫鲁子义！

鲁子义很聪明地：谢谢老爷赏收。

那金显得很沮丧：好，好！不过，被我宝贝女儿抢去了！

伍老板过来敬酒：大人，如果喜欢，我那里也有一个，只是肯定没有鲁老板的好玩，不过，我的算是别具一格，改日给大人送去，务必请大人赏收。

那金又高兴起来：好说，好说！

那金喝了一些酒，有些兴奋了：实不相瞒，老爷原来在扬州，替万岁爷巡按盐务，三年的光景，嗨，那些盐商，太抠门了。不过呢，实话实说，上头问他们盐商要钱的衙门也确实太多了。谁要我都要给他们，是不是？所以，害得老爷我入不敷出。后来，卸任了，算算账，折了十几万两银子。回到京城，一看到万岁爷，我就哭了。万岁爷可怜我，才说，让那金到粤海关干一干吧！我老爷就到这里来了……我说这话，你们明白吗？

大家参差回答：明白。

那金：明白什么？

大家都偷偷相觑，不愿意说出来。

伍老板挺挺脖子：万岁爷让大人来这里干，那是让大人补齐这几年在扬州的亏空！

那金：就这？

伍老板：不就是这个意思？

那金：还有呢？

鲁子义：大人来粤海关是奉旨发财！

那金大乐：哈哈哈，年轻人，你是个明白人！来，陪老爷干一杯！

鲁子义上去同那金干杯。

那金：你们听着，像这个年轻人这样的明白人，要多一些，还要再多一些。越多越好！

鲁青山：大人，您说得太对了。我等洋商，不仅需要明白起来，也需要增加一些明白的年轻人。做生意，就是这样，多了成行，有行有市，市大生意大……

那金：不要绕了，我被你绕晕了。有什么话，直说吧！

鲁青山：在下是说我们洋商，需要壮大队伍。

那金：哈哈哈，你以为我不知道你鲁老板摆这个鸿门宴什么意思呀？你的信，我收到了。不过呢……

鲁青山急忙：大人，时过境迁，那时的意思，和现在的意思，不是一个意思，我的意思……

那金：对不起，我不管你什么意思，我的意思很明白——不好办！

鲁青山高兴了：不好办？好，不好办好啊，大人，谢谢！那时候，在下还有些糊涂。现在，在下清醒了。在下的意思变了——我要让大人认识一下，你看——说着，把身旁的潘启明拉起来——大人，你看看这位青年才俊！

那金有些犯糊涂，不明白鲁青山什么意思：这个才俊——对，他很聪明！对了，想起来了：陈老板！

陈老板站起来：大人！

那金：他不就是那个，那个潘启明嘛！

陈老板：大人天才，记忆力惊人，他就是潘启明。

鲁青山：大人，在下请大人恩准潘启明做一个新的洋商！

那金疑惑地：这不就是你的意思？我告诉你了，不好办！

鲁青山：不好办？什么意思？在下的意思——大人，在下的意思，这事情，您应该好办才够意思。

那金：那你就不够意思了。你还说你现在清醒了，这咋能算是清醒了？你这个样子，倒是弄得老爷我不清醒了。

鲁青山：大人，给您写信的那个时候，在下还有些糊涂。

那金：现在你不糊涂了？

鲁青山：是的。

那金：听你的意思，好像前后不是一个意思，其实，你就是一个意思，你说……总而言之，现在老爷糊涂了。

鲁子义急忙过来：老爷，我家父亲不论什么时候，就一个意思，请您老人家照顾潘启明！

鲁青山：大人，在下就是这个意思。您——说着，只看酒杯，意思那金喝多了。

那金当然明白他的意思：我看，你才喝高了呢！鲁子义，你爹喝多了吧？

众人都给那金捧场，一起劝说鲁青山：鲁老板，你喝多了！

告诉大人，你喝高了。

鲁青山当然不承认自己喝多了：我的酒量，哪里会多了呢！义儿，你给大人说——

鲁子义：大人，我父亲喝高了，他哪里能有大人您的海量呢。

鲁青山制止：义儿！

那金：不管你什么意思——指着潘启明——就是不好办！

■ 刘长兴饭庄楼下

萨瑞和马斯顿来到这里。

伙计拦住：二位，今天有重要客商，恕不招待了！

萨瑞问马斯顿：他什么意思？

马斯顿：不知道，反正我们就是来闹事的，不要管他什么意思，我们只管进去。

萨瑞推开了小二，一直往里走去。

小二急忙拉扯：客商，客商！

马斯顿从后面用司提克敲小二的脑袋：胡闹！

小二害怕了，大声呼喊：东家，东家！

刘长兴失计慌忙跑出来，满脸赔笑：原来是洋人——

■ 楼上

鲁子义：不过，大人，我父亲他心里还很清楚，他的意思，是请您老人家帮助潘启明办理洋商经营准许执照。

那金：就是，他给我送自鸣钟，不就是这个意思吗？

鲁青山想反驳。

鲁子义暗示他不要反驳：大人，我家父亲，自始至终，就是一个意思，求您恩准潘启明经营洋商。

那金问鲁青山：是这个意思吧？

鲁子义暗示父亲点头。

鲁青山只好连连点头。

那金：就这个意思，咋说过去不明白，现在明白了？你欺负老爷识字不多，看不懂你的书信？哼，岂有此理。

鲁青山：大人！

那金：老爷虽说出身行伍，那也是大清皇亲，天潢贵胄。不像你，出乎而反乎而，商人习气！

鲁子义：大人，原谅我家父亲酒量浅，喝多了。

那金：鲁老板，说清楚，是不是就这个意思——说着，用手指着潘启明。

鲁青山只好连连点头。但是，明显已经气得微微发抖了。

潘启明很感激鲁青山为自己所受的委屈，上前一些，搀扶着老人。

那金企图进一步敲诈：鲁老板，你想想，朝廷里那些谏议大臣，最反对的就是开口通商。现在的规模，他们就认为太大了。那些人的嘴又多又大，想堵住那些人的嘴，嘿嘿，这个数目很大呀！再说了，你说他是个青年才俊，他才俊不才俊，本老爷哪里知道？你们，谁来给老爷证明，这个潘启明很有本事？你们都跟他很熟吗？

他故意向距离陈徽州、鲁青山较远的人提问。

这些人当然不太了解潘启明。都表示不是太了解。

正说到这里，楼下突然传来争吵打闹的声音，大家都很紧张。那金的护驾冲出来保卫那金。

萨瑞和马斯顿推开拦挡的小二，从楼下上来了。

第八集

萨瑞、马斯顿一上楼，所有的人都很吃惊。

刘长兴急忙跑到那金跟前，扑通跪倒：老爷，小人费尽了九牛二虎之力，硬是拦不住他们！小人的话，他不听；他们的话，小人也听不懂。

西洋人不会磕头，在刘长兴和那金说的时候，马斯顿和那金招手，算是打了招呼。回头告诉萨瑞：萨瑞，这位是粤海关监督那大人，你应该向他致敬。

萨瑞也向那金招手致意：尊敬的粤海关那大人，瑞典皇室商人萨瑞，向您致敬。

那金对两个不懂中国礼节的洋人很不高兴，抖着京片子：你们是干什么的？看不到吗，本大人正在和商民同乐呢！

马斯顿：你们中国有句俗话，有朋友自远方来，什么什么乎！为什么对我们不能什么什么乎？我看你的态度，好像很不礼貌呢！

那金不懂洋人几里哇啦是什么意思，发愣了。

护卫：大人，要不要把他们叉出去？

那金倒是有些镇静：不要慌忙，弄清楚他们几里哇啦说的什么，不要弄得他们到北京告状，给本大人添麻烦！

护卫大声喊：通事，通事！

一个小官吏急忙跑过来，向那金施礼：大人！

通事就是官用翻译，一个小官吏而已。小官吏问马斯顿（英语，中文字幕）：请问，尊贵的西洋客人你们有什么要求？

马斯顿：我们抗议，抗议你们看不起远方的客人！

小官吏：请问，你们有什么要求，可不可以先告诉我？

马斯顿牛哄哄地：请先翻译我的抗议！

小官吏对那金：回大人，他们抗议，说我们看不起远方的客人！

那金：我老人家就是看不起这些夷蛮之族，哼，这么大的人，连中国话都说不好——谁不知道，我们天朝大邦，乃是礼仪之邦。虽然看不起，那也是放在心里，绝对不会在脸上露出来是不是？问问他！本大人在哪里露出来看不起他们的意思了？

小官吏：请问，我们大人说，他一贯尊重邦交，最讲究礼仪，有哪里看不起你们了？

马斯顿：你们要在这里吃饭，为什么不允许我们在这里吃饭？这里是饭店，是对公众营业的场所。不允许我们吃饭，就是最大的不尊重。

小官吏：回大人，他们要在这里吃饭。

那金：混账王八蛋，今天又不是老子做东，凭什么请他们？

小官吏：大人，人家要求自己掏钱，在这个饭店买饭吃！

那金：那是刘长兴的事情，刘长兴不做他的生意，咋说老子看不起他们？

刘长兴急忙跪倒：回老爷，是小人考虑大人在这里，不想扰了大人的雅兴，就谢绝了其他人的生意了。所以，小人不愿意卖饭给洋人。

那金：很好，你小子很好。就应该这样子。转头对小官吏：告诉他们！谁的地盘，谁说了算！

小官吏：对不起，我们老爷不同意别人干扰他吃饭。

萨瑞：抗议！你们老爷不应该扰民，更不应该这样无理地对待来你们中国的客人！

马斯顿：抗议！我们要到北京那个皇帝那里告状。

小官吏对那金：大人，不好办了。他们说，老爷到一家饭店吃饭，就不允许老百姓到这家饭店吃饭，是扰民。还说，不应该这样无理地对待来我们中国的客人！大人，只怕他们……

那金生气了：你难道不能吓唬吓唬他们吗？连他们洋人都不怕老爷，这样的话，老爷的面子不就丢完了？

小官吏：老爷，下官发现这两个人，不仅伶牙俐齿，并且好像很有来头，气势不凡，张口就说到万岁那里告状，所以……

那金：算了，他们不走，老子让他们。说着作势要走人。

鲁青山等众人急忙阻拦：大人，您不能走。您要是走了，岂不更那个那个吗？

陈徽州上前：大人，潘启明懂得外语，是不是让他来做个交涉。

那金猛然想起来了：那个潘启明呢？对，那个潘才俊呢？我倒要看看这个才俊黄鼠狼掀门帘——露一小手呢！哎，潘启明呢？

潘启明从萨瑞他们一进来，就躲到一旁去等待着时机去了。这时候，听到喊声，不慌不忙地出来了，向那金施礼：商民刚才方便了一下。

那金：去，将这两个洋人给我赶出去。老爷我看到他们有气。

潘启明一回头。萨瑞立刻高声喊道：请问，你是潘启明先生吗？

潘启明装作很奇怪地，用英语：是的，我是潘启明，请问贵宾您是——

萨瑞：我们在南洋曾经见过的。我是萨瑞！

潘启明恍然大悟：啊，想起来了，您是尊贵的皇室商人萨瑞先生！失迎失迎！

萨瑞向马斯顿介绍：马斯顿先生，我荣幸地向您介绍，您面前的这位，就是著名的潘启明先生！

马斯顿夸张地：啊，原来您就是大名鼎鼎的潘启明，我早就听说您。您是个著名的学者，非常义气，非常聪明，非常会做生意，我们那里流传着很多关于您的故事！今天在这里见到您，我很荣幸。请允许我请您吃饭好吗？

潘启明：谢谢，非常感谢。

那金小声问通司：说什么？

小官吏通司：他们知道这个著名的潘先生，还很崇拜这位潘先生。

那金有些出乎意外：这个毛头小子，怎么会呢？

通司：你听，还邀请他吃饭呢！

马斯顿很恭敬地拉着潘启明：不能推辞，我一定请您吃饭！

潘启明：不是您请我吃饭，来到中国，应该我做东，请你们吃饭。有朋自远方来，不亦乐乎！不过，今天，我们正在开会，一个很重要的会议。我们那大人亲临！等我们结束会议之后，我去找您。好不好？

马斯顿：很好！原来正在开会？我向您表示抱歉。

潘启明：不，您应该向我们尊敬的粤海关监督那大人道歉。

马斯顿和萨瑞立刻走到那金面前，致礼：尊敬的大人，没有想到尊贵的潘先生都这样尊重您，刚才冒犯了您，我们诚恳地道歉，并请您给以原谅！

那金问小官吏：他们什么意思？

小官吏：他们认为这位潘先生是一个很了不起的人物，他们很崇拜他。为此，潘先生要求他们，向潘先生尊重的那老爷您表示道歉！现在，他们在向您道歉，恳求您原谅。

那金心里高兴，却板着脸：好，告诉他们，我原谅他们，但是，必须马上滚蛋！

小官吏对萨瑞：客人，我们老爷说，今天很不方便，也请你们原谅。

马斯顿：他说，滚蛋，什么意思？

小官吏有些紧张。

潘启明：就是再见！

萨瑞和马斯顿再次向潘启明致敬，然后很恭敬地退出。一边走，一边用生硬的中国话说：滚蛋，大家滚蛋！

小官吏忍不住笑了。

那金：你笑什么？

小官吏强行忍住笑：回大人，我笑潘先生，他太了不起了！他的翻译水平，真的很高，很高！

那金有些高兴了，问潘启明：潘启明，你认识他们？

潘启明：其中有一位，是瑞典皇族，皇帝的亲戚，大商人。

那金小声地：混蛋，贝勒爷做生意！真他妈的自轻自贱！

潘启明：商民过去在南洋帮助朋友经商，曾经跟他打过一次交道。他对商民的印象挺好。

那金欣赏地：看来，你还真是有点儿小本事呢！

潘启明：谢大人称赞。

鲁青山：大人，你刚才正说要考验潘启明的本事。现在看到了吧！

那金很高兴：好。潘启明，本大人可以考虑允许你经营洋商。

潘启明急忙施礼：多谢大人！

那金：不过，老爷我要提个条件。在位各位老板，要给本大人做一个具结——如果将来这个潘启明出了事，你们一体担保！

众人面面相觑，长时间没有人说话。

那金：怎么不说话。

鲁青山：我愿意具结担保。

陈徽州：我愿意具结担保。

其他人都不说话了。

那金问其他人：你们呢？

好半晌，伍老板只好站起来，代表大家：大人，不是我等不愿意具结担保。只是我们不敢担保。

众人附和。

那金：为什么？他不是很有才能吗？

伍老板：做洋商生意，固然需要才能，大人，更需要财运。他有没有财运，我等都不知道。洋商，是一个很危险的生意。谁都不敢担保别人。我们给他担保，谁给我们担保呢？大人，我等实在不敢做这样的担保买卖！没有担保的基础啊！

这一下子大家都找到话说了，一起哄哄，强调风险太大，未知数太多，都不愿意替别人冒险。

那金看看大家，对潘启明：潘启明，不是本大人有意为难你，看来，你这事情，还是暂且等待吧！

▩ 四姨太家里

吴老板来到堂妹这里了。兄妹两个说到了亲人早逝的事情，相对泫然，不胜悲哀。好一阵子，四姨太止住泪水，劝慰哥哥：哥哥，既然已经如此，你要保重才好！

吴老板点头：妹妹也要节哀。

阿香刚才被安排去请杨如雪，这时候来了：奶奶，小姐来了。

说话间，杨如雪带着丫鬟来到，看到吴老板，施礼：如雪拜见吴家舅舅！

吴老板立刻站起来：小姐，您太客气了。

四姨太显然很重视和杨如雪的关系：小姐，我家哥哥带了一些礼物来，各房太太都有份儿。不过，我要小姐先挑选。

杨如雪立刻谦让：谢谢四娘。不过，还是各位长者先挑选好些。如雪晚辈，不敢不敬。

四姨太很郑重地：不行。谁也不能在小姐前面挑选礼物，这就是我说的。

杨如雪：谢谢四娘，如雪确实不敢。

两个人意见不统一。

吴老板：小姐。舅舅知道你家四娘对你的情意，也知道你是个很讲究规矩的人。所以，在所有礼物之外，另给你准备了一份。吩咐丫鬟，阿香，出去找高仔，就说我单准备的那一份礼物拿来。

四姨太大为高兴：哥哥，你真是有心啊！

杨如雪不好再说什么了：谢谢吴家舅舅。

吴老板：看了喜欢，再说感谢吧。

阿香捧着一个一个华丽的包袱进来。

四姨太接过去，递给杨如雪。

杨如雪很恭敬地接过来，转给自己的丫鬟。

■ 同文行

潘启明刚刚回到家里，喜妹急忙泡茶。一边忙乎泡茶，一边打听：启明哥哥——不对，东家——嗨，这东家叫着也别扭，干脆，我还是喊你启明哥哥吧？

潘启明：嘿嘿，那不是随便吗？

喜妹：那个鲁老板难为你没有？

这时候，大家都围上来了，很关注地望着潘启明，他们都对鲁老板的态度很重视，生怕潘启明受到难为。

潘启明很感动：东家哪里会难为我。不光没有难为我，到了那里才知道，东家请客，其实就是为了我的事情。

众人又惊又喜：真的！

潘启明：我需要自我检讨，我没有用好心揣度东家。今后如果用这样的心肠经营，那就会很不利于做生意。做人，还是正派一些好！

众人都对潘启明这样的自责精神感染，连连点头。

听到有洋人哈哈笑的声音，大家回头，看到萨瑞和马斯顿来了。他们来到就和潘启明拥抱。

萨瑞：潘，我们表演得不错吧？

马斯顿：你要请客，你一定要请客！

潘启明：谢谢！我会请客的。今天不行，今天肚子里的东西太多了。

萨瑞：事情怎样了？

潘启明停了一会儿，轻轻摇头。

萨瑞很失望：为什么？

马斯顿：申请经商，应该是很好办的事情啊！真是莫名其妙！

喜妹：启明哥哥，官家还是不同意咱们成立同文行？

潘启明面对一张一张失望的面孔，打起精神，勉强笑笑，说：我们的商人，太分散了，大家互相不了解。那大人担心我资金不足，会因为经营不善而丢了朝廷的脸面。要求所有到场的洋商联名给我担保。说着摇摇头，你们想，他们了解我的毕竟不多，再说，过去我们互相之间，都没有担保，他们给我担保，谁给他们担保？

萨瑞：既然别人都不需要担保，为什么偏偏要求你有人担保？

潘启明：我是他上任以来，第一个申请做洋商的人。

马斯顿：问题的关键，还在那大人的身上！

萨瑞：我们，是不是，考虑，单独做那大人的工作？

马斯顿认真思索：有道理！

▩ 杨如雪室内

她们把吴老板的包袱打开了，看到很多礼物，琳琅满目。丫鬟眼睛瞪了好大好大。

奶妈：哼，她家哥哥，是个大商人，天南地北都有他家的商号。送咱们小姐礼物，太少了，能拿出手吗？

杨如雪很庄重地对丫鬟：你去粤海关，请那小姐过来一趟，请她看看，这里面有没有她喜欢的东西！

丫鬟：是了。

▩ 鲁老板家

鲁老板正跟母亲说酒席上的事情：明仔也是吉人天相，那大人正说考验他的本领，来了两个洋人。洋人闹事，大人的通事出面辩说。双方叽里哇啦，也不知说了些什么，反正通事说不过人家。大人也不想和洋人一般见识，准备中途退席。如果大人走了，大人固然难堪，咱们所谓东道主，也很难下台。这个时候，明仔出面施展手段了。三言两语，就像唐李太白醉草嚇蛮书一样，两个洋人服服帖帖，连连向那大人赔礼道歉。真算给足了那大人面子。

鲁老太太：这个明仔，还真有本事。这样说来，明仔的事情算是成了。

鲁青山摇摇头：那大人要求全体洋商联名担保明仔。

鲁老太太：这恐怕不好办。担保应该是互相的。自己给别人担保，只折不赚的买卖，谁愿意做。那大人为什么这个样子呢？

鲁青山：儿子想，肯定是大人发现明仔本钱不足，又认定明仔心大手大，担心他万一对洋人出现了大亏损，洋人追究之后，自己在朝廷那里不好交差。

鲁老太太：都说那大人粗鲁，我看他倒是粗中有细。

鲁青山：还是母亲看得透彻。

鲁老太太：那明仔的事情？

鲁青山：这件事情又放下了。

鲁老太太：放一放也好。

鲁青山：放不得呀，洋人的大船，眼看都要来了。洋商生意一年一度，季风当家。如果现在拿不到营业执照，这一拖就是一年。谁的生意，也撑不住一年的拖拉！

鲁老太太：哼，你已经帮助他了，他是亲眼看到的。是那大人作梗，不是咱不放他。这样，他就该死心回来了，是不是？

鲁青山叹了口气：母亲，您还不了解明仔，他是个认准道路，很难回头的人。

鲁老太太：你说的也有道理。不过，明仔是个重感情的人。你这个人情刚刚送过去了。我看，干脆，我再送个人情给他，把阿娇许给他吧！也许，那里刚刚碰了钉子，这里一个人情，再追加一个人情，他一感动，放弃了自立门户，也未可知。

鲁青山感觉到有希望：说来也是。反正阿娇是早晚要许给他的，点心趁热吃，事情趁早比晚了好。

■ 街上

那青一身武士打扮，配着宝剑，跟在杨如雪的丫鬟后面，气宇轩昂地走来。

马斯顿和萨瑞也做西洋武士打扮，躲在一个角落等候那青过来。

那青走到这里，两个人闪身出来，大家差一点撞在一起。

那青的脾气，自然不高兴。没有料到，对方更加有脾气。

马斯顿：不要走！

那青不懂外国语言，愣住了。

萨瑞：小伙子，你佩戴着宝剑，肯定是个武士！

那青似懂非懂，看对方指点她的宝剑，就把宝剑抽出来一半。

马斯顿突然往后一跳，刷一声抽出了自己的东洋剑，拉架子要决斗。

萨瑞：你的意思，要和我们比武，对不对？

那青：你叽里哇啦，说些什么？

萨瑞也抽出自己的防身剑，联合马斯顿，做姿势夹攻那青。

那青发现对方时刻有可能攻击自己，也只好抽出宝剑，准备迎击敌人。

好多人围观上来看热闹。

那青发现对方很有一些手段，剑花闪闪，跳跃灵活。不由得有些犯踌躇。一眨眼，两个人开始进攻了。果然，那青有些左右支拙，难以应对。

杨如雪的丫鬟吓得大呼小叫。

潘启明出现了，大喊一声：住手！

潘启明说着，冲进场子，一把推开了马斯顿，把那青拉出包围。

潘启明：少爷，你这是干什么？

那青：我也不知道他们是干什么的，迎头遇上，就要比武。

潘启明用英语和马斯顿、萨瑞对话，叽里哇啦说了半晌。

潘启明对那青说：少爷，他们说，是你要求比武的。我告诉他们，少爷认为他们武功不行，不配给少爷比武。他们不相信。我说，我是少爷的学生，愿意跟他们过招。

那青：不要胡说了，他们很厉害的。

潘启明：我在南洋，经常和洋人朋友过招，我知道破解他们的办法。借给我你的家伙用用。

那青半信半疑，把宝剑交给了潘启明。

潘启明接过了宝剑，走向萨瑞和马斯顿。

三个人过手没有几招，两个洋人好像很被动，很狼狈，突然表示不比了。他们一起举起自己的宝剑，大声呼喊：我们遇到了真正的武士。

三人手拉手，叽里哇啦说话。半晌，马斯顿和萨瑞又走过来，向那青叽里哇啦说话。

那青问潘启明：他们说什么？

潘启明：他们说，他们本来想让你当众出丑，以显示他们西洋剑法厉害。但是，现在，他们发现，你的学生居然，居然还可以——

那青：不是可以，我看出来，他们很惧怕你。

潘启明：总而言之，他们向你表示佩服。我想代表你，跟他们说几句话，可以吗？

那青：好，太好了。

潘启明又叽里哇啦和他们说了一阵子。

那青：你说了些什么？

潘启明：我说，你们不用道歉，我们少爷也是一个很好交朋友的人，你们可以走了。他们要打听你是谁。我说是粤海关那老爷的少爷。他们又问我是谁，我说我是潘启明。他们很奇怪。

那青：奇怪什么？

潘启明：那就不说了吧。

那青不同意：说。

潘启明：咱们找个地方再说吧。

那青：好。让他们走吧。

潘启明叽里哇啦说了几句。

两个洋人朝潘启明竖着大拇指走了。

那青对杨如雪的丫鬟：你先回去，给小姐说，我等一会儿就过去。

丫鬟很佩服地看看潘启明，点点头。

■ 杨如雪居处

四姨太来找杨如雪说事情。

四姨太：小姐，舅舅有个朋友，恳求粤海关发一个洋商经营的执照，粤海关那里，还需要老爷给个便函。

杨如雪：四娘直接找父亲大人也就是了。

四姨太：论说也未尝不可。不过呢，四娘刚刚因为托洋商买东西，给老爷惹了一点儿麻烦，担心再让老爷心里不痛快。

杨如雪：四娘，也可以让舅舅直接找父亲大人。

四姨太：小姐……

奶妈突然插话：四奶奶，恕奶妈直言，舅爷是帮什么人办事？

四姨太：说来此人也算有些小名气，他跟我们也有一些渊源呢，他叫潘启明！

杨如雪微微一愣。

四姨太何等老辣，立刻看出来了：小姐如果实在不方便，那就算了。

杨如雪朝奶妈使了一个眼色。

奶妈：四奶奶说的哪里话，我们小姐看您最亲，您交办的事情，那还不是尽心尽力。小姐会去试一试的。

■ 小茶楼上

那青和潘启明说话。

那青：哦，我父亲不允许你做洋商的事情，他们外国人都知道了？

潘启明：哈哈，小姐，不，少爷，其实他们都是我的朋友！

那青杏眼一翻：吹牛！

潘启明：主要是我不好意思求少爷替我办这种事情，他们故意设这个局，通过这个机会，向你透漏这个信息。

那青想了一想，也笑起来：我说呢，你那剑法，也看不出什么高妙来，他们怎么就乖乖投降了呢！

潘启明：不错，这一个是漏洞，应该事前好好排练排练！

那青：哼，没有这个机会，你就不找我？你就不能向我开口？你不是口口声声说本少爷是朋友吗？

潘启明老实地：实在不好开口。

那青突然翻脸：算了，你小子不拿本少爷当朋友，还居然敢做戏骗本少爷。本少爷别的不敢保证，一定找老爸说明，坚决不能让潘启明那小子做洋商！

■ 巡抚府

杨如雪向杨大人恳求：这个潘启明为人正直，敢于伸张正义，为孩儿解围，免于孩儿当众之下受辱，理当答谢。请父亲写一封信给粤海关。

杨大人：商人的事情你不要掺和。

杨如雪：吴家舅舅也很欣赏这位后生，他也会恳求父亲帮助这个潘启明的。

杨大人：那个吴老板来了？

杨如雪：来了。给父亲带了很多礼物来，在四娘那里。

杨大人乐了：嘿，这个吴老板，家财万贯，富得流油，给我宝贝女儿送礼物没有？

杨如雪撒娇：父亲……

杨大人哈哈大笑，对外：我说来呀！

书办毕恭毕敬趋来：大人！

杨大人：写封书子——回头问女儿——那个人叫什么名字？

杨如雪低头，小声地：潘启明！

杨大人对书办：给粤海关那大人……

■ 同文行

潘启明带着几个人，在院子里搭建棚子，看来是准备做仓库的。

喜妹本来是跟阿黄做下手的。看见潘启明一个人有些顾不过来，急忙跑过去了。殷勤地帮助潘启明。

阿黄回头，没有人了，才发现喜妹走人了，大声喊喜妹：过来，喜妹。

喜妹：看不到吗？我正忙。

阿黄老大不服气：你不能这样干活儿！

潘启明看到了，对喜妹：喜妹，我一个人行的，你还是过去吧！

喜妹撅着嘴，来到了阿黄这里，继续配合阿黄。

阿黄很得意：喜妹。

喜妹没好气地：干什么？

阿黄不怀好意地：这两天没有看到阿娇姐姐是不是？

喜妹：跟我什么关系？

阿黄：我估计，明仔——不，东家——快跟阿娇成亲了！

喜妹恨声恨气地：跟我什么关系？

阿黄幸灾乐祸地：我就盼望这一天呢！

喜妹：你死心吧，阿娇根本就不会来了！

阿黄：打赌！

喜妹：打赌！

阿黄：输什么？

喜妹：一头整猪。

阿黄回头，突然看到阿娇：嘿嘿，阿娇姐姐来了！整猪来了，不，整猪你输了！

喜妹不相信地：骗谁？你才是整猪呢！可是，顺着阿黄的目光，一转眼，看见真的是阿娇来了。立刻大声地：启明哥哥，你看谁来了！

阿娇提着一个食盒子，袅袅婷婷地站在那里。

潘启明急忙从梯子上下来，迎上去。

阿娇满面含春，可以看出来是在努力掩饰自己的快乐。

潘启明：妹妹，你来了！

阿娇娇嗔地：没有看到啊！

阿黄过来，接过去阿娇手中的食盒子：你们去屋里说话吧！

喜妹一把将食盒子从阿黄手中抢过来，向屋里走去，回头：阿娇姐姐，我送你们屋里去，你们一边吃，一边说话。

阿黄馋得抹抹嘴。

▩ 室内

喜妹到了室内，放下食盒子，就开始泡工夫茶。

潘启明领着阿娇进了室内。因为喜妹在，都不知道说什么好。

潘启明对喜妹：喜妹，让我来吧。

喜妹：瞎说，这哪里是东家做的事情！

阿娇：那就让我来吧。

喜妹：瞎说，哪里是贵客做的事情。

潘启明很尴尬，阿娇掩嘴偷乐。

喜妹突然意识到了这一点：噢噢，你们自己动手吧！

▩ 室外

喜妹跑出门，满脸绯红。

正好阿黄过来了，对喜妹：大妹子，你在这里算什么？

喜妹立刻板脸：我高兴！

阿黄：你输的整猪呢？

喜妹：给你！

阿黄：真的？

喜妹：你要一口吃完才行！

喜妹说完，飞跑着干活儿去了。

阿黄：哼，跟明仔学的！

▩ 室内

潘启明：妹妹？

阿娇难抑高兴地：哥哥！

潘启明已经明白了：奶奶答应咱们的事情了？

阿娇连连点头，过分高兴，流泪了。

潘启明帮助阿娇擦泪水。

阿娇趁机会，依靠在潘启明身上。

阿娇喃喃地：奶奶说，你的洋商的事情，还是不顺利，那老爷不准。奶奶说，明仔心里肯定不好受。你去，跟明仔说，你们的婚事，奶奶答应了。明仔说什么时候成亲，奶奶就答应什么时候成亲；明仔说在什么地方成亲，奶奶就答应在什么地方成亲。哥哥——

潘启明思索了半晌，说：奶奶做事情，聪明亮堂，真了不起！

阿娇点头：奶奶真是好人！对我真亲。

潘启明：等过了这几天，我去奶奶那里，给她老人家磕头！

阿娇：就应该这样。

潘启明：不过，现在不能说成亲的事情。

阿娇一愣。

潘启明：妹妹，你想，如果现在成亲，只有在奶奶指定的地方成亲，也只有放弃成立同文行，回到广利行当伙计。再说，我不能独立，不能有自己的商行，我也对不起奶奶对阿娇的一番养育之情。

阿娇：哥哥，我可不在乎你是贫是富啊！只要在一起，吃糠喃菜，也比蜜甜。

潘启明：那是妹妹心愿，这是哥哥情怀。

说到动情之处，两个人忍不住轻轻相拥。

院子里传来阿黄的歌声：妹在山头采桑子，哥在山下吊嗓子——

喜妹呵斥：你鬼嚎什么？

阿黄继续唱：桑子甜来嗓子好也，快快乐乐过日子！

喜妹：过你的大头鬼！

阿娇善良地：这两个人啊，倒是很好的一对儿。

潘启明在出神。

▩ 那金家中

那金正陪着女儿练武。

丫鬟在一旁侍候。

那青：老爹，问你一件事情。

那金：说！

那青：有一个名字叫潘启明的，想做洋商，听说，你不同意。

那金：你怎么知道这种事情？商人，哼哼，无奸不商，不要多理会他们。今后少问商人的事情，知道不？

那青：潘启明是我的朋友——

那金大惊：什么？

那青：我朋友的朋友！

那金很慎重地：你的哪个朋友？

那青：给你说，你也不认识。

那金：不行，一定要给老爹说清楚。

那青：杨如雪！

那金：哦，杨巡抚的千金。这个巡抚大人，真是内阃昏庸，治家无方。怎么能让一个千金小姐结交一个商人呢！何况，听说铁帽子王爷富锦很看重这个杨如雪的，还要纳为儿媳呢！ 一个未来的福晋，居然和一个商人交朋友，哼！

那青：你就会瞎胡乱想。人家是杨如雪的救命恩人。

那金：哦！他怎么能有机会救巡抚小姐呢？

那青：这话说起来，就很长了。等以后再说吧。先说，你为什么不容潘启明做洋商呢？

那金：孩子，你不认识这个潘启明，老爹看一眼就认定，他是个大手笔，如果做了洋商，他不会做小来小去的生意。不过呢，洋商生意，非常危险。万一他失手栽了，麻烦就大了。

那青：他失手栽了，是他自己的事情，与咱何涉？

那金：这你就不明白了。万岁爷最恨的就是在洋人那里给他老人家丢人。哪一个洋商栽了，都肯定要欠洋商的钱，那些资本雄厚的洋商还好一些，船破还有三千钉。东拆西借，拆东墙补西墙，能堵上窟窿。像潘启明这样的白手起家的，肯定是裤子烂了没人补。洋人最喜欢打官司，动不动就抗议，就告状，好了，最后告到万岁爷那里，万岁爷不跟商人说话的，万岁爷更是要在洋人那里讲面子的，那就要落实到你的老爹身上喽！

那青愣住了，半晌，突然发脾气：人家还没有做生意，你先说人家栽了栽了，什么道理？我不管这些，你给他先批了再说。

那金：不行。

那青放刁，撒娇，抓住父亲的胡子不丢手。

丫鬟在一旁偷笑。

那金看到了，呵斥丫鬟：看什么看？

丫鬟急忙转过脸去。

那金央求女儿：宝贝女儿，别闹，别闹！

帮办匆匆进来：老爷——一眼看到场面不好看，急忙扭过脸去——老爷，广东巡抚府有客人来拜访！

那金：宝贝，女儿——

那青：我不管。

那金：回来再说，宝贝，回来再说，爹有公事！

那青松了手。

那金理理胡子，一本正经地对帮办：带我去会客。

看到父亲走了，那青开始偷笑。

■ 那金客厅

吴老板在那里等候那金。

那金进来：哎呀，我说是谁呢，原来是吴舅爷！

吴老板急忙施礼：那大人，商民吴潮鸣给大人见礼！

那金急忙过去搀扶，以示客气：吴舅爷，坐坐！

吴老板：谢座。

那金：吴舅爷，老没见了，还好吧？更加发财了！

吴老板：这样长时间没有来问候大人，很惭愧。

那金：不用客气。这次来，有何见教？

吴老板：有一封书信，敬奉大人。

吴老板说着，取出来杨大人给那金的书信。

那金接过来：哦，杨大人太客气了，有事情差下人来传个命令就是了。说着，打开了书信。看了半天，呆呆地不作声。

吴老板：大人，年关因为家中偶遇小事，没有来过府问候，这里，一点意思——说着，取出来一包礼物。

那金立刻推辞：不行，不行。我老那虽然爱财，取之有道。这是巡抚大人催办的事情，实在不能收礼。

吴老板：大人，菲薄菲薄，不成敬意，务请笑纳！

那金：不行。以前收过你的，以后也可能收你的，就是现在不行。收了你的礼物，巡抚大人的脸面放到哪里去？

吴老板转机很快：那好，请大人把巡抚大人的信拿来。

那金：不能退回，巡抚大人的信，不能开玩笑。

吴老板：上面有一字写错了。

那金：唔？急忙将书信递给吴老板。

吴老板收回书信，再一次将礼物奉上。

那金有些不好意思了。

吴老板：好吧，没有巡抚大人这回事情。

那金：这——

吴老板：大人先给了商民面子，再说巡抚。

那金哈哈大笑：吴舅爷果然厉害，难怪生意做这样大呢！

吴老板把礼物塞给那金：生意能做大，还不都是老爷您帮衬？

那金收下礼物：不好意思！

吴老板再一次将书信奉上。

那金收了书信：吴先生，实不相瞒，潘启明这个人，是个材料。不过，他越是材料，我越是担心。为什么呢？生意的事情，谁都不敢保险，洋人的事情呢，又特别麻烦！俗话说，人无远虑必有近忧，是不是？

吴老板：商民自然知道大人的顾虑。商民愿意给大人一个定心丸吃。

那金：请讲！

吴老板：商民虽然不才，也算是薄有身家，商民愿意用自己的身家，具结担保潘启明！

那金抽了一口气：吴老板，这个潘启明——您不要生气——难道是你的私生儿子？

吴老板：大人开玩笑了！

那金：以吴老板的财势之雄，能担保潘启明，哪还有什么话说！

吴老板：不过，大人务必对外保密，就是潘启明，也不要明示。

那金：不错，不错，你要是告诉了他，他就会无所顾忌，肆无忌惮！

吴老板笑了。

同文行

阿娇已经走了。

潘启明招呼大家都过来吃点心。

大家明显看出来，潘启明老是走神。

喜妹似乎想打听阿娇来的事情。

阿黄不停地阻止她。

那金家里

那金换了衣服，陪女儿练武。

那青：老爹，那个，我那个朋友的事情，怎样了？

那金：哼哼，老爹决定，许给那潘启明一个洋商执照。

那青：哼，还是巡抚大人面子大！

那金：不要胡乱猜疑。告诉你，不是杨大人的面子。

那青高兴了：那就是给女儿面子了！

那金：想得美，商人的事情，你不跟着喳喳，还有希望，你跟着喳喳，该行的都不行！

那青：嘿嘿，这到底是谁的面子？

那金：鲁青山，陈徽州！老爹收了人家的礼物啦。拿人钱财，替人消灾！

鲁青山府第

鲁青山带着儿子，迎接吴老板。

鲁青山十分感动地：吴兄，总算是把您盼来了！

吴老板：鲁兄，拜个晚年吧！

鲁青山招呼儿子：义儿，过来，给您吴伯伯磕头。

吴老板：不敢，不敢！

鲁青山：吴兄，不要说磕头，我说句粗话，把头砍给您，都不为过呢！不是您仗义援手，鲁家一家满门，现在不知道在哪里逃生呢！

鲁青山说着，泫然泪下。

吴老板也想到了自己的伤心事，无限伤感。

鲁子义劝说父亲：父亲，事情已经过去了。吴伯伯终于来了，咱们好好招待吴伯伯才是正理！

鲁青山：对，对，吴兄，虽说大恩不言谢，兄弟好好宴请您，还是应该的。

吴老板阻拦：其实，这件事情上，真正出力起到作用的，还是你的伙计潘启明！

鲁青山连连点头：那是，那是！

吴老板：小伙子仁义忠厚，并且足智多谋，难得啊难得！他现在哪里？

鲁子义急忙插嘴：他想自立门户，成立商行，名字号同文行。

吴老板：没有听说同文行啊？

鲁子义：粤海关大人不同意。我父亲为此已经给粤海关那大人送礼请客了，看来，还是有些困难。

鲁青山：如果粤海关坚持不办，我想把他请回广利行，做大掌柜。待会儿我让义儿去请他过来，陪你吃饭。吴兄如果认为主意不错，也可以带我说项。

吴老板：你们两个，真是东家有情，伙计有义！

鲁子义不甘心地：吴伯伯，你老人家是有名的大商人，又是巡抚大人的亲戚，不妨到粤海关施加一些力量，也许，那大人会给您面子的呢！

吴老板：哈哈，如果你父亲命我办理此事，我敢不尽心力？不过，你父亲是广州洋商第一人，粤海关会给他面子的。

这时候，吴管家进来：东家，粤海关帮办来了，在前厅。

鲁青山愣了一愣。

吴老板心中有数，客气地地：鲁兄不妨去接待，我和子义且说闲话。

▩ 鲁家前厅

海关帮办在等待鲁青山。

鲁青山走过来，老远就抱拳施礼：迎接来迟，迎接来迟！

帮办：好说，好说！

鲁青山：大人辱临敝处，有何见教？

帮办：恭喜鲁老板。

鲁青山：同喜同喜——不知大人所指？

帮办：我家老爷考虑到您的面子，决定答应潘启明的恳请，发给他洋商经营执照了。这不是喜事吗？

鲁青山果然很高兴：谢谢大人报喜。改日，一定登门感谢那大人！请大人留下小酌。

帮办：且容改日吧！

鲁青山立刻招呼下人：来呀。

吴管家急忙过来：东家。

鲁青山吩咐：侍候老爷车马！

吴管家立刻奉上一包银子，捧给帮办：请大人打赏车马！

帮办哈哈笑着，接过去银子包包：鲁老板，您客气了！

▩ 同文行　外/内　日

挂着红绸的同文商行匾耀眼夺目。

“开张大吉”的红幅高高悬挂。

鞭炮和锣鼓声中，一对狮子边舞边向前来祝贺的行商老板和客商作揖致礼，众宾客都极有兴致地拥在门口观看，马斯顿和萨瑞看得更是入神。

阿黄和阿娇站在门口照应客人……

鲁老板和吴老板、陈徽州款款而来，两狮朝他们迎面舞来，鲁老板和吴老板、陈徽州只得止步，一狮直立向他们作揖点头，另一只狮子却朝吴老板前腿下跪，频频磕头。

众人喝彩，鲁老板面对此情此景，显然不解。

第九集

伍老板、鲁老板、卢老板、魏老板等还有一些客商一起鼓掌。

马斯顿拿过启明手中的狮子头盔套在头上乱摇。

众人欢笑。

潘启明兴奋得面色通红地：各位前辈，各位老板，各位朋友，晚辈小行今日开张，承蒙大家抬爱，捧场，启明不胜感激，敬请各位进行里喝茶，中午在刘长兴饭庄略备薄酒一杯……

喜妹和阿娇往行里迎送客人们。

潘启明：尊敬的马斯顿先生、萨瑞先生，小行今日正式开张，敬请二位先行喝茶，中午在饭庄再向你们敬酒。（英语，中文字幕）

马斯顿和萨瑞高兴地点头。

■ 记账台子

来的客人都带了一些礼物来，他们都是将礼物交给专门的人抬着，跟在老板后面，而老板则自己手持礼单，亲自交给收礼人。

同文行的阿贵负责收礼。

一些老板分别将礼单交给阿贵。阿贵接过来礼单，看看封面，然后喊一声：某某行某某老板礼物到！然后安排阿黄他们接过盛放礼物的器皿。

喜妹则负责引领老板走进院子里去。

陈徽州的礼单很特殊，名字是：徽州陈偕潘老板诸位朋友并致。

阿贵一看，不禁嘟囔：诸朋友？哪些朋友呢？

果然，陈徽州不是代表他一个人，因为他的礼品盒子多。显然，他带来了杨如雪的礼物。

吴潮鸣老板来到，他把礼单交给阿贵。

阿贵接过来，大声喊道：富祥绸庄东家吴老板礼物到！然后再一看，愣住了，吴老板后面没有跟着抬礼盒的人。急忙打开礼单，仔细一看，顿时目瞪口呆。

原来，礼单上写着这样一行字：富祥绸庄礼聘同文行为广州总代理！

很多人被阿贵的神态吸引，过来围观，他们发现了这个问题，无不惊诧。

富祥绸庄是著名的企业，吴老板是著名的大老板。一个新成立的小小商行，居然能有这样的待遇，当然让人们吃惊。

有一个小老板悄悄跟身边的另一个小老板说：当初，广利行曾经想做富祥绸庄的广州总代理，被吴老板婉拒了。

另一个小老板：看来，这个潘启明有来头！

▩ 室内

一直在注视潘启明的那位海外客人，突然从人群中冲出来，来到启明面前：孩子，还认得我吗？

潘启明马上认出了对方，激动地：苏诺大叔——！上前抱住苏诺。

苏诺——我们在片头中看到的那位船长——也激动地拍着启明的肩膀，又点着启明的鼻子：潘启明啊，你让我想得好苦哇！不过，我都是在打工仔里面寻找，哪里知道你成了老板！哈哈，只说人没了，找不到了，没想到，在这看舞狮子——我看你那位舞狮的套路，心中却犯嘀咕——果然是你！

潘启明：大叔，你还教过我舞狮呢，当然熟悉了。你还在南洋当船长吗？是你的船来广州了？

苏诺看看人太多，知道潘启明太忙：嗨，一言难尽，咱俩有机会再说，你还是赶快照顾客人吧！

潘启明：好的，大叔，您请进。您先自己照顾自己，不要客气。

▩ 码头

胡老板手持一封信，随着一个小伙计来到一条船上。这条船上，装的都是瓷器。

小伙计向船上的人说：大家听着，这位就是我们东家的堂哥，胡庆志，胡老板。大家见礼！

船上人一起向胡老板致意。

胡老板很客气地：诸位兄弟，我堂弟不幸去世，他的事情多赖你们帮助，我胡庆志不胜感激。

众人都说：不客气，应该的。

小伙计：胡老板，您清点一下吧！

胡老板：好好。说着，打开大信封，取出信笺、合同、账单等，对照着账单，清点瓷器。

小伙计：胡老板，我们老板去世之前，一再说明，务必请您跟广利行鲁老板说清楚这一船货物迟到的原因，请他们看在多年合作的情分上，看在他抛下的孤儿寡妇万分可怜的分儿上，多多海涵！

胡老板很悲切地：放心。咱们货色很好，其实，也就是耽误了十几天而已，按说不至于影响鲁老板的生意。我会好好跟广利行鲁老板恳求的。

▩ 广利商行　内　日

鲁子义坐在太师椅上，大模大样地看着小伙计泡工夫茶。满叔在一边相陪。

小伙计单腿跪着给鲁子义捧茶。

满叔自己端了一杯，对小伙计说：你去忙吧，这里我们自己来。

鲁子义悠然地喝了一口。

满叔：这云雾茶味道怎么样？

鲁子义：味道不错。

满叔：是明前还是雨前？

鲁子义：不管明前还是雨前，只要味道好，茶味正就行。

满叔：价钱可大不一样啰。明前是赶在清明节前采茶的第一道叶尖，到了谷雨，是又发出来的叶子，这可是两码事。

鲁子义：满叔，你精通茶道，我哪能跟你比呀？

满叔：少东家，老东家可是都精通的。既然老东家准备安排你接班做生意，你就得多多琢磨琢磨——

鲁子义不以为然地：哎——有你在，我才不担心呢。

满叔：我年纪大了，还能帮你几年哪，你得事事心中有数。

门外，胡老板领着小伙计，挑着一担瓷器，来到广利行。他们进门来，老远看到了满叔，胡老板打招呼：满掌柜！

满叔：嘿，胡老板！老没见了，还好吧！来，你们认识认识，这位是我们少东家。少东家，这位是佛山的胡老板，做陶瓷生意的。

胡老板：少东家，久仰久仰！

鲁子义：胡老板，久仰久仰。请一起用茶！

说着一起坐下来。

胡老板：现在，咱们广利行是少东家坐堂了？嗨，这样大的生意，这样年轻的老板，真是长江后浪推前浪，英雄多是少年郎啊！

鲁子义很自得。

满叔：老东家想让少东家慢慢接手。少东家自然是青年有为啊！胡老板今天来，有什么赐教吧？

胡老板叹了一口气：为了我那堂弟胡庆峰来求满掌柜了。

满叔：哦，我想起来了，胡庆峰老板和我们广利行有个合同，十几天前就到期了，不知道什么原因，没有见到人来或者货来？

胡老板：嗨，不幸不幸啊！自从去年，堂弟生病，一直到前不久，居然不治了。

满叔表现很难过：啊！他的年纪不大，真是不幸。可怜了他的妻子，我记得他的孩子好像不大。

胡老板：孤儿寡母啊！

鲁子义关心的是生意：我们合同，岂不是不能执行了？

胡老板：合同倒是能够执行。货船已经来到了码头，我带了一些样货来，请满掌柜和少东家看看。说着，对停在门外的挑担伙计招手。

挑担伙计立刻挑起担子，来到了堂内。

满叔起身看样货。

鲁子义眼珠一转，对胡老板：请把合同拿来我看看。

胡老板急忙把手中的一些单据交给了鲁子义。

鲁子义认真看合同。

满叔已经看过样货，对胡老板说：你堂弟办事情，一直很好。这次的瓷器，都不错。

胡老板：谢谢满掌柜。向满叔暗暗示意——少东家好像不好说话？

满叔对鲁子义：少东家，您看看，这些瓷器如何？

鲁子义：满叔说好，自然是好。不过，样货毕竟是样货，满船货物，是否一致，我看，还需要到船上看看。

满叔不以为然：进仓的时候，我们还要——突然考虑到少东家的面子，换了口气——好，少东家有兴趣，咱们就到码头看看去。

胡老板立刻表示欢迎：好，好，看过样货，我在码头就地请少东家吃饭！

■ 同文行

生意很好，有很多人在那里谈生意。

阿贵、阿黄等人都忙得热火朝天地。

■ 码头，胡老板瓷器船

鲁子义、满叔和胡老板已经看完了瓷器。

胡老板：满掌柜？

满掌柜很满意，连连点头。

鲁子义：满叔，你看出来没有？

满掌柜有些惊讶：少东家有什么看法，不妨说出来。

鲁子义：我看不一定是景德镇大窑货色。

胡老板大惊失色：少东家，您不是开玩笑吧？

满叔：少东家——

鲁子义不让满叔说话：不是真实大窑货色，我还能忍受，拖延交货日期，违反了合同，耽误了我的生意，我真是不能忍受。

胡老板：少东家，虽然晚了一些日子，并没有耽误您给顾客交货。少东家，看在我堂弟已经去世，他撇下的孤儿寡妇非常可怜的分儿上……

鲁子义非常认真，毫不含糊地：慈善，是另外的事情。现在咱们谈的是生意，不是施舍。

胡老板一腔苦水，只好转头恳求满叔：满掌柜！

满叔示意胡老板不要着急，回头试探地问鲁子义：少东家的意思？

鲁子义启发满叔：你想，我们广利行是以信誉起家，我们对人家，那是绝对说一是一，严格执行合同。我们对人家也是要求信誉第一，严格执行合同。如果胡老板不跟我们执行合同，我们不了了之，那么，其他的合作伙伴也会不跟我们认真，这样下去，怎样经营？我是跟满师傅学徒的，一知半解，师傅，您说不是这个道理？

满叔：你说的有道理。胡老板确实有些违约。不过，这个违约，也分个三六九等。胡老板堂弟，人已经不在了……

鲁子义：他不在了，合同在。我还是说谈生意。在商言商。

满叔：少东家，生意重要，做生意的是人，人更重要。

鲁子义：人也分三六九等吗？我们不是人？

胡老板看到他们两个不愉快，急忙从中说和：满掌柜，少东家如果认为我们违约，不妨让我们出一些罚金，以示惩罚吧。

满叔：少东家，你看，胡老板已经承认错误，你看……

鲁子义：胡老板可是真心认罚？

胡老板：诚心诚意。

鲁子义：那就……

满叔急忙阻拦：少东家！

满叔把鲁子义拉到一边，放低声音：少东家，论说应该稍微给一点儿惩罚，以示我们讲规矩。不过，稍微罚他一点儿，对我们从经济上说，没有什么意义。但是，如果传扬出去，人家说我们连一个死人都不宽恕，会影响我们名誉的。

鲁子义：我不这样看。人家也许会说我们乱做好人，不讲规矩呢。再说，什么是稍微给一点儿惩罚呢？惩罚不到位，就不如不惩罚。我准备他这一船货物，五折收购！

满叔大吃一惊：啊，五折？

鲁子义：已经很不错了，第一，不一定是大窑货色；第二，违约，耽误了咱们的生意，我的损失，何止这些！严格追究，三折都是多的。

满叔非常难为，半晌：少东家，我劝你三思。

鲁子义：如果满叔认为不好处理，我来处理好了。

满叔：少东家，是不是跟老东家商量商量？

鲁子义：我看没有必要了。

胡老板看他们存在争议，走近来，巴结地：少东家，这样吧，今天我请客，咱们边吃边说好不好？

鲁子义：胡老板，是这样的，你的堂弟违约，给我们广利行造成了很大损失。按照道理，我应该加倍罚款。

胡老板大吃一惊：啊！

鲁子义：不过，我跟满叔商量了，不看死人看活人，看在你的面子上，我们决定稍事薄惩——

胡老板：谢谢，谢谢。

鲁子义：我们决定五折收购。

胡老板：啊，少东家，我死去的堂弟就破产了，你不能逼着寡妇卖孤儿啊！

鲁子义气得哼一声，回身上岸而去。

胡老板拉着满叔恳求：满掌柜——

满叔低声：同文行，潘启明！

胡老板低声：同文行，潘启明？

满叔点一下头，匆匆追鲁子义而去了。

▩ 同文行　外/内　日

贵叔在陪常二掌柜喝茶。

贵叔：常二掌柜，启明年轻，刚开张，你要多抽空过来指点指点。

常二喜：我还用指点，现在，大活人睁眼看事都清清楚楚，潘启明的同文行刚开张就生意兴隆，热火朝天，往后，谁都得刮目相看。

贵叔试探地：常二掌柜，听你这口气，会不会日后会来同文行啊？

常二喜正色：贵哥，这话不敢说，可也不能乱说噢！

潘启明和苏诺在院中边走边谈着。

苏诺：大叔上年岁了，不想再当船长了，危险太多。这些年，也算攒了些银子，说是足够养老了，但也不能坐吃山空呵，还有孩子，总要给下一辈子孩子留下点吧？所以，就跑来广州，看看有没有好生意做。嘿，没想到，你还活着，还成器了，自己立门户，开商号啦。大叔原来就看你有出息，算没看错你呀，大叔这趟来得惊喜，来得高兴。

潘启明：大叔，我流落南洋，都是你照顾我，要不，我早死在异国他乡了。

苏诺：嗯，几次风险，也算你命大。那次碰上海盗，要不是你机灵，砍掉海盗船的绳索，全船都完了。

潘启明：苏诺大叔，咱们是亲人，你放心住我这，好生意来了，有把握赚钱的，我一定帮你办好。

苏诺开心地笑起来：看看，要不，我干吗这么开心哪！

阿黄过来：东家——

潘启明：我给你说过了，还叫我明仔哥，你怎么总是忘记呢？

阿黄：我们几个说了，我们是正正规规的同文行，不是草台班子兄弟伙。如果这样乱称呼，只怕人家看轻了我们。所以，大家规定，在行里，都要按照规矩来！

潘启明想想，点头：这样说也有道理，私下里，咱们还是兄弟。啥事情？

阿黄：佛山做陶瓷生意的胡老板要见您。

潘启明：如果是生意，可以跟贵叔说。

阿黄：看样子，像是有别的事情。

潘启明：那就请！

苏诺：我出去转转。

苏诺说着，和阿黄一起出去了。

潘启明走进室内，准备茶水。

胡老板进来，一脸苦笑：佛山镇宇陶瓷胡庆志给潘大东家见礼！

潘启明急忙回礼：不敢，不敢。胡老板是我的老前辈，千万不要这样。坐坐，请用茶，请用茶！

胡老板：潘老板，我是广利行满掌柜推荐来找您的，原来以为是位老前辈，想不到您还这样年轻。

潘启明：我是刚刚入行，以后还请胡老板对指教，多照顾。满叔是我的恩师，有什么事情，您只管直说吧。

胡老板未语泪先流：那我就直说了。

潘启明：潘启明洗耳恭听。

胡老板：我的堂弟经营景德镇瓷器。去年，广利行和我堂弟签订了一份供货合同，交了定金给我堂弟。不料，我堂弟生了重病。即便是如此，堂弟仍然抱病操办。不料，堂弟竟然不治而亡。

潘启明表现出很难过的样子：原来胡庆峰老板仙逝了，可惜可惜！

胡老板：潘老板，您认识我那堂弟？

潘启明：实不相瞒，这笔合同的鉴定，我曾参与。贵堂弟是个忠厚实在的人。现在如何了？

胡老板：堂弟临终之前，让伙计们把瓷器运来了。

潘启明：死不赖账，这样的生意人，难得难得！

胡老板：可是，耽误了十几天。

潘启明：人不在信誉在，看到这一点上，别说耽误十几天，耽误一个两个月，也是好生意人，也是好生意！我相信，满叔绝对不会说什么的。

胡老板：满掌柜倒是很好，可是，东家不同意。

潘启明：不会！鲁大东家更加不会说什么吧！

胡老板：现在是少东家坐堂啊！

潘启明不由得一惊：少东家怎样说法？

胡老板：少东家要五折收货。潘老板，这一下，我堂弟的孤儿寡母就要破产了！说着，又哭起来。

潘启明：胡老板节哀！

原来是这么个问题，牵扯到鲁子义，潘启明不禁沉吟片刻，斟酌着说道：胡老板，少东家是个很聪明的青年，我想，他可能是最近心情不好……

胡老板：还是潘老板了解少东家。满叔让我来找您，看来是深知少东家和您的关系。潘老板，救救我堂弟家的那孤儿寡母吧！

潘启明：好！胡老板，你且在我这里休息，我到广利行去一趟，你等我的信息。

小茶楼

潘启明坐在那里等候满叔。

满叔匆匆来到：明仔，我就知道你要找我。

潘启明：满叔，胡老板的事情，不能这样处理。传扬出去，广利行成了什么样子？

满叔：谁不说呢。

潘启明：为什么不请示大东家？

满叔：大东家昨天才把少东家正式交给我，我今天就去告状。是我无能呢，还是我不愿意带少东家？

潘启明点头：我出面去找大东家，也不合适啊。

满叔：我也不让你去找大东家。

潘启明：可是，我去找少东家，那结果岂不是更加不好！

满叔：不。少东家为什么这样做？他固然爱钱，但不仅仅是钱的问题。他要露一手，露给谁看？露给老东家，让他看看自己和潘启明到底谁厉害，谁会做生意？少东家是对你憋了一口气呀！

潘启明：您的意思，只要我向他服软，他就会给我面子？

满叔：我想是这样。

潘启明：好啊，只要他能收回成命，我可以恳求他。

▩ 广利行

鲁子义正在喝茶，小伙计进来：少东家！

鲁子义：说。

小伙计：同文行潘老板要见您。

鲁子义已经看见了站在门外的潘启明，故意大声地：哪里的同文行？什么潘老板？没有听说过！

小伙计见机地：明仔，少东家，原来咱们家伙计明仔，要见少东家。

门外的潘启明微微笑。

鲁子义：让他进来吧。

小伙计来到门外，小声地对潘启明：明仔哥，去吧！

潘启明走进来，施礼：潘启明给少东家见礼。

鲁子义：不要再喊什么少东家了。你眼看就是我的姐夫了，又是堂堂同文行的东家，这样子，不是让我难堪吗？

潘启明很谦恭地：少东家就是少东家。潘启明没有忘记自己的出身。

鲁子义：这样也好，免得人家说你没有良心。坐吧。

潘启明：谢谢少东家。

鲁子义：有什么指教！

潘启明：来恳求少东家一件事情。

鲁子义：恳求我？

潘启明：是的。

鲁子义大声对外：请满叔来一趟！

满叔走过来：少东家！

潘启明招呼：满叔！

满叔：明仔！

鲁子义：潘老板，咱们当着满叔说吧，很多事情，我很尊重长辈。你来干什么？

潘启明知道鲁子义的意思，他向鲁子义恳求，需要一个见证人，故意强调地：满叔，我来恳求少东家一件事情。

鲁子义得意地对满叔：你看看，他来恳求我，这不是颠倒了吗？大名鼎鼎同文行老板，来苛求我一个学徒。

潘启明：少东家比我潘启明聪明能干，会做生意。

鲁子义：我可不敢这样说，是不是满叔？

满叔：是的，少东家你是谦虚。明仔就是这样看的。

鲁子义心里很得意，微笑着对潘启明：说吧。

潘启明：少东家，我是替佛山胡老板来恳求少东家的。

鲁子义：哦，你的意思，胡老板这个事情，我处理得不妥当？

潘启明：论说，没有什么不妥当，既然耽误十几天时间，也算是违约了。如果违约不惩罚，还要签订合同干什么？

鲁子义很高兴：这就对了。是不是满叔？

满叔只好让步：少东家，我老糊涂了。

鲁子义对潘启明：接着说。

潘启明：不过，念在合同双方十多年合作朋友，胡老板也不幸去世，我们是堂堂广利行，应该表现出大商家的风度，所以，潘启明恳求少东家宽恕胡老板。

鲁子义：好，我给不给胡老板面子不是重要的事情，我给你潘启明老板面子才是重要的事情。我原来说五折收货。现在，我给面子，我六折收货！

潘启明和满叔都是一愣。

潘启明：少东家，再抬抬手吧！

鲁子义：实不相瞒，他耽误了我们供货。我们的下家要求罚款了！

潘启明：少东家，这批货是没有下家的吧。

鲁子义：怎么能没有下家呢？没有下家，我们何必要这批货呢？积压资金？占仓库面积？自己给自己找麻烦？

潘启明：少东家听我说。当初，老东家估计今年细瓷货紧张，就想存一些货底子。另外，这个胡老板当时有病，手头很紧张，老东家看在多年合作的分儿上，为了照顾胡老板，才预订了这批货物。

鲁子义羞恼不已半天没有说话。

满叔怕他恼羞成怒，急忙圆场子：少东家，我明白你的担心在这里。您不用担心，确实没有下家催货。

潘启明：少东家，我也可以帮助您找到下家，保证咱们能够赚钱。从南洋来的苏诺老人家，停船带货。我可以说动苏诺大叔买下这批瓷器。价格包您理想。

鲁子义冷笑，对潘启明：原来如此，这批货物是你定下的？那好吧，你定的货物，你去收购吧！你卖给苏诺赚钱吧！

潘启明：少东家。

鲁子义气得脸都变形了：合着就你潘启明高明，会做人，会做生意。我是傻瓜，我是瘪三。哼哼，拿着我家的生意，落你自己的好人，姓潘的，你太会算计了！

鲁子义撂下茶杯，扬长而去。

潘启明：都怪我，不该多说了这一句话。

满叔：你虽聪明，到底诚实。少东家将来吃亏，可能就在这个小聪明大不诚实上！他，总是自作聪明啊！

潘启明：不论怎样说，胡老板的事情，不能这样处理。传扬出去，我们广利行名誉就会受到很大的损害。他鲁子义将来很难被人看起。

满叔长长叹一口气：明仔，你不愿意留下来和少东家共事，太有先见之明了！这事情，不要你管了。

潘启明：满叔——

满叔：算了，我去找老东家。

潘启明摇头：不好。

满叔：实在不行，我辞了。

潘启明：更不行！

满叔：没有别的办法了。

潘启明咬咬牙：干脆，交给我办吧。

满叔看出了潘启明的意思，摇手阻拦：不行，不行，这中间差价好几千两银子呢。你刚刚开张，哪能让你填这样大的窟窿，绝对不行！

潘启明：以后再说吧。胡老板还在我那里等着回话呢。人家后面，是孤儿寡母啊！

满叔后悔地：我不该让他们去找你。

潘启明：错了，满叔，凡是有可能伤害广利行的事情，你都该找我！

■ 同文行门口

吴老板刚刚从轿子里出来，正好看到从广利行回来的潘启明。

潘启明：吴老板！

吴老板：启明！

潘启明：请里面坐吧。

两个人走进里面，早已有些焦急的胡老板立刻迎上来：潘老板——

潘启明请吴老板：您先坐下，我处理了胡老板的事情，就陪您。

吴老板：你们说话，你们说话。

潘启明对胡老板：恭喜胡老板。

胡老板立刻高兴了：真的吗？

潘启明：果然如我所说，当时鲁家少东家正有心事，所以要求严苛了一些。不过，也不能说人家没有一点道理，是不是？

胡老板：是的，是的。

潘启明：实不相瞒，原来，广利行就不一定需要这批瓷器。那是贵堂弟因为生病，手头紧张，广利行老东家为了照顾贵堂弟，才签订了这份合同。原本就是一份友好协议嘛！友好就要友好到底，是不是？好了，现在鲁家少东家已经同意继续执行合同，按照原价收购您的瓷器。

胡老板惊喜异常：大恩大德，大恩大德！

潘启明：正好，他们广利行在我这里存了一些款子，就由我来给您结账吧。货物呢，我也替你送过去算了。

胡老板：潘老板，您这里，大恩不言谢。不过，我一定亲自把货物给广利行送过去。我要当面向少东家致谢。

潘启明：胡老板，听我的，不要去了。事情到这里就可以了。少东家也不在家里。

胡老板：我听您的。

潘启明对外：阿贵！

阿贵进来：东家。

潘启明把手中的合同和账单等材料交给阿贵：咱们替广利行结算一笔合同，你先把该付的银两，交给这位胡老板。

阿贵看看合同，有些疑惑：东家……

潘启明坚决地：货物，我们暂时代收。送走胡老板，你再过来一下。

阿贵：明白。回头对胡老板：请跟我来。

胡老板千恩万谢，告辞出去。

吴老板：启明，我看这里面有些蹊跷啊？

潘启明：这事情，我知道瞒不过你老人家的法眼。

吴老板：恐怕，你要往里面填不少银子？

潘启明：做生意，就是拿钱买值得，我认为值得。不论花多少，不论你买的是仁，是智、是礼还是信，只要值得，就是好生意。你老人家说是不是？

吴老板频频点头。

■ 广利行

鲁青山正在和满叔、鲁子义喝茶说话。小伙计进来：东家，佛山胡老板送货来了。

满叔看着少东家：少东家，您看？

鲁子义很快地站起来：我来！

鲁子义走出去。鲁青山看看满叔，发现满叔有些尴尬。

■ 广利行外厅

鲁子义看到贵叔，有些惊奇：怎么是你？

阿贵：佛山胡老板不是违约了吗，他不好意思看到少东家了。委托阿贵我来办理，请少东家验收货物。

鲁子义往外看去，果然有很多挑子担子。不由得笑起来：你们东家很会做生意嘛！回头安排：账房，按六折结账！

说着伸手接过了阿贵手中的合同和账单等资料。

广利行账房接过去合同账单：明白，少东家！

■ 同文行

吴老板：我听说了你坚辞广利行大掌柜的事情。看来，你是正确的。这个少东家，确实不好相处。不过，你这种办法，我也不赞成。鲁老板如果不能好好教育这个宝贝儿子，只怕将来是个隐患。

潘启明：我何尝不知道，只是我一时找不到更好的办法。

■ 广利行内

鲁青山正在训斥满叔：怎么能这样处理呢？他不懂事情，你也不知道其中的利害！

鲁子义进来了：父亲，儿子做了一笔大赚其钱的生意！

鲁青山气哼哼地：你还好意思说！

鲁子义立刻恶狠狠地看满叔，他怀疑是满叔告状了。

鲁青山：你不要怪罪满师傅。你说，满师傅劝阻你没有？

鲁子义：孩儿是按照合同办事。

鲁青山：合同是死的，人是活的。

满叔：东家，不要说了，这件事怪我。

鲁青山：你想想，如果胡老板带着他的弟妹侄子，来到我们广利行门前，跪在地上，祈求我们，我们广利行今后还如何在广州立足？也许，那胡老板是好人，他不忍心伤害自己的那些孤寡亲人。可是，如果他把那些瓷器往我们广利行大门前一摆，他摆地摊，来来往往的人，知道了这件事情，又会怎样评价我们！

鲁子义：父亲，那样，就说明他们是流氓。如果他们是流氓，孩子自有对付流氓的办法。现在，他们不是自认理屈吗？他们不是老老实实接受了我的惩罚了吗？孩子也不是看得几千两银子太重，孩子看重的是我们广利行的威望！

鲁青山：满嘴胡说八道，就这样了，还有威望？

满叔：东家，事情已经过去了，就不要再追究了。我们派人，多带些东西，到胡老板家里，看望看望他的孤儿寡妇，以示安慰，也就是了。至于以后，如果再遇到这类难以决定的大事，我们就请示东家您亲自决定，您看如何呢？

鲁子义：好的，我去看望胡老板的遗属。我给那个胡老板也说过，生意归生意，慈善归慈善！我去看望他们！

鲁青山：你以为你很聪明？不行。那样，所有的人都会骂我们假仁假义！这事情越描越黑！他痛苦地走来走去，不由得叹息：为什么潘启明硬要离开这里？如果他在这里，不会把事情弄到这种地步啊！

提起潘启明，更加伤害鲁子义。鲁子义非常不服气地：怎么了？我维护了我们广利行的威望，我为我们广利行赚了很多银子，我让胡老板心服口服，我有什么错误？天下就一个潘启明好？我看不见得。这合同是潘启明主张签订的，完全没有必要收购这些瓷器嘛！明明积压资金，他为什么要做？我就怀疑，他从中得到了好处！

满叔：少东家！

鲁子义：你想想，用脑筋想一想，他一个快要饿死的人，只不过在这里当了一年伙计，一年的光景，就可以独立门户，自己做东家当老板，他哪里来的钱？

鲁青山：你把事情弄到了不可收拾的地步，还强词夺理，甚至诬陷别人，你，你，你真是孺子不可教也！

满叔：东家，不要这样，事情没有想象的这样严重。你对孩子，太过苛求了。少东家，你也不要这样说明仔，他绝不是那种贪图小利，坑害东家的人。这件事情，千错万错，都是我的错，我向东家保证，让这件事没有任何后遗症，行不行？

鲁子义满不在乎地：本来就没有什么后遗症吗！

鲁青山白了儿子一眼，对满叔认真地：满师傅，你保证没有后遗症？

满叔：我保证。东家放心好了。

鲁青山疑疑惑惑地，不敢相信：你凭什么保证？

满叔：不要说了吧。

鲁青山：你一定要说。

满叔：东家，我想，潘启明可能已经插手这件事，关系到咱们广利行的名誉，他绝对不会视而不见的。

鲁子义：哼，他正巴不得看我的笑话呢！

突然，外面传来热闹的锣鼓声。

鲁青山警惕地：干什么的？

一个小伙计慌慌张张跑进来：东家，少东家，满掌柜，快，快出来迎接！

满掌柜：迎接什么？

小伙计：佛山陶瓷店胡老板，带着他的堂弟妹和侄子，上门叩谢来了，还送了匾呢，说咱是大恩大德啊！

鲁青山大吃一惊：满师傅，满师傅，这是羞辱我来了，这是羞辱我来了！

鲁子义勃然：他奶奶的，哪里见过这样的流氓，我去对付他们。

鲁青山厉声：回来！

鲁子义乖乖站住了。

鲁青山：满师傅，麻烦你出去，把他们一家请进来。我给他们磕头赔罪。

满叔：老东家……

鲁青山：快去吧。我是无脸面出门的。

满叔只好跑出去了。

鲁青山面对鲁子义：孽子啊，你做的好事！你做的好事！

鲁子义：父亲，我敢肯定，他们这样的流氓行为，背后有人出坏主意。

鲁青山：谁？

鲁子义：我不说，我说了父亲也不相信。

鲁青山：你说，你要说出根据。

鲁子义：为了这件事情，潘启明确实来找我了。他说，如果我不照原价收回货物，就是让他难堪，因为当初这合同，是他建议父亲签订的。我只是迟疑了一下，他就说，如果我不听他的话，他就会让我难以做人。

鲁青山半信半疑：他真是这样说的。

鲁子义：原话我不记得了，反正意思就是这个意思。

鲁青山不由得沉吟不语了。

鲁子义暗暗高兴。

满叔带着胡老板和一对穿孝的母子进来。

胡老板一行一进来，立刻跪倒。

鲁青山急忙搀扶：胡老板，对不起，小孩子刚刚进入商界，很不懂事，有所冒犯，我给您赔礼道歉。

胡老板：大东家，潘启明老板已经告诉我，少东家应该这样做，他还说，少东家当时心情不好，后来认识到应该照顾孤儿寡母。以前的一点小误会，都、怪我们不该违反合同。少东家给一点小小的颜色，也是完全应该的。

妇女：少东家后来能一分不少地给我们结账，亡夫九泉之下，也感恩戴德啊！孩子，给叔叔磕头！

小孩子急忙跪在鲁子义面前：谢谢叔叔！

鲁青山愣住了，鲁子义也愣住了。

满叔提醒：胡老板，潘启明老板没有安排你不要过来表示感谢了吗？

胡老板：潘启明老板说了，鲁老板不在家，少东家也很忙，不要我们过来了。我也听从了潘启明老板的话，在同文行结算了银账，就打算回去。可是——

妇女：我不同意。鲁老板大恩大德，我不能不来门前磕一个头。我要让我的孩子记住，就是这个大门里的鲁老板，做人仁义，是我们孤儿寡母的大恩人。我要让我的儿子，将来，以少东家的榜样做人！

鲁青山有些明白了：嗯，你在同文行结账？

胡老板：潘启明老板说，广利行在那里有一笔银子，正好可以跟我结账。难道不是这样？

满叔：是这样，就是这样！

鲁青山已经无话可说，只有说：好，好，好！说着，泪水流了满面。

■ 同文行

潘启明正对苏诺说话：苏诺大叔，我给你看到了一笔好生意。

苏诺：真的？

潘启明：广利行现在有一批景德镇细瓷，暂时没有下家，我可以帮助您洽谈，您可以运走，我估计南洋很需要这类货物。

苏诺：是的，我来之前调查了，景德镇细瓷，销路很好。

■ 广利行

鲁子义跪在地上：父亲，我真的认识到自己不对了。自己只是想到了经营赚钱，想到了维护合同的权威，没有想到其他的影响。我从内心深处感谢潘启明。

鲁青山：满叔，你看他说的可是真心话。

满叔：少东家是个心高气傲的有为青年，能说出这样的话来，已经非常难得了。我向东家贺喜。

鲁青山显然也很满意，继续对儿子加强教育：光说不行。

鲁子义：父亲，为了表示对潘启明大哥的感谢。我建议，这笔生意，就让给他去做好了。

鲁青山不明白其中情况。

鲁子义：潘启明大哥曾经告诉我，说他已经给这批瓷器找到了一个很好的下家。我想，不如干脆，把这笔生意让给他去做。一个，可以表示我们对他的感谢，还一个，也给了他一个弥补经济损失的机会。何况，他刚刚开张，多一笔生意，就多一份本钱。哪里不好呢？

鲁青山显然很满意，故意问满叔：满师傅，你看呢？

满叔也从鼓励鲁子义的角度出发：我早说过，少东家聪明，也仁义。这主意，两全其美。我赞成。

鲁子义偷偷冷笑一下。

鲁青山：好，这事情，满师傅，你来办理吧。

满叔：东家，我认为，由少东家办理，也许更好一些。

鲁青山：义儿，你说呢？

鲁子义：满叔给了我一个跟潘启明哥哥上门道歉的机会，我当然乐意了！

鲁青山：好，你起来吧！

■ 同文行　外/内　日

鲁子义来到，贵叔急忙招呼他。

贵叔：少东家等等，我去跟您通报。

鲁子义：算了，我直接进去就可以了。我们是一家人，哪里要这样客气？

两个人一起走进去了。

阿黄对喜妹：不知道什么事情。

喜妹：我看这个人，黄鼠狼给鸡拜年，不安好心。

阿黄：你别看他笑眯眯的，心里最不平和了。

喜妹：他好像容不下咱们启明哥哥。

阿黄：你的眼睛好使。

■ 门外

海关小头目许成长带着两个清兵站在门外。

小头目：同文商行，开张大吉，这样的大事，爷我还不知道呢，瞧瞧。

清兵甲：许头儿，这说明眼里没有你。瞧瞧去？

许成长：走！

三人大摇大摆地走进去。

喜妹正在洗茶具，见清兵进来一愣。

阿黄忙迎。

小头目许成长：你们老板呢？

阿黄满脸堆笑：老板出去办事了，噢——您不是海关的许爷吗？

许头目：这么说，你认识爷我姓许。

阿黄：在广利行见过您，许爷，您请坐，喜妹，快泡工夫茶。

喜妹立时忙乎起来。

许头目盯着喜妹看：你们同文行还跟其他行不一样，还专门有个靓妹子泡工夫茶，看来，你们老板还艳福不浅。

喜妹生气地低头冲茶。

许头目伸手去摸喜妹拿杯的手：这妞的手纤细纤细的，是小家碧玉，还是大家闺秀哇。

喜妹拿杯的手不动，提壶烫杯，猛地一倒。

许头目哎哟一声手缩回去了。

阿黄看得真切：喜妹，你的手烫到了吧？

许头目不悦地：是爷的手烫到了。哎呀，哎呀！

贵叔走出来：哎呀，大爷们来了！

阿黄急忙解释：贵叔，这位是海关许爷！

喜妹头也不抬地：许爷，您喝茶。

贵叔也急忙：许爷来了，蓬荜生辉，喝茶！

许头目：喝，爷喝。朝两清兵：你俩也来喝，这茶有味，人也有味。

许头目喝了一杯，眼睛去盯贵叔：老板不在，你是管事的吧。

贵叔：是，是，老板不在，有事我照应。

许头目：有人照应就好。

贵叔：有啥公干，请爷您吩咐。

许头目大大咧咧地：你们开张了吗？

贵叔：开张了，开张了，开了年了，刚刚开张。

许头目：你们开张了，爷我还没开张呢！

贵叔把准备好的银子忙塞到许头目手里：开张，开张，大家都开张！

许成长掂掂银子，意思嫌少。

贵叔：嘿嘿，这不是刚刚开张嘛！

许成长：你们老板挺牛，照面都不打，也不说请大爷坐坐。哼！

贵叔：有些忙。说来着，会请的。许爷能赏光，那是天大面子呀！

许头目：你还算不糊涂。又一次伸手去摸喜妹。

喜妹又举起铜壶，作势烫人。

许头目吓得猛一闪身：弟兄们，这儿茶叶太次了，再换个地方喝去。

这时候，正好鲁子义出来了：哦，这不是许爷吗？

许头目：哦，鲁少东家在这里！

鲁子义：许爷，想喝好茶，跟我去！

许头目：好好！

他们一路往外走。

■ 路上

许头目：少东家到这里来干什么？

鲁子义：找他们东家，新开张，给他们一笔生意，照顾照顾他们。

许头目：他们东家在家？

鲁子义挑拨地：当然在家。不过，不会见你的。

许头目愤愤不平：哼，这玩意儿。不是东西！

许头目回身欲找潘启明闹事。

鲁子义一把拉着了他。

■ 同文行内

贵叔对潘启明：鲁少东家带他们走了。我想，少东家会告诉他们您其实在家的。

潘启明：少东家不会这样使坏的。不过，宵小之徒，防不胜防。还是以不开罪为好。以后这些人再过来，可以跟我说。

贵叔：明白。

潘启明：贵叔，广利行的意思，把这笔细瓷生意，让给我们做。

贵叔：是不是诚心诚意？

潘启明：这是大东家的意思。你想想，如果补给我们四成的差价，我不好收回，广利行的名声传扬出去，也不好听。干脆，将错就错，让我们接手这笔生意，大家都好看。再说，我不接受，老东家心里也不平衡。

贵叔：也是这个道理。只是可能压住我们的本钱。

潘启明：不会的，可以让苏诺大叔把这批瓷器带走南洋。

贵叔眼前一亮：好主意。

■ 小茶楼

鲁子义招待三个清兵吃茶。

许头目：不是我夸奖您少东家，你的招子多亮，为人多厚道！

鲁子义：那是咱哥们儿投缘。其他人，我也不会这样。潘老板为什么不招待你？他也许对张三李四有感情，是不是？那我呢，我就不可能看得上张三李四！

许头目：是的，这个潘老板太不够意思了。你好歹也能用上咱哥们儿，一点面子都没有！

清兵：头目，想个点子，教训教训他！

许头目：你以为我不想？老子一时半会儿找不到碴儿。

鲁子义：其实，想找碴儿，到处都是。就怕许大人下不了狠手。

许头目：别，少东家，给咱哥儿们支支招！

鲁子义磨磨眼珠，看到周围没有人注意，把嘴凑到了许头目的耳朵边。

许头目听了鲁子义的几句话，不由得从心里高兴：少东家，一言为定。

鲁子义：一言为定。

第十集

■ 鲁老太太室内

鲁老太太听儿子说了胡老板的事情，不由得很难过：看来，义儿是有些呆板了，还是确实缺少历练啊！

鲁青山叹口气：幸亏明仔插手！

鲁老太太连连点头，忽然想起：明仔从中间垫的钱，怎样还给他呢？

鲁青山：儿子就是来跟您老人家商量这件事情的。直接还钱，明仔肯定不要。他要考虑照顾咱们的面子。

鲁老太太：那是。

鲁青山：义儿把这笔生意让给了明仔，可以保证阿明不至于亏本，固然是个好主意。但是，我们所得的四折差价，还在手中。我们凭什么赚这个钱？毫无道理，并且与我们的名誉有损！当然，直接还给明仔，我们也很难堪。

鲁老太太：无论如何，我们不能要这个钱。

鲁青山胸有成竹：儿子想，阿娇既然是我的女儿，就应该有陪嫁。

鲁老太太：对，从陪嫁上补偿给他。

鲁青山：原来说的西院那套房子，看来，明仔阿娇他们是不会过来住了。

鲁老太太点头：我明白了，你想另外给他们添置一套房子！

鲁青山点头，进一步解释：母亲，目前看，阿明的房子确实很少，他和大家一起住在租来的门面那里。

鲁老太太表示赞许：很好。买房子的事，可以让义儿去办理。义儿呢？

鲁青山：义儿带了一些礼物，去看望胡老板的遗属了。至于房子，母亲忘了，咱们不是有现成的嘛！

鲁老太太点头：要做就快做吧。

▩ 胡老板家里

胡老板正在接待鲁子义。鲁子义带来了很多礼物。

胡老板看着鲁子义带来的那些礼物，显得很是感动：少东家，过去都说你们广利行人厚道，讲信誉，重感情，我虽然相信，没有打过交道，感受并不深。现在，真是让我无话可说，唯有感谢了。

正说着，胡庆丰的遗孀带着孩子来到，什么都不说，只管磕头。

鲁子义急忙拉起他们：你们要是在这样子，就折杀我了。大家经商一脉，互相照顾，原来是应该的。胡老板，我还有一件事情，要跟您商量。

胡老板慷慨地：少东家，您有什么事情，只管说。

鲁子义：您的这批瓷器，为了照顾刚刚开张的同文行，家父已经决定转让他们去做。现在，经潘启明的手，给了南洋商人苏诺。这样，苏诺也算是帮助了我们。人家苏诺也是第一次来这里做生意。一个是答谢人家，再一个呢，我们广利行规矩，新客人要特别优待。我想，您的堂弟妹和侄子，也应该给人家苏诺有所表示。

胡老板：使得，使得！少东家真是太明白了。谁能跟您共事，既学做生意又学做人，真是福气。你看我们应该送些什么礼物好呢？

鲁子义：礼物呢，不用太重，那样俗气，但是，又不好太轻，轻了，人家会说咱心意不诚，是不是？

胡老板：就是这个尺寸，我拿捏不准。

鲁子义：这个礼物我已经替你们准备好了。千万不要推辞！

胡老板似乎想推辞。

鲁子义挥挥手：胡老板，因为我曾经一时心情不好，开罪了胡太太，心意总是过不去。为了表示歉意，这个礼物，我不是给您的，我是给这一对孤儿寡母的。说着，回头招呼：来呀！

广利行的小伙计应声送进来两担茶叶。

胡老板和他的堂弟妹、侄子，都很不好意思。

胡老板不能推辞，又不好接受，很局促：这，这，这多不好！

鲁子义：你们放心，上税的事情你不必费心，我自有安排。

胡老板一家连连致谢。

▩ 鲁老太太房内

鲁老太太和鲁太太都在。

阿娇听他们交代事情。

鲁老太太拿着一串钥匙，对阿娇：孩子！

阿娇：奶奶。

鲁老太太真的有些伤感：奶奶原来不想让孩子离开奶奶，所以，在西院里给你和明仔准备了一套房子。现在看来，明仔是不能来这里住了。

阿娇真心地安慰老人：奶奶，他不来我就在这里。

鲁太太很高兴：好，好啊！

鲁老太太哈哈大笑：孩子，奶奶也不是王母娘娘，划条银河，隔开你们，奶奶不是绝情绝意的老糊涂。

鲁太太急忙附和婆母：不允许那样子，不允许那样子！

阿娇：阿娇也舍不得奶奶，舍不得义母。

鲁老太太：奶奶一定让你走，咱家可不养老姑奶奶！哈哈。不过呢，也不能让你住在那个同文行里。我听说，那里地方很小，还很乱，整日里人来人往，很不安静。再说了，他明仔是东家老板，我的孙女也不能白着手到他们那里去，没得让人家看不起不是？奶奶又给你准备了一套房子，当作嫁妆。说着，把手上的一串钥匙，放在阿娇手中。

阿娇看着手中的钥匙，不由地泪水盈眶。

鲁老太太慈祥地给阿娇擦泪。

鲁太太在一旁劝慰：这是好事，不要哭，孩子。

阿娇最担心的还是少东家和自己未来夫婿的关系：奶奶，孙女也不说感谢的话语了，只有用孝心来表达心里的感情。不过，这个钥匙，最好让子义弟弟交给启明哥哥。

鲁太太连声说好。

鲁老太太沉吟片刻：孩子，奶奶知道你的意思。这当然最好。不过，义儿不会说话，只怕有了言差语错，画虎不成反类犬，反而把事情搞砸了。

鲁太太不甘心老太太这样评价自己的儿子：婆母可以好好交代义儿啊！义儿是很听奶奶的话的。

鲁老太太：我能教他怎样说，我不能教他用什么脸色。

鲁太太不敢说话了。

阿娇为了劝慰义母，解释说：义母，奶奶的意思，如果是作我的嫁妆，有义父在这里，不好让弟弟送过去。

鲁老太太看儿媳难堪：嗯，也有这个意思。

阿娇又出主意：奶奶，既然这样，就让义父带着弟弟一起过去也好。

鲁老太太慢慢点头：阿娇考虑就是周全。还是看你干爹的意思吧。

■ 码头

潘启明带领苏诺来到瓷器船。他们已经清点了货物。

苏诺：很好，确实是很好的瓷器。我很满意。还有哪些手续要办理呢？

潘启明：还有税收。苏诺大叔，由我替你办理好税收好了。

苏诺：太麻烦你了，你同文行里又是这样忙。这样吧，我自己去办理。

潘启明：海关有一些不明不暗的规矩，你不仅不熟悉门路，还需要找翻译，很麻烦也很讨厌。特别是在国外待惯了的，很容易被伤害自尊。由我来替你申报税收要方便一些。

苏诺：那就请鲁老板他们广利行负责吧，他们老做这一套的。

潘启明：不，广利行他们为了照顾我，已经把这笔生意转给我做了。我怎么能再给人家惹麻烦呢？越是牵扯到别人名誉的事情，越是要做好，做利索。

苏诺：哦，这样啊！

胡老板一直热情地跟在后边，这时候，他插嘴了：苏诺大叔您不知道，广利行、同文行和您，不仅仅是生意关系，还都是很好的朋友呢。回过头来对潘启明：说到这个问题，潘大老板，我还有一个事情，跟您商量。

潘启明客气地：请讲。

胡老板：这次承蒙你们多方关照，我的弟妹一家非常感激。给您和苏诺船长，准备了一点小小的心意，务必请您笑纳。

潘启明：呃，是这样啊！谢谢，谢谢！跟我，咱们之间就算了，如果有什么礼物给苏诺大叔，倒是不错。老朋友新客人，理当有所表示。

胡老板引领他们走了几步，看到几担茶叶。从包装上，看不出是哪个行的商品。

潘启明有些吃惊：这样多？上税了没有？

胡老板拍拍胸脯：上税的事情，潘老板可以绝对放心。这里面，有您的两担，其余都是送给苏诺船长的。

潘启明：太多了，礼物太重了。很不好意思。

胡老板：一点心意而已。

潘启明：这样吧，您给我的呢，心意我领了。干脆，都送给苏诺大叔吧！

苏诺：不行，不行！

潘启明：大叔远隔重洋，来一趟不容易。我原来也准备在临分别时，送您一些茶叶的，既然胡老板有心，我感谢了。权当是我送您了！

胡老板连连施礼：谢谢潘老板，谢谢潘老板！您太给面子了。

苏诺很高兴，直搓手。

潘启明很真诚地：胡老板，通过这一次，我也看出您是个真诚君子。今天，咱们谁也不感谢谁，客气话不说了，风物宜长，以后多合作就是了。

胡老板很高兴：太好了。有你们这些年轻有为的东家照顾我，我太有福气了！

■ 小宅院　外内　日

鲁老板亲自打开院锁，领启明、喜妹，还有苏诺进院。

院子里、屋子里已经收拾得干净利落，家具俱全。

鲁老板领着各屋看了一边。

喜妹开心地看着，还在厨房掀掀水缸……

连水缸里都刚装满水。

鲁老板：启明，住这你觉得合适吗？我刚让满叔带人拾掇干净。

潘启明：您这是……？

鲁老板：这是去年人家给我抵债的，闲了半年，我一直没派用场，你先搬这住吧。

潘启明有些意外地：不，不，我一个人用不着这么大的宅院。

鲁老板：不管怎么说，你现在也是个商行老板了，跟下人们挤在你那后院小屋里住，总归不方便，也不成规矩。再说，男人一辈子的事，就是成家立业，你呢，虽说年龄尚小，有商行了，立业了，你总得有个人照顾，一日三餐，缝缝洗洗，都少不了人。

喜妹很高兴地插话说：对，对！

鲁青山：就这样子了，你自己选日子搬过来吧。

潘启明犹豫。

喜妹：我舅舅会看日子，可会选黄道吉日了！

潘启明还想推辞：大叔——

鲁青山：直接说明吧，这个小宅子就算是我嫁女儿的陪嫁嫁妆。

喜妹一下子愣住了。

苏诺：明仔，鲁老板对你真是一片真情，话也说得句句在理，不光拿你当女婿看，我看对亲生儿子也不过如此，你爷俩呀——明仔，依我说，你先住着，等以后同文行做大了，你再换个大宅院就是了。

鲁老板：就是这个道理。不论咋说，我要给女儿一些陪嫁，是不是？

潘启明连连点头。

喜妹看到眼前的小院落，不禁黯然神伤。

■ 江边　外　夜

天上繁星点点，
水中波光闪闪，
岸上灯火红红，
游人小吃融融。

一字排开的排档小吃更是生意兴隆。

潘启明、苏诺、喜妹、阿黄 、贵叔在小桌边吃炒粉、喝肉粥。

潘启明发现喜妹精神不振，好像没有食欲。

潘启明：喜妹，怎么不吃了？

喜妹：今天没干力气活，吃不下了。

阿黄讨着好：你光喝点粥，一会就会饿的。

喜妹没有好气地：用不着你操心，我舅家有的是年货，想啥时候吃就啥时候吃。

潘启明和贵叔暗笑喝粥……

■ 江边上

萨瑞领着萨丽走来。

萨丽：哇，太美了，太有趣了，简直就是巴黎的塞纳河畔，哥哥，你要是不带我来，我真会恨你的。（英语，中文字幕）

江中，几叶小舟游荡着。

船上传出琵琶、高胡和委婉的粤曲声。

萨丽：那些小游船真精巧，你听到没有，船上有演出，你看过没有？（英语，中文字幕）

萨瑞：我也是第一次来，当然没看过。（英语，中文字幕）

萨丽：我们可不可以上船？　　　（英语，中文字幕）

萨瑞：我想我们可以试一试。（英语，中文字幕）

萨丽问路边的行人：请问，我们可不可以请游艇开过来？（英语，中文字幕）

路人哪里懂得她的话：摇摇头走了。

萨瑞认为对方没有礼貌：请问，为什么不回答我的问题？

路人仍然听不懂，当然没有理睬。

萨瑞很沮丧。

萨丽：我想，他们听不懂我们的话。

萨瑞认为有道理：我想，我们可以直接跟小游艇对话。

萨丽：难道小游艇上的人可以听懂我们的话？

萨瑞再一次感觉到沮丧：如果潘启明在这里就好了。

萨丽：你总是说潘启明，潘启明，为什么不让他来陪我们？

萨瑞：他是一个老板，很繁忙的。

萨丽：听你说，他好像很了不起，那他的商行一定很大！

萨瑞摇头：很小。目前还很小。

萨丽：一个很有本事的人，却开了一间很小的商行，哈哈哈！

萨瑞：你不明白，他是刚刚开始做洋商的。

他俩在那里叽叽喳喳，旁边的游人好奇地望着。

萨丽终于按捺不住了，向江心大喊道：游艇，游艇！

萨瑞也喊：游艇，小游艇——（英语，中文字幕）

▩ 排挡上

潘启明看他们都已经吃完，起身付钱。

阿黄讨好地：喜妹，我送你回去吧？

喜妹顾盼启明，发现启明没在意她，有些不悦地：贵叔，叫阿黄送你吧。

贵叔装作没有听到。

阿黄暗暗得意。

▩ 江边上

萨瑞又喊了一声，发现游艇不理睬他们，无奈地自言自语：是他们听不懂，还是他们不愿意让我们上船？（英语，中文字幕）

萨丽：你拿出银子让他们看到，也许会有作用的。

萨瑞认为有道理，急忙掏出银子，向船家展示，并大声呼喊。

小艇上的人看到了，白色的眼珠和白色的银子是对色的，立刻明白他们的意思，急忙把艇子划了过来。

▩ 江边上

阿黄要求喜妹：走吧，我送你！

喜妹发现潘启明仍然像有心事的样子，并不理睬她，建议：启明哥哥，我想到艇仔上玩玩。

潘启明听到了，不过，有些犹豫。

喜妹噘起嘴赌气：哼，刚刚得到一处大院子，还这样小气！用不了几个钱嘛！

潘启明笑了：哦，原来想借这个机会敲我竹杠？阿黄，你说呢？

阿黄：好啊，太好了！

潘启明看贵叔，贵叔也点头，他一乐：哈哈，我认了。说着，便朝江中喊：艇仔粥船——

几条小艇都争着划过来……

他们上了船，往江中划去。

萨瑞兄妹俩的小船就在他们前面。

▩ 鲁家　外/内　夜

苏诺：当了大半辈子船长，第一次单独做生意，幸亏有明仔和您鲁老板，这么快这么顺，就把货办了，借鲁老板您这杯酒，谢了！苏诺高高端起杯子，一饮而尽。

鲁老板：自家人，这话见外了。说着，把酒喝了。接着说：计划明年要什么货物，临走之前，你跟明仔说就成了。

苏诺：我也是这个意思。明仔不同意，他说今年不要订货，等到明年我来到了，他再帮助我操办。

鲁青山立刻否定：那怎么行呢！按照规矩，你们都是今年预订明年的货——说到这里，突然想起来其中的原因，噢——

苏诺看到鲁青山明白了，笑笑：开始，我也像你一样，不明白明仔的意思。后来仔细一想，就明白了。如果订货，我就要留下很多定金。自己这样一把年纪了，怎能保证明年一定就能过来呢？鲁老板呢，明仔不仅是个细心人，更是个厚道人。无论对谁，总不会让对方吃亏。这样的人，上帝会优待的。

鲁青山连连点头。

苏诺：当然，再加上你的教导，就更加不用说了。

鲁青山连忙推辞：不敢当，不敢当。既然明仔不让你订货，你就不要订货。你随时来，我们随时帮助你组织货源。放心吧！

苏诺：放心？有你们在这里，我当然放心。就像这次的瓷器。告诉你，到南洋，每套出手至少十几两的赚头呢！

鲁青山：明仔把报税的事情都办好了吗？

苏诺：明仔说他一手包办，教我放心。

鲁青山也放心：那就成了。

▩ 刘长兴饭庄　内　夜

鲁子义正在靠窗的桌上和海关小头目许统领喝酒。

许头目语气很重地：少东家，你保证茶叶上船了？

鲁子义点点头。

许头目高兴地一拍屁股。

鲁子义把一锭大银塞在许统领衣袖内：小意思。

许统领：嘿，少东家，你太客气了吧，今天收拾这个潘启明，是帮助我出气的。哪里还要你出钱呢！

鲁子义：不是给你的，是给你的弟兄的。我们两个的关系，我还能跟你客气？你的弟兄们，就不一样了。我要让你的兄弟明白一个道理，跟你许统领干，不吃亏！

许头目竖起拇指：够朋友，够朋友。

鲁子义：关于这件事情的处理呢，我认为，可轻可重，主要是教训教训他，让他知道这个码头上，他不是最大的爷们儿，也就行了。

许头目有些明白：嗯，我明白了，少东家有的是银子，要的是朋友，是面子。我会把面子留给你鲁少东家的，放心！

鲁子义笑了，眼睛眯成了一道缝：没有兄弟们捧场子，我鲁子义也不能算个玩得转的。谢谢您了！

▩ 珠江小艇上　外/内　夜

萨瑞、萨丽坐在船头，游览江岸景色。

伶女小芳给客人奉茶。

划船的老者停了桨，在调试高胡的音弦。

▩ 潘启明的小艇上

喜妹背对着阿黄，失落地望着只顾沉思的启明。

萨丽的小艇上传来委婉悠扬的粤曲小调……

阿黄讨好地：喜妹，吃鸡头榄，正宗的。

喜妹：不吃！头也不回。

阿黄：那——喝茶呀，这茶挺香的。

喜妹：不喝。

阿黄觉得没趣地：贵叔，咱们也点个曲吧，喜妹喜欢听。

贵叔品着茶：喜妹，你还爱听粤曲，咱们点一曲吧。

喜妹：明仔哥哥，你喜欢听什么？

▩ 萨丽的小艇上

阿芳曲终了，抱着琵琶微微起身施礼致意。

萨瑞和萨丽由衷鼓起掌。

萨瑞：太美妙了。（英语，中文字幕）

萨丽：很动听，委婉，就是……有些凄凉，让我想起罗密欧和朱丽叶。（英语，中文字幕）

萨瑞很宠自己的妹妹，问阿芳：有没有愉快的，高高兴兴……他两手向上比画着：要让我妹妹开心，欢乐。（英语，中文字幕）

老者不懂。模仿他，也做出兴高采烈的样子，征询他们意见。

萨丽点头。

老者对阿芳：他们大概是想要愉快的曲子。

阿芳：那就来一个咱们广东最著名的小曲！

老者点头。

变奏的乐曲顿时缭绕起来……

萨丽越听越兴奋，渐渐地手舞足蹈……

小艇摇摆，荡漾……

■ 喜妹的小艇上

阿黄在船边凑近喜妹，搭讪地：喜妹，你舞狮的水平，我非常非常佩服，我想拜你为师，教会我怎么样？

喜妹不说话。

阿黄故意激怒对方：真抠门，像我这样的，当你的学生，还能辱没你？

喜妹：你真想学？

阿黄：是呵。

喜妹：现在就想学？

阿黄：现在？对，就现在。你只要能教，我就能学。

喜妹一本正经地：那你就先学个鱼跃，跳到那个船上去。

阿黄看看远处朦胧中的小游艇：我发神经，我往人家船上跳什么？

喜妹认真地：让我们看看，你有没有学舞狮的基础。没有弹跳力，你学什么舞狮？去捂虱子还差不多。你说是不是明仔哥哥，贵叔？

贵叔呵呵笑。

阿黄说不过喜妹，为难地：这……是不是……远了点。

喜妹：狮子跳梅花椿你看过吧？

阿黄：看过呵。那几个连跳，还有扑海……他的眼珠子转悠着，突然来了心计……那我跳了——

喜妹转脸不理睬他：光说不练！

阿黄转身学起动作，趁小船有点晃悠，他闪身哎，哎呀着，故意装作眼看要掉进江中。他希望喜妹能突然拉住他。

喜妹却像在看他表演……

阿黄停止活动：喜妹，我如果落到江水中，咋办？

喜妹：你不听我的，我不跟你说话了。淹死你，我负责！

阿黄：好好，我这就跳给你看。

阿黄故意做了几个很危险的动作，发现喜妹在偷偷关心，一横心，真的扑到江水中去了。

喜妹也确实一愣，叫了起来：阿黄落水了……阿黄落水了。

潘启明好像没听到喜妹妹喊叫似的，似乎一点也不担心，甚至还微微笑呢。

阿黄在水下熟练地扎了个猛子，然后又回到水面，故意在扒水，挣扎，折腾……

贵叔也着急了：哎呀，这怎么办？

水中的阿黄眼看就要沉下去……

潘启明知道阿黄是个游泳高手，自然不担心。依然微笑。

喜妹本来已经准备下水：明仔哥——突然发现潘启明微微笑，立刻想起来潘启明不担心的原因，顿时改变了主意，决定不下去，坐下来：淹死活该，多嘴多舌的家伙！

阿黄故意挣扎：救……命！喜妹，救……命！

▩ 萨丽的小艇

萨丽看到了在水中挣扎的阿黄，大吃一惊：哥哥，有人落水了。

萨瑞惊慌失措：在哪里，在哪里？

萨丽：看，在那里，危险了，危险了！

萨丽看到阿黄实在危险，奋不顾身跳下去抢救。

阿黄没有看到有人冒险来抢救他，他装模作样挣扎，他的眼睛都在喜妹那里。

可是，萨丽不会游泳，救人的人却出现了危险。

萨瑞也不会游泳，乱跳：萨丽，萨丽——

潘启明发现了这个问题，立即跳下水去。

喜妹看到启明跳水，也急忙跟着跳下去了。

萨丽情急之中，去拥抱来救她的潘启明，潘启明老练地闪开，从背后拉住萨丽，拖到了他们的小船上。

萨瑞急忙把妹妹接过来，这才发现救人的是潘启明。

萨瑞：哎呀，潘启明！

▩ 水中

阿黄看到喜妹终于落水，目的达到了，非常高兴，急忙靠近喜妹。

喜妹追随潘启明，没有注意阿黄。

阿黄趁势抱住喜妹。喜妹挣不脱，只好奋力往上游，阿黄偏偏往另处挣扎。两人游鱼似的在水中摇曳……

▩ 岸边　外　夜

看热闹的人指点着，嚷嚷着。有的说喜妹和阿黄，有的说潘启明和萨丽。

群众甲：救出来了，救出来了。

群众乙：女的救男的，这女的有本事。

群众丙：男的救女的，这男的有本事！

喜妹想拉着阿黄上船，阿黄故意在水里闹腾，不服从，结果，还是喜妹把阿黄拖上了岸。

阿黄爬到岸上，平躺着动都不动。

喜妹坐在一边生闷气。

人们立刻围拢上来。

群众甲：赶快把他翻过来，控肚子里的水呀！

群众乙：不会淹死了吧！

喜妹就是不说话。

阿黄忍不住了，拉着喜妹，很悲壮地：喜妹，谢谢你救了我。

喜妹：别装蒜了！

阿黄：你是我救命大恩人啊，我这一辈子都要报答你啊！我一定要终身相报哇！

喜妹忍不住笑了，随即板脸，转身而去，留下一句话：扮猪吃老虎，赖皮！

▩ 萨丽的小艇

萨丽已经恢复了精神：你就是我哥哥经常说的潘启明？

潘启明：我是潘启明。我不知道你并不会水，我以为敢于下水救人的，一定是一个游泳高手。

萨瑞：嘿，我妹妹有很高的牺牲精神，就是不会游泳。

萨丽：对不起哥哥，让您跟着担惊了！我看那个人很危险，就忘记了自己并不会游泳。潘启明先生，你是我的救命恩人，我要报答您的。

潘启明：你奋不顾身救那个人，是准备让那个人报答您吗？

萨丽愣了一下，立刻笑起来：你果然像我哥哥说的那样，了不起！

萨瑞：我看那个人好像是你的朋友，你为什么不去救他？

潘启明嘿嘿笑起来。

萨丽：难道淹死人很好笑吗？

潘启明：他呀，淹死龙王，也不能淹死他！

萨丽：为什么？

潘启明：他是个玩龙舟的高手啊！

萨丽不懂地：玩龙舟？

▩ 江边　外　夜

岸上人山人海。

水中龙舟待发。

喜妹在一条龙舟上击鼓，

阿黄在另一条龙舟上首划。

贵叔向阿黄：阿黄，加油啊！

阿黄向岸边的启明他们致意：贵叔放心吧，行商队一定要战败他们舞狮队，捧回乳猪大奖！

喜妹嘟囔阿黄：有本事继续装死猪！

潘启明朝萨瑞兄妹介绍着：节日赛龙舟是广州传统民俗，胜队将赢得一架乳猪，奖品虽小，荣耀甚高。（英语，中文字幕）

萨丽特别兴奋地：这场面简直像罗马的角斗场和西班牙的斗牛赛。（英语，中文字幕）

萨瑞：我认为，这里观众更多，场面更大。也更加优雅文明。突然想起般地：潘，我明白了，你刚才的那位朋友，他也参加了比赛，他肯定会游泳，所以，他不是落水，是跳到江里游泳。（英语，中文字幕）

潘启明点头一笑。

三声炮响。

龙舟齐发。

顿时鼓声、呐喊声响成一片。

水中的龙舟争先恐后，恰似龙腾虎跃……

▩ 同文行　内　日

喜妹一个人在连杯喝着工夫茶。

阿黄在一旁，想喝茶，喜妹不给他斟茶。

贵叔：喜妹，你从来只泡不喝的，今天怎么啦？

喜妹乜了一眼阿黄：我们狮队的乳猪吃不完，吃涨了，渴了。

阿黄尴尬地笑。

潘启明偷笑。

阿娇、苏诺、胡老板走进来。

潘启明：苏诺大叔，胡老板，快坐，喝茶。喜妹——

喜妹应声忙乎着洗杯，重泡。

苏诺：明仔，晚上的事有变化了。

潘启明：没有哇，我专门找刘长兴老板订好的呀，也请了鲁老板家，一并给您祝贺送行。

苏诺：我知道你的意思，船装了，准备起航了，应该去答谢鲁老板！

潘启明：不错。

苏诺：刚才，我和胡老板去鲁老板家表示答谢，说了请他吃饭这件事情。鲁老板说，不行，不能让启明请客。

潘启明：为什么？

苏诺：鲁老板说，他请客。他一定要做东。

潘启明：这不是已经说好了嘛，你们都是长辈，给晚辈一次孝敬的机会，摆一次送行酒，理所当然哪。

苏诺回头对阿娇：阿娇，你说吧。

阿娇：明仔哥哥，义父安排我告诉你，他是长辈，应听他安排。

潘启明：这——

阿娇：义父说，苏诺大叔第一次做生意，就顺顺当当，也不容易。义父还特意多请几位商行老板，让苏诺大叔跟大家认识认识，多几条生意路子。义父叫我告诉你，今晚，不光是你，同文行的人都参加，一起热热闹闹吃元宵。

潘启明想了想：他老人家这样说了，理当照办。不过，我也安排了，我还请了萨瑞兄妹，还有马斯顿先生，这——

阿娇：义父知道你肯定另外请了朋友。他特别交代，你请的全算数，都是他的客人，为了防备人数太多，接待不好，他把刘长兴饭庄全包了。

苏诺：明仔，鲁老板做人，真是没说的。我看，咱们就恭敬加从命吧。

胡老板：对，只有恭敬加从命啦！

潘启明：让我再想想。

贵叔：我说不用多想了，不就是争着出钱表心意嘛。苏兄和胡兄都已经明白心意了，生意做成了，大家都高兴。热热闹闹，红红火火，多好哇。

阿黄对喜妹：你看看，这就是岳父对女婿的心情！

喜妹顿时心情有些灰暗。

舞狮队班头秦叔突然闯了进来，冒冒失失地：喜妹，跑了半天才找到你的同文商行。你是非是得我秦叔亲自来请呵！

喜妹：秦叔，这不是番禺的渔村，是同文商行，怎么一点规矩都没有哇。

秦叔一愣，明白自己太过唐突了，不好意思地笑笑：那，老板在吗？

喜妹：喏，这是潘老板。

秦叔急忙施礼：潘老板，在下失礼了。猛地认了出来：原来是你！您是高手啊！喜妹说来着，还要请你到我们那当指导呢，原来您是个大老板，失敬了，失敬了。

潘启明：秦叔，别客气。你们的沙坑舞狮远近闻名的，我还想请教请教呢。来，坐，请喝茶！

秦叔喜形于色地：啥请教不请教的，你是真正的高手，多给我们捧场啊！今晚是正月十五，全广州都等着看我们的舞狮队呢。喜妹是我们的干将，她不回去，您说我着急不着急呀。我是来叫她回去的。

潘启明谦和地：喜妹，你看呢？

阿黄：喜妹当然应该回去！

喜妹：我是同文行的人，当然得守同文行的规矩，参加同文行的活动，同文行兴旺，我喜妹也兴旺，也高兴，这是事业，不能光舞狮子，还得有事业，启明哥，你说，我说的对吗？

潘启明若有所思地看着喜妹。

喜妹对秦叔：我已经告过一次假，参加你们龙舟队，吃了乳猪了，不能老是请假吧，再说，我不是已经叫水仔顶替我了吗？

秦叔迟疑：水仔不行啊，这一回不同以往，咱们是经验大场面啊！你们上工时间不行，收了工该可以了吧？

喜妹：我就是今天晚上上工。

秦叔：晚上还上工？

喜妹：吃饭，应酬，老板要参加，我当然要跟着照应。

秦叔咂嘴……

▩ 码头上　外　黄昏

南洋商船上的货物摆放得整整齐齐。

水手们正在盖油布，整缆绳。

许统领带着一队海关清兵匆匆走来。

许统领带人突然登船。

水手们一时都愣住了。

船长模样的人立刻迎上去：军爷！

许统领：谁是船长？

船长：军爷，您这是——

许统领不耐烦地：你们船长和这货老板呢？

船长：军爷，我是船长。

许统领：货主呢？

船长：到刘长兴饭庄赴宴去了。

许统领：什么货？

船长：瓷器。

许统领：有没有茶叶？

船长愣了一下：有，都是礼物。

许统领：带我看看茶叶。

船长带着许统领来到一个舱室，看到了一些茶叶。

许统领仔细查看：这是哪个行的茶叶，没有标记啊！

船长：小人已经回了军爷，是朋友送的礼物。

许统领：礼物？这样多礼物，报税了没有？

船长：是送礼之人代报税。

许统领：税票呢？

船长顿时傻了，支支吾吾地：大概，好像还没有送到吧？

许统领：他娘的，这船都准备走了，税票还没有送到。你骗哪个傻瓜？我说来也！

几个清兵涌上来：统领！

许统领：把船给我封了！

船长慌神了：军爷！

许统领：把这个船长，给我锁了！

几个清兵立刻把船长锁了起来。

许统领：你们都给我听好，此船涉及走私漏税，没有彻查之前，任何人不许下船，闲杂人等也不许上船，明白吗？

清兵们声势雄壮地：明白！

船长哀求：军爷，我们派人去找货主报信行不行？也许，税票就在货主那里呢！

许统领：见你的鬼，老子这就到刘长兴去逮他！

■ 码头一角　外　黄昏

一乘小轿停在那里。

一只手掀开轿帘，是鲁子义在窥视，还得意地一笑……

■ 刘长兴饭庄　外/内　晚

饭庄门口高挂着走马灯笼。

不少孩子手里拿着小灯笼围着看走马灯。

刘长兴在门口乐呵呵地迎客。

小六子不停地高喊着：

伍老板到——

陈老板到——

潘启明、苏诺、胡老板、喜妹等人来了。

小六子看其中好多人不熟悉：老板，这几位是……？

刘长兴大声吆喝：同文行潘老板到——

潘启明客气地：刘老板，今晚上客人多，您多费神了。

刘长兴：潘老板，开饭庄就喜欢人多。何况，潘老板您刚出山就名声大震，小店今后还要多请您照应呢！

潘启明：哪里哪里，人抬人高，大家捧场，启明刚刚入道，还请刘老板多多指教。

刘长兴：嗯，你这后生仔是谦虚，会说话，果然有出息，大出息。

潘启明：请问，鲁老板到了没有？

刘长兴：到了，连老太太都来了，等着在楼上看龙灯呢！

潘启明招呼众人：我们上楼。

众人陆续上楼。

■ 楼上

鲁老板在楼口迎客。

鲁老太太和女眷们单坐一桌，阿娇坐在鲁老太太身边，给老太太剥着瓜子仁。

鲁老太太喜笑颜开地：好，好。今天热闹，今年开得不错。

潘启明上楼。

鲁老板：明仔。来来来。

潘启明跟着鲁老板来到伍老板一桌。

鲁老板介绍几位行商老板……

潘启明一一致礼。

鲁老板：明仔年轻，坐在这专门听各位同仁和朋友指教。

潘启明：明仔倾听各位前辈教诲。

卢老板：后起之秀，后起之秀哇。

伍老板：鲁老板。今晚，我把犬子也带来了，忠信，见过鲁老板。

伍忠信起身施礼：鲁老板，家父说，您鲁老板德高望重，晚辈很是敬仰。日后请长辈多多教诲。

鲁老板：哪里。伍老板已是商界精英，忠信今日露面，鲁某果然一亮，有道是长江后浪推前浪呵！

伍忠信：哪里能和你家子义相比！哎，鲁少东家哪里去了？

鲁老板：去请几位客人，马上就到。

荣翻译领着马斯顿、萨瑞兄妹等人上楼，后面还出现了鲁子义。

马斯顿又在嚷嚷：一边宴会，一边观赏龙灯，很有意思。（英语，中文字幕）

鲁老板忙上去招呼。

荣翻译：鲁老板，马斯顿先生您熟，这是瑞典客人萨瑞先生和萨丽小姐，他们是兄妹。又朝萨瑞兄妹：广州德高望重的广利行老板，鲁青山老板。（英语，中文字幕）

鲁老板引他们到伍老板处就座。

萨瑞兴奋地：潘，咱们又一起吃饭。（英语，中文字幕）

潘启明致意：今晚多是广州洋商精英聚会，相信你们参加今晚这个活动，会很有收获的。（英语，中文字幕）

鲁子义急着向各位致意：伍叔叔，卢叔叔，陈叔叔，子义向各位前辈有礼了。

众人点头回礼。

鲁子义又忙着到苏诺和胡老板处施礼：苏诺先生，胡老板，今晚家父请客，专门为苏先生送行，也祝贺胡老板生意圆满，晚生待会专门敬酒。

胡老板激动地：少东家，谢谢，谢谢。

刘长兴上楼来：鲁老板，客人齐了吗？

鲁老板巡视片刻：差不多了，可以斟酒上菜了。

刘长兴：鲁老板，我特意打了招呼，请龙灯队舞狮队先到饭庄门口舞。

鲁老板：噢——

刘长兴：不瞒你说，我已经做了细致安排，他们一定会尽力的——

鲁老板：你办事真是有心哪。

刘长兴：你鲁老板常在我小饭庄帮衬，我刘长兴也理应捧场呵。

锣鼓声传来。

有人高喊：龙灯队来了。

众人一齐拥向楼台走廊，居高临下观赏。

▩ 楼下

龙队，狮队精彩地表演着……

龙头摇摆着，从江中喷出烟花，闪亮夜空……

楼上众人喝彩。

龙队狮队边走边舞，渐渐远去。

众人又余意未尽地返回酒座。

鲁老板端着酒杯站起身来：各位老板，商行挚友，鲁某约大家出来聚会，承蒙赏光，不胜感激，今晚我还要特地说一件事，介绍两个人，一个是新来的南洋商人，苏诺船长——

苏诺站了起来：苏诺初进商界，就得诸位厚爱，事情已经办妥，借此机会向各位深表感谢。

鲁青山：还有一个人——

鲁青山说着，离开座席，到后面一间房子中，隆重推出了一个人——吴老板！

第十一集

潘启明立刻惊喜地站起来，奔向吴老板。

吴老板也非常激动，双手拉住潘启明，泪水迷离。

鲁青山：各位同仁，这位就是富祥丝绸庄大东家，吴老板吴潮鸣！

所有的人都站起来，向吴老板致意。

吴老板四方作罗圈揖。

鲁青山：鲁青山能在今天宴请大家，多承吴兄搭救。没有吴兄，就没有我鲁青山了。青山一直想找一个机会，正式向恩人表示感激之情。吴兄，今天，请当着诸位同仁，受我一拜！

鲁青山说着，领着潘启明鲁子义，一起向吴老板下跪。

吴老板连喊不敢当，急忙将鲁青山扶住。

这样客气了一阵子，大家方才入席坐好。

吴老板理所当然地坐在了主宾席上。

鲁老板：吴老板搭救我的故事，大家想必都知道了。在下还有一个事情，需要禀告同仁。趁着今天喝酒闲聊，我给大家说说。

众人被吸引，一致恭听。

鲁老板：这个事得从一年前说起，大家知道，明仔，现在是同文行潘启明老板了，因为我们亲近，我仍然视其为晚辈。一年前，苏诺先生是南洋船长，明仔呢，是个水手，平常，苏诺船长关爱明仔，明仔水手也当得优秀。但是，有一天，他们的船遇到了海盗，两船搏斗，眼看商船要被擒遭劫，是明仔奋不顾身，忍着伤痛砍断海盗船缆绳，商船得以逃脱，明仔落水，真是死里逃生啊……后来，身无分文，流落到了咱们广州——

众人听得津津有味。

鲁老板：后来，明仔就在我广利行做事了。一年时间里，他多次立功，老夫重赏，他不要，升职，他不就，他有他的志向——单立门户同文行。同文行怎样做生意呢？从小看大，从近看远，我认为，同文行做生意的方式方法，应该是我广利行的榜样！今天我要说的就是他同文行的第一单生意，胡老板——你来接着说吧。

胡老板先作揖一周：各位，提起此事，我就忍不住泪水涟涟啊……

■ 楼外，楼下　外/内　夜

许统领带队直进饭店。

小六子慌乱地想拉：官爷，官爷，您这是——

许统领一把推开小六子：办差！径奔上楼。

小六子跟着：刘老板——刘老板——

许统领：叫什么叫，跑了人犯，连你锁上。

■ 楼上　内　夜

楼上的人好像听到了下面的呐喊声，愣住了。

这时候，许统领人等脚步杂乱地上楼，清兵在楼上列队。

众人都大吃一惊。

刘老板满面堆笑，小步快趋迎上去：许大人，真是东风紫气，把您给吹来了。大人，我这都是贵客，还有很多您老的朋友呢，大人您——

许统领厉声地：谁是南洋商人苏诺，自己站出来。

苏诺疑惑地站起身来。

鲁老板早就来到了许统领身边，这时插话：许统领，有什么事，先到一边去说好吗？

许统领：鲁老板，没你的事。说着，把鲁青山挡在一旁。对苏诺：苏诺，你这次来广州，是跟谁做生意的？

苏诺：同文行。

许统领：同文行？同文行的潘启明在不在？

潘启明站出来：潘启明在这里。

许统领：哼哼，潘启明你好大的胆子，居然敢偷漏海关税银。本官奉命按走私论处，来呀，将潘启明和苏诺锁上。

清兵上前给潘启明和苏诺套上锁链……

众人都愣住了……

潘启明：许大人，您大概误会了。所有商品，已经完全报税。因为没有起航，所以税票全在商民同文行中。

许统领：是吗？

潘启明：如果起航之时，有一件商品未曾报税，情愿重重处罚。

许统领：大爷这就带你去什么同文行看你的税票。

鲁青山：大人，今天天色已晚，且在这里喝几杯小酒。明天一早，再去同文行查看，也不为晚。

许统领打官腔：这是公务！

鲁青山继续阻拦。

好多洋商都向许统领求情。许统领一概不给面子。

许统领推开鲁青山，一挥手，那些清兵就牵着潘启明和苏诺往外走。

鲁子义出现在许统领面前：哈哈，统领大人，忠于公务，一丝不苟，佩服佩服！

许统领像突然发现重要人物一样：哇，鲁少东家也在这里？

鲁子义和许统领拉拉手，好像把一些银子趁机塞给了许统领：统领大人，今天晚上，税司也不会替他们补报税收，如果偷漏税收，谅他们明天早上也拿不出来税票给您。来来，且随小弟到里面雅间喝他几杯！

众人急忙劝说：鲁少东家说得有道理，有道理！

刘长兴：统领大人，这里一个雅间，非常优雅，不妨来看看！

许统领一边跟着刘长兴往里走，一边吩咐手下：先让他们逍遥一个晚上，你们到楼下喝几杯吧！

士兵们放了潘启明和苏诺，蜂拥下楼而去。

鲁青山问潘启明和苏诺：你们是不是曾经不小心开罪了这个许统领？

苏诺莫名其妙。

潘启明仔细思索。

伍老板低声：这小子就是趁机会讹诈罢了！

众人都赞成。

有人说：这个小子，就是流氓一个！

潘启明突然做出决定：大叔，我现在就要到你们的船上看看。

苏诺：你放心，我绝对没有任何夹带！

潘启明：我当然放心你，那些船员，有没有买什么东西捎带？

苏诺有些不自信了：这个？

内里雅间

鲁子义陪着许统领喝酒。两个人都很兴奋。

今天不会出什么事情吧？

鲁子义：让他难过一个晚上！想啊想啊，想烂头皮，也想不出原因来！嘻嘻！

许统领：老兄弟，你可真会折磨人！

鲁子义：还不都是为了替你报仇？

许统领点头。

▩ 码头，苏诺的货船下

潘启明和苏诺来到这里，发现有清兵站岗。潘启明愣住了。

苏诺担心地：看来，那个许统领不是讹诈一顿饭吃，他们来真的了。

潘启明：难道，船上真的有私货？

苏诺：万一有人夹带了私货，将会怎样呢？

潘启明：可大可小。至少，我们要破财了！现在的问题是，就算是有些私货，没有报税，还没有正式起航，没有验关查船，许统领他们怎么会预先知道？

苏诺：你是说我们的船上有内奸？这是不可能的，船员们没有本地人，货主和船员的利益，船员与船员的利益都是高度一致的。

潘启明认为有道理，慢慢点头。

▩ 刘长兴酒楼上

伍老板等人陆续进来雅间，给许统领敬酒。

许统领喝了几个，突然发现：哎，你们都来敬酒，那个潘启明怎么不来？哼，他不来敬我，我去敬他！

伍老板知道许统领在赌气：统领大人，跟我们相比，他是晚辈，有我们在，现在轮不到他来敬大人喝酒！

许统领有些相信了。可是，鲁子义在桌子下用脚踢许统领。

许统领：不行，我要找他。

几个人拦不住。

许统领来到大堂：潘启明呢？

鲁青山急忙：他有急事，去去就来！

许统领：那个苏诺呢？

梁老板：他也有事情，去去就来！

许统领：你们好大的胆子，居然放走了疑犯！

鲁青山：大人误会了。他们两个人，为了迎接大人明天去同文行公务，先行回同文行检点税票去了！

码头

潘启明走向站岗的清兵：长官，这位是本船货主，我们想回船拿些东西，能否给以方便？

清兵：不行。统领有令，此船已封查，断绝上下来往。

潘启明：长官行个方便吧。说着，递上去一块银子。

清兵看到银子，一把抓了过去：上去也可以，但是上去之后，就不许再下来了。

潘启明：服从长官吩咐。

苏诺诚实，不知道潘启明留了退路，急忙说明：不行，不行，我可以不下来，他不行的。他还要下……

潘启明急忙安慰苏诺：大叔放心，长官跟我开玩笑的，过一会儿，长官一定会同意我下来的。

清兵着急：不行，不能下来了。

潘启明又递过去一块银子：长官，如果我们不下来了，明天，统领大人就会发现长官您帮助了我们，私自放人登船，那样——对您长官是很不利的！

清兵恍然大悟，急忙接过去银子：快一些，快去快回来！

可是，许统领来了，好远就听得到他大声呼喊：严加防范，不许任何人等登船！

清兵大惊，立刻推开了准备登船的潘启明和苏诺。

潘启明只好带着苏诺闪开了。

同文行

第二天一早。

潘启明很恭敬地迎接了许统领一行。

许统领大大咧咧地坐下下来：潘启明，把你的税票拿出来吧！

潘启明从贵叔手中接过来税票，恭恭敬敬地递给了许统领。

许统领装模作样地看了一阵子：就这些？

潘启明：就这些。

许统领：没有了？

潘启明：这条商船所有从同文行进货，全部税票在此。

许统领：你的意思，你只是负责同文行的货物报税，货船其他报税事宜，全部由这位苏诺老板自行处理？

潘启明：大人，苏诺老人是商民的长辈，出来广州做生意，他的报税事宜，都由我同文行一体代理。

许统领：那就好说。我说来呀！

一群清兵涌进来。

许统领：锁了这个潘启明，还有这个苏诺。把这个同文行，暂且封了！

潘启明：大人，到底为何，期盼明示。

许统领：明白告诉你，苏诺的商船上，有很多货物，没有报税。欲知详情，粤海关老爷堂上说话！

士兵们立刻索拿了潘启明和苏诺。用封条封了同文行。

▩ 鲁青山家

喜妹第一次来这里，见到了阿娇。

阿娇知道了潘启明被逮捕，不免惊慌失措，第一关心的是明仔哥哥的身体：他们没有打明仔哥哥吧？

喜妹摇摇头：不过，他们都很凶恶。

阿娇：义父知道这件事情吗？

喜妹：明仔哥说，昨天晚上，当着鲁老板的面，就锁过他一次了。今天去验收税票的事情，鲁老板也是知道的。

阿娇：我要和奶奶说去。

阿娇起身要走，听到鲁子义哼着曲子走过来的声音。

鲁子义看到了喜妹，仍然掩饰不住心里的喜悦：嗨，你，好像是同文行的那个内当家吧？叫什么来着？喜妹，对喜妹！喜妹这样早来我们这里，报告什么喜讯？

喜妹：少东家，我不是同文行的内当家。我是同文行的一个小伙计。这不——指着阿娇——我们的内当家马上就可能过去了。我也没有喜讯，少东家。我们东家被那个姓许的统领带走了。

鲁子义装作愣住了。

阿娇急忙跟着说：他们说他偷漏税，用铁链锁走了。

看到他们着急，鲁子义心里很高兴，却装作很意外地：不会吧？昨天许统领还和我在一起喝酒，我曾经告诉他，不许欺负潘启明！一般情况下，我的话他还是要听从的。不过，他对潘启明很生气，说他为人不正派，道德很败坏，欺诈经营，并且偷税漏税！

喜妹想反驳，阿娇阻止了她。

阿娇：子义，既然你和那个许统领有交情，求你帮助明仔哥哥一下好不好？

鲁子义拧起眉头，半晌，对喜妹：你来报信，为什么不去找老爷说清楚？快去给老爷说说啦！

喜妹迟疑地看看阿娇。

阿娇不知道鲁子义是诡计，也催促喜妹：快去告诉老爷吧！

喜妹走了。

鲁子义对阿娇：我告诉你，潘启明这次算是彻底完了。他第一次对外经营，就敢偷税漏税。发展下去，那还了得？等着杀头吧！亲戚朋友都要跟着受牵连。还有，他企图调戏粤海关那大人的女儿，那大人已经对他恨之入骨，抓不住把柄，算他幸运，现在抓住了把柄——保不定就是那大人安排的圈套——这一次，潘启明就是不死，也要蜕层皮，起码，也没有办法在广州待下去了。

阿娇大惊失色：子义，你不要乱说啊！

鲁子义：我乱说，哼哼，全是许统领亲口告诉我的！

阿娇：子义，明仔哥哥一定是冤枉的。你一定要帮助他啊！

鲁子义：看在你的分上，我当然要想办法解救他。

阿娇：谢谢弟弟！

鲁子义：不过，如果他顺利过了这一关，重新回到同文行，他就会娶你做妻。一想到将来你将和他一起过日子，我就替你担心。你想让我救他，也未尝不可，不过，你要答应我一句话。

阿娇：弟弟请讲。

鲁子义：一句话，从此和潘启明断绝来往。

阿娇当然不同意：子义，你要相信，明仔哥哥绝对是被冤枉的。

鲁子义表现很失望：无论我怎样说，你都是不会相信我的。你是被那个坏小子迷惑住了，这就是鬼迷心窍，明白吗？为了不让你今后跟着那个小子受牵连，算了，我还是不救他为好。

阿娇急忙恳求：子义，他对咱们家有恩情，你不能见死不救！

鲁子义：你只要答应我的要求，我立马就去救他。否则，我绝对不过问这件事情。

阿娇：不，我不能答应你。

鲁子义有些气急败坏。

满叔过来：少东家，老东家要你过来一下。

鲁子义临走还没有忘记交代：他的死活，就看你一句话了。我等你醒悟！

■ 陈徽州处

陈徽州坐卧不宁，无计可施，突然有了主意，提起笔来，写了一封信：千金杨小姐妆次——

■ 关押所

潘启明和苏诺在里面关押着。

潘启明在地上画图画。

吴潮鸣走过来：启明！

潘启明急忙站起来：我知道你老人家会过来的。我也正好有事情找您呢！

吴潮鸣：你找我？

潘启明有些兴奋地：是的。我想，应该大批运进杭州丝绸。广丝广绣很好，但是数量不够。

吴潮鸣：你哪里有了很大的订货量？

潘启明胸有成竹地：暂时没有，我敢说，很快就有了。很快就会出现广州城丝绸供不应求的场面。洋人来到广州，第一件事情，就是找咱们预定丝绸！

吴潮鸣半信半疑地看着地下的图画：你就是在谋划这些事情？

潘启明：我在运算一些丝绸的供应问题。恐怕我要增加一些仓库，加大库存量。

吴潮鸣轻轻叹了一口气：只要我下工夫，丝绸要多少有多少。不过，还是先解决眼下的困难吧。

潘启明微笑：你老人家放心，这个许统领不把我们直接送到粤海关，扣在他的手里，我估计，问题不大。

吴潮鸣：未必。我刚才找这个统领，他含糊其辞，看样子，你的事情有些背景。从他的口气看，我倒怀疑那大人从中插手？

潘启明：故弄玄虚而已。

苏诺：他们应该跟我们说明白，到底我们有什么货物偷漏税了！

潘启明：对，这是一个关键，说我们偷税漏税，到底是什么货物没有报税，数量多大，至关重要。吴叔叔能否通过这位许统领打听明白？

吴潮鸣：我怎能忽略这一点？我问了，我听他的意思，好像是茶叶。

潘启明懵然一愣：茶叶？

苏诺：哎呀，那是别人送我的礼物啊！

潘启明挥手制止苏诺，对吴潮鸣：吴叔叔，既然是这个，就好办了。你能否通知佛山陶瓷店胡老板，请他悄悄过来一趟，记住，一定要悄悄过来。

吴潮鸣点头。

▩ 鲁青山处

鲁子义回来了：父亲大人，孩子从许统领那里回来了。

鲁青山着急地：那个统领怎样说？

鲁子义：许统领收了咱们的礼物，说谢谢您老人家。说暂时不将此事提交粤海关。

鲁青山高兴了：好。只要不让粤海关知道，事情就不能闹大发了。在许统领那里，好转圜。义儿，你估计许统领准备如何处理？

鲁子义作老练精明状：我哪里会不考虑这一点？第一，潘启明要出一笔银子。

鲁青山点头：这倒是题中应有之义。

鲁子义：第二，大概潘启明要写一份悔过书。

鲁青山不说话了。他知道潘启明的脾气，能不能承认错误并且悔过，很难说。所以，他犹豫了。

鲁子义明白父亲的意思，进一步说明：父亲，您应该亲去关押处说服启明，不认错，许统领的面子下不来，绝对不会放他出来的。再说了，这对启明今后也有好处，让他知道厉害，免得以后再犯同样的错误。

鲁青山：话是这样说，只怕明仔不会写。

鲁子义：父亲，我已经替他写好了，他只要在上面签个名字，就可以了。

鲁青山很高兴：你替他写好了？

鲁子义点头：就是那个意思。低头认错就行，文字上未必一定要丝丝入扣。

鲁青山：很好，拿来我看看。

鲁子义取出来已经写好的“悔过书”，递给了鲁青山。

▩ 杨如雪处

丫鬟把一封信送过来：小姐，那个当铺老板陈徽州给您送来了一封信。

杨如雪立刻现出来一些激动：拿来。

丫鬟把信交给了杨如雪，杨如雪看信，顿时显得很紧张。丫鬟发现了问题：小姐，是不是那个潘启明出事了？

杨如雪立刻恢复了镇静，淡淡地说：什么潘启明，他出事不出事情，与我何干？你真是多嘴！

丫鬟知道自己说破了小姐的心事，冒犯了，立刻低头认错。

杨如雪沉思半晌，寻找笔墨。

丫鬟急忙侍候。

杨如雪写了一封信，封起来，告诉丫鬟：我这里有一封信，邀请粤海关那小姐过来玩，你一定要妥当送到，亲自交给那小姐。

丫鬟知道事情可能重大，连连点头。

奶妈似乎愤愤不平地：小姐，那丫头又惹你生气了？

杨如雪立刻强作笑颜：奶妈不要乱说，我哪里生气了？

▩ 关押处

潘启明和胡老板说话。

潘启明：那些茶叶确实是鲁少东家送给你的？

胡老板连连点头。

潘启明进一步追问：少东家确实说过“税收的事情，让你放心”？

胡老板：是的。

潘启明：你当时为什么不问他讨要税票？

胡老板：少东家这样对待我们一家老小，他说的话，我哪里会不相信？如果巴巴地跟着讨要，岂不是羞辱少东家？

潘启明连连点头，替鲁子义遮掩：不错。少东家绝对不会欺骗你的。

苏诺在一旁要提出异议，被潘启明阻拦住了。

潘启明对胡老板：胡老板，我想托你办一件事情。

胡老板真诚地：只要能帮助潘老板消弭事端，你让我干什么我都会去做的。

潘启明：你去见鲁少东家，就说来看我了。你告诉他，我听说原来是少东家的茶叶，表示一定要替你付茶叶钱！

胡老板不明白：怎么能这个样子呢？

潘启明：胡老板，您想，这笔生意，是人家广利行让给我做的。钱我赚了，礼物，还要人家帮助送，哪有这种道理？所以，我出去之后，一定把茶叶钱支付给您，并且请您务必还给少东家。现在请您过去，先把我这句话告诉少东家，你看行不行呢？

胡老板：好。潘老板，您真是个君子人物，佩服佩服！我马上去找鲁少东家。

看守的士兵过来干涉：时间到了！

■ 鲁青山家

鲁青山看完了鲁子义替代潘启明书写的悔过书，摇头：不行——什么无视国法，什么奸商心理，这样写太过分了。明仔哪里会如此卑鄙。这些说法，哪里是罚款认错的事情，杀头也不过分！

鲁子义掩饰自己的快乐：父亲，只有这样写，许统领才能满意。如其不然，潘启明就有可能被吊销洋商资格。就算你们到处打点，能够从轻办理，或者停业一年，或者重重罚款，作为一个商人，那也算是颜面扫地了。怎么能跟这样自己批评自己一通好呢！退一万步说，潘启明偷税漏税，实际上就是无视国法，也有奸商心理！不能算是委屈他！

鲁青山想了半天，也没有什么好办法，只好答应：好吧，我去找明仔，劝他在上面签个名字。你一定要保证许统领放过他去哦！

鲁子义：父亲放心，只要潘启明承认了自己的罪过，许统领就可以放过他去。

鲁青山正准备走人。

吴潮鸣带着胡老板来了。

鲁青山一看到吴潮鸣，立刻面露喜悦之色：吴老板，事情有了转机！

吴潮鸣：怎样？

鲁青山有些兴奋地：多亏义儿和这位许统领相熟，他答应不将明仔他们转给粤海关处理。只要粤海关那大人不知道这件事情，就不会闹大发！

吴潮鸣：哦？

鲁青山：不过，那个许统领却要明仔悔过认错。看来，只好如此了。说着，把手中的"悔过书"递给吴潮鸣：我马上去看明仔，劝他在这个上面签上名字。

吴潮鸣接过来"悔过书"粗粗一看：哇，言过其实了吧？

鲁子义：只有这样，才能救出来启明和苏诺老板。

鲁青山：就是，哄得那个统领高兴也就算了。

吴潮鸣：刚才，我和明仔谈了，我看明仔的意思，绝不认错，他要和许统领对簿粤海关呢！

鲁子义嘿嘿冷笑：和许统领对簿粤海关？那不是找死嘛！

吴老板对鲁子义，富含深意地：明仔的意思，不做亏心事，不怕鬼敲门。官司就是打到北京城，绝不认错！

鲁青山也很担忧：就算是有些委屈，也讲说不起了，人在矮檐下，怎敢不低头。胳膊是别不过大腿的！

鲁子义向父亲挑拨：父亲，看起来，我们父子这是出力花钱不讨好啊！

鲁青山：明仔一时想不开罢了。

鲁子义刚想说什么，突然看到胡老板向他使眼色。他有些犹豫。

胡老板还狠狠咳嗽了一声。

鲁子义知道胡老板有重要事情找他拉背场，回头看到吴潮鸣和父亲凑在一起商议，悄悄带着胡老板来到一旁。

胡老板：少东家，我有一件事情找您商量。

鲁子义：说。

胡老板：关于那些茶叶。

鲁子义有些吃惊：怎样了？

胡老板：潘老板非要给我钱不可。

鲁子义轻松了：他真要给钱，你就收下。以后再说起来，算是他买的茶叶也就是了。

胡老板：不过，他要我一定把钱还给您。

鲁子义紧张了：为什么还给我？跟我有什么关系？

胡老板：君子不藏人善。我已经告诉了潘老板，茶叶是您送的。正因为他知道是您给的茶叶，所以才要给钱的。

鲁子义一下子愣住了。

半晌，鲁子义气急败坏地：我不是告诉你了，不要告诉别人是我给您的茶叶，你怎么往外说起来了？我是不能随便承认的。

胡老板：看看，我是那种不讲良心的人吗？再说，我不说，我的弟媳一家人也要说，我的那些伙计，都看着呢，会骂我不讲良心的。人咋能不讲良心呢？是你送的，就是你送的嘛。

鲁子义：他，他潘启明还说别的什么没有？

胡老板摇摇头。

这时候，鲁青山喊鲁子义，鲁子义没有听到，还在想心思，脸上一阵阴一阵晴。

胡老板：少东家，老东家叫您呢！

鲁子义如梦方醒，急忙来到鲁青山身旁。

鲁青山：义儿，是不是让启明和许统领对簿公堂，你吴叔叔说，你跟那个许统领还有些熟悉。想听听你的意见，你看呢？

鲁子义态度大转变：吴叔叔，潘启明是我什么人？他受侮辱，我感觉比我自己受侮辱还要痛苦。您老人家放心，我这就去找那个许统领，不论用什么办法，我一定要把明仔保释出来！

▩ 许统领住处

鲁子义陪着统领喝酒。

鲁子义端起一杯酒：许兄，祝贺你痛快地收拾了潘启明一顿！

许统领也端起杯子：没有老兄帮忙，哪里会这样顺利！谢谢老兄。

两个人喝了几杯之后，鲁子义：许兄，潘启明这个事情，我看也算是到火候了，好多人都托我过来说情，我看，给我个面子拉倒吧！

许统领：论说，有你老兄一句话，我就该立马放了潘启明。

鲁子义：谢谢许兄！

许统领：不过，仔细想想，不能这样子。

鲁子义：为什么？

许统领：你想想，不说长不说短，就放人了。那潘启明岂是吃哑巴亏的人？万一他买通粤海关的人，到那大人那里告我一状，我如何应对？再说，既然潘启明人逮了，同文行封了，就得有个结论。如果没声没息拉倒了，兄弟们那里怎样交代？他们会怀疑我偷偷吃独食的！

鲁子义：许兄的意思，还不能一风吹？

许统领：要有个说法。

鲁子义：许兄的意思，要做个结论，还要罚款子？

许统领：不错，老兄是个明白人。第一，他潘启明要有个悔过书，我拿着这个悔过书，就不怕他翻案；第二，他不拿几个小钱，弟兄们那里怎么摆平？

鲁子义犯了难为，沉吟半晌：许兄，一点都不能通融？

许统领：老兄，你不吃衙门的饭，不懂衙门的事。做什么事情，不留后手，那个是危险得很呢！一个悔过书，一个罚款，没有这两样东西，我是绝对不能放人的。

鲁子义：万一，潘启明不服气，事情闹腾到粤海关，只怕咱们不好收场呀！

许统领：那有什么不好收场？那些茶叶确实没有上税嘛！

鲁子义：老哥哥，你想想，粤海关也没有规定，洋人跟谁做生意，谁就负责报税。潘启明一推六二五，还是追究苏诺的责任。退一万步说，就算是茶叶没有上税，跟潘启明也没有关系。

许统领翻脸无情地：不管谁的责任，我是没有责任的。

鲁子义没有想到许统领这样流氓，有些大犯难为，半晌：许兄，你知道，潘启明将来要做我的姐夫，我为了咱们兄弟义气，暗中帮助了你……

许统领很无耻地：谢谢老兄弟帮忙，请帮忙帮到底。

鲁子义咬咬牙：好吧，潘启明的罚款，我出了。

许统领：多谢老兄。

鲁子义：悔过书，我看就算了吧？

许统领：不行，万万不行。将来潘启明翻脸，我就没有抓手了！

鲁子义看对方绝对不能通融，只好说：好吧，我再找潘启明认真谈谈。

■ 看守关押处

潘启明还在地上乱画。

苏诺忧心忡忡：明仔，你在画什么呀？

潘启明：算账。

苏诺：算什么账？

潘启明：我想请客，请所有的来广州的洋人朋友，请他们听音乐，看中国女人的漂亮衣服。我算算需要多少投资。

苏诺：孩子，你太乐观了，咱们什么时候能出去，不好说。出去你还能不能做洋商，更难说。你不想办法渡过这个难关，却想着请所有洋人朋友听音乐，看衣服，嘿！

潘启明胸有成竹地：苏诺大叔，不用愁，咱们出去的事情，有一个最得力的人，正在帮助咱们办理呢！

■ 鲁子义住处

鲁子义把自己替潘启明起草的悔过书，铺在写字桌子上，痛苦得难以自禁。他几次提笔，试图在落款处替代潘启明签上名字，但是，终是感觉到太讽刺，太耻辱，难以下笔。他自言自语：潘启明，我与你不共戴天！有你无我，不共戴天……终于，他还是在后面签上了“潘启明”三个字。

这时候，鲁青山突然推门而入。

鲁子义试图遮掩悔过书，已经来不及了。

鲁青山看到了这一幕，很是疑惑：义儿，这是怎么回事？

鲁子义实在掩饰不住自己的痛苦。

鲁青山很紧张：到底出了什么事情？为什么你在上面签名？

鲁子义：父亲，那个许统领同意放掉明仔，但是，一定要明仔交付罚款。他说，不然就没有办法跟他的兄弟交代。

鲁青山：我们替明仔出这笔钱。

鲁子义：许统领还要明仔写悔过书。他说，没有悔过书，担心明仔出来之后，反咬他一口。

鲁青山：胡说，明仔岂是那种不义小人！

鲁子义：孩子再三说明，统领就是不信。万般无奈，孩子只好替明仔伪造了这样一个悔过书。孩子看到自己写的悔过书，自己签名字，等于自己承认自己是无义无良奸商，心里实在痛苦不堪，难以忍受，故而痛哭流泪！

鲁子义说到这里，想起自己搬起石头砸了自己的脚，确实伤心，不由得泪水再次汹涌长流。

鲁青山心疼地抱住儿子：孩子，明仔对咱家有恩情，你这样报答他，也算是有情有义。父亲心里很是欣慰。但愿明仔能知悔改，就此回头，也不枉咱父子一片心意！

鲁子义：谢谢父亲。父亲，只是把阿娇许给他，孩子老大不放心。

鲁青山：算了，此事已成定局。为父相信，明仔并不糊涂，一定会迷途知返的。

粤海关

那金召见许统领。许统领走进大厅，向那金施礼：职，粤海关才字协统领许知远叩见监督大人！

那金：许知远！

许统领：职在！

那金：你知道得很远，老爷我知道得不远。

许统领：职不敢，职的名字叫得不好。

那金：名字好不好的无所谓，能发财就好。

许统领很紧张：职不敢。

那金：你要是不敢发财，就没有谁敢发财了！

许统领硬起头皮：请大人明示。

那金：老爷听说你逮了人，还封了门面？

许统领傻眼了。

那金：委屈你了？

许统领：老爷，您真是稳坐帷幄之中，决胜千里之外。就是一只蚊子半夜从您老人家前面飞过，是公是母，也休想瞒过您老人家的眼睛！

那金：别拍了。老实说话吧。

许统领：不是拍马，小人祖孙三代，没有拍马的习惯。既然你老人家明察秋毫，我就实话实说，有一个同文行，老板名字潘启明，居然偷税漏税！

那金讽刺地：你说谁偷税漏税，谁就偷税漏税了？

许统领：大人，老爷，职等有确凿证据啊！

那金：证据拿来！

许统领：职等有潘启明亲笔写下的悔过书！

那金嘿嘿笑起来：去，把悔过书火速取来，老爷要看看。这等大事，你想私了，石狮子的屁股，没门儿！

▩ 同文行

封条被揭去了。大家准备了鞭炮，准备迎接潘启明回来。

吴老板、鲁青山等人都在。

阿黄忙里忙外。

喜妹很激动，但是，努力装作平静的样子。

来了一个裁缝：请问，同文行潘启明老板在这里吗？

阿黄：这里是同文行，你找潘老板什么事情？

裁缝：是潘老板请我来的，说是有十套杭州丝绸的服装要做！

喜妹：不要胡说啊！我们潘老板啥时候找到你的？

裁缝：半个时辰之前，他还说十万火急呢！

阿黄：半个时辰之前，呃，那是他刚刚从军营出来的时候！师傅，你知道他从你那里出来之后，又去哪里了吗？

裁缝仔细想想：好像，好像……

喜妹：我知道了。

大家一起看喜妹。

喜妹：他肯定是去找阿娇姐姐了。

鲁青山不解地：为什么？

喜妹：你没有听到吗，他要做十套杭州丝绸服装！给谁做？肯定是给阿娇姐姐。那不还要来量尺寸？阿娇姐姐不来这里，怎么量尺寸？指着阿黄，讽刺：难道量他的身材？

众人释然。

刚刚解除关押，就做这样的事情，鲁子义在父亲耳边：父亲，你看他做生意多心，做人更加多情！

鲁青山抢白儿子：专心爱惜阿娇，难道不是好事？

突然，有人看到潘启明过来了。

潘启明来了，没有带来阿娇，身后跟着一群漂亮的女孩子，叽叽喳喳，疯疯张张，没有一个稳重的样子。依稀可以看出是红船子弟。

鲁子义在父亲身后，低声说：父亲，这就是你的好女婿，整个一个花心大萝卜！还专心爱惜阿娇呢！

说话间，潘启明来到了，急忙跟几位上辈见礼。

大家寒暄过后。潘启明回头对裁缝：师傅，怠慢了！

裁缝：您不用客气。

潘启明吩咐：请给这些靓女量尺寸吧！

那群女孩子兴奋地大呼小叫。

潘启明说着，还往前推了一下喜妹，还有这位，也做一身！

喜妹：那，阿娇姐姐呢？

潘启明：她？明天再说！

所有的人都愣住了。

▩ 粤海关

那金对女儿：孩子，告诉你，那个什么潘启明，绝对不是个好东西。

那青：不许你侮辱我的朋友哥们！

那金大惊：什么，你的朋友还哥们？老子告诉你一千遍一万遍，不许跟商人交朋友，何况，还是一个大男人，你——一个多大的姑娘了，还天天贪好玩。你这样下去，还怎么嫁出去哟！

那青像是心不在焉地：门当户对的我不喜欢，爹您疼女儿，也不会情愿。门不当，户不对的吧，又不能没门风，丢您的脸面。女儿不嫁，陪老爹您习武品茶不也很好吗！老爹，您总不是老想着把女儿赶出家门吧。

那金：宝贝女儿，你这是哪里话呀，爹是有点担心你和这个姓潘的扯出什么麻烦来。

那青：那个潘启明虽说不是我正在交往的什么朋友，我认为还是了解他的，他很正派，也很正义，绝对不是你说的什么坏东西。

那金：哼，正派？你看，这小子的悔过书！

那青接过去悔过书，只看了一眼，冷笑起来：老爹，你让你那个什么统领骗了！

那金：他敢骗我？看我不能抽他的筋剥他的皮！

那青：老爹，你想想，这个什么统领肯定讹诈了人家同文行这个潘启明很多钱，又担心人家潘启明出来之后告他，就强迫人家写下这个什么悔过书，当作把柄。

那金点头：有道理。当官的就是这个路数。

那青：老爹，你想想，如果不是有利可图，这样的案子，为什么不上报粤海关？偷税漏税的大案子，他有权力私自处理？赶快让他放人出来吧！

那金不停地思索，不由地连连点头，脸上露出了高兴的样子。自言自语：混蛋，敢撇下老子吃独食……

那青催促：老爹，我的话你听到没有？

那金：宝贝女儿，老爹要亲自审理！

第十二集

■ 海关码头上　外　日

南洋商船正在升桅，水手们在准备起航。

鲁老板、明仔、胡老板、鲁子义、阿娇、常二掌柜等人都在码头上送行。

常二喜：苏诺兄，你做生意肯定大发，在广州你不光有个有名的广利行，如今又多了一个同文行。

苏诺：这头趟生意，虽然遭遇波折，苏诺我从中明白好多事理，鲁老板的为人，明仔的真心真情，都会让我铭记在心。此情此意，苏诺日后必将涌泉相报。

鲁老板：苏贤弟，交上你这个好朋友，我鲁青山非常荣幸，别忘了，你的爱徒还是我的女婿。

此话题一开，倒让离别伤感的苏诺又开心了。

苏诺扯住明仔的手：明仔，临走了，跟大叔说，你打算啥时候娶阿娇进门，到时候，大叔就是飞也得飞过来，热闹这杯喜酒。

潘启明忍不住乜阿娇一眼。

阿娇的眼神热切地期待着……

■ 沙面街上　外　日

各家夷馆旗帜飘扬。

买办们带着洋人走来过往。

小贩们在路边兜售小吃。

贵叔、阿黄带着一些请帖，分头走进这些夷馆。

■ 马斯顿的住处

马斯顿接到请帖，一看，不由得大喜：哈哈，潘启明要给我一个意外的惊喜，那肯定是请我吃中国盛宴！

■ 哥德堡号

萨瑞收到了请帖。

萨丽：哥哥，是谁的请柬？

萨瑞：潘启明的。他说，要给我一个意外的惊喜！

萨丽：我也要去！我也需要意外的惊喜！

萨瑞装作很为难的样子：可惜，潘启明没有请你！

萨丽信以为真：我要抗议。我一定要过去。

萨瑞笑起来：哈哈，潘启明要求我们一起过去！

萨丽高兴起来：哥哥，潘启明有趣，你会逗人。

■ 同文商行　内/外　日

前厅，

贵叔在迎候客人，

小伙计阿成在整理和摆放货物样品。

后院已经变成一个园林样的庭院，新建的小亭、假山、曲径铺着红砖，两旁种着花草。

阿黄和阿娇正在摆放盆景，阿黄搬着，阿娇放好位置，整理枝叶。

潘启明像个泥水匠师傅看着图纸，在曲径上砌着一个小拱桥……

阿黄：明哥，人家的商行迎来送往谈生意，咱们同文行在这忙着搬花种草砌砖头，我还真想不明白。

潘启明：咱们是和洋人做生意的，洋人呢，一般对咱们中国的情况不会了解，他们又喜欢我们中国的风格味道，我想让他们看到一些……

喜妹提着大布袋子领着一个提着木架的白发老人进了院子。

喜妹走得满脸通红，但兴致勃勃地：爷爷，看——

爷爷放下木架，巡视着：嗯，有点意思。

潘启明：喜妹，你还真拿来了。

喜妹：男子汉大丈夫，说话当然算数。

阿黄忙着去接喜妹的大布包：要是这么说，是叫你喜妹，还是叫你喜弟呀？

喜妹把他一推：去你的。

喜妹像是很自豪地向潘启明介绍：这是我爷爷，我们乡里的古筝高手，带了好多徒弟呢。爷爷，这位就是我给你说的潘老板，明哥几次下过南洋呢，洋文可棒了，可惜，我一句都听不懂。

潘启明满脸汗水，两手泥土，但很礼貌地：爷爷，您老人家好。

阿娇看着启明的样子，忙用手绢给启明擦汗，关切地：快去洗洗吧。

喜妹看在眼里，又介绍阿黄：爷爷，这是我们行里的伙计，叫阿黄。

阿黄不失时宜地：爷爷，你老人家好，我叫阿黄，和喜妹是同事，爷爷，要是有为您老人家效劳的地方，尽管讲，我阿黄就是乐意办事，能办事，会办事。

喜妹：你平时话不多，今日怪啰嗦的。又转了脸：爷爷，她叫阿娇，是……是来帮忙的。

阿娇虽有所思，但又十分庄重大度地：爷爷，您好，我叫阿娇。

爷爷点头示意：好好，你们这伙年轻人开商行，有意思。

喜妹已支起架子，把筝放好，给爷爷搬到茶桌边的石凳。

爷爷坐下，开始调音。

喜妹来到启明身边伸手干活：明哥，这活我来干，你是老板，得有老板的样子，要是重要客人来了，又措手不及。

潘启明：马上就好了。

喜妹：启明哥，你说古书里有焚香操琴，我就想起爷爷，在番禺乡下，爷爷的名气可大了，爷爷不光琴弹得好，还说古论今呢。

阿娇给启明递上一杯茶水：干累了，喝一口吧。又向喜妹：喜妹，听你说爷爷的琴弹得好，你会吗?

喜妹挑战似的：会一点点吧，爷爷教过我，我就是没用心，不过，我虽然不是大家闺秀，没在深宅大院当过大丫头，我一个乡下人家，舞狮子，赛龙船，可没输过。

潘启明若有所思地：喜妹，阿娇性格温顺，你别处处逞强了。

喜妹又露出笑脸：哪能呢，我心里头尊敬、羡慕还来不及呢！阿娇姐，我心直口快，您别多心啱。

悠扬的古筝琴声突然响起。

院子里立时充满生机……

▩ 广利商行　内　日

满叔、常二掌柜在和鲁老板喝茶谈天。

满叔：积这些年的经验，我看，让洋人了解我们的货物，才是最重要的。现在看来，洋人他们懂得中国货的太少。

常二掌柜：翻译很重要。

满叔：翻译，也是懂得洋文，不识货。

常二掌柜：要慢慢来。只要来咱们广利行的，咱们就耐心介绍。

满叔：目前看，只有这个法子，不过，很慢。

鲁青山：俗话说，紧手的庄稼，消停的买卖。咱们就消停着吧。

满叔还是显得有些忧愁。

吴潮鸣走过来。

鲁青山起身相迎。

鲁青山：吴兄，听说你一直不停地运进来杭州丝绸，没听说有大的买家，是不是太积压成本了？

吴潮鸣：实不相瞒，都是明仔的主意。

鲁青山：没有听说哪家公司找同文行订货啊！明仔的心太大，你要劝告他稳着点。

吴潮鸣：也许他有自己的运筹吧。听说他今天大宴整个广州城来经商的洋人，咱们去看看热闹？

鲁青山有些意外：宴请全部洋人客商，这样大的动静？

■ 粤海关

许统领把一些银两呈送给了那金：老爷，职等确实只收潘启明这些银子！敢有一两隐瞒，老爷砍我的狗头！

那金看看那些银子：收多少交多少，就算完事了！

许统领明白了，急忙跪下：老爷，职等愿意受罚。

那金故意不说话，半晌：虽然老爷想重重惩罚你，不过，你跟老爷鞍前马后也好多年了，你弄几个小钱也不容易；要是开除你军籍吧，这些年出生入死，你没有功劳还有苦劳，一家老小还指望你这点儿粮饷过日子——

许统领磕头连连。

那金：算了，暂不处罚你了。不过，那些不法洋商……可不能如此轻轻放过！你把此案呈报上来，老爷要隆重开堂，认真审理！

许统领心领神会：老爷，职等一定迅速将人犯潘启明捉拿归案，连同呈文一起迅速上报粤海关衙门！

那金笑了。

▩ 同文商行后院　外/内　日

今天，同文行请来了目前在广州城所有的洋人。马斯顿、萨瑞、萨丽、东印度公司一些大班，等等。

院子里装潢得很有苏州园林的味道。在这个苏州园林味道十足的地方，正在上演一个很有西方特色的酒会。一些地方摆放着小桌子，上面有些吃食。可以随意拿取。

喜妹的爷爷在操琴，琴声优雅。

香烟缭绕。

有两处工夫茶摊位，最是吸引人。阿娇一处，喜妹一处。她们泡着工夫茶，讲着茶经茶道……特别是她们穿的丝绸衣服，更是引人注目。一些洋人，想近看，又不好意思，远看，又看不清楚。

散乱的洋人们逐渐被吸引，向音乐茶座集中。

萨丽听曲子，已经听得如痴如醉。

一曲终了，萨丽还在浸沉着。

萨瑞：萨丽，你怎么了？（英语，中文字幕）

萨丽突然激动地：太美妙了，中国太神奇了，简直赛过我们瑞典的宫廷音乐，潘，我要问，这首乐曲叫什么名字？

潘启明：高山流水。

萨丽：高山流水，高山流水，刚才弹奏的时候，我确实看到了巍巍葱葱的高山，还有瀑布和蜿蜒的溪流，弹，再接着弹。

潘启明高兴地望着爷爷。

爷爷：她说什么？

潘启明：她说，曲子很美妙，您弹得非常好，赛过他们瑞典皇宫里的音乐。

爷爷也兴奋地：我还以为他们听不懂曲子呢。

潘启明：音乐虽说不是文字，全世界的人都会听得懂。

萨瑞：潘，我要的丝绸没办好不要紧，我愿意陪我妹妹在你们中国多度过这些美好时光。

萨丽突然拥抱亲吻萨瑞：哥哥，你真好。

萨丽的行动让阿娇和喜妹都惊异……

萨丽：潘，是你带给我这样美好的境界和享受。转身又要拥抱启明。

潘启明巧妙地躲闪了。

喜妹和阿娇痴痴地望着。

潘启明：爷爷，萨丽小姐是瑞典王国的皇室家族的人员，她对你弹的乐曲如醉如痴，她很想再听一首。

爷爷两眼闪光：她想听什么？

喜妹乜了阿娇一眼：启明哥，她想听什么？
潘启明想着。
喜妹等不及地：爷爷，我来弹。
爷爷起身。
潘启明：爷爷，您请喝茶。
喜妹带有赌气地想了想，弹起雨打芭蕉的旋律……
阿娇向萨丽敬茶：您请——
萨丽嘘了下，示意阿娇不要打搅。
喜妹看在眼里，弹得更是兴奋……

■ 同文商行　外/内　日

鲁青山和吴潮鸣来到门外，发现有很多人围绕在大门口。
他们分开众人，走进了来。
吴潮鸣：这样做生意，倒是新鲜！
鲁青山：明仔是一个很善于独出心裁的人。

■ 院内

喜妹认真地弹奏着，已入佳境。
鸟儿在树枝上跟着叫。
吴老板信步来到旁边窥听。
雨打芭蕉曲终。
喜妹起身鞠躬：弹得不好，请原谅。
众鼓起掌来。
萨丽：她说的是什么，大家鼓掌？（英语，中文字幕）
潘启明：喜妹说，弹得不好，请原谅。（英语，中文字幕）
萨丽：喏——喏，她说得不对，弹得好，很好。（英语，中文字幕）
潘启明：这是我们中国人谦虚方式。（英语，中文字幕）
萨丽还是摇头：我不同意这种谦虚方式，应该骄傲，应该自豪。（英语，中文字幕）
喜妹：启明哥，她说什么？
潘启明：她说你弹得很好，值得骄傲。
喜妹：启明哥，你认为呢？
潘启明矜持地：不错吧。

喜妹情绪地：你能说不错，就算不错了。

贵叔乘机招呼中国商人们到前厅喝茶。

吴老板微笑地站在哪里注视着启明。

萨丽：潘，难道你们中国人都会弹奏这种音乐？（英语，中文字幕）

潘启明：不是的。（英语，中文字幕）

萨丽：潘，你会不会？（英语，中文字幕）

潘启明微微摇头：我不会，对不起，让你失望了。（英语，中文字幕）

萨丽：喏——我不失望，你们中国太有魅力了，潘，我要学习研究你们中国，我要请你做我的中文老师。（英语，中文字幕）

潘启明：这——（英语，中文字幕）

萨丽：你不同意，为什么你不同意？（英语，中文字幕）

潘启明为难地望着萨瑞。

萨瑞：只要我妹妹愉快，我都支持，潘，为了我们的生意，为了我们的友谊，请你支持我，答应我妹妹。（英语，中文字幕）

潘启明望阿娇和喜妹。

阿娇和喜妹都有些紧张地望望萨丽，望望启明。

喜妹：启明哥，她要干什么？

潘启明：她要我答应她，她哥哥萨瑞也在说服我。

喜妹和阿娇都慌了：这——这怎么能答应呢，她是个洋女人！

潘启明发现两人都理解错了，忙补上：是让我答应教她中文。

喜妹和阿娇这才偷嘘一口凉气。

喜妹：咱们是开商行，做生意，不是开学馆，教三字经。

潘启明对萨瑞：萨瑞，这件事情，请允许我们以后再商量。现在，朋友们已经到齐了，我们的正经事情也该开场了。

萨瑞：我同意。

潘启明先用中文后用英语：女士们，先生们，朋友们，我同文行今天把诸位朋友请来，没有别的事情，主要是向大家介绍我们中国著名的丝绸。现在，先请大家看看我们用丝绸做成的服装！

众人一起鼓掌……

潘启明拍拍手，爷爷再一次操琴，随着音乐声，潘启明请来的那一群红船子弟，穿着丝绸做成的服装，袅袅婷婷地出场了。

优美的身材，美丽的服装，很煽情地展示了中国丝绸的靓丽！

所有的洋人朋友们无不感觉到叹为观止。

这可以看作是中国有史以来第一次模特活动，也可以看作是中国有史以来第一次广告推销会议。当然，很多地方都与现代的模特广告推销活动不一样。比方说，没有T型台，她们这些模特是在大伙中间随意走动的，她们都捧着香茶，到处向宾客致意敬茶……

吴先生忍不住朝鲁青山赞叹：请来这些人还真不简单。

喜妹在一边自豪地插话：都是我启明哥亲自教会的。有的看着模样好，其实可笨了。

吴先生和鲁青山对笑。

■ 路上

许统领率领一队清兵，急速前进。

■ 同文行

潘启明的广告招商正在如火如荼进行着。

每一个美女身旁都围绕好多洋人，他们被这种丝绸展示效果弄得目瞪口呆，无比惊诧。

吴老板对身旁的鲁青山：这点子，想绝了！

鲁青山半天才回过神来：明仔，是个经商天才。你的丝绸，吴兄，可要大发行市了！你这个合伙人，选得太准确英明了，恭喜你，吴兄！

洋人们开始尾追潘启明。他们一片要求订货的声音：

潘，我们要这种，还有这种，还有这种……

潘，我要这些……全部……

潘启明：慢慢来，都会有的！

这时候，人们才注意到，已经准备好了两个登记桌子，账房先生们坐在桌子后面，已经做好了记账的准备。

洋人们一拥而上，围住了账房先生们。

这时候，潘启明才注意到吴潮鸣和鲁青山，赶过来施礼。

吴老板很高兴：这几天，我就有些嘀咕，不停地往这里运送丝绸，万一……

鲁青山哈哈大笑：其实，你没有嘀咕，我在嘀咕，你这是说我呢！

吴老板：没有美妙的女子，就没有丝绸的美妙。没有优美的音乐，也就没有女人的韵味。中国园林、工夫茶、古筝、美妙的女子，一起来烘托中国丝绸……启明，绝了！

鲁青山：明仔，你帮我也搞一场这样的茶会！

潘启明：东家，再搞丝绸的意思就不大了。我这里有一套想法，主要是介绍我们的瓷器的，你要想做的话，改天，我说给你听听。

鲁青山：不好，你的现成想法，我不好占用。

吴老板从旁建议：你们可以合在一起做一次嘛！

鲁青山：好，我们合在一起做！

这时候，许统领的清兵冲进来了。

■ 同文行外面

清军迅速包围起来。

许统领带一些人冲进门来：统统站好，不许动。潘启明，过来！

所有的人都愣住了。那几个红船子弟有些惊慌，四处躲藏，很快被清军士兵控制住了。

潘启明走到许统领跟前：大人，这是干什么？

许统领：奉粤海关命令，捉拿不法奸商潘启明！

许统领一挥手，士兵们拥上去，捉拿了潘启明。

萨瑞赶过来：我抗议，我们正在商定购买他的东西，你破坏了我们的正常经营。

萨丽：没有看到你出示什么命令啊？不能随便逮捕平民的！

许统领：有话，到粤海关去说！

鲁青山：许统领，许大人，不是说不再惊动粤海关了吗？

许统领一翻眼珠，愤愤然地：看哪个小舅子想惊动那大人！

吴老板：大人，可知道是谁惊动了那大人？

许统领：小舅子知道！

潘启明：大人，能否容许片刻，让商民安排一下家里的事情。

许统领：石狮子的屁股，没门儿！说着命令士兵：撤！

■ 那金粤海关大堂

那金：潘启明，你可知罪？

潘启明：回大人，商民不知罪！

那金：大胆！

潘启明：回大人，商民确实不知身犯何罪？

那金看看许统领：这小子装傻瓜，你告诉他！

许统领：回大人，小人禀帖上写得明白，查洋商潘启明，勾结洋人苏诺，贩运茶叶八担，偷税漏税事实，呈请粤海关处置。

那金：潘启明你听明白了吗？

潘启明：回老爷，既然说商民勾结南洋人苏诺，请问，苏诺在哪里，请来当堂对证，不然，商民不服。

那金问许统领：那个苏诺呢？

许统领：回大人，已经带商船回去南洋。

那金呵斥潘启明：已经走了，莫非要老爷替你到南洋捉拿？

潘启明：请问老爷，苏诺船上既然有偷税漏税的茶叶，何以能够将大船驶出海关？若有货物偷税漏税，海关怎能放行？

那金：许统领？

许统领：回大人，放行之时，苏诺偷税漏税的货物，已经将所有税项补交清楚。

那金：潘启明。虽然已经补缴，偷漏仍然是实，莫怪老爷罚你！

潘启明：老爷，海关规矩，洋人报税自行处理，若生错误，处理当事人。海关从来没有规定我们洋商替代洋人办理纳税事宜，也从来没有我们洋商包揽税收之事。而今因为苏诺失误，来处罚我同文行，潘启明不服。

那金语塞。

许统领：是你当时替那苏诺包揽一切。

那金：哈哈，那里当过了英雄，这里还想当狗熊，没门！

潘启明：说我替洋人强行出头，请问，何人为证？

许统领：若说你不服罪，为何写下认罪悔过书信！

潘启明：奇怪，我没有罪，谈何认罪，我没有过，说什么悔过？

那金悄悄取出文件里的悔过书：你真的没有写下认罪悔过书信？

潘启明：没有！

那金：你倒是嘴硬，看来，不给你些厉害，你是死不认账了，我说来呀——

潘启明：老爷且慢，只要老爷拿出小人的认罪悔过书信，小人认打认罚，绝不讨价还价！

那金把手中的认罪悔过书信抛给潘启明：睁开眼看仔细了！

潘启明取过认罪悔过书信，不由地愣住了。

■ 吴潮鸣的府第

很多洋人带着翻译围着这里，要求购买丝绸。

吴老板：对不起诸位，敝行丝绸确实很多，但是，不能卖给你们。

翻译：我们愿意高价购买。

吴老板：谢谢，不论多高的价钱，也不能卖给你们。诸位需要丝绸，请到同文行购买。

翻译：同文行老板吃官司了，铺门被封了。

吴老板：那就等着老板回来，重开铺门！

■ 那金大堂

潘启明：回老爷，这不是商民笔迹，如若不信，请老爷当堂验过笔迹！

那金一下子愣住了。

许统领大急：胡说，分明是你的东西！

潘启明：商民何时给您的这认罪悔过书信？大人何时曾经让商民当堂具结画押？

那金知道事情复杂：潘启明，不论怎说，这件事情，你脱不了干系。来呀，且将潘启明押监，容老爷再作处决！

衙役上来把潘启明押了下去。

那金看了许统领一眼。许统领急忙跪下。

那金：小子，你上当了！

许统领：小人糊涂。

那金：仔细想想，你掉到谁的坑里了？

许统领：老爷，小的可能上了鲁子义的当了。

那金盘算半天，笑了：鲁家，很发财呀……抓紧时间，给我回话！

■ 广利行

马斯顿正和鲁子义谈生意。

荣翻译：鲁少老板，大班最大的需要，也是唯一的需要，就是丝绸！

马斯顿连连点头，用生硬的中国话：丝绸，丝绸！

鲁子义：你们不是在同文行签订了供货合同吗？

荣翻译：潘启明不能兑现合同了，他蹲监狱了。

鲁子义：做生意，不能目光短浅。会几手花拳绣腿，就能保证赚钱发财？只有和我们这样的老字号合作，才能保证顺风顺水。请把这话告诉那斯顿先生。

荣翻译：鲁老板说，应该和他这样的老字号合作，才能保证发财。潘启明是不保险的。

马斯顿：告诉他，我需要丝绸。

荣翻译：大班说，你保险，你就应该有丝绸供货。

鲁子义：只要他保证今后只跟我合作，保证提交的保证金不少于给同文行的，我就可以向他提供丝绸。

荣翻译：这个恐怕不成，马斯顿大班和潘启明是朋友。

鲁子义：你告诉他，潘启明可能要在监狱很长时间。甚至可能被吊销洋商经营执照。

荣翻译：据我所知，目前只有吴老板那里有丝绸供应，但是，吴老板只供应同文行，你能保证吴老板向你广利行供货吗？

鲁子义：我相信，我能说服吴老板，取代潘启明。

荣翻译朝马斯顿：他要大班保证今后只跟他一家合作。

马斯顿：我喜欢潘启明。

荣翻译：他说，潘启明要长时间蹲监狱，甚至不能再做洋商。他能在吴老板那里取代潘启明。

马斯顿开始思考。

小伙计过来，在鲁子义耳边低语。

■ 小茶楼

许统领一脸怒气。

鲁子义匆匆赶过来：大哥！

许统领：哼，幸亏粤海关大人宽宏大量，不然，老子的饭碗就砸你手里了！

鲁子义：小弟一心帮衬大哥，大哥说这话，我就摸不着头脑了。

许统领：不知道是谁坏事，潘启明的事情，粤海关那大人知道了，非要重新审理不可。哪里知道，潘启明根本不认账。闹到后来，嗨，那认罪悔过书信……

鲁子义：如何了？

许统领：你说！问你呢！

鲁子义不讲话了，他已经明白，自己的把戏，不灵了。他沉思少顷，抬起头来：许大哥，什么意思，明说吧！

许统领：我什么意思都没有，就看那大人什么意思了。

鲁子义：潘启明的案子，还能追下去吗？

许统领摇头。

鲁子义干脆，以其人之道，还治其人：许大哥，我看，只有给那大人说清楚了。咱哥俩，听天由命了。

许统领有些发毛：这样不好吧？再说了，你说我和你联合整治潘启明，我凭什么呢？潘启明没有抢我心爱的女人，你告诉我他们茶叶没有上税，我哪里知道是你捣的鬼？你要真的破罐子破摔，我还就真没有办法了。

鲁子义：如果许大哥没有办法了，我还能做什么？我可是有一点办法也不想走到这一步啊！

许统领退步：算了，那大人那里，咱们哥儿俩联合摆平。

鲁子义：小弟没有钱了。

许统领：啊，你没有钱了？那大人相信？你自己也不相信吧！

鲁子义：实不相瞒，小弟帮助大哥做这件事情，并非家父的意思。这一阵子，为了这个事情，小弟一点儿私房钱，都砸到里面了。

许统领：如果说没有钱，那大人那里，龙王爷也说不过去。再说，在这块地盘上，你的名字，就是白花花的银子。你到谁那里，说你需要接几个钱，人家会不给你？你想拖着我，是不是？许统领说着，气愤地站起来，作势要走人。

鲁子义急忙拦住：大哥，我也是一时头晕罢了，好，我想想办法……

▩ 那金后院

那青正在和父亲求情：阿玛，我说让你放过潘启明，我怎听说，你反而把人家关起来了？

那金：关起来，是为了放出去！

那青：这是什么歪道理。

那金：宝贝女儿，你想想，不给明白结案，总有一天是个麻烦。我给他好好地说说，清清楚楚处分了，永远没有麻烦。

那青将信将疑。

许统领报进。

那青退回内室去。

那金对许统领：事情如何了？

许统领：鲁子义答应摆平，我让他两天之内——这个数——说着，做了一个手势给那金看。

那金哈哈大笑。

▩ 陈徽州处

陈徽州送鲁子义出门。鲁子义把一张银票塞进兜里，回头对陈徽州施礼：多谢了！

陈徽州：鲁少东家，不要客气，以后再用银子，只管来这里。

鲁子义：家父那里，还望……

陈徽州：放心，不会有丝毫泄密。

▩ 粤海关门前

潘启明又一次出来了，这一次，可是盛况空前，很多商人，很多洋人都来迎接他。

当然，他们都是找潘启明做生意的，他们都想要丝绸。

鲁子义也在欢迎的人群中，他内心十分痛苦，但是也强作笑脸。

人群中，萨丽显然别有心思，他瞅了一个空，走到喜妹跟前，悄悄拉她一把。

喜妹看萨丽有事情，悄悄跟她来到一边。

人们兴高采烈地围绕潘启明，潘启明应接不暇：谢谢大家，关于丝绸，只要跟同文行有合同的，一定保证供应，一定保证供应。

▩ 书房里　内　夜

鲁老板、吴先生、启明还在畅谈着。

潘启明：今日见到吴叔叔，明仔打心眼里高兴，一肚子的话想给前辈说。

吴先生：说吧，咱们三人，今晚来个彻夜长谈，又有何妨？

鲁老板高兴地：好，咱们就来个彻夜长谈。

鲁子义阴沉着脸走进来：吴叔叔。

吴先生：子义呀，来，怎么，你好像有些不高兴？

鲁子义：忙了一天，有些累，再说，侄儿现在学做生意，经验浅薄，忙活了一阵子，没做出一点成绩来，在吴叔叔面前觉得有些丢脸，可又难得吴叔叔到家里来，侄儿愿多听吴叔叔教诲。

吴先生喜悦地：好，子义，吴叔叔说你大有长进，知道自己的不足之处，又有进取之心，好，你不高兴，叔叔高兴，自知之明，人贵在有自知之明，说着容易，做起来难哪。

鲁老板：子义，坐下吧，好好听，听听也好，明仔，你接着说吧。

明仔：晚辈有一个大胆的想法，请两位前辈指教。说着，又朝吴先生投去征询的目光。

吴先生：明仔，吴叔叔还就想知道你怎么想，怎么干。

明仔：这一次，我在海关几天，立刻出现丝绸大战，争相提价。为这个事情，我想来想去，想了很多——给两位前辈说说。

两位老人连连点头。

潘启明：现在，专做洋人生意的商行，有将近二十家，另外还有一些散商各行各自为政，信息不通不畅，有时候洋人急着要货和商行手里掌握的货一时接不上头，耽误商机，如果货多重复撞车，不但会形成积压也容易被洋人钻空子，乘机压价，给商家带来损失。

鲁老板：没错，一直有这回事。

吴先生有些急切地：接着说下去。

明仔更有激情地：再说海关，忙也好，查也好，都是为了收税银。不少洋人是第一次来中国做生意，摸不清咱们海关的规矩和程序，再加上语言不通畅，有时候也会走弯路，吃亏，洋人是和咱们做生意，也可以说是我们的伙伴和朋友，洋人吃了亏，对我们也会不利，说不定，会把怨气和损失拿在咱们头上出气和打小算盘。咱们也等于受了连累。那些大人，表面上讨厌商人，看不起洋人，心里头爱钱。洋人呢，看不透他们的心思，有钱不知道往哪里使用。干脆，咱们大家联名上折，请求来个包税的办法，也就是说，哪个行做的生意，这个行也包下洋人出关的税银……

鲁子义：交两份？傻瓜才会干！

鲁老板厉声地：你别插话。明仔，我已经听明白了，说得好，接着说。

潘启明：出关的税银从洋人的银子里头按照比例折扣，由我们和海关打交道代缴，洋人少了麻烦，肯定会乐意，海关那头，不烦神，只管收银子上交皇上，海关又何乐而不为呢？

吴先生：我们一家两家，肯定不行，我在等着听你的下文。

明仔憨厚地笑：不怕长辈见笑，我想各商行连起手来，成立个行会什么的，也许就好了。等于大家有了一个大家庭——姑且就叫个洋商行会吧！在这个行会里，大家多通信息，互通有无，在价格上，大家心中都有个底数，这样和洋人做起生意来，可以说是胸有成竹。和官府交涉起来，也能抱成一团，共同进退。

吴先生：有道理，主意是好，对官家，对行家，对洋人都有利，不过——这事海关可做不了主，巡抚大人也做不了主，恐怕还要惊动皇上。

潘启明也吃了一惊：呵——还要惊动皇上？晚辈狂妄了。

鲁子义：小小的一个做生意的商行，还想惊动皇上，是太狂妄了。

吴先生：不，咱们虽是一个小小商家，也是皇上的子民，做生意交税银，也是为皇上尽忠，哪个皇上都会为国富民强而荣耀，这是利国利商的好事，可以试一试。

▩ 鲁老太太房里　内　夜

阿娇在为老太太洗脚捏脚。

阿娇：奶奶，要不要再添点热水？

鲁老太太舒服地合着双眼：不用了。

阿娇又继续为老太太搓揉脚趾。

鲁老太太半躺着，享受着，泪珠却悄悄地滚出来。

阿娇：奶奶，这儿疼不疼？

鲁老太太没有答话。

阿娇抬头发现老太太脸颊的泪珠：奶奶，您怎么啦，是我捏疼了吧？

鲁老太太竟呜咽起来：阿娇，我疼，我是疼死你啦。

阿娇：奶奶，奶奶……

鲁老太太：眼看着明仔长进快，你出嫁的日子也快呀，奶奶是舍不得呀！

阿娇：奶奶，出嫁还早呢，明仔说，要先把同文行办出个样儿来，再……

▩ 书房里　内　夜

鲁老板：这事越谈越有趣。我看，咱们就趁热打铁，先列它几款出来，这折子——鲁老板在书桌上翻找着，发现一个帖子。

吴先生：这折子我来递。

鲁老板：好，折子由你递，更有希望。翻开手中帖子一看，立时兴奋地：令妹做寿的喜帖，好，又是个喜事，子义，这帖子啥时候接到的？

鲁子义：下午巡抚府差役送来，我就放在您桌上，吃饭的时候忙，没顾上跟你说。

鲁老板：吴老弟，令妹做寿，鲁家可得好好尽心。

吴先生：鲁兄，不是那回事。

鲁老板：怎么？

吴先生矜持地：本来，我妹妹是不当回事的，可巡抚大人非要大办，而且帖子发的全是贸易商家，明说吧，就是为了收礼，收银子。

吴先生的坦荡让大家都面面相觑……

吴先生苦笑，品了一口茶：我心中明白，商家们接到帖子，都在心里打鼓，不去不好，不送银子不好，送多了心疼，送少了心里不安宁，给你们透个底吧，就是收了银子，我妹妹也不能用，杨大人也不打算留，顶多给我妹妹挑两件首饰就不错了。

鲁老板：这是为什么？

吴先生：京城中堂大人要做寿。

鲁老板恍然大悟：噢——

吴先生：中堂大人收银子讨好皇上，每年，杨大人光应酬京城里的事，也够伤脑筋的啦。

鲁老板：是呵，是呵，就是大家把这帖子一接，恐怕都在犯难，首先这数目就不好统一，你想我出三百也许就够了，那不知另一家出了五百，你担心别人出五百，我出六百吧，还有人担心你出八百呢……

潘启明：不错，这事情历来是个难题，要是有了商行行会，大家一商议，数目都一样，再一起送上去——

鲁老板：妙，这办法妙。看个日子，咱们拜访那大人——

潘启明和吴老板一起点头。

▩ 哥德堡号

萨丽带着喜妹上船了，喜妹第一次上洋船，感到处处新奇，东张西望。

她们来到萨丽的卧室，萨丽指点喜妹看她的图画作品。

喜妹比画：这些都是你自己画的？

萨丽是自己画的。她学习中国人的样子，作揖，好像求喜妹帮助她做一件事情。

喜妹边说边比画：你想让我帮助你？

萨丽连连点头。

喜妹：你想让我做什么事情呢？

萨丽显然早有准备，取出来一幅画，让喜妹看。

喜妹看到图画上是同文行，萨丽住在同文行里。喜妹着急了，她以为萨丽想嫁给潘启明，让她做媒人呢：不行，这个事情不行。

萨丽看她很坚决地摇头，急忙又取出来一幅图画。

喜妹看到这幅图画上是萨丽跟她喜妹学弹琴，和泡工夫茶，释然。不由地点头。

萨丽高兴地和喜妹拥抱。

喜妹连说加比画：这要和你的哥哥说明吧！

萨丽急忙摇头，做出偷偷跑掉的样子。

喜妹有些犹豫。

萨丽一再作揖恳求，并表示可以教喜妹说洋话。喜妹终于点头了。

萨丽急忙取出来一只箱子，示意喜妹悄悄替她带走。

喜妹表示明白。

■ 同文行

阿娇来到，阿黄急忙招呼。

阿娇：你们忙你们的。

阿娇像来到自己的家一样，放下手中的食盒，立刻忙起来，东收拾，西拾掇，满眼都是活儿。

■ 哥德堡号

萨瑞在甲板上指挥人们工作，看到萨丽陪着喜妹出来了。喜妹提着一个手提箱。萨瑞问妹妹：你去哪里？

萨丽：我哪里也不去，我送客人。

萨瑞：这箱子……

萨丽：我送喜妹的礼物。

萨瑞表示理解，恭敬地向喜妹表示送客。

萨丽也向喜妹表示再见。

喜妹心情放松了，道了再见，走去。

■ 同文行

正在繁忙的阿娇一眼看到喜妹：喜妹！

喜妹蓦然看到阿娇，似乎有些紧张，脸上的表情很不自然：阿娇姐姐，你——

阿娇：喜妹，你的脸怎么这样红？

喜妹：我的脸红？不，我没有脸红。说着，就慌慌张张往自己房子跑过去。

阿娇不放心，也跟着走到了喜妹房子。

喜妹试图阻拦，但是，又不好意思，阿娇想去接她手中的箱子，喜妹更加慌乱：不，不，我自己来。

阿娇：喜妹，你好像不对呀？

喜妹：我没有什么不对啊！

阿娇：不对——

喜妹：没什么不对！

阿娇：不对，你好像生病了！

喜妹：我没有病。说着，要把箱子藏起来。

阿娇这才注意到箱子：喜妹，你肯定有事情瞒着姐姐。你这箱子，哪里来的？好像是洋人的东西，你总不会是……

喜妹心直口快：不要乱说啊，我可不会偷人家洋人的东西。这是人家藏、藏……不是，人家送我的东西！

阿娇好奇心动了：送你的？谁送的，男的女的？什么东西？妹妹，洋男人的东西，咱们女子可是不能收的啊！肯定是洋男人的东西，妹妹你很慌乱呢！

喜妹急忙声明：阿娇姐姐，我告诉你，绝对不是什么洋男人的东西，我才不稀罕什么洋男人呢。这是女人的东西。

阿娇疑惑地：女人的？

喜妹连连点头。

阿娇一点也不相信，不高兴了，担心了，默默回头走去。

喜妹看着她离去的背影，知道她不相信，咬咬牙：回来！

阿娇回头，忠厚地：妹妹，我担心你啊！

喜妹：我告诉你吧，是萨丽的东西。

阿娇：萨丽的？不好，咱怎好意思收人家这样多东西呢？咱可不能占人家的便宜，让人家看不起。这样，姐姐给你多多准备一些东西，当作你的礼物送还她吧。

喜妹为阿娇的忠厚和关心感动了：好姐姐，我不忍心瞒住你了。这些都是萨丽自己使用的东西。她不想跟着哥哥回去了。她要偷偷留下来，在咱们这里住一年，学习说中国话，学习抚琴。妹子被她恳求得心软了，答应了。

阿娇愣了，这个事情不是小事情，她心里明白：你，答应了？

喜妹点头：喜妹知道这是大事情。

阿娇愣了半晌：既然已经答应了，那就……把箱子交给我吧。

喜妹：姐姐，我自己的事情，我自己承担。

阿娇不好意思说喜妹作为一个下人承担不起，很委婉地：妹妹，咱姐妹俩承担。

阿娇说着，顺手找了一块印花布，把箱子包装了起来，提着，走出门去。

喜妹在背后小声地：阿娇姐姐，对不起了！

▩ 粤海关

吴老板、鲁青山、潘启明等候接见。

▩ 鲁家

阿娇带着小箱子，恰巧遇到了鲁子义。

鲁子义拦住：让我看看，什么东西？

阿娇不让他看：人家送我的东西！

鲁子义：是不是潘启明送的，我一定要看看。

阿娇；不是，是那个洋女人，萨丽送的。

鲁子义：我不信，我要看看。

阿娇：你看看箱子——说着，拉开花布包袱一角——看看是不是西洋女人用的东西，女人的东西，也想看，真是的！

鲁子义不禁喃喃：西洋女人萨丽——发现阿娇已经走了——这个西洋女人，咋回事？

第十三集

粤海关

那金接见潘启明等一行三人。那金看过了他们上的折子：哼哼，成立洋商行会——这是谁的主意？你？

鲁青山：我们集体商议的结果。

那金眼珠转悠。

潘启明：老爷，我等以为，这是替老爷省心的绝妙好主意。老爷不喜欢洋人，那些洋人，也不懂咱们的规矩。我们洋商受老爷恩惠很多，愿意替老爷解忧。

那金笑了：小伙子，会说话。

潘启明：老爷，在下说的都是真心话。

那金问吴潮鸣：吴老板，你说呢？

吴老板哈哈一笑：不许潮鸣多嘴，那老爷英明过人，自然心中有数。

那金：我想知道巡抚大人的想法。

吴老板：此乃粤海关的职权所辖，我等不敢乱来。

那金咳嗽一声：按说，你们是替我大清国着想，是大好事。不过呢，如此大事好事，我怎敢贪天之功据为己有？依老爷我看，你们不如先呈巡抚大人过目。如果巡抚大人直接上报朝廷，那就更好了。如果巡抚大人批给下官呢，下官也就敢放开手脚了。诸位说是不是？

三个人对视一眼，一起站起来施礼。

同文行　外/内　日

木工老板带着木工扛来一只木箱。

木工老板：潘老板，请您过目。

潘启明仔细地看着外观，量着尺寸，然后打开箱盖。

木工老板：潘老板，合不合用？

潘启明：我自己定的尺寸，当然会合用，外观还算可以。等洋人来了，就可以定下来。

木工老板：洋人啥时候来？

潘启明：说好的，马上就会到。

果然，萨瑞和萨丽进来了，萨瑞手里提着一个精致的盒子。

萨丽今天穿得非常漂亮，也很精神。先向潘启明行了一个庄重的瑞典宫廷礼节：潘老师，您好！（英语，中文字幕）

潘启明也忍不住按西方礼节还礼：尊敬的萨丽小姐，请问，怎么突然改变了称呼？（英语，中文字幕）

萨瑞哈哈笑：我妹妹说，要跟您学习汉语，所以，尊您为老师。

潘启明：唔，原来是这样？不敢不敢！

萨瑞的注意力已经在木箱上，他仔细地看了看：潘，这就是你说的专用茶箱？（英语，中文字幕）

潘启明：是，还有专用丝绸箱。（英语，中文字幕）

萨瑞：你的创意很好，船舱会整整齐齐地摆放，不会摆动。（英语，中文字幕）

潘启明朝木工老板：搬到后院。

木工把箱子搬到院子里。

潘启明又打开箱盖：阿黄，灌水。

阿黄应声往箱子里倒水。

喜妹：明明是茶箱，怎么装起水来了？

潘启明：萨瑞你看，没水漏出来。（英语，中文字幕）

萨瑞：很好。（英语，中文字幕）

木工老板：潘老板，您这是……

潘启明：箱子里装的是茶叶，要漂洋几个月，海上水气、湿气重，密封不好，茶叶就会受潮，明白了吗？

木工老板：怪不得你要求那么高。

潘启明：萨瑞，可以决定了吗？

萨瑞：当然可以。

潘启明朝木工老板：按此标准，立即加工五百只。

木工老板：我的天哪，价钱是好，可我——你说的日期，我赶不出来呀。

潘启明：那你，就把附近的木工作坊都动员起来，你做监工，钱不就是你赚了吗？

木工老板：潘老板，你在让我发财呀。

潘启明：质量要求不过关，跟样品不一样，我可要找你的麻烦啫。

木工老板：放心，一定保证。

潘启明：到柜上拿定银吧。

木工老板：谢潘老板，谢了。喜颠颠地去了。

潘启明：萨瑞，到亭子里喝茶。

■ 粤海关

那青：阿玛，他们成立洋商行会，不是很好吗？

那金：哼，你懂什么？

那青：我看，你是把一件大功劳，一个做好人的机会，白白送给了杨巡抚。

那金：孩子，让杨巡抚发脾气去吧！

那青愣住了。

那金进一步开导：成立行会，怎么，想抱成团对抗官府？告诉你，皇上最忌讳的就是这一出！不知道厉害！

■ 同文行后院凉亭　外　日

萨瑞打开盒子，一个晶莹闪亮，还有一个小人报时的自鸣钟让众人惊奇不已……

阿黄：哇——这是什么宝物哇？

潘启明：阿黄问这是什么宝物？（英语，中文字幕）

萨瑞：这是会自动报时的自鸣钟。（英语，中文字幕）

潘启明告诉阿黄：这是会自动报时的自鸣钟。

萨瑞又补充：这是我们瑞典皇家用的摆设品。（英语，中文字幕）

潘启明：这是他们瑞典皇家的摆设品。

阿黄：我们大清皇宫里有没有？

萨瑞：他说的什么？（英语，中文字幕）

潘启明：他问的是，我们中国的大清皇宫里有没有这种宝贝？（英语，中文字幕）

萨瑞：据我和英国的朋友谈过，至少目前还没有，或者极少，但不会比这件更精致。（英语，中文字幕）

一旁的喜妹一直全神贯注地听着他们对话。

潘启明：你把这么贵重的宝贝带到这来，是想出售？

萨瑞：这是萨丽送给你的礼物。（英语，中文字幕）

潘启明大惊失色：呵——这绝对不可以，绝对不行。（英语，中文字幕）

萨瑞平静地：这是你应该得到的学费。（英语，中文字幕）

萨丽突然像中国人一样，朝启明向前一跪：老师，请接受学生对您的敬爱。（英语，中文字幕）

潘启明匆忙扶起萨丽：萨丽，你不能这样做。（英语，中文字幕）

萨丽：你把我扶起来了，说明，你已经答应了。（英语，中文字幕）

萨瑞：潘，萨丽正在学习你们中国的礼节，你已经亲自把她扶起来，就说明你已经接受了她的请求。（英语，中文字幕）

潘启明：当老师我已经答应了，这礼物太贵重了，我不能收。（英语，中文字幕）

萨瑞：你在反悔，这样不好，不是你做事的风格。（英语，中文字幕）

喜妹早就急了：启明哥，他俩到底怎么回事呵？

潘启明：萨丽坚决要把这自鸣钟送给我，作为拜师的礼物，这么贵重，怎么能收？！

喜妹明白了，心直口快地：送这么贵重的东西，说明她的心诚，既然他真心地送，你就实意地收呗。

萨瑞：潘，你要是坚决不收，说明你还没把我们当真正的朋友。（英语，中文字幕）

潘启明矜持半刻：萨瑞，这样吧，自鸣钟我留下，银子我要付。（英语，中文字幕）

萨瑞：这是你的权力，我们也可以不收。（英语，中文字幕）

潘启明：那就从货银中结算。（英语，中文字幕）

萨丽：老师，我和哥哥邀请你去我们的船上参观做客。（英语，中文字幕）

潘启明欣然地：这倒可以，我正要看看舱位。（英语，中文字幕）

萨瑞：潘，请——（英语，中文字幕）

萨丽：老师，请——还做了个邀请的姿势。（英语，中文字幕）

喜妹机灵地：启明哥，你们到哪去？

潘启明：到他们的船上看看舱位，怎么装货，好心中有数。你是不是也要过去？

喜妹：我已经去——不，我要去。

潘启明迟疑：你——

喜妹让人意外地向萨瑞行了个西式礼：萨丽小姐，请允许我陪启明哥一起去，让学生多听、多学洋文。

萨丽朝启明：她说什么？（英语，中文字幕）

潘启明：她说，他想陪我们一起去，让她多听、多学英文。（英语，中文字幕）

萨丽坦然地：她是我最好的朋友之一，很聪明，也很可爱，我乐意邀请。（英语，中文字幕）

喜妹等待着：怎么说？

潘启明：她说，乐意邀请。

喜妹：不对吧？

潘启明：怎么不对？

喜妹：你没说完，只说了最后的字。她用手比画着：前面的呢？

潘启明：说你很不错。

喜妹想了想：那说去就去，咱们走吧。

潘启明朝萨瑞兄妹：请——（英语，中文字幕）

喜妹嘴里学着启明：请——（英语，中文字幕）

四人出去凉亭。

潘启明：喜妹，其实你跟她拜师学洋文是胡闹。

喜妹：不是吧？

潘启明：她不懂中文，怎么教你洋文哪！

喜妹：我会听，我会想，我会琢磨。再说，你不正教她中文嘛！

潘启明无奈地咂嘴……

■ 广利行　内　日

马斯顿在不悦地质问鲁子义：你说潘启明不能出监狱了，要求我们退了潘启明的合同，结果，你许给我们的丝绸到现在还没有落实，我们的船已经等了很多时间，损失很大。（英语，中文字幕）

荣翻译：马斯顿先生说，他要的丝绸和生丝为什么还没有落实，他们的船等了很多时间，有不少损失。

鲁子义：荣买办，请您告诉马斯顿先生，他要的货本来没有问题的。

荣翻译：出了什么问题？

鲁子义：吴先生一直是我们广利行的大客户，每年的丝绸都是和我们广利行做，没想到被同文行截走，卖给了瑞典商人。

荣翻译：他们广利行本来为你准备一大批丝绸，可是被同文行先把丝绸要走了，卖给了瑞典商人。

马斯顿：不，他说他可以从吴老板那里取代潘启明的！

荣翻译：鲁老板，你忘记了，你说过，要在吴老板那里取代潘启明！

鲁子义有些尴尬：请你告诉马斯顿大班，我们广利行正在抓紧为他落实丝绸。

■ 茶楼　内　日

鲁老板正在和两位丝绸商人喝茶，看货。

鲁老板看完样品又坐下来。

两人把丝绸卷起，交给随身小伙计。

丝绸商甲：听您一锤定音。

丝绸商乙：鲁老板，您威信高，又是行家，等您一句话。

鲁老板慢悠悠地品了口茶：做生意，虽说是第一次，咱们早就是老熟人了，你们还算守信，货按时运来，和样品基本一致。这生意，咱们算是做成了，价钱，我们按约定的办。

丝绸商甲兴奋地一拍桌子：好，鲁老板做事果然名不虚传，这趟生意做得真痛快。

鲁老板：咱们生意人，讲的就是一个诚信，尔虞我诈，想点子让别人吃亏，那不是正经生意人做的事，做生意，谁都为了赚钱，不想赚钱做生意的人是脑袋瓜有毛病，诚信为本，有钱大家赚，才会——点着墙上的字：你们看，生意兴隆通四海，财源茂盛达三江。

丝绸商甲两眼发亮：说得好，听君一席话，真是胜读十年书，让我们俩茅塞顿开。

鲁老板平静地：过奖了，我只不过说说实话，心里话，要是大家都会这么做，那不就大家一起发财了吗？

丝绸商乙：说得是，是这个理，鲁老板，这批货的银子……盯着鲁老板的脸色看。

鲁老板爽朗地：老规矩，验货，交货，结银子。

两丝绸商人一齐起身施礼：鲁老板，我们服了。

▩ 广东巡抚杨大人府第　内/外　日

▩ 四姨太房里

四姨太正跟吴先生叙家常。

四姨太：哥，上次你给鲁家帮了这么大忙，他答谢你多少哇。

吴先生微笑着微微摇头。

四姨太：怎么，没给？

吴先生：给多少我都不会要的。

四姨太：是你不要？！你脑袋瓜有毛病呵。

吴先生淡淡地：小妹呀，还有比银子更珍贵的东西。

四姨太：比银子还珍贵，还有就是黄金珠宝啦。

吴先生悻悻地：看来一下给你说不清楚了，你认为商人都是唯利是图哇？！

四姨太：哥，你不就念了几年洋文吗？哪学来那么多弯弯绕哇，你说话真费劲！

杨大人摇摇摆摆走进来。

四姨太：老爷！忙起身：春儿，快沏茶。

春儿应声端上茶碗。

杨大人：潮鸣，最近你的生意怎么样？

吴先生：托大人的洪福，生意还算过得去。

杨大人：我想，也不会有人敢跟你过不去吧。

四姨太：老爷，这次办寿，我哥说，商家老板们可当回事了，都在商量着送大礼呢。

杨大人：我发帖子，给这些人的面子够大的啦，老四呵，这里面也有你的面子。

四姨太抿嘴笑。

吴先生：那是呵。

杨大人：潮鸣，你的那个折子，海关那金那里怎么说呵？

吴先生：他说，请您杨大人批示。他想让您落个面子。

杨大人：面子？哼哼，那金是个好东西？他是放我到炉口上烤火！

吴老板愣住了。

杨大人：皇上最忌讳这个。

吴老板急忙解释：巡抚大人，这事情确实对国家、对官府都有好处啊！

杨大人：咱们至亲，我不会让你没有面子的。慢慢来吧。

■ 六姨太房里

三姨太、五姨太、六姨太在叽叽喳喳。

三姨太：老爷给她做个寿，你们看她神的，好像老爷就喜欢她一个，是她脚小还是皮嫩哪。

六姨太：论长相，咱们哪一个都比她耐看，不就是嘴唇薄，说话甜嘛，会给老爷挠痒……

五姨太：我看老爷又进她房子，肯定是在商量收银子。

■ 广利行　外/内　日

鲁子义和满叔在和客商谈生意。

鲁老板走进来。

鲁子义：爹，您坐。

鲁老板：今天马斯顿来催货没有？

鲁子义：来了，又生气走了。

鲁老板：生什么气？

鲁子义：他说咱们耽误了他的船期，要到巡抚府告状。

鲁老板不解地：呵——我们跟他约定的货期还有两天哪。想了想：满叔，你马上去请马斯顿，算了，咱们一起去找马斯顿。

■ 瑞典商船哥德堡号上　外/内　日

甲板上，附近海面尽收眼底。

潘启明一时目测，一时用脚步在丈量船舱。

喜妹在一旁和萨丽挤眉弄眼。

■ 英国夷馆　外　日

常二喜和鲁老板站在门外。

常二喜：马斯顿根本没在夷馆，咋办？

鲁老板：难道他真的去了巡抚府？

■ 杨巡抚府　内/外　日

四姨太房里。

杨大人和吴先生还在商量着行会的事。

四姨太不服地：那金，连五品都算不上，处处跟我们作对，哼！

杨大人：哎，老四，话不能这么说，那金官不大，他管的事得报皇上，地面上的事当然是我说了算。

■ 哥德堡号上　内/外　日

萨瑞陪潘启明观看和比量货舱。

潘启明感叹地：你们的船真是太大了！（英语，中文字幕）

萨瑞：据说，你们前朝的郑和七下西洋，那船，那阵容，才叫震惊世界呢！（英语，中文字幕）

潘启明也有感慨：可是，我们的祖先发明了火和火药，你们西方首先造出了火枪和大炮，我们的鞭炮和烟火却用来玩。（英语，中文字幕）

喜妹在催促：启明哥，咱们看看后舱呵，哎，萨丽呢？

三人来到后舱。

一扇门开着，门口站着身穿宫廷贵族服装的萨丽。

潘启明看着萨丽刚换的装扮，不由有些发愣。

萨丽将手中的一束鲜花送到启明面前：尊敬的客人，亲爱的老师，萨丽衷心欢迎你的来访。说着行了个瑞典王室的宫廷礼节。（英语，中文字幕）

潘启明有些失措地：萨丽——（英语，中文字幕）

萨瑞：快收下鲜花呀。（英语，中文字幕）

潘启明接住花束。

萨丽大方地搀住启明，走进门内。

卧舱虽说不大，倒很精致，只是出人意料地摆着几只画架。

在同文行后院子里，众人品茶，喜妹在焚香操琴的画面。

珠江岸边，艇仔小舟荡漾，船头品茶，小吃的夜景。

喜妹大喜张望：这是谁画的？

萨瑞：当然是萨丽啦！（英语，中文字幕）

萨丽矜持地：潘老师，请指教。（英语，中文字幕）

潘启明诚挚地：萨丽小姐，我不懂美术、作画，单凭您用记忆就能描绘出这么生动的画面，启明我十分佩服！（英语，中文字幕）

萨丽兴奋地：您——我的老师，您对我的画，十分佩服？！（英语，中文字幕）

潘启明认真地点头：是的。（英语，中文字幕）

喜妹突然地：启明哥，你看。忙着把一幅还没画好的画板提到中央。

画面上是启明的头像，虽未完成，可两只眼睛的神态已经是栩栩如生了。

潘启明忍不住惊奇地望着萨丽：你真了不起。（英语，中文字幕）

萨瑞：萨丽自小喜爱绘画，这次来，对你们东方十分喜爱。回到船上就拼命作画。（英语，中文字幕）

潘启明的目光落在萨丽卧床上面的世界地图上，而且走上前，认真地观看。

（地图特写）

萨瑞指点着：潘，看，这里就是我们的瑞典王国，我们从这儿出发经过这里，沿着这条航程，好几个月，才来到你们广州。（英语，中文字幕）

萨丽：潘老师，您对这地图有兴趣？（英语，中文字幕）

潘启明：是，我应该知道一些国家的位置和航程。（英语，中文字幕）

萨丽亲切地：您可以坐到我的床上，认真地看。（英语，中文字幕）

潘启明礼貌地：小姐的床是不可以乱坐的。（英语，中文字幕）

萨丽：你们的礼节很有道理。说着，摘下地图。是送给你的，您可以带回去，仔细地看。（英语，中文字幕）

潘启明：这——恐怕不好，这地图很贵重。（英语，中文字幕）

萨瑞：潘，这是我妹妹临摹的复制品，我的房间还有一幅呢。这一张，萨丽已经送给你了。（英语，中文字幕）

潘启明坦诚地：这张地图我接受了，萨丽小姐，启明深表感谢。（英语，中文字幕）

萨丽又俏皮地回礼：潘老师，自己人了，不用客气。（英语，中文字幕）

喜妹：启明哥，时间不早了，咱们在哪吃饭哪？

潘启明白了她一眼：饿了？

喜妹：跑来跑去，早饿了。

萨瑞：潘，她是说，饿了？（生硬的中文）

潘启明微笑：她是说饿了。

萨瑞：已经准备了，我们瑞典的名菜。

喜妹：启明哥，他说什么？

潘启明：已经准备了瑞典菜。

喜妹机灵地：你没说完，你是我的洋文老师，老是砍头去尾地，我啥时候才能学好洋文哪！

潘启明若有所思地又注视喜妹一眼。

■ 刘长兴饭庄　内　日

吴先生、鲁老板、荣翻译、马斯顿，还有鲁子义和常二喜正在吃饭喝酒。

马斯顿已是满面红光，英文中夹着生硬的中国话：鲁老板，给我办好了货，我很高兴。

吴先生：马斯顿先生，我的丝绸和生丝生意，我很清楚怎么办，我想问你，也请你用英语回答我，你怎么就认定，我运来的丝绸和生丝就是为您准备的？（英语，中文字幕）

马斯顿：广利行，广利行都是这么做的，这是惯例。你可以问一问他，广利行的少东家。

吴先生若有所思地：鲁子义呀，你和他说过吗？

鲁子义急忙解释：我只是说，吴叔您以前的丝绸都是和我们广利行做，没想到，现在只和同文行做了。

吴老板意味深长地看看鲁子义。

■ 哥德堡号餐厅里　内　日

餐桌上点燃着几支金碧般的高脚蜡烛。

四个人的面前放着盘子和刀叉。

萨瑞、萨丽、启明把雪白的餐巾一角披在脖子上。

看他们三个人一本正经的模样，喜妹忍不住哧哧笑起来。

潘启明：你笑什么？

喜妹：你们这样，像吃奶的孩子喂饭，还要戴上围嘴。

潘启明：别瞎说，这是吃西餐。

侍者在每人面前倒着葡萄酒。

侍者：萨瑞先生，您的牛排几成熟？（英语，中文字幕）

萨瑞：我要嫩点，七成。（英语，中文字幕）

侍者：萨丽小姐，您呢？（英语，中文字幕）

萨丽：潘老师，您要几成的？（英语，中文字幕）

潘启明：九成吧。（英语，中文字幕）

萨丽：那——我也要九成的。（英语，中文字幕）

侍者朝喜妹：小姐，您呢？（英语，中文字幕）

喜妹：你说什么，好像是……几呀？

潘启明：侍者问，你吃牛排，要几成熟的？

喜妹：当然要熟的啦，不熟怎么吃呀？还问几成？！

潘启明朝侍者：她和我的一样。（英语，中文字幕）

喜妹：启明哥，你说的是——

潘启明：我告诉他，你和我一样。

喜妹嘴里叽里咕噜地学习着。

■ 鲁家　鲁老板书房　内　日

鲁老板把鲁子义领进书房。

鲁老板：把门关上。

鲁子义忐忑不安地关上房门。

鲁老板突然转身，厉声地：跪下。

鲁子义只得软软地跪倒在地：爹，孩儿不知道又做错了什么？

鲁老板点着鲁子义：说，马斯顿的事，是不是你搞的鬼。

鲁子义倒坦然地：爹，我没捣鬼，吴叔叔和我们的生意一直配合默契，吴叔叔的这批货，明明是明仔搞的鬼，拆我们广利行的台，这口气，爹能忍，孩儿不能忍，我不能眼看着明仔把我们广利行整垮。

鲁老板气急地：你——心怀鬼胎，不仁不义，你……一下歪倒在椅子上。

鲁子义慌忙爬起：爹——爹——咱有理说理嘛！

鲁老板有气无力地：我——怎么养了你这么个儿子呀……

■ 哥德堡号餐厅里　内　日

牛排端上来了。

萨丽端起葡萄酒：潘老师，很荣幸能认识你，很高兴您来哥德堡号上作客，为我们的相

识，为我们的友谊，干杯！（英语，中文字幕）

潘启明欣然端起酒杯：干杯！

喜妹学着英语端起酒杯：干杯！

萨丽望着喜妹：你真聪明。（英语，中文字幕）

喜妹望着启明：她怎么说？

潘启明：她说你真聪明。

喜妹想了片刻，生硬地：你真聪明。

四人同饮，开始吃牛排。

萨丽朝启明亲昵地：潘，我的老师，我发现这姑娘，喜妹，他天真烂漫，她很调皮，也很可爱，她很喜欢你，追逐你，是吗？（英语，中文字幕）

潘启明切着牛排，一开始听着点头，后来有了警觉，忍不住皱眉看了喜妹一眼。

喜妹一边学着他们的样子切牛排，一边仔细地听着他们的谈话。

喜妹：她又说我说什么啦？

潘启明：夸你呢。

喜妹：她夸我，你为什么皱眉头，肯定是说了我的坏话。

潘启明：小心眼。端起酒杯：萨丽小姐，看了您作的画，真没想到您多才多艺，启明祝您永远年轻漂亮，永远生活愉快。（英语，中文字幕）

两人愉快地碰杯。

喜妹切着牛排，第一次用刀叉，显得非常笨拙，赌气用叉子撕牛排，没想到用力过大，牛排飞了出去……

萨丽尖叫：哇——

那片牛排落到萨丽华贵的礼服上……

喜妹忙起身过去擦抹：对不起，实在对不起……

萨丽大度地：没问题，以后，我要抽出大块的时间教会你这一切。

■ 哥德堡号甲板上　外　日

夕阳灿烂，海风徐徐。

萨瑞在和启明倚着船舷谈心。

萨瑞：妹妹自小娇惯，任性，但多才多艺，高雅雍容，去年，和王室成员的侄子梦特鲁订了婚，没想到，还没举行婚礼，梦特鲁突然重病去世，妹妹的生活一下子掉进了深渊。幸亏我这次带她来，你们的文化，让他欣喜若狂，使她又焕发了青春的光彩。（英语，中文字幕）

潘启明：萨瑞，你很疼爱你妹妹，我不知道还能为您做些什么？（英语，中文字幕）

萨瑞：潘，自从认识你，我很信任你，我妹妹说，你很诚实，很有魅力，她很想留下来，

跟你在一起学习，生活。（英语，中文字幕）

潘启明慌乱地：不好，这可不好。

萨瑞：你先不用多心，为难，我还没答应她留下呢，我曾向皇室承诺，平安地把她带回瑞典。

潘启明轻嘘一口气。

■ 哥德堡号　萨丽的船舱里　内　日

喜妹已经将萨丽的礼服擦洗干净，忍不住将礼服在自己的身上比试着……

萨丽示意喜妹穿上礼服。

喜妹比画着，真的同意她试礼服。

萨丽帮喜妹套上礼服，戴上自己的头饰。

墙上大镜子里，一个华贵的喜妹脱颖而出。

喜妹照着镜子，也不相信就是自己，愣了片刻，突然朝萨丽说起英语：干杯！

萨丽：为你的美丽，干杯！

喜妹又冒了一句：你真聪明！

萨丽突然地：别动——

喜妹理解地学着：别动。

萨丽拿过画板，对着喜妹飞快地画起来……

■ 码头上　外　日

萨瑞和启明在指挥搬夫转船摆箱……

马斯顿和荣翻译也在另一条船上看着工人们搬运丝绸……

凉伞下。

那金喝着茶，摇着扇子，监察着码头。

鲁子义来到那金身边：巡抚大人，马斯顿先生说，等验完货，他要宴请大人，还有礼物相送，请大人务必赏脸。

那金立时高兴地：噢——子义呀，这是你给他出的点子吧？

鲁子义：这是咱中国的礼节，我只不过向他提个醒。

那金点着他：你小子，比你爹还强。

■ 同文行后院凉亭　外　日

鲁老板，启明在喝茶。

阿娇仔细地忙乎着。

鲁老板：子义气量短小，心胸狭窄，做了一些对不住你的事，说了一些不该说的话，老夫心有歉意，毕竟他也算是你弟弟了，愿你别结记他，别跟他一般见识。

潘启明：不会的，日久见人心，明仔会惦记着小弟，帮助小弟。

鲁老板：有你这句话，我就放心了。又叹口气：该说的说了，该骂的骂了，可他天性，天性呵——！

潘启明：子义年轻，有您教导着，以后他会醒悟。

喜妹跑了过来：鲁老爷，启明哥说，您是他的大恩人，我也觉得是，你们喝着茶，我给您老人家弹一曲古琴吧。

鲁老板：阿娇说你聪明伶俐，果然不假。

潘启明：喜妹，我们在谈事，你先在前面忙着吧。

喜妹虽有些不悦，还是强露笑容，突然来了个：拜拜——！

鲁老板忍不住一笑：这丫头，还够调皮的。品了口茶：明仔，老夫今天专门来，是有一事相求。

潘启明：您尽管说。

鲁老板：你的行开起来了，生意也红火起来了，你和阿娇的事，该办了吧。

潘启明：这——望了望阿娇。

鲁老板：阿娇，你说呢？

阿娇温顺地：但凭义父做主。

鲁老板：要是依我说，收拾房子，准备办吧，你奶奶也想热闹热闹呢！

阿娇：启明哥……

潘启明向阿娇示意。两人立时向鲁老板跪下：父亲在上，受女儿、女婿一拜。

鲁老板立马兴奋地：喜妹，喜妹——

喜妹应声而来：老爷，有啥吩咐。

鲁老板：我有女婿了，老夫高兴，你弹一曲“百鸟朝凤”吧。

喜妹急瞪着眼：百鸟朝凤，爷爷没教我。整了整：我弹“十面埋伏”吧。

潘启明：喜妹，请您——另选一曲吧。

喜妹憋着气，坐下来，刚弹一句，琴弦绷地断了一根……

■ 码头上　外　日

鲁老板，吴先生，启明，阿娇，阿黄，贵叔，满叔等都在码头上，准备欢送萨瑞。

哥德堡号已扬起风帆。

众水手正忙碌着准备起航。

萨瑞出现在甲板上，大声命令：停止起航！

所有的船员都愣住了，停止起航的命令立刻得到传达和执行。

萨瑞匆匆下船，奔向鲁老板、吴老板，潘启明：潘，不好了，我妹妹不见了！

鲁子义：这还了得，瑞典皇室成员不见了，赶快报官吧！

▩ 夷馆门口

马斯顿带着萨瑞和荣翻译匆匆忙忙出来，上了马车，马斯顿命令：粤海关！

马斯顿：你问过了潘启明？

萨瑞：潘启明说绝对没有见到萨丽！

马斯顿：这是外交事件，一定要迅速向粤海关报案！

▩ 巡抚府

那金向杨大人汇报过了。

杨巡抚沉思片刻：那洋人说要去北京？

那金点头。

杨大人：这是大事情，据说这个什么，什么……

那金：萨丽！

杨大人：对，萨丽是瑞典皇室成员，大人物呢。如果找不到，这就成了外交事件。在外国人那里，有伤皇上的尊严！

那金：所以卑职亲来求教。

杨大人：哈哈，那大人一旦亲自求教，我老杨就头皮发麻。那大人，洋人的事情，我这个外行，就不多问了吧？

那金：巡抚大人，如果仅仅是洋人和洋商的事情，卑职自然不敢劳驾巡抚大人，卑职担心牵扯到广州城里的百姓。那样，巡抚大人就会批评卑职越权，万一皇上知道了，也会说卑职背后给您下手……

杨大人干笑一声：那大人倒是处处维护我老杨啊！

那金：哪里，卑职也是背靠大树好乘凉。

杨大人：你我兄弟，就不要客气了。

那金：巡抚说怎样，咱就怎样。

杨大人：好说。是不是先稳住那个洋人代表什么什么——

那金：马斯顿！

杨大人：对，那个姓马的——那大人业务熟悉——稳住他，告诉他，我们立刻全力以赴，寻找这个，这个萨丽。他要非去找大皇帝，那我们就等着皇帝的圣旨来了再说啦！

那金笑了：好，这样最好。这样一说，保证他小子立刻就蔫了。

杨大人：你去找那些洋商们会议，把担子压到他们头上。现在就是他们处理的时候，将来万一，哼哼，就是他们的责任！

那金：明白。

杨大人：我这里派人马，四城查找。上天入地，不惜挖地三尺！

那金：大人虽说文职，真比我这行伍还要杀伐果断呢！

▩ 同文行

喜妹的卧室，阿娇过来，轻轻敲门。

喜妹从门缝里窥视，看到是阿娇，拉开门。让阿娇闪身进来。

萨丽虽然紧张，但是并不当作很严重的事情，做了一个鬼脸。

阿娇对喜妹：事情有些闹大了。满城都在寻找她呢。

喜妹紧张了：那咋办？是不是把她送回去？

阿娇：事情已经到了这一步，咱们问问她自己吧。

喜妹对萨丽：萨丽，你的事情闹大了，恐怕你哥哥……

萨丽根本听不懂他们说什么，只是在自己身上比画，意思是自己需要一身中国女人的衣服。

喜妹对阿娇：她是个不知死的鬼，还当作藏猫猫呢！

阿娇叹口气，把自己带来的包袱打开，取出来给萨丽准备的衣服。

萨丽看到中国女人的丝绸服装，在自己身上一比画，高兴地抱住阿娇就亲吻。

▩ 广利行

鲁子义在店里，看到外面士兵很多，到处寻找打听萨丽。

许统领带着几个人匆匆走过。

鲁子义：许大哥，且小坐片刻。

许统领：嗨，哪里敢呢，大案要案啊！

鲁子义：我也看形势很紧急，什么大案要案呢？

许统领：那个最大的大船，那个哥德堡号——

鲁子义：哥德堡号？瑞典皇室萨瑞的大商船？出什么事情了？

许统领：萨瑞的妹妹萨丽，那个大美女，不见了！

鲁子义：许大哥，哥德堡号是和同文行做生意的，乱葬岗子上的小辫子，有头啊！

许统领嘿嘿一笑：那大人已经把那个潘启明找去了！

许统领走远了，鲁子义眼珠一转，突然想起来阿娇的箱子，急忙抽身回头就走。

▩ 同文行喜妹处

萨丽比画自己的箱子形状，意思怎么不见了自己的箱子？

阿娇明白了：在我那里。你要跟我过去，你不方便在这里居住。为了让对方听懂，自然连说加比画。

萨丽明白了，表示就在这里住，哪里都不去。

阿娇和喜妹再三劝说，萨丽态度很坚决。

阿娇不好意思地：喜妹，看来，要多麻烦你了。

喜妹：她留下来，就是冲着我们东家的。当然不会跟你过去了。算了，你回去把她的箱子取来吧！

▩ 粤海关

洋人，一众洋商，被那金召集来聚会。

那金问萨瑞：你的船上有没有出现凶徒抢劫？有没有砸坏门窗？有没有凶犯留下的凶器、血迹？

荣翻译向萨瑞翻译提问。

萨瑞摇头。

那金：这样看来，并非有人到你的大船强行劫掠？

荣翻译向萨瑞翻译。

萨瑞点头。

那金对大伙：不是大男人，不是丑女人，是个漂亮大美女，没有人上门强行劫掠，无声无息就消失了，不是自行出走，就是被人诱拐。大家说对不对？

一众洋商支支吾吾。

萨瑞和马斯顿要求荣翻译翻译。

荣翻译翻译了。

萨瑞：这是推理，是否正确，应该在找到萨丽之后才能证实。我们回国要趁着季节风，如果不能迅速找到我的妹妹，会影响我们回国，这个损失，是很巨大的。希望不要在这里研究责任应该属于哪一个，要赶快采取行动，找人。

那金问潘启明：他说什么？

潘启明：他说，您的判断也许很英明，也许责任属于他们，但是，要等找到萨丽之后，才能证实。他担心季节风过去，影响他们的行程。那样，影响和损失就太大了。

那金：告诉他，承认我的判断正确，承认责任也许属于他们自己，是很聪明地。老爷我这就帮助他找人。

潘启明请荣翻译翻译。荣翻译谦辞。潘启明只好直接告诉萨瑞：老爷答应这就帮助找人！

萨瑞：谢谢。

马斯顿：谢谢！

潘启明对那金：他们表示感谢老爷。

那金：好了，洋人这里说好了。现在，我要和你们洋商说话了。

一众洋商：请老爷训示。

那金：老爷我已经请示了杨巡抚，杨大人。杨大人说，一个漂亮女人能去哪里？只有去找男人。她认识哪个男人？她又见过哪个男人？无非就是你们洋商！

洋商立刻有人小声嘀咕，显然不服气。

那金：他们洋人来到我泱泱华夏，找谁的？找你们洋商。做什么？给你们发财的机会。他的人丢了，我不找你们要，我找谁要？

潘启明：大人，我等洋商理应替大人分忧，寻找萨丽义不容辞。

那金：这就对了。

潘启明：不过，大清国并没有责成我等洋商负责洋人货物交流之外的任何事宜。他们的衣食住行，他们报关纳税，他们的生命财产权，他们是否遵纪守法，这一切，都与我等洋商无涉。

那金：嗯？

洋商都不住地点头。

潘启明：假如大清国责成我等成立洋商行会，责成行会出面负责这一切事宜，大人把罪责统统归于我等，我等自然责无旁贷。

鲁青山：好，是这个意思。

一众洋商：对，是这个意思。

那金：潘启明，我知道这个哥德堡号是和你做生意的？

潘启明：回大人，萨瑞是我的朋友。

那金：据人说，这个萨丽和你最熟悉？

潘启明：回大人，潘启明确实不知道萨丽下落，心焦如焚！

那金：哼哼，你这一招叫离身拳，一推六二五。潘启明，你到底知不知道萨丽在什么地方？老实说话。

潘启明：回大人，小的确实不知道。

那金：告诉你，私藏外国皇室女人，杀头啊！

潘启明：小的明白。

那金：你们洋商，就着潘启明负责，自查互查，力查彻查。查不到此人，一同座罪！

▩ 广利行

鲁子义弄开了阿娇的门。找到了那只箱子，打开了，一眼就看出是萨丽的东西。不由大喜。突然惊觉，意识到阿娇回来了。急忙复原场景，躲了出去。

阿娇回来，取了箱子，走出去。

躲在一旁的鲁子义翘首蹑脚跟随阿娇，向同文行方向走去。

第十四集

■ 大街上

鲁子义匆忙寻找，他想找到从他那里过去的许统领。但是，士兵倒是很多，没有看到许统领。他向一个士兵打听：长官，看到粤海关许统领没有？

士兵摇头。

鲁子义继续往前走，仔细寻找。又向一个士兵打听，这士兵朝远处指了一指。

鲁子义急忙朝士兵指引的方向奔去。

■ 街上

鲁青山和潘启明一起从粤海关回来。

鲁青山：你估计萨丽能去哪里呢？

潘启明皱眉摇头。

鲁青山：如果找不到萨丽，我们洋商非给他们官老爷当替罪羊不可！

潘启明：我现在想的倒不是替罪，而是焦虑萨丽到底去了哪里？

■ 街上

鲁子义继续寻找许统领，突然发现，已经来到了巡抚府门前，他眉头一皱，计上心来，直奔巡抚府而去。

■ 同文行

潘启明回来了，阿黄迎上去。

潘启明吩咐：把咱们的人都集中起来，我要说话。

阿黄立刻回头大喊：大家听好了，老板要大家都过来，有急事要说。

很多伙计放下手中的事情，向潘启明这里集中过来。

■ 四姨太住处

四姨太让鲁子义不要着急：慢慢说，慢慢说。

鲁子义：姨妈，是不是在全城动员，寻找那个洋女人？

四姨太：可不是，老爷说了，事关洋人，还是瑞典皇室里的，可是天塌下来的大事。

鲁子义：姨妈，孩儿知道那个洋女人在哪里，可是不敢说。不说吧，又怕对不起巡抚大人，因为姨妈待我太好了。说了吧，又……

四姨太：我明白了，说了，就牵扯到你的亲戚了！

鲁子义：姨妈真是冰雪聪明，孩儿太佩服了。

四姨太：你敢保证在同文行？

鲁子义：千真万确！

四姨太眼珠一转，咬牙切齿：这个潘启明真是有天胆！你开罪我老人家，无所谓，居然敢拿着王法开玩笑。哼哼！对鲁子义：孩子，你等等，姨妈马上回来！说着，带着丫鬟春儿匆匆出门。

鲁子义看她们走了，兴奋地一蹦好高。

■ 同文行

潘启明在训话：大家听着，我的好朋友萨瑞的妹妹萨丽不见了。大家大部分都见过萨丽，我要让你们立刻放下手中所有活计，立刻出门寻找萨丽。如果哪位能找到她，我一定重重有赏！说到这里，突然发现人群中没有喜妹——喜妹到哪里去了？

■ 四姨太处

四姨太很沮丧地回来了。

鲁子义看情况不妙，小心地：姨妈？

四姨太打起精神：孩子，是这样。老爷说了，这是一个天大的功劳，不过，此事情属于粤海关处理。如果老爷亲自出手，粤海关脸上不好看。再说，也不好对你表彰。你赶快到那金那里去吧！老爷说，越快越好。

鲁子义：姨妈，您告诉巡抚老爷，孩儿不要表彰。

四姨太：老爷说了，他已经记住了你的功劳。小声地：傻孩子，那粤海关与潘启明有嫌隙，交给他处理，岂不更对你的心思？快去！

鲁子义：谢谢姨妈。

四姨太望着匆匆离去的鲁子义背影，交代了一句：不要说来过巡抚府啊！

鲁子义：孩儿明白。

■ 同文行

喜妹来到潘启明跟前，凑近他，小声说：东家，请到我房里来一趟好不好？

潘启明有些疑惑。

阿黄：有什么话，你就在这里说吗。

众人跟着起哄：就是，就是。

喜妹：阿娇姐姐在我那里。

潘启明恍然大悟。

■ 巡抚府外

实在凑巧，鲁子义一眼看到了许统领：大哥，许大哥！

■ 同文行喜妹处

潘启明一眼看到了穿着中国服装的萨丽，顿时愣住了。

萨丽以为是自己的魅力打动震撼了潘启明：潘，我很美丽，是不是？

潘启明有些慌乱了，问喜妹：她，她怎么在这里？

喜妹看到潘启明的脸色，知道事情不好，有些结巴：是，是我……

阿娇拦在喜妹前面：萨丽不愿意跟哥哥走，要留下来学习中国话，学习弹琴，是我做主把她留下的。

萨丽看到情势不对：你们在说什么？潘，你好像很不高兴？

潘启明：萨丽，你的哥哥快要急死了。并且，他已经报官。马斯顿他们夷馆，已经正式行文到了粤海关。

萨丽：萨瑞真是小题大做！

▩ 粤海关

那金正在和那青练武。衙役带着许统领急急忙忙进来。

许统领：启禀老爷，那个外国女人有信了！

那金急忙收住式子：在哪里？

许统领：嗨，你老真是料事如神。就在那个同文行，那个潘启明那里！

那青一下子愣住了。

那金气急败坏地：还不赶快去给我拿来！

许统领：小人哪里还敢自作主张！

那金：不要废话了，快快行动！

那青：不要像上次那样，再搞错了。那个潘启明就这样愚蠢？

那金有些犹豫：这倒也是。这样，先去两个人，就说老爷找潘启明有事，有什么事情呢？就说商量成立行会的事情好了，如果发现那里有苗头，立刻把那个同文行给我围起来，仔细搜查！

许统领：好，标下这就去布置。

▩ 同文行

士兵很快对这里实施了包围。许统领带头冲进来：潘启明呢？

贵叔急忙笑脸相迎：哎呀，大家光临，大驾光临！回头命令阿黄：快，跟东家说，许大人来了！

阿黄答应了，急忙往里面跑。

贵叔招呼许统领坐下。喊人：来呀，泡茶，泡极品铁观音！

许统领铁青着脸：不要忙乎了，老子没有功夫，快让潘启明出来！

阿黄跑出来：贵叔，他们说东家出去了！

贵叔：快着人去找，立马给我找回来！

阿黄立刻带一些人要跑出去。

许统领大喝一声：站住！现在，你们一个人也不能出去。

贵叔战战兢兢地：大人，这又是咋回事？

许统领：我问你，最近两天，你们这里来了洋人没有？

贵叔：洋人？有！

许统领大喜过望：在哪里？让她过来见我。

贵叔：见您？大人，人家办完事情就走了。小人也不知道您老要见人家，早知道，我就留下人家吃饭，专门等您了。

许统领：走了？去哪里了？

贵叔：您老说哪一个？

许统领：还能有几个？

贵叔吩咐：阿黄，查查，这几天都是哪几个洋人朋友来过？

阿黄：那可多了去了……

许统领明白误会了：嗨，小子，老子说的是洋女人！你说的是谁？

贵叔：洋女人？没有来过。小人说的都是来做生意的，您老想，咱做的就是洋人的生意，哪天不来一些洋人——对不起，大人，小人不知道您喜欢洋女人，嘿嘿……

许统领：没有那个洋女人？

贵叔：大人，真的没有洋女人。再说了，大人，就是有个洋女人，人家也未必愿意跟您，嘿嘿……

许统领：我告诉你，把那个洋女人放出来，交给老爷我，没有你的事儿。不然，老子搜查出来，砍下你的下半截！

贵叔掏出一块银子：大人，这一点小意思，大人自己去找洋女人好了，小人实在没有干过这种事情，没有门路……

许统领：混蛋！

贵叔：小人心里明白着呢！

许统领大声命令：我说来呀，给我上上下下，里里外外仔细搜查。

士兵们如狼似虎汹涌而入。

■ 距离港口不远的地方

从这里，已经遥遥可望哥德堡号了。

潘启明带着换了男人服装的萨丽来到了这里。

萨丽突然站住了。

潘启明：萨丽，快走啊！

萨丽：不，我绝不会到船上去。为了不给您造成麻烦，我可以不去您的同文行，但是，我也不去哥德堡号。

潘启明：萨丽，这样不好，你的哥哥很痛苦的。

萨丽掏出一封信：这是我给哥哥的一封信。我的哥哥看到这封信，他会理解我的。请您把这封信交给他。谢谢您。

潘启明：那么，你怎么办？

萨丽：我要等哥哥走了之后，到官府去说明情况，解除您的后顾之忧，然后，再到您那里去学习。

潘启明：不行。你一个人在这里，很不安全。

萨丽：潘，我请你尊重我的选择。我是独立的，我有我的权利。

潘启明一下子愣住了。

正在两个人僵持的时候，那青闪身出来了。

那青：想不到吧？潘启明，你们从家里出来的时候，我就一直跟在后面。你小子不错，没有对这位小姐动手动脚，很规矩。

潘启明苦笑：我的小姐，不，我的大哥，我还动手动脚呢，我死的心都有！你看——

那青：不就是人家想留下来学习中国文化吗？没有什么大不了的。这样，你去跟他哥哥交涉。他哥哥同意，就开船走人，不同意，下船找人。

潘启明：到哪里找人？

那青指着自己的鼻子：问我要人，不就妥了。

潘启明连连点头，对萨丽：萨丽，这位是我的好朋友，她很义气，很聪明，很……总之，她愿意暂时收留你。你同意跟她过去吗？

萨丽：潘，只要你信任的人，我都信任。

潘启明：谢谢。

那青问潘启明：她说什么？

潘启明：她同意了。

同文行

大搜查自然是无功可言。

一个一个士兵来向坐镇的许统领报告：没有洋女人！

许统领有些坐不住了。

贵叔：大人，您看小人没有骗您吧？大人，您这样为了找个洋女人，弄得我们没有办法经营，我们受了影响不说，传扬出去，说您老人家到处找女人，还是洋女人，啧啧！

许统领：放屁！

贵叔：是，小人放屁。

许统领：严密控制同文行，只要潘启明回来，立刻带到粤海关！

士兵：是！

哥德堡号上

潘启明把萨丽的书信交给了萨瑞。

萨瑞认真看过了，沉思有顷。

潘启明：对不起，我没有说服萨丽。

萨瑞摇摇头：她有自己的权利，我也不能阻止她的选择。

潘启明：我可以带您去见她，说服她。

萨瑞再次摇头：你不了解她的脾气。我们的大船不能再耽误了。潘启明，你是我在这块土地上最好的朋友，也是最值得我信任的人。萨丽也是因为你而留下的。请允许我在今后的一年里，把萨丽委托您照顾。

潘启明：您决定了？

萨瑞：只有这样了。

潘启明：我接受您的委托。不过，要有一个书面的东西……

萨瑞：我知道。我会给您一个书面的委托书。同时，我还有一封信，请您转交我们的办事机构，交给马斯顿。如果你们官府方面找您的麻烦，他会出面替您解释的。

▩ 粤海关

那金问许统领：你搜查得很仔细？

许统领：标下恨不得把他家的老鼠窟窿都灌进水去！

那金沉吟：这小子一定是在外面另有房子，金屋藏娇！

许统领：标下已经安排人打听，盯梢。还安排人在同文行等他，只要看到他，就带到这里来！

那金：对，一顿板子，就要他小子不得不说实话！

许统领赞同：对付这种小子，只有狠狠地打！

帮办师爷过来，走进那金，在他耳边说了几句悄悄话，那金吃了一惊，立刻站起来：你们在这里等我！

那金说完，匆匆离去。

许统领怀疑地看帮办师爷。

帮办师爷面无表情。

▩ 那青住处

那青接待那金：阿玛，这个时候，你来找女儿，有什么事情？

那金：杨巡抚四姨太的大寿就在这几天，阿玛跟你商量商量，咱们怎样送礼。

那青笑起来：阿玛，这事情不是商量过了吗？

那金装作突然想起来的样子：啊，不错，商量过了！

那青：阿玛，不要绕弯子了，是不是师爷告诉你，在我这里看到一个男人？

那金：不会吧？我的女儿怎会做出这样的事情来！

那青：错了，阿玛，女儿房子里不仅有个男人，还是个洋人！

那金：胡说八道！

那青拍拍手，萨丽穿着男人的服装，走出来，学着中国人的样子，向那金施礼，但是说的是洋文：见过尊敬的老爷！

那金吓得呼一下子站起来。

那金：他，他是谁？

那青：阿玛，她就是你到处寻找的那个萨丽！

那金吃惊地：我的儿啊，你惹祸了。

那青装作不理解：惹什么祸事了？

那金叹口气：她是偷跑出来的，夷馆已经行文到了海关。丢失了一个洋人，还是一个瑞典皇室成员，通天大事啊，杨巡抚亲自督办！你怎么能把她藏在咱们家里呢！麻烦了，麻烦了，这一下，可让杨巡抚抓住把柄了！

那青满不在乎地：怎么了？她是我的朋友，我请她来给我画肖像，有什么了不起。

那金想了一想：赶快把她送还哥德堡号。

那青：哥德堡号要是开走了呢？

那金：送给夷馆。

那青：要是她不想回去呢？

那金：不想回去也不行。老子赶走她。

那青：要是她因为你违背她的意愿，胡说八道，说咱们企图怎样怎样，那不又是一场官司？

那金：女人麻烦，洋人麻烦，洋女人更麻烦！你说，就没有办法了？

那青：阿玛，女儿有个办法，说了，你可要奖赏哦——

▩ 粤海关大堂

小兵报告：统领大人，潘启明抓来了！

许统领：押上来！

潘启明被押了上来：统领大人，这是为什么？

许统领：你这样的，不给点厉害，你不会老实。我说来呀，先给他三十杀威棒！

衙役们按倒潘启明就要打板子。

那金上来了：慢！问许统领：为什么打人？

许统领：这种东西，不打不行！

那金呵斥：胡说八道，这是我请来的客人，怎能如此对待？都给我下去！

那金看到众人都乖乖地下去了，走到潘启明身旁，亲手将潘启明扶起来。

潘启明：谢谢大人！

那金：潘启明——

潘启明：大人！

那金：老爷问你几句话，你要照实回答。

潘启明：不敢欺瞒。

那金：那个萨瑞，是你的朋友？

潘启明点头。

那金：他的妹妹那个，那个——

潘启明胸中有数：萨丽。

那金：对，萨丽跟你很熟悉，很想跟你学习中国话，很想领略咱们中国文化，所以不想跟他哥哥回去了，是不是？

潘启明：据说是这样。不过，大人，小人可没有见到那个私自留下来的萨丽。

那金：你说什么，私自留下来的？你怎知道她是私自留下来的？

潘启明：大人，不是私自留下来的，那是谁留下了她呢？你没有收留她，我没有收留她，整个广州城，没有一个人曾经做主收留她，她就应该是私自留下来的。

那金：好，私自留下，最好。不过，要她本人承认是私自留下来的才好。潘启明，老爷待你如何？

潘启明：小人的生意，小人的今天，是大人给的，大人对小人恩比天高！

那金：潘启明，萨丽的事情，说大能大，说小能小。老爷想尽量往小处做，尽量往好处做！

潘启明：大人英明！

那金：如果咱们找到了这个萨丽，你能不能让她承认是私自留下的？

潘启明：小人一定尽力劝说。

那金：还有，如果找到这个萨丽，你能不能暂时收留她几天，等老爷和夷馆交涉之后，再作处理？

潘启明：这个——大人，恐有不妥。

那金不悦：有何不妥。

潘启明：大人，您想，如果我们洋商有个商会，您把这个人往商会一交，自然是顺理合情……

那金：潘启明，今天老爷我实话告诉你，成立行会，固然有好处，老爷心里是明白的。不过，这个折子，没有人敢往上递，商人结帮，是朝廷的忌讳呀！你要是今天真的能帮老爷的忙，老爷也可以给你指条明路——

潘启明：大人请讲。

那金：杨巡抚四姨太大寿之日，京城内务府秦大人来凑兴。如果你们能让这位秦大人高兴了，他回去能在万岁爷面前替你们美言，也许，这件事情有希望。

潘启明：谢谢大人指点。

那金：我的这件事情?

潘启明：大人的事情，就是我的事情，当万死不辞。夷馆那边，我去帮助您摆平也就是了。

那金高兴地哈哈大笑。

■ 鲁青山处

吴老板和潘启明来这里商量事情。

鲁青山：秦大人？我们过去，总是不停地往皇宫送东西，可是，那里的人，我们一个也不认识。没有人替我们说话，没有人替我们办事情。这一次，能认识皇上身边这个秦大人，那可真是再好没有了！

吴老板：关键是怎样结识他！还要让他明白，我们洋商是替国家着想，让他甘心情愿地为咱们向万岁请愿。

鲁子义：还不是一句话，有钱能使鬼推磨，送礼呗。

潘启明：怎样才能送到他手中呢?

鲁子义：这就是你的事情了，将来成立行会，还不是你当会长。你不想办法，谁能替你想出办法来?

潘启明站起来：少东家，千万不要这样说，明仔想成立十三行行会，绝对不是从想当行首起意的。老东家在这里，吴老板在这里，他们德高望重，无论从哪一个角度，我也没有德能当这个行首。

吴老板对鲁子义：子义，考虑这个，还为时过早。

鲁青山也批评儿子：不论谁当行首，都是替大家办事情，就是明仔当行首，有哪些不好?我看就很好。

潘启明：少东家，咱现在应该全力以赴，促成十三行行会，就像打猎，先考虑如何猎到野物，再说如何处置为好。就像一对兄弟打雁，为了把那大雁烹着吃还是煮着吃争吵不停，结果，大雁飞走了。

大家都笑起来。

■ 杨大人四姨太房中　内　日

桌上摊开两匹鲜亮的绸缎。

四姨太手拎着像是爱不释手：这绸缎好滑好软哎——

鲁子义：姨妈，我敢说，吴叔叔都没得到过这么好的丝缎。

四姨太：说得没错，你是从哪弄来得?

鲁子义：这是去年我爹专门从杭州西湖绸缎庄订下的，一直放着，就等着有机会孝敬您的。您知道，那一阵子，丝绸价格被潘启明哄抬到离谱的程度，我也没有舍得卖出去。

四姨太：嘿，你爹还真有心。

鲁子义：我爹是有心，可有时候也糊涂，他老人家要在寿诞之日公开送来，我给我爹说不能到那个时候明着送。

四姨太：噢——？

鲁子义：这两匹绸缎这么出众，这么耀眼，那些姨太太们谁不眼红？老爷要是留给六姨太了呢？

四姨太果真愣神。

鲁子义：还有，老爷要是有心留下来，朝宫里上贡呢？

四姨太猛然醒悟地：你是说……

鲁子义：我先送到四姨妈您这儿，谁也拿不走，谁也分不成。

四姨太兴奋地两手抱住鲁子义的腮：哎，我这聪明伶俐还有孝心的乖孩子吔——

鲁子义乘机：四姨妈这么喜欢我，孩儿心中当然惦记着孝敬您啰。

四姨妈：你这脑瓜可比你爹灵光多了，春儿，快给鲁少爷泡茶，泡给老爷喝的好茶。又朝鲁子义指点着：日后，你比你爹有出息。

春儿端着茶碗递上来：鲁少爷，请用茶。

鲁子义这会更高兴，他望着春儿眨眨眼。

春儿长得竟有点像阿娇。

鲁子义两手捧住春儿的两只手，眼睁睁地盯着春儿的脸……

春儿不好意思地：鲁少爷，别烫着了。把茶碗放到桌上。

四姨太看在眼里，又突然想起什么似地：哎呀，只顾高兴，差点忘了。

鲁子义：啥子？

四姨太：春儿，你过来。

春儿：听太太吩咐。

四姨太：你去悄悄地把二小姐喊过来，就说，我找她商量事。

春儿：是。应声而去。

鲁子义：叫二小姐过来，我要不要回避？

四姨太：傻孩子，我就是为你做人情呢。

鲁子义：为我做人情？

四姨太：告诉你吧，在整个府里面，二小姐可是老爷最疼爱的掌上明珠，跟着老爷学了不少学问，而且心灵手巧，她亲手绣的小猫小兔，活生生的，像会跳出来似的，老爷特别喜爱她。

鲁子义：噢——我明白了，您是想用这丝绸也表示对她的偏爱。然后呢……也能讨得老爷的欢心。

四姨太点点鲁子义的脑袋瓜：鬼灵精，虽说我没为老爷生一男半女，你看，我这模样，我这身材，嫁到府上这些年，变都没变，那几个丑八婆想跟我争宠，背后骂我是狐狸精，骂吧，越骂我越高兴，你说这男人也怪，他咋还就甘心让狐狸精迷……

■ 巡抚府，二小姐房中　内/外　日

这是一个非常雅致、明亮的闺房。

刺绣架上是一个瞪着晶亮眼睛的小黑猫尚未完工。

大书桌上摆着笔墨纸砚，铺着宣纸。

墙上挂着字画，还有刺绣的喜鹊闹枝。

■ 楼台上

盆景掩映中坐着二小姐杨如雪和她的奶妈范二姑，两人正在摆弄着手编一个猴子捧仙桃。

杨如雪正仔细地编猴子的耳朵。

范二姑在指导着：对，就是这么绕圈，绕——哎，对了。

杨如雪把小猴放在楼台上，一个活生生的猴子献寿桃完成了。

范二姑：小姐，你的手可真是灵巧哇。

杨如雪：奶妈，我手巧，还不都是你一手教的哇。

范二姑：那不对，你是天生丽质，心灵手巧，你看三姨太那丫头，看你出众，也正儿八经请我教她，她那手指头哇，简直就是鸡爪子，嗐，野鸭子想学白天鹅，她学得成吗？

杨如雪温雅地：古人云，女子无才便是德。

范二姑：照这么说，女人没才便是好的啦？

杨如雪：奶妈，我不是这个意思。

丫头杏儿过来：小姐，四奶奶房里的春儿来了，说是请小姐过去商量个事。

范二姑：四奶奶找你，肯定又有好事，还不快去，正好，丝线不多了，也配不够颜色了，叫她找她哥——

■ 四姨太房中　外/内　日

四姨太盯着鲁子义：跟姨妈说实话，你今年到底多大了？

鲁子义：快二十了。

四姨太：哦，还真是大男人啦，该有女人了，怪不得刚才对春儿……看上春儿啦？

鲁子义：哪敢呢，我是看她模样像阿娇。

四姨太：阿娇？哪里遇到的风流女人？

鲁子义：嘿嘿，我们家里的丫鬟。

四姨太不相信地：哼哼，我看你呀，将来也是个风流鬼。

春儿领着杨如雪和杏儿走进来。

春儿：奶奶，二小姐来了。

杨如雪朝四姨太庄重地施礼：四姨妈，如雪给您请安。

四姨太慌忙亲昵地扯住杨如雪：乖女儿，快过来看看。把如雪拉到桌边：看看这料子。

杨如雪看了眼睛一亮：精品，这种料子确实少见。

四姨太：好，二小姐喜欢就好，你的尺寸我知道，说吧，裁一套还是两套？

杨如雪：这种料子金贵，裁一套就行了，府上人多，四姨妈的人情也多。

四姨太：那就一样一套，好换着穿，府上人再多，姨妈最看重的还是你。

杨如雪：多谢四姨妈偏爱，如雪领情了。

四姨太：哎，别光谢我，还要谢这位——她发现鲁子义正两眼直勾勾地望着杨如雪，傻了。

四姨太点了一下鲁子义：哎，之义，这是我们家二小姐，二小姐，这位是有名的广利商行鲁老板的少爷，鲁子义。这料子，就是他专门送来孝敬我的。

杨如雪端庄地施礼：鲁少爷，如雪向您施礼了。

鲁子义乘机上前扶她：免礼，免礼。

杨如雪闪身：不用客气。

鲁子义：早听四姨妈说，如雪小姐多才多艺，品貌惊人，今日一见，令之义十分敬慕。

杨如雪朝他不屑地一瞥：鲁少爷过奖了。又朝四姨太：四姨妈，我还在编织，先回了。

四姨太：哎，茶还没喝呢。

杨如雪：不用了，鲁少爷，请坐。转身往外走去。

杏儿：哎——小姐，五彩丝线的事还没说呢。

杨如雪走着：杏儿，咱们回去了。

杏儿忙步跟上。

鲁子义痴痴地望着如雪的背影。

春儿蔑视地朝他撇嘴。

四姨太：人都没影了你还看啥。

鲁子义：刚才，我没有让她生气吧。

四姨太：人家可是千金小姐，刚见一面哪会对你多言多语的啦。

■ 院子里

如雪和杏儿往回走着。

杏儿：看他眼神，色狼。

如雪正色地：杏儿，不必背后评论。

■ 四姨太房里

四姨太：怎么，看在眼珠子里，印在脑子里，拔不出来了吧，男人哪，咋就天生是这个呢。

鲁子义：爱美之心，人心皆有之嘛，二小姐真是貌若天仙，我这辈子，要是能娶上这样的——死了也甘。

四姨太：在做梦吧。

鲁子义：有的梦也会变为现实的。

四姨太：她是广东巡抚大人的千金小姐，掌上明珠，你是什么，除非——

鲁子义：除非什么？

四姨太：才高八斗，官居高位。

鲁子义：还有呢？

四姨太：富甲连城，要么有权，要么有钱，这不明摆着的吗，有钱的会巴结有权的，有权的会看上和帮衬有钱的，总之，都是为了一个‘利’字，两条都沾不上，混混看吧。

鲁子义吸足一口气，认真思索着……

四姨太：打什么鬼主意呢？

鲁子义：姨妈，孩子也有些事情请您老人家帮忙。

四姨太：说，只管说。

鲁子义：现在，十三行洋商们都想成立行会。

四姨太：我知道，没门儿。老爷说了，这种事情，朝廷忌讳呢。

鲁子义：万一，他们弄成了呢！

四姨太：哦？

鲁子义：姨妈，如果真有希望，我的意思……

四姨太：我明白，你小子想当那个行首？

鲁子义：孩儿想更好地孝敬您老人家。

四姨太：这孩子，如果能成，姨妈当然一力掇成你了。好事，岂能让了人家。

鲁子义急忙跪倒：谢姨妈。

四姨太捧起鲁子义白生生的脸庞，感到非常赏心悦目。

■ 潘家小院　外/内　夜

这是一套正屋和东西两个厢房的小院，虽不大，却也精致。

院中种着一棵木棉树，树周围用青砖砌成了正方形的花坛，种着蝴蝶花，摆着盆景。

潘启明，阿娇，阿黄，贵叔都在进进出出地忙着摆设床铺，擦洗桌椅。

萨丽站在西厢房门口，看着阿娇为她铺床，挂蚊帐。

潘启明倒是认真地在窗边摆萨丽的画架和画板。

萨丽欣赏地注视着启明的一举一动，突然，她失声笑了起来。

潘启明：萨丽，你笑什么？（英语，中文字幕）

萨丽：你背后的大辫子，摇来摇去，很有趣。（英语，中文字幕）

潘启明憨厚地也笑了笑：没办法。（英语，中文字幕）

萨丽：为什么不可以剪掉？（英语，中文字幕）

潘启明一时也不知道怎么回答才好：这个嘛……（英语，中文字幕）

萨丽也不再追问了：你们国家的男人都有大辫子，和任何一个国家都不一样，很特别。（英语，中文字幕）

潘启明：萨丽小姐，这样摆放，你满意吗？（英语，中文字幕）

萨丽：我很满意，这样显得画室的空间很大。（英语，中文字幕）

潘启明：其实，让您住这样的环境，委屈您了，我深感歉意。（英语，中文字幕）

萨丽：我不委屈，你不要有歉意，我衷心地感谢您把我留下来，还亲自为我布置房间。（英语，中文字幕）

潘启明：你不要感谢我，应该感谢她。（英语，中文字幕）

萨丽：感谢她，娇。（生硬的中文）

潘启明纠正着：阿娇。

萨丽：这房子是你的，我为什么要感谢阿娇？（英语，中文字幕）

潘启明：是阿娇同意你住进来的。（英语，中文字幕）

萨丽：住你的房子，先要她同意？（同上，可加进生硬的中文）

潘启明说不清，道不明的表情……

■ 东厢房里

阿黄高兴得在床上蹦蹦跳跳：哇——贵叔，我们有了自己的家了。

贵叔：嗯——我们俩一老一小，两个男人，算是自己的家？！

阿黄也觉失落：我还没成家，你是没有家，我俩合在一起，住上一间屋，不就是一家嘛！

贵叔：好了，等同文行兴旺了，我找个老伴，你找个姑娘，咱们俩还得分家。

阿黄：有启明哥在，我们永远不分家。

贵叔：你光顾着搬家高兴，忘了一个人吧？

阿黄：谁？

贵叔：喜妹呀。你小子心里头的鬼点子，瞒不住我这老头子。

阿黄：启明哥叫她和阿诚在行里守着呢。

贵叔：你以为她会安分在行里守着？

院子里突然响起鞭炮声。

众人全都跑到院子里。

喜妹背着个行李卷，手里提着挂鞭，呆悠悠地绕着圈看炸鞭……

鞭炮声止了。

潘启明：喜妹，你玩什么新花样呵。

喜妹：同文行老板带人乔迁之喜，偷偷摸摸的，不好吧。

贵叔：是呵，光顾忙着搬，倒忘了。

喜妹：潘老板，我住哪儿呀！取下背后的行李卷。

潘启明也觉出乎意料地：你凑什么热闹哇。

喜妹一本正经地：同文行乔迁，贵叔、阿黄能住，洋人萨丽小姐也能住，我还是同文行的人，咋就不能住哇。

潘启明为难地：院子小，贵叔、阿黄在东厢房，没打算你在这住哇。

喜妹：老板，你做事公平，待人也得公平。阿娇姐，你给评个理。

阿娇束手无策地：启明，你看这……

喜妹：好啦，别为难了，我想好了，跟萨丽小姐住一个屋，一来有个伴，二来呢，还能跟萨丽学学洋文，第三呢，我还能替老板照顾照顾海外的客人，启明哥，有没有道理呀？

潘启明：可就是——转向萨丽征询。

潘启明：萨丽，喜妹想和您住一起，既照顾你，又能跟您学英文，您乐意吗？（英语，中文字幕）

萨丽开心地：喜妹要和我在一起，我乐意接受，我喜欢她的性格，也可以和她交流中文。再说，我们是好朋友，最好的朋友！（英语，中文字幕）

潘启明：萨丽小姐喜欢你，她答应了。

喜妹喜出望外。来到萨瑞面前行洋礼，还冒出句：拜拜——

潘启明苦笑着：错了！

喜妹：错了？！

潘启明：拜拜是再见的意思。

喜妹：噢，是错了，我想起来了，应该是OK。

潘启明笑起来：你这叫驴唇不对马嘴。

喜妹：老师，哪有老师笑话学生的呀。

贵叔：喜妹，幸亏你喝的墨水少，要不然，你这个丫头可真不得了。

阿黄插嘴：这叫青出于蓝胜于蓝。

贵叔：阿黄，你这也叫驴唇不对马嘴。

潘启明：好了，大家洗一洗，晚上一起出去喝粥。

萨丽生硬地用中文：喝粥，我喜欢喝中国的粥。

▩ 沙面　外　夜

街市上，灯火闪亮……

江边，流光溢彩……

路边，有人在树荫下，拉着高胡，唱着粤曲……

红楼下，浓妆艳抹的姑娘在招待客人……

▩ 潘家小院　外/内　夜

院门关着。

各房的灯都亮着。

正屋里，阿黄在擦桌椅，喜妹把潘启明的床铺又整了整，枕头放了又放，床边的木屐摆了又摆。

阿黄：看，这屋简直像新房了。

喜妹：行了，你的任务完成了，出去吧。她来到书桌边，整理桌上的书籍。

阿黄：启明哥送阿娇还没回来，你干吗赶我走哇。

喜妹：干了一天活，你不累，不困哪。

阿黄：你不累，我更不累，你不困，我更不困。陪你说说话，等启明哥。

喜妹：阿黄，萨丽睡了没有？

阿黄：刚才看了，正在画画呢。

喜妹：你去陪她说说话。

阿黄：说什么呀，她听我鬼叫，我听她叽里哇啦，俩人互相都听不懂。

喜妹展开书桌上的地图，仔细看着：阿黄，启明哥喜欢这张地图，咱们把它挂在墙上。

阿黄高兴地：哎，听你的。忙搬板凳……

西厢房里

萨丽在认真地修改着潘启明的那张肖像画。

萨丽仔细地观看着，露出满意的笑容，她把肖像画放在房中央，画面对着自己的卧床。

正厅里

喜妹欣赏着已经挂好的世界地图，对阿黄卖弄地：看，这就是萨丽她们的国家，从这儿，到这儿，再从这儿，到这儿，又转了个弯，才来到咱们广州……

外面的院门吱呀一声。

喜妹耳尖地：启明哥回来了。

喜妹和阿黄忙出房门。

潘启明：你们还没睡呀。

喜妹：你没回来，我们能睡得着吗？阿黄，你关好院门，先去睡吧。

阿黄不情愿地去检查院门。

潘启明走上台阶站住：萨丽睡了没有？

喜妹：刚才还在画画呢。

潘启明自语：不打扰她了。

喜妹跟着启明进屋：启明哥，累了吧？我给你端水洗脚。

潘启明：不用了，我还要看书。

喜妹：启明哥，你饿不饿？我给你弄点点心。

潘启明：不饿，我不饿。发现墙上挂着的地图：喜妹，这是你挂上去的？

喜妹得意地：是啊，挂的合适不合适？

潘启明：没打算挂呀，另有用处的。算了，明天再摘吧。

喜妹：这样宝贝的东西，另有用处？

潘启明：在咱们中国，这地图确实是宝贝。我打算把它献给皇上。

喜妹：献给皇上？皇上没有这个？

潘启明坐在书桌边，翻过一本书：西方认为咱们中国很神秘，咱们中国呢，对西方了解的更少，需要交流。萨瑞他们，花几个月，航行大半个世界，装了一船茶叶和丝绸，这说明，咱的茶叶和丝绸，还有瓷器很珍贵。反过来说，他们认为他们珍贵的东西到我们这里就成了宝贝。皇上就是有了，也会喜欢这个的。他手下的人，也会喜欢把这个送给皇上。

喜妹听得津津有味。

潘启明：你还愣着干什么？

喜妹：噢——忘了给你泡茶。

潘启明：不用了，你该回去休息了。

喜妹委屈地：启明哥，求你，别赶我好不好？我情愿服侍您，照顾您，干啥都行，就是您别嫌弃我，别赶我。我就是想听您说说话，跟您做做事。

潘启明沉思片刻：行，我不会嫌弃你，不过，你得听我的话。

喜妹：行，我听，您说什么我都听。

潘启明：那好，你去陪陪萨丽。这样的房子，怕她住不惯，恐怕连床她都不习惯。她是个身份相当高贵的人，你替我关心关心她，省得她在异国他乡伤感。

喜妹乐意地：好好好，把萨丽交给我好了，我会照顾好她，省得她老缠着您。

潘启明：我和萨丽是朋友，你多什么心哪，去吧。

喜妹还是不舍地：那好吧。悻悻地走到门口：启明哥，我就睡窗户下面，您要伺候，就喊一声，我耳朵尖着呢，听见了？

潘启明不得已地点点头。

喜妹这才轻轻地把潘启明的房门合上。

第十五集

■ 西厢房里

喜妹轻轻地推开房门。

灯亮着，萨丽面对画板侧卧在床上。

喜妹轻手轻脚走过去，发现萨丽已合上眼睛。

喜妹看着画板，是启明的肖像，熠熠如生。

喜妹悄悄拿起画板，正要走开，萨丽突然醒了。

萨丽：别动！（英语，中文字幕）

喜妹愣了一下，学着萨丽：“别动”（英语，中文字幕）是什么意思呀？

萨丽起身，又把画板放正：不要动它。（英语，中文字幕）

喜妹复述：不要动它。（英语，中文字幕）噢——就是不要动它。

萨丽又侧卧在床上，半合着眼睛。

喜妹一口气将灯吹灭。

院子里。

月光高照，树影婆娑……

西厢房里。

月光照在喜妹的床上。

喜妹轻轻起身，蹑手蹑脚取过画板，面对窗口射进的月光放好，也轻轻侧卧在床。

月光把画板上启明的肖像照得神采闪亮……

■ 小院正屋启明的卧室里　内　夜

潘启明平卧在新床上。

月光从窗口照进来。

潘启明睁大着眼，怔怔地思索着。

闪回。

江边，启明在和阿娇并肩走着。

阿娇：启明哥，我发现喜妹和萨丽都非常喜欢你，你的心里乱不乱？

潘启明：有你的宽容和大度，我心里乱什么？

亭子里，喜妹在焚香操琴，不时朝他投过期待的目光。

码头上，萨丽提着画架，朝他热切地：潘，我的老师。我留在中国了，我要跟着你生活，学习，研究你们的中国。（英语，中文字幕）

闪回完。

潘启明的脸被月光映照着，深思着……

▩ 杨府　外/内　日

院内院外张灯结彩

院外，锣鼓喧天。

两只可爱的小狮子在欢迎客人。

不少人都围着观看。

萨丽站在台阶上，看得更是入神。

院内，两旁摆满待客的八仙桌。

通向大厅的路上铺着红地毯。

家人们忙着倒茶续水。

内眷和姨太太们站在大厅两旁看着热闹，又窃窃私语着。

杨如雪倒是贴着杨巡抚看新鲜。

两排清兵在墙边列队以展威严。

引客的家人来回奔忙着：广惠行卢老板到——

卢老板带人上前递上礼单。

管家高喊：广惠行祝寿纹银二百两——

站在客厅正中央的杨大人和四姨太点头表示谢意……

管家陆续在喊着：广发行贺寿白银五百两——

外面的锣鼓声更激烈了。

家人突然扯起大嗓门，粤海关监督那大人到——

那金朝身后卫兵摆摆手，独自大摇大摆地走上红地毯。

杨大人携四姨太走下台阶。

家人朝管家递上画轴。

管家：那大人亲送送鹤延年名画一幅——

杨大人：那大人，您还用得着客气呀！快坐。

那金：四姨太做寿，卑职理所当然凑凑热闹，略表心意呀。

家人：广利行鲁老板和少东家到——

管家：广利行贺寿银一千两——

全场皆为一惊：哇——

鲁老板带着鲁子义走上前去。

吴老板先迎：鲁兄，礼太重了吧。

鲁子义径朝四姨太行礼：四姨妈，孩儿祝您福如东海，寿比南山，越过越年轻。

四姨太乐呵呵地：老爷，你看，这孩子多会说话。

杨大人：他就是你说的那个鲁家少爷？

四姨太：就是他，可懂事了，有出息着呢。

鲁子义又行礼：多谢老爷、四姨太偏爱。他抬起头，发现杨巡抚身边的杨如雪在望着他。正要上前施礼，如雪却又故意去望别处了。

外面锣鼓声突然停了，传来马蹄声，人声躁动。

众人尽朝大门口张望。

穿着黄马褂的清兵拥簇着内务府秦大人走进大门：圣旨到——

秦大人：广东巡抚杨济广，粤海关监督那金接旨——

杨大人和那金急步来到台阶下跪倒在地。

秦大人站在客厅台阶上：奉天呈运，皇帝诏曰，我大清皇朝，地大物博，无所不有。诸海关能进洋货木材和铁制品等换我精美瓷品和丝，实乃欺诈之举。即日起，停江苏、浙江、福建海关口岸，仅留粤海关一处。

杨大人和那金叩头：吾皇万岁，万岁，万万岁！

杨大人起身接过圣旨：秦大人，一路辛苦。

秦大人：是够辛苦的，打江苏、浙江、福建三处海关一路赶来，马不停蹄，人不离鞍，我都快散了架了。

杨大人：请大人先到后堂歇息，老夫专为大人接风摆宴。

秦大人：不，府上热热闹闹，门外舞着狮子，院内宾客满堂，张灯结彩，这是给谁在做寿哇？

杨大人：回大人，今日卑职四太太生日，一班亲戚朋友凑个小热闹，让大人见笑了。

秦大人：哪里哪里。本大人在内务府当差，伺候皇上在京城也待腻了，看你们南方耳目一新。你们接着热闹，本大人看个新鲜。

杨大人：快给大人看坐。

杨大人把秦大人扶坐，又朝管家示意：那就接着来。

管家：二小姐专为四太太贺寿。

范二姑和杨如雪款款走向台阶，向四姨太行礼。

范二姑手中捧着一个盖着红绸的托盘：二小姐亲手编织金猴拜寿——

杨如雪揭下红绸，一座毛茸茸的金猴捧着一个大寿桃。

全场惊呼：哇——，比真的还真。

杨大人也觉意料之外。

秦大人：宝贝，这是个宝贝。朝杨如雪招手：丫头，过来，过来。

杨如雪亭亭玉立地：给大人请安。

秦大人：这是你亲手编的？

杨如雪：小女子手笨，让大人见笑了。

秦大人：本大人是笑了，是高兴，巧，手巧，人长得也巧，难怪我们亲王爷都是这样惦记的呢，呵——

锣鼓声突然又响了起来。

两只可爱的小狮子随着轻快的小鼓点，亲昵地舞向台阶，在杨大人、四姨太面前，在秦大人面前晃头摆尾。

鼓声戛然而止，狮子口中吐出两条红绸。上书金字：福如东海，寿比南山。

好——全场一片掌声和叫好声。

秦大人先喊：赏！

杨大人也喊：快赏。

鼓声又起，两只小狮子又上下翻跃。

在一阵点碎地锣鼓点钟，两狮子又向台阶前展示一张地图。

小狮子：同文行贺寿，献世界宝图一张。

秦大人的眼睛瞪得滚圆：宝贝，是宝贝。

杨大人也忍不住亲自上前接过，在秦大人面前展示。

秦大人：好，好——！杨大人，这图就是宝图，皇上肯定喜欢，我替皇上收下了。

杨大人慌忙地：谢秦大人抬爱。

秦大人收着地图：接着热闹，接着呀，有意思，有意思。

两只狮子又舞起来，当舞到四姨太面前时，小狮子在四姨太面前捧出个精致的西洋小盒子。

两只小狮子不动了。

鼓声又突然停止了。

全场静谧，却瞪大眼睛等着看着。

小盒子里突然传出悦耳的祝您生日快乐的音乐声。

人人屏气倾听。

秦大人突然地：杨大人，本大人不远千里，来开了眼界，今天我也要来个狮子大开口，这玩意我也替皇上要了，好给皇上皇后解解闷，你的四太太会不会不乐意呀？

杨大人：不会不会，秦大人高兴，大家都高兴。要是皇上高兴，全国都高兴。

秦大人：好，这话我爱听。那好，本大人既然在大庭广众开了口，那个金猴献寿，本大人要了，回去借花献佛。

杨大人兴奋地：如雪，快谢秦大人赏脸赏光。

杨如雪好像在想什么，寻找什么，正在发怔，听到喊她，忙向秦大人拜谢。

杨大人向吴先生低语：同文行，就是你说的那个年青人吧。

吴先生：没错，他叫潘启明。

杨大人：他人呢？

吴先生：是呵，我也没看见。

杨大人站在台阶上高喊：同文行老板在哪里？

全场都在互望，连萨丽都在乱找。

两只小狮子这才打开头盔。

潘启明：同文行潘启明拜见大人。

秦大人：小子，你——

小狮子下跪：晚辈潘启明叩见秦大人。

秦大人：好——，快起来呀，你太让人出乎意料了！

萨丽突然高喊着向前跑去，太精彩了，太出乎意料了——（英语，中文字幕）

全场人又愣住了。

萨丽不顾一切地跑到启明面前用生硬的中文：潘，我的老师，我自豪，我为你自豪。猛地抱住小狮子的肩拥住启明的头，喜泪盈眶地在启明脸上来了个热吻……

全场人瞠目结舌，都太出乎意料了……

■ 杨府内客厅

秦大人和杨大人、那金在一起商量事情。

秦大人：二位大人，本官此次来广东，真正要和二位商量的事情，大人心中大概都有数了吧？

那金看看杨大人，意思请杨大人先说。

杨大人：下官想到的事情甚多，比方说，一口通商需要谢皇上恩典、比方说粤海关加税，还有，万岁圣诞眼看就要到了……

那金连连点头，跟着附和。

秦大人：巡抚说得不错。一口通商也好，增加关税也好，唯独万岁爷的圣诞，那才是本官内务府的正务。

杨大人：大人有话，只管明示。

秦大人：不瞒二位，当今圣上非常喜欢洋人的那些个洋玩意儿！

杨大人瞥了那金一眼。

那金担心杨巡抚把这件事情都按到自己头上。急忙表态：洋人的东西，皆是价格不菲之物，有关收购款项——巡抚大人？

杨大人立刻把责任放在了那金身上：秦大人，那大人的意思，有关收购洋玩意儿的款项，能否从税收之中扣除？

秦大人：不行。岂不是让天下人诟病当今圣上玩物丧志？再说，用税收购买洋玩意儿，是当今圣明天子做的事情？

那金反驳：卑职根本不是这个想法。

秦大人：海关大人怎样想，不妨直说。

那金：卑职想，巡抚大人四姨太做寿，洋商们还能争先恐后，表示情意，如果我们为皇上做寿，他们能不蜂拥而至？

杨大人冷笑：那大人的意思我明白了，无非就是想让杨某人把这次寿诞所收的礼物，奉献给当今圣上吗？想为万岁爷尽忠，杨某人历来不落人后。任秦大人挑选好了。

那金：杨大人耿耿忠心，卑职佩服。

杨大人：不过，给万岁爷庆寿，也不是我杨某一人的事情。秦大人不远千里跋涉，也断然不是为了我一个如何呈送寿礼而来。

秦大人：有道理。四姨太的那些礼物，就那几个好的，也让我拿过来了。本宫此次来广东，是请二位一起商量事的。

杨巡抚：秦大人，不妨直说，到底需要我们做到什么程度？

秦大人：好，我就直说。咱们大清土地肥沃，人口众多，疆域开阔，还缺什么？什么都有，这次独留粤海关，又是为什么？进贡洋玩意，给后宫里玩玩，图个新鲜。至于进奉，本大人来，就是给当今皇上办个小钱柜，让皇上开心的时候，给娘娘妃子们几个赏钱，娘娘妃子们开心，皇上高兴，快快乐乐治理国家，既然本大人为皇上专跑了一趟，就是当今圣上那里，没有五万两的东西，大约说不过去！你们说是不是？

那金杨大人都点头。

秦大人：万岁爷之外，其他……二位是不是？

杨大人：这是题中应有之义！

那金沉吟：这样吧，干脆，咱们现银奉上。

秦大人点头：二位果然是干练大员。

杨大人有些发愁。秦大人看到了，回头看那金，发现那金也在发愁。

秦大人：不好办？

那金：实不相瞒，大人，税赋之内的事情，好说。这种事情，如果不能从加税中解决，就有些不好办。他们这些洋商，是一盘散沙，不好统一规划，一起行动。

秦大人给杨大人打气：巡抚大人，皇上整个广东都交给你了，你总有办法吧！

杨大人当然要表示比那金高明：那大人，关于那些洋玩意儿的事情，你找他们洋商之中，有影响之人，比方说鲁家的广利行，协商一下。五万现银呢，本官找我那个亲戚商量商量。那大人，你看如何？

那金站起来作揖：巡抚大人有命，敢不奉遵？

杨大人：不，不，不是有命。你我代天子执掌广东，在秦大人开导下，为国尽忠而已！

为了表示和谐，三个人都笑起来。

那金起身告辞：此事宜速，卑职先走一步。

秦大人和杨巡抚起身送走了那金。回身坐下。

秦大人：杨大人，本官请教——

杨大人：大人客气了。

秦大人：贵千金是否有了对门之家。

杨巡抚：尚在待字闺中。

秦大人笑起来：本官就直言了。杨大人，亲王多伦的儿子英铎，尚未有对门之家，虽然求亲者甚多，那英铎眼高于顶……

杨大人急忙离座站起：大人，多伦亲王，乃是四大铁帽子亲王之首，英铎更是天上的苍鹰。只怕人家看不上小女。

秦大人：庆寿筵上，我看你的女儿，形象艳美，气质高雅，绝对是万里难挑一个！再说，那多伦亲王，与本官也是很好的朋友，嘿嘿……

杨巡抚似有难色地作揖：秦大人大恩大德，杨某没齿难忘！

▩ 茶楼上　内　日

早茶茶桌都坐得满满堂堂。

楼上楼下熙熙攘攘。

群众甲正眉飞色舞地：……只见两只小狮子随着锣鼓点咚咚咚咚，咚咚咚咚，咚咚咚咚……舞到巡抚大人和京城来宣旨的钦差大人面前，哗——，狮子口中吐出两条红绸……

众茶客都忘记了喝茶，小食，目不转睛地倾听他叙说。

群众甲慢悠悠地端起茶杯……

群众乙：吐出来的是啥，接着说呀。

群众甲：只见两只小狮子口中吐出的两条红绸，上书八个金色大字，福如东海，寿比南山——

众茶客一片惊嘘：哇——

群众乙起身制止：嘘——

群众甲呷了一口茶：只见小狮子又咚咚咚咚，咚咚咚咚上蹦下跳，舞了一周，突然又变出一张世界宝图。

群众乙：宝图。

群众甲：对，就是西方、东方、南方、北方，各个国家，各个人种，各个宝藏，各山各水，应有尽有。

群众乙：宝，是个宝，从哪弄出来的？

群众甲：我不是说了……从狮子口里变出来的吗？钦差宣旨大臣一见，大惊大喜，马上就说：这可是个宝贝，我替皇上要了，皇上一定喜欢。

众茶客又：哇——，皇上喜欢。

群众乙：下面呢，再说，再接着说。

群众甲：下面更精彩了，更神了。又端起茶杯。

群众乙按住他的茶杯：你少喝两口好不好？

鲁子义的茶桌上。

荣翻译又低声地：真是张宝图。

鲁子义：就是一张画的地图，还不知道是真是假呢，你要喜欢，我也能给你画一张。

群众乙：献图的人到底是谁呀？

群众甲突然又高声地学着杨巡抚：同文行老板潘启明何在——，众人你看我，我看你，连认识的人也找不到潘启明，正在大家寻找等待之时，只见小狮子取下头盔，露出一张娃娃脸来，钦差大臣和杨大巡抚哪能相信你就是潘启明？潘启明微笑着点头，小民正是潘启明。钦差大臣和杨大巡抚都喜出望外，小小年纪，这么有才，赏！赏——！

众茶客齐声地：赏，赏——

鲁子义已是满腔妒火地手端茶杯气得直抖！

群众乙又来了一个：嘘——赏的什么？

群众甲：大家正要看潘启明到底得到什么奖赏时，忽然大门口看热闹的人丛中跑出一洋妞，嘴里叽里呱啦，咿里哇啦，喊着，叫着，噌噌噌噌，噌噌噌噌，跑到钦差大人和杨大巡抚面前，大庭广众，当着杨府女眷，把潘启明紧紧一抱，朝潘启明脸上叭——地亲了一口——

众茶客目瞪口呆：哇——！

突然听到“嘭”的一声响。

众茶客又愣住。

是鲁子义他们桌上的茶壶落在地上，摔得粉碎。

鲁子义不动声色地掏出一块碎银放到桌上，茶钱，壶钱，都有了。起身下楼。

郑买办朝满叔：他怎么啦？

满叔笑笑：没什么。

郑买办：咱们事还没谈呢。

中间茶桌上。

群众乙招手店小二：刚才那是谁呀？

小二：广利行鲁大老板的少爷。

群众甲：我还以为他是潘启明呢。

众人会心地笑了：噢——

■ 杨府

杨大人和吴老板已经说过了要钱的事情。

吴老板：巡抚大人，这种事情，如果让我一个人出，只怕于理不公。广东那些忠于朝廷的洋商，也会反对。不过，应该让谁出，每人出多少，也是个难题。如果，有个行会在这里，巡抚大人也就……

杨巡抚：我明白你的意思。不过，成立行会，确乎难以向朝廷启齿。还是先渡过这一道难关再说此事吧。

吴老板：好吧。不过，这件事情，我要找大伙商量商量，再给大人回话。

杨大人：我知道亲家是个会办事情的。

■ 粤海关

那金也给鲁青山说过了洋玩意儿的事情。

鲁青山：谢谢大人信得过老朽。

那金：老爷还能不知道你的办事能力？

鲁青山：不瞒大人，这件事确实不好办哩。假如有个行会，自然便于协商……

那金：这还要说，不过，成立行会的事情，需要杨巡抚牵头上折子。人家不愿意牵头，本大人实在是爱莫能助啊！行会之事，以后再议吧。

鲁青山：既然如此，在下就举荐一个人，帮助大人办好这件事情吧！

那金：莫非是你的儿子，那个精明强干的鲁子义？

鲁青山连连摇头：大人，近来一切事情，都有小儿打理，小人年纪大了，很少问事。这件事情，还就幸亏找我，如果让我的儿子来，大人肯定问道于盲了。小人推荐的是同文行潘启明！

那金想了一会儿，点头：那个年轻人是有些邪路本事。这样——麻烦你先给他打个招呼，让他带着说法来见我。

▩ 同文行后院亭子　里/外　日

潘启明在陪着老家六叔说话。

喜妹泡着功夫茶。

六叔：……来到广州，才知道这世界之大。心里想，这上哪里去找同文行，去找明仔！哪里知道，当年一点点大的明仔，混出个大名堂来了！大街小巷，传来传去，客栈里也议论纷纷，说同文行年轻老板潘启明如何了得，潘启明？不就是你嘛，我一说找潘启明的，大伙对我都挺热心的！

潘启明：我也是刚起步，好心办了点事，没想到闹得沸沸扬扬的，都怪我阅历浅，沉不住气，这么张扬，其实不好。

喜妹：我才不这么看呢，我觉得好着呢，一下子全知道同文行了。

六叔：年轻人就得有个闯劲，不闯，哪有自己的天下呀，要是想的太多了，能闯出去吗？

潘启明：六叔，家里都好吧？

六叔：还算好，上山，下山，采茶，卖茶，过日子呗。

潘启明：收成呢？

六叔：收成是不错，茶叶的质量没得说，可就是卖不上价，茶行压价不说，还拖着老不结帐，拿不到现钱。这不，我就出来看看，找找出路，不能老在山里头呆着，让茶行老板憋死呀！你不是说找我谈谈茶叶的事情吗？感情你能买咱们的茶叶？

潘启明若有所思地端起茶杯，仔细地品了一口：六叔，这就是你的茶？

六叔：是呵。

潘启明：这茶品质不错，能卖好价钱。

六叔：咱们武夷山老家山高，雾大，水清，环境好，茶叶当然是上品啦！要是赶巧了，几个老板一起去收咱们的茶叶，还能卖个好价钱。要是不巧，就一个两个老板过去，咱们就苦了，你压价，他压价，不要让人家老板压价了，自己就不敢多说。所以，每年，都是好茶叶卖个孬茶叶的价钱。

潘启明：你带来多少哇？

六叔：趁别人的船，就捎带二十篓。

潘启明：太少了。

潘启明：六叔，我想问一句，咱们家乡附近，有没有人出让茶山和茶园？

六叔：有，当然有，不少茶农人手少，雇人揉，自己炒不出来，或者炒不出味，只好卖鲜叶，靠卖鲜叶能卖多少钱哪，还有的气得把茶园毁了，改种粮食呢。

潘启明深思着。

六叔：你想买茶园？

潘启明：我有这个想法，洋人为什么和商行套近乎，不就是为了船打广州能保证货源嘛！

要想做好洋商生意，就要有自己的茶场货源和渠道。靠被动的收购，无论如何不如有自己的茶园。不仅可以保证货源，还能保证质量。做洋人生意，时刻有货供应，时刻有好货供应，才是根本！六叔，我想拜托你，帮我在咱们家乡收购茶园。

六叔一蹦好高：行，明仔，你为家乡做好事情了，你是个做大事情的人！家乡人忘不了你的大恩大德。

■ 菜市上　外　日

阿娇挎个篮子在买菜。

萨丽跟她在身边转悠，看菜，看阿娇买菜。

肉摊上。

阿娇买了一小块肉和一块较大的骨头（筒子骨）。

摊主：骨头斩多大？

阿娇想了想：一劈二。

摊主：好咧！抡刀将骨头一劈两半。

阿娇装进菜篮，又往前走。

海鲜、鱼类档处。

各种海鲜和活鱼应有尽有，不少人正在选购。

萨丽喜出望外地看得眼花缭乱。

阿娇看都不看一眼，径直朝前去买青菜和豆腐。

萨丽发现阿娇没在身边买海鲜，急忙去赶阿娇。

萨丽：阿娇，快去买鱼和蟹。（英语对话，中文字幕）

阿娇的眼神转了转，头也不回，挑她的青菜。

萨丽扯了阿娇一把：阿娇，那边的鱼和虾、蟹好极了，快过去买。

阿娇望着萨丽，摇摇头，似乎是听不懂。

萨丽着急地指手画脚，用生硬的中文：娇，那边，买鱼——

郑买办在陪一个洋人逛市场，过来帮忙。

郑买办朝阿娇：您叫阿娇吗？

阿娇点头：是呵。

郑买办：刚才这位洋姑娘是叫你过去买鱼和海鲜，你没听懂吧？

阿娇又摇头又点头。

郑买办：这洋姑娘和你是一起的？

阿娇：是呵，噢，她临时住在我们家。

郑买办会心地一笑：她刚才是叫你买鱼和海鲜？

阿娇：我不能买。

郑买办：为什么呀？

阿娇：我们是小户人家，过日子，要节省。

郑买办：噢，为了节省。

萨丽又冒出中文：节省？

郑买办：节省就是frugality。

■ 秦大人居住的驿站

秦大人笑眯眯地看着潘启明行礼。

潘启明：不知道你老人家召见，来迟了，万望原谅。这里有一件小小的玩具，请大人带回去，给小孩玩耍。

秦大人让下人接过潘启明的礼物，打开一看，原来是一座很精巧的自鸣钟。

秦大人：好，好东西！

潘启明：实不相瞒，这是潘启明的恩公广利行鲁青山老板给我的。大人传商民的时候，鲁老板正好在我那里说话，听说大人叫商民，他就赠送了这件玩意儿，意思是让商民转赠大人。大人如果说好，就告诉大人是鲁老板所赠。不好，就是商民的啦！

秦大人哈哈大笑：这个鲁老板，是个会办事的。潘启明啊——

潘启明：大人。

秦大人：四姨太的寿诞之上，我就看出来你是个人才，这两天，他们也都想本官举荐你，说你办事干练，为人厚道，总之，好话一大箩。

潘启明：那是各位同行抬举。潘启明后生小子，不敢张狂。

秦大人：本官还以为是你故意让他们请本官举荐你呢！

潘启明：不敢，商民不敢。

秦大人：正好，本官也有事情需要找个得力的人商量。潘启明——

潘启明：商民听着呢。

秦大人：本官这次来，筹措当今圣上做大寿的事情，你也听说了吧？

潘启明：有所耳闻。不知其详。

秦大人：他们都说这件事情很难办，你说呢？

潘启明：大人，其实此事并不难办。

秦大人：呃，说说。

潘启明：大人，您想，假如有一个行会，有一个德高望重，办事老成的人，比如鲁青山老板主持行会，由他出面，请一些洋人带着洋货过来，您老人家看货订货。订货之后，商定价格。然后，有鲁青山老板根据各个行的经济实力，摊派份额，按时交纳，不就完了吗！

秦大人：好主意！那就让这个鲁青山办理。

潘启明：眼下不行，大人，鲁青山凭什么指定份额？没有行会，他更不是行首！

秦大人：那就成立行会。

潘启明：实不相瞒，大人，广州众多洋商已经行文恳求粤海关和巡抚大人了。

秦大人：这是好事，为什么两府不给本官提起呢？

潘启明：大约两位大人担心万岁爷生气吧？

秦大人沉吟了一会儿，点点头：当初，当今圣上是不喜欢商人结帮。不过，现在五口通商，已经变成了一口通商，事情再大也好控制，再说，如果商人成立行会，有利于做成事情，做不成拿行首是问，比现在收洋玩意、收银子找不到个正主强，这么个好事情当今圣上也未必不许。

潘启明：大人，远离天颜的人，哪里知道万岁爷的心思。我等洋商还要靠大人成全。

秦大人：你再给本官说说成立行会的好处。

潘启明：有了行会，官家的税收、供奉、赈济等等事宜，就不用一家一家商量了，只要指明商行处置，就妥；洋人报关报税安全等等，也是如此。商人内部呢，质量要求、价格规定等等有可能影响商人经营和国家声誉的事情，都能给以规定，岂不省事省心？

秦大人连连点头：好，我找巡抚和粤海关协商。

潘启明：大人，您是皇上钦差，由您撑腰，他们两位大人肯定是欢欣鼓舞。不过，等到万岁恩准下来，也要一些时日。岂不耽误了万岁的圣诞？

秦大人：这倒也是。你有什么好的主意？

潘启明：商民的主意，大人不妨让我们成立一个商会预备会，请鲁青山老板执掌。等万岁降下恩旨，就将筹备会立时转正。万岁恩旨未到之前，圣诞之事，就由预备会处理也就是了。

秦大人击掌称赞：好，好！潘启明，你很有筹划之才。我看，未必要鲁青山执掌，就是你算了。

潘启明：大人如此嘉许，商民真是感恩戴德！不过，在广州洋商之中，商民太过年轻，又是新起之人，可谓是人微言轻，只怕辜负大人期许，对不起万岁皇恩，那就万死难赎了！鲁青山老板对大人如望泰山，又是商民恩人。商民一定会对他老人家尽心尽力。

秦大人连连点头：好，好！突然一转念：潘启明，我看你是个当官的料子啊！满会周旋事的嘛！

潘启明：商民此生志在经商，恐怕没有当官的福分了。

秦大人：那倒也未必，有些大臣还上折子，效法前朝，依例捐官呢！

潘启明：依例捐官？

▩ 巡抚府　四姨太房　内　日

一包五颜六色的丝线摆在四姨太的桌子上。

春儿喜爱地看来看去，鲁少爷还真有本事。

鲁子义洋洋得意地：只要世上有的，这包里全齐了。

四姨太：你这是送给我的？

鲁子义：当然是啦。

四姨太：不是吧，你这包丝线醉翁之意不在酒吧。

鲁子义嬉笑：姨妈，您真是冰雪聪明。上次送的绸缎不也是先请别人挑的吗？这人情——当然是让您做啦！

四姨太果真认真看了看鲁子义：——哎，春儿，你咋忘了给少爷泡茶了？

春儿忙端茶碗上来。

四姨太：姨妈告诉你，不论想做什么，先要自己本钱壮！

鲁子义大大咧咧呷了一口茶：有我爹打下的根基，还有四姨妈您帮我，还有……我有把握，不出三年，我就能在全广州混出个人样来。您信不信？

四姨太：我信，看你年纪轻，做事就这么有心计，我就信。以后哇，你肯定够老谋深算的了。不过，你成了大财主，姨妈不也沾光啦。

鲁子义又臊着脸：四姨妈，有您帮我，我先孝敬的就是四姨妈。

四姨妈心花怒放地：姨妈相信自己不会看错人，往后哇，有啥事尽管给姨妈说。

鲁子义朝春儿看了一眼。

四姨妈想了想，明白鲁子义的意思，他有私房话要说，回头：春儿。

春儿应声。

四姨太：你把丝线给二小姐送过去，就说是鲁少爷专门送的，她要是喜欢呢，愿意来道声谢，那就再好不过了，要是不来呢，先把人情做了。

鲁子义点头：姨妈，跟您学做人做事，没错。

春儿包起丝线走了。

鲁子义喝了口茶，起身踱起步子，看看盆景，又到镜子前整衣领，理辫子……

四姨妈朝镜子里望望：别照了，你那娃娃脸够嫩的啦。还有什么话，就直接说吧。

鲁子义不好意思地转身，跪下：姨妈，孩儿有大事求您！

四姨太急忙搀扶，拉住鲁子义的手，不忍放开：什么事情，这样郑重？

鲁子义：孩儿想当官。

四姨妈：哎——我倒想起来了，我表哥陪老爷喝茶聊天的时候，老爷透了个风，说什么……朝中好多大臣给皇上上了折子，奏请什么依例捐官。

鲁子义：捐官，啥叫捐官？

四姨太：我也说不清楚，好像是现在有钱的人多了，朝廷呢，要治黄河，还经常要赈灾，想多收点民间的银子，哎，说白了，就是朝廷卖官，有钱人可以拿钱买官，钱越多，买的官越大。

鲁子义听得津津有味：嗯，这倒是个路子。姨妈，今天孩儿要求您的事情，不是这个。

四姨太：是什么？

鲁子义：我们洋商最近在商量成立行会。如果恩准成立，孩子想当行首！

四姨太：不错。听说过，行首是官儿吗？

鲁子义：所有商人，都要服从行首，虽非皇帝的命官，也是大伙的首领。再说，万一将来能够捐官，有姨妈保佑，孩儿再捐一个官儿，那不就什么都有了。

四姨太：好，好，有算计就好！不过，我听说他们对潘启明评价甚高，只怕潘启明拦住了你的路子。

鲁子义咬牙切齿：整个黄埔港，就这个潘启明，死死和我作对。

四姨太：那天，那个洋女人，真不要脸。

鲁子义突然有了主意：姨妈，洋女人这样有伤风化，难道官府就不能过问？再说，那洋女人失踪的事，官府也没有销案，咋就可以在光天化日之下，如此招摇呢？我记得当初说过，哪个窝藏了这个洋女子，有杀头之罪呢！现在，怎么就没有人说了呢？

四姨太：这你就不明白了。洋人的事情，洋人不追究，我们就不多问。大家都不想给洋人打交道，这叫好鞋不踩臭狗屎，懂不懂。

鲁子义：姨妈，您要跟孩儿出气。

四姨太：你知道，孩子，这要出钱啊！

此时，鲁子义就是没有钱，不禁有些窘迫。

▩ 巡抚府　杨如雪的闺房里　内　日

范二姑拿着两只编好的小狮子在左看右看。

范二姑：小姐，你的手艺真的超过我了，这狮子编的真活神活现，看来，奶妈真的是老了，手指头硬了，脑袋瓜子僵啰！

杨如雪拿过小狮子在琢磨着：奶妈，别伤心了，就凭你这脾气，天天乐呵呵的，啥事也都不往心里头放，您要不活到一百岁才怪呢。

范二姑：闺女，还是你最知道奶妈，奶妈这个炮筒子脾气，说好吧，啥事都不会憋出病来，说不好吧，说不定哪句话就把人给得罪了。嘿，反正老了，管他呢，只要小姐您把我范二姑放在心里，就是明天死了，我也不会瞪眼的。

杨如雪：我爹不让你走，一直让你陪我照顾我，不就是看我跟你亲吗。说着，她拿起台子上的彩丝线在小狮子身上比画着。

范二姑：刚才四姨太的春儿说，这丝线是鲁少爷专门送的，这鲁少爷是个什么人哪？

杨如雪不屑一顾地：是个青杏儿。

范二姑：青杏儿？

杨如雪：酸溜溜的，整天想着在四姨妈面前讨好呗。

范二姑：早知道，刚才我就把丝线退回去。

杨如雪：那倒不必。说着，手里的丝线已经编到狮子的脖子上。

杨如雪摇动狮子：看！

彩丝在小狮子的脖间晃动，五光闪闪，煞是好看。

范二姑感叹地：小姐，我算服了你了，你真有灵气，咋就能只看一眼，就牢牢记住了呢！

这时候，她们耳边似乎响起了潘启明舞狮子的时候的锣鼓声。

■ 潘家小院　外/内　日

灶上煲着骨头汤。

阿娇在洗菜做饭……

萨丽在院子里支起画架，拿着画笔在勾勒狮舞……

阿娇端洗菜的水到院子里浇花和盆景，乜眼看到萨丽的画，更感心事重重。

萨丽主动和她打招呼：娇，辛苦。

阿娇：辛苦！径自去灶间。

萨丽比画着：我——帮你。

阿娇在烧火，火光映着阿娇忧郁的脸，她勉强笑了笑……

■ 茶楼　内　日

炭火小炉上烧着小铜壶。

吴先生、鲁老板、伍老板、卢老板、梁老板等在喝着工夫茶。

吴先生：……自广州开商埠、建夷馆以来。诸位都是和洋人打交道的元老，也是精英，在商界也都算得上德高望重了，吴某我对诸位也十分敬佩。

伍老板：吴先生言重了。

鲁老板：吴先生过谦了。

吴先生：诸位不用客气，关于成立行会给朝廷上折子的事，想必大家都知道了，巡抚大人和粤海关都有了意思。巡抚大人说，既然是大家自已发起的，是民间的，成立公行的事，就按民间的办，我也只是传个话。

卢老板：但不知上面选了哪些商号成立公行？

吴先生：八家联名上折的，不用说都要在，要是就这八家成立公行，专门和洋人做生意，又嫌少了点，要是所有的商号都参加，又怕有的会滥竽充数。所以嘛，听听几位元老的意见，你们都知根知底，介绍介绍其他商号的情况，吴某拜托了。

几位老板都在思索着。

伍老板：我看高弟行不错，高老板为人正直，做生意也很讲信誉。

鲁老板：同惠行的实力在逐渐上升，从发展的眼光看，应该让他们参加。

梁老板：还有同德行……

■ 镜头转到房子背后的窗子下

鲁子义躲在外面偷听。

■ 室内

吴先生品着茶：看来，主要就是这十几家，现在是上折子的时候，能否批准，就是批下来，都还需要时日。巡抚大人和粤海关的意思，先把大家合起来，筹备着。虽说筹备，也需要一个头头，是不是？至于是叫会长呢还是叫行首，都是小事，反正得有人来主事。

梁老板心直口快地：吴先生，我看您合适。

众附言：没错，吴先生最合适。

吴先生摇头：哪里那里，刚才说得明白，这个头头要从行会的老板里面挑，我虽然做生意，可没和洋人做过，再说，杭州、宁波、汕头，我那么多分号也得管，我可不能老待在广州和洋人打交道。大家最好找一个年富力强、头脑活络、思想开通、见识广泛、有德有意的。

鲁青山：说得好。我们老了，别人不说，比方说我鲁青山，我就有自知之明，年老不说，身体也一直欠佳，屡屡生病。我觉得，行首的差事，要传递信息、应酬人事，没有饷银，还得上报下联，不但是个苦差，此人还必须大公无私，能主动帮人排忧解难。鲁某心有余而力不足哇，所以，我也想推荐年轻人来干。吴兄的提法，我举双手赞成！

梁老板：如果二位您说的是真话，心里话，那诸位就恕我直言了。

吴先生：说吧，我可是有言在先，你们别掺合着我，我只是上传下达。

梁老板：按照吴先生和鲁老兄的这个意思，我看有两个人呢，一个是鲁老板的公子，鲁子义；一个是吴先生的朋友，鲁老板的徒弟——

有几个人一起说：潘启明！

梁老板：潘启明我看中的是他干练，敢想敢干。全面来说，我看，鲁子义还是比较好的，一个是名门之后，万一有个不到的地方，青山兄可以给点拨点拨，一个是生意做得大，万一有个长长短短，咱们大树底下好乘凉。

有人点头。

伍老板：要说把事情办好、有担待、有见识、厚道——我不是说鲁子义少东家不厚道啊，我认为，还是潘启明！

更多的人赞成这个说法。并且越来越多的人赞同。

■ 房后窗外

鲁子义听到一片潘启明的喊声，悲愤地匆匆下楼……

■ 茶楼下，小街上　外　日

鲁子义急步走下茶楼，一辆马车正巧路过……

鲁子义拦住：马车——

车停了，鲁子义上车。

鲁子义：巡抚大人府衙！

■ 四姨太家中

四姨太正在欣赏自己的宝贝，春儿过来：奶奶，鲁少爷来了！

四姨太眼珠一转，点点头。

春儿出门，领着鲁子义走进来。鲁子义一进来，扑通跪倒。

四姨太看一眼春儿。春儿急忙带上房门，到外边去了。

四姨太：孩子，这又是怎么了？

鲁子义：潘启明的事情，姨妈无论如何要替孩儿办了他。

四姨太：还是这事儿啊？不是说了，姨妈不怕伤阴德，但是，需要银子啊！

鲁子义：姨妈，孩儿手头一时拮据，只要姨妈能想出办法，孩儿有情后补。

四姨太眼珠一转：孩子，当初，你们去杭州卖丝绸，我曾出钱一万两……我说权当是加你们广利行一个股份。不料想，那潘启明从中破坏，你家老父亲，也是，嗨！

鲁子义立刻明白：姨妈，千不怪，万不怪，都怪孩儿没有当家掌权。如果姨妈不嫌等待时间过长，孩儿许您：现在借给我一万两，做成潘启明的事情之后，将来孩儿掌权广利行，不论广利行多大家业，有您一股！

四姨太按捺住自己的惊喜，说：孩子的许诺，姨妈当然深信不疑。不过，只怕时间长发了，姨妈老了，把这事情给忘记了。

鲁子义：孩儿这就给您立下字据！

鲁子义自己说着，忙着找纸笔。

四姨太假惺惺地：哎呀，这还真的立下字据啊！

▩ 鲁家客厅　内　晚

鲁老板坐上饭桌。

鲁老太太和两个姨太太在陪鲁老板吃饭。

鲁老板：给我倒杯酒来。

鲁老太太：青山，今个儿你心情不错呀！

鲁老板：是吴先生找伍老板我们几个商量事。想起什么般地：子义呢，他还没回来吗？

刘姐：没呢——！

鲁老板端起酒杯，想着什么：阿娇也没回来？

鲁老太太：阿娇哇，她最近好像有心事。

鲁老板：噢——？！

鲁老太太：我问她她也不说。

▩ 潘家小院　外/内　夜　正房客厅里

潘启明，喜妹，萨丽，贵叔，阿黄在围着桌子吃饭。

阿娇最后坐在贵叔边上准备盛饭。

喜妹像主人似的给启明夹菜：哎，阿娇姐，汤呢？

阿娇：哎呀，看我，汤都忘了端了。起身。

喜妹：阿黄，你还不快去端汤。

阿黄应声忙着去端汤。

萨丽以为喜妹会给她夹菜，望着等着喜妹。

喜妹给启明夹完，自己倒吃起来。

潘启明会意地忙给萨丽夹了一块肉：萨丽，自己夹菜，别客气。

萨丽冒出一句：节省——。

阿黄：汤来了。把汤煲放到桌中央。

喜妹起身抓勺：嗬——，筒子骨煲靓汤，真棒。我来给你们捞骨头。

阿娇突然冒出一句：筒子骨就两块。

喜妹搅着勺：呵——，真的就两块。阿娇姐，怎么不斩碎呀！

萨丽：节省。

阿娇若无其事地等待着。

喜妹略思片刻勺出一块放到启明面前：老板，应该的。

喜妹又盛出另一块肉骨，发现几个人的眼光都在看她，朝阿黄和贵叔：你们轮不着。又朝萨丽，你呢，应该节省。又故意将肉骨上下扬了几下，才终于把骨头放在阿娇的碗里：阿娇姐，辛苦了。

阿娇脸上涌出酸辣苦咸的复杂表情……

突然很多士兵涌进来。

潘启明：请问军爷，你们干什么？

为首的衙役：谁是潘启明？

潘启明：我就是。

为首的衙役：拿下！

立刻有衙役冲上，锁了潘启明。

为首的衙役：谁是洋女人萨丽？没有等到人们回答，已经看到了萨丽——拿下！

第十六集

■ 广州府衙

潘启明、萨丽被押到当庭。同文行一干人等都来了，在外面围观。

苏知府：潘启明！

潘启明：商民潘启明叩见知府大老爷！

苏知府：萨丽！

萨丽知道叫她的名字，并不跪倒：大人为什么逮捕我？

苏知府不知道萨丽在说什么，只是问道：萨丽为甚不行大礼？

萨丽：我要抗议，这是对我的伤害！

苏知府：这个洋女人，竟敢咆哮公堂，来也，给老爷打板子！

潘启明：老爷，不问青红皂白，上来就对一个洋人贵宾动大刑，恐怕不够妥当吧？

苏知府：她为什么不回答老爷的问话？

潘启明：她已经作了回答，只是老爷没有听懂罢了。

苏知府：她为什么不向老爷施礼。

潘启明：老爷，洋人没有叩头的礼节，所以不会叩头。

苏知府愣了半天：她不知道我堂堂华夏的礼节，你总知道吧？为什么大庭广众之下，拥抱接吻，真乃有伤风化！

潘启明：回老爷，拥抱接吻，也是洋人的生活习惯。

苏知府：习惯？老爷还有打人的习惯呢！来人，给这个潘启明三十板子！

潘启明：老爷，请讲明商民罪责，再行惩罚。

苏知府：讲明罪责？潘启明，老爷实话告诉你，你私自容留洋人女子，当众有伤风化，你犯的罪责，轻了监禁，往重了说，可以杀头！来人，先给我打——

衙役们如狼似虎地扑上来——

在后面观看的阿娇和喜妹等人大惊失色。乱作一团。

潘启明：冤枉！

▩ 广利行

鲁青山行色匆匆，准备外出。

鲁子义：父亲，您这是准备去哪里？

鲁青山叹口气：真是不顺，不知道因为什么，明仔又被广州知府捉拿了去。我去找你吴叔叔商量一下。

鲁子义：哦，是这么回事情？我跟您一起过去？

鲁青山：算了，你在家照顾生意吧。苏知府那里，我也没有听说过跟你有什么交往。

目送父亲走去，鲁子义不禁偷偷一乐。突然发现阿娇从外面回来，神色凄然，知道自己的好事来了，急忙迎接过去。

▩ 那青处

喜妹寻找那青帮忙。喜妹跪倒在地上，不愿意起来。

那青也很是感到悲哀，但是，看到喜妹这样痴情于潘启明，不免有些嫉妒。她本来准备扶起来喜妹，临时又改变了主意。

那青：你的意思，那个广州知府，要杀了你的东家？

喜妹叩头。

那青：我看你的这个东家，也是个风流孽鬼。到处留情，弄得个洋女人也神魂颠倒，居然当众做出来出轨的事情。我凭什么救他？

喜妹：小姐，我知道我们东家最尊重您，最信任您。我还听说，您和启明哥是好哥们，既然是好哥们，就要讲义气，有难同当，互敬互帮。再说，这也不是我东家的错，当众那，那，也是她们洋人的规矩。还有，那苏知府说我们东家拐带洋女人，根本是不实之词。那个洋女人萨丽，本是自愿留下，是她恳求小女子，小女子自作主张同意留下的，从头到尾，也与我家东家无涉。或杀或剐，小女子都愿意认罪。

那青：你愿意替你东家去死？

喜妹：愿意。

那青：日后，你也愿意替我去死吗？

喜妹：救完启明哥，我马上可以替您去死。

那青还真有些感动，半晌：我可以答应你的要求，替你去救你的东家。

喜妹：谢谢小姐！

那青：不过，本小姐有个条件。你不是愿意替你东家去死吗？

喜妹：我说过了，只要小姐能搭救我的东家，您让我干什么我就干什么。做牛做马，可以，让我去死，不皱眉头！

那青：本小姐如果将你的东家从监狱中就出来，本小姐要你跟我做丫鬟，当奴婢。

喜妹犹豫了一下。

喜妹：不同意。不同意你就走吧。另求高明去吧。

喜妹立刻磕头：奴婢答应了。

那青：跟本小姐当丫鬟，就是本小姐的奴仆，卖身为奴，一纸文书，定你终身，从此以后，你的生老病死，婚丧嫁娶，一切一切都有本小姐做主了。

喜妹哭起来。

那青：哼哼，既然不甘心，那就算了。

喜妹终于下定决心：小姐，只要能保证我的东家平安无事，我愿意！

那青愣住了。

喜妹看那青无声无息了，反过来催促：小姐，我愿意了。

那青回过神来，取过笔墨，带些赌气的味道：好，本小姐算是多了一个奴婢！

广利行

阿娇和鲁子义谈得不愉快，准备走人。

鲁子义：哪里去？实话告诉你，只要我在这个世上一天，潘启明就一天不能得到你。自从决定了你和他的婚事，我就一天也没有顺利过。我爱你，他要娶你；我要做好生意，他就从中捣蛋；我想组织行会，当行首，他就到处钻窟窿打洞当行首。这个世界上，有我无他，有他无我。这一次，我决不轻饶，叫他定死不疑！

阿娇：子义，明仔从来没有把你当作敌人，天地良心啊！

鲁子义：他把我当作敌人，我不痛心。我最痛心的就是你和他合起来对付我。

阿娇：没有啊，没有谁要对付你！请你相信我，放过明仔吧！

鲁子义：我放过他？他为什么不放过我？

阿娇：你让他怎样放过你？

鲁子义：放弃行首！

阿娇：我替他答应你。

鲁子义：我要娶你为妻。说着动手动脚。

阿娇拼死抵抗：子义——

鲁子义不甘心：怎样？

阿娇：子义，只要你能让明仔回家，我答应不嫁给他。

鲁子义：那就嫁给我！说着又要动手。

阿娇急忙后退一步：不，我谁都不嫁了。

鲁子义：只要不嫁给我，你就还会嫁给他。

阿娇：子义，你不要逼我。

鲁子义：不是我逼你，是你们逼我，让我没有活路，要知道，我是广利行大少爷，我是未来的黄埔港第一大商人，我要在广州城，在黄埔港做人上人！

阿娇：子义，我答应你，你真能救出来明仔？

鲁子义：一句话！

阿娇：从今往后放过明仔？

鲁子义：永不为敌。

阿娇：子义，只要你救出明仔，保证今后不再对付他，伤害他。从明仔出来那一天起，阿娇再不出现在你和明仔面前！

鲁子义愣了一下，他明白阿娇是不愿意活了，但是，想到自己不能得到这个女人，也不能让潘启明得到，竟然点头了：在我面前，在广州城，永远消失？

阿娇点头。

鲁子义也点头。

阿娇：你答应了？

鲁子义：若是这样，我就饶了他！

■ 秦大人的驿馆

吴老板和鲁青山来这里拜访秦大人。

秦大人问鲁青山：鲁青山？

鲁青山：大人！

秦大人：你来的意思，本官明白。你是个好样的。说着，取出来潘启明赠送的自鸣钟，你送给我的这个玩意儿，很好，非常好！

鲁青山：我的？我送你的？大人，您怎说这个玩意儿是商民的呢？

秦大人：这不是你的吗？昨天潘启明送来的时候，说得很清楚，说是你的东西。

吴老板立刻明白了：大人，潘启明是不是向您推荐鲁老板德高望重，办事干练，在广州洋商中间深孚众望。堪任商行首领？

秦大人连连点头：正是，正是。

吴老板朝鲁青山一笑。

鲁青山也完全明白了，急忙站起来施礼：大人，这珍贵的自鸣钟并非商民所有，更不是商民安排潘启明赠送大人。这珍贵的礼物，是瑞典皇亲萨瑞赠送给潘启明的。

秦大人：潘启明的？瑞典国皇亲为什么赠送这样珍贵的东西给一个洋商。

鲁青山：回大人，那瑞典皇亲萨瑞有一个妹妹，名字萨丽，喜欢我中国文化，看到潘启明会说洋话，懂得很多中国文化，想留下来，深入学习。那萨瑞为了求得潘启明答应收留妹妹做个学生，因此赠送了这个贵重礼品。

秦大人：原来如此。那潘启明为什么要冒你的名字赠送本官呢？

吴老板：潘启明是个知恩必报之人。当年，他来到广州城黄埔港，是鲁青山老板收留了他，并且支持他独立门户，成就今日。所以……

秦大人哈哈大笑：明白了，明白了！这个潘启明倒是个君子，好，好！

鲁青山和吴老板一起离座，双双跪下。

秦大人大吃一惊：二位这是为何？

鲁青山：潘启明身陷囹圄，求大人搭救。

秦大人：身陷囹圄？

吴老板：大人，我等全靠潘启明筹划指挥，准备在三五天之内，给大人做好万岁圣诞的礼物之事。不知什么原因，广州知府突然缉拿了潘启明。我等多方打听，说他私留洋女人，有伤风化，不仅乱打板子，还放出风来，要杀头。此事冤屈了潘启明不说，我们离开了潘启明，等于是群龙无首，大人的事情，一时也不好办了。

秦大人：竟有这样的事情？倒是事关重大，怎么不去找杨巡抚？

吴老板：杨巡抚说，洋商有事情，当找粤海关处理。

秦大人：那就去找粤海关。

鲁青山：粤海关那大人说，苏知府是杨巡抚管辖，他不好插手。

秦大人：嘿嘿，两位都很高明。玩起太极拳来了。

鲁青山：商民与广州府素无瓜葛，难以说话。这里，有一些微薄的心意，也难以呈送苏知府。特意送来给大人，请大人转达广州知府苏大人。

秦大人看到鲁青山高高举起的银票，不禁眉开眼笑，故作客气：苏知府很厉害啊，本官要是送不到呢？

吴老板：那就请大人赏了下人吧！

秦大人：好，好，本官试试，看看这些地方大员可给本官面子。说着，收下了银票。吩咐：起来说话，起来说话。

看到两个人站起来，秦大人：刚才你们说，是那个洋女人的哥哥请求潘启明收留他的妹妹做徒弟的，有何为证呢？

吴老板：商民亲眼看到萨瑞给潘启明的文书。

秦大人：这就好。

▩ 粤海关

那青找到父亲说话。

那金：哼，这个巡抚小姐也真是，为什么不求他的父亲。那个广州知府是个地方官儿，是她父亲巡抚大人的下属。巡抚放个屁，对他来说，也是打雷？

那青：告诉你阿玛，那个潘启明要是我的朋友，我就去恳求杨小姐找她父亲帮忙。这个道理，难道你不懂得？

那金：嗨，这个巡抚大人，家教不行，让一个堂堂千金小姐，和一个商人交朋友，成什么体统！谁屁股上有屎，谁自己擦。我不问。

那青：你不问？

那金：懒得搭理。

那青：你不搭理，你丢人。

那金：我丢什么人？板子打的是潘启明。

那青：那潘启明被打急了，就说是你的女儿收留的洋女人，你是让他领回家去的。

那金：证据何在？再说，我看那个潘启明，很义气，不会乱咬乱攀的。

那青：就是这样子，你也是丢人。

那金：丢什么人？

那青：谁不知道洋商的事情，归你粤海关处理。广州府插手，就是越权，就是不拿你粤海关当菜儿！以后洋商再有事情，就往广州府跑门子。万一再让万岁知道了，嘿嘿……

那金的脸色越来越难看。终于爆发，狠狠地一拍桌子，站起来。

那青窃笑了。

▩ 监狱

受了刑伤的潘启明非常痛苦，愤怒地大呼：我冤枉！

禁卒：潘老板，不要费力气了，老爷听不到。

潘启明：大哥，为什么没有人来探监？

禁卒：潘老板，实不相瞒，来了好多人探监，老爷防备着呢，外边加了好几道岗哨。嗨，也不知道你是什么案子，从来没有见过老爷这样处置过。小人也断了财路啊！

潘启明：大哥放心，我潘启明只要能出去，绝对不会亏待你的。

禁卒：这个我相信。看得出来，你是个说话算数的。

潘启明：请大哥给我准备笔墨，我想给家里写封信。让他们给咱们送一些银两过来。

禁卒：好，好！

■ 知府内衙

苏知府看到了巡抚府的行文，很生气，对师爷表示自己的不满：你看，让我抓人，是他巡抚府大人的意思，让我放人，还是他们的意思。我们忙里忙外，一文钱没有见到！

师爷：东翁，只怪我们太认真了。当初抓人的时候，就该接见那些来给潘启明说情的人。我们把门堵死了，人家自然另找门路，那银子自然也就不到咱们这里来了。

苏知府：难道，就这样轻轻松松放走他潘启明不成？

师爷：不放，大概也不行吧？

苏知府顿足捶胸。

师爷认真看巡抚府衙门行文，突然发现问题，高兴地一击掌：好！

苏知府急忙过来：有门路？

师爷指着公文：东翁您看——

苏知府看了一会，明白了，连连点头。

■ 广利行阿娇处

阿娇咬破中指，写血书：明仔，今生莫做行首，来世再做夫妻。

她准备悬梁自尽。

■ 广利行店铺

鲁青山回来了，脸上布满兴奋之色。满叔迎上去：东家，刚才阿娇找您，很焦急！

鲁青山立刻意识到事情很紧急。他很快地向院子里走去，直奔阿娇的住处。来到门外，看到门从里面关上了，轻轻敲门，没有答应，推一推，发现房门已经关死了，重重敲门，没有人答应，一使劲儿，把门推开了。往里面一看，大吃一惊。

■ 广州府公堂

苏知府对堂下跪着的潘启明宣布：经查，潘启明羁留瑞典洋女人萨丽，有伤风化一案，事出有因，或可原谅，故从轻发落，暂时释放监外，责令悔改。

下人解开了潘启明身上的锁链。

潘启明：大人，萨丽在哪里？为什么不做当堂开释？

苏知府：能放你出去，已是法外施恩。瑞典洋女人萨丽，另案处理。

潘启明：大人，大人——

苏大人挥挥手。衙役们一拥而上，把潘启明哄了出去。

▩ 阿娇处

阿娇无力地躺在床上。鲁青山、鲁老太太、鲁太太等人都在这里。

鲁青山非常生气，吩咐：满师傅，让人把小畜生给我捆过来。

阿娇有气无力地：义父——

鲁老太太立刻阻止阿娇说话。

满叔：东家，你先息怒，此时宜于慢慢处理。少东家有些激愤，有些火气，也是可以理解。未必就是少东家构成这大官司，老东家不可冤枉了孩子。

此时，鲁子义已经惊慌失措地过来了：父亲？

鲁青山抬手给了他一巴掌。

鲁太太大吃一惊，但是，忍住了，没有敢多说话。

鲁子义向奶奶恳求帮助：奶奶——

鲁老太太忍不住抚摸住跪在面前的孙子的头：义儿，你不该逼死你的姐姐！

鲁子义：孙儿说了几句气话，并没有要逼死姐姐。

鲁青山：你说，明仔这次吃官司，有没有你的事情！

鲁子义：父亲，您的儿子能让广州苏知府这样做事情吗？我是吓唬姐姐的，你们不要信以为真啊！

鲁老太太：不要说他没有本事运动苏知府，就是有这个本事，谅他还没有坏到这种程度。不过，你这样欺负你的姐姐，也是让我们难以忍受，快，给你姐姐赔礼道歉！

鲁子义站起来，给阿娇鞠躬：姐姐——

鲁青山怒气不休：跪下！

鲁子义慢慢跪下。

阿娇急忙挣扎起来：子义——

一个伙计进来报告：东家，东家，好消息。

鲁青山：说！

伙计：潘老板他，他出来了！

▩ 秦大人驿馆

杨巡抚、那金在和秦大人商量成立行会的事情。

秦大人：两位大人不妨思量，如果成立了行会，那些洋商们就要实行联保连坐，一家亏了税收或者洋人的钱，就要求他们一起偿还。官家懒得和洋人打交道，那就把洋人交给他们，洋人的事情，让他们出钱出力。开罪洋人，万岁责罚，罪在商会。

杨大人：不错，原来我们对付洋商洋人，是大摊子，抓着头，跑了那头，抓了芝麻，丢了西瓜，现在，只要对付一个商会行首，就可以了。就像过去对付很多人，现在只要抓住一条蛇的七寸，这条蛇就老老实实的听话了。

那金：大人一直在万岁的身边，果然沾染了圣天子的英明。这主意不错。

秦大人：万岁那里，为了好说话，咱们想让他们成立一个临时的行会，让他们把万岁的圣诞礼物筹办齐备。如果万岁对此事不开心，就解散这个临时行会。如果万岁很高兴，就让他们正式办公。

那金：能退能进，好！

秦大人：那大人不愧力行广东，对能进能退很有研究。

杨大人：秦大人，这个折子，你看？

秦大人：咱们联名？

杨大人和那金都高兴起来了。

■ 巡抚衙门　外/内　日

清兵衙役列队，威武雄壮。

衙门外，围着同文行，广利行等管事，家人等候消息……

杨大人坐在大堂中央。

那金和其他官吏坐在公堂两边，吴先生也站在一旁。

鲁青山，伍老板，潘启明等商行老板一齐下跪：拜见巡抚大人，各位大人——

杨大人：先起来吧。

众人起身站立等候。

杨大人：本官受命圣谕，经摸底考察，现确认尔等商行专行和海外洋人贸易，授予专权。成立临时行会。名单如下：朝师爷示意：念。

师爷上前宣读十三商行名单：广利行……同文行……

师爷念毕，十三商行老板又跪拜：谢巡抚大人——！

杨大人：起来，起来。

众人又起身站立静候。

杨大人：你们众位商行老板，虽说只是和洋人做做生意，可你们也帮海关向朝廷纳了税银，也就是说，你们也是在为朝廷做事。既然你们忙着专门和洋人打交道了，你们可得小心点，得处处小心着，要讲信誉，不能丢咱大清国的人。海关上的事，你们要多向那大人禀报。

众人又向那金施礼：请那大人多多指教。

那金：巡抚大人在，指教就说不上，招呼还是得打，你们现在的一件大事，就是赶快操办万岁圣诞的礼物礼金事宜。不过呢，既然是行会，就得有个头，鸟无头不飞，有了事不能一家一家的找。这个头，叫行首，谁来当这个行首，你们有什么想法呀，给巡抚大人说说。

众洋商：听候巡抚大人明示！

杨大人：嗨——，你们倒蛮听话的嘛。想了想，那大人，这些人也归你管，你说呢？

那金：巡抚大人，这些人的生意一做，就是我管。给走不给走，给进不给进，是我说了算，巡抚大人让卑职说，卑职就说说。这个公行行首，虽然不是个官衔没有饷银拿，还是个临时的，却也是有头有脸的人物。将来，正式成立了行会，有了万岁的圣谕，那也是很显赫的人物。大清帝国现在就开这么一个口岸，面向海外那么多国家，那么多洋商，就让你们这些人出头露面，这个行首呢，应该是你们十几个老板中的一位老板，理当德高望重，一呼百应。本来，应该说派个官员节制你们，巡抚大人说，目前还是临时的，又是你们自发的民间的事，就先由你们自己管理，自己节制吧。从你们众商行中间选派，看哪一位德高望重，是合适人选吧！

杨巡抚望了吴先生一眼。

吴先生面色沉静。

杨巡抚：那大人言之有理，那——咱们就是从名气大的里面选怎么样？

那金：下官同意。

杨巡抚：鲁青山，鲁老板——

鲁老板：商民遵命。

鲁子义从父亲后边闪身出来：老爷，广利行绝对效忠于朝廷，惟老爷马首是瞻！

杨巡抚认真看看鲁子义，点头：好好！

那金大声地：谁愿意担此大任，报名上来。

鲁子义正欲说话。听到众人齐声地：我等无能，不敢充当行首。

杨巡抚：嘿——，都不干，难道叫本督给你们当行首，替你们跑腿？

鲁子义还想说话，被父亲拦住了。

那金：大人，其实作为商人，当这个行首也是光宗耀祖的事，他们都不好自告奋勇，以下官之见，巡抚大人您亲自点将，其他人就是心中不服，也不敢多言。

杨巡抚：要叫本督亲点嘛……

衙门传来嘈杂声，班头进来：启禀巡抚大人，衙门口来了几位洋人，要面见大人。

杨巡抚：洋人？说什么事没有？

班头：说是成立公行的事。

杨巡抚：噢——，他们的鼻子也蛮灵的，也来凑热闹？

那金：大人，公行就是面对洋人的，听听他们的倒也无妨。

杨巡抚：那就叫他们进来。

班头：遵命。

班头很快带进马斯顿、塔尼诺、荣翻译等人。

马斯顿：尊敬的巡抚大人，海关监督那大人，我们听说你们要成立贸易公行，专门负责与我们的贸易和交流，我们很高兴，会给我们带来很多方便。（英语对话，中文字幕）

荣翻译按原文翻译了一遍。

杨巡抚：好哇，你们方便就好哇。

马斯顿：公行的统帅很重要，要经常和我们打交道，我们认为，谁当这个公行的统帅，应该征求我们的意见。

荣翻译又原文翻译。

杨巡抚立时皱起眉头：区区小事，还是我们的内部小事，凭什么还要征求你们的意见？

荣翻译正要译，被那金止住。容先生，你等一下。回头对杨巡抚说，大人，卑职以为，他们的意见可以听一听，采纳不采纳，当然还是大人您说了算。

杨巡抚：有道理，让他接着说。

荣翻译：马斯顿先生，巡抚大人愿听您的意见。

马斯顿：我们认为，应该选举！投票，谁的票数最高，就要谁担任！

荣翻译认真地又翻译了一遍。

杨巡抚立时不悦地：怎么？还想指点本官哪？

那金：大人，洋人说话，就这个味道，所以，卑职很讨厌和他们打交道。客气了，抬举他们，有辱我大中华体统。不客气了，他们就会抗议，说我们邦交歧视！以后，就让行会对付他们好了。

杨巡抚：如果让他们对付洋人，务必懂得洋话才好。

鲁子义：老爷所见极是。不过，现有翻译很多，洋话固然重要，有很多洋人朋友，也是一个关键。

■ 巡抚衙门　外　日

人们在外面议论着，探头张望着。

阿娇、喜妹、萨丽也在等待着。

■ 巡抚衙门　内　日

那金：请大人决断。

杨巡抚：我决断，区区小事，本官才不愿动脑子呢，来人哪，给他们洋商每人发张白纸，每人写一个名字，写谁是谁，来个公推。

堂上人人瞪大眼睛。

差役向人们发着纸笔……

吴先生暗自和鲁青山对视，会心一笑……

洋商们都在动笔写着。

潘启明想都不想，写上鲁青山。

鲁子义执笔想写，被父亲鲁青山把毛笔收了过去。鲁子义不免焦急，但是也无可奈何。

差役把纸都收上去了。

杨巡抚把纸摊开，莫名其妙地大笑起来：哈哈哈哈……

那金起身，朝公案上探头。

纸上几乎全都写着潘启明……

杨巡抚：都想不到吧，只有一张写鲁青山，其余都是潘启明，有意思。

那金意料之外地：潘、启、明——

潘启明忙上前扑地跪倒：大人，大人，晚辈不能，不能呵——！

杨巡抚板脸：潘启明，你以为本巡抚拿公事会当儿戏？

▩ 粤海关后堂

杨巡抚和那金正陪着秦大人说话，潘启明走进来，施礼：各位大人，洋人们的有关礼品，已经摆放齐备，请大人移步前堂查看。

杨巡抚和那金急忙站起来，向秦大人施礼：大人，请！

潘启明带头，一行四人款步走来。

▩ 粤海关前堂

几个洋人毕恭毕敬地站在那里。他们的商品统统摆放在一条长案子上，有自鸣钟等等，琳琅满目。秦大人等人一进来，洋人主动弯腰为礼，唯唯后退。

秦大人感到眼花缭乱，看看这个，摸摸那个，啧啧不停。

那金很严肃地问潘启明：价钱怎样说？

潘启明：潘启明请来了吴潮鸣、鲁青山等五个阅历丰富的洋商，参照往年标准，给在场所有的商品一一核定了价格，看，都在这里。他说着，取出来一个本子：大人们可以在礼品中随意挑选。把所有供奉圣诞的礼品挑选齐了之后，再根据这本价格表算账，最后，由我们商会付款给洋人。总款从十万两圣诞寿银中扣除。

杨巡抚：稳妥，稳妥。

秦大人：会办事，会办事！还真会办事。

同文行

所有的十三行洋商老板都在这里，他们召开会议。

潘启明：各位前辈，各位老板，很不好意思，大家推选我做临时行首，我这个临时行首要做的第一件事，是向大家要钱，惭愧惭愧呀！

梁老板：这也是没有办法的事情，万岁爷做寿，咱也不能不拿出一些心意。再说了，做得好一些，也许万岁一高兴，让咱们成立正式商会呢！

其他老板都说：对，对。有道理，有道理。

潘启明：谢谢大家能以大局为重。这次万岁圣诞，给我们分摊的数字有些大了，启明感觉到非常为难。第一年，又不能讨价还价，他们是狮子大开口，我是实在难以开口。

伍老板：我们已经知道了，十万两。确实多了一些。但愿将来我们正式成立行会之后，能跟他们讨价还价。

众人都附和。

潘启明：一次十万两，如果五年十年一次，倒还能忍受，如果年年如此，不论谁做这个行首，都要据理力争，讨价还价。

众人一起鼓掌。

鲁子义：这十万两白银，大家伙儿如何分配，倒是个麻烦。让谁多出一些，人家未必心服，让谁少出一些，别人未必认为你公平。如果分摊……

一个老板：分摊，不行。家大业大，三万两万，咬咬牙，狠狠心，也能拿出来。像我这样的，万儿八千，也足以让我破产，分摊，就是一片草叶一滴露珠啊，那可害了我们这样的小门小户了！

有两个老板立刻赞同，大叹苦经。

有个富裕的老板也有不满：这是非常时期，大家应该共渡难关。

叹苦经的老板：那也不能眉毛胡子一把抓。

大家立刻争吵起来，各执一词。

潘启明微微笑着，看他们争吵。

吴潮鸣：好了，大家的意思，潘行首大概也听明白了。

大家立刻停止争吵，一起朝潘启明投来期盼的眼神。

潘启明：大家说的有道理，不能眉毛胡子一把抓。不过，虽说家中有金银，隔壁有戥秤，具体谁家有多少家业，别人还是不清楚的。我有一个办法，让大家的利润和责任结合起来。

鲁青山哈哈大笑：如果能做到这一点，那就太好了。

潘启明：是这样，每年从国外来多少进货船只，这些船只需要多少丝绸、茶叶、瓷器、药材，那是有个固定总数的。他们每年能进来多少洋货给我们，亦有总数，这些，也是需要我们商会分配到各家。我们按照这个进出货的总数，依据各个商行的实力进行分配。实力大的，多分配，实力弱的，少分配。今天这个圣诞供奉呢，也就以给你们商业配额作为依据。大家看看如何？

鲁子义：每家商业配额大小，如何确定？

潘启明：参照前两年的经营额度，请大家商量研讨之后再确定。

鲁青山：嗯，这个方法不错。

众人慢慢都开始点头。

■ 同文行

贵叔：东家，我们同文行，怎能和他们广利行一样出钱呢？无论怎样说，我们不能和广利行一样出钱，他们是什么家业，我们是什么家业？

潘启明：须知，我是临时行首，自然要做出表率。

贵叔：做行首，不贪不占，公平合理，就是好的。如果说还要带头吃亏，以后天长日久、哪个能当得起这个行首？

潘启明：做行首，是为大伙谋福利的，不能害怕自己吃亏。吃亏在前，得利在后。

贵叔：东家，实不相瞒，咱们的本钱紧张了。六叔带了一些回故乡收购茶山，还有……

潘启明：到陈大哥那里去借一些来。

贵叔：以前借的，还没有偿还……

潘启明：我和他的关系，以前没有偿还，也是可以再借的。

贵叔：东家莫非忘记了，咱们是借一还二的！

潘启明一下子愣住了，半晌：现在的库存，能不能还清过去的账目？

贵叔：如果正常利息，当然毫无问题，如果按照借一还二的标准，恐怕还是紧张的。

潘启明：先按照借一还二的规矩，把旧账还清，然后再借新账。

贵叔：明白了。东家想首先保住咱的声誉。

潘启明：对。

贵叔：以后的借款，就可以按照正常利息计算了。

潘启明哈哈大笑。

■ 驿馆

秦大人准备启程了。辎重果然很多。秦大人很高兴。对送行的杨巡抚附耳低语：那门亲事？

杨巡抚：多谢大人，多谢大人，下官如果高攀上亲王，一定重重有谢！

秦大人大笑，回头对那金：老那，本官不说多谢了。

那金：不到之处，一定多多包涵！

秦大人对在远一些的地方施礼的潘启明：潘行首，本官要等你的喜酒了，哈哈！

■ 小街上　外　日

范二姑带杏儿一边走一边寻找着。
杏儿手里还捧着个盒子。
范二姑和杏儿正在寻找同文行。
迎头来的鲁子义望着范二姑和杏儿一怔，想搭话。
范二姑扯一把杏儿，不屑一顾地径直走。

■ 同文行　内　日

范二姑领着杏儿走进来。
范二姑大咧咧地：这是同文行吗？
众人都一愣，一下竟没有答话。
范二姑：怎么都板着脸哪，没听见我问哪！
贵叔：大姐，这是同文行，您是——
范二姑：你喊我大姐，是我大还是你大呀，糟老头子。
贵叔一下尴尬地：那……小姐——！
范二姑：还小姐，我像小姐吗？我们小姐没来。
贵叔小心地：您……我到底该怎么称呼哇。
范二姑：他们都喊我范二姑，你呢，喊大姑。
贵叔：大姑，范大姑，请问，您是哪个府第的呀？
范二姑：小姐不让说，我就不能说，你算白问了。
众人见状，竟又忍不住苦笑起来。
贵叔搔头：大姑，您来同文行……是何公干哪？
范二姑：公干，都是男人们的事，我来是……你们潘老板呢？
喜妹：潘老板，他不在，我们也急着等他呢！
范二姑朝喜妹瞪眼：你是潘老板什么人？
喜妹：同文行的伙计。
范二姑乱眨着眼睛，想着，暗中点点头。
画出：
四太太做寿，二个小狮子掀起头盔的镜头。
喜妹充满红晕的脸：同文行的伙计。

丁师爷：不管谁查，到我这——，老爷，这银子全部——

苏知府按手：别忙，你有功，对半。

丁师爷又推：小的不敢。

苏知府：那就三七——

丁师爷：那——就三七。

两人乐呵呵地端杯……

苏知府：你说这个洋女人，明天就可以放出来了？

师爷：不，送银子的人不是要咱们放人的。

苏知府：奇怪，难道又是四姨太那边的力量？

丁师爷：四姨太会送咱们银子？

苏州府：对，我不知道谁，我也不知道有人送过银子。他到底要咱们怎样处理？

丁师爷：这个人很有意思，他说，要咱们务必消除萨丽这个洋女人和潘启明伤害风化的影响。

苏知府：有意思，怎样消除影响呢？

丁师爷：更绝了，要求那个萨丽嫁给潘启明！

苏知府不禁哈哈大笑：看样子，还有人送！留下了这条小鱼，居然可引来这样多的钓鱼人，哈哈哈！

衙役进来，手持一张拜帖：禀报老爷，洋商临时行首潘启明求见。

苏知府看看丁师爷，忍不住笑了，嘿嘿，他到底来了。说着接过去拜帖：哼哼，行首？一个商人的临时小头头，给我们官家办事的狗而已……

丁师爷：东翁，看在送银子的份上，我去会会他吧。

苏知府点点头。

■ 苏知府的外客厅

潘启明在那里等候接见。看到丁师爷摇摇摆摆地走过来。急忙站起来行礼。

丁师爷：潘行首，恭喜啊恭喜！

潘启明：多谢师爷。

丁师爷：潘行首来拜，不是来请我们老爷赴宴的吧？

潘启明：宴请大人，那是题中应有之义。已经看了吉日，明日就有请帖送到，务请师爷恳求知府老爷赏光。

丁师爷：好，好。这样看来，潘行首今天还有别的意思？

潘启明掏出一张银票：请师爷赏收。

丁师爷：不敢，不敢，无功不受禄。

潘启明：潘启明有几句前些天没有来得及说的话，告诉师爷罢了。师爷听了在下的述说，就是大功劳一件。说着，再一次将银票递了过去。

丁师爷：好吧。我要是坚持不收，就是看不起新上任的行首了。说着，受下银票，笑笑，潘行首，有什么话，只管说吧。

潘启明又掏出来一张纸：师爷，当初，瑞典萨瑞请我收留萨丽的时候，有一纸文书，请看！

丁师爷：嘿嘿，我不认识洋文。

潘启明：那些夷馆里的洋人是认识的。夷馆为了萨丽的一年暂住，也有一些文件。我想，他们来交涉释放萨丽的时候，也会呈送给老爷看的。

丁师爷：那些洋人也要来？

潘启明：他们不会放任自己的国民关在监狱中的。

丁师爷：我明白潘行首的意思了，那个萨丽居留中国，合理合法！

潘启明：师爷圣明！

丁师爷：不过，她现在犯的是有伤风化罪。不是非法居留罪。

潘启明不禁一愣，继而笑了：师爷，在他们瑞典……

丁师爷：她不是没有在瑞典吗？

潘启明：这——所以，恳求师爷法外施恩，多加照顾。

丁师爷：你放心，我一定恳请老爷从轻发落。只要能想出来消除有伤风化影响的办法，就把这个洋女人放出去！

潘启明深深一礼：多谢了！

潘启明刚刚走出去。苏知府出来了：师爷，你为什么不告诉他，需要迎娶那个洋女人，才能放出人来。

师爷：东翁——说有亮亮手中的银票：等几天再告诉他，那不就又是一张嘛！

苏知府：嗯？哈哈哈！

▩ 巡捕房　内　夜

喜妹给萨丽送来吃的。

萨丽：什么时候可以出去？（英语，中文字幕）

喜妹：大家都难过，在想办法呢，你先在这里受几天罪吧。

萨丽：他们为什么不理睬我的抗议？（英语，中文字幕）

喜妹：我真后悔，不该帮助你留下来。我马上就要做别人的丫鬟了，为人家奴婢，什么事情都要人家当我的家，真是生不如死，这都是我自找的，我活该！

萨丽：什么叫活该？（英语，中文字幕）

喜妹万分悲伤，流泪了：活该，我活该死！

第十七集

■ 广州府衙　内　日

客厅里，苏知府亲自掌壶为吴先生倒茶。

苏知府：哎呀，吴先生，真没想到，是您大驾光临。

吴先生：我哪是什么大驾呀，不就是个生意人嘛。

苏知府：来来来，喝茶，喝茶。

吴先生接杯：大人，不用客气。

苏知府：吴先生找卑职，有何指教啊？

吴潮鸣：这件事情说大不大，说小不小，不过，您大人这样一出手，动静可是不小。

苏知府：嘿嘿，不好意思，卑职按律办点小事，居然连您也惊动了！

吴先生：何止是我，大街小巷，整个广州城都惊动了。

苏知府：这么大动静？不会吧？

吴先生：你抓的是洋妞啊。这洋女人，不仅是瑞典国家的皇亲贵族，还牵扯到我的一位朋友——

苏知府有些不明白：你的朋友？

吴先生：潘启明！

苏知府：难怪这个潘启明能坐上临时行会的行首，原来是您吴先生的朋友啊！失敬失敬！

吴先生：实不相瞒，此人很可以相处。

苏知府意在言外地：难怪巡抚大人能看上这个潘老板，原来此人很可以相处！

吴先生忙拦，并作解释：不不不，就是在下我的意思，没有巡抚大人的意思，苏大人您……

苏大人：其实，你明白，我明白，咱们都明白。吴先生，您放心，这事，卑职知道该怎么办了，律法是死的，人是活的。

吴先生：谢大人给吴某面子。

苏知府：当然给，当然给，不看僧面，也得看佛面哪！

吴先生：这么说，更要多谢了。掏出一张银票，慢慢推向苏知府。

苏知府瞥了一眼银票，伸手又慢慢推过去：这可不好。

吴先生又推过去：大人公务忙，我就不专门请您吃饭啦。

苏知府又推：快收回去。又正色道：在广州城，上有巡抚衙门，连和我平级的粤海关都是呼风唤雨的衙门，只有我小小的广州府，没人看在眼里，清静了点，清贫了点，好哇，不干事，就少不少麻烦事，清贫了，倒是心里安定，踏实。我倒不是说，想做个大大的清官，扬名后世，要的就是平安。吴先生，你说是不是？

吴先生：苏大人品格真让人敬仰。果然收起银票来。

苏知府：对了，这就对了，不收银子办事，把事办好，尽量让上面的大人满意，虽说费神费功夫，可我心甘情愿哪，像您吴先生风度翩翩，气质高雅……

丁师爷进来：禀大人，外面的客人送走了。

苏知府会意地：你来得正好，我和吴先生也谈好了，你替我送送吴先生，吴先生，就让丁师爷送您了。

吴先生：好好，大人公务忙，我已经坐了很久了。起身。

丁师爷：吴先生，您请。

两人走出客厅。

■ 客厅外

吴先生：丁师爷，知府大人很亮堂。

丁师爷：嘿嘿，有点儿假正经还是必要的。不过，还是能办事情的。

吴先生：丁师爷，萨丽的事情……说着，把银票递过去。

丁师爷四下看看，接过来，收起：吴老板，就是不收你的东西，也要给你面子。不过，知府那里，总是这样好说话。

吴老板：明白。

丁师爷：吴老板知道，官家就讲个冠冕堂皇，是不是？大人的意思呢，没有一个说得过去的理由，不好开销。到底怎么办呢？也好办，既然是有伤风化，就不如顺水推舟，让那个潘启明，收下这个洋女人，洋商老板呢，哪个不是三妻四妾？那就皆大欢喜了。

吴老板：原来是这样？

丁师爷：搂也搂了，抱也抱了，连嘴都亲了，还不干脆弄过来！算是便宜了潘启明这小子了！说着，猥亵地笑起来。

吴老板：恐怕——

丁师爷收住笑：目前看，只有这样了，老爷都跟我说过了，不二法门！

吴老板沉吟片刻，慢慢点头。

▩ 内堂里

苏知府心情舒畅地倒茶，摇着脑袋吹茶杯里的小泡泡，等候丁师爷……

丁师爷很快就回来了，老爷。

苏知府：怎样说？

丁师爷：咱们答应他开销萨丽那个洋女人，不过，也说明白了，必须要潘启明收下这个洋女人。

苏知府：怎样说？

丁师爷嘿嘿一笑，掏出银票：看，在这儿呢！

苏知府笑起来：嘿嘿，不赖，两头进账。老规矩，三七。

丁师爷笑眯着眼：谢东翁！

苏知府：回头告诉你那个神秘的朋友，有大人物保举萨丽，看样子，要潘启明娶萨丽，有难度！

丁师爷点头：明白！

▩ 潘家小院　外/内　夜

喜妹推开自己的房门，点上灯，先把萨丽的画架收在墙角，然后开始收拾自己的东西。她神色黯然，心情非常难过。

阿黄来到门外，侧耳一听，好像有啜泣的声音隐隐传出来，不禁心慌，轻轻敲门，没有人答应，再仔细听，没有啜泣的声音了。只好再一次敲门。

喜妹一开始不想搭理，看他继续敲门：谁？

阿黄：我！

喜妹打开门。

阿黄：喜妹，你哭了？

喜妹：你才哭了呢。

阿黄：喜妹，你……你知道，我看你像，像，像自己妹妹一样，你有什么不开心的事情，给我说说。我能给你说，开心就好。如果你实在不能开心，就，就是打我两下，也行。

喜妹：我打你干什么！

阿黄：你打我，我也开心。只要你不哭，就好。

喜妹：阿黄。

阿黄：喜妹。

喜妹：我可能要回家去住一阵子。

阿黄：为什么？住多长时间？

喜妹：别打岔！我不在这里的时候，你要替我照顾好明仔……

阿黄：知道。你为什么要走？你什么时候回来？你不会不回来了吧？你不会是回家出嫁吧？你……

喜妹：你废话咋这样多？我出什么嫁，我告诉你，我一辈子都不出嫁！

阿黄高兴了：好，那就好！

喜妹：好，好你个头！我交代的事情，你一个字也没有听进去。

■ 巡捕房里　内　日

吴先生和鲁青山正和萨丽谈话。

萨丽着急地：喏——喏，我不同意，我和潘是非常正常的交往，我们的交往很高尚，没有污点，无可非议，我相信潘，他也不会同意的。（英语，中文字幕）

吴先生朝鲁青山：不出所料，她也不同意。

萨丽：不同意。

吴先生：萨丽小姐，我现在郑重问你，请你慎重回答，你，是不是坚决要留在中国？（英语，中文字幕）

萨丽坚决地：是，艺术是我的生命！（英语，中文字幕）

吴先生非常严肃地：我再问你，在你说的艺术生命中，有没有爱情的因素？请你回答我。（英语，中文字幕）

萨丽一愣：爱情因素？她沉思片刻：我和潘都很纯洁，上帝可以证明。不过，如果这样发展下去，我就不好说了……（英语，中文字幕）

吴先生：我现在明确地告诉你，如果，你不按照我说的去做，你将被判处长时间监禁，等你结束监牢生活，也要被驱逐出境。（英语，中文字幕）

萨丽：我要请瑞典政府和你们的政府交涉。（英语，中文字幕）

吴先生：那是旷日持久的事情。监狱生活，很不适合你。再说，我们也对不起你的哥哥，没有办法向我们的好朋友和生意伙伴交代。（英语，中文字幕）

萨丽怔怔地沉思着：我很明白，潘，要成婚的是娇，我不能破坏他们，也很不道德。（英语，中文字幕）

吴先生和鲁青山低语：她是怕伤害了阿娇。

鲁青山：阿娇是个非常明事理的姑娘，为了大局，她会做出牺牲。告诉她，阿娇同意她做二房太太。

吴先生把鲁青山的话向萨丽翻译一遍。

萨丽：二房太太，天方夜谭吗？开玩笑吗！（英语，中文字幕）

吴先生：你不知道，在我们中国，一个男人可以同时拥有很多妻子。（英语，中文字幕）

萨丽：不行，绝对不行。我可以告诉你们，我也很爱潘，但是，他只能有一个妻子，要么是我，要么是娇。如果是娇，我就绝对不做他的妻子。这是很原则的事情，这是对我人格的侮辱。当然，如果潘同意，我可以做他的情人。如果，潘愿意和我结婚，他要来求我，我可以答应。不过，他只能要娇做他的情人！（英语，中文字幕）

吴老板：萨丽，我们这个国家，是不允许情人关系的。（英语，中文字幕）

萨丽：难道，你们都没有情人？（英语，中文字幕）

吴老板苦笑：没有。就是有，也是秘密，绝对不能说的。（英语，中文字幕）

萨丽茫然的神情……

吴老板：萨丽，你要看清楚当前的形势。（英语，中文字幕）

萨丽断然不同意：我不会改变自己的原则和立场的。（英语，中文字幕）

▩ 同文行

潘启明茫然的神情。

吴老板、鲁青山、潘启明在一起说话，阿娇给他们泡茶。

潘启明：这个苏知府不是乱判葫芦案吗？萨丽按照西方习惯，亲热一下，是有伤风化。他这样乱点鸳鸯谱，难道不是有伤风化？

鲁青山：他的嘴大，过去不是常说：只许州官放火，不许百姓点灯！就是这个意思，嗨！

潘启明：让他放火好了，烧死我好了。

吴老板看看沏茶的阿娇。

阿娇放下手中的茶具，说：明仔，今天义父在这里，吴叔，是你最亲的亲人。两位长辈听孩儿说说心里话。

大家静静地看着她，等说下去。

阿娇：事情逼到了这一步，我想起一句话，人在矮檐下，怎能不低头。为了萨丽早一些出来，两位老人怎样安排，阿娇都没有任何意见。我劝明仔，收下萨丽，其实，人家萨丽，不仅识文断字，有学问，还是个贵族千金小姐。

潘启明阻止阿娇继续说下去：妹子，你不要说了，我不允许任何人对你有一点点伤害。萨丽，另想办法吧！

这时候，喜妹抱着一个小包袱，走进来：东家，我能说句话吗？

大家看到喜妹形象，都很惊奇。

阿娇：喜妹，你这是干什么？

喜妹：几位老板都在这里，喜妹是来跟老板告辞的。

潘启明：喜妹，为什么要走？到哪里去？没有听说家里要你回去啊？如果家里有事情，就回吧，不要担心这里，等家里事情忙完了，就回来。

喜妹啜泣：东家，喜妹这一走，就不回来了。

众人皆大惊。

阿娇：为什么？这是为什么？收留萨丽，是我的主张，跟你没有关系。

潘启明：就是你收留的萨丽，我也不会怪罪你！何况，最后是萨瑞委托我照顾萨丽的。开什么玩笑——说着，去抢喜妹的包袱。

喜妹躲开了潘启明，对阿娇：对不起阿娇姐姐，我没有想到给你惹了这样的麻烦。

喜妹说完，回头狂奔而去。

▩ 那青住处

喜妹放下手中的东西，给那青施礼：小姐，您丫鬟喜妹来了。

那青看到喜妹，感到有些吃惊，她没想到这个女孩子真的来了：嗷，你真的来了？

喜妹：说过的话，又立下了文书，喜妹敢不来吗？请姑娘吩咐吧。从现在起，喜妹就是您的奴婢。

那青：不错，像是潘启明的徒弟，说话算话。

喜妹不禁：当然，我们同文行，第一就是讲究诚信，我们老板要求——

那青：你不在同文行了，你的老板也不能再要求你了，从今往后，你就是我的丫鬟了。一切一切，你都要听从本姑娘的命令了。

喜妹黯然神伤，低声：是。奴婢听从姑娘的命令。

那青：嗯，不错，很乖。喜妹，是不是为到本姑娘这里来很高兴啊？

喜妹：回姑娘，不高兴。

那青很惊奇：你敢说不高兴？

喜妹：喜妹从小就有什么说什么。到了同文行，更是要求不许撒谎，所以，喜妹不高兴，就说不高兴。

那青装作很凶的样子：哼，敢和本姑娘顶嘴，不怕我打死你？

喜妹：喜妹打死也不说假话。

那青拿起拿鞭子，喝令：跪下。

喜妹倔强地：跪下就跪下。肉是你的，骨头是我的。打吧！

那青不禁笑起来：嗷，这样啊？你在这里，除了惹本姑娘生气，也不会做什么事情。算了，我要把你借给潘启明，让潘启明替我管教管教。你先回去吧！

喜妹大喜过望：真的？

那青：不过，你还是我的奴婢。什么时候需要你回来，你就要回来。不许……

喜妹：不许什么？

那青：没有我的允许，不许……

喜妹：姑娘，不许我什么？

那青：不许嫁人！

喜妹一惊：嗷？

那青：更不许嫁给什么潘启明！

喜妹突然撇嘴哭起来：嘤嘤！

那青：怎么，你还真想嫁给那个潘启明？

喜妹：姑娘，潘启明要和萨丽结婚了！

那青大吃一惊，顿时愣住了。

▩ 巡抚府　杨大人书房　内　夜

杨大人拿起一个折子翻开。

杨如雪领着范二姑和杏儿也走进书房，杏儿还端着个茶盘。

杨如雪从杏儿手中接过茶盘，送上：爹，女儿刚给您泡的太平猴魁！

杨大人欣慰地：噢，乖女儿，真知道疼爹。说着，把手中的折子撂在一旁。杨如雪貌似不经心地看了一眼那折子：爹，苏知府居然捉拿一个洋女人，太过分了吧？

范二姑：怪不得刚才那老爷不高兴，就为这事情吧？

杨大人：嗯——，那老爷为什么不高兴？

杨如雪：爹，女儿和粤海关那大人的女儿是好朋友，刚才见到了那姑娘。说她父亲很生气。

杨大人：为什么？

杨如雪：洋人的事情。隶属粤海关管辖，苏知府不该越权办理。苏知府属于爹管辖，如果不是您在背后撑腰，苏知府是绝对不敢越权的。所以，粤海关对您心里不高兴。

杨大人不置可否，掀起茶碗盖，品了一口：嗯，这茶不错。

杨如雪也见机转了口气，凑到杨大人身边：爹，你看，这茶叶泡出来真像一个弯着身子的小猴呢。

杨大人：是正宗猴魁，没错，茶香味正。

杨如雪又拿出个小香包：爹，女儿给您绣的香包。

杨大人接过来看着：我女儿手就是巧，哎，过不久，我要进京述职了，你跟我一起去京拜望老王爷，把这门亲事……

杨如雪立即打断：我不想去京城，我也不嫁贝勒。

杨大人叹了口气：爹娇惯你，爹心疼你，爹也不想你嫁那么远，可爹没办法呀，常言说，高处不胜寒哪，下面那么多官员看着你，眼睛盯着你，谁知道他们葫芦里的卖什么药呀，朝廷上头呢，那些大臣包括皇上都认为你是封疆大吏，作威作福，眼馋着呢，其实，太高人欲妒，高处不胜寒呢……

杨如雪：爹，孩儿不想离开您呀！说着，动了情肠，真的哭了。

杨巡抚只好安慰：好了，孩子。还有一些日子呢。那个洋女人，爹让人放她出来就是了。

正说着，四姨太来了。

范二姑高兴地：小姐，姨妈有事情，咱先回去吧！

杨如雪擦干净泪水，向杨大人和四姨太各施了一礼，回身走了。

四姨太故作关心地：老爷，小姐因何伤心？

杨巡抚不愿意说实话：嗨，她的那个小姐妹那青，那个舞刀弄枪的假小子，请她来给那个什么洋女人萨丽说情，我不同意放人，她就哭了。

四姨太意在言外地：这个萨丽，分明是潘启明的朋友，啥时候又成了那小姐的朋友？

杨巡抚：莫名其妙。

四姨太：老爷，听说，苏知府人很正派，对潘启明和萨丽有伤风化的事情，非常痛恨。不过，这个苏知府也真会办事。

杨巡抚：嗯？

四姨太：苏知府要判潘启明和萨丽成亲。这样子，倒是可以消弭有伤风化的影响。您说是不是？老爷。

杨巡抚：不错，既然是夫妻了，也就无所谓风化不风化了。好。

四姨太：只怕，苏知府不能这样判。

杨巡抚：为什么？

四姨太：老爷您想，洋女人很奇怪的，只能让老公娶一个女人。那洋女人萨丽又是皇亲贵族，更是不答应潘启明三妻四妾。您想想，据说这个潘启明终日拈花惹草，红颜知己很多的。据说，有的女人，官太太都不做，要当潘启明的小老婆呢。哈哈，老爷，要有多少人反对苏知府这样做啊！

杨巡抚慢慢点头，终于拿定主意，不禁一笑。

四姨太：老爷，您笑什么，莫非奴婢说错话了？

杨巡抚：不，你说得很好，

▩ 广利行　内　日

账房内，鲁子义闷闷不乐地坐在那儿。

他烦躁的把桌上的算盘珠子扒来扒去。

他又无聊地把算盘竖起来，两只胳膊搭在算盘上，手指头扒着算盘珠，滑来滑去。

鲁青山走了进来。

满叔：老爷。

鲁青山若无其事地：子义来了吗？

满叔：早来了，关上账房门，不让别人进，像是在下定决心练算盘呢。

鲁青山望着账房门，里面果然传出噼噼啪啪，像是非常熟练的算盘声。

鲁青山：他学的有这么快？

满叔：是呵，连我都想不到，就凭他这算盘声，没有三五年功夫哪成呵，奇才，简直是个奇才！要不要喊他？

鲁青山想了想：不用了。

■ 英国夷馆会客厅里　内　日

丹麦、法国、俄罗斯、葡萄牙等国的商人和大班们济济一堂。

马斯顿正激昂地演讲着：……这是中国政府在向我们示威，萨丽虽然不是我们大英帝国的公民，可她是我的朋友萨瑞的妹妹，应该说还是瑞典王国皇室的成员，他们没有国际概念，没有法律程序，说抓就抓，简直是胡作非为，为所欲为。（英语，中文字幕）

法国大班弗朗西斯也愤愤地：我们法兰西把工业革命中最先进的设备和工具带过来，换他们的茶叶、丝绸，都是他们出产的消费品，可他们呢，倒认为我们在中国盗取宝藏，这种无知和愚昧，这个国家怎么能够管理，怎么能够发展呢？（英语，中文字幕）

葡萄牙商人普鲁斯不平地：我们不惜一切，带着整船的银子，航行数月，来购买他们的香料、茶叶，获利的是他们，可他们对我们，简直像对待犯人，这个国家真神秘，神秘得让人莫名其妙，神秘得让人又哭又笑……（英语，中文字幕）

马斯顿显得郑重深沉地：我来中国做生意比你们早，经历的事情多，当然，受到的侮辱也比你们多。为什么我还要坚持在这里忍受屈辱？因为，这个国家的宝藏太丰富了，太有诱惑力了，我相信，我们大家也都会有同感。（英语，中文字幕）

众人：有道理，很有道理。（英语，中文字幕）

马斯顿：但是，这个国家很封闭，很保守，又特自信，特愚昧。（英语，中文字幕）

众人：说得好，我们都有同感。（英语，中文字幕）

马斯顿：所以，我们必须忍辱负重，为了我们的国家利益，和他们做生意，想方设法，打开他们的大门，取走他们的宝藏。（英语，中文字幕）

众人鼓掌：说得好，马斯顿先生高瞻远瞩，我们同心协力，打开他们的大门，取走他们的宝藏！（英语，中文字幕）

▩ 粤海关

那青跟父亲在一起练功，那青心不在焉，那金不高兴。

那金：咋啦？

那青：心里不高兴。

那金：练武，不管高兴不高兴，都要认真。真刀真枪，你不认真，就是一个死！

那青：就算你练成万人敌，又能怎样，势力不如人家，照样受人欺负。

那金：谁欺负你了？跟阿玛说。

那青：没有谁欺负我，有人欺负阿玛！

那金哈哈笑起来：阿玛虽然官不大，独占着粤海关一方天下；阿玛虽然位不高，也是皇亲国戚。谁敢欺负阿玛？

那青：粤海关是你的一方天下？

那金：当然！

那青：阿玛你就吹吧。

那金：谁说我吹？

那青：阿玛，洋人洋商有事情，是不是应该归粤海关管理？

那金：当然。

那青：哼哼，那个洋商潘启明，那个瑞典女人萨丽，为什么被那个苏知府捉拿了去？明明是应该阿玛管。

那金：傻瓜，你以为阿玛不知道？我就是要他们去管。阿玛才懒得多事情呢！

那青不明白父亲的意思。

那金：你知道苏知府要怎样处理他们吗？嘿嘿，真亏的他们能想出来，居然要把那个萨丽判给潘启明当老婆！

那青更加气愤：这不是胡闹吗？

那金：怎能是胡闹？这里头有名堂呢。

那青：阿玛，告诉女儿嘛，让女儿也长长见识。

那金低声：秦大人这次来广州，给杨巡抚的千金提了一门亲事？

那青：跟谁家？

那金：说来跟咱还有亲戚呢。亲王的儿子，那个多铎贝勒。

那青：杨大人肯定愿意攀这门高亲。

那金：这是当然。为此，不知道杨大人赠送了秦大人多少东西。可是，孩子，那个杨小姐心里不明白呀——外界传言，她对那个潘启明关系很不一般呢。明着暗着都帮姓潘的那小子，要我想啊……

那青：爹，这事我清楚，你就别乱想了，那是潘启明为人正直，行侠仗义，还救过杨小姐免受流氓之辱。杨小姐只不过是知恩图报而已。

那金：哪有这么没完没了的图报的，甚至连你也——

那青急了：怎么连我也扯上了，阿玛不会怀疑连我都会——

那金：那倒不至于，量那小子也不敢。

那青乐了：那小子小心着呢，是不敢。

那金：好了，姓潘的这个小子，讨女人喜欢，苏知府点这个鸳鸯谱，还真不错，让这个小子受受洋罪！

那青明白了：原来是这样——突然着急了：阿玛，不能这样啊，这不是为了自己害了别人了？人家潘启明和那个洋女人并没有感情，当众拥抱，那也是外国人的习惯罢了，这样乱点鸳鸯谱，太过分了。这个苏知府，浑昏了！

那金不高兴了，气愤地：多嘴，与你什么关系？

那青明白自己失态了，立刻转变了态度：阿玛，那个杨大人总是让你不舒服，我看，你也不让他舒服，偏偏将洋女人接过来，罚她一些银子，就放人。不让她和潘启明结婚，嘿嘿，让杨大人知道我阿玛的存在。

那金明白了女儿的意思，哼哼一笑：不错，宝贝女儿真聪明。

那金喊来了帮办，吩咐：你去广州府，告诉那个苏知府，老子的事情，他本不该乱插手。如果他们让潘启明娶走那个洋女人，成了夫妻，化解了有伤风化的恶劣影响，老子就放过他这一回！如果不然，老子不能给他算完！

帮办点头：明白！

■ 同文行

阿黄显得很失落。

贵叔：我说阿黄，你是咋的啦，丢了魂魄一样？

阿黄：贵叔，你说，这个喜妹，到底是怎么一回事呢？

贵叔：就是，没有了喜妹，整个同文行，就像是少了半个天一样！

阿黄终于忍受不住了，停下手中的事情：不行，我要找到她们家去看看！

贵叔：你要告诉东家，也许东家有些安排呢！

阿黄想了一想：算了，东家为了萨丽的事情，根本没有心情。

正好潘启明走过来：什么事情？

阿黄想说没有说。

贵叔：阿黄想到喜妹家看看，看看到底是怎么一回事情。

潘启明：我正说自己过去呢。也好，你替我先过去看看，带些礼物，她们家有老人。告诉喜妹，我们同文行大门时刻向她敞开，她想什么时候回来，只管回来就是。

其实，喜妹已经在外面一会儿了，听了这话，一步跨进来：好，我现在就回来了。

潘启明笑了：你呀，搞的什么名堂！

贵叔和阿黄都笑了。

阿黄：这下好了，缺的半块天又补上了。

喜妹也很高兴：我是半块天，嘻嘻，我这样了不起啊？

阿黄：好了，从今之后，再也不要说走了。

喜妹突然愣住了，慢慢留下了泪水：我也不想走，我，我……

潘启明愣住了。

▩ 英国夷馆会客厅　内　日

洋人们的讨论还在热烈地进行中。

马斯顿：……我提议，我们各国联名向他们发出照会，申明我们在中国的权利，并要求他们释放萨丽。（英语，中文字幕）

众：我们同意，应该向他们发出照会。（英语，中文字幕）

瑞典大班卡尔尼：感谢马斯顿先生和诸位为我们瑞典王室主持公道，我也替萨丽小姐谢谢大家。（英语，中文字幕）

普鲁斯：我也提议，如果他们继续愚昧和固执，不愿保障我们应有的权利，我们可以宣布，我们各国将集体中断和他们的贸易。（英语，中文字幕）

马斯顿：普鲁斯，很遗憾，我不能同意你的意见，我刚才已经说了，中国是一个物产极其丰富的大国，我们都需要这些物产和资源，才纷纷来到这里，中国的政府自以为是，封闭、落后、愚昧，虽然给我们带来了许多烦恼和不快，但我们正可以利用他们的落后和愚昧，来完成我们的国家和我们自己的使命。所以，我们的权利只能努力争取，不能用中断贸易的方式来威胁。（英语，中文字幕）

普鲁斯：马斯顿大班，你的话很有道理，更有远见，我很佩服，我收回我刚才的意见。（英语，中文字幕）

▩ 同文行　外/内　日

潘启明还在陪几位老板谈心。

胡老板：……我们都愿意上公堂给你担保。

潘启明：谢谢你们的好意，不用了，如果他们撤了我的行首，我不正好专心专意地做生意吗，除非他们把商行也封了。

郑老板：封了也不怕，我们再开一个，还请你当老板。

喜妹给他们倒着工夫茶：你们几位可真够义气，启明这朋友没白交。

阿黄突然出现在门口：东家，您看谁来了。

门口站着西装革履的苏诺，还有他的女儿苏珊，后面还跟着一位印度装束提着皮箱的侍者。

潘启明惊喜地：苏诺大叔——

苏诺大叔和潘启明拥抱。

苏诺放开潘启明，回身指着苏珊：启明，还认得她吗？（英语，中文字幕）

潘启明认真注视着风度翩翩的苏珊，是苏珊，你长这么高了。

苏珊也喜悦地：启明哥。说着也要过来拥抱。（英语，中文字幕）

潘启明急忙假借招呼苏诺闪开：大叔，和苏珊三年没见，都长成大姑娘了。

苏珊有些失落。

苏诺：你到我家看见她的时候，她还在念书嘛！

潘启明：大叔，咱们到后面亭子里坐吧，对喜妹：喜妹，你在这陪胡老板他们。

苏诺点头，领着苏珊跟启明阿娇朝后院走。

那位印度侍者也跟在后面。

喜妹自言自语地：那一位还关着呢，又来一个添乱的。阿黄，你在这给胡老板、郑老板添茶。提着茶壶，跟着走进来。

■ 院子亭子里

苏诺、苏珊、启明坐了下来，喜妹忙着拿茶壶，茶杯。

那位侍者普鲁很忠于职守地提着箱子站在一边。

潘启明：请他也坐下吧。

苏诺：不可以，这是规矩。（英语，中文字幕）

潘启明：大叔，这趟生意顺利吧？

苏诺兴奋地：大叔一趟就发了，挣了不少银子，这趟来，就是专门向你道谢！我把银子也都带来了，交给你，由你全权给我办货。（英语，中文字幕）

喜妹：大叔，请喝茶，苏珊，请喝茶。

苏诺：自家人，不用客气。（英语，中文字幕）

潘启明：谢谢大叔对我的信任。

苏诺：你还谢我？我还不知道该怎么谢你呢！（英语，中文字幕）

潘启明：大叔，您说的，自家人，不用客气。

苏诺：这次我带苏珊来，可是有用意的噢——（英语，中文字幕）

潘启明毫无思想准备地：噢——

喜妹也紧张起来。

苏诺却是平心静气地：一个女孩子学什么经济呀，哎——，她偏偏就学这一行，再加上，我的这趟生意做得特顺利，对她的诱惑力就更大了，所以嘛，这一趟，她一定要跟我来，看看中国，看看启明，跟你学学经济贸易上的事，你可不要推辞了。（英语，中文字幕）

潘启明倒怔住了。

苏珊：启明哥，听我爸爸说，我爷爷的爸爸就是中国人，我也算是中国血统了，就是没到过中国。爸爸说，您很有吃苦精神，这我早知道，您的聪明才智和高尚品德，让我非常敬慕。我这次跟爸爸来，就是相见见您，跟您好好学学，请您接受我这个学生。（英语，中文字幕）

潘启明为难地：这……

苏诺：这有什么为难的呀，你带珊珊到处转转，给她讲讲，你做生意呢，让她看看，让她想想，只要让她跟着你，不就是在学嘛！（英语，中文字幕）

潘启明有苦说不出：大叔，这事……

喜妹早憋不住了：这是不可能——！

苏诺也愣了：怎么——？（英语，中文字幕）

苏珊也露出失望和不解的神情……

阿黄过来：东家，衙门里的张捕头来了。

■ 前厅

广州知府张捕头看到了突然出现在门口的潘启明，站起身来。

潘启明急忙施礼：哎呀，张捕头大驾光临！

张捕头很生硬地笑了一笑，掏出传票：潘老板，明天辰时，知府公堂发落洋人萨丽一案，请你准时到堂。

■ 院内亭子内

喜妹：张捕头来了，准是那个事情，对苏珊：看到没有，这一个洋女人的案子，还没有拾掇清楚呢！你还想过来？

苏珊：哪一个洋女人？（英语，中文字幕）

喜妹：瑞典皇室的萨丽，非要留在我们东家这里学习不成，结果呢，麻烦大了，惹了官司了！

苏诺：什么官司？（英语，中文字幕）

喜妹：有伤风化呗！

苏珊：喔？（英语，中文字幕）

喜妹：把我们东家关进了大牢，打了四十板子，到现在走路还一瘸一瘸的呢，没有看到？那个萨丽，还在大牢里没有出来。为了她能出监牢，我们都花了很多银两了。所以说，你们想……

正说着，潘启明走进来，亮了一下传票：大叔，看，明天上午大堂候审呢！

苏诺尴尬地：真没想到会是这样。（英语，中文字幕）

喜妹：是呵，大叔和苏珊到家里就不方便了，他们再碰上，那就是火上浇油。

苏诺：珊珊，你看，咱们来得真不是时候。（英语，中文字幕）

苏珊：这是正常往来，难道没有公理吗？（英语，中文字幕）

喜妹：公理？那个铁锁，那个大板子，就是公理。

苏珊看看潘启明，潘启明装作没有看到。苏珊很是失望。

■ 荔红酒楼　外/内　晚

楼上套间里，

丁师爷和鲁子义在坐着喝茶。

小二甲放好菜肴：二位爷慢用！掀帘出去了。

鲁子义：丁师爷，一定要潘启明娶了那个洋女人，不论多么困难，我相信师爷是有办法的。

丁师爷叹口气：小老弟，现在事难办了，那大人插手，要放人，巡抚大人那，也说要放人。知府大人也不敢硬碰硬，是不是？

鲁子义叹了口气：当时，我只想出口气，没想到会这么兴师动众，既然已经到了这一步，就要争取好的收场。说着，取出一张银票：师爷，该打点的，就打点！

丁师爷乐悠悠地收过银票：少东家，我可是守信用，说办就办，现在呢，就更加有把握了。

鲁子义只好陪笑……

■ 套房外，摆着几张散桌，是大堂

小二乙忙着擦桌子招呼吴先生和鲁青山。

小二乙：二位爷，没套间了，今儿人不多，坐这也清静。

吴先生面对套间坐下来，鲁青山对面而坐。

小二乙：想吃点什么，今儿的海鲜可是刚送来，还便宜。

吴先生：鲁老兄，烦了一天了，咱老哥俩喝两盅？

鲁青山：听你的。

吴先生：这样吧，炒个花蚌，来条鱼，一壶酒。

小二乙：爷，要什么鱼，刚刚来的花石斑……

吴先生想着：还有什么鱼？

小二甲端着托盘在给套间里送酒菜。

门帘又掀开了，吴先生的角度适中，无意中，发现里面坐的是丁师爷和鲁子义。

房间里的鲁子义也瞧见吴先生在往套间里看，不由急忙转脸，低声哎呀一声。

丁师爷：怎么啦？

鲁子义张口结舌：丁师爷，不管怎么说，我的事，可万万不能说出去。

丁师爷：我才没那么傻呢！

大堂里，小二乙还在等吴先生：爷，您想好了没有？

鲁青山：嘿，别讲究了，随便什么鱼都行。

吴先生突然：哎呀，忘了个事，咱哥俩还不能在这吃，快走！

鲁青山：啥事呵？

吴先生：出去我再跟你说。起身拉着鲁青山往外走。

小二乙无奈地摇摇头。

▩ 酒楼下、街市上　外　夜

鲁青山跟着吴先生走着。

鲁青山：潮鸣兄，到底啥事忘了，还这么急呀？

吴先生：我有一个想法，那个萨丽不懂中国话，那个苏知府不懂外国话，明天公堂上，只要明仔不说话……

鲁青山：那倒是好办法，只是如何能让明仔不说话呢？这倒是个难题——

吴先生：放心吧，我心中有底。今天，咱们就算是分手，我在这里等一个人，你先走吧。

鲁青山明白对方有主意，笑笑：好，看你的了。

鲁青山走了。吴潮鸣回头盯住酒楼。看到丁师爷出来了。急忙在后边跟过去。

他们刚刚走开，鲁子义从酒楼结账出来了。

▩ 街上

吴潮鸣在师爷后面打招呼：丁师爷！

丁师爷正高高兴兴的走路，听到后面招呼，回头一看，竟然是吴老板：哎呀，幸会呀，幸会呀！

▩ 知府住处

知府面对几件公文，啼笑皆非：嘿嘿，想不到啊想不到，巡抚大人，关心一个小小洋商的婚事；粤海关大人，也关心一个小小洋商的婚事……他们都要这个潘启明把这个洋妞弄到床上去不可，真是邪门了！

丁师爷：这正好说明老爷您英明，您的想法，正好是诸位老爷大人们的想法，嘿嘿！

知府：不过，据说那个潘启明，还不同意这样做呢！

丁师爷：那个洋女人，也不同意。

知府：奇也怪哉，老爷我非要作成他们！

丁师爷：这就是不识抬举。

知府：他们不识抬举，倒无所谓，现在弄得老爷我对不起巡抚大人、粤海关那大人的抬举了。这倒如何是好呢？

丁师爷慢慢掏出一张银票，嘿嘿笑着。

知府：谁的？

丁师爷：那个吴先生。

知府：不行，这个钱不好收，潘启明萨丽不结亲，老爷我是断断不能放人的。

丁师爷：人家就是要帮助咱们的。这位先生不仅给钱，还给了办法，他的办法可以让咱们三面生光，处处顺心得手！

丁师爷附到知府耳旁，小声嘀咕一阵子，苏知府不由得哈哈大笑：你呀，你呀，你真高明啊！

■ 潘家小院

贵叔、喜妹、阿黄还在吃晚饭。

空位上，摆着盛好的饭和筷勺。

喜妹眼望着那碗米饭，心事重重地吃着。

阿黄：喜妹，启明哥不会有事吧？

喜妹乜了他一眼没答话。

贵叔：吉人自有天相。

阿黄：屋漏偏逢连阴雨，苏诺大叔干吗要把女儿带来呀！

喜妹把碗一放：别啰唆了好不好，越说人心越烦。索性连筷子一放，离开桌子。

阿黄没趣地：贵叔，你看。

贵叔：你是哪壶不开提哪壶，怪谁呀！

喜妹倒又进来坐下：贵叔，咱们行订好的还有什么货？

贵叔：茶叶、丝绸都有哇，还有香料。

喜妹：能不能匀出来一船？

贵叔：你的意思是……

喜妹：赶快把苏诺大叔的船装货，打发他走。

贵叔：这事，得启明安排才行。

喜妹：阿黄，吃完，你洗碗。

阿黄：是！你去哪？
喜妹没好气地：我哪也不去。

■ 江边　外　夜

夷管区的旗子在夜风中飘扬。
苏诺：好啦，饭也吃了，你们就送到这吧，明天还……（英语，中文字幕）
阿娇：大叔，您放心吧，启明不会有事的。
苏珊：启明哥，祝您平安！依依不舍地望着启明和阿娇走了。（英语，中文字幕）

■ 江岸　外　夜

灯火稀疏处，潘启明疲惫地靠在一棵大树上，望着江水愣神。

阿娇依在启明身边，有些担心地：启明哥，你不用再胡思乱想了，吴先生和义父会有办法的。

潘启明：他们的办法我知道，我不会去做的。

阿娇：启明哥——

潘启明喃喃地：他们的心意我明白，如果那样做，我就失去了诚信，失去了人格，而且，也对不起你。

阿娇：不不不，启明哥，你不能考虑我，现在先按吴先生的话做，等事过去了……

潘启明坚决地：这不可能。

阿娇：启明，你怎么这么固执呵。

潘启明：最坏处打算，大不了我带你下南洋去。

阿娇激动地拥住启明：启明哥……

潘启明也拥住阿娇：阿娇，你大度，更深明大义，能娶你做媳妇，明仔我三生有幸。

阿娇：可我——，你都看见了，子义他……

不远处，喜妹躲在那里，这里的一切她都能看到听到。

潘启明把阿娇拥得更紧了：是，我看见了，我听见了，你都是为了我，为了我呀……我让一个弱女子，为我做出这样的牺牲，我还能用什么报答呢？

躲着的喜妹泪水汩汩。她不忍再听了，悄悄起身离去。

■ 知府衙门外

马斯顿、普鲁根、卡尔尼等洋人、买办们来了，他们在马斯顿带领下，来这里抗议。他们举着旗子，喊着口号，很有些现代味道。

▩ 衙门内

丁师爷未免有些慌张，对苏知府：大人，很不好，很麻烦，这些洋人太不懂道理，万一，上司知道了，对老爷很不利。

苏知府：他们说什么？

丁师爷：还是那句话：无条件放人，赔礼道歉！

苏知府：胡说八道，多派衙役，给我打出去！

师爷有些迟疑：来硬的？

苏知府：不来硬的，还怎样？要我无条件放人，谁向巡抚交代，怎么向粤海关交代？无理取闹！再说了，这些东西，平时根本不把我广州府放在眼里，这个时候，企图跟我来硬的，没门。我告诉你一个秘密，洋人的腿不会打弯。派几个人，用棍子戳倒他们，然后，两个人架走一个，两个人架走一个……

师爷：只怕那些洋人，发了洋脾气。

苏知府：洋脾气？他娘的牛脾气马脾气也没用。堂堂中华大邦的国土上，岂能容忍洋人乱来，上司知道，只能说我无能，有辱国体！不听话，那就给我真的打！

▩ 衙门外

一些士兵剑拔弩张，和洋人对峙。形式很危险，一触即发。

潘启明和吴潮鸣正好过来。潘启明急忙上前拦住情绪很激动的马斯顿：马斯顿大班，这是干什么？

马斯顿：潘老板，吴老板，我们要求苏知府无条件释放萨丽，并要求向我们赔礼道歉。（英语，中文字幕）

吴潮鸣：大班，这样不好，已经搞成僵局了，再僵持下去，会出危险的。是不是让我去和他们交涉一下？

马斯顿：很好。告诉他们，我们将组织使团，找大皇帝上告！（英语，中文字幕）

吴潮鸣：务请稍安毋躁，务请稍安毋躁！回头对潘启明，用汉语：看到没有，你的坚持，有可能闹成大事件！

潘启明用汉语：吴叔叔，我如果不坚持，我的人生就毫无意义了！

第十八集

■ 衙门大门内

丁师爷在后边指挥他的人马对付洋人。

吴潮鸣走向丁师爷：师爷，那件事情，您给知府大人说明白没有？

丁师爷很自信地：当然按照吴先生您说的办了。

吴潮鸣：既然如此，我就可以让这些洋人朋友们回去了。

丁师爷：如果他们听你的，不闹事，当然更好。

吴潮鸣走回来，对马斯顿用英语说：大班，我刚才已经向丁师爷打听了，他说，今天一定释放萨丽。你们不要在这里闹事了，不要把好事情，闹成了坏事情。

马斯顿：你敢保证，吴老板？（英语，中文字幕）

吴潮鸣回头用中文大声喊丁师爷：丁师爷，你来跟他们讲几句，安抚一下。

丁师爷推辞：我说的话，他们不懂啊！

吴潮鸣：你只要有个态度，我可以劝导他们的。

丁师爷拍着胸口：你给他们说吧，只要服从宣判，今天一定放人！

吴潮鸣回头对马斯顿说：丁师爷让你们只管放心，这个事情，包在他的身上！

马斯顿回头看看荣翻译，看到荣翻译点头，很高兴：那就好！吴老板，我很感谢你。（英语，中文字幕）

洋人们在马斯顿招呼指挥下，渐渐退走。

丁师爷对吴潮鸣：按照知府大人的意思，想给他们一点儿厉害看看，你这是帮助了他们。跟我来吧！对向他施礼的潘启明——你小子艳福不浅啊！一使眼色，两个衙役上来，夹住了潘启明。

潘启明有些吃惊。

丁师爷：你是本案中人，本来应该先行押解到堂，因为看在吴先生的面子上，优礼有加，不上刑具，现在已经到了衙门，不得不装装样子，请潘老板包涵了！

潘启明明白了，急忙点头：谢谢师爷！

两个衙役押着潘启明先行走进去了。

丁师爷：吴先生，你能理解我们上头有命令的难处，府台大人说谢谢了。

吴潮鸣叹口气：这都是不得已而为之啊！

▩ 广州知府大堂　外/内　日

堂内苏知府正坐，丁师爷站在一边。

鲁老板、卢老板、梁老板、吴先生等人在大厅外不远处观阵。

喜妹手里捧个小茶壶时刻等待着，鲁子义却是躲在鲁老板身后窥视着……

众人都在低声议论着……

苏知府拍响堂木：带萨丽——

堂口助喊：带萨丽——

萨丽被两个女牢监搀进大堂。

衙役们齐声：威——武——

萨丽哪见过这阵势，傻了一般地东张西望，你们这是在干什么？（英语，中文字幕）

苏知府转脸朝丁师爷：她嚷嚷什么？

丁师爷摇头：我也听不懂，又低声地：快请翻译呵！

苏知府：吴先生，本府今天请你暂充翻译，意下如何？

吴潮鸣从人群中欣然走出：听苏大人吩咐。

苏知府：好，给吴先生设座。看吴潮鸣坐下，对着萨丽一拍堂木：见了本官，为何不下跪？

吴潮鸣：大人，海外洋人不像咱们中国人，他们是轻易不下跪的。

苏知府：他们什么时候才会下跪？

吴先生：他们在求婚求爱的时候，才会单腿跪下，当年，康熙爷传见洋人时，也曾为此争执，后来还是宽待了。

苏知府：既然皇上都这么办了，那也只好如此了。

苏知府又一拍堂木：下面何人？

萨丽不解地望着吴潮鸣：他拍的是什么？（英语，中文字幕）

苏知府也不解地望着萨丽，又朝吴先生：她自报的这个什么名字，好像不对呀！

吴先生忍不住笑：她叫萨丽。对朝萨丽：苏大人刚才拍的是堂木，在我们中国，大堂问案，都会拍堂木，相当于你们国外法庭上的铃铛。（英语，中文字幕）

萨丽：噢——，原来是这样。（英语，中文字幕）

苏知府：噢——，又拍一下堂木：萨丽，你知道本府为什么拿你？

吴先生：萨丽，大人问你，为什么抓你？

萨丽摇头：莫名其妙，我也不知道哇。（英语，中文字幕）

吴先生：大人，她说她也不知道。

苏知府：潘启明上跪！

衙役们押着潘启明过来。潘启明跪下：商民潘启明见过知府老爷。

苏知府：潘启明，今天本老爷审问你和洋女人萨丽当众拥吻，有伤风化一案。看在你口碑尚好，为人诚实的份上，本府本当不予追究。奈何此事已经惊动上级，巡抚衙门、粤海关亲自督办，所以不得不认真审理，希望你识时务，听从宣判。

潘启明：老爷，潘启明有下情回禀。

知府：老爷问你的时候，你才能说话，不问你的时候，随便说话，莫怪老爷不讲情面。听到没有？

潘启明只好服从：商民听到了。

苏知府：萨丽，本官问你，你和潘启明是什么关系？

吴先生翻译给萨丽听。

萨丽：我和潘是非常纯洁的关系。（英语，中文字幕）

吴先生：萨丽小姐说，她和潘启明是师生关系，希望老爷体谅她们外国人的风俗，看在两国通商，关系友好的份上，给以照顾。

苏知府：我华夏大国，乃礼仪之邦。历来讲究非礼勿视，非礼勿听，非礼无为，像她和潘启明这样，当众拥吻，成何体统？实在是有辱斯文，有辱礼仪，蛊惑人心，乱我风俗，是可忍孰不可忍也！

潘启明在一旁急了：大人，洋人风俗……

苏知府一拍堂木：潘启明，本府问案，不许插话，有言在先，你竟敢无视本府尊严，我说来呀，重责二十大板！

衙役们助威：威——武——！

有两个衙役拥上，准备打潘启明。

■ 堂口外

喜妹、阿娇、阿黄他们有些紧张地张望着。

鲁老板神情泰然地等待着。

鲁子义倒是忐忑不安地皱着眉头。

洋商的其他老板在窃窃私语着……

▩ 大堂上

吴潮鸣急忙拦住：老爷，潘启明一时情急，可以原谅，保证再不随便插嘴，请老爷饶他初犯。

苏知府：呃，看在吴先生面子上，饶你初犯。下不为例啊！

潘启明只好磕头：潘启明知道了。

苏知府重重地又拍响堂木：萨丽，有人揭发，你的哥哥在海外就和潘启明关系亲密，是不是事实？

吴先生：萨丽，大人问你，你的哥哥萨瑞是不是在海外就和潘启明关系亲密，你要小心回答是。（英语，中文字幕）

萨丽想了想：是。（英语，中文字幕）

吴先生：大人，萨丽回答是。

苏知府：据说，萨丽哥哥萨瑞曾经用书面文件，委托潘启明收留萨丽，是不是事实？

吴潮鸣用英文翻译给了萨丽。

萨丽承认。

吴潮鸣向苏知府说：萨丽说此乃事实。

苏知府笑起来：好，这就说明，萨瑞已经把自己的妹妹许配给了潘启明，而潘启明收下了委托文书，也就是答应了婚事。

潘启明急了：大人，冤枉啊——

苏知府：哼，你又来了，我说来呀——从筒中抽出一支签牌，高高扬起——

差役：在！

苏知府：不该说话，胡乱说话，重责二十！扔下责签。

差役立时将潘启明按倒在地，准备举板。

堂口上的众人唏嘘起来……

吴先生突然走上前：慢，低声朝趴在地上的潘启明，启明，你就认了吧。

萨丽也叫嚷起来：这是我的事，你们为什么要打他？！（英语，中文字幕）

苏知府：她叫嚷什么？

吴先生：大人，萨丽说，要打就先打她，她有责任。

苏知府：没错，这是两人的事，一个人做不成，我说来也，把这个洋女人给我拶起来——

吴先生急忙拦住，低声地：知府大人，对洋人是不可以上刑的，更何况她还是个女的。

苏知府一怔：是么？那就让潘启明替她挨好了，来呀，二十！

潘启明大呼一声冤枉，立刻挨了板子。

阿娇突然扑上来，俯身抱住启明，呜咽着：启明，你就认了吧！老爷，老爷，你说咋的，就咋的，他们都认了……

苏知府大怒：何处女人，咆哮公堂，打出去！

两个衙役把阿娇架出了大堂。

吴潮鸣：老爷，潘启明保证再不说话，请大人饶过。

苏知府：哼，不给他点儿厉害，不知王法如天！收刑。

吴潮鸣对萨丽：萨丽，如果你不悔过，他们是绝对不会放过你的，所以，我劝你听从我的安排。

萨丽：你都看到了，阿娇对潘启明的感情，我不能伤害阿娇。只要不让我和潘启明结婚，我愿意听从他们的处罚。（英语，中文字幕）

苏知府问：吴先生，萨丽说什么？

吴潮鸣：回老爷，萨丽说，你们的刑法太厉害，愿意服从老爷的宣判。

潘启明想更正吴潮鸣的话，衙役们一起喊“威——”，吓得他不敢再说话了。

苏知府：你告诉这个萨丽，老爷把她判给潘启明为妻了，立刻释放，她必须跟随潘启明回家，择日成亲！

吴潮鸣：萨丽，知府老爷说，你必须答应老爷，释放之后，跟着潘启明回家，老老实实待在家里，不许到处随便跑动。如果你不服从判决，不仅你要受刑罚，潘启明也要被打成残疾！（英语，中文字幕）

萨丽：好，我愿意。（英语，中文字幕）

潘启明忍不住要说话。

吴潮鸣看到了，用中文大呼一声：潘启明！然后改用英语：启明，我们应该为萨丽着想，不能让她继续关押在监狱中了。不论怎样说，释放萨丽，就是我们的第一要务。为了你的什么名节，什么情爱，牺牲别人，牺牲一个需要你保护的人，都是不明智的，甚至是自私的！

潘启明低头无语。

吴潮鸣用中文对苏知府：老爷，只要您能释放萨丽，他们同意您的判决。

苏知府很得意：哼，不怕你硬如铁，怎奈我王法如炉。待本府宣判——说着提笔写判词：潘启明、萨丽有伤风化一案，罚银二百两，着潘启明将洋女人萨丽带回家去，到澳门登记，择日成婚！着萨丽画押！

师爷接过来判词，递给萨丽。

萨丽笨拙地用毛笔画押。

潘启明想说话，老爷一拍惊堂木，衙役们立刻喊“威——”。

■ 鲁青山处

阿娇正在侍候鲁老太太，鲁青山带着鲁太太走进来。

鲁青山：母亲。

鲁老太太：青山，明仔的事情，我已经听阿娇说了。这件事情，我等你拿个主意呢。

鲁青山：儿子听母亲吩咐。

鲁老太太：青山，明仔和那个洋女人，非要成亲不可吗？

鲁青山：我不知道明仔的意思。官府是这样判了。

鲁老太太：吴先生什么意思？

鲁青山：吴先生的意思，苏知府原来并不认真如此处理。不知道什么原因，巡抚大人和粤海关都要求这样处理，说是不这样，不能消弭伤害风化的影响。苏知府就非要如此办理了。吴先生想快点把萨丽从监狱中搭救出来，至于以后的事情，要看具体情况而定。

鲁老太太想了一会子：算了，以后的事情，谁也说不定。我想，我们马上把阿娇嫁过去！他不要洋女人更好，要了洋女人，我的孩子也是长房大夫人！

阿娇想说话，鲁太太阻止了她。

鲁青山：母亲的想法，非常好。过去，启明总说要把生意做成样子再结亲。您这里呢，也有些不舍得阿娇，所以，就拖了下来。现在母亲这样说，儿子马上就去找明仔商量。

阿娇：奶奶，义父，母亲，孩儿想说几句话，不知道妥当否？

鲁老太太：孩子，你说吧。

阿娇：义父找明仔之前，孩儿想先找明仔说说。如果他有难处，孩儿愿意尊重他的选择。

几个人对视，表示明白阿娇的意思。慢慢点头。

■ 潘启明家里

潘启明让其他人都退下去，独独留下了萨丽。

萨丽：对不起，潘，那天我太冲动了，给你惹了麻烦。（英语，中文字幕）

潘启明：萨丽，这个麻烦，你的冲动，只是因素之一。我可能开罪了人，才是麻烦的真正根源。我跟你单独谈话，不是想听你的道歉，有些事情，我必须跟你说明白。（英语，中文字幕）

萨丽：你说吧，我听着呢。你不会是让我走吧？（英语，中文字幕）

潘启明：萨丽，让你走，也要等到季节风可以通航了之后。（英语，中文字幕）

萨丽得意地笑了。

潘启明：你知道，你是怎样走出监狱的吗？（英语，中文字幕）

萨丽：吴先生已经跟我说过了。（英语，中文字幕）

潘启明：为了对付知府大人，他吴先生没有跟你说实话。（英语，中文字幕）

萨丽：他欺骗？（英语，中文字幕）

潘启明：他是出于好心，是为了救你。有些事情，他没有告诉你。我呢，也是为了让你顺利走出来，当然，我也担心他们真的打你。（英语，中文字幕）

萨丽：那个大人很野蛮，很残暴。告诉我，还有什么事情没有告诉我？（英语，中文字

幕）

潘启明：知府大人放你出狱的条件是，我们两个必须结婚。（英语，中文字幕）

萨丽很高兴：好啊，很好啊。这个知府大人很有人情味呢，我说他野蛮，残暴，委屈他了。潘，你知道，在瑞典，我们的地位是很高尚的，不像你在的这个国家，很多人看不起商人，刁难商人。我们结婚之后，你可以随便地和我们的皇帝谈心，嬉玩。还有，我知道，你并没有多少财产，你在艰苦地积累财富。如果你和我结婚，我的财富可以让你立刻变成一个大富翁。你就不必为积累财富痛苦了。你可以放心地去干你自己喜欢的事情。比方说艺术，比方说旅游，比方说——不过，你愿意和我结婚吗？阿娇怎么办，你们感情破裂了吗？（英语，中文字幕）

潘启明：对不起，萨丽，阿娇和我感情很好，我们没有破裂。（英语，中文字幕）

萨丽：你的意思，阿娇愿意做你的情人？对不起，在你们中国，情人是个秘密，不能说出来的，我忘记了！（英语，中文字幕）

潘启明：不，阿娇是我的妻子。我准备很快就和她结婚。（英语，中文字幕）

萨丽：不行，我不同意！不，不是不同意，对，是不同意——不同意我们的婚姻。在这样的情况下，如果我们结婚是很不道德，我不能破坏你们的爱情婚姻！我不同意和你结婚！（英语，中文字幕）

这时候，阿娇走进来：明仔哥哥！

萨丽立刻拉住阿娇：娇，对不起，这件事情如果有错误，那就是知府大人的错误，我是无意伤害你的。（英语，中文字幕）

阿娇揽住萨丽，表示理解。（英语，中文字幕）

潘启明：阿娇，我正说去找你呢。

阿娇：明仔哥哥，我来就是说咱们的事情的。义父他们要过来和你商量我们的婚期的事情。我想，我应该先来找你。

潘启明：我也说拜托吴叔叔过府求婚，商定日期呢，大家都想到一起去了。

阿娇：萨丽的事情，你准备怎样处理？

潘启明：我只要你。

阿娇：官府同意吗？萨丽怎样说？我的意思，你可以和她结婚，我们谁大谁小，我都无所谓，只要萨丽高兴，我就高兴。

潘启明很感动：妹妹，萨丽，她也不同意一个男人娶两个妻子。

阿娇有些困惑：萨丽不同意我们俩？

潘启明：她同意。再说，不论什么情况，我只娶你一个！

阿娇难以控制自己，去抓潘启明的手。

潘启明和阿娇四手相握。

萨丽：为什么不拥抱，不接吻？对，有伤风化——（英语，中文字幕）

阿娇想起来萨丽就在一旁，有些羞涩：明仔哥哥，萨丽咋办呢？

潘启明：我正和她商量。说完，对萨丽用英语：萨丽，阿娇同意在她和我结婚的同时，也可以和你结婚——

萨丽很坚决地：我不同意。如果你同意，我可以做你的情人！（英语，中文字幕）

潘启明：不，我不能这样。这样对不起你，也对不起阿娇。（英语，中文字幕）

萨丽失望地：那就不要再谈了。（英语，中文字幕）

潘启明：阿娇和我，都为你的处境为难。（英语，中文字幕）

萨丽好像下定了决心：告诉你，我自己有处理的办法，我会妥善安排自己的，请你放心。（英语，中文字幕）

▩ 鲁家，鲁子义处

从桌子上的菜肴饭食看，鲁子义可能好几顿没有吃东西了。他毫无情绪地躺在床上，两只眼睛茫然地向虚空望去。

▩ 门外

鲁青山看到满叔，看满叔，意思询问吃饭了没有？

满叔摇头。

鲁青山显得很是发愁。

满叔示意他走人，自己去劝说。

满叔走进室内。鲁子义没有理会，视若无睹。

满叔：少东家再不吃饭，外人就要笑话了。

鲁子义：哪个敢笑话我？

满叔：没有人敢当面笑话你，背后人家都笑掉大牙了。

鲁子义气得突然坐起来，但是，想想也没有什么好办法，只好又躺下去：让他们笑吧，谁让我没有本事，谁让我没有权利……

满叔：少东家有本事，谁都说少东家是个聪明过人的人，但是，少东家在这件事情上，有些看不开，所以，才显得笨了。只要少东家一想明白，还是第一聪明人。

鲁子义：一个奴才，一个丫鬟，居然看不上我堂堂少东家！

满叔：不是奴才丫鬟看不上少东家，是我们老太太，我们东家不允许少东家看上奴才丫鬟！

鲁子义一下愣住了，他认为满叔说的有道理，但是，又想起来另外一件不平的事情：一个伙计，一个如果不是我们收留就可能饿死的外乡人，居然能抢走我的心爱之人，我还如何见人？我将如何在广州城，在黄埔港混下去？

满叔：少东家，你千万不要看不起明仔，明仔确实是个难得的好人，好生意人，他一定会做大的，东家之所以不让你……

鲁子义勃然：你出去，马上出去！说着，把桌子上的东西一下子都扫翻在地上！

▩ 房门外

鲁青山都听到了，气愤地想冲进去，一个伙计远远地向他打招呼，他走过去。

▩ 前厅

吴潮鸣等到了鲁青山。

鲁青山一脸痛恨之色。

吴潮鸣：青山兄，看你面有不悦，有什么难为之事？

鲁青山定定神：吴兄，真是清官难断家务事啊！吴兄此来，有何见教？

吴潮鸣：我的事情好说，明仔打算和你商定和阿娇的婚期。

鲁青山连连点头：实不相瞒，我也正打算找您商量这个事情呢。不过，家里不很顺利，所以，耽误了两天。

吴潮鸣：家里不顺利？莫非有人……

鲁青山：一言难尽。

吴潮鸣：我们是知己好朋友，我不妨直言，大概是少东家有些意气用事吧？

鲁青山不免一愣，随后点头。

吴潮鸣：如果贵公子实在想不通，我可以劝说劝说。

鲁青山更加出乎意料：那好啊。不过，犬子若有冒犯之处……

吴潮鸣很有把握地摆摆手。

▩ 鲁子义住处

满叔领着吴潮鸣走进来：少东家，吴叔叔看望你来了！

鲁子义毅然不理不睬，照样睡在床上。

吴潮鸣示意满叔退出。

满叔叹口气，退出了。

吴潮鸣：子义，我不是来劝说你的。我是来告诉你，你的所作所为，非常愚蠢。吴叔叔可以让你身败名裂，也可以给你指出一条明光大道。

鲁子义：我已经身败名裂了，不劳你的大驾了。

吴潮鸣：我还没有发现你已经身败名裂。

鲁子义：我的女人被我的伙计抢去了，我还不是身败名裂？

吴潮鸣：不，没有谁说你配不上阿娇，没有谁说你的聪明不如明仔，没有谁说你的本钱不如明仔。这些，都不算可以让你身败名裂的理由。你为了伤害潘启明，送礼、告密，才是让你身败名裂的事情！

鲁子义大吃一惊，忽地坐起来。

吴潮鸣：你的事情，我都知道。苏知府，刘师爷那边都瞒不住我，如果你打算闹事，我就会说出去，那时候，你才是真的机关算尽，面子丢尽，身败名裂！

鲁子义下意识地站起来，弯下腰去。

吴潮鸣：不过，如果你能听我的话，我就给你指明一条康庄大道，让你成为广州城真正的大人物，大洋商！

鲁子义有些哀求地：吴叔叔——

吴潮鸣：我劝你父亲，让你正式接手广利行，找一门好人家，娶一房好太太。你呢，从今往后，就正正派派做生意，老老实实做人，团结潘启明，尊重所有同行。我敢说，凭着你的本事，不要三年五年，就会成为广州城黄埔港首屈一指的洋商！

■ 潘家小院　外/内　日

院内院外张灯结彩。

大红喜联分外耀眼。

迎亲的花轿停在院外，整装待发。

阿黄也穿着崭新的衣服在招呼着吹鼓手们。

正房内，喜妹在给穿好衣服的启明梳辫子。

萨丽极有兴趣在一旁画速写。

潘启明望着镜子里的喜妹。

喜妹望着镜子里的启明。

潘启明似有万语千言般地：喜妹，这是老爷子他……

喜妹咬了咬嘴唇：启明，你不用说了，我全明白。

潘启明还是内疚地轻叹一口气。

喜妹的眼泪慢慢流了出来……

萨丽突然地：喜妹，潘结婚，你，不高兴？

喜妹没好气地：谁不高兴了？

萨丽认真地：你，流泪！

喜妹：我是高兴的流泪，说着，猛地朝萨丽哈哈哈哈哈地干笑……

萨丽：你，神经，有病！

喜妹：你才神经病呢！有家不回，缠在这儿惹麻烦。

萨丽：缠？缠是什么意思？

■ 鲁家大院　外/内　日

全院也是张灯结彩，喜气洋洋。

鲁老太太房里，已经打扮停当的阿娇正伏在鲁老太太怀里痛哭……

鲁老太太抚摸着，安慰着：乖孙女，喜事是仓促了点，让我孙女受委屈了。

阿娇：不，孙女不委屈，孙女是舍不得奶奶。

鲁老太太拿手绢轻轻给阿娇擦着眼泪：看，我孙女，这么俊俏，眼泪一沾，就不好看了。

阿娇忍不住一笑，亲昵地：奶奶——

鲁老板坐在一边也开心地露出笑容。

鲁子义突然闯进来，像是一反常态地朝阿娇：姐，迎亲的快到了。

阿娇起身，忙朝鲁老板面前一跪：爹，您对阿娇恩重如山，阿娇这辈子都报答不完。说着眼泪又流了出来。

鲁老板忙搀起阿娇：看看，奶奶刚说，你又流眼泪了。

鲁子义：姐，其实，我也舍不得你嫁，到了明仔那，你也要多多保重噢！

阿娇：弟弟，咱们是一家人，看在姐的份上，你也别再生明仔的气，往后，你和启明要心连心手拉手的做事，有不好说的，或者是启明没做到的，你跟姐说，呵——

鲁子义：姐，以前，小弟不懂事，总以为明仔是咱们家的伙计，看他不上眼，跟他过不去，也惹爹生气，往后，我会好好的学做生意，学做人。

鲁青山不由对鲁子义另眼相看。

■ 鲁家院外　外　日

迎亲的队伍来了，潘启明下了马，看热闹的人群都围了上来，鞭炮响了起来……

（此处按广州传统的婚嫁习俗拍摄）

■ 刘长兴饭庄　外/内　日

宾客盈门，灯火辉煌。

二楼上摆着满满地喜宴。

潘启明和阿娇正在向客人们敬酒。

潘启明端着酒杯：……我潘启明能有今天，全靠前辈和亲朋们关爱和照顾，启明终生不忘……

楼梯口突然吵吵嚷嚷……

马斯顿领着卡尔尼等洋人闯了上来。

马斯顿大声地：潘，你请了这么多人，为什么不请我？

潘启明：请，请，快请……

▩ 巡抚府　内　晚

杨如雪闺房，杨如雪在灯下刺绣。

范二姑匆匆闯进来，咋咋呼呼地：小姐，好啦，你的心思算白费了。

杨如雪：啥事呀？

范二姑：是潘启明那小子。

杨如雪：潘启明怎么啦？

范二姑：王八蛋。

杨如雪：到底怎么啦？

范二姑：那小子为个洋妞被抓上公堂是不是？

杨如雪：是呵，不是已经平息了吗？

范二姑：没错，你不在老爷面前讲情，他小子有那么便当呵？

杨如雪：我只是不想把事闹大，让他好好做生意。

范二姑：你好心帮了忙，不然，他小子脱不了干系！可是他是个糊涂蛋，小姐，他该不该来谢谢你，哪怕是捎句人话呢！

杨如雪：人家说不定还不知道呢，叫人家怎么谢呀！

范二姑：他哪里顾得上来谢咱，王八蛋，他急得屁滚尿流地结亲了。

杨如雪果真一愣：呵——，跟谁家姑娘？

范二姑：还不是什么娇，什么贵的。这王八蛋，刚犯了个桃花，这又走上桃花运，我看哪，这小子这辈子的桃花劫还有得犯呢。

杨如雪倒微笑着：看来，这个潘启明还真有人缘呢。

范二姑：说起来也怪，这小子还就是有能耐，一个小伙计，说当老板，马上就当起老板，而且生意马上就火起来了，朝廷上刚批下来十三行，嘿——！他稀里糊涂就混上了个行首，那么多老板，那么多有名望有底气的大老板，还就偏偏推举他，怪，真怪了。

杨如雪：这说明人家确实有才，有人缘，大家都愿意帮他。

范二姑：好，不说，反正，过两天，我得当面骂这小子一顿，替你解解气。

杨如雪一怔：骂他，什么理由哇？

范二姑：小姐，咱们这么帮他，这小子知恩不报。

杨如雪：这人正直，仗义，咱们帮就帮了，还图什么回报哇！

范二姑朝杨如雪瞪眼：嘿——，这又奇了怪了。

■ 鲁家大院　外/内　夜

鲁子义的卧房里，书桌上摆满了茶经之类的书籍和不少茶叶，茶叶的上面放着铁观音、普洱、龙井等纸条，茶几上摆着个盘子，盘子里是没动的饭菜……

鲁子义一边翻书，一边对照着茶叶，研究着……

院子里，鲁青山扶着鲁老太太回来了。刘姐慌忙上前接住鲁老太太。

鲁青山：母亲，当心。

鲁老太太乐悠悠地：看我，阿娇和启明喜事，高兴地喝这两杯酒，还真让我走路有些晃悠。

鲁青山也舒心地：这桩事总算办了，哎，刘嫂。

刘姐：老爷。

鲁青山：子义在干什么？

刘姐：一直在房里呀，门都没出。

鲁青山：晚饭吃了没有？

刘姐：叫我送进房的，该是吃了，待会我去收。

鲁青山：你扶老太太回房吧，我去看看。

鲁老太太：我也去看看孙子，真是——

刘姐搀扶着老太太跟鲁青山来到鲁子义房门外。鲁青山朝鲁老太太示意不要吱声。

房门虚掩着，鲁青山从门缝朝房里望去。鲁子义果真在认真翻书，学习。鲁青山轻舒一口气……

■ 潘家小院　内　夜

院内院外都挂着喜字红灯笼。

潘启明在门口送走最后一批客人，和喜妹、阿黄、贵叔回到院内。

喜妹和上院门，靠在门上不动了。

院子里桌子上摆着茶点，显然凌乱。

潘启明上前收拾。

贵叔拦住他：别动，朝亮着灯的正房努努嘴示意。

潘启明不好意思地：贵叔，你们够累的了。

阿黄在背后推启明：启明哥，你就快进新房吧。

正房里，阿娇的盖头落在床头，阿娇坐在床边静静地等待着……

潘启明进屋，轻轻地插上门闩，回头也靠在门上，长长地嘘了口气。

阿娇：启明，你累了吧。

潘启明：还好，走到阿娇面前，阿娇，亲事办的急了点，让你……

阿娇双手搂住启明的腰：别说，什么都别说。

院子里，贵叔在收拾桌上的东西。

喜妹仍然靠在院门上发呆。月亮升了起来，照在她失落的脸上。

阿黄凑上去：喜妹，忙饿了吧，咱们一起吃点？

喜妹：去！

阿黄没趣地：干吗拿我发火呀？

贵叔：阿黄，拿抹布来。

阿黄乘机脱身：是，朝厨间走去。

喜妹蹒跚着走向东厢房。

■ 东厢房内

萨丽正在全神贯注地在灯下画着《迎亲图》，上面画的还有骑马带花的新郎……

喜妹扫了一眼，突然呼地吹灭了灯。

萨丽：为什么？

喜妹：睡觉。

萨丽：睡觉？你可以睡，我，还不睡。

喜妹：你不睡，别影响我。

萨丽：我只要灯光，不说话。

喜妹没好气地：不许点灯。

萨丽：喜妹，你生气了，为什么？

喜妹已躺在床上，合眼了。

外面阿黄在轻喊：喜妹。

喜妹不睬。

阿黄又在喊：喜妹——

喜妹：喊什么？

阿黄的声音：你刚进门，怎么就吹灯呵。

喜妹：你干什么？

阿黄的声音：我知道你累了，给你端的洗脚水，烫烫脚吧！

喜妹：我不烫，你给启明送过去吧！

▩ 门外

端着水盆的阿黄回头望望已关上房门的正屋：启明哥他……

喜妹的声音：他怎么啦？

阿黄：他关上门了。

喜妹的声音：你去敲哇！

阿黄为难地：这……

贵叔扯住他的衣襟，轻声地：走走走。

两人回到西厢房。

阿黄端着水盆发愣。

贵叔：你呀，先把盆放下，给我老老实实上床躺着。

▩ 院内

喜字红灯笼在银色的月光下更加耀眼。

正房内，阿娇幸福地依偎在启明怀里，潘启明大睁着眼睛，毫无睡意。

阿娇轻柔地：你在想什么？

潘启明不说，把阿娇搂得更紧。

阿娇：启明，我跟你说句话。

潘启明：说什么？

阿娇：我觉得，喜妹心里很难过……

潘启明轻轻摇头。

▩ 院子里

树影开始婆娑，天上，彩云绕着皓月跑。

突然，东厢房里传出《彩云追月》的琴声旋律……

东厢房里，喜妹借着月光半合着双眼操琴……

萨丽也悄悄起身，取过画板，在画喜妹月光操琴。

▩ 西厢房里

贵叔和阿黄也在床上躺着。

贵叔轻声地：听到没有，你还想做梦吧。

▩ 院子里

各房里的灯都熄了，《彩云追月》的琴声在抒发着，倾诉着。

突然，正房里传出箫声，和着琴声在夜空中荡漾……

▩ 十三行会会所　外/内　日

门口新挂的牌匾：广州十三行公行会所

这是一个园林式的会所。

中央摆放着椭圆形的大台和一周木椅，一旁是盆景掩映着一副硕大树根雕制的工夫茶台，茶台上放着精致的茶具，周围是小竹椅子。整个会所就像是朋友们专门聚会聊天喝茶的场所。

行商们拥簇在门口。

潘启明点燃手中的鞭炮……

众人鼓掌，互相道喜、祝贺……

▩ 英国夷馆

马斯顿、荣翻译、卡尔尼等人正在欣赏一幅刺绣作品《牡丹图》。

荣翻译：这叫广绣，是广州独有特技的真丝绣品。（英语，中文字幕）

马斯顿：太妙了，十分精致，栩栩如生，这样的艺术品我们要搜集，购买。（英语，中文字幕）

鞭炮声传来。

马斯顿：哪里又在办喜事？（英语，中文字幕）

荣翻译走到窗口往外探头看了看：是十三行临时公行宣布开张了。（英语，中文字幕）

马斯顿：十三行临时行会开张，为什么不通知我们？（英语，中文字幕）

荣翻译：有通知，邀请我们吃饭呢！（英语，中文字幕）

马斯顿：那就快去吧！

▩ 十三行会所　外/内　日

行商们围桌而坐开会，喜妹忙着泡茶。

潘启明：各位前辈，今天咱们的临时行会，总算是宣布开张了。启明我年纪轻、阅历浅，承蒙各位前辈抬爱，让启明临时担任这个行首。启明心里明白，也应该多为各位前辈们跑跑腿，做些事，从中呢，也能向前辈们多学学，多些历练……一旦皇上批准了咱们这个行会正式办公，我就立马让位，让位给德高望重的老前辈。

众老板们边听边点着头……

▩ 广利行　外/内　日

台子上摆着几件瓷器。

鲁子义正在向满叔学习瓷器的鉴别经验。

满叔：……官窑和民窑的区别，不能光看上面的文字和印章，要看瓷、看釉、看彩是否精制。你看，这两个瓶子一模一样，我要不说，你能分辨出来吗？

鲁子义摇头：难，比判断茶叶和丝绸还难。

满叔：开头当然难，你要平心静气地观察、琢磨，入了门，你会越学越觉得里面学问大。

刘姐扶着鲁老太太突然走了进来。

鲁子义高兴地：奶奶，你怎么突然跑来了？

鲁老太太：出去串门散心，从这路过，来看看孙子呀。

鲁子义：我正在向满叔学瓷器上的事呢。

满叔：老太太，最近，少爷在发奋上进，啥都想学，如饥似渴，等过些时候，怕我都教不了他了。

鲁老太太心花怒放地：好，好，孙子有长进，奶奶高兴。

鲁子义亲自给奶奶奉茶：奶奶，到哪串门去了？

鲁老太太喜滋滋地望着鲁子义：为你的事。

鲁子义：为我的事？什么事呀？

鲁老太太：有人到家给你提亲，你爹没告诉你？

鲁子义：没有哇，奶奶，是哪家呀？

鲁老太太：当然算是大户人家小姐，黄埔港数一数二的大户，能配上我孙子的，数来数去，没有几家！

鲁子义：奶奶，您说的大概是梁家吧？

鲁老太太哈哈大笑：哪里会有别人！

▩ 十三行会所　外/内　日

鲁青山：……既然大家都让我说，我就说两句吧，官府最终选中咱们这些商行专做洋人生意，说明咱们是前世有缘哪，往后，咱们都在一条船上了，叫同舟共济吧，刚才启明说了，他专门为大家跑跑腿，办办事，这是又谦虚又实在的大实话，我们大家呢，都是老板，都有自己的洋行，生意呢，有大有小，也可能有亏有赚，我要说的是，既然大家能坐在一起，成立了这个公行，大家就联起手来，诚心诚意地共同做生意。也就是说，有钱大家赚，有难大家当，千万不要暗中拆桥、尔虞我诈，坏了生意，坏了名声，我这话，不知道大家认不认可，爱不爱听？！

众人一齐鼓起掌来。

吴老板：只要能正式成立行会，我们就可以取得更多的权利。商人不是不会做生意，是我们的地位低，对我们的限制太多。只有我们成立了自己的行会，大家统一行动，互相配合，生意才能做大，做好！

众人一起喊道：说得好！

那金的帮办突然闯了进来。

帮办取出公函，对不起诸位，打扰了。那大人派小的专门送来。

潘启明急忙接过：上差，怠慢了！请坐下喝茶。

帮办：上命甚急，马上回去复差。希望你们早做处理。转身走了。

喜妹将函递给启明，启明拆开一看，立时一怔……

鲁青山：怎么回事？

潘启明将信交给鲁青山，鲁青山看了一眼又转给梁老板。

梁老板忍不住地：这黄河发水，两岸受灾，皇上降旨，专门叫我们行会捐银子呵。

大家本来热烈的气氛一下低落下来，一时间都闷闷地喝茶。

马斯顿、卡尼尔等人这时拥了进来。

马斯顿：潘，我们赴宴来了！（英语，中文字幕）

卡尔尼：我们没有来晚吧？（英语，中文字幕）

马斯顿望着闷闷不乐地大伙：你们好像都不高兴？（英语，中文字幕）

潘启明不语地把信递给了荣翻译。

荣翻译看后朝马斯顿他们：中国的黄河泛滥成灾，官府命令他们捐银子，赈济灾民。哇，好巨大的数字，五十万两啊！（英语，中文字幕）

其他尚不知道具体数字的行商们听说了这个数字，顿时傻眼了。

马斯顿：你们的黄河有灾，是政府的事，为什么叫你们捐银子？五十万两，这是天文数字啊！

众人无法解答的表情……

潘启明慢慢开始明白过来：诸位，我们商人原来就有善心，一直急公好义，论说黄河泛滥，我们也应当捐款救灾。不过，五十万两，实在过分巨大，匪夷所思。

众人都肯定。

伍老板：银子，是个硬头货，你要说硬让我拿出来，我没有，奈何！行首，你一定要为我们做主！

潘启明：伍老板说的对。不是我们不愿意赈灾，是我们应该尽力而为，平心而为。我马上到粤海关，向那大人说明苦衷，求得谅解，给以减免，大家说好不好？

众人说好。

潘启明：不过，大家也要做好赈灾的准备，量力而为，不要让人看不起我们，不要辜负了皇上对我们的恩典。

梁老板：是的。我们一定尊重临时行首的安排。不过，行首也要尽力说服那大人，行首就是为我们大家谋利益办事的。行首不能辜负我们对你的信任啊，是不是？

大家一致同意：潘行首，看你的了！

你要给我们造福啊！

相信行首能力挽狂澜，我们都托福您了！

吴老板感觉到了潘启明的压力，他想替潘启明说句话，但是，还是忍了。

潘启明心里很难过，感觉到负担很重，但是勉强带着笑容：启明一定努力，一定努力！

第十九集

▩ 粤海关

潘启明拜会那金。

那金：潘行首，不要这样大礼了，好歹也是个行首啊！哈哈——

潘启明：不论什么行首，都是老爷您下辖的商民。潘启明无论什么时候，都不敢对大人有失恭敬。

那金：好，这样就好，不枉老爷对你的栽培。那个皇命救灾的款项，能不能在规定的日期内筹备齐整，就看你的了。

潘启明：大人，商民就是为此事来恳求您的。

那金：说。

潘启明：大人，别人不知道我们这些洋商的家底，大人您是铜钱撂进水盆中，看得一清二楚啊。五十万两，过分巨大了，无论怎样说，承受不起啊！

那金：这个数字，是有些大了。不过，今年的黄灾，也确实比往年厉害。万岁有一点办法，也不会向你们施加如此压力。还有，过去，生意是五口通商，有了钱，五个地方都可以赚。现在，不同以往了，一口通商，洋人的钱，只有咱们广州，只有咱们黄埔港可以挣。朝廷要花钱了，总不能再向那些没有生意做的洋商讨要吧？

潘启明：大人说得有理。

那金：不是我说的，是朝廷上这样对老爷我说的。

潘启明：大人，五口通商才是前几年的事情。宣布一口通商以来，不少商家还没有做生意呢。

那金：不要这样，这是在和皇上讨价还价。今后总要做吧？现在先借点钱，预支。马上季节风来了，外国的商船，都要来咱们这里了，你能说大钱不赚了？往前看，要对皇上有感恩之心啊！

潘启明：大人说的有道理。

那金：本来嘛！

潘启明：不过，大人，现在大伙手中确实弄不到这样多钱来啊！还是求大人恩免一些，等到明年，我等多多孝敬大人也就是了。

那金：明年追加？

潘启明：慢慢来吧？

那金：不瞒你说，我估计，皇上也没有问我们要这样大的数目。中间这些衙门，难免层层加码。如果烧一些香火，未必不能降下一些来。

潘启明：大人真是菩萨心肠。大人，您明说，中间有多少加码，需要多少香火钱，这些加码，商民愿意孝敬。

那金小声估量了一阵子：本老爷想啊，十万两的加码大概还是有的。

潘启明立刻追问：大人，您看需要多少香火钱？

那金：最少十抽一！

潘启明：好，大人，商民明天就给大人送来这个一万两的香火钱。

那金：好，你是个爽快人，是个办大事的人，好。

潘启明：另外，还有大人的辛苦费。

那金更高兴了：还有这个？好，更好！

潘启明：大人，能不能想个办法，再减免一些。

那金：恐怕就作难了。

潘启明：大人，商民也想顺利办成这件事情，毕竟是大人交办的事情，办的好了，圣上也能嘉奖大人啊！像现在这样的数目，恐怕很难顺利办成，岂不辜负大人对我的栽培？

那金感觉到他说的有道理，轻轻点头。

潘启明看到希望，掏出一张银票：大人，这是您的辛苦茶水钱，商民随身带着呢，您先赏收。

那金接过来银票，很慷慨地：好，我这个人，花人家钱财，就给人家消灾。你过来。

潘启明知道他有私密话说，急忙靠近。

那金小声地：实不相瞒，其中还有巡抚大人的五万两！

潘启明一愣。

那金：巡抚大人今年要进京述职。你知道，各个衙门，各位大人，上上下下的打点，没有五万两，也确实不够。

潘启明：原来如此。不过，大人能让巡抚减免这五万两吗？

那金摇摇头。

潘启明：大人莫非还有另外的办法？

那金笑了：你真聪明！根据本大人所知，巡抚大人那里有一些官职空额。如果卖掉这些空额，也就有了五万两银子了。

潘启明：大人，商人可以买官职吗？

那金：本是虚衔，五品六品，都是名誉好听，出门好看而已，为什么不能卖给你们。不过，需要逼！

潘启明：逼！？

那金点头。

潘启明明白了，也点头。

▩ 吴老板住处

潘启明、吴老板在商量捐款的事情。

吴老板：明仔，捐款的事情如果硬顶，并不一定能顶得住。官府翻了脸，商民哪里是对手？就算你不干了，无非白白丢了我们好不容易争来的这个临时行会，致使正式行会遥遥无期。捐款的事情，还要办下去。所以，你不能畏难，不能却步不前。

潘启明恭谨地：吴叔叔教训的是。

吴老板：捐官的事情，也有可为。等一会儿，鲁老板来了，详细商量。

这时候，鲁家父子都过来了。潘启明急忙站起来迎接。大家坐下。

吴老板：青山，正说找你商量。那大人那里，用一万两，减免了十万两。

鲁青山：好！不过，四十万，仍然难办。

潘启明：那金大人说，过去五口通商，现在已经变成了一口通商，所以，朝廷给我们加码了。

鲁子义：刚刚宣布一口通商，生意还没做呢，哪里有钱？如果明年，还可以商榷。

吴老板笑了笑：官府跟咱们商榷？明仔感动了那个那大人，又给了咱们一个门路。

鲁青山：请讲。

吴老板：明仔，你讲吧。

潘启明：官府有一些官职虚衔，如果哪家洋商想做官，可以花钱去买，所用银钱，可以抵消赈灾捐款。

鲁子义眼睛一亮：这是好事情！

鲁青山：什么好事情，就是冤枉钱！

潘启明：不，您老人家说的不对，恕明仔不敢苟同。

鲁青山：你说说。我听。

潘启明：明仔做生意的时间不长，就在这不长的经历中，深深地体会到了官府的厉害。利润的高低，我们能化解；风浪的危害，我们能对付；本钱的不足，我们解决。就是官府的管制，我们对付不了。再好的生意，官府一句话，就能搅黄。你们看，就是一道圣旨，其他四个港口，立刻关闭了。假如我们不是在黄埔港做洋商，此时，就关门歇业，没有饭吃了。我认为，想做好生意，就要提高自己的身份，提高自己身份的途径，要赚大钱，更要当大官。

吴老板：明仔说的对，我的生意也算不小了，但是，一个乡约地保里甲长都能欺负我，讹诈我。我巴结上了巡抚大人的亲戚，同样的我，立刻就不同了。青山兄，要看清楚这一点，要不停地提高我们商人的地位。

鲁子义：父亲，明仔哥哥和吴叔叔说得很有道理。

鲁青山：巡抚大人那里，有多少虚头？

潘启明：五万！

鲁青山叹口气：当官的对咱们商人，真够狠。明仔，要说服大家买官衔难啊。大家都是目光短浅的老式洋商，未必都愿意干呐！五万两，恐怕说起来不容易哦！

吴老板：不论如何，这次启明都要买个官职在身上，毕竟是咱们的行首。行首有了官衔在身上，对咱们十三行洋商，就是不同的气象。

鲁子义：父亲？

鲁青山犹豫。

吴老板：青山兄，孩子大了，又很长进，应该多给他机会了。

鲁青山：好吧。

鲁子义喜形于色。

吴老板：这样，还有三十五万，也是个大包袱。

潘启明：明仔想再动员洋人朋友想想办法。他们在我们中国的土地上生活、赚钱、交朋友，我们的老百姓遭了大水灾，他们也不应该袖手旁观啊！多少应该表示一点儿心意！

鲁青山：咱不能强迫人家。

吴老板：动之以情。

鲁子义：请他们吃饭！就像明仔哥哥推销丝绸那样，举办一个盛大招待会，把他们都请来！

潘启明立刻高兴地：好，少东家这个主意好！

鲁子义：嘿嘿，还不都是跟你学的。

鲁青山看到儿子有出息，心里很高兴：这样好，咱们就分头操办吧！

▩ 梁宅　外/内　日

这也是相当不错的宅院，盆景、假山、前后院、小花园错落有致。

鲁青山带着鲁子义进院打量着院子，梁浩老板从客厅出来疾步迎接。

梁老板：哎呀，鲁大老板光临，小院蓬荜生辉。

鲁老板：梁老板，你这院子拾掇的不错嘛，看起来，不仅比我家别致高雅，规模也大得多呢！

梁老板：见笑，见笑，到客厅里坐，又朝人家，顺子，快泡茶。

顺子忙乎答应着。

三人进客厅坐下。

顺子敬上工夫茶。

鲁老板仔细品了一口。

鲁子义一饮而尽，心不在焉地四处张望。

梁老板：顺子，去请二太太和小姐，来见鲁老爷和鲁少爷。

顺子应声而去。

梁老板给鲁子义续茶。

鲁子义恭敬地：不敢，不敢，谢了。

梁老板：鲁老兄，这茶怎样？

鲁老板：之义，你说呢？

鲁子义：好茶。

鲁老板：当然是好茶，黄埔港第一大洋商，岂能用不好的茶叶招待我这老朋友。我是问你，这茶是什么茶，多少年的？

鲁子义忙不迭地又品了一口：回父亲，普洱，老茶。

鲁老板笑着对梁老板：不行，学艺不精，还早着呢。

梁老板：嗯，不错了，一口就喝出来是老茶，不过——鲁兄，向您再请教呢？

鲁老板也再品一口：十年，老树。

梁老板眼睛发亮：佩服，佩服，行家就是行家，这一批老树老茶，我一直舍不得拿出去，专门留家里自己喝，请您老兄来家坐，就是想——

鲁老板：考考我的茶经是不是？

梁老板：哪里哪里，您鲁老板德高望重，生意精通，我哪里敢班门弄斧哇！以后还指望多向您请教呢！

鲁老板：如今有了公行，大家在一起见面就多了，互相沟通学习，大家都会受益。

梁老板：鲁老兄，说起公行，老弟我真佩服你棋高一筹哇！

鲁老板：此话怎讲？

梁老板：老兄把潘启明历练出来，又一手把他托起来当上行首，这行会上的事，明摆着，就是您掌舵了。

鲁老板：哎——，此言差矣，我鲁某年事已高，是想往后指望这些年轻人呐！

梁老板：鲁老板苦心，老弟我当然明白，看，少爷现在已是年轻有为，一表人才，梁某我也羡慕您有这样的接班人哪！

二太太和小姐阿香款款进厅，身边还有贴身丫头巧儿扶着二太太。

阿香先是扫了一眼鲁子义，爹！

梁老板：阿香，这位就是广州商界赫赫有名的广利行鲁老板，也是爹最尊敬的好友，你该喊鲁伯伯。

阿香施礼：鲁伯伯，阿香有礼了。

鲁老板注视着阿香，满意地：嗯，好，好。

梁老板：这位就是鲁少爷，现在是大名鼎鼎的广利行少东家了。

阿香乜了一眼鲁子义，又施礼：鲁少爷好。

鲁子义眼眨巴着，像是心神不宁地：阿香小姐好。

二太太不甘寂寞地：怪不得我家梁浩在家常提鲁少爷会做生意，有名望，还夸鲁少爷模样好，年轻有为，今日一见，果不其然，要是……

梁老板拦住她的话头：好了，你亲自去安排厨子，做几样好菜，难得鲁兄莅临，你去好好准备。

二太太不得已地领着阿香和巧儿往外走。

鲁老板：梁老板，不必张罗破费了，心意领了，行里得有人，再喝杯茶就走。

梁老板：哪能呢，就是你们爷俩不来，我们家也得吃饭呐，来来，喝茶。

鲁老板：哎，我想讨教一句，你家阿香小姐念了书没有哇？

梁老板：当然念了，我的宝贝女儿还就是喜欢念书，跟着她哥哥、弟弟、妹妹比着学呢。

鲁老板望着鲁子义：嗯，好，识字好。

梁老板：鲁兄，咱老哥俩也是生意场上的老朋友了，现在，在洋行里头，您威望最高，我的行，不能排在前面，可也不会排在后面，往后，咱们两个行和两家的交往也不会少，说不定，有些生意还会联手做，所以嘛……

鲁老板：梁老板，你的意思我明白，现在，既然大家同在一条船上了，共同为朝廷效力，本来就该一条心。再说，我家子义年幼，虽说现在用心读书学艺，毕竟刚刚入行，往后，还要请梁老板多多关照呢！

梁老板：这没说的，少爷天资聪明，又跟着您，别说用心学，就是跟着听，跟着看，也该是熟门熟路了，我敢说，不怕你鲁兄不高兴，鲁少爷保证是青出于蓝而胜于蓝。

鲁老板：过奖，过奖了，子义往后要学的东西还多着呢！

梁老板矜持地：哈哈，只要咱们联起手来……嘿嘿……

▩ 梁家后院　花园中　外　日

二太太、阿香一边赏花，一边谈论着。

二太太：就像刚才，少说话，忍住性子，装也得装出个千金小姐的样子。

阿香：就凭咱家的实力，我现在不就是千金小姐呀。

二太太：女儿呀，我的意思是，你得按住你的任性脾气，现在的男人，哪一个不是要温柔听话的呀，谁愿意养一个说吵就吵，说闹就闹的呀。

阿香：我不就是在家里面，跟爹，跟你，跟下人发发火嘛，我又没有杀人，放火——

二太太：你都说到哪儿去了，你要平平安安地嫁到鲁家，当上大少奶奶，到那时候……我想管也管不了你了。

阿香：我刚才留意了，鲁少爷像个小白面书生，好对付。说着，还开心的笑。

二太太：我看鲁家这少爷，话没说，倒是能看出是个有心计的人。

阿香：没有心计能成大事吗，等过了门，我还要帮着他出点子，干大事情。

二太太：你要是乱出点子，乱使性子，怕到时候鲁大老板也不会依你的。

阿香：啥，你看他那身子骨，还能折腾几年哪，要不是少爷是老大，我还不愿意嫁给他呢。

二太太：你就是嫁过去当了大少奶奶，也得有个大少奶奶的样子，不能由着你现在的样子，他上有爹、姨太太，还有个老奶奶，你——

阿香：爹说过的，鲁老板喜欢潘启明胜过自己儿子，潘启明身边有喜妹，他鲁子义身后站的就是我阿香，走着瞧吧！

二太太倒突然担心起来：阿香……

■ 同文行　外/内　日

喜妹和贵叔在忙着照应客商。

喜妹看完一批丝绸，朝阿黄，阿黄，把这丝绸收起来吧。

阿黄甘当下手地应声：来了。

喜妹朝客商甲：钟老板，刚才贵叔也看了，丝绸不错，价钱嘛，得等我们潘老板拍板。

钟老板：我能不能见见潘老板？

喜妹微笑着微微摇头：我们潘老板现在是十三行的行首了，所有跟洋人做的生意，他都得管，其实，就是在给朝廷办事，向皇上交银子，还不够忙的，你说说，是不是你想见，他想见，都能随时见上的，我叫你把货留下里，也就是同文行认了你的货，同文行公平交易，诚信为本又是出了名的，放心吧，过两天给你准信。

钟老板还迟疑着：那……

喜妹跟了一句：那我就不留你了，等潘老板定了价，验了货，你赚了银子，贵叔会给你摆酒送行。

钟老板忙不迭地：不不不，我摆酒，我摆酒。

苏诺领着苏珊走了进来。

喜妹忙应酬：大叔，苏姑娘，坐，快坐。又朝阿黄，阿黄，快烧开水，给苏大叔、苏姑娘泡茶。

苏诺和苏珊坐下。

喜妹亲手洗烫工夫茶杯。

苏诺：喜妹，你越来越能干了。

喜妹：都是跟启明学呗。

苏珊：喜姑娘，我也要跟着你和贵叔学学，好不好？

喜妹：这哪跟哪呀，我是学着本事挣工钱，混饭吃，你是苏大叔的大千金，要说学这个，该不是笑话我吧。

苏珊：哪儿呀，我跟爹说了，学着做生意。

喜妹：女人漂洋过海做生意？是开玩笑吧，其实，你跟大叔到广州来，不就是为了开开眼界，游山玩水吗？怎么样，多日不见，玩得开心吗？

苏诺：喜妹呵，大叔实话告诉你吧，前几天，我和苏珊都闷着呢。

喜妹：为啥？

苏诺：萨丽出了事，连累了启明，我又帮不上忙，带苏珊出去又怕添乱，也不敢乱跑，生怕再连累了启明，你说，我们父女俩待在小旅馆里，能安生吗，能不担心吗？

喜妹：那倒是，现在事情过去了，你的货也准备得差不多了，你装好船，和苏珊平安返航，那才叫大家平安呢！

苏诺沉思着，品味着，启明呢，他在忙什么？

苏珊紧接着：启明他还好吗？

喜妹：好，好，忙着呢，都在忙大事呢！现在，还就怕人打搅。

■ 同文行后院亭子里　外　日

潘启明和吴先生正在投机地深谈着。

吴先生：……我还得给你透个信，你也得保密。

潘启明：噢——

吴先生郑重地：这次捐官，我暗中给你办了，只可惜，只能办个六品。

潘启明惊慌地：吴叔叔，您——我承受不了哇。

吴先生：你放心，这银子你也得出，我是个生意人，往后我会在你应付给我的款项里面扣。

■ 广利行　外/内　日

鲁青山和鲁子义朝广利行走来。

鲁青山：义儿，当初，为父初涉洋商的时候，假如你的外公家，有梁家十分之一的财力，你的父亲，就不是今天的局面了。

鲁子义：孩儿明白父亲的意思。孩儿的广利行，如果有了梁家的后援，在广州城，在黄埔港，肯定是前途无量。

鲁青山：为父这些年经营咱们广利行，就算是给孩子你插了一只翅膀。现在，如果成了梁家的亲戚，就算是给孩子又插了一只翅膀！

鲁子义：孩儿不敢辜负父亲。不过，孩儿以为，我们的翅膀，应该是财和势，论财力，咱们广利行也算是够了。人家明仔还能白手起家呢，我鲁子义，有一个广利行，还不行吗？如果再有一个势，那就更好了。可惜，梁家也只是一个财主而已。

鲁青山：关于买官的事情，父亲会给你办理的。

鲁子义想说不同的意见，想了一想，又忍住了：可怜天下父母心，谢谢父亲！

鲁青山很感动：孩子能懂事，能知道父辈的期望，就算是最好的报偿了。

两人走进广利行。

几位熟客起身：鲁老板，少东家。

鲁老板朝大家点头：大家坐，喝茶。

众人又礼貌的坐下。

马斯顿和弗朗西斯在一旁踩着步子，巡视着什么……

鲁子义主动迎上，马斯顿先生，弗朗西斯先生，还突然冒出了英语的，你们好！（英语，中文字幕）

马斯顿和弗朗西斯回应中文：您好！

鲁子义：你们要的生丝和丝绸，我行已经准备好，关于交接问题，请到会客厅商谈。

荣翻译把鲁子义的话翻译了一遍。

马斯顿和弗朗西斯高兴地：OK！

鲁子义又朝几位熟客商礼貌地：各位朋友、长辈，对不起了，请我爹先陪陪你们说话，喝茶。

众人欣赏地点头：你谈正事，应该。

鲁子义又朝马斯顿和弗朗西斯做了一个礼节的手势：请——！

马斯顿他们走进里面会客厅，还拉上了门帘。

客商甲：鲁老板，子义近来像变了个人似的，眼看着成才啦！

客商乙：鲁老爷子，您老人家是不是想交班享清福啦？

客商丙：鲁大老板，青出于蓝要胜于蓝啰！

鲁青山有些惬意地品了一口茶，今天诸位都在，不妨给大家透个风，我是觉得自己老了，力不从心了，行里这些事，让子义在学着干，我慢慢隐退，诸位和我都是老交情老朋友了，往后要和子义打交道给照应着点，指点着点，子义要是有欠缺之处，或者不到之处，请诸位看在我的面子上，担待担待，我鲁青山在这先向诸位拜谢了。

众人都慌忙拱手回礼：哪里哪里！

客商甲：有您鲁老板健在，幕后掌舵，少东家又眼看着是才华横溢，往后，我们下决心继续跟着广利行发财。

客商乙：没说的，跟着广利行发财！

鲁青山舒心地：好！好！

▩ 同文行　外　日

后院亭子里，潘启明和吴先生还在热情地叙谈着。

吴先生：……你现在虽是临时行首了，将来肯定是十三家商行的正式行首，巡抚大人、海关、广州府，你要应酬的事越来越多，切记，遇事注意察颜观色，表态之前，要先听听大家的意见，摸摸大家心里的底，既要考虑到大家的利益，也得考虑官府、朝廷的利益。当然，也要注意洋人的态度和长期的合作利益，不可任性、不可草率。

潘启明认真地听着点着头。

吴先生：我比你年长，经历的事多，才给你讲这些，你能听明白吗？

潘启明：明白。

吴先生轻嘘一口气：说着容易，做起来难哪，有人说，阅历磨难就是财富，我现在真正体验到，这话一点不假，有些事，你日后在历练中会越来越明白的。

潘启明激动地有些呜咽了：吴叔叔，您疼我，帮我，千方百计地扶持我，我明仔……今生今世，铭记在心，可我想不通。

吴先生：什么事想不通？

潘启明情切切地：吴叔叔，我真的想不通，您为什么这样对我，为什么对我这么好哇！眼泪跟着滚了出来……

吴先生也被启明的真情感染了，也突然变得激动地：那我就把心里的话跟你挑明吧，因为，你潘启明虽然是个孤苦伶仃的穷孩子，你，大仁大义，你聪明好学，你有才有识，你胸怀宽广，你勤勤恳恳，你大局为重，你谦虚谨慎，你刚正不阿，你——我断定，你能成大器，我断定，以后我会有用得着你的时候，或者说不定日后我还会有求你帮助的时候，所以，现在我帮你，我力所能及地帮你，我是自己为日后做了一笔大生意，就是这个理由！

潘启明激动地一下抱住吴先生：叔叔——

▩ 巡抚府　外/内　傍晚/夜

四姨太房中，鲁子义小心地坐在四姨太面前。

四姨太正惊异地瞪大双眼：什么？你想约小姐见面说话？

鲁子义：我心里有话要当面跟她说。

四姨太：你不是发烧说胡话吧？

鲁子义坚定地：我没发烧，也不是说胡话，我要当面跟她说，我要娶她做大太太。

四姨太更吃惊地：你真的这么想？

鲁子义：我现在接手了广利行，捐官的银子也交过了，凭我现在的身价，虽不是亿万富翁，也比那个五品、六品的荣耀，凭我的能耐，凭我的志气，凭我的拼搏，日后肯定更会飞黄腾达，现在，我觉得我有底气，我有能力，我有勇气向小姐当面表露我的心迹。

四姨太一下沉静下来，轻叹口气：我的天哪，想不到你还是这么个情种。

鲁子义：我的决心坚定不移，突然朝四姨太面前一跪：四姨妈，您就可怜可怜我，帮帮我吧，要是如雪小姐和我见面，一点都不动心，没一点指望，我也好死了这份心哪！

四姨太正色地：之义，你起来，有些事我说给你听。

鲁子义慢慢起来：四姨妈，您说，我听。

四姨妈：你先坐好，我再说。

鲁子义乖乖地坐好。

四姨妈：我告诉你，这几天，老爷正为小姐的事烦着呢！

鲁子义感到意外地：呵——？！

四姨妈：老爷准备进京面圣述职，要带着小姐一块去，和老王爷的儿子多铎贝勒见面攀亲——

鲁子义大吃一惊：多铎贝勒？

四姨妈：你能跟贝勒爷相比吗？可是，小姐就是不愿意进京。

痴迷的鲁子义又有了一线希望：姨妈，小姐不愿意嫁到京城，是不是舍不得离开广州。是不是小姐心中已经有人了？小姐心中的人，一定风流倜傥，一定家财万贯，一定俊俏……

四姨妈忍不住抚摸着鲁子义的俊俏面庞：是的，你的小脸蛋确实迷人，你的气质确实风流倜傥——得了，别想好事了，人家可没有看上你！

鲁子义紧张地：不会又是潘启明吧？

四姨妈沉思着：小姐还真乐意帮潘启明。多次了，至于看上没看上，有没有那个意思，姨妈也摸不透，不过潘启明娶亲，小姐还送了贺礼。

鲁子义已经鬼迷心窍：姨妈，既然潘启明娶了亲，姨妈这时候领我见见她，让我对她表表衷情，也诉诉苦衷，说不定……

四姨太白了鲁子义一眼：你们这些男人哪……，花花肠子，还花花点子，不过……你小子到底打的什么主意呀？哼哼，死皮赖脸攀上高枝，然后……

鲁子义跪在四姨太膝前：然后，更加孝顺姨妈！

四姨太已经春心荡漾：真的孝顺我？

鲁子义：绝无二心！

四姨太装作腰疼：哎呀，我的腰好疼哦。

鲁子义急忙：孩儿给您捶捶。

鲁子义给四姨太捶腰，两个人渐渐亲热起来。

春儿一步走进来。两个人急忙躲闪。

春儿进也不是退也不是，非常尴尬。

▩ 潘家小院　内/外　夜

客厅里，潘启明在请苏诺父女吃饭。阿娇在厨间忙着烧菜……喜妹把汤煲放在桌上，给大家分汤……

萨丽进来：哇，香，很香。

潘启明：萨丽，苏诺大叔，您见过的，这是大叔的女儿，苏珊小姐。

萨丽礼貌地示意：苏诺大叔，苏珊小姐。

苏珊回礼：我父亲把萨丽小姐你和启明哥的情况给我作了介绍，我很钦佩您的勇气和追求，向您表示敬意。

萨丽：潘启明已简单向我介绍了你和苏诺大叔，你们曾经帮助过潘启明，潘启明应该好好感谢你们。

苏珊：我和父亲都为潘启明高兴。（英语，中文字幕）

▩ 西厢房里

贵叔在吸烟袋，阿黄在看书。

喜妹来到门口，菜都上了，你们过去坐呀。

贵叔：让他们好好聊聊南洋的事，我们待会随便吃点就行了。

喜妹想了想：也好。

▩ 潘家小院　外/内　夜

家宴正在进行。

喜妹站起来举杯：苏诺大叔、苏珊小姐，你们这趟来也看到了，今晚又有吴叔叔在场作证，你们俩是真心地为启明能有今天高兴，可话说回来，启明办了同文行，又当上了十三行的行首，肩上的担子重了，行里的事更忙了，还幸亏有阿娇姐照顾着启明，要不然，启明非累得趴下来不可，现在，你们的货也备好了，随时可以装船了，启明应酬多、酒量浅，这杯酒，就算我替启明喝，话替启明说，今晚，就算是提前给你们送行了。

苏诺大叔品味着喜妹的话：谢谢喜妹。还是把酒喝了。

苏珊却在想着什么……

喜妹喝了杯中酒，望着苏珊：苏珊姑娘，你还没喝完呢，不会是舍不得走吧？说着，还故意乜了萨丽一眼。

苏珊矜持地：喜妹，我还真有话要说。（英语，中文字幕）

喜妹大方地：都是自己家人，何况你们家又有恩于启明，还有啥困难，尽管说，启明和我，还有吴先生，都会想办法帮你解决的。

苏珊微微一笑：不用这么兴师动众的，我呢，在大学学的就是经济，往后，我要跟着父亲进入商界了，在这方面，吴叔叔是前辈、是导师。喜妹，你和启明哥都是我的老师，诸多事，都要向你们请教，我在想……苏珊故意停顿，望着启明和喜妹，你们俩……该不会推辞吧？（英语，中文字幕）

喜妹眼神一怔，又豁然开朗地：哪能呢……

■ 潘家小院　外/内　夜

鲁子义呆痴半天，才发现站在潘启明家门口。

鲁子义朝着潘家门口挂的灯笼愤愤地：哼！

院门突然打开了。

潘启明、阿娇、喜妹送苏诺、苏珊、吴先生。

潘启明：阿黄，赶快找辆马车过来。

苏诺：别别别——，启明，不用了，我还正想陪吴先生散散步呢！

潘启明：那——

阿娇突然发现站着的鲁子义。

阿娇：少爷，你怎么会在这呵？

潘启明：子义呀，您来了，怎么……

鲁子义半开玩笑半认真地：你请客没有请我呀。

潘启明：快请进，明仔向你赔礼！

鲁子义哈哈笑起来：不用了，其实，我也是陪朋友，刚巧从这路过。

一辆马车过来了。

阿黄快步上前：马车。

车夫将马车停了。

苏诺：那好，车来了，我和苏珊就上车了，吴先生，要不，您先上。

吴先生：我和子义还有话说。

■ 小街上　外　夜

吴先生和鲁子义两人蹒跚地走着，谈着。

吴先生：……子义呀，我和你爹是好朋友，是你的长辈，上次咱们交心之后，你的表现，我很满意。

鲁子义：吴叔叔，这得多多感谢你呢！

吴先生：你和明仔都是我喜欢的后生，我能看出来，广州的洋行，也可以说最有名的这十三家，往后，你和启明都会成为出类拔萃的精英，但我也清楚，你不服气启明，你心里不平衡，看不起潘启明，现在，我要跟你说的是，你和启明是亲戚，是好友，今后你们两个要和睦，要联手，要互相谦谅，千万不能把对方当成对手！

鲁子义不由自主地停步，怔怔地望着吴先生……

吴先生：十三行，肯定能成立正式行会，到底谁来做十三行行会行首，那要看实力，看人心所向。我支持你和明仔竞争。你们谁做，我想都好。不过，竞争，要正当竞争。不要失去了咱们的情意，不要伤害了商人的道德。你明白吗？

鲁子义：大叔，我明白您的意思。

■ 鲁家大院　外/内　夜

夜深了，大门紧闭。

鲁子义轻轻敲门，门开了。

满叔：少爷，才回来呀，我就站在门边为您等门呢。

鲁子义进院：噢！

满叔合上门：老爷在书房等你呢。

鲁子义：有急事？

满叔：老爷没说。

鲁子义若有所思地：知道了。朝书房走去。

书房里，亮着蜡烛。鲁青山正在看书。

鲁子义轻轻推开房门：爹，您还没睡呀？

鲁老板：你到哪里去了，都那么晚了。明显的不悦。

鲁子义：我到明仔家看看，交流交流，回来的时候，碰巧遇上吴叔叔，陪吴叔叔散步谈心。

鲁老板显然高兴起来：噢——，你主动去看明仔，好，都谈了些什么？

鲁子义：听吴叔叔教诲呗，他见多识广，判断力又强，我当然要多听一些，多学一些啰！

鲁老板：多听你吴叔叔的话不错，会长见识，长才智。

鲁子义突然地：爹，和梁家联姻的事，我想通了，您派人下聘吧。

鲁老板感到意外地：噢——，是听了吴先生的话才想通的？

鲁子义：不，是我自己的决定。

鲁老板：那你说说，你是怎么想的？

鲁子义：既然爹您把广利行交给了孩儿，孩儿一切事都得为广利行着想，如今，明仔的同文行冒出来，一下子名声在外，再加上他的鬼点子多，会洋文洋话，处处都占了上风，眼看着就把咱广利行压下来了，孩儿怎么能视若罔闻呢？！说着，盯住鲁老板的脸色看。

鲁老板不动声色地：说下去。

鲁子义：和梁老板家联姻，就是为了增强实力，扩大业务，稳定洋人和我们广利行的贸易关系，压倒同文行！

鲁老板吃惊地：你——是这么想的？

鲁子义：是呵，中国的古话，同行是冤家，争不上上风，就会在下风口受气，爹，您会想广利行败在我手里吗？

鲁老板长叹一口气：子义呀，你想广利行发扬光大，光宗耀祖，我当然高兴，可你要给我记住，突然语气严厉地：你要是把同文行当作对手来对付，万万不可——

两人都沉默起来。

鲁子义见鲁老板直直盯住他，不得已地：孩儿牢记父亲的话。

第二十集

海关

东印度公司的大船停泊在这里。

码头上，很多掌柜在焦急地等待着。其中也有满叔、贵叔等人。

船长很焦急，踱来踱去，终于看到了马斯顿，迎上去：大班？（英语，中文字幕）

马斯顿痛苦地：海外奇谈，海外奇谈！（英语，中文字幕）

船长：他们还是没有上班？（英语，中文字幕）

马斯顿：上班倒是上班了，不过，说许统领没有上船验货之前，他们不能确定税收额度。（英语，中文字幕）

船长：昨天，说王书办不在，不能办理。今天说许统领不在，明天呢，搞不好两个人都不在。每天都有一个人不能来上班，这不是怪事吗？（英语，中文字幕）

满叔靠近过来：怎么回事？你们总是不能交货，我们也要违约了！

跟着马斯顿的荣翻译对满叔小声地：你没有看出门道？税收房跟他们摽上了。

满叔做偷偷送银子的手势：你告诉他们，这些人，需要……

荣翻译：我会不告诉吗？咱们中国的规矩，他们外国人硬是不相信啊！再说，许统领他们还就是不说明白。抱着葫芦摇啊摇啊……

满叔：开玩笑，收取贿赂，哪个会直接明白地说出来。你要让那些洋人学会意会啊！

荣翻译：这些外国人就是不懂咱们的这个意会。非要等着他们直接明白说出来不可。

满叔：那麻烦了。谁会直接告诉他：喎，不送礼，不能办事啊！

荣翻译：昨天，王书办不在，我就说这是提醒呢！大班不相信。今天王书办来上班了，大班就说我胡说八道，企图从中渔利。好，今天许统领不来了，我说，又在提醒呢。大班就朝我翻眼皮：明天，许统领肯定要来上班了。只要来到，就会连连赔礼道歉。好了，大班肯定更加不相信我了。估计，明天又有一个人不能来，我是绝对不能再提醒了，那还不干脆骂我，明显从中渔利……

满叔只好苦笑。

船长非常不满，马斯顿也无可奈何，突然看到潘启明远远走过来了，很高兴：好了，潘启明来了！

潘启明很快来到了，和马斯顿握手。马斯顿回头介绍：鲁斯船长！然后又介绍潘启明，潘启明老板，同文行大东家。十三行临时行首。他会帮助我们的。（英语，中文字幕）

潘启明和鲁本斯握手。

潘启明：出了什么问题？（英语，中文字幕）

船长：不让报税！（英语，中文字幕）

马斯顿：第一天，他们少了一个办公人员，不能处理；第二天，这个办公人员来了，赔礼道歉，可是，另一个主要人员又没有到场，仍然不能处理。不知道什么原因，就是这样子，总是缺少一个办公人员，所以，一直没有办法办公。

潘启明明白了：荣翻译，你应该出面解决这个问题啊。

荣翻译苦笑：我们大班不相信这是海关税收人员在提醒我们，应该有所表示。甚至以为我是从中渔利！

潘启明直接告诉马斯顿：他们在索贿！（英语，中文字幕）

马斯顿：贿赂，是我们东印度公司绝对不允许的。我如果这样做，不仅没有地方报销，也算做了犯罪的事情。何况，他们每一个缺席的工作人员，都向我们道歉，他们的道歉都是很真诚的。我们应该相信他们，不能侮辱自己，再去侮辱他们。（英语，中文字幕）

潘启明向荣翻译苦笑一下，表示对他的理解。回头对马斯顿：大班，这件事情，我不能直接干预。最终，恐怕还是得你们自己解决才行。今天，我有另外的事情需要和您商量，不好意思，很不是时候，如果您心情不好，就等个一天半天……（英语，中文字幕）

马斯顿：如果很紧急，你就直接说吧。（英语，中文字幕）

潘启明：是这样的。今年我国中原地带黄河泛滥成灾，朝廷动员我们捐款赈灾。过去，此类捐款有五口商人分摊。现在朝廷取消了五口通商。因为只有我们广州黄埔一口通商了，所以，数额巨大，洋商们难以承受。（英语，中文字幕）

马斯顿：多少？（英语，中文字幕）

潘启明：五十万两！（英语，中文字幕）

马斯顿吓得一跳好高：你们的大皇帝以为你们是造钱的机器吗？（英语，中文字幕）

潘启明：主要是政府太心急了，我们一口通商的生意还没有正式展开。现在的形势是，如果我们十三行洋商为此统统破产，你们就不能正常经营了！你们将和谁做生意呢？他说到这里，不说了，意味深长地看着马斯顿。（英语，中文字幕）

马斯顿当然明白潘启明的意思：对不起，潘，你的意思我明白。不过，我没有权利帮助你。现在，我要对付的是这些莫名其妙的官员，不能很好地处理这些让我们头痛的事情。我没有办法向我们东印度公司交代。再说，你们面对的是很贪婪的一个集团，他们的欲望，是无底深坑，请原谅我不敢靠近！就像你说的，你们的事情，最终还要靠你们自己解决。

潘启明：大班，我们应该同舟共济，你的问题就算是解决了，我们过不去难关，你们也不能正常交易！（英语，中文字幕）

马斯顿很坚决地：不，我们还是各人解决各人的问题吧！（英语，中文字幕）

马斯顿说着，走开了。

潘启明看着走去的马斯顿，认真思索，脸上出现了很坚定的表情。

▩ 粤海关

潘启明找那金协商。

那金：潘启明，你的进度我很不满意，巡抚大人对我已经颇有微词了。你要明白，将来，万岁能不能批准成立十三行会，你能不能坐上正式的行首交椅，这一次筹措赈灾款子，是个关键啊！

潘启明：大人，因为赈灾款这件事，我们可以说是殚精竭虑，寝食不安啊！大人，十三行各家的实际力量您是知道的。何况，最近外洋商船陆续来到了，正是各大商行大批进货物的时刻，谁的资金都很紧张啊！

那金：还有，不要说能不能成立十三行，甚至，能不能保证一口通商都很难说。

潘启明：大人所虑极是。如果大家都破产了，一口通商也就很难保证了。

那金感觉到了潘启明确实很是困难：已经减免十万，又从巡抚那里用出卖官衔，扣除五万出来，你还想怎样？本大人已经是竭尽全力，不能再帮助你了。如果你还是不能如数定期完成，我就爱莫能助了。

潘启明不怕威胁：大人，您的怜惜之心，商民已经是无不铭感五内。不过，如果实在不能如愿。商民只好退出洋商行列，大家一同改行算了。

那金实在忍不住了：胡说八道，你们都改行了，老爷我咋办？

潘启明立刻套磁：不是为老爷想，今天潘启明就不来了。

那金：不要绕弯子了，直说吧！

潘启明：商民想从洋人那里想一些办法。

那金马上就气不打一处来：别提那些洋人，一点不懂人情大理，整个一个木鼓隆冬，让他们报税，都给我磨磨蹭蹭……整个一个不通中国人味！

潘启明：大人，洋人不开窍，其中原因很多，我们的老爷们，不甘自丢身份，懒得搭理洋人，不是不理不睬，就是三言两语打发人家。而洋人呢，也不懂我们中国人的人情礼节。他也没有我们大人们肠子中的弯弯绕多。话说不到一起去，心想不到一块去，所以，洋人说我们事儿多，我们说洋人不通情理。事情总是不好办理。如果大人同意洋人商船报税事宜，由我们十三行代理办理，那就可以让老爷们省事省心了。

那金：你们代理？你们怎样代理？

潘启明：凡是来船，咱们海关税收司，只管到船上丈量，根据船的尺寸确定税收额度。该缴一千或者该缴一万，我们代缴。

那金：你缴？

潘启明：我看看，这条洋船主要是跟我们十三行哪一行交易，他的税收就由哪一行代缴。这就是量船定税，洋商代缴。兄弟们辛苦的事情，洋商当然会跟洋人商量清楚的。

阿金：嘿，这个办法不错。你们这些家伙知道老爷的脾气，懂得咱们这里的规矩，省去了老爷和洋人反反复复地打哑谜。还有，你们的家也都在这里，不怕你们捣蛋，万一有人企图偷税漏税，查出来，跑了和尚跑不了庙。好，不错！潘启明，你还真有一套。

▩ 巡抚府四姨太房　内　日

四姨太正在回忆自己和鲁子义亲热的情景：……两个人正在亲热，春儿进来了……

春儿真的端上来茶碗：奶奶，奶奶——

四姨太一下子从回味中被惊醒过来，有些慌乱地：嗯嗯？

春儿低声：刚才，老爷请您过去——？

四姨太镇静下来：还能有什么事，叫我设法劝劝二小姐呗。

春儿：二小姐还是很尊重您的。

四姨太心情不佳地：哼，二小姐那脾气，不冷不热地，叫我都没办法开口劝。

春儿：是呵，二小姐心高气傲，她做事不会让别人看笑话的，就连那个有钱有头面的鲁少爷——想凑近乎，不也碰得鼻青脸肿的呀？

春儿说到了鲁少爷的时候，语气里有些别的味道。

四姨太当然还记得自己和鲁子义亲热的时候，被这个丫头看到了：哎，提起鲁少爷，我正琢磨着跟你说说鲁少爷的事呢。你说，这个鲁少爷怎样啊？

春儿：鲁少爷？当然好了，人长得漂亮，广有家产，还有情趣，懂得体贴……

四姨太不说话了，盯住春儿看。

春儿被看得发毛了，跪下：奶奶，春儿只知道侍候奶奶，死都没有二心的！

四姨太品了口茶：春儿，你伺候我有几年了？

春儿：三年多，快四个年头了。

四姨太：是呵，一晃都快四年了，来的时候是个小丫头，现在都变成漂亮水灵的大姑娘了。

春儿乖巧地：春儿永远是奶奶的孩子。

四姨太：这几年，你对我算是忠心耿耿，体贴着伺候我，我也打心眼里喜欢你，可是，你长大了，该是十八岁了，不能老耽误着你。

春儿：奶奶，我这么陪着您，不也很好吗！

四姨太：别嘴硬了，女大当嫁，叫你变成老闺女，你嘴上不说，心里头还不恨我呀？

春儿：四奶奶，您对我好，吃穿不愁的，怎么会呢？

四姨太：我想了，这个人是有钱有头面，而且，我也看出来了，他还对你有意思。

春儿：奶奶的意思？

四姨太：人家是个有钱的少爷，现在又成了广利行的东家——不过呢，你是个丫头，奶奶还得好好琢磨琢磨，看怎么给你俩做这个主呢。

春儿：奶奶，春儿从小没有娘，奶奶这是把孩儿当亲生孩子看待呢！

四姨太哈哈笑起来：明白了，春儿想做奶奶我的女儿？

春儿急忙跪下表决心：奶奶，不论奶奶怎样处置春儿，春儿永远是您的奴婢，春儿的一切一切都是奶奶的，永远供奶奶驱使。

四姨太当然明白春儿的暗示：好，我想想——你别说，倒是真的般配——

春儿：奶奶，鲁少爷身份在这里，春儿担心……

四姨太自信地笑起来：我的女儿，他只怕做梦都想着呢！

春儿急忙磕头：奶奶就是春儿的亲娘！

鲁子义喜笑颜开地闯了进来：姨妈，春儿这是干什么——

四姨太：真是说曹操，曹操就到。

鲁子义把点心盒放到桌上：广州酒家的点心，刚出炉的，还该热着呢！

春儿站起来，低头瞥了鲁子义一眼：奶奶，孩儿在门外有些事情，您和鲁少爷说说话儿吧！

春儿知趣地走出门去。

鲁子义色迷迷盯住春儿的背影看。

四姨太打了鲁子义一下子：死东西，吃着碗里的，看着锅里的。

鲁子义搂住四姨太的腰：姨妈，孩儿心里只有您呢！

四姨太陶醉了一下：哼，恐怕更想当巡抚大人的女婿吧？

鲁子义扑通跪倒在地上：姨妈，姨妈只要让孩儿做了巡抚大人的女婿，孩儿做牛做马都要报答姨妈！

四姨太幽幽地：怎样，这里说着心里只有姨妈，那里一听说可以做巡抚女婿，立刻就变了样子……

鲁子义：姨妈有所不知，孩儿做巡抚大人女婿，不是爱女人，是爱权势。子义想做黄埔港最大的洋商，想做十三行的行首，想让那些折磨过我的恶人，跪在我的面前求饶！不论到什么地步，孩儿都忠诚于姨妈！

四姨太：心肝啊，姨妈也把实话给你说了吧，姨妈没有孩子。巡抚大人对我虽然好，但是，他有六房姨太太。巡抚大人在一天，六房争宠一天，明争暗斗，不得安生。就是争争斗斗，凭着我的本钱，这还能过下去，万一，巡抚大人一旦不在了呢？谁还能给我做主？我还要活几十年呢，我指望谁？

鲁子义：放心，有我呢。

四姨太亲昵地摸摸鲁子义的脸盘：有谁，都不如有银子。

鲁子义心里明白：好，只要姨妈让孩儿做了巡抚的女婿，孩儿把广利行股份再送给姨妈两成。

四姨太故意装作不太重视的样子：你说话算数？

鲁子义：现在，父亲虽然还偶尔过问一些行里的事情，但是，我已经正式坐柜理事。放心，要不了两年，孩儿就全权掌握广利行了。

四姨太：那好吧！不过——

鲁子义明白她的意思：孩儿愿意立下字据为凭。

四姨太：那好吧，我也不好辜负你的这份情意。说着，取出来纸笔。

■ 窗外

春儿在偷听偷看。当然，也没有忘记替他们看风。

室内，四姨太收了鲁子义的字据：子义，你不是说过春儿长得像阿娇吗？

鲁子义：是的，很像。比阿娇还有味道呢！

四姨太：我会让巡抚老爷认下春儿当女儿。就像你父亲认下阿娇一样。

鲁子义一惊：你的意思，不是如雪小姐？

四姨太：人家已经定亲了，是贝勒福晋呢！怎样，春儿，我和巡抚大人的女儿，还比不上那个阿娇！

鲁子义：那——

四姨太靠近鲁子义，色迷迷地：还有，春儿就是我，我就是春儿。

鲁子义干笑一声：姨妈，我忘记了，我父亲给我在梁家定亲了。

■ 窗外

春儿一惊。

■ 室内

四姨太：真的吗？

鲁子义：我爹已经给我定了梁家的姑娘，正巧今儿个派人下聘定日子呢。

四姨太：呵——，你绕了半天，怎么不早说。

鲁子义：我不知道您这……

四姨太：不行，既然我巡抚太太开了口，那就是驷马难追，定了亲，不怕，我家春儿当正房，大太太，梁家的姑娘当偏房，你小子的福气够大的了。

鲁子义：姨妈，这……

四姨太：你小子刚才不还口齿伶俐吗，说呀！

鲁子义：这事我当不了家呀！

四姨太：你娶媳妇你当不了家？我来当这个家了。

鲁子义：我爹他——

四姨太：你爹他能怎样呵，巡抚的女儿，配不上？好了，我叫表哥跟他摊牌，我看他敢——！还有，我也叫那大人跟那个梁家捎个信儿过去，哼哼——

▩ 夷馆

潘启明见到了马斯顿。

马斯顿：哈哈，我就知道潘启明行首是有办法的。这就好了，我实在不愿意和那些贪婪愚蠢的军人们打交道了。（英语，中文字幕）

潘启明：关于代纳税收的问题，我将派专人和你们协商解决。今天，我还想和您旧事重提——（英语，中文字幕）

马斯顿：关于赈灾？（英语，中文字幕）

潘启明：请大班发扬协作精神。（英语，中文字幕）

马斯顿：我本人是不愿意做这件事情的。不过，我可以看在你的面子上，向我们东印度公司请示。但是，这需要一个很长的时间……（英语，中文字幕）

潘启明微微一笑：大班的意思，我明白了，今年是不行了。（英语，中文字幕）

马斯顿：以后再说吧。（英语，中文字幕）

▩ 码头上　外　日

苏诺的船准备返航了，启明、阿娇、喜妹、萨丽还有吴先生，鲁老板都在码头上送行。

苏诺拥抱启明：启明，好好干下去。

潘启明：大叔，多来呀，让明仔好好孝敬您。

苏珊在和萨丽道别。

萨丽：很遗憾，我们俩没有机会在一起好好交谈。

苏珊：我有同感，我也羡慕你很幸运。

萨丽：你应该留下来，我们俩一起研究中国的文化，也可以探讨南洋各岛国与中国文化历史渊源。

苏珊：我也有这个想法，只是时机不到。再说，你怎样安顿自己，也还是个问题呢。

萨丽：我？我想我会有办法的。

苏诺在和鲁老板、吴先生握别。

苏诺：感谢你们帮启明站起来了。

鲁老板：要先感谢你，是你先锻炼了明仔，经风雨见世面哪。

吴先生：没错，是你苏诺船长言传身教，启明才这么有志气，有才华。

苏诺：我真想把你们两位老兄请到南洋去，让我好好表表心迹。

鲁老板：来日方长。

吴先生：来日方长。

起航的汽笛响了。

印度侍者示意苏诺和苏珊登船。

苏诺和苏珊依依不舍地不时回头张望着，招着手款款走上跳板。

喜妹在阿娇身边嘀咕着：老天保佑，这一位千万别像萨丽，又来一个回马枪！

阿娇倒是大度地：相信命运和缘分吧！

苏诺和苏珊终于要登上甲板了……

水手准备跳板了……

苏诺和苏珊回身招手……

众人也高高招手……

喜妹长吁一口气。

苏珊突然朝水手喊：慢——！飞快地从跳板往下跳……

众人都怔住了，

苏诺大喊：苏珊——！

喜妹：我的天哪，又来了！急得合上眼睛。

苏珊飞快地跑到启明面前，满面红涨，但却依然不失风度地：潘老板，我会回来，专门和您做生意的，您相信吗？

潘启明诚挚地：我相信。

苏珊依依惜别地：明哥，我俩还没握别呢！伸出手来。

潘启明大大方方地伸出手来，握住苏珊的手：一路顺风。

苏珊紧紧握住启明的手：请多保重！

众人都紧张地注视着他俩。

苏珊诱人一笑：再见。

潘启明：再见。

苏珊朝大伙扬手：再见！

众人不约而同地：再见——！

苏珊突然转身向跳板上飞快跑起来……

她的两眼热泪盈眶……

跳板抽掉了，舵船离岸了。

喜妹捂住胸口：我的妈呀，吓我一跳。

萨丽：喜妹，一跳，什么叫一跳——？！

■ 十三行会议厅

潘启明讲话：现在的情况是，那大人那里给我们减免了十万两，巡抚大人那里，要让出五万两官职虚衔。

梁老板：虽然还有三十五万之多。潘老板也算是功德无量了。

伍老板：洋人那里的如何呢？

潘启明：我已经两次找马斯顿大班，请他代为周旋。马斯顿大班对我们虽然大抱同情，但是，兴趣不大。说是，需要向东印度公司本部请示，但是往返需要一年时间……

鲁子义：他这是托词！一年的时间，哼，黄花菜都凉了！潘老板，你应该让马斯顿知道，我们也不是好惹的。

伍老板：鲁少老板，说这话，莫非——如何对付洋人，你已经胸有成竹？

鲁子义很有主张的样子：当前，我们的情势非比寻常。五口通商刚刚变成一口通商，我们能否对得起朝廷信任，现在，正面临朝廷的考验。如果我们不能及时筹集赈灾款项，只怕，这一口通商，也坚持不了多少时间。

众人都点头。

鲁子义：就算不至于立刻撤销我们黄埔港通商，我们不是还想正式成立十三行行会吗？恐怕也好似竹篮子打水，一场空了。

梁老板：如果，少东家有对付洋人的好办法，不妨说出来，大家商量。

鲁子义：启明兄长是行首，我是不敢多说的。

潘启明很开朗地笑起来：子义，你我还要这样客气吗？你的才干，别人不知道，我还能不知道？你有什么指教，只管直说。大家都在这里，只要大家认为可行，咱们绝对按照你说的办。

众人说好。鼓励鲁子义说出来。

鲁子义：我说，咱们干脆，给马斯顿摊牌，他不赞助，我们停止和他们交易。有我们十三行行会出面，不许任何人和洋人交易。哪个敢不服从？

众人似乎认为不是太妥当。态度都有些暧昧。

鲁子义本来以为会满堂喝彩，现在看到大家不支持，有些尴尬。

潘启明帮助鲁子义解说：诸位，子义弟的意思，我明白了。我们要让洋人明白，洋人洋商，是一个整体，我们的利益，是联系在一起的。我看这样——

众人期盼潘启明说下去。

潘启明：子义，我说说，看看是不是你的意思啊？咱们从今天开始，停止和马斯顿他们所有外商联系。如果他们上门寻找，就回答说：我们都在想尽一切办法筹措赈灾资金。一个是没有时间做生意，一个是没有资金进货。如果他们进一步要求，你们就往我这里推。这个中间的道理，咱不说明白，省得伤了和气，让他们自己悟出来……子义弟，是不是这样？

众人都笑起来，纷纷表态，一致说好。

鲁子义：这就是我的意思啊！哈哈哈。

梁老板：现在的年轻人，真是了不得！

■ 四姨太处

杨大人在这里看书，四姨太侍候。杨大人感觉到背部有些痒，拿起痒痒扒。

四姨太：春儿！

春儿急忙过来了：奶奶！

四姨太朝杨大人那里瞥了一眼。

春儿明白，立刻走到巡抚身边：老爷，奴婢给您挠痒！说着，就动手挠痒。

杨大人非常得意：嘿嘿，你们几个的丫头，就你这个春儿，最可人。说着，摸摸春儿的屁股。

春儿撒娇一样扭扭身子。

四姨太：老爷，妾身想跟您商量一个事儿。

杨大人：说吧。

四姨太：妾身想认下春儿做个女儿，等小姐出嫁之后，老爷身边可以多一个孩子。以慰相思之苦。

杨大人一时高兴：好啊，好啊，这主意不错。

四姨太：春儿，还不赶快跪下，拜谢爹爹！

春儿欲跪下，杨大人急忙阻拦：别，别。春儿，认下你妈妈也就可以了。

春儿明白巡抚不愿意认下自己，但是，她很聪明，立刻跪在四姨太面前：娘亲！

四姨太很高兴地答应：哎！孩子，你先去给老爷熬莲子羹，娘亲和老爷商量怎样给你赏赐。

春儿：谢过娘亲。

四姨太看春儿走了，对杨大人：老爷，为什么不给妾身面子？

杨大人：毕竟一个丫鬟，传扬出去，有些不雅。

四姨太：老爷，你知道妾身为什么认下这个女儿吗？

杨大人：不就是笼络人心？

四姨太：妾身要让她嫁给广利行那个少老板——鲁子义！

杨大人眨巴眨巴眼睛：噢——那小子倒是艳福不浅！

四姨太：我要让所有洋商明白，他们虽然家财万贯，只能娶陪我们的丫鬟。

杨大人眨巴眨巴眼睛：还有，那个鲁子义怎么说？

四姨太伸出三个手指头。

杨大人：三万？摇摇头，嫌少了。

四姨太俯在巡抚耳朵边，悄悄说了几句。

杨大人沉沉点头，对四姨太说了几句悄悄话。四姨太走出去了。

春儿捧着莲子羹进来了。看到只有老爷一个，慢慢靠近：老爷——

杨大人拉住春儿的手：春儿——

春儿知趣地坐在巡抚怀里，羞答答地：老爷，奶奶会生气的。

杨大人哈哈笑起来：春儿，认下干爹，怎样报答干爹？

春儿凑近杨大人的耳朵：春儿反正是干爹的人，干爹说怎的，就怎的。

外面传来四姨太的咳声。春儿急忙离开杨大人的怀抱。

四姨太带着杨如雪走进来。

杨如雪：父亲大人，孩儿给您见礼了。

杨大人呵呵笑：女儿，那个广利行托了很多人，也花了不少力气，要和咱们结亲，爹爹想，虽说他们是商人，倒是个喜欢读书的人家。鲁家老板的祖上，也曾做过官，所以也不好不给他们一个面子，爹爹打算认下春儿，做个干女儿，给他们结亲，你看如何？

杨如雪明白爹爹的意思：爹爹，士农工商，商人也是正当谋生的人家。能得到爹爹的尊重，当然好事。女儿孝顺爹爹。

杨大人对春儿：春儿你要记住，虽然你仅仅是丫鬟出身，那也比他们洋商身份高上千倍万倍，无论做什么事情，都不要降低了身份，给我巡抚府上丢人现眼。

四姨太朝春儿眨眨眼。

春儿明白了内中的含义：女儿的一切，都是爹娘所赐，孩儿绝不敢给爹娘丢人！

杨如雪明白这都是演给自己看的，低头无语。

▩ 潘启明的房间

阿娇在做针线活儿。喜妹收拾房间，满头大汗。

阿娇看到了，很感激：喜妹，歇息一下。

阿娇：不能歇息了，这里做好，还要到柜上去侍候客人呢！

阿娇更加不忍，走过去，夺过来阿娇的工具，拉到自己身边，按她坐下：不行，这样干，铁打的身子，也能累坏。

喜妹有些伤感了：身子？要身子还有什么用，不如死了好呢！

阿娇看到喜妹泪水汹涌，心里也很伤感，半晌：妹子，我知道你的心里很苦。如果，如果……你知道姐姐的意思吧？

喜妹点点头，擦擦泪水：只怕是没有如果了。

阿娇下定决心：妹子，如果你心中真是打定了主意，我可以跟明仔商量。

喜妹愣了一下，突然放声大哭。

阿娇更加不知所措：难道，难道，姐姐会错了你的意思，不要跟姐姐一般见识。姐姐无意伤害你啊！

喜妹更加感动了，抱住阿娇：姐姐，妹妹哪里是怪罪你，妹妹看姐姐如此宽厚，感动啊。

阿娇：不要感动，姐姐应该这样，姐姐不想让明仔有一丝一毫委屈，明仔也不想让明仔喜欢的人有一丝一毫委屈。

喜妹：东家有你这样的妻子，是他的福气。也只有你能配得上启明。妹子，这辈子没有这个福分了。

阿娇不明白：妹妹怎说这样的话呢？莫非你已经许配了人家？

喜妹泪水再一次纵横，点头。

阿娇大惊：没有听说你订了婚事啊！

喜妹：不是婚事。妹妹已经卖身为奴了！

阿娇更加吃惊了：卖身为奴？什么时候，卖给了谁家？

喜妹不愿意说出来。

阿娇：好妹子，到了这种程度，你还有什么不可以跟我说的呢？

在阿娇的恳求下，喜妹决定告诉阿娇：姐姐，我已经是那青姑娘的人了……

▩ 夷馆

已经来了一些洋人和船主，他们已经告诉马斯顿近来所发生的情况。

他们都沉默。

有一个名字奥斯特的洋人商人走进来：马斯顿大班，形势已经很危险了——我的交易对象突然停止了交易。（英语，中文字幕）

大家更加着急。

马斯顿：奥斯特先生，请不要着急，我已经派人邀请十三行行首潘启明先生到这里来谈判。我估计，这是他的计划，他在逼迫我们投降。（英语，中文字幕）

奥斯特：投降？为什么投降？马斯顿大班说过，为了宝藏，我们一定要征服这个国家。（英语，中文字幕）

另一个洋人向奥斯特解释：他们中国发生了水灾，大皇帝要求所有的洋商赈灾，需要很大一批资金。潘启明要求我们给以帮助。（英语，中文字幕）

奥斯特：我们可以给以适当的帮助啊！（英语，中文字幕）

马斯顿：五万两！（英语，中文字幕）

奥斯特：哦，上帝，太多了。难道他们自己就不能拿出一些来吗？为什么要给我们这样大一个数目？（英语，中文字幕）

另一个：大皇帝要他们上缴五十万呢！（英语，中文字幕）

奥斯特更加吃惊：五十万？上帝，万能的上帝啊，他们难道疯狂了？（英语，中文字幕）

有一个洋人：要我们拿出五万两，是需要理由的！（英语，中文字幕）

众人一起附和：对，请潘启明给我们理由。（英语，中文字幕）

潘启明站在门口：先生们，我的理由，我曾经不止一次告诉你们，不要把一些机巧的珍玩，像玻璃制品，机械制品等等带进来，这些奢侈的珍玩，勾引官府的贪欲，会让我们破产！你们不听，并且，越带越奢侈，越带越多，价格也越来越贵！我可以明白告诉你们，我要你们出的这个五万两，根本不是用来赈灾的，是大人物要去，给更大的人物行贿的！（英语，中文字幕）

所有的洋人都愣住了。

马斯顿：潘，这些消费品是没有罪的，有罪的是你们政府的腐败。是你们官员的贪婪。（英语，中文字幕）

潘启明：不错。但是，就是这些官员，他不让我们把交易进行下去了。（英语，中文字幕）

马斯顿：我们抗议！（英语，中文字幕）

潘启明：可以，你可以去抗议，如果有人理睬你的抗议。如果没有人向你们实施武力，你只管大胆地去抗议吧。但是，旷日持久，我相信，你们没有完成抗议之前，就全部破产了！（英语，中文字幕）

所有的洋人都目瞪口呆。

潘启明：怎么，客人来了，就让我在这里站着？（英语，中文字幕）

马斯顿急忙笑起来，让潘启明到里面就座。

所有的洋人都客气起来，恭恭敬敬地簇拥着潘启明往客厅走。

■ 巡抚府　四姨太房中　内　日

四姨太和春儿对面坐着，

春儿在低头深思。

四姨太：子义这孩子，不光有才，眼看着六品的官服就穿到身上了，他还有个艳福……

春儿突然哇——地号啕大哭起来。

四姨太被她吓了一跳。

四姨太：哎哎，这好好的怎么就——，吓我一大跳。

春儿呜咽着：他……他先定亲了……一个……一个太太……

四姨太：咳——，我不是跟他说清楚了吗，这事我做主了，你是大太太，你当老大。

春儿依然泣声地：他也……也说了，这事……他做不了……了主，他……得听他爹……爹的。

四姨太：他爹？！你忘记了，你是巡抚大人的女儿！他爹不尊重巡抚，哼哼，不想活了？我让你舅舅找他们！

春儿：娘亲，就等您给孩儿做主了。

四姨太：哼，我的孩子，进门不能当家做主，我让你到他们家做什么？孩子，娘让你去他们广利行，是替老娘当老板的老板去的，明白吗？

春儿心中暗暗高兴：娘亲，到了广利行，孩儿当多少家，就是娘亲当多少家！

四姨太高兴了，抚摸着春儿：孩子，娘亲要的就是你的孝顺又精明！不过，你要记住，娘亲给你撑腰一天，那个梁家的女人，就要怕你一天，不过，娘亲一旦不给你撑腰，那个梁家的女人……

春儿急忙表态：梁家家大业大，当然不会服气女儿，不过，娘亲不会不要孩儿的。孩儿永远是娘亲最亲最亲的女儿！

▩ 那金府上

那金的帮办和潘启明谈话：潘行首，那大人盛赞您会办事，居然能动员洋人代缴五万两银子。

潘启明：洋人一个是同情灾民，还一个是想和我们这些洋商和衷共济，一起努力，把黄埔港的事情办好。不是我潘启明一个人的功劳。

帮办：行首客气了。那大人的意思，不想埋没十三行洋商的功劳，这个五万两银子呢，想替你们洋商上个折子给皇上，就说是你们十三行商人一心一意尽忠皇上，尽管那大人再三劝阻，你们执意要供奉万岁。

潘启明一愣：这，恐怕不妥当吧？

帮办：有什么不妥？那大人是替你们说话。这样子万岁一高兴，也许立刻就批准你们成立十三行行会呢！

潘启明想了一想：论说这个道理，不过，据潘启明所知，这个五万两，乃是巡抚大人所使用，如果我等洋商上了这样一个折子给朝廷，岂不令巡抚大人难看？不妥，不妥。

帮办生气了：潘行首你未免太不尊重粤海关了吧？那大人呕心沥血替你们办事情，你居然不领情。

潘启明立刻站起来作揖：帮办大人言重了，大人误解了潘启明的意思。潘启明担心那大人开罪巡抚大人。这样，如果大人执意这样办理，容启明回去，会议十三行如何？

帮办只好慢慢点头。

潘启明：也请大人转告那大人，请他老人家三思而后行。这样的折子，就算是我们洋商送上来，他老人家碍着巡抚大人的面子，也是应该退回的。

帮办面无表情。

潘启明：启明会议十三行之后，立刻过来回复大人。

潘启明说着，作揖，出去了。躲在后面的那金走出来。

帮办：大人，那个潘启明的话，您都听到了？

那金沉吟：这个小子，很有一套啊！你去告诉他，愿意上这个折子，就悄悄地打一个过来，老爷是想帮助他们抓紧时间成立行会。如果不想打这个折子，就不要商量了，对谁都不要提这件事情。

帮办：好。

帮办回头要走，又想起来事情，回头：老爷，这件事情，就是杨巡抚一个人的功劳了？

那金：不，你只管替他们拟折子。这个折子，不管他们洋商什么态度，照样递上去。

帮办会心地点头。

▩ 鲁家　内　夜

鲁子义坐在鲁青山书房里，鲁老板为难地拧着自己的手，来回踱着步子。

鲁青山：你可惹了个麻烦事。

鲁子义推脱地：事先我也不知道哇。

鲁青山转身注视着鲁子义：你跟我说，你脑子里是怎么想的，有什么打算？

鲁子义小心地：头一回遇到这样的事，我的脑子也乱着呢。

鲁青山：乱，就按乱的说。

鲁子义：本来嘛，我答应梁家，就是为广利行着想，扩大广利行的势力，增加实力，如果和梁老板联手了，两家的银子合在一起，再大的生意也只有我们才能做得起来，我认为，梁家也会是这个想法……

鲁青山微微点头：嘿，难得你能有这份事业心和苦心，所以，我才马上下聘，定了日子。我现在要的是你对巡抚府的态度。你知道，吴老板可不是私下过来当媒人的。凭着吴老板的恩德，就是私下过来当媒人，我们也要考虑。他还是奉命令过来提媒的。

鲁子义：父亲，娶什么样的妻子，只要能发展咱们广利行，其他的条件孩儿已经无所谓了。梁家，有财产，做生意本钱越大越好，长袖善舞啊！巡抚府呢，有势力，做生意，后台越硬越好。整个广州城，谁不希望攀上巡抚府？如果能同时跟两家结亲，一夜间就变得有财有势，哪一个不是梦寐以求？现在的问题是，谁做长房大太太？所以说，这件事情，最后还是父亲说了算。

鲁青山：麻烦，按理，先给梁家下的聘，理当为长房太太。可这边呢，居然是巡抚千金！那是决不能做老二，当偏房的。

家里刚来的小丫头小红走了进来：老爷，少爷，老太太叫你们过去呢。

父子俩不约而同地对视……

■ 潘家小院　外/内　夜

正房里，潘启明在灯下写着什么，阿娇在一旁缝衣服，喜妹拿本书走进来。

喜妹：启明，这本书我看不懂，好多字不认识，你教教我。

潘启明：我正琢磨着写东西呢，等我写完再教你。

喜妹：啥事候写完？我等着。

潘启明歉意地一笑：难着呢，说不定……要么，你去叫贵叔教你。

喜妹：嗯。失望地走了。

阿娇：明哥，我有一件事情要跟你说——

潘启明：你看，我这个忙。

阿娇：我实在忍不住了。

潘启明发现事情重大，停下手中的事情，表示听着呢。

■ 厢房

喜妹径直回到厢房内。

萨丽也在看书，发愁。

喜妹进屋把书朝桌上一扔，坐在桌边不语。

萨丽：喜妹，这书我看不懂，你教我。

喜妹没好气地：不会。

萨丽：中国书，你，你不会？

喜妹瞪眼：对，不会。

萨丽不解地摇头。

■ 正房内

阿娇哭泣。

潘启明也很感动：原来是这回事？这个那小姐，也太过分了。怎么能这样乘人之危呢？这个喜妹也傻……

阿娇：不要这样说，喜妹不傻，就是我，别说是卖身为奴，就是杀我的头，只要能救出来你，我也会答应的。

潘启明无语了。

阿娇：喜妹对你的心情，你不知道，我明白。我们都是一样的心情，我们的心是相通的。

潘启明：妹子，你说她的心情我不明白，那是冤枉我了。不过，我不愿意接受才是真的。我只有你，我只要你。只有你才是我的妻子。

阿娇：我是为了你好。不论怎样说，这个事情，你要处理好。

潘启明：我去请求那小姐，一个是表示感谢，一个是我愿意花钱替喜妹赎身。不论她要多少钱，我都会答应她的。

阿娇：还有萨丽，咋办呢？

潘启明：哦，我们已经说明白了，她说她会自己安排自己。

阿娇：这个我相信，问题是她现在还住在咱们家中，我怕外人会说她的闲话。毕竟一个女儿身，是很难应付背后的谣言秽语的。

潘启明：这倒也是。不过，我不能出面赶她走人啊！这样吧，我们租赁一个地方，请萨丽过去，教我们的伙计学习英语。

▩ 厢房

阿娇走进来：萨丽，启明喊你。

萨丽：潘，喊我？

阿娇：是呵，说是向你请教。

萨丽：潘，向我请教？！

阿娇：是，快去吧。

萨丽拿着书高兴地出去了。

喜妹转身把背对着阿娇，又拿起书。

阿娇却转身坐到喜妹对面。

喜妹不动，佯装看书。

阿娇故意地：你想知道他喊萨丽干什么吗？

喜妹果然急切地：干什么？

阿娇神秘地：还就是要对你保密。

阿娇：你要承认你小心眼，我就偷偷地告诉你。

喜妹：阿娇姐，你也学会逗人啦！

阿娇：跟你学的呗，你说，答不答应，承认不承认？

喜妹妥协地：阿娇姐，刚才算我有一点点小心眼了好不好。

阿娇拥住喜妹的肩：我实话告诉你吧，启明是要请教萨丽，让萨丽帮他。

喜妹大瞪着眼：呵——

阿娇：如今，十三行生意越做越红火，和洋人打交道越来越多了。

喜妹：没错呵！

阿娇：洋人多了，和洋人打交道，就得学洋话，启明说，学洋话没那么容易，咱们这里又没有专门学洋话的学堂，好多商行的伙计们和洋人说话可费劲了，洋人呢，也是干瞪眼，启明就想了个点子。

喜妹出神地听着：什么点子？

阿娇：他在想，教最简单的，洋人和咱们都能理解的话，多一些人和洋人沟通，说话，做起事来，不就方便多了。不过，咱们同文行的这个学堂，要设在另外一个地方。

喜妹若有所悟：对，设在你们家中，毕竟不是个事情！

▩ 鲁家大院　内　夜

鲁老太太房里，

鲁老太太乐颠颠地：好——，好，我孙子有能耐，这边刚下聘一个，那边巡抚府又送上一个，一下两房，要钱有钱，要势有势，咱们鲁家传宗接代更兴旺了，鲁氏家族还要大发了！

鲁子义：奶奶，别光顾高兴，我和爹正犯着愁呢！

鲁老太太：这么好的事还犯啥愁，是怕忙不过来？有你爹在——

鲁子义：奶奶，巡抚府那边一定要当正房！

鲁老太太不假思索地：那可不行，这得有先有后，按规矩来，咱们鲁家办事，决不能乱分寸。

鲁青山：巡抚府那边要是不松口，没余地，马上就会乱分寸。

鲁老太太这才如梦方醒般地：这倒是，梁家有钱，先下的聘，巡抚府有权有势，虽是个丫头，发一句话就成了凤凰，得罪不起，我的老天爷呀！

鲁青山：如果我去和梁家商量，梁家肯定看不起我们。我们不去商量，那谁能替我们去呢？别人说不上话啊！

鲁老太太：能不能请吴老板去说？

鲁青山摇头：不行。在梁家眼里他就是巡抚府人。对，他还是春儿的舅舅呢！

鲁老太太突然想起来：好，让明仔去说。

鲁青山慢慢摇头：明仔，会认为这事情不妥当的。

鲁子义：总要把这个信息透漏给梁家！只要把信息透露给梁家，梁家存不住气，就会来主动找咱们。那个时候，就好说话了。

鲁老太太：定了，就让明仔过去说！

▩ 小茶馆

潘启明和那青见面。那青依然是女扮男装。

那青：哥们儿，恭喜！

潘启明：我有什么值得恭喜的？

那青：三天之内，你就知道了。

潘启明看她不愿意说，笑笑：好，我就等上三天。

那青：找本少爷，总不该是喝清茶吧？

潘启明：谢恩！不是贤弟出手相助，这次难以出监狱。

那青摇摇手：咱是哥们儿，不用客气。

潘启明：这里有一些意思，表示感谢。说着，取出一对碧玉镯子。

那青翻脸了：什么意思？

潘启明：诚心诚意感谢。

那青：哼哼，想把喜妹要回去？是不是？

潘启明：我知道，贤弟是跟喜妹开玩笑的。我不当真。

那青：你和喜妹到底什么关系？潘启明，你到底哪里好？见一个爱一个，你还有完没完？

潘启明：贤弟！

那青：告诉你，喜妹就是我的丫鬟，她的事情，我说了算。你想娶大的，要小的，没门儿！说着，起身走了。

留下一个潘启明，哭笑不得。

第二十一集

▩ 同文行　外/内　日

一骑马的班头带着两个差役来到同文行外，一差役捧着个盘子，盖着红布，一差役敲起响锣。

班头下马。

潘启明、喜妹等人听到锣鼓声忙到门口探望，

班头：同文行老板潘启明，潘大人在吗？

潘启明上前：小民就是潘启明。

班头：巡抚大人口谕，接朝廷批文，授同文行潘启明六品顶戴，潘启明穿上官服，即到巡抚府听示。

差役掀开红绸，现出顶戴官服。

潘启明沉静地：小民拜谢朝廷和巡抚大人。

贵叔眼明手快地递上谢银。

喜妹麻利地接着官服，朝阿黄：快，给阿娇姐报喜——

▩ 广利行　外/内　日

鲁子义双手捧着顶戴官服喜不自胜。

满叔：快——，给老太太和鲁老板报喜——！

鲁子义：慢，咱们立马回家，给老太太和我爹一个惊喜。

吴管家：少东家……

鲁子义：哎——，本官现在是六品，比七品知县还大，该怎么称呼哇？

满叔：对，有道理。朝行中伙计们：你们大家听着，鲁少爷现在已是朝廷六品官员，从今以后，有客人在的时候喊大人，都是自己人的时候喊老爷。

众伙计：明白了，鲁大人，鲁老爷——！

鲁子义乐得眯起双眼……

▩ 同文行　外/内　日

喜妹在给启明整理官服，阿生双手捧着顶戴，几个客商在边上道着喜，观看着。

贵叔：备马还是备轿？

喜妹：当然是备马啰，古书上早写着，挎马耀官嘛。

潘启明：别，别招摇，以我说，咱们还是走着去，目的不就是到巡抚大人面前道谢嘛！

贵叔：穿着六品官服走着去就不像话了，启明，既然你不愿招摇，那就雇顶轿子。

潘启明：雇什么轿子呀。

喜妹：就是坐马车，地下走，也是抛头露面哪，贵叔说得对，坐在轿子里，你不掀帘子，谁都看不见。

潘启明：嘿——，你还……

阿娇和阿黄赶来了。大门口落下一顶轿子。

阿娇着实惊喜地：启明——，顺便给你领来一顶轿子。

喜妹把顶戴认真地给启明戴上：启明，还是阿娇姐厉害。

阿娇靠近启明：明哥，你准备先去哪里？

喜妹插嘴：当然是去巡抚府叩门！

潘启明对阿娇：你的意思，应该去叩谢吴叔叔？

阿娇点头。

喜妹有些发愣。

阿娇好心地向喜妹低声介绍：买官的银子，都是吴叔叔悄悄替咱垫付的。

喜妹明白了：噢——好吧，先去看望吴老板吧！

潘启明轻轻摇头。

阿娇和喜妹都不理解。

潘启明：他老人家的恩德，哪里是到门上磕一个头就可以报答了的呢？我不能去，我第一件事情，是要和喜妹结拜——

阿娇和喜妹都大吃一惊。

潘启明：结拜成兄妹！

喜妹低下头去，泪水汹涌。

阿娇表示理解。

潘启明：不过，我要等一个人过来，我要让她看着我和喜妹成为兄妹。

阿娇和喜妹都明白，一起问：她会来吗？

女扮男装的那青正好过来了，走到跟前：潘启明，怎么样，我说三天之后你有喜事，哥们儿没有说错吧？怎样感谢我啊？

潘启明 哈哈大笑：真是想谁谁来，正说去请您大驾光临呢！

吴老板也来到了，插嘴说：看来，没有想念我老人家！

喜妹、阿娇立刻扑过去，搀扶吴老板，非常亲热。

那青不高兴了，对喜妹：喜妹，过来！

喜妹不敢反抗，乖乖地走过去，跟那青见礼：侍候小姐！

吴老板看到这个场面，感到很惊奇。

潘启明走过去：叔叔，启明有件事情，正好跟您商量。说着，带着吴老板走向一间小房子。两个人坐下，潘启明说：吴叔叔，前些日子，为了营救我，喜妹前去恳求那小姐帮忙。那小姐提出条件，如果营救成功，喜妹就算是卖身那小姐为奴了。喜妹一时情急，答应下来。所以，现在喜妹已经是那小姐的丫鬟，暂寄住在同文行里而已。

吴老板：原来是这样。你应该花钱将喜妹赎回来。

潘启明：那个那小姐不许啊！她……

吴老板拧起眉毛，片刻，想明白了：你准备怎样办理？

潘启明：我准备今天穿起官服，当着那小姐，和喜妹结拜成兄妹……

吴老板连连摇手：不好，不好！你对喜妹越好，那青就会越发控制喜妹。其中的意思，你还不明白吗？

潘启明有些不明白：那小姐颇有男子汉气度，与我自认意气相投。不会有其他问题的。

吴老板：我知道，这那小姐心高气威，和你意气相投，那是她有男子汉的禀性，她要喜妹为奴，一是不服气那么多女的喜欢你，二呢，是故意逗你玩，让你求她扯皮寻开心。

潘启明：那我该怎么办哪？

吴老板：你的事已经够多了，这个事——干脆，别兄妹结拜了。今天，我把喜妹认作干女儿得了。

潘启明很感动：叔叔，刚才，他们就劝我登门拜谢，启明就说，大恩大德，不是一拜可以报答的……

吴老板深情地注视着这个像自己儿子的孩子，慢慢点头。

他们走出来，看到喜妹正殷勤服侍那青。

潘启明故意当着那青的面，和喜妹商量：喜妹，跟你商量一个事情，希望你能给面子。

喜妹知道潘启明的意思，故意看了一眼：只要我能做到的，我一定答应。

潘启明：喜妹，我的叔叔吴老板，膝下没有子女，愿意认你为螟蛉义女，希望你能答应。

那青顿时愣住了。

吴老板款款走来，很和善地对喜妹说：孩子，你愿意当我的干女儿吗？

喜妹急忙跪下来：义父，能当您的干女儿，是喜妹的福分。

那青拉住潘启明，走到一边：我知道，这是你捣鬼。我告诉你，不管她是谁的孩子，她都是我的奴婢。我的女婢，我就当家，你的鬼心思，哼哼，没门儿！

那青说完，扬长而去。

潘启明愣住了。

吴老板走到潘启明跟前：孩子，咱们商人，跟满族大员家里扯上这种事情，是祸不是福啊！

■ 鲁家大院　外/内　日

鲁子义穿着官服、靴子在老太太房中走来走去。鲁老太太在菩萨像面前闭目合掌祷告……鲁青山也觉得欣喜地望着鲁子义，丫鬟小红倒是担心地望着鲁子义的脚下。

果然，鲁子义朝着大镜子走去照镜子的时候，靴子歪了一下，哎哟——！

小红：哎哟——，上去搀扶：少爷，没事吧？

鲁子义白了小红一眼：你跟着哎哟什么？

院子里已经备好了一匹白马，马头上还扎着一个大红绣球。

鲁青山、鲁老太太、小红跟着鲁子义来到院子里。

家人们都看着鲁子义鲜亮的官服……

满叔朝着鲁青山：老爷，外面准备的轿子也到了。

鲁老太太：谁说要坐轿了？

鲁青山让准备的轿子：母亲，依我看，子义还小，路长着呢，这刚刚入道……

鲁子义悄悄拉拉奶奶的衣角。

鲁老太太：不行，这是光宗耀祖的事，就应该风风光光，其他事你做主，我不管，这事，听我的！

鲁青山朝满叔示意，让轿子走。

满叔朝轿夫示意。

轿夫走了，马牵了出去。

满叔和刘姐扶着鲁子义上马。

鲁老太太和鲁青山，家人都在门口看着鲁子义。

鲁老太太朝一个小伙计：带好鞭炮了吧？

小伙计：带好了。

鲁青山：老满哪，你可把马牵好。

■ 小街上　外　日

一乘小轿稳健地朝前走着，阿娇和喜妹分在轿两边和轿夫同走押轿。

喜妹还不时朝轿内窥视，脸上是掩饰不住的喜悦……

■ 大街上　外　日

满叔和几个家人拥簇着鲁子义，鲁子义骑在马上得意扬扬，东张西望……

■ 巡抚府　外/内　日

四姨太匆匆往自己房里走。

四姨太：春儿，春儿——

春儿正在给花浇水，奶奶，老爷答应了？

四姨太：老爷在陪客呢，说不上话，可我听到一个大喜事。

春儿：谁的喜事呵？

四姨太：你的呀！

春儿一愣：我的？

四姨太：老爷正和知府，还有海关那监督议事，说是鲁家少爷领了六品顶戴，马上要进府拜官了。

春儿：马上？

四姨太：你说，这是不是你的喜事呵！

春儿激动地：义母！

■ 大街上　外　日

潘启明的小轿往巡抚府方向走着，鲁子义的人马越过小轿，鲁子义发现轿边的阿娇，他一纵马，向潘启明的轿子冲过去。

路边小酒店的阳台上，那青出现了，她手里提着一挂鞭炮。

鲁子义的马冲到潘启明的轿子旁边，冲倒了一个轿夫，人们四散，潘启明从轿子里跌出来，有些狼狈。

鲁子义努力掩饰自己的高兴，装作惊慌的样子。

那青突然将点燃的鞭炮甩向路上的马头。

鞭炮噼里啪啦一响，马惊了，

白马两蹄跃起，仰天长啸……

满叔手中的缰绳丢了，

马突然飞奔，马上的鲁子义跟着摇晃……

众人大惊……

惊马在奔跑，潘启明脱下官袍子。急追过去。

路人在惊呼，躲闪……潘启明突然迎面而上，闪电般地抓住马头上的缰索，马又飞跃，潘启明跟着飞跃……

鲁子义从马上一头栽下……众人拥上来……

满叔扶住鲁子义：少爷——

阿娇也拥上来：子义——！

小伙计捡起帽子，急忙捂到鲁子义的头上。

潘启明看看没有事，回身走了。

■ 巡抚府客厅　内　日

杨大人坐在正中，苏知府、那监督等官员分坐两边。

两边的屏风后，一边是四姨太带着春儿偷看，另一边是杨如雪带着杏儿窥视。

门子高喊：潘大人、鲁大人到——！

潘启明和鲁子义款款而入，

鲁子义走得有些摇晃……两人在门内跪倒。

潘启明：潘启明拜见各位大人——

鲁子义：鲁子义拜见各位大人！

杨巡抚：起来吧，赏坐。

两人：谢巡抚大人。

潘启明抬起头来，屏风后的杨如雪正好看到端庄秀气的潘启明。

鲁子义抬起头来，春儿和四姨太看到的是鼻青脸肿的鲁子义。

春儿和众官员都不约而同地惊异：呵——！

■ 茶楼上　内　日

大厅里热闹非凡，鲁老板和梁老板走进雅座。

鲁青山：梁老板，请坐。

梁老板：老亲家，您先坐。

鲁青山坐下：咱们俩还客气什么？

梁老板也坐下：虽说咱们是亲家了，在我心目中，您永远是我的老兄，老朋友，还是榜样。

鲁青山：是呵，这么些年，咱们俩都一直和洋人打交道，做生意，咱们俩老弟兄，虽是生意人，可咱们从来没有争过利，拆过台，相敬如宾。要说榜样，你才是我的榜样呢！

梁老板故意：是你鲁老兄做人做事，都让同行兄弟们佩服，敬慕。守信用，讲规矩，为人正直，不巴结权贵。

鲁青山知道这是话里有话，感觉到不好回答。正好，小二端上茶水和茶点。

小二：这两道点心是店里刚推出的，我们店主老板刚才说，二位爷都是广州城生意场上的名人、贵人，送两碟给二位爷尝尝，让二位爷给定个口味。

鲁青山：你们老板还真会做生意，知道形势，顺应形势，就能永远顺风顺水。

小二：过奖了！又忙倒茶。

鲁青山：我自己来吧。接过茶壶，给梁老板倒茶。

梁老板忙欠身：鲁兄，怎能让您给我先倒呢！

鲁青山：都是一家亲戚了，还客气什么？

小二：那——，二位爷，慢用。又忙乎去了。

梁老板先夹起一块点心，小儿说，这是新点心，您先尝。

鲁青山：不用客气。

梁老板端起茶杯：鲁老兄，咱们孩子的事，日子也定了，这几天，家里在忙着办嫁妆，关于这个嫁妆呢，鲁老兄有什么要求，只管说。我只有这一个女儿，我是不能薄待她的……说着望着鲁青山的脸色。

鲁青山憋了半天，感觉到实在不能不说：亲家，请受我一拜——说着，离席鞠躬。

梁老板急忙离席，去搀扶鲁青山：这是为何？

鲁青山：鲁青山实在是说不出口来。本来准备请一个中间人转话，但是，考虑到我们这样的友谊亲情，如果还需要中间人，那就是小看了您。不过，我实在是感觉到对不起您……说着，又要鞠躬。

梁老板再次搀扶：既然非说不行，您还是直说好了。

鲁青山：老兄，不瞒您说，这几天，我还正为此事犯愁到死的地步！今天约您出来，就是要跟您聊聊，诉诉苦，另外，赔情。

梁老板：不用为难，咱们是老兄弟，自己的孩子办喜事，用不着太讲究，太排场，虽说子义是六品官员大人了，可在咱们面前还是个小孩子，在咱十三行里头，还是个晚辈，到时候，咱十三行的人聚在一起，已经热闹的了。

鲁青山矜持地：这事我才不犯难呢……

梁老板：你的为难事，就是我的难为事。你说说，咱商量。

鲁青山：孩子的事情，巡抚府那边插进来一杠子。

梁老板：巡抚府？！

鲁青山：是呵，巡抚府那边要子义做女婿——

梁老板：好事情啊！

鲁青山呆住了。

梁老板：咱们洋商，哪一个不是三妻四妾？放心，我的孩子懂道理，不会因为是长房，就随便欺负人家巡抚府的孩子。

鲁青山：我的老大哥呀，巡抚府的孩子，能做二房吗？

梁老板愣住了。

■ 潘家别院　外/内　日

萨丽送几个来学外语的伙计出门。其中有阿黄。

阿黄用英语：老师，再见。

萨丽笑容满面地：再见！（英语，中文字幕）

几个伙计说着四不像的英语，走远了。他们又注意到，不远处的杨如雪、范二姑一行。

杏儿：就是这家院子了，这个就是萨丽。

范二姑：嗯，没错——打招呼：噢！

萨丽回过头来，发现了她们：是在叫我吗？（英语，中文字幕）

范二姑：你说什么？

萨丽：是不是找我的？（英语，中文字幕）

范二姑：真笨，中国话都说不好？

萨丽换成僵硬的中国话：我，萨丽，你们——

范二姑：你还会中国话呀。

萨丽：一点点。

范二姑：巡抚府的，听说你是同文行的外语教师，会画画，是不是？

萨丽：是的，请进。

范二姑和杏儿搀扶着杨如雪，往院里走着：这不是潘启明的房子吗？他没有来学习吗？他会不会过来？

她的语速太快，萨丽几次想回答，都插不上嘴。

一行人走进了萨丽的房间，果然看到了很多画具。她们坐好之后，萨丽：请问，找我什么事情？

■ 江水边

佛山陶瓷商人胡老板正在痛不欲生。

恢复了平常打扮的潘启明来到了。

胡老板急忙起来施礼：给行首见礼。

潘启明急忙还礼，胡老板哪里敢接受，连忙打躬作揖：不敢，不敢，折杀我了！

潘启明很不以为然：胡老板，何必这样，咱们就是一个行会罢了，哪里要得着这些官样文章？

胡老板：就算咱们是民间行会，您也是皇家的有品官员啊！

潘启明：我这官员，嘿，不被外人笑话，番邦小瞧也就是了。咱们自己人，就免了那些虚套吧。启明这次来看您，可不是摆牌子的。听说——

胡老板恢复了痛苦：行首啊，我们胡家真是倒霉啊。哥哥的事情……不说了，我这一船，都是精品啊，谁能想到，一夜大风，就能翻船呢！

潘启明：我何止一次遇到这样的风险？水里来去，谁能保证不遇到风暴？可是，只要我们哪一个遇到一次，就可能把自己多年努力一下子化成泡影！当年，我多年的努力，被一次海盗抢光。那次杭州运丝绸，不也是危险万分？不过，怎样处置这样的事情，我一时也不好说，您跟我去，恐怕要找大伙商量，从长计议才好。

■ 潘家别院　外/内　日

杨如雪向二姑使眼色。二姑明白，回头看杏儿。

杏儿展开包袱：萨丽小姐，看，这是我们小姐亲手绣的一幅牡丹图。

杏儿已经把绣品展开。

果然是一幅非常精致的广绣绣品《牡丹图》。

萨丽大为吃惊地：哇——！

范二姑：你叫什么？

萨丽：怎么——画的？

阿娇：这是刺绣。

萨丽：刺绣？

阿娇：就是用针，一针一针扎出来的。

萨丽：针？

阿娇顺手取过针线活篮，取出一根针比画着。

萨丽指着范二姑：是，你，用针？

范二姑：咳，跟你这洋人讲话真费劲，这是我们小姐的一幅绣品！

萨丽更加惊喜，指着杨如雪：你的？

杨如雪淡淡地笑。杏儿在一旁替代表态。

萨丽像是发现了不世出的宝贝，反复仔细地看呀看呀，不忍释手。突然，她决定了：我要这个！

二姑摇头。

萨丽指着自己的作品：换！我可以换！

杏儿和二姑一起摇头。

萨丽急忙把杨如雪扶正，支好画架子：我，给你肖像画！换，交换！

二姑：萨丽，告诉你，这种刺绣，很珍贵！

杨如雪：我可以教萨丽小姐刺绣。

萨丽：你教我？

杨如雪点头。

萨丽：好，我给你画像，咱们互相学习！

杨如雪：好的，我们可以互相学习。如果你有时间了，可以到我那里去。我欢迎你。

二姑：好了。萨丽，天不早了，我们要回去了。希望你有时间到我们家去，给我们小姐画像。

杨如雪起身，带着二姑杏儿出门。

萨丽发现他们把刺绣忘在这里了。

萨丽：宝贝，你们的宝贝！

二姑：我们小姐和你交换！

萨丽愣了片刻，之后，若有所思。

■ 广利行　外/内　日

鲁子义穿着官服大摇大摆地坐在太师椅上，但是，脸上还能看出轻微的红肿。

客商们也都来道喜。

客商甲：鲁少爷，给您道喜了。

鲁子义品着茶佯装不睬。

客商甲：少东家，我是老齐呀，来给您道喜啦！

鲁子义慢慢放下茶杯：谁呀？

阿福扯老齐的袖子，轻声地：喊大人，喊大人。

老齐醒悟般地：鲁大人，小民老齐跟您道喜——

鲁子义：阿福，赏坐。

老齐惊异地瞪大眼睛……

伍老板驾到，一直走到鲁子义面前了，还不见鲁子义有所反应，不由的奇怪：子义，你父亲在不在？

鲁子义这才不慌不忙站起来：原来是伍叔叔。请恕小侄没有换衣服，不好见礼。

伍老板这才醒悟过来：我说呢，今儿个有些不对劲儿，你小子架子这样大，原来穿着官服呢！对，要恭喜恭喜了！

鲁子义：伍叔叔，我这不值得恭喜，这都是我父亲用真金白银买来的。你老人家想做三品五品也不难。您比我们家银子多。倒是咱们的行首，人家才值得恭贺呢！

老齐：这就怪了，你们一样的六品官儿，咋就你的不值得恭贺，他的值得恭贺呢？

伍老板：对呀，都是一样嘛！听你的意思，他潘启明的官儿，不是用银子买的？

鲁子义：据巡抚大人说，潘启明没有出一分钱！

老齐：感情潘启明行首有面子？

伍老板：我们把几十万两赈灾银子都交给了潘启明，难道……子义，这事情重大，你可不要乱说，巡抚府会透信给你？

老齐：伍老板这样说就不对了。巡抚府的信儿，不透给鲁子义少爷，透给谁？难道你不知道，鲁少爷人家是——

伍老板猛然醒悟：不错，鲁少爷就要做巡抚府娇客了！

老齐：就是嘛！

伍老板：让你这样说，我们这个行首，他不是利用权力，假公济私吗？

▩ 同文行　外/内　日

潘启明正在陪客人们喝茶。

潘启明：诸位前辈老友，从胡老板这件事情，我有一个想法，想跟诸位商议商议。

几位洋商：行首只管直说。

潘启明谦逊地：咱们洋商，从来一怕官，二怕天。为什么这样说呢？怕官，我就不详细说了，大家都感同身受。启明之所以要买个官当，也就是想做咱们洋商自己的官。洋商的官，虽说不能管住政府，总能找到一个替洋商自己说话的台阶。

大家一齐点头。

潘启明：二怕天。我要说道说道了。我们洋商，任你风光多少年，一次老天灾难，就可能全完！

大家一起点头。

潘启明：启明想，一个人的力量不好和老天对抗。只好听天由命。如今，咱们有了十三行行会。大家联手，大概就可以商量出个携手共对灾难办法了。

一位老板：行首，有什么好主意，只管说。

大家一致催促。

潘启明：我建议，我们每年交一些风险费用到行会来。这些费用，如果哪位借用，可以按照规定利息使用。如果哪一位洋商遇到了天灾，我们就可以用这个款子给以照顾，岂不是好？

众人都点头。

吴老板：好，这就是组织行会的第一好处！

■ 四姨太处

春儿正在哭泣，四姨太走过来：孩子，正好好的，你哭什么？咱们是长房，雷打不动。

春儿：义母，那个梁家的丫头要求先进门。人家说先进门的为大啊！

四姨太笑了：就为这？

春儿点头。

四姨太：咱先进门，你和子义拜堂之后，再说梁家丫头的事情。她还想先进门？哼，一起进门都不用想！

春儿微微笑了：义母，真的？

四姨太：当然真的。咱们是谁？广东巡抚啊，广东之内，谁敢与咱们争锋？那还真是笑话了。

春儿勉强笑笑，又皱起眉头：义母，虽说咱先进门是长房大太太，可是，咱们的那，那……

四姨太当然明白她的意思，哼哼冷笑：你是说，梁家财大气粗，她的嫁妆比你的多？她的阵仗比咱们大？

春儿：孩儿不舍得义母破费。孩子就担心义母的面子。

四姨太成竹在胸地：这一节，我已经给鲁子义说了，让他替咱操办，咱不求比他们梁家多，但也不能少了。如果比那梁家少了，就是丢了巡抚府的人！他们鲁家敢跟咱们对着干？他是不想在广州城过日子了！放心吧！

春儿开怀笑起来：还是义母疼孩儿。

四姨太：还有呢，那梁家不是有钱吗？有钱他没有势力，他不能指挥军队，是不是？我的孩子出嫁，不光嫁妆排场，咱们还有军队仪仗队呢！她有吗？

春儿大喜过望，急忙跪在地上，给四姨太磕头。

■ 梁家大院　内　日

阿香小姐房中，阿香一把推掉桌上的瓷花瓶，掉在地上粉碎……

梁老板：你这是干什么？

阿香火冒三丈地：我不干，我决不当二房！

梁母：阿香——

阿香：明媒正娶，门当户对，下了帖子，定了日子，我是太太，凭什么突然变卦，又变成了二房！

梁老板：我不是说了吗，是巡抚府啊，他们——

阿香：巡抚府怎么啦，仗势欺人哪，不就是个丫头嘛！就算她是亲闺女吧，也要有个先来后到！

梁母：是丫头不错，府里一句话，她就成了凤凰，谁也没办法。先来后到也不错，人家是巡抚，广东第一家啊！

阿香：鲁家也是狗眼看人，他鲁子义捐了个六品怎么啦，他人我还没看上呢，酸里酸气的，爹，你多拿点银子，给我弟弟捐个五品看看，鲁家，我不嫁了。

梁老板：鲁家是鲁家，鲁家也不敢开罪巡抚大人啊。再说，阿香，帖子下了，日子定了，整个十三行的人都知道，你叫爹怎么说，你叫爹往后怎么做人，让别人说我出尔反尔？！

阿香：哦，你女儿去当二房，你就好看了，你就好做人了？

梁老板：是不好做人，如果是其他洋商，你爹拚了万贯家业，也要争论争论。可人家是巡抚大人啊，封疆大吏啊！一般人家，想跟在人家后头当二房，人家也未必高兴呢！

阿香：不行，你去告诉鲁子义，老娘要当两头大。她丫鬟当大太太，我小姐也当大太太。

梁母用商量的口气：她爹，要不，你去跟鲁家商量商量看——

梁老板一拍屁股：嗨，这哪里是他们鲁家能当家的事情啊！你不知道，那鲁青山，多心高气傲啊？难为的苦啊，都给我跪下了！

梁母不由得直咂嘴：啧啧！

阿香愤怒地摔打东西。

梁老板火冒三丈地点着梁母：都是你——，把女儿惯成这样。

阿香：我怎么啦，我又不是不讲理，啥事都得有先有后，有礼有节，这话都是爹你自己在家里说的。

梁母忍气吞声地：女儿呀，咱不是惹不起巡抚府嘛，往后日子还长着呢，就算你娘求你啦，你爹也求你啦，你得体谅体谅你爹的难处哇！

阿香：你们难，我才不怕难呢，你们要是让步，鲁家要是真叫我做老二，那——我就叫他鸡犬不宁。

梁老板：咱们两家联姻，是为了联手做生意，是为了两个家族的兴旺，你要是使性子搅和，那不是全乱了！

阿香的丫鬟走进来，似乎想说话，又嗫嗫嚅嚅不敢说话。

阿香看到了，鼓励她说：说，又听到什么消息了？

丫鬟还是不敢说。

梁母：你就说嘛。

阿香丫鬟：小姐，听说，那个女的出嫁的时候，还有当兵的排队送行呢！

梁老板：什么当兵的排队送行，那是军队仪仗队。当官的人家，摆谱的。

阿香：军队仪仗队，我也要！

梁老板：孩子，咱哪里能用上军队仪仗队呀！

阿香：我不，我就要！

梁母：她爹，你想想，咱们孩子本来是长房太太，让这个丫鬟冲了一下子，弄成了一个二房。这就够孩子受的了。如果，在婚礼上，我们再矮了那丫鬟一头，咱们今后的日子怎么过？人家背后笑话咱不说，孩子跟他们生活在一起，那是什么日子噢！说着说着，老太太真的很伤心了，抽抽搭搭哭起来。

阿香躺在地上：我不活了——

梁老板也很难过，急忙扶起女儿：孩子，你是在咱们家娇生惯养大的，爹也舍不得你到了婆家受人欺负啊。不过，咱们有钱无势力，咱不能调动军队啊！你要说摆嫁妆队伍，你爹一定要压倒她们巡抚府。咱多陪送，他有军队，咱有银子队……

阿香：跟军队仪仗队相比，咱们的嫁妆算什么？不威风啊，那个丫鬟比女儿的威风大，女儿就受气啊！

梁母：鲁家不是还在等咱回话吗？咱不理睬了。等他们来的时候，咱们就提这个条件。

丫鬟还想说话。

阿香看出来了：说！

丫鬟：奴婢听说，那家里担心到时候嫁妆掰不过咱，那个四姨太要求鲁家老爷自己出嫁妆，给他们撑面子，还要鲁家老爷他们保证，二房的嫁妆队伍，一定不能超过长房太太。如果超过了他们，就是给巡抚难堪！

阿香：鲁家答应了？

丫鬟点头：他们敢不答应吗？

阿香对父亲：好，好，爹，找鲁家，告诉他，他们家仪仗队有多大，我们家就要多大的仪仗队。他们一百个，我们九十九个都不行。他要不答应，咱就在嫁妆队伍上气死那个四姨太！反正他们比咱们早过门，到时候看吧！

梁母表示赞成：就这样，咱让了一步不能让两步。要是不能争来这一回合，以后，就没有咱孩子过的日子了！

梁老板终于下定了决心。

■ 广利行　内　日

鲁子义还在几个客商面前高谈阔论。

鲁子义：……本官前几日刚刚和广东巡抚杨大人、广州知府苏大人、海关监督那大人等等，几十个大小官员会面团拜。日后，这官场上的事，难免就要多一些迎来送往，多方走动，耗费些功夫。当然，我鲁某的根基还在广州，行里的生意也绝不会丢，诸位依然是我的好商户，好朋友。现在我有了顶戴职位，往后和洋人做生意更方便了是不是？你们要是与官府有个什么事，我也能帮上忙了是不是？！

众客商：那是，那是。

鲁子义：大家既然是老朋友，好朋友，你们和广利行做生意也更放心了是不是？！

众客商：当然，当然。

客商甲：有鲁大人罩着，我们跟着发财。

众客商：对，跟着鲁大人发财。

鲁子义故作谦虚地：好啦，我要说回来，大家伙是好朋友，往后，在行里，在自己人面前，谈生意也好，拉家常也好，就不要喊我鲁大人了，要是在外人面前嘛……

众客商：不论怎么说，跟着鲁大人，咱们有财发。

鲁子义突然变得犹豫起来。

老齐：鲁大人有什么心事？

鲁子义：我还是担心，将来我们这个十三行行会正式批了下来，就要正式选举行首。如果选一个假公济私、中饱私囊的人，大家就该受罪了。

老齐明白他的意思，不好说话了。

一客商：就是，不花一个钱，居然也弄到一个六品顶戴。这样的人，我是不敢相信。

大家都点头。

鲁青山走了进来：嗬，好热闹哇。

鲁子义：爹！

鲁青山望着鲁子义的官服，皱起眉头……

鲁子义还是小心地：我是在跟这几位老朋友聊天呢！

众客商：我们大家都高兴着呢！

鲁青山：都是老朋友，你穿着那套官服干什么，啥时候才该穿，还用我说吗？

鲁子义咽着气：孩儿明白。

■ 巡抚府

杨巡抚来到四姨太这里，心情很不好，四姨太不免小心翼翼地侍候。

杨巡抚：刚才，我去了雪儿那里，不见人影！

四姨太：大概到花园散心去了吧？

杨巡抚定定地看着四姨太，四姨太心里发毛。

杨巡抚：我让雪儿早作准备，不日启程进京。她做了准备没有？

四姨太：我一直催促小姐呢！

杨巡抚：催促？我叫你亲自动手！

四姨太嗫嚅。

杨巡抚：实话说，她们主仆今天去哪里了？是不是去了那个洋商什么同文行？

四姨太：老爷，实不相瞒，我让人盯住呢，没有去同文行，不过，跟去同文行差不多。去了同文行给那个洋女人准备的一个小院子，那里，是洋女人教同文行伙计说外国话的地方。

杨巡抚不免恨恨不已：如果，雪儿不能跟我顺利进京，我脸上无光，老四，你要小心着！

■ 杨如雪处　外/内　日

范二姑领着杏儿、萨丽走着。

绣楼上，杨如雪正在专心刺绣。窗外盛开着玉兰花和木棉花。杏儿她们轻轻上楼。

杏儿：小姐，萨丽来了。

杨如雪抬头：噢——发现萨丽，萨丽小姐，请坐！

萨丽突然嚷起来：别，别——

三人都不知怎么回事。

萨丽疾步到如雪绣台前，指手画脚：别、别动，你——用手——刺——！

杨如雪也用手中的针和丝线比画：是，是——

萨丽忙乱地取下画夹，看好方位支起来，又扯过一个凳子，面对杨如雪：OK，OK，你——用手——又比画着继续刺……

杨如雪似乎明白了：你——是要画，画我——

萨丽：OK，拿出画笔。

杨如雪果真平静地刺绣起来。

范大姑和杏儿都有些发愣，这才有点明白。

范大姑好奇地站到萨丽身边观看。

萨丽熟练地勾起轮廓……

范大姑脱口而出：嗬，这洋人还真有本事。

四姨太来到门口，见到杨如雪，先舒了口气。

范大姑上前：四奶奶，你看，这洋妞，神着呢！

四姨太冷着脸：你出来。

范大姑跟着四姨太来到门外：啥事啊？

四姨太：小姐要跟着老爷进京了，你要看好小姐。

范大姑：我这不天天陪着的吗？

四姨太：告诉你，不能带小姐乱出门了，出了岔子老爷不光治我，你——

范大姑委屈地：我的妈吔，小姐就是喜欢画嘛，按那洋妞说，是什么，什么艺术！

■ 同文行　外　日

阿娇来到后院：启明。

潘启明：你怎么跑来了？

阿娇亮出来《牡丹图》：你看——

潘启明看了大为赞叹：好，好，太精致了，珍品呢！哪里来的？

阿娇：萨丽给我的。说是二小姐亲手绣的，我想啊，是小姐为你这个六品顶戴贺喜的。

潘启明愣住了。

阿娇：明哥，这——

潘启明：阿娇，你放心，小姐是天上的神仙……

阿娇：我没有什么不放心的。我是担心，外人知道了，会误解小姐，那样就不好了。

潘启明：这倒也是。

这时候，吴老板过来了。潘启明和阿娇一起上前见礼。

吴老板：阿娇，你先去忙吧，我跟启明单独说句话。

阿娇退下。

潘启明：叔叔请坐。亲自给吴老板泡茶。

吴老板：启明，你知道，我在杭州有个小妾。

潘启明：知道的。

吴老板：是杭州人，也算是个才女吧，我想把她安顿在广州，就在河南购置了一大宅院，等我老了，不能乱跑的时候安居，没想到，她来看了看，嫌广州太热、太乱，我都装修好了，小妾不愿住，坚持还住杭州。你知道，我做生丝和丝绸，当然在杭州的时候多，在广州的时间少。所以嘛，宅院空着，还占不少银子，倒成了麻烦事，总不能专门雇人给我看守新房子吧，想来想去，我是想要你帮帮我。

潘启明：吴叔叔，要我怎么帮？

吴老板：你付银子，把这个宅院收下来，我也不烦这事了。

潘启明爽快地：这没问题，我办，忽又想起什么，吴叔叔，您这是……

吴老板一本正经地：算是帮我这个忙，银子嘛……还是从我和你做的丝绸生意里面扣。咱不能一下子扣清，慢慢来。

潘启明还在想着：吴叔叔……

吴老板：你答应过了，这事就这么定了，过两天我带你去看，要是哪些不合适，我再安排人帮你改。

潘启明还在想着：吴叔叔，您……

吴老板：这是小事，现就这样定下了。我还重要的事情给你说。

潘启明：您说。

吴老板：巡抚府杨大人的二小姐，听说跟你多少来往？

潘启明：正为此事犯愁呢！

吴老板：说来我听听。

潘启明：当初，我刚来广州的时候，很意外地帮助了杨小姐一次。从那时起，杨小姐就不停地帮助我。通过陈徽州大哥，通过其他方式。我人微言轻，地位卑下，难以为报。深感不安。刚才，小姐又送来了礼物，给萨丽的却是她亲手刺绣的珍品。阿娇就担心这样的行为，传送到外界，对小姐的名声不利。

吴老板主动取过来刺绣，认真看了半天，知道就好，小姐是有义之人，你没多情多心就好，往后——，那你打算怎么办呢？

潘启明：既不太伤害小姐的尊严，又要避免来往和节外生枝。

吴老板：想的对。

第二十二集

■ 大街上　外　日

一乘蓝轿行走着，轿旁跟着的是满叔和阿福。

轿内坐的是鲁子义，端正的官服顶戴。鲁子义不时掀动轿帘观望。

阿福："老爷，还没到呢！"

■ 那金府第　外　日

鲁子义的轿子落下，鲁子义坐在轿子里不动。

满叔："少爷，到了。"

鲁子义："掀轿帘哪。"

满叔醒悟地掀起轿帘。

鲁子义这才大模大样地走出轿子，整整顶戴。

满叔："少爷——"

鲁子义："你去通报呀！"

满叔："少爷，你不是来过那府吗？"

鲁子义："那时候是平民百姓，现在是官拜官。"

满叔点头，上了大门台阶，朝门卫说着什么。

鲁子义倒背双手，侧目等候。

■ 那府　内　日

书房里，那金正在看书。

帮办走进：老爷！

那金：什么事？

帮办：六品顶戴鲁大人来拜！

那金：哪个鲁大人哪？

管家：老爷挺熟的，广利行鲁老板家的少爷。

那金：哼！鲁子义呀！这小子！

管家：就是他。

那金：他怎么来的？

管家：坐轿子，穿官服。

那金冷笑：哼！鼻子上插大葱，他装起象来了，不见！

管家：老爷——

那金：怎么啦？一个商人，真的以为自己就是官员了？他居然从正门大摇大摆来见本老爷，那本老爷和他们商人，还有什么区别？

帮办递上手本：大人，你仔细看——

那金接过去手本，打开，看到银票：哼，给他说，穿官服呢，就从后门进来。换了常服呢，可以从前门进来。去吧。说着，把手本撂在桌面上。

帮办点头退出。

▩ 四姨太住处

鲁青山和太太，给四姨太行大礼。

四姨太故作客气：算了，算了，这都是亲家了，以后就不要多礼了。

鲁青山跪在地上：就是亲家，也不敢废了国家礼法。

四姨太：春儿！

春儿出来：义母！

四姨太：搀起来你的公爹婆婆。

春儿急忙搀扶鲁青山和鲁太太：二老请起。

鲁青山鲁太太起来：谢谢太太。

四姨太看鲁青山夫妻坐好，吩咐：春儿，给你的公公婆婆见礼。

春儿赶忙跪在鲁青山鲁太太面前：见过二老。

鲁太太急忙扶起：孩子不必多礼。

四姨太：这是人伦大礼，不可废了。

大家客气了一阵子，终于安稳了。

鲁青山：太太，我们夫妻前来，一是给太太见礼，二是来听听太太对孩子大婚的指教。

鲁太太：太太该说的，只管直说。我们夫妻一定尽力而为。

四姨太：老爷说——

一听说巡抚大人有话，鲁家夫妻急忙站起来。

四姨太示意他们坐下：老爷说，他公务繁忙，不能亲自接待二位亲家，很抱歉。

鲁家夫妻再一次站起来：生受了，生受了！

四姨太再次示意他们坐下：老爷的意思，女儿出嫁，一定要排排场场，风风光光，但是，又担心我们深受皇家恩典，让老百姓说我们依仗势力，压迫商民。

鲁青山：巡抚老爷爱民如子！

四姨太：所以，准备陪嫁的半副銮驾——

鲁青山听说半副銮驾，大吃一惊，又一次站了起来。

四姨太要的就是这个效果，笑笑：半幅銮驾就免了。

鲁青山松一口气，慢慢坐下来。

四姨太：巡抚府虽然不能欺压百姓，不过，让老百姓欺压巡抚府也是不好的。

鲁青山急忙许愿：不会的，绝对不会的。

四姨太：我知道亲家是个会办事情的。绝对不会灭了人伦大礼，让二房压倒长房，是不是？

鲁青山夫妻急忙表态：是，绝对是。

四姨太：如果有一个半个细节，让别人认为是二房欺压长房，我倒好说，巡抚老爷怪罪下来，哼哼。

鲁青山战战兢兢地：哪里会呢！绝对不会的，这样吧，亲家太太，青山回家，把所有婚礼细节，一一书写详细，给太太您送来，请您仔细过目，有一个字的不妥，青山都不会放过。

四姨太看着鲁青山，长时间不说话，终于慢慢点头。

鲁太太吓坏了，她扶住椅子的手，抖动不已。

▩ 那府门外　外　日

帮办对等候接见的鲁子义：鲁大人，老爷说请您从后边小门进来。

鲁子义一下子愣住了，考虑半晌，掏出一块大银子，悄悄递给帮办：帮办大人，你看，我这堂堂六品……老爷这是什么意思？

帮办收了银子，自然要说实话：鲁大人，您刚刚得到六品顶戴，我们老爷还不习惯在前门接待您——

鲁子义明白了，脸色很难看。半晌：大人，我要是在这里换了衣服，然后进去，回头，我怎样出来见人？

帮办为难地：鲁大人，这——

鲁子义：如果我穿了官服，却从后门进去——，岂不是侮辱了皇家的这幅顶戴？

帮办：那，等我再去跟老爷禀报一次？

鲁子义点头。

帮办犹豫地：不过——鲁大人，您知道，咱们老爷是个，呃，你肯定知道——

鲁子义也感觉到为难：那你说，咋办呢？

帮办灵机一动：干脆，您就拜门而去！

鲁子义表示不理解。

帮办：官府规矩，大人拜上司，如果上司不在家，或者上司政务繁忙，大人可以在门口拜上一拜，就回头走人。这个样子呢，也算是来拜见了。鲁大人，您看呢？

鲁子义只好勉强地点头。

帮办很高兴，大声地吆喝：回鲁大人，老爷政务繁忙，请鲁大人拜门而去！

鲁子义不懂该怎样做，愣住了。

帮办提醒：鲁大人，可以拜一拜了！

鲁子义急忙施礼相拜。

帮办看他行礼已毕，提醒：鲁大人，可以走了！

鲁子义只好悻悻地回头。

帮办窃笑。

满叔：少爷，咱们回吧。

鲁子义沉思片刻：不，咱们去夷馆。

▩ 英夷馆　外/内　日

客厅内，马斯顿、弗朗西斯、普鲁斯等人端着鸡尾酒杯正在议论着。容买办坐在窗边喝茶。

弗朗西斯：……官职可以明目张胆的买，这个国家真奇妙！（英语，中文字幕）

马斯顿：不是奇妙，是莫名其妙，是无法无天的胡闹！（英语，中文字幕）

弗朗西斯：容，你是中国人，我们想听听你的解释。（英语，中文字幕）

容买办故作深沉地起身，还望了望窗外才开口：在我们中国，一切是皇帝说了算。（英语，中文字幕）

众人点头。

容买办：据我了解，朝廷上是通过这种捐官的方式，在民间富人中收集银子，以充国库，相当于你们大英帝国的富豪，可以购买爵位，在上流社会抬高自己的身价。（英语，中文字幕）

马斯顿反对：不不不，我们的爵位是世袭的。（英语，中文字幕）

弗朗西斯：据我所知，也有用金钱换来的。（英语，中文字幕）

马斯顿：那是极少数，容，你接着说。（英语，中文字幕）

容买办：其实，光有顶戴，没有衙门，没有实权，就是聋子的耳朵。（英语，中文字幕）

马斯顿：聋子的耳朵？？是什么意思？（英语，中文字幕）

容买办：聋子听不到东西，那么，耳朵长在脑袋上——摆设。（英语，中文字幕）

马斯顿：噢——，我明白了，是个没有用的，只做摆设的花瓶。（英语，中文字幕）

普鲁斯：有意思，很有意思。（英语，中文字幕）

弗朗西斯：这个国家的神秘面纱，我们正在慢慢地揭开。（英语，中文字幕）

马斯顿：我要知道的事，十三行的潘、鲁都买了官，他们的官对我们有什么实际用途？（英语，中文字幕）

弗朗西斯：这是上流社会之间的事，对我们做的生意来说，好像无关紧要。（英语，中文字幕）

马斯顿：我要问容，容，你来说。（英语，中文字幕）

容买办：应该有些关系，关键是要看那些有实际权力的官员怎么看待他们，如果他们对潘、鲁的官职不以为然，我们只把他俩的官职看作是戏台上的官——

马斯顿：什么叫戏台上的官？（英语，中文字幕）

容买办：在戏剧舞台上，演员演的官职，甚至还有皇帝。

众笑：明白了，明白了。

容买办：如果他们把潘、鲁的顶戴当回事，那就是他们真正的进入了官场，然后——官官相护，那么——，我们也就是要认真对待了。

马斯顿：巡抚、海关那些大臣是什么态度？（英语，中文字幕）

容买办：起码，有可能正式成立十三行行会了。因为商人都可以做官了，十三行应该可以成立行会了。

马斯顿点头。

荣买办：另外，据说，鲁子义有可能做杨巡抚的女婿。这是个破天荒的事情！

马斯顿：你的意思，鲁子义有可能统治将来的十三行？（英语，中文字幕）

荣买办：目前还不明朗。

弗朗西斯：不论明朗还是不明朗，我们对待这个鲁子义的态度，都需要调整。

马斯顿：说得有道理。潘启明这个人，做不做行首，他都会用朋友的身份对待我们。可是，据我观察，鲁子义这个人是不会这样子的。（英语，中文字幕）

弗朗西斯：我们如果不小心，冒犯了这个鲁子义，他会对我们采取不光明的措施。假如，他再做了行首，我们就会被他刁难。（英语，中文字幕）

显然，在座其他人都是明白的。

一侍者来到门口：尊敬的马斯顿大班，有位清政府官员请您马上会见。说着，递上来一个名刺。

马斯顿：什么官员，叫什么名字？（英语，中文字幕）接过来名刺，递给了荣买办。

荣买办：说曹操，曹操到。鲁少东家来了。

马斯顿：他为什么不自己进来，还要在外面等？（英语，中文字幕）

站在窗外朝下张望着的容买办苦笑起来。

马斯顿：你笑什么？（英语，中文字幕）

容买办：鲁子义，已经是六品官员，他想要你下去迎接。

容买办：他为了让你们知道他有了官职，要你们像对待政府官员一样尊重他，迎接他。

弗朗西斯俯在马斯顿耳朵旁，小声说了几句。

马斯顿高兴地笑起来，对弗朗西斯：好，你先去准备这个节目。朋友们，让我们欢迎伟大的六品官员吧！（英语，中文字幕）

▩ 梁家

鲁家夫妻一起来拜访未来的亲家。

梁老板指挥女儿阿香给未来的公公婆婆施礼。

鲁家夫妻要比在四姨太那里放松了许多。态度自然，话声朗朗。

鲁太太掏出红包：孩子，初次见面——

阿香接过去：谢谢公公婆婆！

梁老板给老婆使了一个眼色。梁太太明白：女儿，后边绣花去吧。

阿香要参与今天的谈话，她想给鲁家夫妻提条件，所以装作没有听到母亲的吩咐。自顾坐到一旁，等待机会说话。

鲁太太看到了这种情况，感觉到很诧异。还有这样不听话的女儿呢。到了自己家里，哪个敢管理？

梁太太无可奈何地看看老公。

梁老板也感觉到如果多说，女儿也不会听，反而更加难堪。于是装作没有看到。对鲁家夫妻：亲家，请用茶！

鲁家夫妻也只好用茶。

梁老板：亲家亲自过门，必有见教！

鲁青山正等着这一问呢：亲家，为了不至于委屈咱们孩子，青山很想知道咱们孩子有些什么打算，还请亲家赐教。

梁老板正要说话，阿香插话了：公公婆婆，很快咱们就是一家人了，请原谅孩儿多嘴。

鲁青山不知道说什么好。也没有等他表明态度，阿香已经自顾说起来了：从来都是洋商受当官的欺负。我听说，子义现在也是官员了，那就不要考虑谁是官家，谁是百姓了。大家一家人，是不是？再说了，就算你们商家需要让他们官家，我阿香也不能让所谓的官家欺负。

梁太太听到阿香越说越离谱，看到鲁家夫妻也很难堪，就打住了女儿的话头：女儿，父母心里有数，你且休息去吧！

阿香根本不理睬，继续陈述：公公婆婆，第一，那边如果有当兵的仪仗队，孩儿也需要当兵的仪仗队。如果孩儿没有仪仗队，孩儿的嫁妆，要超过那边一半！

梁老板：这些事情，要慢慢商量，孩子，你且休息去吧！

阿香很倔强，不理睬，继续陈述：第二，孩子要和那边同日成亲，同时拜堂。如果不能做到这一点，孩儿至死不再出嫁！说完这些，不等鲁家夫妻表态，起身而去。

留下的人都很尴尬。半晌，梁老板说：亲家，孩子脾气很直率，亲家要多担待。

鲁太太言不由衷地：直率好，直率好！

鲁青山也只好说：心里不藏事情，好相处。

梁老板突然很郑重地：亲家，孩子的话，还是很有道理的。

鲁家夫妻顿时愣住了。

■ 英夷馆　外　日

鲁子义气宇轩昂地等待迎接。

容买办陪着马斯顿出现了。

容买办：鲁少爷，忙改口，噢，鲁大人，马斯顿先生亲自出来迎接您了。

果然，马斯顿朝鲁子义行了个贵族礼。

马斯顿：尊敬的鲁子义大人，请——！（英语，中文字幕）

鲁子义半懂地望望容买办。

容买办：鲁大人，马斯顿先生请大人入馆。

鲁子义大模大样地：请——！

他们刚走进院子里，突然，弗朗西斯带领着仪仗队出来迎接了。

洋人的队伍很是威风，特别是有中国人极少看到的枪支，更是神奇。鲁子义面对这样的仪仗队，立刻露怯。

马斯顿向已经变得很猥琐可怜的鲁子义解释：在我们那里，六品的大人，就应该有这样的队伍——（英语，中文字幕）

荣买办：鲁大人，马斯顿大班说，您是六品大员，应该有这样排场。

鲁子义提提精神，壮壮胆子，故意地：这个东西——故作轻蔑地指着枪支——能比得上我们的长矛大刀？

荣买办对马斯顿：大班，鲁大人怀疑我们的枪支不如大刀长矛。（英语，中文字幕）

马斯顿：鲁大人，我愿意破例让您看看射击表演。（英语，中文字幕）

他们直接来到了一个小型的射击内室。

荣买办对鲁子义：鲁大人，大班认为您是他的好朋友，为了让您看看是他们的枪支厉害，还是大清国大刀长矛厉害，他要破例让您看看射击表演。

鲁子义：好的，我倒要好好看看。

弗朗西斯指挥士兵射击表演。

鲁子义大吃一惊，也大开眼界。马斯顿让人把一杆枪递给鲁子义。鲁子义有些紧张地摆弄，不知道如何处置。

弗朗西斯过来，帮助鲁子义摆好式子。鲁子义闭着眼睛，开了一枪，把自己吓得够呛。但是，感觉到很过瘾：厉害，果然厉害！

弗朗西斯突然用中国话悄悄地问鲁子义：要不要买两支？

鲁子义当然很想买两支，但是，还有所顾虑地：这是犯禁的！

弗朗西斯：我可以帮助你偷运。

鲁子义显然动心了，不停地眨巴眼睛。

马斯顿大声地：鲁，走，我要请你品尝我们的美酒，祝贺你当上了伟大的六品官员。希望你，今后多多照顾我们的生意——（英语，中文字幕）

同文行

潘启明跟着喜妹走到了会客厅。原来，潘启明召集吴老板、老齐、胡老板等人开小型会议讨论基金互保的事情。大家看到潘启明来了，一起站起来施礼。

潘启明还礼，请大家坐下，说：上次，我们说了，一家一户，实在难以抵抗天灾人祸。大家说，如果弄一个基金互保的办法出来，当是大好事情。承蒙大家支持，都愿意付诸实际。这几天，启明列了一个实施的方案——阿黄立刻取出一本册子，递给了潘启明——潘启明继续说下去：现在，启明想拿出来给大家看，请大家批评。

册子递到了伍老板手中。老齐向伍老板递一个眼色。

伍老板：行首——

潘启明客气地：请叫我启明，且不说仅仅是一个临时行首，就是正式行首，伍老板是老前辈，也不可这样客气，请叫我启明。

伍老板：启明，这个办法，是个好办法。不过呢，不过呢——看看老齐。

老齐只好直说：行首，我们几个想，好办法，不过，现在不是时候，最好还是等上头批下来咱们正式成立十三行行会，选举出正式行首之后，再行实施为好。

潘启明立刻明白了，人家不相信自己了，有些酸涩地一笑：也好。到时候，大家选举一个真正信得过的行首，把基金交到正式行首手中，也好放心。

伍老板立刻声明：启明，没有谁不相信你……

老齐：我没有不信任你，虽说这次你没有掏买顶戴的钱，也和鲁少爷一样，弄了一个六品顶戴，那是巡抚看在你筹集赈灾款有功的份上，赏赐你的。

伍老板制止老齐：老齐——

潘启明停了一下，知道大家对他这次弄到六品顶戴有所怀疑，笑笑：这次赈灾款，本来有一个明细账目，启明准备公开的。但是，有一些人替代大家多交了一些。替代大家多交的东家，不想让大家表示感谢，不同意公布账目。再说，大家都没有超过自己应缴的指标，谅来不会追究。所以，为了尊重多交的东家，潘启明就没有公布账簿。可能，有人以为潘启明有些私弊，甚至中饱私囊，从中渔利，这也是可以理解的。

伍老板有些明白：原来如此？

老齐还有些不相信：嘿嘿，这是谁，这样好人？

潘启明：为了平息大家的误会，启明一定请示此人，争取将赈灾账目公之于众！

老齐言不由衷地：何必当真，何必当真。

这时候，鲁青山走进来，匆匆跟大家施礼，很不安地看潘启明，大家意识到他有话要跟潘启明说。

伍老板：天色不早，我要回去了。鲁老板，不能多做奉陪，抱歉。

大家一起起身，连说抱歉，相继出门而去。

潘启明送走大家，回头：义父肯定有所见教。

鲁青山：我和你义母商量来商量去，只有找你帮助想办法了。

潘启明：义父请讲。

鲁青山长长叹一口气：麻烦大了！

潘启明亲自给鲁青山斟茶：您慢慢说。

鲁青山：巡抚府要求二房一定不能压到长房。

潘启明：既然让确定了长房二房的名分，这个要求也在情理之中。

鲁青山：梁家心里不服气啊。

潘启明：梁家议婚在前，心里有所不服，也在情理之中。

鲁青山：他们都在情理之中，我们就作难了。

潘启明连连点头：天无绝人之路，咱慢慢想办法。

鲁青山：梁家要求，同一天成亲，同一时刻拜堂。巡抚府要求，梁家嫁妆不能超过巡抚府；梁家要求，巡抚那边有仪仗队，他们也要当兵的仪仗！你看——

潘启明思索片刻：同一天成亲，同一时刻拜堂，都好办。就是要求一样的嫁妆，一样的仪仗，有些作难。杨府没有嫁妆，就要仪仗；梁家没有仪仗，就要大加铺张嫁妆——

鲁青山：两边谁也不让谁，嗨——

潘启明：让子义弟弟到两家游说如何？

鲁青山提起儿子，气就不打一处来：他哪家都不敢开罪，早就不知道跑到什么地方玩去了——

潘启明思索：同一天成亲，同一时刻拜堂，好办。到时候，长房从右门进来，二房从左门进来，也就是了。至于进了洞房，子义弟弟自己就能摆平。就是有些不满之处，新娘子，也说不出口来。杨府那里，只要给他们一个梁家嫁妆清单，让他们放心也就是了。

鲁青山：梁家的嫁妆清单不可相信的。只要没有仪仗，他们会故意增加嫁妆的。梁家女儿，脾气很倔强，梁家亲家，也很娇惯女儿。

潘启明：也不仅仅是梁家娇惯女儿。义父，你想，咱们洋商，历来被官府欺负，梁家，乃是广州首富，义父的名气和财产，也不遑多让他们梁家。梁家抓住这个机会，一定会和官家暗暗较劲攀比。我想，广州洋商，没有一个不希望你们和巡抚府一比的。

鲁青山：我何尝不想借此机会，扬眉吐气。奈何争一日长短，开罪官家，终究是对咱们洋商不利啊。

潘启明点头，沉思：义父，关于梁家仪仗队的事情，需要我和子义弟弟协商。恐怕要破一些钱财。

鲁青山：只要能挨过这一关，花钱消灾，自然是在所难免的了。不过，你子义弟弟能有什么办法?

潘启明：义父，杨府动用仪仗队，只有使用广州府兵，断不能使用粤海关士兵。粤海关士兵，历来不受广州府管辖。所以，如果梁家需要依仗士兵，只有从粤海关打主意。据我所知，子义和粤海关提统许知远交往甚好。

鲁青山：一个水兵提统，如果派兵出来当仪仗队，恐怕还需要那大人知道吧?

潘启明：为什么说是仪仗队呢?洋商家有大事，派兵出来治安弹压，以防不测，总是需要的吧?

鲁青山明白了其中的巧妙，不禁大喜：明白了，明白了!

▩ 河南路上　外　日

几辆马车逶迤而来。突然，潘启明的车停下来，潘启明跳下车，这里看看，那里瞧瞧。

吴老板也下了车，好多人跟着下车。

潘启明有些茫然地：这里，我感觉好生熟悉，好像哪个时候曾经来到过?

吴老板胸有成竹地：再看看，仔细想想。

潘启明再看看，仔细想想，突然有所发现：这里地势，很像我故乡福建龙潭啊！看，那里的河水，那里的山丘，还有，这一片山林……难怪我刚才迷糊，还以为上一世曾经来过这里呢!

阿娇也觉得不可思议：不错，我也有依稀见过的感觉!

喜妹大感惊奇：怪了，世界竟然有这样的事情。

吴先生笑笑，招呼大家：看，前面就到家了!

大家朝他手指的方向看去，果然看到一座气派的大门。

▩ 茶楼

许统领和鲁子义见面。

许统领朝鲁子义施礼：过去，你是兄弟，现在，你是巡抚府女婿了，就是兄长，也要给你见礼了。

鲁子义：不行，论品级，我才是个六品，比起老兄，还是不行，我要给兄长见礼。说着，站起来，给许统领施礼。

许统领：算了，咱兄弟这关系，就不来虚的了。都坐下。喝酒！

鲁子义：对，都坐下，喝酒！

许统领举起酒杯：兄弟，今天算我请客，给兄弟贺喜，双喜临门啊！

鲁子义：同喜，同喜。今天是你请客，我买单。

许统领哈哈大笑：跟兄弟做事情，真爽！

喝了几杯之后，鲁子义：兄长，今天还有件事情，需要请你帮忙。

许统领以为又是收拾潘启明：兄弟，现在那个潘启明也是有顶戴的人了，还是什么十三行临时行首，轻易不好拾掇他了呢。

鲁子义：今天的事情，跟他没有关系。是兄弟要问你借一队士兵。

许统领大吃一惊：借兵？你跟谁结仇了，值得用士兵？

鲁子义用手示意许统领不要急躁：不是跟谁打架。是兄弟结亲的那天，需要一个仪仗队。

许统领这才放心来，不过，马上有意识到有问题：恐怕这事情有些难办。皇上的人马给商人当仪仗队，有失体统。再说，仪仗队又不是能瞒住盖住的事情，必然张扬出去，兄弟，你哥哥的脑袋，就不保险了。

鲁子义推过去一张银票。

许统领不敢接受，又退了回去。

鲁子义：何必一定说是仪仗队呢？你想想，我同时娶两房太太，一处是杨府女儿，一处是广州首富梁老板的女儿，肯定热闹。保不齐还能生出乱子。我是洋商，理当由粤海关保护。你派一些士兵预作防范，也是题中应有之义！

许统领明白过来了：不需要列仪仗队队式？

鲁子义点头，补充：逢到我的喜事，我一定要给大家赏一个红包，外带一个大红花，大概是必要的吧？

许统领：对，每人胸前戴一朵大红花！好了，成交！

鲁子义把银票再一次推给许统领。

▩ 河南路新府第

吴老板潘启明等一行走进了大门，来到院子里。

新装修的庭院，刚砌好的花圃，还有设计摆放的盆景……众人全都眼前一亮……

吴老板、启明他们从后院的花亭楼榭中观赏着往前院走着。

鲁青山：想不到吴先生您这么有心，把这个大宅院变成了个园子，别致，别致。

吴老板：前不久，我在苏州谈生意，有个绸缎庄的老板精通园林，说得天花乱坠，见我不大相信，他心里就不大服气，我这个老朋友就说，他可以做给我看，这位老板呢，也正要来趟广州，说是亲自押货，实际上是想把他小妾带出来，见见大世面，就这样，他来了，我把工匠交给他使唤，他果然就给弄成这个样子——

鲁青山：启明，你看合住吗？

一直在听着思索着的启明思绪万千地长吁一口气，不知如何回答。

鲁青山：启明，都转悠了一圈了，你怎么老不说话呀？

潘启明：义父，我想先听您的，您觉得这宅子装修的怎么样呢？

鲁青山由衷地：我刚才不是说了嘛，在这住简直就像住在了苏州的园林里，宽敞、舒适、惬意，吴先生用心的事，啧啧，不愧是见过大世面的呀！

潘启明：这么说，您老人家看着是很满意了。

鲁青山：那是当然。

潘启明：晚辈有个想法。

鲁青山：噢——

吴老板：说来听听。

潘启明：义父，您和吴叔叔是世交、好友，子义和巡抚大人府上结亲，应该是鲁家的大喜事，也是子义弟光宗耀祖的开始，日后，杨府也常会有人到鲁家聊天谈事，场面总得像样。再说，鲁家梁家联了姻，在广州的生意场上少不了谈论和影响，要是让子义弟在这里结亲的话——

鲁青山突然生气地：你给我把话打住！

潘启明一愣：义父！

鲁青山：你犯了一个大错，你知道吗？

潘启明抬头注视着。

鲁青山：你把你吴叔叔的一片深情厚意当作什么啦？

潘启明又愣住了。

鲁青山依然生着气地点着启明：你把你吴叔叔的心血和厚意，当成了交易，而且又是和你义父做交易！让你吴叔叔替你还我的人情！

潘启明突然明白了：孩儿我——

吴老板也板起脸认真地：启明，把手伸出来。

潘启明犹豫着伸出手来。

吴先生突然朝他手上打了一巴掌。

鲁青山倒乐了：该打。

潘启明的手没有收回，倒是手心里多了一串钥匙……

潘启明望着手中的钥匙，两眼晶莹地：吴叔叔，义父，这栋房子的价值姑且不说，将这里地势造成我的故乡，这份情意，启明无以为报啊！

▩ 鲁家

鲁家敲定了结婚大礼清单，决定由吴老板转交四姨太。

清单就放在桌子上。鲁青山和吴老板在谈话。

吴老板：真羡慕你啊，你老兄有个儿子接手，一下子定两房媳妇，眼看着又是子孙满堂，光宗耀祖，我呢，快六十岁的人了，还到处漂流。

鲁青山：一下定两房？亏你说得出口，出这个洋相，是不是与你有关，你得向我老实交代，你这是拿我这个老哥逗乐子！

吴老板：鲁青山，咱哥们拍着胸脯，凭良心话，巡抚那边的事可不是我引起的。

鲁青山：那你得给我说个明白，好端端的咋就你表妹派人冒出来定了亲？

吴老板：这事，我也是后来才知道。你的宝贝儿子到我表妹那走官场的路，表妹看你儿子不错，就扯上了丫头春儿，我表妹要当这个家，没想到杨大人倒认了，这事，你怎么能怪我。再说，不管怎么说，春儿也是巡抚府的人，和我表妹又认了亲，说出去，总归是和巡抚府的人结的亲，对你鲁家总不会有什么坏处。

鲁青山：话是这么说，可这两门亲挤在了一块……

吴老板扑哧一笑：那才叫热闹呢！

鲁青山：你是想看热闹，看笑话是不是，你，吴潮鸣，万贯家产，老婆不生，小妾呢，你是怕她老得快，不叫她生，好天天陪你逗乐，你小算盘打的比谁都精。

吴老板：你说，我打什么小算盘了？

鲁青山：你瞒得了别人，还能瞒得了我？不要儿子，不烦那个神，到头来，又慧眼识珠，一个劲地帮启明，不就是看中启明这孩子仁义、诚信，等你老了……我相信，等你老了，不能动了，启明这孩子对你——会比对他亲爹还要亲——！

吴老板：话说回来，你看上启明，帮启明，又是打的什么算盘哪！

鲁青山：老弟，你这话还真说到了我的痛处。其实，我看得出来，子义这孩子有些小聪明，也想玩点小聪明。商场如战场，说翻船就翻船。我调教，我说话，他当面算听，可我总觉得他的心里在跟我扭着一股劲，他认为他行，他肯定行，这正是我的心病呵。

吴老板诚挚地：老兄，既然你说了出来，我也说出来，对子义这孩子，我和你的看法是不约而同呵！咱们还是别掉以轻心。

鲁青山忧虑地望着吴先生：当老人的，也只有尽心力而为了。说着，拿过桌子上的清单：老兄，这是婚礼清单。里边很多是启明的心血。巡抚府十分看重这个。

吴老板：巡抚大人的威严在里面，敢不认真？

鲁青山：也不知能否通过？

吴老板看看清单：梁家只要在嫁妆场面上不超过巡抚大人的排场，大概问题就不大了。这上面也没有梁家请仪仗队的事情？

鲁青山摇头。

吴老板点头：我看也许行。

鲁青山：就拜托老兄转呈巡抚太太，如果有什么小差小错，还要多请老兄替我美言。

吴老板：那是当然。梁家那里的清单和这一样吧？不要闹出事端来！

鲁青山：一样。我让启明去送了。有些事情，启明会妥善解释的。

■ 梁家

潘启明来送清单。梁家人传看了清单。

阿香不满地：为什么她们有仪仗队伍，我们没有？

潘启明看看梁老板。梁老板急忙跟女儿解释：刚才潘行首已经说过了，我们也会有的。不好这样明确写上去，那样会引起巡抚不满。再说，我们一介平民，公然使用部队仪仗，也与国法不合！

阿香看看潘启明：潘行首，外面的人家都说你这个人说话算话，好，我就相信你一次。到时候如果没有仪仗队，不要怪本小姐我不客气！

潘启明：呵呵，阿香小姐能说我潘启明说话算话，我很荣幸！到时候，如果没有仪仗队，找我好了！

这时候，梁家一家三口才露出了笑脸。

■ 四姨太处

吴老板将清单给了四姨太。四姨太认真看了。

四姨太：只要他们梁家的嫁妆不超过我们，一切都好说。

春儿走进来，看到吴老板，施礼：春儿见过舅舅。

吴老板挥挥手，示意免礼。

四姨太：春儿，鲁家的婚礼清单送来了。

春儿：他们有没有士兵的仪仗队？

四姨太哈哈笑起来：傻女儿，他们一介平民，哪里能用仪仗队呢！

春儿：他们有钱啊，俗话说，有钱能使鬼推磨。

四姨太看看清单：没有！

春儿也看看清单，放心了：义母，义父大人请您过去。

吴老板一听说妹妹要去见巡抚，急忙起身：妹子，如果这样可以，我就回去跟他们鲁家回话了。

四姨太：且等半日，如果老爷有什么吩咐，我会让人请你再过来的。

吴老板点头，出去了。走到大门外，回头看看巡抚府，不禁摇摇头。

■ 巡抚大人书房

春儿给老爷捶腿。

杨巡抚问四姨太：广利行，你到底占多少股？

四姨太眉开眼笑地：小意思啦。从袖筒里伸出二个手指头。

杨巡抚不置可否地笑笑。

四姨太：不过，春儿这一过去，当上了长房大太太，那可不是三股两股的事情了。

杨巡抚：长房，不一定掌权。

四姨太：有我撑腰，势必让春儿掌权。春儿，听到没有？

春儿：孩儿背后有义父义母，绝对不让他们半步。

四姨太：关键是，要管家。把钥匙都掌握在自己手里。

杨巡抚：这要一步一步来。老太太，太太都在呢。

四姨太：放心。老爷，我有办法。

杨巡抚哼唧两声：动用士兵仪仗队的事情，我已经给广州知府暗示过了，你直接找那个苏知府就可以了。

第二十三集

■ 巡抚府侧门　外/内　日

侧门大开着，门外守着家人，举着鞭炮。

院内站着两排衙役，还有骑着高头大马的一些卫士，在等着迎亲队伍的到来。

四姨太领着管家杨福走来。

杨福：四奶奶，看，人都给你调齐了，排好队送亲，够场面了吧？

四姨太：杨管家，还是你给四奶奶面子。摸出一袋银子，塞到杨福手中，这些人的茶钱，还请你代劳了。

杨福佯装推辞：四奶奶，这……这不是折杀小人吗？

四姨太：管家，还有一件事情，你要替我照顾好——

杨福：四奶奶只管吩咐。

四姨太：你知道的，今天是一炮双响。巡抚府和那边洋商梁家同时发嫁。你要替我看着那边梁家，不许他们灭了我们巡抚的威风。明白？

杨福：四奶奶，不瞒您说，我想到了这一节了，已经安排人盯着呢！您想一想，灭了巡抚的威风，那不是灭我杨福的祖宗？没门儿！

四姨太：管家，你是个好样子的。奶奶我就听你的信儿了。

这时候，过来一个小跟班，走到管家跟前，施了一礼：大叔，梁家准备发嫁了！

杨福：咱也发嫁！

顿时鼓乐齐鸣，炮声震天。

■ 梁家

已经准备好了，立刻就可以发嫁，只是士兵仪仗队还没有到。

梁老板有些着急，问管事：那些水兵，不会不来吧？

管事：东家，鲁少爷说得很明白，水军提统许爷，我也亲眼见过了，人家也亲口答应了的，说得很准。

梁老板很着急：再耽误，就过了吉时吉期了——

正好，一队水军开过来了，穿得很精神，武装齐全，都带着大红花。

新娘妆的阿香可能是等得不耐烦了，伸头出来要发脾气，一眼看到很多戴红花的士兵，不由得一愣，顿时高兴了：爹，你过来！

梁老板真是疼女儿，急忙跑过来，舍不得责备：孩子，你要稳重一些。你都穿上这身衣服了，不应该再抛头露面，大呼小叫了。

阿香：爹，让人盯住那边，只要有比咱们好的地方，咱就把嫁妆全部抬出来，让他们丢人现眼……

梁老板：知道，爹知道！回头大呼：巧儿！

巧儿应声出现：老爷！

梁老板：安排你的事，不要疏忽了！

巧儿：盯住了，看准了，人家那边发嫁了！

管事凑过来，机巧地：咱们也齐备了，发嫁！

出嫁的队伍开始出发。

锣鼓喧天，炮声隆隆。

水兵队伍雄赳赳地走在前面，明显就是仪仗队。

■ 鲁家大门口

潘启明在这里指挥着：注意，这边右门，是巡抚家人马进出的地方，巡抚千金的队伍到来，就从这里进出。听明白没有？

守门迎接的家佣一起回答：明白！

潘启明：这里左门，是梁家千金进出的门，梁家队伍来到的时候，就从这个门进出。听明白没有？

守门的家佣：明白！

潘启明：听准，如果梁家的队伍先到了，暂时让他们等一下，等到杨家队伍到了的时候，请杨家先一步进来！如果杨家先到了，梁家还没有影子，也不能让杨家先进来。总之，要让这两家一前一后，只差一步的功夫进门，明白吗？

守门的家佣：明白了！

迎亲的花轿和仪仗整整齐齐，准备出发。

满叔带着阿生牵着一匹枣红马，马头上扎着彩球，马鞍上铺着红毡……

■ 鲁家大院　外　日

阿娇领出已经是新郎打扮的鲁子义来到院中。

鲁老太太左照右看，满脸堆笑地：好，好——！

穿戴整齐的启明在院中陪着鲁青山。

潘启明匆匆从门口过来，后边跟着满叔和牵马的阿生。

潘启明：弟弟今天的装扮真神气。

满叔：时辰到了，请新郎上马迎亲——

鞭炮顿时响起来。

众人拥着鲁子义来到门口。

鲁子义来到枣红马边有些心虚起来：还是骑马？

潘启明：这是规矩，这匹马性情很好的。放心好了。先去迎接巡抚那边，陪着长房太太到了回龙桥，就转过去迎接梁家那边。陪着阿香太太过了双溪桥，就快马回到咱们家门口，准备拜堂。

鲁子义点头表示明白。

潘启明安排满叔：有事情就指派人飞快回报，我们在家里等候接应。

满叔点头：明白。

满叔和阿生扶鲁子义上马。

队伍浩浩荡荡出发了。

■ 街市上　外　日

路人和商店中的人朝着队伍指点着，议论着。

鲁子义稳稳地骑在马上，显得鹤立鸡群。

容买办等人从一家店铺走出来。喜不自胜的表情。

■ 街上

杨家出嫁的队伍，浩浩荡荡。

突然，靠近大轿的丫鬟听到春儿呼唤，急忙靠近倾听，之后，大声呼喊：停下来，停下来！

杨福急忙跑过来，请示：有什么事情？

丫鬟：小姐说了，等新郎官过来迎接！

杨福只好大声命令：暂停！回头对一个小跟班：快，到鲁府催促新郎官快马迎驾！

探事的小跟班有些口吃：这，这就来，这就来到！

这时候，鲁子义的人马过来了，下马跟杨福见礼：老管家——

杨福急忙还礼：姑爷，可把您盼来了——回头命令大伙——咱们起驾！

鲁子义勒马回头，走在大轿的前面。

人马浩浩荡荡上路了。

■ 另一条街上

梁家的队伍正走着，丫鬟巧儿过来，靠近大轿，低声：小姐，姑爷到那边迎接去了。

阿香在轿里说：暂停，等他来接咱们！

巧儿大喊：暂停了，暂停了！

走在前面的管事也急忙回头请示：什么事？

巧儿：姑娘说了，等姑爷过来迎接的时候，咱们再走！

管事急忙回头吩咐跟班小厮：快，催一催姑爷！

小断拔腿就跑。

■ 宴会厅

鲁家夫妻忙着迎接来喝喜酒的客人。

许统领带两个士兵过来了，咋咋呼呼的。走路都有一些横着的意思，好像山大王下了高山。

鲁青山急忙过来：许将军大驾光临，蓬荜生辉！

许统领不让鲁青山行礼，大声豪气地：老东家，我和子义是兄弟，平辈论交，不敢接受您老人家的大礼。

鲁青山感到很有面子，呵呵笑。

突然，潘启明大声呼喊：广州府知府大人驾到——

果然知府到了，大家都很意外，鲁家夫妻急忙跪迎。

苏知府：免礼，免礼！今天不叙大礼，大家都是贺喜客人！

鲁青山：不想居然惊动府台大人，诚惶诚恐，不胜荣幸！

苏知府半真半假地：巡抚府的亲家，下官也不敢不恭敬啊！

许统领给苏知府抱拳：知府大人好！

苏知府急忙做出高兴万分地样子：哎呀，许将军也来了，幸会幸会！回头对鲁青山：鲁老板，你的面子大了！

许统领：靠，巡抚大人的亲家！

大家都笑起来。

■ 梁家所行走的街上

队伍停止不前了，人马焦急地等待着新郎官来迎接。

■ 杨家队伍

来到了回龙桥。

鲁子义看到了地方，对杨福说：老管家，小生要过那边去了！

杨福：且慢，我要请示一下小姐。你知道，四奶奶很讲究，今天小姐脾气也不好，咱们还是小心为上。说着，来到花轿旁边，低声说：小姐，回龙桥到了，鲁姑爷要按照规矩，过梁家那边去一下了，放行吧？

春儿在里面回答：过了桥再说吧！

杨福回过来，对鲁子义：看，幸亏请示了一下。走吧，过了桥再说！

鲁子义还犹豫：这——

杨福一把拉过来他的马缰绳，牵起来就走了。

■ 梁家所行走的街上

人马焦急地等待。

仪仗队有人不耐烦了：咋回事？不知道我们已经很饿了吗？

一个人讽刺：谁让你早上不吃，等中午的大餐呢？

另一个人：他妈的，你们谁没有留着肚子？

有生气的，也有讥笑的。很多人胡说八道，显得很乱。

■ 巡抚阿春的人马队伍

已经过了桥，鲁子义对杨福：总管放手，小生真的要走了。

杨福：走是可以走了，不过，还要跟小姐打个招呼。

鲁子义无奈，只好等候杨福去回报。

杨福来到花轿前，正准备说话，他派的打探消息的小厮来到了，汇报说：总管，梁家送嫁的队伍，也有仪仗队！

杨福吃一惊，还没有来得及说话，春儿已经听到了，从花轿里伸头出来了，气得脸都歪了：反了，没有天了，他们凭什么用仪仗队。快，给奶奶说去，快呀！

小厮跳上马，疾驰而去了。

杨福来到鲁子义跟前：对不起姑爷，出事了。

鲁子义大惊：什么事情？

杨福：梁家好大的胆子，平民百姓，居然敢动用军队当仪仗队！

鲁子义害怕了：我，我——

杨福：是不是姑爷擅自做主，调动了军队？

鲁子义推卸责任：看，我还在这里呢，我去哪里调动军队？

■ 宴会厅

人来人往，很是热闹。苏知府当然和许统领一席同坐。

他们正谈笑风生。

一个衙役匆匆进来，走到苏知府跟前，凑到耳朵旁说了几句话，苏知府的脸色顿时变了。回头看看鲁青山，站起来，拱手：鲁老板，得罪了！说完，匆匆离席而去。

潘启明知道事情不好，抢先一步，拦住那个报事的衙役，塞了一块银子给他。

衙役在潘启明耳朵旁说了一句话，匆匆追随知府而去了。

潘启明满面带笑对大家：不关我们的事情，大家继续玩。

看到大家不注意，潘启明来到许统领身旁，低声说了几句话。许统领先是吃一惊，很快恢复了平静。看到别人又热闹起来，他跟着潘启明迅速出门而去。

■ 梁家人马处

总是等不来迎接的新郎，大家确实焦急了。

阿香吩咐：管事，请回家通知，把本小姐没有带来的陪嫁，统统抬出来，赶到鲁家门口，把那条大街给我塞满，给我堵死，我要让那个臭丫鬟看看，啥叫有钱财！祖奶奶要让她羞死在我的面前！

管事有些犹豫。

阿香吩咐巧儿：你去，快一些。

巧儿回头急忙走了。

突然，苏知府带了很多衙役，在前面拦住了道路。

苏知府对排在前面的水军士兵，大声喝问：你们是谁的人马？

水军小头领：回知府大人，我们是水军提统许知远将军的标下。

苏知府：听老爷我的命令，统统把武器放下！

水军小头目一愣：哼哼，我们是粤海关统辖的队伍，你是广州知府，井水不犯河水，你凭什么解除我们武装？

他手下的士兵也不服气，议论纷纷。

苏知府：尔等身为国家军队，竟敢充当私人卫队，不仅冒犯军令，也实属违法。若不服从国法，就是造反，休怪本大人无情。

小头目有些害怕了，士兵们也不敢。有人互相商量，似乎准备放下手中武器。

许统领突然来到了，大喝一声：慢！

苏知府看到许统领过来，马上抱拳：对不起了许将军，本府是奉了命令的！

许统领：对不起，本统领也是奉了命令的。说完，并不再理睬苏知府，只顾对自己的士兵发脾气：今天，粤海关辖下的最大两个洋商大办喜事，本统领担心引发混乱，为了保护市井平安，洋商的安全，请示了粤海关巡抚大人，派你们出来巡查。你们竟敢呆这里偷懒，甚至和府台大人发生冲突，难道不怕死吗？

小头目心里明白了，急忙跑到许统领马前抱拳为礼：回将军。我等巡查来到这里，正好遇到知府大人，知府大人说，我们冒犯了军令，违反了国法，要我们统统缴械——兄弟们誓死不服，愿意为捍卫君威，不惜拼命！

士兵们一起呼喊：誓死不服，不惜拼命！

许统领回头，对苏知府：大人，您这样说，标下就有些不明白了。我的军队，自然应该听我调遣，咋就违反了军令呢？他们不听我的军令，难道还要听从其他人的军令不成？兄弟们的态度，你看到了吧？

知府：许将军，你敢承担下军令的责任吗？你要想清楚了！卑职可是奉了巡抚的严命啊，以卑职看，还是命令你的兄弟们听我命令为好！

许统领：粤海关不要说和你广州府互不干涉，就是巡抚大人，也不好过分干涉我们粤海关。府台大人，如果一意孤行，惹起军事哗变，那可不是一条人命的事情——

水军听到许统领威胁对方，立刻配合，又一次一起呼喊，声势更加雄壮。

衙役们也给自己的老爷助威，也跟着呼喊，并且蠢蠢欲动。

形势还有真有些凶险。

两个人正在僵持不下，潘启明出现了。潘启明带来很多饭菜，一来到，立刻跟两位大人见礼：两位大人，潘启明认为兄弟们肯定肚子饿了，想请咱们兄弟们简单地垫垫肚子。二位大人呢，且跟我到附近小茶楼，好商量，好商量。

阿黄等人立刻跟士兵们分配菜饭。士兵们明显想吃东西，可是不敢，眼巴巴地望着自己的长官。

许统领大咧咧地一挥手：兄弟们，吃饱再说！

苏知府看到自己的衙役们很羡慕人家，也不甘示弱：衙役们，不要辜负了潘行首美意才好啊——

士兵们化干戈为美味了，争相大快朵颐。

知府和许统领跟着潘启明，向附近的茶楼走去。

苏知府：请——

许统领：请——

梁家

巧儿已经把苏知府来干涉的消息告诉了梁老板。

梁老板夫妻不禁目瞪口呆。

小厮又进来报告：东家，好了，潘启明行首到那里了。

梁老板有些精神，对妻子：好了，潘行首会有办法的。

小茶楼

潘启明请两位大人坐下：咱们长话短说。恕我直言，苏知府，您想立功，想发财，还是想给巡抚府、粤海关惹麻烦？

苏知府心里一惊，故作矜持地：潘行首，此话何意？

潘启明：知府大人如果认定梁家违反了国法军令，第一，应该把巡抚大人的女婿鲁子义抓捕归案！第二，应该把派出军巡逻的许统领就地羁押……

许统领冷笑一声。

苏知府很知识分子地一笑：潘行首的意思，本知府不敢开罪权贵？

潘启明：知府大人刚直不阿，声名远播，当然不怕权贵。不过，知府大概不想把事情弄糟。以知府大人之明智，应该一心立功才对。

苏知府嘿嘿一笑：潘行首的意思，本府如果扬长而去，对巡抚府大人的命令不理不睬，就可以立功发财？

潘启明摇头：不。那样，知府大人就会开罪巡抚，不，是开罪杨府四太太，既不能立功也不能发财。

苏知府来了兴趣：别人都说潘启明行首最有办法，今天，本府倒要领教领教。

潘启明：不敢。

许统领有些着急：我说潘行首，小巷子里赶猪——你就给他两句直接明白的，不就得了！绕来绕去，让我头晕。

潘启明一笑：许统领英雄本色，少安毋躁——知府大人，请往外看看——

他们一起往外看，发现两家的人马虽然吃着东西，显然还在对峙。战斗有可能一触即发。而梁家的嫁妆队伍，则在迅速增加。

潘启明：两位大人，你们看，如果部队发生冲突，后患不堪设想。万岁降下罪责，你们以为巡抚和粤海关会替你们承担责任？

两个人都倒抽一口气。

潘启明：知府大人呢，您看，梁家的嫁妆队伍，正在增加，现在还好，待会儿，两家在广利行鲁家门口一照面，嘿嘿，四太太就不好看了。她怪罪谁呢？她能直接惩罚谁呢？知府大人？

知府的脸上有些挂不住了：潘行首，有什么指教不妨直言。

潘启明：依在下的意思，知府大人不妨跟四奶奶回报，梁家并无什么仪仗队，在堂堂的广州府衙面前，谁敢公然违反国法军令？那不是给广州府的治理抹灰吗？

许统领：本将军是带兵巡查，维护治安，保护洋商安全。

潘启明：许统领带兵巡查，而知府大人发现梁家的嫁妆队伍超过了巡抚千金，立刻上前干涉。许统领看到此种情况，立刻过来协助苏知府，经过双方一起干涉，梁家立刻缩减嫁妆……岂不皆大欢喜？

许统领很高兴：这点子好，他奶奶的，鲁子义要请客！

潘启明：两位大人的人情太大了，岂止请客！

知府也慢慢露出笑脸，最后，三个人都笑起来。

▩ 梁家

梁老板很高兴：好，这样就好。对巧儿，去，告诉管事，后上的嫁妆全部抽回来！大家都有仪仗队，那大家都是一样的嫁妆，谁也别想比谁厉害！

梁太太：还是这个潘启明会办事。

梁老板：那是。现在的鲁家，人家也是尽量不开罪了。

▩ 春儿的队伍

杨福对着轿门，小声地：小姐，那边的事情已经解决，咱们起轿吧？

春儿的声音：咋办的？

杨福：不是仪仗队，是维持治安的一些士兵。

春儿：那些嫁妆呢？

杨福：都撤掉了！

春儿哼哼冷笑：让新郎继续跟着咱们走！

杨福：不行啊，小姐，这是规矩。

春儿：谁说的？

杨福：鲁家的总值事潘启明啊！

春儿：让那个潘启明过来！

杨福：好的。

杨福走过来，对正跟鲁子义说话的潘启明：潘行首，我们小姐请您过去。

潘启明急忙疾走几步，来到大轿前面：小姐，有何吩咐？

春儿的声音：我不许新郎离开。

潘启明：小姐，巡抚千金，应该懂得道理，传出去，会给巡抚丢人的。

春儿生气了：这，这，这是我义母的安排。

潘启明知道对方不是十分精明：四奶奶有没有告诉你，你这样按兵不动，如果那边先到了大门口，就会对你很不吉利？

春儿顿时没有主意了：那，那，你想让鲁子义走也可以。不过，我要让你跟着我的大轿，扶住我的轿杠，才能让新郎离开！

潘启明：这有何难。回头向等在那里的鲁子义挥手，示意让他走人。自己走到前面，扶住大轿杠，高呼一声：走了！

花轿吹吹打打，热热闹闹地走起来了。

▩ 阿香的队伍

一直按兵不动。

巧儿高兴地来到大轿前：小姐，姑爷过来了。

阿香已经生气：他来了？哼，他来了姑奶奶也不走了。告诉管事，没有我的命令，原地不动！

巧儿跟管事说：管事，小姐说了，没有她的命令，人马原地不动。

管事无奈地点头。

鲁子义来到，对管事：对不起，路上人太拥挤，来晚了一些。咱们起轿吧？

管事脸色为难地：姑爷，小姐生气了，不愿走了。

鲁子义这次跟潘启明学聪明了，小眼珠一转：麻烦转告小姐，杨巡抚府的队伍就要抢到前面了！那就对小姐不利了。

管事走到大轿前：小姐——

阿香的声音：不走，不走了！

管事：小姐，姑爷说了，再不走，杨巡抚府的人马就赶到咱们前面了，对咱不利啊。

阿香哭腔：那就快走吧！

▩ 宴会厅

看看天气已经很晚了，鲁青山有些着急。小伙计过来喊他：东家，老奶奶请您过去。

鲁青山跟着伙计来到一个单间，看到鲁老太太正在着急：母亲！

鲁老太太：这是咋回事啊？这不是过了吉期了吗？

鲁青山：母亲，启明已经过去，估计马上摆平。

外面传来潘启明的呼喊声：各位亲朋，吉期到，拜堂了！

一阵哄闹的笑声，渐渐变成了一阵轰轰隆隆的机器声。

■ 码头上　外　日

喧闹的机器声。

歌德堡号正在徐徐靠岸。

船头上站着萨瑞和随员。

萨瑞的身边还站着一个大胡子传教士安格宁。

萨瑞望着码头，望着码头上迎接他的人群，显得激动地：中国，我又来了！（英语，中文字幕）

安格宁也激动地：中国，我终于来了！（英语，中文字幕）

■ 码头上

潘启明、萨丽、喜妹等人在望着船头。

喜妹：萨丽，你看船头上站的是谁？

萨丽兴奋地：是哥哥——！

喜妹：那个大胡子是谁？

萨丽摇头：不认识。

马斯顿也在和弗朗西斯低语。

马斯顿：萨瑞这么快带歌德堡返航，肯定是赚了一大笔。（英语，中文字幕）

弗朗西斯：萨瑞有皇室撑腰，当然办事顺利。（英语，中文字幕）

马斯顿：萨瑞有没有向你通报，他带来的是什么货物？（英语，中文字幕）

弗朗西斯摇头：没有货物通报。（英语，中文字幕）

马斯顿：他为什么不向你报告？（英语，中文字幕）

弗朗西斯：可能是，他有他的理由和把握。（英语，中文字幕）

另一旁，容买办、郑买办、荣翻译等人也在窃窃私语……

容买办：郑办，我真不明白，你的主人带什么货物来，你会不知道？

郑买办：我的主人和潘启明那么亲密，他用得着让我知道吗？

荣翻译：我认为，郑买办讲的是真话。

容买办：看来，你的主人发了大财，把你的口袋塞满了，也把你的嘴给堵住了。

郑买办似有委屈地：其实，我就是为他办办跑腿的事，拿的是固定薪水，生意上的事，他都是和潘启明单独来往，根本不用我给他出货呀！

容买办：你是钱挣多了，变滑头了。

郑买办：我哪挣过大钱哪，不就是忙忙碌碌，糊糊口嘛！

容买办：鬼才相信，你要不是钱涨的，会寻思着纳妾？

郑买办：喂，你可别胡说，那是——

荣翻译：好啦，郑买办怕老婆，在外面偷着玩玩也是可以理解的，真张扬出去，郑买办的日子可不会好过，依我说，郑办，看在我们哥们都是吃这碗饭的份上，就给我们透个信，你吃你的肉，让我们喝点汤嘛！

容买办：看，船靠岸了。

萨瑞领着安格宁走下跳板。

萨丽扑上去抱住萨瑞：哥哥——（英语，中文字幕）

萨瑞：你好吗？（英语，中文字幕）

萨丽：好，我很好。我有好多话要跟你说，我有好多东西给你看。（英语，中文字幕）

萨瑞：我也有很多话要告诉你，好在咱们有的是时间。（英语，中文字幕）

萨瑞松开萨丽，朝潘启明郑重地：尊敬的十三行行首潘启明先生，我们伟大的卡尔国王亲口告诉我，让我一见到您，就转告他对您的尊敬和谢意。（英语，中文字幕）

潘启明感到意外：这……不敢当啊！（英语，中文字幕）

在场众人都感到吃惊。

马斯顿朝弗朗西斯：萨瑞在搞什么名堂？（英语，中文字幕）

弗朗西斯：这话他是不敢随便说的。（英语，中文字幕）

潘启明望着萨瑞身边的大胡子：这位是——？

萨瑞：这位是传教士安格宁先生，我认为，我带他来，是我为你们中国带来最珍贵的礼物。（英语，中文字幕）

众人又怔住，注视这位大胡子。

安格宁捋捋胡须：萨瑞先生认真地向我介绍了中国的伟大和神秘，给我留下了很多悬念，促使我来考察和了解。同时，我认为，你们东方也需要和我们西方文明进行交流……（英语，中文字幕）

■ 四姨太房中　外/内　日

四姨太端坐，寻思着自语：吴天福？会不会给我带来天大的福呢？

新丫头小月领着个年轻后生走了进来。

小月：四奶奶，客人接来了。

四姨太没动，仔细地辨认着来人：你是——

吴天福上前磕头：姑妈，小侄子天福给您老人家叩头了！

四姨太：小福子，小福子，你爹叫……

吴天福：回姑妈，我爹叫吴朝根，姑妈没来广州的时候，还到过我家呢，那时候我还小，姑妈给了我一只粽子，可好吃了。姑妈也许不记得我了，可我记得姑妈呀。

四姨太这才站起身：对，是有这回事，你爹他——我那大堂哥，前些年就去了香港呵！

天福：是呵，侄儿也跟着去了香港，侄儿就是在香港学的做生意。

四姨太：你爹咋舍得让你来姑妈这里的？

天福小心地：回姑妈，我和爹在香港就听说，广州十三行是皇上御批，生意十分红火，爹听说姑妈要人手，就说，姑妈要的人，必须可靠，必须会做事，谁可靠？必须忠于姑妈，姑妈，做事，孩儿也许还需要历练，要说可靠，大概就没有谁能比得了孩儿了。要说忠于姑妈，我跟姑妈的亲儿子有什么不同，您老人家说是不是？

四姨太笑了一笑：听说话，你这孩子心灵嘴巧，是不是能拿住事情，还要考验考验，给你的可不是一般的活儿，要让你替姑妈官家理财呢！你的对手，可不是一般的人家，也不似一般的精明。

▩ 萨丽的小院子

萨瑞和萨丽、安格宁以及潘启明夫妻在商谈。

萨瑞：潘启明，你是我的朋友，我很信任你，没有想到，你对我的妹妹，居然这个样子，我很失望，也很痛苦。（英语，中文字幕）

萨丽试图制止，萨瑞不允许她说话。

潘启明：请允许我表示歉意。我不知道如何补偿。

萨瑞：如何补偿？难道你是傻子，你不明白我妹妹的心情。她把一个人最神圣的东西给了你——（英语，中文字幕）

潘启明：萨瑞，我请您明白，我早在萨利之前就订婚了，这位，就是我的妻子。

萨丽终于插话：哥哥，这不能怪潘启明。这是上帝的旨意。

安格宁听到事关上帝，认为自己有责任说话了：我是上帝的使者，上帝的旨意是不允许一个男人有两个妻子的。上帝说——

潘启明立刻认识到问题的严重性：萨瑞，安格宁先生违反了大清皇帝的旨意。大清皇帝非常讨厌外国人到中国来传教。传送科学知识，给以嘉奖。传道，要杀头的。如果安格宁先生当众传道，您的生命危险，我作为您的保护人，也要承担很大的风险。我请您明白这一点。

安格宁：不，不能这样对待万能的上帝——

萨瑞立刻提醒：安格宁先生，为了我们大家的生命，你可以把伟大的上帝暂时放在心中。我想，万能的上帝是明白这一点的。（英语，中文字幕）

安格宁无奈地耸耸肩膀，不再说话了。

萨瑞：我知道这位阿娇女士是你的妻子。其实，萨丽试图做你的妻子，我们瑞典皇室也是很难批准的。阿娇也不允许一个男人同时娶两个妻子。（英语，中文字幕）

潘启明：谢谢。

萨瑞：可是，你应该接收我妹妹的爱。让她做你的情人——（英语，中文字幕）

潘启明：萨瑞，你要知道，在中国，这是对萨丽的侮辱……

安格宁：伟大的主说——（英语，中文字幕）

潘启明立刻制止：安格宁先生——

安格宁立刻意识到危险：对不起！（英语，中文字幕）

萨瑞：安格宁，我需要通过我的保护人潘启明把您介绍给政府官员，如果您开口就传道，就会给我们大家带来生命危险，这一点，您务必牢牢记住。（英语，中文字幕）

安格宁：我记住了。我只是向他们展示我们的文化，我们的科学知识——他说到这个科学知识，似乎突然想起来一件事情——潘，今天，我带来了一样东西，请您看看。我要用这件东西，证明科学的伟大，证明我们结合的必要性。

潘启明：我很希望看到您带来的东西，不过，来日方长。今天，我们需要解决一个重要的问题，请您稍等片刻。回过头来，对萨丽和萨瑞：萨瑞，我只爱我的妻子，她是个和我共同患难的女人，她是个除去我之外，没有任何亲人的人。她只爱我一个，她可以为我随时去死。

阿娇不懂他们的话，安静地给他们泡茶，不时地微微一笑，是那样安然恬静。那种黯然和恬静，具有动人的魅力。

潘启明：萨丽的爱情，很令人感动。我的妻子，也允许我接受萨丽，她能忍耐，她为了爱情，可以宽容我所做的一切。我当然知道，萨丽的爱十分难得，我应该万分看重，珍若生命。不过，让我去伤害这样一个妻子，有天理嘛？就是你们的上帝，也不答应啊！

安格宁：不错。主是万能的，我们的主认为——不对，这是潘先生你自己说的，我并没有传道的意思，我们的主可以证明这一点。（英语，中文字幕）

潘启明对萨瑞兄妹：我想起来我们中国有个诗人的诗句——还君宝珠双泪垂，恨不相逢未嫁时！此时，第一次敞开来谈我和萨丽的事情，我就是这种心情，我很痛苦，我明白，这不是一句道歉可以解决问题，萨丽需要的绝对不是一句道歉。

说到这里，潘启明流泪了。

阿娇不知道丈夫为什么流泪，她并不过问，也不惊慌失措，她像个妈妈一样，轻轻替他擦泪。这种温馨镇静平和，足以安抚所有的伤痛。

萨丽也很痛苦，流下了泪水：哥哥，我理解潘启明。我过去，只是了解中国的艺术、中国的文化，认为很伟大，很美丽。现在，我更加了解了中国人的情怀，非常真诚，非常纯洁。爱，使我更进一步懂得了中国的文化，中国的艺术。我今后要摒弃情欲，更加投身于对中国文化的学习中去。

萨瑞过来，拥抱自己的妹妹。

安格宁：好了，好了。你们互相理解了。潘启明先生，为了能让你安心地把我介绍给你们的政府，你们的官员，我现在让你看看一种，只是其中的一种，属于我的发明——（英语，中文字幕）

安格宁不容大家反对，拍拍手，几个帮佣抬着个木头做的怪物过来。还带来一些带穗的稻谷。

安格宁：古老文明的中国，也是落后的中国。据了解，中国人打谷，现在还是用双手在木桶里打穗。（英语，中文字幕）

潘启明点头。

安格宁亲手抱起一大把带穗的稻谷，然后踩动木筏，眼看着木器的轮子转动起来，安格朗把稻谷循序插进木器，已经脱粒的稻谷干净地飞了出来……

众人都看得神奇：好——！

安格宁：这些工具，就是我和萨瑞为你们这个东方文明古国带来的先进礼物！潘启明，你看，你们的政府，你们的官员，会欣赏吗？（英语，中文字幕）

潘启明发现了脱谷机的重要性：关键是，我们的农民非常需要！

▩ 广利行

人来人往，川流不息，一片繁忙。

鲁子义这里指挥那里吩咐。

满叔又是指挥伙计，又是指挥账房，有些疲惫，有些眩晕。

鲁青山走过来，搀扶了满叔一把。

鲁子义也过来：父亲。

鲁青山：你们辛苦了。

满叔看看鲁子义：少东家能顶事了，辛苦一些，也高兴。

鲁子义喊两个伙计：搀扶满叔到一边休息一会儿！

两个伙计扶住满叔，向一边走去。

鲁子义：父亲，需要一个人跟着满叔他老人家了。

鲁青山：大掌柜，不是好找的啊。

鲁子义：四奶奶说，她倒是有一个好苗子。

鲁青山有一些防备这个亲家：她？我正在委托你吴叔叔帮助物色呢。

鲁子义眼珠一转：吴叔叔？那就更好了，吴叔叔是商场大内行，他能看重的，必定不错。我去回了四奶奶。

鲁青山急忙制止：不忙。你就说且等等，担心满叔知道有人来接手他，心里不高兴。等你吴叔叔找到了人，再告诉四奶奶，是满叔自己看中了吴叔叔介绍的孩子，岂不更加妥当！

鲁子义装作佩服地：还是父亲老道！

鲁青山：这个四奶奶啊，哼，从上次杭州丝绸那件事情上，我就得到一个教训，一定要防备着她。不能远了，不能近了。就像孔夫子说的，远之则怨，近之则不逊。

鲁子义：孩儿明白。

鲁青山：还有，你的两房太太，一个自恃势大，一个自持财大。不论势大财大，都应该以夫为大。这一点错了，咱们家就会天地翻覆。事关重大，不可掉以轻心啊！

鲁子义：孩儿明白。

▩ 巡抚府　四姨太处

四姨太取出一尊金佛，让吴天福看。

吴天福小心地接过去，端详半晌：姑妈，您老人家什么意思？

四姨太：我让你看看成色。

吴天福：姑妈，我听您的，您让我说实话，我就说实话，您让我说其他什么，我就说其他什么。我是您的孩子，我跟您当伙计，当然只看您的眼色说话。

四姨太：好，你先说实话。

吴天福：镀铜，假货。

四姨太哈哈大笑：行，眼光还可以。如果，我让你到你当家的商行，给姑妈调换一个真的回来，敢不敢？

吴天福：敢。姑妈的事情，杀头掉脑袋，我也能干。

四姨太突然正色：这可是丧良心的事情。

吴天福一本正经地：良心？我给姑妈做事情，首先讲究的是忠心，良心要往后放一放。对姑妈不忠诚，才是最不讲良心呢！

四姨太再一次呵呵大笑。

吴天福：姑妈，孩儿有做错的事情，有说错的话，姑妈只管指教。孩儿保证忠心耿耿。

四姨太收住笑，很正经地说：孩子，姑妈告诉你。广利行，知道不？

吴天福：不知道广利行，还来粤海关混什么？广利行，鲁青山的洋行，黄埔港第一大行。

四姨太：实话告诉你，那里头有姑妈的股份！

吴天福：啊？多少？

四姨太：不多，有一点儿。对外，不许说。就是在广利行，也不许说。

吴天福：明白。

四姨太：姑妈要你到那里，慢慢掌握大权。内里，是你的妹妹当长房太太，外面，就是你当大掌柜。

吴天福：姑妈，只要我当了大掌柜，您说一不二。不出三年五年，我让他们广利行姓姑妈您的吴，姓鲁的，远远地靠边儿！

四姨太再一次呵呵大笑，拍打着吴天福的肩膀：孩子，算是姑妈找对你了！

小月进门：太太，鲁家姑爷来了！

四姨太：嗨，真是想谁是谁，快请进来啊！

春儿在前，鲁子义在后，走进来：义母！

四姨太乐呵呵地：好好好，正想你们俩，念叨你们俩，这不，一眨眼，人就冒出来了。回头对侄儿——天福，你真是好福气！

吴天福明白内中意思：姑妈，咱娘俩都是好福气。

四姨太哈哈大笑：子义呀，这是我的娘家侄儿吴天福。论辈分呢，他该叫春儿姐姐，叫你呢——姐夫。

吴天福知趣地施礼：见过姐姐、姐夫。

鲁子义夫妻急忙客气地还礼。

四姨太：小月，快，泡茶。

小月忙着泡茶。

四姨太：春儿，才几天，就又想我啦。

春儿没好气地：是我把他拉来评理的。

四姨太：呵，你们俩怎么啦？

春儿：他居然偏向那个小妖精！

鲁子义：春儿，你——

春儿：我才不管呢，偏要说，义母，您得说句话。

四姨太：这种事情，鸡毛蒜皮，家长里短的，今天先别忙说。你先给我坐稳当你的长房大太太就行。其他的话我得给你俩慢慢说——子义，今天我要先给你说个事。

四姨太当前最大的心事，鲁子义当然早知道：孩儿知道，还是要找一个替代满叔做大掌柜的事情。

四姨太：对头。子义总是能记住我的话，好孩子。天福，你也看到了，在香港跟着他爹做生意，也有些历练了，和洋人也打了不少交道，洋话自然是历练出来了，做生意的本事我也看出来了，这次来看我，我倒不想让他回去了。

鲁子义点头。

四姨太：子义呀，你不是一直在想和潘启明争高低吗，他潘启明在南洋混过，学了不少洋话，和洋人打交道就能处处走在你前头，你说是不是？

鲁子义点头：没错。

四姨太：请外人给你做翻译，毕竟是外人，万一跟你不一心，用洋话给你兜圈子，吃里爬外，那就坏了大事了。

鲁子义：我也就是想到这一点，才没轻易找人呢。

四姨太：天福是自己的侄子，我想把他留下来，多个亲戚来往走动走动。天福倒也知道孝顺，可他却想跟洋人做个买办，做几件大生意，我可没答应，放着自己的人不帮，去帮洋人，那可不行。我叫他去帮你，帮你的广利行，这样一来，你不就多了个翅膀、多了个耳目吗？

鲁子义信服地点着头：是这个理。

四姨太：今天我做这个主，天福，你哪也别去，就跟着鲁子义在广利行干，只要干得好，子义能会亏待你？

天福会意地：姑妈，有您这句话，我吴天福死心塌地跟着鲁少爷鞍前马后，一心一意地干！

鲁子义也有兴趣地：岳母大人，您说的话，孩儿自然心服。何况，您这是替孩儿着想呢。不过，我父亲告诉我，满叔如果发现有人来接手，可能不高兴。如何让我父亲答应呢？孩儿想，岳母大人是不是请舅舅出面，向我父亲介绍天福弟弟。那样，可保万无一失。不过，不要透露了是孩儿我的意思。

四姨太点头：我明白了。我介绍的，你父亲就要防备着一点儿。

鲁子义急忙替父亲解释：也不完全是这个意思。岳母大人知道，我父亲和舅舅的关系，是谁也不能比的。何况，父亲一直很感激舅舅。舅舅介绍了，天福的身份和位置，那就什么也不用说了。

四姨太一挥手：不要说了。对天福：天福，我带你拜见你的叔叔，让他介绍你到广利行当学徒，这个面子，你叔叔他会给的，你放心好了。不过，在你叔叔那里，你要给我装憨子扮傻——

鲁子义：我们广东有句俗话——

吴天福小声地：扮猪吃老虎——

鲁子义点头。

天福立刻装成很厚道的样子：姑妈，孩儿原来就说，看过姑妈之后，立刻就去拜望叔叔的。

他们一起呵呵大笑起来了。

月儿泡好了茶，一一相敬。

四姨太一边喝茶，一边闲聊：义儿，潘启明在忙什么？

鲁子义：孩儿来，就是想跟岳母大人说说这个事情的。那个正式行会，什么时候能批准？

四姨太：老爷最近就要进京述职。也许，等他回来的时候能带回来正式的批复。春儿，你去你义父那里看看，如果正忙着，就回来，如果有时间，给我们打听打听，十三行行会什么时候能批下来。如果重新选择正式行首，能不能让你的丈夫当选。他可是一心一意想当这个行首的呢！

春儿当然明白四姨太的心事，假装不舍得离开：孩儿想偎着母亲亲热亲热。

四姨太一本正经地：去吧，为了你的夫君，忙一些也是应该的。

春儿看看鲁子义。

鲁子义当然希望她得到巡抚大人的宠爱，向她作揖。

春儿依依不舍的样子，慢慢去了。

四姨太：义儿，潘启明能干，上上下下都这样看。你岳父大人恐怕不好过分偏袒你。特别是你又成了他的女婿，更不好太明显偏袒了。要想办法，让粤海关相信你，让那些大洋商们支持你。当然，最好，捏到他潘启明一个错误，给他一个罪名，让他趴下，不能翻身——

鲁子义皱起眉头：很困难。这家伙防范严密。另外，还很会来事。听说，又搞了一个什么安格宁，是个很有本事的人，正是万岁喜欢的那种。如果这家伙真能讨万岁喜欢，粤海关高兴，岳父大人高兴，所有的人都要对他潘启明更加高看了。

四姨太：这个安格宁，真的就可以让他们都喜欢？

四姨太目光射向吴天福。

吴天福诡谲地一笑：咱们要先摸摸这个安格宁的底子——

春儿走了进来。

四姨太愣了一下：这样快？

春儿：义父大人正在忙于公事。十三行行首潘启明向老爷荐了个高人，是个洋道士，上知天文，下知地理，精通算术，老爷准备在院中当场考验考验这个洋人。

吴天福显示地：洋道士？肯定是传教士，传西方的教。

鲁子义：传教？这可是万岁爷的大忌讳啊！圣旨说得明白，有洋人传教者，杀头。有支持洋人传教者，杀头！

四姨太：他是不是传教，咱们也不知道，听不懂啊！

鲁子义：潘启明能听懂。不过，他不会说的，如果安格宁传教，第一个犯了滔天大罪的，就是他潘启明。他不会翻译的。

吴天福：为什么是他犯罪？跟他有什么关系？

鲁子义：根据临时十三行行首的规定，凡是来中国的洋商，必有一个保人。这个保人，就是洋人的生意联系人，某一个洋商。保人不仅要替洋商纳税，还要负责规范洋人，不许他们违反中国的规定。总之，这个洋人在中国的一切，都由保人负责。洋人出事，官府当然追究保人。

吴天福不怀好意地对四姨太：姑妈，传教士孩子见多了，最大的毛病就是张嘴就传教。孩儿——也是精通外国话的。

四姨太眼睛突然一亮：好，好，好，既然洋教士说洋话，咱们都去看看洋人玩把戏吧。天福，陪在姑妈身边，把洋话讲给姑妈听。该大声时就大声说出来！

吴天福：孩儿明白。

春儿很高兴：好，好，这就好了！

鲁子义面无表情。

■ 同文行　外/内　日

客厅里坐得满满堂堂。

阿黄忙着泡茶，人多，他有些手忙脚乱。

安格宁正在滔滔不绝：……上帝造就了万物，天主赋予世界生命，我们的信仰来自天主，吾主耶稣亲口传授给圣教会，再由圣教会颁布，督促我们信从，在真理引导下，决不会走入错路，信仰既来自天主，我们的理智服从信仰，不是最合理的事吗？（英语，中文字幕）

众人听得糊里糊涂，面面相觑。

几位能听懂英语的买办们也抓耳挠腮的思索。

喜妹用中国话问一位买办：他说什么啊？

买办用中国话：牧师在传教啊！

安格宁又开始了：天堂，大家都知道的，听了谁不心想神往？天堂是一切痛苦忧患的终止，是一切福乐美善的集合，天堂是天主仁慈的杰作，是耶稣血的代价，是人类志愿的满足，请问，这些话，你们听得懂吗？（英语，中文字幕）

不少人在摇头。

安格宁显得有些失望，但仍然耐心地：比如眼前这杯茶，我在瑞典皇宫有幸喝到它，绝美无伦，令人神往地把我引到你们这里，让我有幸品尝到它，你们知道吗，它就是神圣的天主和圣母造就的。你们中华民族的脚下有无穷无尽的宝藏，然而，你们也会和西方一样，沉沦在世俗中，现在，主降下福音，让我传递，让我来打开无知世俗的心花，敞开中华民族通向天堂的大门！（英语，中文字幕）

众人依然沉默地听诵……

潘启明走进来：大家都在听安格宁先生讲述科学吗？

安格宁突然意识到自己犯了错误：啊，这——（英语，中文字幕）

喜妹：明哥，尊敬的安格宁牧师，在向我们传教啊——

潘启明一下子愣住了。

安格宁：对不起，潘，我忘记了您的嘱咐，非常遗憾。几十年的习惯，力量确实太强大了——我郑重向您致歉！（英语，中文字幕）

潘启明决定不多说这个问题，非常郑重地：安格宁先生，萨瑞向我介绍，您不是来传教的，您精通天文、地理、算术，您将为中西文化的交流，带来新鲜的空气。我也很希望您的到来，让我们领教一些新的东西。您的脱谷机，就非常实用。所以，我已经将您的到来，按照大清律例向巡抚大人作了汇报。我想，巡抚大人也会像我想的一样，更感兴趣的是您的学识，如果可以的话，就请教您的天文、地理或者算术。

安格宁抱歉地：安格宁明白了。我一定牢记您的教导，绝对不会让巡抚大人不高兴。这一点，请您放心。主也会保佑我们的！（英语，中文字幕）

潘启明有些犹豫：不过，我决定暂时不让您见巡抚了。您必须有一个适应我们这里生活的阶段，等您完全适应我们这里的生活习惯之后，再请您会见我们的巡抚——

三个公差突然出现在大门口。

众人的目光转向公差。

差人：同文行老板潘启明在吗?

潘启明忙起身：在下便是潘启明。

差人：巡抚大人有谕，接十三行行首潘启明速报，瑞典商人萨瑞随船带来传教士安格宁，精通天文、地理、算术，着令潘行首即带安格宁等人到巡抚府，由安格宁当场演示，若所报属实，赏，若是油嘴滑舌，妖言惑众，则罚!

第二十四集

▩ 巡抚府　外/内　日

客厅外的台阶正中和两旁都摆着椅子，正中摆着张桌子。

台阶下两旁园子中也摆着不少桌凳。

家人们陆续到来，选位就座。

几位买办在不显眼的地方站着等候。

萨瑞、弗朗西斯、马斯顿等人等候着。

安格宁倒是一副满不在乎的样子。

他们的身后摆着奇怪的木器、铁器等物件。

潘启明用英语和萨瑞交流着。

潘启明：请你再一次交代安格宁先生，要实际演示西方的先进，千万不要老讲那些别人听不懂的东西。（英语，中文字幕）

萨瑞点头，又认真地在安格宁身边低语着……

安格宁连连地点头。

几房姨太太陆续出来就座了。

杨如雪也袅袅婷婷地出来就座，她的身边站着范二姑和贴身丫头。

四姨太领着鲁子义、春儿和天福他们来到了，看着台阶上的阵势，四姨太故意在台阶下选了一个好位子坐下，鲁子义、天福、春儿和小月分别站在她的左右。

鲁子义发现了角落处的潘启明，朝四姨太嘀咕了一句，领着天福朝启明走过去。

潘启明突然看见鲁子义也高兴地：子义，您也来了。

鲁子义：春儿来看四奶奶，正好赶上了。再说了，你的事情，我说啥也要过来捧场啊，咱们谁跟谁?

潘启明诚挚地：谢谢。我也是不得已而为之。你想，皇帝下诏，向国外征召贤人，偏巧，萨瑞带这么一个贤人来，我立马就得禀报哇！没想到，巡抚大人当成个大事，这么一来，我心中还真有些不踏实，万一出了笑话，真叫出了洋相，受罚是小事，怕是往后……

鲁子义劝慰地：你和萨瑞这个关系，萨瑞能坑害你？既然萨瑞敢放心地把他带来，说不定他还有些真本事，不用担心的。

潘启明瞄了吴天福一眼：这位是——

鲁子义：只顾和你打招呼，差点忘了，他叫吴天福，是巡抚府四奶奶的侄子，吴天福！等过了这一回，我介绍给你！

潘启明：那太好了，他应该称呼你姐夫呢！过了这一回，我请他的客！

鲁子义：我先谢过了。

▩ 台阶上

坐在边座的杨如雪隔着一层珠帘，也在乜眼望着潘启明处。

几位姨太太也朝潘启明指点着窃窃私语。

杨如雪终于决定走人，悄悄对范大姑：奶妈，我有些不舒服，过一会儿再来吧！

范大姑明白了：也好，我刚才就说，身子不好，不要强撑着来呢！

杨如雪向诸位姨太太致意后，徐徐退下。

▩ 台阶下

四姨太和春儿也朝潘启明处张望着。

鲁子义又回到了四姨太那边。

有人高呼肃静，立刻马弁簇拥着几个大员威风凛凛出场了。

杨大人和那金、知府从书房沿走廊走过来。

管家高声地：巡抚大人到——

众人都不由自主地起身迎候。

杨大人和广州苏知府在中间坐定。有翻译站在不远处。

众人这才坐定，目光投向杨大人。

杨大人：十三行行首潘启明到了吗？

潘启明急忙走出跪拜：小民潘启明叩拜巡抚大人和各位大人。

杨大人：朝廷已授你六品顶戴，你不是小民了——起来回话。

潘启明起身：谢大人。

杨大人：本官阅了你的急报，说是你的瑞典洋商萨瑞随船带来传教士安什么宁？

潘启明：回大人，叫安格宁。

杨大人：噢姓安。我们中国姓安的也不少啊！大家记住，这个安格宁的名字叫的不错。万岁叫起来，不至于感觉到拗口。洋人的名字是不好记，我们难违万岁，是不是？以后，不论哪个洋行，如果再跟朝廷供奉洋人，一律给他们起一个好念的中国名字。潘启明，你这个主意不错！

潘启明一本正经地：谢大人嘉奖。

杨巡抚：潘启明，据你报，这位洋教士上知天文，下知地理，精通算数，还有不少技艺。本官特召集大家，叫这位洋教士当场演示，如若确实才惊四座，本官有赏，并向朝廷推荐，要是油嘴滑舌，平庸行骗，不但连你重罚，而且立即将此人驱逐，听明白了吗？

潘启明：回大人，听明白了。

杨大人：让这位教士和大家见面吧。

潘启明回身，朝安格宁低语两句，把安格宁领到台阶下，请安格宁先生拜见各位大人。

安格宁：不，我们传教士除了我主，在任何时候都不会下跪的。（英语，中文字幕）

杨大人问潘启明：他说的什么？

潘启明轻声地：回巡抚大人，安格宁说，他们西方礼仪，不行跪拜。好像万岁爷也曾遇到过此类问题。

杨大人：又冒出这个礼节的问题！不错，万岁隆恩浩荡——潘启明，本官也算开明，准他不拜，叫他向大家演示吧。

潘启明：是。

潘启明朝安格宁低声地：请按照和萨瑞商量的，开始吧。（英语，中文字幕）

安格宁点头，提提大袍，捏捏大胡子，漫步走到台阶下，朝杨大人等微微点头。

杨大人接受地跟着微微点头。

安格宁又回首仰望天空，在合眼祷告……

全场静谧。

萨瑞、萨丽、喜妹他们十分紧张。

大家都瞪大眼睛望着安格宁，看着他光动嘴唇，不出声。

巡抚疑问地看翻译。

翻译趋前一步：老爷，大概在祷告。

那金：奶奶的，像和尚，先念佛。

巡抚慢慢点头。

那金想抽旱烟，随从用打火石取火，帮助点燃旱烟。

安格宁祷告完毕，开始说话：中国人虽然发明了火药，但是，不能利用。你们看，中国人现在依然是以燧石和火镰取火——！我们西方已经有了新的点火办法！（英语，中文字幕）

以下启明同步翻译。

安格宁从怀中摸出个小纸盒，取出一根小木棍，在纸盒边上一划，小木棍着火了……

众人倍感新奇。

安格宁的火柴被传给了几位大人，他们依次取火，都很惊奇。

哇——，奇事。杨大人开始认可点头。

安格宁：中国人发明了地动仪，但是，只知道，地会动，为什么会动?

潘启明翻译：他在介绍地动的知识。

安格宁：中国人郑和七下西洋，可中国人目前还不知道，我们脚下的大地是圆的，是个大圆球……

潘启明翻译：伟大的郑和七次下西洋，使我们对地球有了更全面的了解。地球，他说，是个大圆球。

众又低声争议：怎么会呢，地要是圆的，河水湖水不全会乱跑哇。

安格宁：中国人发明了罗盘，可我们西方已经造出了指南针，用来做测绘。

潘启明：中国人发明了罗盘，他们也发明了指南针，可以用来测绘。

安格宁从萨瑞处取过一件铁制工具：你们中国用铁造矛造剑，西方用铁造出工具，为民生为民计。

潘启明翻译：铁，可以造矛和剑，也可以造先进的生产工具。

安格宁和萨瑞演示铁制工具……（工具待查）

众感新奇。

杨大人不由兴奋地大声：赏!

安格宁向萨瑞示意。

萨瑞带喜妹、萨丽、阿黄抬上两架自鸣钟，萨丽手中捧着一副长筒望远镜。

萨瑞：巡抚大人，这是瑞典皇室请我向巡抚大人和大清王室赠送的礼物，两架自鸣钟和一副望远镜。（英语，中文字幕）

潘启明认真地翻译……

杨大人：自鸣钟我知道，好玩意，还实用，望远镜是什么东西?

师爷上前从萨瑞手中接过望远镜，奉给杨大人。

杨大人拿起圆筒看着，终于对准了焦距，可以清晰地看到远处人的脸和手……

杨大人连连地：好东西，好东西，你们也照照。

姨太太们也在学着看镜筒：好东西，确实好东西，西方人就是古怪，就是有能耐。

杨大人对他的翻译：告诉他，只要他愿意留下来，为我们伟大的皇帝尽忠，老爷我一定带他去觐见万岁——

翻译告诉安格宁：我们老爷说，你如果愿意向我们伟大的皇帝尽忠，老爷愿意带你觐见万岁!

安格宁：为了传播文化，我可以向你们伟大的皇帝提供服务。不过，我的主人是万能的主。我只向万能的主尽忠。

翻译正准备向杨巡抚回报。

潘启明向前一步：大人，安格宁说愿意服务于伟大的皇帝。是不是告诉他，所有的中国臣民，都应该向伟大的皇帝尽忠？

杨巡抚：好，应该向他们这些洋人宣传王化。

潘启明英语：安格宁先生，入乡随俗，我们中国所有臣民，都必须向皇帝竭尽忠诚。皇帝是不许我们忠于其他人的。请允许我提请您注意。

安格宁睁开眼睛，两臂张开，仰望着天空，突然大声地：上帝造就了万物，天主赋予世界生命，我们的信仰来自天主……（英语，中文字幕）

潘启明急忙用英语提醒：安格宁先生——

杨巡抚问翻译：他说什么？

翻译：潘启明在劝说安格宁向万岁效忠。

杨巡抚点头。

四姨太看看吴天福。

吴天福低声：姑妈，这小子是个死硬派传教士。他说我们的信仰来自天主——

安格宁已经忘乎所以，心潮澎湃地：主呵——，遵照您的旨意，我来到了世界东方的国家，这是一个古老而文明的国土，这个民族的脚下有着无穷无尽的宝藏……（英语，中文字幕）

杨巡抚：潘启明，他说什么，他难道不愿意忠于我们大清皇帝？

潘启明：回大人，他说我们中国是个古老而又文明的国土……

安格宁：现在，主降下福音，让我传递，让我来打开众人无知世俗的心花，敞开中华民族通向天堂的大门……（英语，中文字幕）

四姨太故意大声地：天福，他说什么啊？

吴天福故意大声地：姑妈，这个传教士在传教啊！

杨巡抚忽地一声站起来。

所有的大员们都站起来了。

安格宁突然意识到自己犯毛病，顿时不再说话了。

四姨太故意大声地：天福，不要胡说，这可是死罪啊！

巡抚大声喝问：潘启明，你推荐的这个安格宁，居然敢当众传教——

潘启明跪倒：巡抚大人，安格宁不敢传教。再说，他就是想陷害潘启明，也不敢陷害巡抚和各位老爷。大人英明，有谁敢在巡抚大人面前公然传教，就是说给圣明的天子，天子也不会相信。

巡抚明白，如果这个人当他的面传教，他也在皇帝那里不好交代。

潘启明：巡抚大人，这个安格宁只不过有些执拗，认定自己的道理罢了。

翻译也明白其中的厉害：老爷，他是个虔诚的天主教徒罢了。他的话，都是老生常谈。没有谁敢在老爷您的面前，胆敢宣布自己不忠于大清皇帝。

潘启明：恳请巡抚老爷给潘启明一个月的时间，认真训练安格宁。如果训练之后，安格宁再发生口误，潘启明愿意承担一切罪责！

巡抚沉思片刻，大声地：这是个还没有完全开化的夷末小民，需要用我大中华王化开导之。不过——说到这里，看着吴天福的方向——当着这些大人老爷的面，公然传教，他还是不敢的。本大人着令潘启明的同文行，对安格宁严加训导，半个月之后，本老爷再行考验。若果合格，就带其进京。

潘启明急忙跪下：谢巡抚大人！

▩ 巡抚府，　外/内　日

大厅外。

潘启明等人心情愉快地往外走着。

几位买办一下拥上来，

潘老板，萨瑞带来多少货？

潘老板，我们得有点份啊——！

▩ 府内园中

鲁子义等一行随四姨太往回走着。

吴天福在他身边嘀咕着：姑妈，如果您下命令，侄儿就敢上前把这个安格宁的话，一字一句翻译给姑父大人知道。

四姨太：不能这样。万岁知道了安格宁传教，地点就在咱们巡抚府，那还了得？所以，老爷就要装傻啊！这个事情，那金不做追究，也就是好事了。咱还敢接着闹？算了。这一关，算他潘启明闯过去了。我要带你去见你叔叔。

鲁子义：这一回，算他潘启明走运。天福快些过来吧，咱们以后有的是时间和机会。

吴天福：还有，萨瑞的配货份额，咱们要赶快抢啊！

鲁子义：这就要听潘启明的了。

▩ 吴老板处

鲁青山和吴老板显然正说安格宁的事情。

鲁青山：真的是非常危险啊！幸亏巡抚大人没有追究。

吴老板：启明那句话起了作用：有谁敢在巡抚大人面前公然传教，就是说给圣明的天子，天子也不会相信。

鲁青山：不错。这就是启明的机智啊！嗨，洋商，太难做了。

四姨太带着人过来了。

吴老板急忙站起来：哎呀，妹子怎么亲自来了！

四姨太：看看哥哥嘛！看到鲁青山——原来亲家也在这里！

鲁青山：哈哈，真是凑巧了！

大家坐下之后。四姨太对跟在后面吴天福：天福，过来，跟你叔叔请安！

吴天福跟吴老板施礼：小侄吴天福跟叔叔请安！

四姨太指着鲁青山：这是你鲁家叔叔——

吴天福：吴天福跟鲁家叔叔请安。

吴老板端详吴天福：噢，他是——

吴天福不说话，显得非常老实。

四姨太对吴天福：告诉你叔叔，你是谁！

吴天福老老实实地：回叔叔，小侄名字吴天福，父亲的名讳是吴朝根。

吴老板恍然大悟：我说呢，咋看这样面熟，你是根哥哥的福儿。真和你爹小时候一样子，也是这样忠厚老实的味道。

吴天福：谢谢叔叔。

吴老板：你父亲在香港过得怎样？身体好不好，生意呢？

吴天福：回叔叔，托您的福，家父还过得去。

四姨太：哥哥，朝根哥哥让福儿来找你我，想在内地发展。

吴老板：好，你可以先到同文行，跟启明学学。

四姨太：哥哥，天福外语很好，应该找一个更适合他的地方。同文行潘启明自己就很强了，天福到了那里，很难施展开来。朝根哥哥让孩子跟咱，咱总不能让他长时间当学徒。再说，我问了福儿，跟他爹当了好几年掌柜了！

吴老板：噢，是这样啊！

鲁青山：如果二位不嫌弃我的广利行，可以请到我那里帮助子义。

四姨太装作犹豫的样子：广利行家业大，生意大，我怕孩子肩膀嫩——

鲁青山：这是什么话，只要你们二位看得起广利行，我是求之不得。

吴老板考虑片刻：这样，可以先跟满叔学活儿——

四姨太看吴老板答应，也装作听话的样子：哥哥说了，那就这样暂定吧。这孩子虽然做生意很内行，恐怕还要跟子义学学聪明才行。说着，朝吴天福使眼色。

吴天福急忙跟鲁青山打千：见过东家！

鲁青山：人前，称呼东家，人后，论亲戚，我是叔叔。明天，我带你认识你姐夫。

四姨太：亲家真是给我们兄妹面子。这样，明天，我把孩子给您送过去。

鲁青山立刻表示：那我盛宴款待亲家！回头对吴老板：请兄长带着潘启明一起过去，咱们聚会一下。

吴老板含笑点头。

■ 鲁家　阿香居处

阿香今天很高兴，娘家要把结婚的时候没有一起送过来的嫁妆全部送过来。这是一个压倒长房太太的机会。最喜欢显摆的她，岂能轻易放过这个让春儿不高兴的机会。

阿香对丫头巧儿：去，把太太和老太太都请来。等一会儿，嫁妆来的时候，都让她们看看，开开眼界。

巧儿：奴婢都通知过了。

阿香：再给那个丫鬟说一声，就说请她来玩。不要告诉她嫁妆的事情。倒是，我想看看她在太太老太太跟前的表情——

巧儿：好的。

■ 春儿住处

春儿也有自己的计划，问丫鬟秋儿：秋儿。

秋儿因为是陪嫁丫鬟，还是在巡抚府的称呼：小姐。

春儿：再把奶奶的话说一遍。

秋儿：奶奶说，今天，她老人家要送天福少爷来鲁家当二掌柜。要你趁这个机会，逼着老奶奶把钥匙全部交给你。奶奶说——凑到春儿的耳朵旁，小声嘀咕一阵子。

春儿点头，也有些愁：这个梁家丫头不找事，我怎么找茬呢？

正好，巧儿来了，见了礼：大太太，我家小姐说，请您过去玩一会儿。

■ 鲁青山处

鲁青山问佣人：奶奶到什么地方去了？

佣人：二少奶奶请奶奶过去，说有事情。

鲁青山：去，请奶奶回来。今天，有贵客登门，准备接待。

佣人领命而去。

▩ 阿香处

老奶奶，鲁夫人都到了这里。阿香正忙着侍候她们茶水点心。

老奶奶：孩子，今天这样高兴，让我们过来，有什么大事情？

阿香：奶奶，婆母，今天，我家母亲要送一些东西过来，孩儿想，可能有些奶奶和婆母喜欢的东西。请奶奶婆母当场查看，看中哪个，孩子就送给奶奶婆母哪个，省得将来还要送到你们那里，一件一件挑选。

鲁太太很高兴：哎呀，儿媳真是孝顺！

老太太却想得周全：这件事情，暂时不要让春儿知道最好。

阿香还没有说话，就听到门外传来春儿的声音：妹妹什么事情，巴巴地让我过来啊？说着，春儿走进门来。一眼看到婆婆奶奶都在，急忙行礼：春儿跟奶奶婆母见礼了！

鲁老太太意味深长地看了阿香一眼，命令春儿：在家不叙常礼，免了。

鲁太太还热情地搀扶了春儿一下。

阿香装作没有看到，故意地：姐姐愿意来，真是给我面子。待会儿我的东西来了，姐姐看有没有心爱之物，只管挑了去。

鲁老太太：阿香，你的好心，我们领了。奶奶还有事情——

阿香：奶奶，不忙，不在这一时一刻。就算奶奶您忙，婆母和姐姐都要留下。

鲁老太太：阿香啊，你的婆母，奶奶是离不开的。你春儿姐姐呢，人家是巡抚府出来的，什么东西没有见识过？算了——

阿香岂能让自己好不容易设计好的计划破产，加上她是刁蛮习惯了的，往门口一站，拦住了大家：不要，那些东西这就来了。

真巧，果然来了。梁家的佣人走进来，大声说：小姐，你留在家的那些嫁妆，都运过来了！

立刻有很多抬东西的男女们排着队涌进来。

鲁青山吩咐的家人也来了，朝老太太施礼：奶奶，老东家请您来人家和太太过去商量迎接贵宾的事情。

老太太正好脱身，可是，这个时候她发现春儿已经哭了。

春儿感觉到侮辱，不禁失声痛哭。

鲁老太太大声说：春儿，不要这样子——

春儿扭头就跑出去了。

阿香装作不理解：奶奶，她这是干什么？谁让她难受了吗？

鲁老太太不满地看了阿香一眼，叹口气：好了，你把东西收下吧。奶奶要和你婆母商量事情去了。

阿香看她们都走了，忍不住笑出声来。

来送东西的人都有些莫名其妙。

■ 大街上

潘启明和吴老板坐在车上。

吴老板：我本来想让这个孩子跟你干的。你家岳父非要他过去跟子义。这孩子眉眼透着厚道，我担心跟子义不好相处。

潘启明：叔叔，我在巡抚府见过这位兄弟。你说他眉眼透着厚道？

吴老板：是啊。挺憨厚的。

潘启明回忆着，好像下意识地轻轻摇头。

吴老板看到了这一幕，有些担心。

远远看到广利行的大门了。

■ 春儿住处

春儿一边哭着，一边小声对秋儿安排事情。

秋儿眼睛一边盯着外边，点头，一边取出一根白绫。搭在梁上。

■ 鲁青山处

鲁青山、鲁子义正陪着鲁老太太和鲁太太说话，他们在商量迎接四姨太的事情。

鲁子义：父亲，这个吴天福到底怎样？

鲁青山：没有说的，人很厚道，不仅业务很熟悉，见过世面，还能说英语！

鲁子义：那就好。

鲁青山：你的岳母今天亲自送来。你吴叔叔和明仔都来。

鲁老太太：不要到饭庄去了。咱们就设家宴招待。亲家上门，都是一家人嘛！可以到刘长兴饭庄叫些外卖。

鲁太太：我这就安排，看这天色，恐怕也快过来了。

佣人进来报告：东家，吴老板、潘启明行首到了。

鲁青山立刻热情地：请，快请！

佣人出去。

鲁老太太：明仔提前过来，是帮助安排待客的。

潘启明跟在吴老板后边，一起走进来了。潘启明上前想给奶奶磕头：奶奶，明仔给您磕头了。

老太太哈哈大笑：乖孩子，可让奶奶想死了！快起来，快起来，让奶奶好好看看。

潘启明靠近老太太，呵呵地笑：奶奶，明仔一来是看看奶奶，替阿娇跟奶奶磕头。还有一个，知道奶奶家今天接待巡抚四太太，盛大礼节，恐怕忙不过来，明仔过来帮忙！

鲁老太太：就是，虽说是亲家，人家毕竟是巡抚夫人，真算是盛大礼节了。

鲁太太凑过来：就是，接待这样的大人物，我可没有经验，两只手里都出汗呢，明仔这一来，心里有底了！

吴先生也跟老太太见礼。

老太太对吴先生自然优礼有加，坚持站起来接待吴先生。

大家正在寒暄，突然，院子了传来秋儿的哀叫：不好了，少奶奶上吊了！

鲁太太正给吴老板端茶，啪的一声，茶杯摔在了地上。

▩ 春儿房子里

春儿站在梁下的凳子上，手抓白绫绳套，侧耳倾听着外边的动静。

秋儿的声音传进来：老爷，快来，进来看吧——

春儿明白这是秋儿提醒她，鲁青山一家已经来到了，急忙把头伸进白绫套子里，双脚一蹬，脚下的凳子也蹬倒了。

▩ 春儿房外

鲁青山、鲁子义、吴老板、潘启明和鲁家老太太，前后涌过来。

秋儿哭着走在大家前面，一下子把门推开。

鲁青山看到了上吊的春儿，不由得大叫一声：哎呀！

潘启明和鲁子义立刻冲上去，把春儿解救下来，鲁子义探探鼻息，没有呼吸了，立刻焦急万分。

潘启明上前摸摸脉络，还好。示意大家安静：不要紧张，一时憋过气去，一会儿就会过来的。

鲁青山让秋儿到他跟前，悄声问道：告诉我，怎么回事？

秋儿：刚才二少奶奶请我们小姐到她那里，小姐到了那里，看到老奶奶和奶奶都在那里。二少奶奶家给二少奶奶送来很多嫁妆，说是出嫁那天，不好意思送过来的嫁妆，二少奶奶还非要让大少奶奶取一些东西走——

鲁青山明白了：噢！

鲁青山的佣人走进来，似乎想说话。

鲁青山看到了，示意他说。

佣人：东家，巡抚府来报，四奶奶的大轿子已经过了回龙桥。

鲁青山吃一惊。

大家都紧张起来，不能让四奶奶知道她的女儿上吊自杀啊！

鲁老太太小声对儿子：快些救醒春儿。

鲁子义对着春儿大声呼喊，春儿毫无动静。

鲁太太一旁忍不住了，也跟着大喊：儿啊，春儿啊！

秋儿看大家着急，也叫起来：小姐啊，你真的死了吗？奶奶马上就来看你了啊！说着，大声号啕起来。

在这一片号啕中，鲁家所有人都意识到事情复杂了。万一四奶奶来到了，看到这种情况，那还了得！

无论怎样呼喊，春儿就是不苏醒。

潘启明再一次号脉，心里有数，对鲁太太小声：岳母，借您老人家的银簪一用。

鲁太太平时就很信任潘启明，立刻从发髻上把长长地银簪子抽出来，递给了潘启明。

潘启明夸张地晃晃长长的银簪子，故意说：我有个经验，只要用簪子狠狠刺激人中穴道，就可以让昏厥的人苏醒过来。说着，要往春儿的人中穴刺。

秋儿似乎看到小姐害怕，立刻叫道：姑爷，那样就会给小姐破相的！

潘启明说：破相？不会的，银簪子，只是刺的很疼痛罢了。

秋儿：会的，会破相的。

潘启明：其实，十宣穴更有效果。刺激手指头当然不会破相。不过，十宣穴过分疼痛，我担心你家小姐她不能忍受呢。那好，你怕破相，就刺激十宣穴吧！说着，拿起春儿的手，用簪子对准一个指尖，猛地一刺。

春儿实在忍受不住疼痛，立刻放声大哭。

一家人松了一口气。

一个佣人进来，似乎有话说。

鲁青山示意他说话。

佣人：东家，巡抚府传话，四奶奶已经过了西口桥。

春儿突然提高了哭声，并且就地打滚。

秋儿也跟着大放悲声。

四姨太近在咫尺，这种局面，令鲁家一家手足无措，万分焦急。

鲁子义试图让妻子平静，但是，徒费心力。

潘启明走到鲁青山跟前，朝他示意，应该好好跟这个秋儿谈谈。

鲁青山对秋儿：秋儿，你过来。

秋儿抽抽搭搭来到鲁青山跟前，哽哽咽咽地说：老爷——

鲁青山：且跟我来。说着，带着秋儿走出来，来到对面屋子里。

鲁老太太婆媳也跟了过来。

鲁青山：秋儿，你实话告诉老爷，你家小姐到底想做什么，有什么要求，跟老爷说实话，老爷有赏。

鲁老太太：说吧，好孩子。

秋儿：老爷，我说实话，我家小姐说，在这里受气，受二奶奶欺负，不如死了好！

鲁太太插嘴：我看阿香也没有欺负她呀！

秋儿低声：我家小姐就是这样说的。您老人家说二少奶奶没有欺负她，那是谁欺负她呢？等一会儿，四奶奶就来了，奶奶您能跟四奶奶说明白就好了。

这种话软中带硬，鲁太太不好回答了。

鲁青山白了妻子一眼。

鲁太太不敢说话，轻轻退后一步。

鲁老太太：秋儿，好孩子，你小姐的意思，怎样才能算是不受欺负了呢？

秋儿低头不说话。

鲁老太太朝儿子丢一个眼色。

鲁青山：秋儿，你是个聪明懂事的孩子。告诉老爷，你家小姐有啥想法？

秋儿还是低头不说话。

鲁子义走进来，满面愁容：父亲，春儿哭得死去活来，今后的日子长着呢，只怕哪天我们一不小心，她还会寻思自杀啊！

鲁老太太从手上退下一只镯子，递给秋儿：好孩子，戴上。

秋儿推辞了一下，接过去：谢谢奶奶。

鲁青山：好孩子，告诉老爷，你家小姐到底怎样才恢复好心情。

秋儿：回老奶奶，老爷和奶奶，只要让我们小姐当家掌管钥匙。我家小姐就不会说自己受气了！

所有的人都明白了：这个新娘子要当家做主了。

鲁青山：秋儿，这个家，早晚是你家小姐的。不过，刚刚过门的新娘子，上有奶奶和婆母，就出面当家，不妥当。当然，主要一个是担心她经验不足，咱们家虽然没有巡抚府摊子大，却也是非常复杂。让我看，起码要历练个三年五年才成。你去告诉你家小姐，就说老爷我说了，多了五年，少了三年。老奶奶就把钥匙全部交给她掌握。

鲁老太太：去吧，孩子，给你家小姐说清楚一些。

秋儿点头，退出去了。

鲁青山冷笑，好像自言自语：未免心急了一些。

鲁子义表示内疚：孩儿内教无方。

鲁老太太：你们才结婚几天，与你无关。

正说着，秋儿回来了，脸色不好看。正准备说话，突然，听到春儿更高的哭声传过来，真好像天崩地裂。

大家明白，春儿不同意再等候三年五年了。

鲁青山思索片刻，喃喃道：刚刚过门，就掌了家里的所有权力，外人会笑话我巴结巡抚府的。

好像隔壁春儿听到了这话，哭声再一次提高。

一个佣人探头探脑，好像要回报什么事情。

鲁子义让他进来。

佣人进来：东家，巡抚府通报，四奶奶就要到了，准备迎接吧！

对鲁家，这真是致命一击。大家你看我，我看你，都感觉到手足无措。

鲁太太：四奶奶如果知道上吊的事情，肯定要把春儿接回去，那就——

鲁子义跪倒在地上：奶奶，父亲、母亲——

鲁老太太：孩子，有什么办法，你说。

鲁青山也示意儿子说话。

鲁子义：以孩儿的意思，眼前，要让春儿打起精神迎接四奶奶；今后，要防备春儿再一次上吊自杀——说着，跪倒在地上。

全家人都明白鲁子义的意思。

春儿哭声，山崩地裂般传过来。

鲁老太太：其实，我都是七老八十的人了，风烛残年，保命都不暇，何况，这个家，也够我老人家累的了。一句话，早就想交给你们年轻人。这样也好，要不，死一个巡抚府亲人，塌天大祸。就算不死人，开罪了巡抚府，一个小小商人，也是危险之极。说着，强打精神，强作笑容，示意身旁的丫鬟。

丫鬟取出来一串钥匙。

■ 鲁家

四姨太的大轿到了，果然气派很大。

吴天福骑在马上，志得意满。

大门众开，鲁青山带领着一干人等，恭恭敬敬迎出来。

吴天福急忙下马，掀开大轿门帘。

四姨太一出门，几个丫鬟立刻围上去搀扶。

大家见礼，一起往里走。到了二门内，女眷们都在这里恭迎呢。

大家见礼。

四姨太朝春儿一瞥。已经梳妆打扮过的春儿做了一个眉眼给她。四姨太明白目的已经达到。

众人簇拥着四姨太来到大厅坐下。

四姨太：现在，我要跟老人家重新见礼了！说着，走下座来，跟鲁老太太行礼。

鲁老太太笑着说：这是巡抚太太给长辈的礼节。现在，该我们鲁家内当家，给巡抚太太见礼了！说着，示意春儿给四姨太见礼。

在座的潘启明感到吃了一惊，偷偷看看鲁青山，鲁青山面无表情。再看看鲁子义，却看到一丝暗暗地得意。

最吃惊的是阿香，她几乎按捺不住自己的急躁。

鲁青山示意鲁子义注意阿香。

鲁子义偷偷拉了一下阿香的衣角。

阿香气愤地猛力一甩，甩开了鲁子义的手。

四姨太装作吃惊的样子：内当家？亲家婶母，您老人家有没有搞错？内当家怎么会是我的女儿呢？她还年轻啊，能担起这个重担子吗？你们太高抬她了吧。

鲁老太太：我老了，风烛残年，总要交孩子们的。早交比晚交好啊。春儿是个有心人，这个家，交给她，我放心！

四姨太故作严肃地：春儿，你家奶奶婆母不是看你聪明有本事，这分明是给了你娘我一个大大面子！亲家婶母，晚辈给您行礼了！说着，行了一个礼。回过头来，继续教导春儿：不过，鲁家是大户人家，家大业大，规矩森严。你如果不能兢兢业业，克勤克俭做好这个当家人，你娘我的脸面可就被你丢尽了。明白吗？

春儿急忙跪下：孩儿明白。

四姨太：有事情，就要好好请教长辈，小事多商量，大事听奶奶的。只能有所建树，绝对不能出一丝一毫的差错！

春儿：孩儿记住了。

▩ 同文行

吴老板来找潘启明，告诉他一个秘密：启明，圣旨到了，皇上批准咱们正式成立十三行！

潘启明一点儿也不高兴，反而有些愁眉不展的样子。

吴老板很惊奇：启明，我说的话，你听到了？

潘启明：吴叔叔，我正为这个事情发愁呢。

吴老板被吸引：哦，说来我听听。

潘启明：原来以为，成立了自己的行会，就有了和官府讨论的资格，就有了和洋人协调的方便。现在看来，不仅毫无和官府讨论的资格，反而成了官府的奴才。替代官府统治压迫洋商……筹款不说，还要替官府勒索大家。为了协调官府和洋人的关系，也成了替洋人承担责任的一个大负担！

吴老板：不错，这都是始料不及的事情。现在到了这种程度，怎样回头呢？

潘启明：众人齐心，其利断金。当初，要求成立十三行是大家同心协力的结果。今天，不再成立十三行，还要大家同心协力。首先，我不同意继续担任十三行行首。其他人，不但不同意担任行首，甚至干脆，不愿意加入这个行会，这样，岂不逼迫官府自动收回成命了？

吴老板轻轻摇头：恐怕没有这样简单，不过，不做也不成。就是不能逼迫官府收回成命，起码，可以使他们让步，不至于过分奴役行会。这样，咱们分头对大家说说吧，如果大家齐心，倒是可以有所作为。

■ 鲁子义家

春儿在欣赏她新得到的钥匙：这个，南库房的，这个，银库的……突然想起来了：子义，应该把我们的嫁妆，统统收归库管。既然都是你的老婆，就不应该你的我的，分个这样清楚……

鲁子义在一旁，自顾自己盘算，没有听春儿的话。

春儿有些不耐烦了：我说的话，你听到没有啊？

鲁子义回过神来：你说，我帮助你当了当家少奶奶，你就帮助我当十三行行首。说话算话哦！

春儿承认这件事，点点头：我回去，找老爷说说。

鲁子义看着这个丫鬟出身自命不凡的女人，点点头。

■ 茶楼

潘启明和几个老板商量拒绝成立十三行的事情。

在他的说服下，几个老板频频点头。

■ 饭庄

吴老板和梁老板、伍老板商量。

几个人听了吴老板的话，也是频频点头。

■ 花艇上

鲁子义请了几个老板，一边吃酒，一边赏景。

鲁子义：本来，自从有了六品顶戴之后，就想请大家玩玩，以示感谢。不过，行首潘启明为尊，小弟应该在他的后边行事才是。不料，潘启明却迟迟不请大家。在下实在忍不住了，只好悄悄请大家出来玩玩啦。

老齐：哼，不要提那个潘启明，上次，他利用我们赈灾捐款，骗了一个六品顶戴。我们还没有找他算账。他就是请客，我们也不去。

一个洋商：就是，他的顶戴来的不光明，也不好意思请我们的客呀！

另一个洋商：他还是个临时行首，就敢假公济私，等正式选举行首的时候，我们可不敢再次轻率了！

有人连连点头附和。

鲁子义：大家不要这样说。内人告诉我，正式成立十三行的圣旨，今天明天就要来到了！

老齐：是嘛，到底是巡抚的女婿，皇家的机密都知道。巡抚大人难道不想让你这女婿当行首。

众人也很期盼鲁子义回答。

鲁子义：巡抚大人自然，嘿……大家知道，潘启明是我的姐夫啊！

老齐：鲁大人你这就不对了，你虽然是一个洋商，你也是朝廷六品的命官，你要替我们大家着想，不能让一个只要有权力，就假公济私的人当我们的行首啊！

大家附和。

■ 巡抚府后书房内

吴先生正在教习安格宁礼节。

范二姑、杨如雪和杏儿在窗边看着，范二姑悄声朝如雪嘀咕着什么。

吴先生认真做下跪的示范……

吴先生：这样，这样，然后双膝跪倒——，两臂扶地，叩头、叩头、叩头——，一共三次、叫三叩首——

安格宁皱着眉头无奈地跟着学，显得非常别扭和笨拙……

杏儿抿着嘴怕笑出声来。

杨如雪却悄声地问范二姑什么……

吴先生又耐心地示范了一次……

安格宁显得很累的样子，直喘粗气：吴，为什么一定要这样？（英语，中文字幕）

吴先生还是十分耐心地：我要先教你这句中国话。（英语，中文字幕）停了停：为，什么，一定要这样？

安格宁跟着学：为，什么，一定要这样？

吴先生重复……

安格宁跟着重复……

吴先生：现在我告诉你，为什么，因为，这是我们国家最重要、最隆重的礼节。（英语，中文字幕）

安格宁：你们的这种礼节非常笨重，非常愚蠢，而且非常烦琐。（英语，中文字幕）

吴先生：这是我们的祖先传下来的，我也没有办法。（英语，中文字幕）

安格宁：我反对这种做法。（英语，中文字幕）

吴先生：反对也没有办法，你必须入乡随俗。（英语，中文字幕）入乡随俗，这四个字你学一遍。

安格宁学着：入乡随俗。

吴先生：入、乡、随、俗。

安格宁：入、乡、随、俗。

吴先生：入乡随俗。

安格宁：入乡随俗

吴先生：很好。

安格宁：什么意思，我不懂。

吴先生：入乡随俗（中文）就是到了这个地方，就得按照这个地方的风俗和习惯去做事。格朗宁先生，你来到中国，就得遵照中国的风俗习惯，特别是见我大清皇帝，这是非常荣耀和隆重的事情，你必须认真地学好这一重要礼节。（英语，中文字幕）

安格宁：我学得很认真。（英语，中文字幕）

吴先生：还没有完呢，（英语，中文字幕）还没有完。

安格宁：还没有完？还有什么？

吴先生：叩头的时候，还要高呼：万岁、万岁、万万岁！（英语，中文字幕）万岁、万岁、万万岁！跟着学。

安格宁跟着学：万岁、万岁、万万岁！

吴先生：对，再来一遍！

安格宁：万岁、万岁、万万岁！什么是万岁？

吴先生：万，是个、十、百、千、万的万；岁，是年，就是你38岁的岁。

安格宁：我明白了，万年？

吴先生：对了。

安格宁：你是说，你们的皇帝能活一万年？！这是不可思议，根本不可能的事！

吴先生：这是恭维、祝贺的意思。

安格宁：根本不可能的事，为什么要做？

吴先生终于有些烦躁了，语气显得生硬起来：我已经告诉你，这是我们大清最重要的礼节，必须学、必须做。（英语，中文字幕）

安格宁：我正在学，正在做。

吴先生：那就连贯起来接着做。

安格宁：吴，我要问，是不是只向皇帝一个人行这种礼节。

吴先生：不，还有太后、皇后、重要大臣。皇后，是皇帝的夫人；太后，是皇帝的母亲。你懂吗？

安格宁：哇——，皇后、太后，学了那么长时间，什么人还没见到。

吴先生想了想：大姑，你过来。

范二姑走过来。

吴先生低声地：你刚才老和小姐在嘀咕什么呀？

范二姑也低声地：这几天你光顾教这洋鬼子，你不知道吧，潘启明那小子被惩罚了。

吴先生紧皱起眉头：噢——？！

范二姑：小姐出面解了围，银子可没少罚！

吴先生略思片刻：好了，暂不说，你过那边，坐到椅子上去。

范二姑：干吗？

吴先生：叫你坐，你就去坐。

杨如雪和杏儿静静地望着他们折腾。

杏儿轻声地：小姐，吴先生能不能帮上潘启明呵。

杨如雪：先别说话。

杏儿立时静声了。

范二姑已经坐到一张太师椅上。

吴先生：大姑，坐端正。

范二姑觉得很好玩似地端正坐好：当个老太太，不错。

吴先生：安格宁先生，现在把你刚才学的礼节，连贯的演练一遍。

安格宁像刚才一样，面对墙壁，准备开始。

吴先生：不，面朝那边。

安格宁：哪边？

吴先生朝范二姑一指：就是那边，面朝坐在椅子上的范大姑。

安格宁异样地望着范二姑：面对她？行礼？

吴先生点头：正是。

安格宁：为什么？

吴先生：现在，她就是我大清皇帝、皇后、皇太后……

范二姑腾地一下弹了起来：我的妈呀，死罪、死罪……屁滚尿流地伏在地上胡乱叩头……这是杀头的死罪呀！你就让我多活两天吧！

■ 广利行

吴天福正在指挥大家繁忙。

潘启明来到了，伙计们看到他，一起欢呼。潘启明和大家说说笑笑。

吴天福过来跟潘启明施礼，潘启明急忙还礼。

潘启明：吴掌柜，满叔在哪里？

吴天福：满叔这几天都很忙，今天，我劝他老人家在家休息休息。

吴天福命令一个伙计：快去请东家！

潘启明：不，你在这里忙吧。我自己去找他。

吴天福想拦住潘启明，不料几个伙计都跟潘启明关系好，一拥上前，替他带路。

潘启明来到待客室。看到鲁子义正和几个洋商说话。

鲁子义不由得一愣：姐夫——

几个洋商也有些尴尬。

潘启明朝大家抱拳，然后对鲁子义：子义，跟我到里面说几句当紧话。

说着，两个人来到了隔壁一个小房间里。

几个洋商都不说话，侧耳倾听这兄弟俩说什么。

▩ 隔壁小房间里

潘启明：子义，关于成立十三行行会的圣旨，已经到了。

鲁子义：姐夫找我，是让我动员大家，继续选举姐夫担任行首？

潘启明：不，我不做行首了。

鲁子义：为什么？

潘启明：我也不想成立十三行行会了。

鲁子义：是你不能做行首了，才决定不成立十三行行会了，还是你不想成立十三行行会了，你才决定不做行首了？

潘启明：子义，不管我能不能做行首，我都不支持成立十三行行会了。

鲁子义：这就奇怪了。当初，是你撺掇大家，一直要求成立十三行行会。大家都听你的，现在成功了。又是你，说什么反对成立十三行行会了。你不怕大家说你拿着大家寻开心？你不怕大家说你将大家当作手中的麻将牌？

▩ 客厅

偷听的洋商都点头，表示赞同鲁子义的说法。

传来潘启明的声音：子义，我不同意成立十三行行会，是有道理的，是为大家着想的。你想想，自从临时行会成立以来，我们几乎成了官府的奴才，总是替官府敲诈盘剥咱们洋商。

鲁子义：不错。我听说了，你替我们洋商上了一个折子，说是我们忠于皇上，情愿出五万两银子替皇室置办外国珍玩。这下好了，据我所知，这次皇上批准成立十三行行会的同时，还将这五万两外国珍玩费用列成了常项。从今后，我们十三行年年要纳五万两给皇上买外国珍玩。

偷听的洋商们义愤填膺。

▩ 隔壁小空间

潘启明：子义，这件事情你就冤屈我了。那大人确实要求我们十三行上这个折子。我明白他的意思，他是不甘心巡抚大人一个人用这五万两银子讨好皇上。他想争功劳，所以，让我们上这个折子，向皇上说明，是他动员我们洋商掏钱的。他们大官僚之间的斗争，我们洋商何必参与，所以，我拒绝了。十三行上没有上这个折子，非常好查出来。再说了，如果我真上了这个折子，那大人还不力保我做正式行首？我又何必担心不能继续做行首了呢？

▩ 客厅

几个偷听的洋商不由地点头。

又传来鲁子义的声音：就算这件事情，大家能原谅你，你利用赈灾款，弄到六品顶戴的事，大家也不会原谅你。

潘启明：子义，这是什么意思？

几个偷听的立刻靠近窗户。

▩ 隔壁小空间

鲁子义：大家都想看看这次赈灾款的明细账目。是我，一再阻拦。

潘启明：原来是这样。子义，谢谢你的阻拦。这本账，还真不好公之于众。

鲁子义：只怕，我能拦住初一，不能拦住十五。早晚，大家会看到的。

潘启明：那，我也要尽量阻拦，希望不让大家看到。

鲁子义：能拦到哪一天呢？

潘启明：只要我做这个行首一天，我就阻拦一天。

鲁子义故意走到窗子前，其实是想说给隔壁的人听到：姐夫，只怕大家会因为这件事情，不再选举你做行首啊！

第二十五集

鲁子义客厅

几个偷听的人都点头。

隔壁小空间

潘启明：子义，看来你对这笔账有所误解。

鲁子义：姐夫，好事还需要瞒住别人？

潘启明：我告诉你，你不许对外宣传。

鲁子义：你还不相信我？

潘启明：这里面，主要有两笔账，我不想让别人知道。

鲁子义：第一笔？

潘启明：原来是五十万两，那大人答应帮助疏通一下，减少十万两。不过，需要一万两的疏通费用。这一万两——

鲁子义：怎样了？

潘启明：这一万两，是我私人替代大家垫上了。我不好意思让大家知道。

鲁子义：你虽然替大家垫了一万银两，你没有花钱弄了个六品顶戴，也算是赚了两万两呢！

潘启明：你的意思，你花了三万两，才弄到一个六品顶戴，姐夫我没有花钱，也被赏了一个六品顶戴，是不是？

鲁子义：是的。

▩ 客厅

偷听的人都集中了注意力。

这时，听到潘启明声音：子义，这正是第二个我不想让大家知道的账目。

鲁子义：不过，大家好像都知道。很多人都问我说是不是姐夫另有道路，言下之意，姐夫利用了大家的赈灾款？我也不好多说。

潘启明：子义，实不相瞒，有六家大洋商没有按照规定完成赈灾款上缴。还有十几家小户洋商也没有完成，总数将近五万两。我自己考察清楚了，他们都是有实际困难的洋商。我不想让他们名誉不好听。所以，没有逼迫他们上缴——

鲁子义：难道是你替他们上缴了？以你的财力，大概不可能吧？

潘启明：不是我替他们上缴的。是吴叔叔以我的名誉，替他们上缴的。

偷听的人面面相觑，目瞪口呆。

▩ 四姨太处

四姨太：春儿，老爷忙着上京城的事情，有什么事，给义母说吧。

春儿：还不就是子义当行首的事，当初，咱们许给他只要我当了内当家，就让他做十三行行首。

四姨太：巡抚府这边，自然同意子义做行首。不过，要让粤海关那大人先提出来。哪怕那大人假惺惺地客气一下，老爷也会立刻抓住，让子义当行首的。不过，如果让老爷自己提出来，不好。一个是那大人会说老爷提拔私人，也会鼓动洋商集体反对。

春儿：孩儿明白了。

▩ 粤海关大门前

鲁子义穿着官服等待接见。

帮办出来了，看着鲁子义的官服，面有难色。

鲁子义明白了：那大人的意思，卑职穿着官服，不能从前门进去？

帮办点头。

鲁子义无奈地：好吧！回头命令跟从：取常服出来。

原来，跟从带着一个包袱，里面装着鲁子义的常服。

帮办不由地转过头去偷笑。

■ 潘启明住处

潘启明正在写辞呈。

■ 那金会客厅

穿官服的那金接待穿常服的鲁子义。

那金收起鲁子义的贿赂，很严肃地：鲁子义，我告诉你，你的礼物，本老爷收下了。不收下，你的脸面不好看，是不是？送礼人家都不要你的，咋混的？太丢人了，滚出去黄埔港吧！本老爷可不愿意让堂堂广利行少东家，黄埔港大名鼎鼎的鲁子义面子上下不来！

鲁子义抱拳：谢谢老爷给面子。

那金：不过呢，我要说清楚，收了你的礼物，能不能给你办事呢？未必能办成，这要跟你提前说清楚。本老爷收人家礼物，尽量帮助人家办事情。办不了，提前说明白。就是说，今天你这个当十三行行首的要求，能不能保证实现，本老爷不敢打包票。要知道，成立十三行行会这件事，皇上让粤海关和广东巡抚衙门联办。所以，你老婆的干爹，咱们巡抚大人，是一个关键——

鲁子义不成熟，急忙表态：大人放心，只要大人提起在下就可以了。

那金一下子就明白了，眼珠一转：噢，是这么回事？

鲁子义：请大人务必在巡抚大人那里推荐在下，感恩不尽。

那金突然提起了精神：鲁子义，你放心，本老爷一定在巡抚大人跟前推荐你！

鲁子义急忙离座，行大礼。

那金嘿嘿笑起来。

■ 巡抚府　内花厅

杨巡抚和那金商量成立十三行行会的事情。

杨巡抚：万岁隆恩浩荡，同意成立十三行行会，我等应当上体君心，尽力办好这件事情！

那金诚恳地：这是自然。

杨巡抚：关于正式行会行首一职，不知那大人有何想法？

那金不愿意出动表态，圆滑地：卑职一切惟巡抚大人马首是瞻。

杨巡抚当然要那金先说话：嗯，洋商原属粤海关管辖。这次万岁不过让本官帮办罢了。那大人不要客气。

那金：原有临时行首潘启明，乃是大家选出来的，看来还算得民心。潘启明在任临时行首期间，表现尚可，论说没有意外，应该继续任职。不过，如果大人认为现在需要再一次得到所有洋商表态，或者能人辈出，需要再造良才，也未尝不可考虑新的人选。

杨巡抚：那大人，如果如您所说，需要洋商们再次认定或者需要再造良才，你看还有谁更合适呢？

那金：卑职一切听从大人安排！

杨巡抚非要那金说出来鲁子义不可：哪里，大人长期和这些洋商打交道，比本官熟悉他们，还是大人说说看吧！

那金：以卑职看——

杨巡抚期待地：请讲——

那金狡猾地：潘启明之外，还有三个人选，卑职说出来，供巡抚大人参详。第一是吴潮鸣，第二个是伍定邦，第三个是鲁子义。

杨巡抚：吴潮鸣不好，年龄偏大了。伍定邦，这个——好像对这事没兴趣。这个鲁子义——

那金闭着眼睛，不答话。

幕僚进来：老爷，洋商们都到齐了。

杨巡抚吩咐：让他们且做等待，少安毋躁。

幕僚退出。

杨巡抚对那进：那大人，十三行行会，是官府控制洋商的拿手，必须要一个听话的人掌握，这一点至关重要。

那金：大人所见极是。掌握十三行的人，一定要忠于我大清王朝！不过，哪个洋商敢不忠于朝廷呢？卑职认为，能让所有洋商对其心服口服，也是一个很关键的事情。鲁子义是大人的女婿，如果大人认定此人合适，卑职没有异议。只是，如何让潘启明下台，还要一个能说服洋商们的理由。

杨巡抚哈哈大笑：如果本官让鲁子义做这个行首，那就是举贤不避亲。不过，本官并没有一定坚持让鲁子义来做这个行首。

那金：巡抚大人，卑职说过，惟巡抚马首是瞻。巡抚大人说鲁子义，卑职就认定鲁子义，不过，过去的临时行首，是他们选举出来的。正式行首不再选举，必须有个说法才好。

杨巡抚：那大人，皇命没有说行首一定选举，我等臣子，岂敢胡说八道？

那金：大人所言极是。

杨巡抚知道这个那金是不会配合自己了，想出一个绝招：今天，暂且宣布皇命，可以成立正式十三行行会了。至于正式行首，需要详细考察再行认定。临时行首，继续履行职责。

那金：潘启明继续履行职责？

杨巡抚意在言外地：最近一段时间，给潘启明两件难办的差事，也许……

那金：对，给两件难办的差事，也许，他自己会知难而退？

杨巡抚立刻遮掩：未必，如果他把难办的差事办好了，咱们何必非要换下他呢，是不是？

▩ 巡抚大堂

所有的洋商都来了，济济一堂。他们恭恭敬敬等待巡抚大人召见，气氛非常严肃。

一片喊叫声：肃静——威——

那金陪着杨巡抚出现了。

所有洋商立刻跪下行礼。

杨巡抚正坐，那金偏座相陪。他们坐下之后。杨大人：起来吧！

洋商们：谢老爷！一起站起来。

杨巡抚巡视一圈：各位洋商——

众洋商：老爷！

杨巡抚：万岁爷隆恩浩荡，已经圣谕成立十三行行会。

众洋商再一次跪在地上：谢主隆恩！

杨巡抚：正式十三行，可以择日挂牌了。

众洋商：谢老爷恩典！

杨巡抚看看一旁的那金。那金知道需要他说话了。

那金：原来的十三行临时行首潘启明，你有何话说？

潘启明朝前跪了半步：商民潘启明有一个私人折子，呈上巡抚大人和海关监督大人！

潘启明说着从怀里取出已经写好的折子，高高举起。有堂佣过来，取了，呈给了杨大人。杨巡抚打开一看，是辞呈，不由得一愣。转手递给了那金。那金一看，是辞呈，也是一愣。两个人对视一眼，互相都有了想法。

杨巡抚：潘启明，你任临时行首期间，本官还是有所肯定的。为何突然要求辞职呢？

众洋商都是一愣……

潘启明：事务纷繁，责任重大，商民能力有限，难以胜任。恳求恩准。

杨巡抚对那金：那大人，你看——

那金：潘启明是个能员，精明干练，顾全大局，如果坚辞，实在可惜。不过，人各有志，不能相强。只是潘启明之外，还有何人可以胜任，还须斟酌。大家不妨都说自己的看法——鲁子义，你看呢？

鲁子义好像得到了暗示，上前跪了半步，和潘启明看齐了：巡抚大人，商民认为，皇上让我们成立十三行行会，是天大的恩典，也正是我等洋商效忠皇室，报恩大人的绝佳机会。纵使有些困难，有些麻烦，也应当大局为重——

杨巡抚一拍桌子：好，说得好——接着说！

跪着的吴老板偷偷看了梁老板一眼，发现大家都在互相使眼色。大家明白，这个行首有可能落在鲁子义手中。

鲁子义：鲁子义家财虽然算不得十三行中首富，报国的热情，绝不敢让同行中任何人——

吴老板插话：鲁少东家此言，老朽可以作证。

杨巡抚正需要有人呼应鲁子义，立刻表示高兴：吴老板，你是德高望重的商人，不妨说说你的看法。

吴老板：大人让商民说，商民深表感谢。鲁少东家说到报国热情，商民深以为然。诸位都有报国热情。皇上让您给我们成立十三行行会，我们忠于皇室，不让我们成立，我们同样忠于皇室。诸位以为然否？

众人急忙附和。

吴老板：所以，商民认为，潘启明既然不能担任行首，商民参加不参加十三行行会，都是无所谓的事情。老朽愿意退出十三行。而忠诚于大清皇朝之心，有增无减！

伍老板磕头：巡抚老爷，我愿意追随吴老板！

大部分老板都表示愿意追随吴老板。

杨巡抚和那金这次才是真的吃惊了。面面相觑。

潘启明：巡抚老爷，商民原来要求成立行会，就有唐突冒昧之嫌。皆赖两位老爷费尽了心血，承担了风险，才使万岁皇恩浩荡，不加怪罪，反而恩准。既然如此，我们应当迷途知返。恳请两位大人收回成命！

伍老板：我等商民感激皇恩，不愿再成立十三行了。

大家跟着一起附和。

鲁子义突然越众而出，愤然攘臂而言：诸位莫非喝醉了，糊涂了，在此胡言乱语？万岁已经降旨成立十三行，岂能轻易收回成命？我们不仅要成立十三行行会，还要全力做好十三行的事情。谁敢再胡言乱语，不是徒惹两位大人不爽吗？我鲁子义第一个不答应他。

那金看到鲁子义这样愚蠢，犯了众怒的行为，不由得偷笑。

杨巡抚也感觉到鲁子义很不妥当，挥手让鲁子义退后：诸位，圣旨岂能儿戏？如果有谁再说反对成立十三行行会的话，定当重惩！

洋商们立刻噤声了。

潘启明：商民不敢抗旨不遵。不再成立十三行行会，实在是替大人们着想，如果大人执意成立，商民也无可奈何。不过，商民实在德才皆不足以服众，关于行首一职，务请另定高明。

那金：潘启明，如果你不愿担任行首，那么，你认为何人可以接手呢？

潘启明：洋商之中，能者甚多，不妨让大家自告奋勇，请老爷给以认定吧——

吴老板：巡抚大人，行会并非官方衙门，当该可以自由出入。既然可以自由出入，商民愿意暂作观望——

几乎所有洋商都附和吴老板的意思，要求暂作观望，以后再加入行会。

大家都不愿意参加行会，这很令巡抚、粤海关感到尴尬。冷场片刻，那金趁机跟杨大人耳语几句，然后开始训话：诸位洋商，十三行虽是民间组织，确是皇命在上，哪个洋商若不尊重，岂不等于不尊皇命？至于行首一职，巡抚大人的意思，仍由潘启明暂摄。

潘启明欲继续坚辞，他还没有说出话来。

突然，杨巡抚威严地咳嗽一声。

鲁子义没有想到这样结局，老大不服气，再一次插话：回大人，暂时摄理，唯恐不妥。一个是临时负责，威严不够，只怕人心不服，难以建立权威；再一个，职位不定，前途不稳，也难以尽心尽力。以商民所请，不如立刻就定了下来！

杨巡抚沉吟不语。

那金望着鲁子义：你说得也有道理，依你之见，如何就定下来呢？定谁呢？如果是定下是你，你愿意全心全意去做这个行首？

鲁子义：商民如蒙恩典，敢不粉身碎骨以作报答！

杨巡抚假作客气地：鲁子义虽然万贯家财，一腔热血，头脑也灵活，只怕年纪尚轻，不能服众啊！潘启明，你说呢？

潘启明：商民认为鲁子义能堪大任。

那金：吴老板，你德高望重，深得人心，你说呢？

吴老板：当初，潘启明担任临时行首，是大家选举产生。所以，潘启明任职期间，人人拥戴。鲁子义少年老成，如果选举，相信会像潘启明一样，深乎众望，得到大家一致推举。那么，将来任职之后，也一样会得到大家拥戴。

大家都符合：对，选举，咱们选举！

那金对杨巡抚：看来，大家都想选举鲁子义啊！巡抚大人，既然大家要选举，那样也好，等到将来有了矛盾，自己选举的人，自己就会无条件支持，是不是？巡抚大人您看呢——

杨巡抚看看鲁子义，看到鲁子义踌躇志满的样子，于是点点头。

于是，大家各自当堂书写选票。

不一会儿，选票出来了，大家纷纷投入选票箱子中。那金对吴老板和梁老板：请二位，当众唱票！

吴老板和梁老板上前，打开票箱子，开始唱票——

■ 同文行

安格宁在学习参拜。三揖九叩，浑身大汗，不由得摇头叹息。

■ 巡抚大堂

杨巡抚咳嗽一声，当堂宣布：潘启明仅仅两票之差就是满票，可见深乎众望。本官宣布——广州十三行行会第一任行首，潘启明！

潘启明无可奈何地苦笑。

鲁子义面色灰暗，强作笑颜。

吴老板带领大家一起磕头：谢大人恩典！

▩ 潘宅　外/内　日

院中，阳光明媚，花草点缀。

萨丽正忙着在墙上展示自己的作品。

安格宁在认真的观赏着，嘴里念念有词：“很好，很好，这些都是你画的实景？”（英语，中文字幕）

萨丽：这里，几乎到处都是很好的画面！

安格宁：“我有同感！但是，我对这里的磕头恶习，很不习惯。”（英语，中文字幕）

萨丽：“还有，不许宣扬主，我们伟大的主！”

安格宁：不错！

▩ 巡抚府

四姨太面对小山一样堆积的茶叶，有些发愁。

杨巡抚走过来，看到茶叶，叹息：细软还能带到京城，这些东西——

四姨太给巡抚行礼，回答：老爷放心，这些东西都是钱啊！

杨巡抚：只怕很多都是陈茶了，有的甚至过期到垃圾。

四姨太哼哼一笑：巡抚府的东西，就是垃圾，也是宝贝！

杨巡抚满意地一笑：就看你的了——

四姨太：老爷只管安心进京，等老爷从京城回来的时候，奴婢保证，这是一堆银子！

杨巡抚哈哈大笑。

四姨太：听说，那个十三行行首，还是潘启明？

杨巡抚：洋商们很狡猾。还有，你那位哥哥，我那位尊敬的舅爷，力保潘启明！

四姨太：他就是看上了那个潘启明，简直当作儿子。也不知他哪根筋出了毛病。昨天，春儿在我这里哭了呐，担心她家老公不开心。

杨巡抚：告诉春儿，这个行首，潘启明当不舒服的！只要有本官在这里，谁敢欺负她们小两口？

四姨太：话是这样说——

杨巡抚回头一看，随从立刻取来一张字，上写“广利行”三个字。

杨巡抚：嗯，我给他们题写了一个牌匾。就算是给了鲁子义那小子一个面子了吧？

四姨太急忙施礼：奴婢感谢老爷——

杨巡抚：噢，我都忘记了，老四也是广利行的大股东呢！

四姨太杏眼一翻：哼，我还不是给老爷看着一个钱库！

两个人都笑起来。

杨巡抚严肃地：雪儿进京的准备如何了？

四姨太：病了。

杨巡抚不相信：又病了？

四姨太：这回是真的了。

杨巡抚低头沉思。

四姨太：听说，那个洋教士安格宁是个很好的医生，不妨——

杨巡抚：我们大中华有的是著名中医。

四姨太：老爷，西医来得快。如果不能快一点看好小姐的病，只怕耽误了老爷进京的行程。

杨巡抚不语。

▩ 阿娇房中

阿娇坐在窗边静心地缝制婴儿的小褂，她还不时地展开自我欣赏，暗自偷笑……

院中，芳嫂提着水桶，拿着水瓢在给花草浇水……

▩ 萨丽小院

安格宁：萨丽，你到了这个神秘的国度，连你也变得有些神秘起来了。（英语，中文字幕）

萨丽自豪地：我还在学习中文，我要尽快熟练地和他们沟通。（英语，中文字幕）又俏皮地用中文，安格宁先生，您好——！

安格宁学着：您……好！

萨丽：对，你很聪明，学得会比我快。（英语，中文字幕）

安格宁：这些作品到了瑞典，都将成为无价之宝。（英语，中文字幕）

萨丽：这些都是我在中国的见证，我会让哥哥在皇室里展出。（英语，中文字幕）

安格宁由衷地：萨丽，你真幸运，也很幸福，潘，他对你好吗？（英语，中文字幕）

萨丽半天无语：潘对我很好，就是……很遗憾。不过，一切都会过去的，等我哥哥离开的时候，我准备回去了。（英语，中文字幕）

安格宁稍思：为什么呢？你不是说很喜欢这里？（英语，中文字幕）

萨丽也稍思：我在这里很尴尬。这里的人不理解我，我给潘启明带来很多不方便，我自己更加不方便。说到这里，不禁黯然神伤。

安格宁正要说话，潘启明过来了。两个人立刻打起精神，尽量若无其事地接待潘启明。

潘启明：安格宁先生，我听说你的礼节学习的很好？我向你表示祝贺！

安格宁耸耸肩膀：对贵国，我有很多不解，很多迷茫。

这个时候，萨丽已经泡了茶，她跟喜妹学会了泡中国工夫茶。

潘启明和安格宁一边喝茶，一边谈心。

潘启明：别说你对我们有很多迷茫和不解，我本人生在这里，长在这里，也有很多迷茫和不解啊！

萨丽看到潘启明很有一些伤感，鼓励他说出来：心里有痛苦，就应该说出来。苦楚，是腐蚀剂，不能放在肚子里。说出来——

安格宁：说出来，我喜欢和你谈心。

潘启明：我们洋商，每年向国家贡献很多银子，跟你们洋人建立了很好的邦交关系，按道理说，官府应该尊重我们，可是，官府把我们当作猪一样对待。只是准备吃肉而已。没有一级官吏，不可以敲诈我们商人——

安格宁：不错。我们国家不是这样子。我们有自己的工商政策，对自己的商人实施保护。政府要动用权力，帮助商人开拓市场……你们应该把这些不满告诉皇帝！

潘启明苦笑：告诉皇帝？告诉你，在我们大清国，官员是看不起商人的。清高的官员们尽量想办法远远离开商人。朝廷更是不和我们商人直接对话。我们的事情，需要请粤海关代替我们上折子。

安格宁耸耸肩膀：原来如此！如果我能见到大皇帝，我替你说话！

潘启明：洋商请洋人代转言事——做了一个杀头的动作——会杀我的头的！

安格宁大吃一惊：太夸张了吧？

潘启明：如果不是相信你已经在巡抚府接受了教训，我是不敢跟你说刚才那些话的，我可不想年纪轻轻被砍头啊！

萨丽安排安格宁：安格宁先生，万一您能见到皇帝，千万不要乱说话啊！

安格宁点头：我会记住的——突然想起来——潘，据说你们巡抚大人很快就要走，他要带我一起进京，是不是？

潘启明：有这个说法，不过，我想多留您一些日子。

安格宁：我要送你一个礼物，表示对你的感谢。说着，取出来脱谷机的图纸——呶，潘，你看——

潘启明：嗷，你愿意将这个送我？太感谢了！

萨丽问潘启明：你家有很多水稻吗？

潘启明：我需要成千上万个这样的东西！同文行要做很大很大的生意！

萨丽幽幽地：太好了，等若干年之后，我再回到中国，那个时候，你就会成了中国最大的商人——最大的商人，是不是就没有很多约束了？

潘启明被击中了，默默无语。

■ 四姨太处

吴天福正给四姨太回报工作：这次来的洋船，所有的货物分配，都是十三行行首带领几个大洋商决定的。基本上是进一出二。

四姨太不懂：进一出二？

吴天福解释：洋人带来的货少，从我们这里需要的货多。他们给我们一块钱的货我们要卖给他两块钱的货，才能装满他们的大船。

四姨太立刻明白了：那是当然了，他们有什么好东西？不就是呢绒布、板材、钟表什么的？我们呢，丝绸、茶叶、瓷器、药材、香料……我们有多少他们想要多少！

吴天福吹捧：姑妈真了不起，啥都明白！

四姨太嘿嘿一笑：这次，给我们广利行的份额多不多？

吴天福：当然！第一，我们广利行本身就是大行，原来我们占有的份额就大，第二，潘启明他们还算醒目，嘿嘿。

四姨太：咱们家积攒了太多的茶叶，这一次——

吴天福：明白。待会儿少东家来了，您说说。

四姨太：不过，有一些都是陈年茶叶，你看？

吴天福有些为难：陈年茶叶——恐怕——

四姨太：我不管太多，你自然鬼点子多，你就多想一些鬼点子吧！

吴天福：姑妈——

四姨太：告诉你，我可是向老爷夸下海口的！

吴天福：老爷也知道？

四姨太：你小子，你以为是姑妈在这里做小投机生意？哼哼——

吴天福：好吧，陈年茶就陈年茶吧，孩儿想办法——不过，待会儿少东家来了，您老人家不要把陈年两个字先说出来。

四姨太点头。

丫鬟进来：奶奶，姑爷来了。

四姨太：客气什么，进来就是了！

鲁子义掀帘子进来了，一脸晦气，很不开心的样子。

吴天福：东家，我们娘儿俩正说您的事情呢。姑妈说，您来了再告诉您！

鲁子义：说什么都晚了，我上了潘启明的当了。我还以为他是真的不想干了呢，哪里知道他是以退为进。哼哼！

四姨太：说实话，是不是心理埋怨岳母了？

鲁子义：不敢，不敢！

四姨太冷笑一声：告诉你，不要以为那潘启明捡了一个金元宝，他是接手了一块烫山芋！老爷亲口对我说了，潘启明不会有好的！鲁子义没有人敢欺负的。

鲁子义：谢谢岳母。不过，说没有人敢欺负十三行行首倒是真的。没有人敢欺负我？只怕不保险！巡抚老爷的话，谁听到了？

四姨太取出来巡抚的题字：巡抚老爷说的话，就在这里！

鲁子义一看，简直不敢相信：这是真的？

四姨太：不是蒸的还是煮的？

鲁子义一下子跪倒在地上：孩子给岳母大人磕头了！

四姨太：别磕头了。把岳母的一点茶叶帮助卖了就行了！

▩ 同文行大门前

巡抚府校尉带着一领小轿来到。

校尉在前，潘启明、安格宁在后，走出大门。

安格宁：不知道巡抚小姐是什么病，你有没有交代？

潘启明思索片刻：如果小姐不提潘启明，安格宁先生绝对不要说起潘启明。如果小姐提起潘启明，安格宁先生就转告小姐，潘启明此生无缘进京城了。

安格宁慢慢点头。

校尉请安格宁上轿。

潘启明抱拳恭送安格宁的小轿慢慢远去。

▩ 鲁家大院　外内　日

大家在饮茶。按照规矩，阿香跟大家敬茶。阿香把第一杯茶，跪下敬给了鲁老太太。第二杯茶，跪下敬给了鲁太太。最后一杯茶，是敬给长房太太的。香儿很不甘地从丫头盘中端起这最后一杯香茶，躬身奉给春儿。

春儿嫌她不跪下，昂头不睬。

阿香坚持不跪地，双手端杯举上：姐姐，请——！

春儿坚持不理睬。

鲁太太看不下去了：春儿，妹妹给你递茶呢！

春儿装作以为阿香已经跪下，往下看。

鲁老太太给阿香解围：春儿，你们姐妹，在家不叙常礼了吧！

春儿低头一看之间，发现阿香和自己一样，穿着大红裤子：奶奶，婆母，春儿并不是要求妹妹跟我叙家中长礼，春儿要妹子讲究人伦大礼。如果不讲人伦大礼，外人知道了，会耻笑我们的。别人家，也许无所谓。只怕孩儿回到娘家，会受责打呢！

鲁太太感觉到问题严重：阿香哪里违反了人伦大礼，春儿不妨直说。

春儿：如果，这管家的重任，奶奶不交给春儿，春儿也不好说什么，现在既然要求春儿管家，这违背人伦大礼的笑话，是断然不许的。

鲁老太太：如果真有此等事情，奶奶也不答应。

阿香看奶奶和婆母都有偏向自己的意思，有些不服气了：姐姐不要无中生有，小题大做了。我有什么违背人伦大礼的事呢？小户人家，想违背人伦大礼，也没有机会呢！

春儿知道她是指桑骂槐，不再多扯：我记得家规中明确规定，只有长房太太才能穿大红裤子——抖抖自己的大红裤子，然后指着阿香的大红裤子——你，身为二房，只能穿粉红裤子，谁让你穿上了大红裤子？莫非，我已经死了？

鲁老太太和鲁太太都愣住了。这还真让春儿挑着了。

阿香早已按捺不住了，忽地一跳，蹦起好高：什么人伦大礼？按照人伦大礼，姑奶奶是长房大太太！你还好意思跟我说人伦大礼，狗屁！

春儿也是勃然：你敢辱骂当家太太——

阿香并不示弱：怎么，我就骂了！不就是上吊嘛，老娘我也会上吊——

阿香说着，就向外走，似乎准备去上吊。

鲁老太太急忙指挥人阻拦。

场面乱成一锅粥。

▩ 小街上　外　日

一辆马车往前走着，车后还带着用布裹着的木家伙。

车前坐着潘启明和喜妹，车里坐的是安格宁。

潘启明：还有多远？

喜妹：前面就是。

潘启明：有把握吗？

喜妹：到铺子里问了才知道。

▩ 陈记木匠铺　外内　日

陈记木匠铺的牌子还挺大。

马车停了下来，启明和喜妹跳下车。

喜妹掀车帘：下车了。

安格宁没动，没听懂。

潘启明：请下车。（英语，中文字幕）

安格宁：到了？（英语，中文字幕）

潘启明：是到了。挽安格宁下车。

安格宁下车看了看：这里不像是工厂啊。（英语，中文字幕）

潘启明：马上问了才知道。（英语，中文字幕）

三人走进铺子里，几位木匠正在干活，铺子的空间倒还不小。

喜妹：喂，你们老板呢？

木工甲：是你呀，稀客。

喜妹：喊你们老板——！

陈师傅从另一间房子里走出来。

陈师傅惊喜地：是喜妹呀，稀客。

喜妹大大咧咧地：生意忙不忙呵——

陈师傅：你没看，大家都忙着赶这套家具呢。

喜妹：挣钱多不多呵？

陈师傅：是二发娶媳妇，我是他表叔，能挣他的钱吗，白忙活。

喜妹：那——你想不想挣大钱哪？

陈师傅：大钱谁不想挣啊，做梦都想，哎——，你才进城几天哪，怎么说话都变味了，你不是在一家商行里面，听说……

喜妹打断他：谈生意就是谈生意，谈完正事再拉家常。

陈师傅：嘿，你这鬼丫头。

喜妹朝安格宁：拿来吧。

安格宁服从地把卷着的图样交给喜妹。

喜妹在边上的木工台上展开：看看吧。

陈师傅俯身仔细地看。几位木工也围上来看。

喜妹拦住：别打搅，师傅看完才轮到你们。

几位木工只好闪开身了。

潘启明看着喜妹的架势，抿着嘴偷笑。

安格宁的目光倒在房子中的各种木工工具上。

喜妹：看明白了没有？

陈师傅啧着嘴：柜子不像柜子，箱子不像箱子，这到底是个什么东西，干什么用的？

喜妹：全番禺最有名的大木匠师傅，这回难住了吧。

陈师傅有些尴尬地：鬼丫头，你到底在搞什么名堂呵，没事跑来调皮捣乱。

喜妹：什么东西先不告诉你，反正是咱们中国人刚见到的新玩意，还是个好东西。

陈师傅：老实点，别打哑谜了，这里还有外人呢。
喜妹：是有外人，他就是老外，洋人。
陈师傅：我早就看出来了，说正事吧。
喜妹：说正事，图样你看不懂，照葫芦画瓢会不会？
陈师傅：只要有葫芦，瓢不会走样。
喜妹：那就好，朝木工们，你们把马车后面那玩意抬下来。
木工们看陈师傅。
陈师傅：快去抬呀！没看人在这叫阵吗？
几位木工忙在门口抬下木架子。
陈师傅转着圈看，这到底是什么玩意呀？
喜妹：有名的大木匠傻眼了吧？
陈师傅翻了喜妹一眼，又仔细地观看：难道是水车？
喜妹：嗯，聪明，是车。说着踩动脚阀，木桶转动起来……
陈师傅兴趣来了：噢——，好玩意。
喜妹：有稻秆没有？
陈师傅：后院还晒着稻子呢。
喜妹：快去抱一捆来。
陈师傅还想跟着喜妹说话，喜妹转脸去看刚做的家具。
稻子抱来了，喜妹接过来，踩动脚阀，把稻子续进，很快，清爽的稻粒流出来……
陈师傅大呼：好玩意——！
喜妹停下来：能做不能做？
陈师傅俯下身：再踩，别停！
喜妹又踩。
陈师傅仔细地看着转动部分。
喜妹：大木匠，说话呀。
陈师傅用力一拍木桶：能，看明白了。
喜妹：多少天能做一个？
陈师傅想着：得……半个月吧。
喜妹：太慢了。
陈师傅：白天黑夜赶，十天。
喜妹：只给你七天。
陈师傅：做这玩意是头一回，得处处比着葫芦哇。
喜妹：就是有葫芦比着才快呢，第一个做下来，第二个不就快了？
陈师傅：这话有理，哎——，不是只做一个呀？

喜妹：做多少要多少。

陈师傅眼发直了：真的，做大宗活计？

喜妹：没错呀！

喜妹说着望望启明和安格宁，突然，她脆声地笑个不停……

陈师傅：你笑什么？

喜妹点着启明和安格宁：我叫他俩不要说话，他俩真的变成了哑巴。

潘启明开口了：听你刚才说得够开心的了，当然要当哑巴啦。

安格宁：你们都说些什么？（英语，中文字幕）

潘启明：我们的计划可以进行了。（英语，中文字幕）

喜妹长舒一口气，总算没有白跑。

陈师傅：别忙，正事还没谈完呢。

喜妹：谈完了，就这事。

陈师傅：就这事？价钱呢？

喜妹：你说多少？

陈师傅：要好木头，又是细活，起码得二两。

喜妹如梦方醒：哎哟，望着启明。

潘启明郑重地：二两就二两，如何？

陈师傅瞪大眼睛：你这个老板爽快，算数！

潘启明掏出一锭银子放在工具台上：这是定银十两。

陈师傅激动地：喜妹，你可带来个大财神爷——！

喜妹：大舅，听我说。

陈师傅：现在喊我大舅了，刚才为啥不喊？

喜妹：刚才——，我是怕你万一干不了这活，丢你名气，也丢我的面子。

陈师傅：这鬼丫头，在城里都学得油嘴滑舌。

喜妹：大舅，这位就是广州十三行同文行的老板潘启明。

陈师傅惊异地：潘老板，您就是潘老板？

潘启明微微点头。

陈师傅又注视着潘启明：没错，和传说中的一样，年轻帅气，做事稳，说话算数，板上钉钉。怪不得能当上十三行的大行首，不得了，在我们番禺，把您都传说成神人了，今日在我小铺子里相见，三生有幸，三生有幸呵——！

喜妹：启明，看，你天天闷头做事，外面都把你张扬成圣人了。

潘启明哑笑。

陈师傅却大惊：什么，你喊他启明？

喜妹：怎么啦？不对呀，启明启明启明启明启明，他就是实实在在的潘启明。

陈师傅大张着嘴巴，半天才：呵——，噢噢噢噢噢哦——。他明白了什么。

喜妹：大舅，你乱噢什么呀。

陈师傅：噢——，对了，徒弟们，都过来瞧瞧，马上那个准备开工。喜滋滋地把那锭大银揣进怀中……

潘启明：陈师傅，有一句话，要说在前面。

陈师傅看潘启明很严肃，也很郑重地：潘老板，您只管交代。

潘启明：不可让外人仿制了去。我是独家经营。

陈师傅：嗽，这事，您就是不说，我也要做到啊。这是规矩，我自有办法，你就放心吧！

▩ 茶楼上　内　日

雅座里，鲁老爷子和吴先生正在喝茶吃点心谈心。

鲁老爷子长叹一口气，放下茶杯：真没想到家里会弄成这样呵！

吴先生：这也怪不得子义呀！

鲁老爷子：这小子，他鬼迷心窍，老想巴结权势……

吴先生：没错呀，我不有时也得依仗巡抚府的权势吗！

鲁老爷子：我担心有后患啊！

吴先生：这话有理，有了权势也好，依靠权势也好，关键是在怎么对待，怎么去做。

鲁老爷子：按说，子义眼下也在刻苦学习，奋发图强，可我心里咋就不踏实呢。

吴先生：依我说呀，你我都老了，不放心也得放心，子义既然在刻苦学习，奋发图强，目的也是为鲁家光宗耀祖，干脆，放手让他闯，闯对了，咱们鼓励鼓励，走了弯路，咱们指点指点。

鲁老爷子点着头听。

吴先生：你刚才说的少奶奶的事呵，我看你还真得操操心呢，家和万事兴，这可是个大道理。

鲁老爷子的心又悬起来了：正发着愁，才找你诉苦哇！

▩ 路上

还是潘启明等一行。

安格宁：好了，脱谷机的事情，我算是交代了。这两天内，我就要进京了。

潘启明：你的病人情况怎样？

安格宁：主要是营养不够，长时间以来胃口不好，吃不下东西啊！

喜妹担忧地看看潘启明。

潘启明沉重地点头：这样，能上路？

安格宁：巡抚大人一定要进京。为了病人一路保险，巡抚大人才决定要我这个医生跟随一起进京呢！

潘启明下意识地抓住安格宁的手：拜托了！

安格宁安慰地：我估计生命危险是没有的。但是，如果不能正常饮食，健康情况就会大打折扣！

第二十六集

码头

杨巡抚进京的官船。

小轿子抬着杨如雪，到了岸边。杨如雪下轿，已经率先上船的安格宁急忙过来参与迎接。

杨如雪到了大船上，回望一眼广州城，显得很凄凉。

巡抚的仪仗队过来了。

很多官员赶到码头送行。其中也有十三行行首潘启明。

哥德堡号

正在往下卸货。一些洋商忙着参与分配。他们哪家洋行得到多少份额，都是事先分好的。所以，他们都有账单拿在手中。

萨瑞问贵叔和阿黄：潘？

贵叔做了一个暂时不能来的手势。

四姨太住处

鲁子义和吴天福来拜访。

鲁子义：岳母大人，天福想起来一笔生意——

四姨太：是不是把咱们的茶叶，卖给哥德堡号？

吴天福：茶叶的事情姑妈放心，我们已经取得了把茶叶卖给哥德堡的份额。今天想说的是脱谷机的事情。

鲁子义：岳母有所不知。安格宁，就是那个洋人，带来一种机械，名字脱谷机。绝对是一笔发财的生意。

四姨太：咱们跟那个洋人要过来！

吴天福：不过，安格宁已经把样机和图纸送给潘启明了。

四姨太迟疑了：这，就怕不好办了。

鲁子义：岳母，天福的意思，通过一个官员，跟潘启明买过来。

四姨太慢慢点头。

■ 潘宅　外/内　日

潘启明望着来拜访的差役：这位是——

差役：潘老板，我们丁师爷差我来请你，说有事和你商议。

潘启明：丁师爷？

喜妹：是知府衙门的。

潘启明：什么时候？

差役：现在，我等着接你呢！

■ 酒楼上　内　晚

雅座里，穿了便服的苏知府和丁师爷在喝着茶。

门帘掀开了，差役探个头：老爷，潘老板到了。

苏知府：下去吧。

潘启明走来，忙要施礼：知府大人——

苏知府起身忙拦：免了免了，这不是公堂，坐吧坐吧。

潘启明这才坐下。

丁师爷：小二，上菜！

小二在帘外应声：马上来了——！

苏知府：潘老板，今晚约你，有一件大事跟你商量。

潘启明立刻逊谢：不敢。大人有教导，潘启明洗耳恭听。

小二端上酒菜，斟酒。

苏知府端起酒杯：潘老板客气——这杯酒——，祝你生意兴隆，天天发财，多为朝廷尽力。

潘启明端杯：谢知府大人关心，鼓励，启明一定努力。

众人干杯。

丁师爷：吃菜吃菜。

苏知府：私人聚会，随便点。

丁师爷亲自斟着酒：潘老板哪——

潘启明：叫我启明好了，你们都是长辈。

丁师爷：嗯，这话我爱听，你都是大人物了，还这么谨慎，更有大出息了。

潘启明：丁师爷多多指教。

丁师爷：上次洋妞那事，就是我出点子，大人出面给你摆平的，心中有数吧。

潘启明：当然有数，启明心中不胜感激，必当厚报。

丁师爷：怎么报答，那是你的事了，今儿请你出来，小事一桩，是这样的——听说你请来了一个洋人，名字安格宁！

潘启明：有的，知府大人，不过，已经跟随巡抚大人进京了。

苏知府示意潘启明坐下：本府当然知道。

丁师爷：听说，那个安格宁发明了一个脱谷机——

潘启明：这也是有的。不过，能不能正常使用，还没有把握。不知府台大人有何指教，但讲无妨！

丁师爷：实不相瞒，府台大人有一个朋友，朋友的儿子做生意，想买断这个打谷机的生意，希望你给面子。

潘启明立刻明白了其中的意思：大人看得起潘启明，潘启明感激不尽。论理，应该双手奉送。不过，有一些苦楚。第一，安格宁和在下有个约定，不许转让他人，此其一。还有，这个机械，是否可行，还没有绝对把握。在下还在试验。不过，大人张开了金口，潘启明哪里能断然拒绝呢！在下有一个主意，不知道可否说出来？

丁师爷看看苏知府。苏知府点头。

潘启明：为了不违反潘启明和安格宁之间的合约。这个脱谷机还是由我出面经营，不过呢，知府大人的亲朋可以参与分红。

苏知府很感兴趣：这倒很好，不过，无功不受禄，不好这样子吧？

潘启明：大人是可以大大立功的。

苏知府：你且说来，本府倒要好好领教了。

潘启明：不敢。待潘启明将这脱谷机机械试验之后确保万无一失之后，请大人把四乡乡约里正请来，当众展示给他们。然后，知府大人到四乡劝农的时候，再行动员大户人家购买。这样，不仅有利于我广州一府农民，也使咱们的生意，做得风生水起。

丁师爷：好主意。只是不知道你——

潘启明明白：这个好说，潘启明愿意出纯利润中的两成，作为帮助销售的酬劳，付给知府大人的亲朋！

丁师爷看到知府大人两只眼睛熠熠生辉。说道：你的主意不错，知府大人的亲朋，毫无风险，坐拥大利。本人认为很好，这样吧，等我和这位亲朋商量商量再回你话好了！

潘启明站起来：好，我候着。在下还要处理哥德堡的一些生意，先退一步了！

苏知府点头。

丁师爷站起来，送走了潘启明。

丁师爷回头，看到苏知府正在得意地盘算呢，凑近：大人，潘启明很醒目，这样处理，料想四姨太那里会不高兴的。

苏知府：四姨太？哼哼，你没有听到嘛，安格宁和潘启明有合同，不许转让他人！咱们不能强人所难啊，是不是？

丁师爷马上明白，苏知府要撇开四姨太了：嗷——大人，高明啊！

苏知府：通知各乡乡约里正，凡十亩田以上者，都要到同文行购买脱谷机！

▩ 粤海关　外/内　日

容买办、郑买办等人被海关差役领进一间屋子。

门口贴着：买办房。

房内刚粉刷过，桌椅全是新的，桌上还准备着纸墨笔砚。

众买办欣赏般地注视这间新屋。

郑买办：这就是专门为咱们准备的？

容买办沉吟着：说是为了咱们这些人办事方便，我看哪，是海关把咱们这些人放在他眼皮子底下，嘿嘿……

郑买办：听说，这是潘启明向海关要求的，就是为了咱们办事方便。

容买办：准确地说，就是纳税方便。海关这么做，不就是为了钱嘛。

胡买办敷衍地：没错。

郑买办：咱们在这有张桌子、有个窝，和海关打交道也确实方便多了。潘启明这点子不错。

容买办：这点子当然不错，潘启明是行首。哪家少报税，他也都有责任，他出这点子——

潘启明和另外两个买办走了进来。

众买办忙应酬：潘行首——

潘启明拱手示意：诸位都来了，辛苦。

容买办：不辛苦，不辛苦，行首招呼，又是为我们办事，高兴还来不及呢！

潘启明：房子是那大人提供的，桌椅文具是行首置办的，大家看，还少些什么？

胡买办：在这写单、立文书、再报关，当然方便多了，只是——

潘启明：说呀。

胡买办笑笑：大家在这通通气，聊聊天，不能干坐着，要是再泡杯工夫茶……

潘启明：这好办，回头我叫人送套茶具来，不过，这茶可得自己泡，抽不出人来专门在这泡茶了。

胡买办：那是自然。

差役喊：总监大人到——

那金坐下，朝大伙：坐，都坐吧。

众人都在各自的桌边坐下。

那金：潘行首，你也坐呀。

潘启明这才落座。

那金：为了你们大家方便，潘行首向我禀报，能不能给你们腾个地方。这面子我给了，房子刚刷的，你们写单子、立文书就可以在这办了。借今天大家在，本大人是为皇上办差，全中国也就这一个海关，也就是你们这些人跟洋人打交道，为洋人办事，可你们别光为自己赚银子，也别忘了你们还是咱大清的子民，不能为银子和洋人穿一条裤子，要是哪一位胆敢漏报和不报，或者暗中走私，本总监翻起脸来，我可叫你倾家荡产，妻离子散。

郑买办：那大人，我们可不敢。

众买办：那大人，我们决不会。

那金：潘行首，你不光是为海关办差，也是为朝廷办差，今儿也当众说明，他们出了事，给我惹了麻烦，你也脱不了干系。

潘启明：大人，启明谨记。

那金：你们大家都听见，十三行的头是潘启明，你们要是出了麻烦，潘行首要是断你们的财路，本大人可不会帮你们讲话，我粤海关只管为皇上收银子。

众：我们明白，请大人放心。请潘行首放心。

▩ 码头，哥德堡号　外/内　日

喜妹正亲自监督工人将茶叶钉箱贴封……

萨瑞在一旁观看。看着喜妹极其认真地办事，两人钦佩地对视。

阿黄领着鲁子义、吴天福走过来。

吴天福嬉皮笑脸地：喜妹当家的，正忙呢？

喜妹脸色红了：乱喊什么？！你们那边的茶叶装箱没有？

吴天福：等您过目哇。

喜妹：你不看我正忙着嘛！

天福又朝萨瑞搭讪：萨瑞先生，你也亲自验货呀？（英语，中文字幕）

萨瑞：喜妹做事极其认真负责，有她就行了，不过，我需要学习呢！（英语，中文字幕）

吴天福：你不是不放心吧！（英语，中文字幕）

萨瑞：你们做事，从来没有出过差错。一句话，和广东十三行打交道，我都放心。（英语，中文

字幕）

喜妹也似乎听懂了：萨瑞，谢谢你的信任。

吴天福像是自言自语地：茶叶，都是应该尽快装箱密封的。又朝萨瑞：萨瑞，我说，茶叶都是应该尽快装箱密封的，您听懂了吗？（英语，中文字幕）

萨瑞：我懂，你的那部分茶，也应该这样密封。（英语，中文字幕）

鲁子义：萨瑞，今天，我没有别的事情，想请你到一家别有风情的茶馆坐坐，能不能给我面子？

萨瑞很高兴，连连点头。

两个人一起走了。

喜妹催促待在他一旁的吴天福：你们的货，不能再拖了！特别是茶叶。

吴天福漫不经心地：快了，快了！

阿黄领着差役走进来：喜妹，广州府来人了。

喜妹忙不迭地：差爷，您请，到客厅里坐。

差役：公务在身，不坐了。知府大人有命请潘行首，商谈劝农事宜。潘行首举荐你过去商讨！

喜妹想了想，明白了：嗷，你说的是哪个事——

差役：在下不知道什么事，您只管过去跟丁师爷说吧。

喜妹略思片刻：好，我这就过去。阿黄，广利行他们给萨瑞哥德堡号的茶叶，麻烦你帮忙验收，一定要核对清楚，保证质量啊！

阿黄：哎！

吴天福略喜的表情……

■ 四姨太处

很多茶叶都已经装好了箱子。四姨太亲自安排往箱子上贴标签。所有的标签上，都是广利行的字样。

迟迟不见吴天福来人运货，四姨太有些着急了。

一个广利行的伙计急忙跑过来：快，吴掌柜让赶快装车，运往码头！

■ 货舱里　内　日

几个工人正在整理着茶箱。阿黄过然很认真地验货。

吴天福领着几个伙计走进来。

吴天福：伙计们，我来介绍一下，这是大名鼎鼎的同文行管事阿黄。

阿黄忙不迭地：不不不，我不是管事，吴掌柜就是喜欢乱开玩笑。

吴天福：叫你来管事，你就是管事。你说，今天不是你管是谁管事？又朝众人们：来，你们都来见见，阿黄管事专门来验货，你们小心服侍，阿才，你给阿黄管事禀报禀报。

阿才：是，黄管事——

阿黄客气地：不用不用，我自己看就行。

阿黄认真地检验着装进茶箱里的茶。

吴天福：阿才，快去给阿黄管事泡壶好茶。

阿才：马上就到。应声而去。

吴天福：阿黄管事，这茶没错吧？

阿黄：我还要抽查几箱才好。

吴天福：嗷，我们广利行的茶叶会出鬼？

阿财跑进来：掌柜的，茶泡好了！

吴天福又接起阿黄的手：让他们封帖子吧，走，咱们在一边喝茶。

阿黄推辞：不用，我不渴。

吴天福：让他们贴就是了，干吗这么辛苦哇。走吧——

吴天福硬是把阿黄拽走。阿黄只得不情愿地跟着走。

吴天福的手松开了。

阿黄发现自己手里握着一锭大银，不由得瞪大眼睛……他猛然回头，看到茶箱子上都是广利行的帖子，不由得偷偷一笑。

■ 潘宅　外/内　晚

厨房里。小桃子烧灶。芳嫂正忙着饭菜……

正房中，阿娇做小孩的衣服，在小肚兜上刺绣牡丹……

■ 萨丽房中

萨丽在一幅刚刚完成的江边风情画前凝视着，萨丽终于放下画笔，长长地舒了一口气……

■ 餐厅里

芳嫂和小桃子摆着碗筷和小吃，萨丽高兴地走了进来，认真地打量着桌上的小吃和拼盘。

萨丽：香，很香！

桃子捧来一煲汤放在中央，又放好汤碗。

萨丽望着桃子：可以吃了？我饿了。是肚子饿。

芳嫂：不可以。

萨丽：为什么？

芳嫂：老爷还没回来。

萨丽：我一直不明白，潘，很年轻。你们，当面喊他老爷，什么是老爷？老的爷爷？

桃子忍不住扑哧一声笑起来。

萨丽：小桃子，你笑，我说的不对？

芳嫂苦笑：我们跟你说不清。

萨丽：谁，能说清？

芳嫂想了想：喜奶奶。

萨丽：喜妹和我一样年纪，你们，喊她奶奶，喊我小姐。我——很糊涂。

芳嫂：喜妹是老爷的妹妹，所以是姑奶奶！

小桃子又捧一盅盖好的汤。芳嫂忍住笑，小心接过汤放好。

芳嫂：小桃子，扶太太过来喝汤。

小桃子：知道。立马出去了。

萨丽：可以喝汤了？

芳嫂：不可以。

萨丽：又为什么？

芳嫂：说过了，老爷还没回来。

萨丽：阿娇可以，我，不可以？

芳嫂：是——

萨丽：为什么？

芳嫂：她肚子里有宝宝。

萨丽不悦地：我肚子里，什么都没有了，饿！

芳嫂：那——，你先尝尝小吃。

萨丽：尝——是什么意思？

芳嫂：就是——，你可以，这个，点着小吃，吃一点点。

萨丽望着，点着小吃：我看一样的，没有一点点的。

外面传来敲门声。

芳嫂：是老爷回来了，我去开门。

萨丽：我去，为你的老爷开门。匆匆而出。

芳嫂开心地偷笑。

■ 大门口

萨丽打开大门。

果然是启明和喜妹回来了。

萨丽礼貌地：潘，你辛苦。

潘启明往里走着：不辛苦。

萨丽跟着：你饿了吗？

潘启明：嗯，是有点饿。

萨丽：那很好。

芳嫂已经端出洗脸水放在树下石几上，启明接过毛巾擦脸。

小桃子正扶着阿娇往餐厅走。

阿娇亲切地：回来了？

潘启明扔掉毛巾忙上前扶住阿娇：我来。

阿娇亲昵地：看你，忙了一天——

阿黄风风火火闯进来：哎哟，累死我了。

喜妹，办完了？

阿黄：办完了。

潘启明：萨瑞呢？

阿黄：我也没看到，说是——，被鲁少爷接走请吃饭。

潘启明若有所思地：噢——

■ 小街上　外　晚　小酒馆

鲁子义陪萨瑞吃饭。

萨瑞兴奋地：你们中国菜，样式很多，我越吃越有兴趣，越吃越想吃。（英语，中文字幕）

鲁子义：我们不同的饭庄都有不同的味道，不仅粤菜好，徽菜、川菜也很好。下次，可以再换一家，保证您更有兴致。（英语，中文字幕）

萨瑞：酒——，你们的酒——也很厉害。（英语，中文字幕）

鲁子义：对，我们的酒和你们的酒，不一样。（英语，中文字幕）

吴天福走进来，和鲁子义一对光，鲁子义知道吴天福有事情，急忙站起来：小二——！

▩潘宅　内　晚

大家围着餐桌在吃饭。

喜妹给阿娇捡菜。

阿娇：喜妹，别光给我捡，你也吃呀！

萨丽：筷子捡来捡去，不好。

喜妹乜了萨丽一眼，又把菜往启明碗里夹。

萨丽：潘，这习惯不好。

潘启明不置可否地：噢。夹起喜妹捡的菜吃着。在另外想着什么。

阿黄因为吃过了，没有食欲。

喜妹看到了，感到很疑惑：阿黄，今天有些反常啊？

阿黄装作正经：怎么了，很正常啊？

喜妹：平常吃饭像只饿猪，今天像病猫——是不是吃偏食了？

阿黄嘿嘿笑了，起身：算了，今天胃口不好，不吃了——

喜妹放下碗筷，跟着阿黄走出来，看到距离大家有些远了，低声：阿黄，不要跟我打马虎眼，是不是有猫腻？

阿黄意味深长地笑。

喜妹：茶叶都装好了？

阿黄：都装上了，有累点啊。说着打了一个哈欠。

喜妹闻到了酒味：你喝酒了？哼，你都认真查验了？

阿黄：查完了。

喜妹：认真查验，会有人请你喝酒？我问你，广利行的那二百箱茶叶到底怎样？

阿黄不屑地：问他们干什么？反正谁家的货，都贴着谁家的标签。到了人家那里，谁的货是次品，就给谁退回来。谁敢捣蛋，谁自己承担责任，嘿嘿——

喜妹惊异地看着阿黄，半天不说话。

阿黄有些慌乱：怎么，我说得没有道理？

喜妹：阿黄，你说得有道理，大家的货都有自己的标签，谁玩猫腻谁倒霉。不过，你要记住，哥德堡是我们同文行负责的。萨瑞是我们东家的好朋友！我们不能保证按质按量装船，不仅会破坏我们同文行的商业信誉，也会影响我们东家和萨瑞的友谊。

阿黄愣住了。

正好潘启明吃过了饭，匆匆走出来。

喜妹一下子拦住了潘启明：启明，不要走。阿黄有话给你说。

潘启明看到喜妹态度严肃，很慎重地看着阿黄。

阿黄只好实话实说——回忆镜头——

哥德堡号上，阿黄突然发现自己手中多了一块银子，吃了一惊，回头去看看另外一箱茶叶，发现是次品，但是，他笑笑，没有追究，跟着吴天福走出去了。

回忆结束——阿黄诚惶诚恐地看着沉思的潘启明。

潘启明：你为什么不当面指出来，让他们重新送正品茶叶过来？

喜妹：他自作聪明，说反正上面有标签，到了瑞典，也要把次品茶叶给他们广利行退回来！

阿黄：东家，我一想起来那个鲁少东家对您使坏，我就心里难受。我看到他们自己坑害自己，我就，我就不由自主地装傻了。

潘启明：你不是装傻，你是真傻！

喜妹训斥阿黄：你想想，广利行在哥德堡上出事情，跟咱们同文行出事情，有什么区别。你是看到一块银子，就鬼迷心窍了！

阿黄立刻把银子掏出来：我要想独吞这块银子，我就是个王八！

潘启明：你知道有多少箱是次品？

阿黄：我，我，反正不少。少了，他们又是调萨瑞出去，又是送银子给我，不值得啊！

潘启明拔腿就走：快，跟我上船查验！

一眨眼，潘启明已经跑出去好远了。喜妹、阿黄立刻一溜儿烟地追了过去。

鲁家大院

阿香房内。

琴儿在铺床布枕，特意把两个枕头贴得紧紧的。

阿香穿着贴身内衣照镜子。

阿香：看看少爷回来没有。

琴儿：刚看过，大门紧关着，我听着声呢。

阿香：老二睡了没有？

琴儿：我刚才偷看了，春奶奶——

阿香：住口，谁叫你喊她春奶奶的，顶多——，喊她个二少奶奶！

琴儿自知失口地改口：刚才——，我偷看，老二她是对着孤灯想心事呢。

阿香：对，她好像是有心事，会是什么心事呢？

琴儿：明摆着的，等少爷呗！

阿香冷笑：哼，她想和我争，嫩着呢。

琴儿：大少奶奶，我看巧儿今天跑来跑去，鬼鬼祟祟的，不知道在干啥？

阿香：看清楚了？

琴儿：就感觉她神色不对劲。

阿香：你给我多着心眼。

琴儿：是！

阿香突然一阵恶心，想呕吐。

琴儿忙上去捶背：你怎么了。

阿香长舒一口气：怕是……

琴儿醒悟地：嗅——，少奶奶，您是有喜了吧。

阿香高兴地：是该有了吧！

门吱呀一声被推开了。

阿春出现在门口：姐姐。

阿香：嗬，妹妹，你还没睡呀！

阿春：姐姐，你不也没睡吗？

阿香：我是……

琴儿口快地：刚才大少奶奶还想呕吐呢，有喜了。

阿香：呃——，才有点反应，不算什么？

阿春：那就恭喜姐姐啰！

阿香：嫁过来不就是为鲁家传宗接代嘛！

阿春：姐姐，我有个事不知当讲不当讲。

阿香：我也看出来你有心事，自己姐妹，有话就讲呗。

阿春欲言又止：姐姐——

阿香：你怎么啦？吞吞吐吐地，说呀！

阿春：琴儿，你先出去一会儿，我跟姐姐单独说。

阿香：琴儿，那你就去泡壶茶来。

琴儿不悦地冷笑，出去了。

阿香亲昵地：来，坐。

阿春挨着阿香坐下来，低声地：我把这事告诉你，你可不能说出去哟。

阿香：啥事，这么神秘呀？

阿春：我只告诉你，你可不能说出去呀！

阿香：我是当姐姐的，说话算数。

阿春又迟疑片刻，还是说出来：少爷他——今晚上去了怡红楼。

阿香：怡红楼？怡红楼是干啥的呀，是酒馆还是茶楼哇？

阿春：是窑子。

阿香大惊：呵——，窑子，他去逛了窑子？

阿春忙捂阿香的嘴：轻点。

阿香：你有没有搞错呀，他敢去那种地方？

阿春朝门口喊：巧儿，你进来。

巧儿应声进来，又虚掩上门，朝阿香施礼：见过香奶奶。

阿香：咋回事呀？

巧儿：春奶奶叫我瞄着少爷……

阿春忙打断：是我叫她上街买点鸡头榄，她碰上的。

巧儿忙改口：对，是春奶奶叫我上街买小吃，在怡红楼那儿，我看见鲁少爷和一个洋鬼子进了怡红楼。

阿香：他去怡红楼干什么啦？

巧儿：这我哪知道哇，就看见那些女的把他们扯进去了。

阿香：你没盯着进去看看，他到底干了些什么？

巧儿：我哪敢哪！

阿春：到窑子里，还会干什么，还能干什么呀。说着，眼泪流了出来。

阿香：呵——，对呀，到那地方还能干什么呀，我的个天哪——！她的眼泪也流了出来……

这时候，偏巧鲁子义回来了。一进门：哦，今天怎么两个人挤到一间房子来了？

两个人都不说话，室内的空气很紧张。

鲁子义：怎么了，说话啊？

春儿冷冷地：说，你今天去了哪里？

鲁子义：怎么？我主外，你主内，外边的事情，还要跟你说？

春儿：你干好事情，自然不要跟我们说，你干丢人的事情，只怕你不敢说！

鲁子义：整天为了这个洋行，累死累活，能干什么丢人的事情？

阿香心直口快：哼，你去那地方了！

鲁子义：什么地方？

阿香心一横：丢人的地方！

鲁子义想了一想，明白过来，不禁呵呵大笑：做生意，要招待方方面面的人，那地方，也不能不偶尔光顾啊！

春儿和阿香都愣住了，继而，一起哭了起来……

鲁子义不禁勃然：哭什么？我累死累活，回家想看个笑脸不说，老父亲身体不好，生病吃药，也不能听这些哭声啊！

春儿阿香不敢放声了，只好啜泣。

伙计在外边轻声呼喊：东家，十三行行首潘启明在外边，说有要事找您！

▩ 鲁家会客室

潘启明内心很不平静，但是，尽量稳住自己。

鲁子义匆匆走进来：姐夫——

潘启明：子义，事情太重大了，不得不来找你。

鲁子义：请讲！

潘启明：我刚才到哥德堡验货，发现你的茶叶，绝大部分都是陈年次品。

鲁子义：不可能吧？你不是安排了喜妹、阿黄在那里一一验收了吗？

潘启明打开自己带来的茶叶：子义，你自己看吧！

鲁子义看了半晌，抬起头：姐夫，这是大事，有关我们洋商的信誉！我今天晚上一定追查——

潘启明：好，明天早上见！

鲁子义恭恭敬敬送走了潘启明，回过头来，对伙计：立刻请吴天福掌柜过来！

伙计领命而去。

鲁子义坐卧不宁。看到吴天福跑过来，劈头就问：装到哥德堡号的茶叶是次品？

吴天福很坦然地点头。

鲁子义大怒：你，你怎么能干这种事情？

吴天福很惊讶：你不知道？这不都是你岳母大人 的东西吗？

鲁子义：你知道都是次品？

吴天福：知道啊！

鲁子义气得几乎说不出话来：你既然知道都是次品，为什么还要装上船去？你难道不知道那箱子上都有我们广利行的标签？你这不是自己拆自己的台？

吴天福：东家，我知道，姑妈也知道。

鲁子义更是气愤了：都知道？合着就该让我倒霉？让我广利行倒霉，让潘启明看我的笑话？让我的生意做不下去？

吴天福：东家，你家岳母说得很明白，标签是咱们的，谁负责验货？潘启明！只要通过了验收，那就说明我们的茶叶合格！将来发现不合格了，那就是有人捣鬼了！

鲁子义：你说潘启明捣鬼？别人不会相信的！

吴天福：别人不相信？别人会相信广利行这样愚蠢？别人信任潘启明，巡抚府不相信，苏州府不相信，粤海关大概也不好说我们会这样愚蠢吧？

鲁子义慢慢点头。

吴天福：实话说，占二百箱茶叶的便宜，我吴天福固然喜欢，能打击一下同文行，打击一下潘启明，我更喜欢。

鲁子义亮出来潘启明带来的茶叶：不过，他们已经发现了。

吴天福：现在发现也晚了！应该由验货的喜妹或者阿黄当场发现才对！现在才说我们的东西不是正品，哼哼，谁知道谁背后捣鬼了。再说了，我们广利行茶叶两年来一直供不应求，哪里来的这样多陈茶？胡说八道！

鲁子义还在犹豫。

吴天福有些威胁地：少东家，如果你打算向潘启明低头，承认我们错了，恐怕要跟你的岳母大人商量一下才好哦！

鲁子义终于下定决心：对，他们当场验货的时候，为什么不说明？这中间分明有鬼！走，现在就跟我去找潘启明。

吴天福：不，明天早上去。

鲁子义：为什么？

吴天福：时间越长，他们调包的时间越充足！

鲁子义不由得越加佩服吴天福：乖乖，你真厉害！

吴天福：还不都是为了少东家啊！

哥德堡号

第二天一早，潘启明就来到了这里，焦急地等待鲁子义到来。

鲁子义终于带着吴天福悠然来到了。

鲁子义施礼：姐夫，让您久等了！

潘启明：不客气。请过来吧。他头前带路，一行人来到了一个货仓，里面装着很多货物，最显眼的当然是广利行的茶叶。阿黄、喜妹等都在这里守候着。

潘启明对阿黄他们：打开，给少东家看看。

阿黄他们迅速打开了几箱。

鲁子义装模作样看了看，回过头来，很严肃地对吴天福：吴掌柜，你自己看看吧！

吴天福大吃一惊：这，这，怎么可能呢？

鲁子义：吴掌柜，难道你不懂，要愚蠢到什么程度才能做这样的事情？你自己看看，这上面都是我们广利行的标签，我们这是自毁长城，自掘坟墓——

吴天福：东家，我连这都不懂，我难道是吃屎的孩子？当时，在我们广利行装箱的时候，我都亲自盯住的，我是寸步不离的。所有的伙计都可以证明这一点。再说，他们验收的时候，还是正品好茶叶呢，奇怪呀，这才一天一夜的功夫，怎么就老母鸡变鸭了呢？

阿黄一听这话，顿时受不住了：不对，当时验货的时候，你说请我喝茶。

吴天福：我请你喝茶？别说我没有请你喝茶，我就是请你喝茶，也是应该的。凭着我们两家的关系，请你喝茶也是罪过吗？

阿黄：你在验货的时候请我喝茶——

吴天福：不可能。如果在那时候，请你喝茶，你就不应该去！

鲁子义：算了，既然姐夫说我的茶叶都是次品，我认了——

吴天福勃然：不，你可以为了你们的亲情友谊，自认倒霉，自认吃亏。我不能，这关系到我的名誉——

鲁子义：吴掌柜，你听我说，潘启明是我的姐夫——

吴天福：是你的姐夫，就不应该这样害你！既然已经验收过了，就不应该再这样子，不在乎二百箱茶叶，这是嫁祸毁人！就算你东家不愿意伤害感情，我也要把这场官司打下去！

鲁子义只好回头对潘启明：姐夫，事情看来有些复杂，容我好好想想再说吧！

阿黄还想说什么，被潘启明制止了。

▩ 鲁家

鲁青山生病了，躺在床上。

鲁太太坐在一旁，愁眉不展。

吴先生和潘启明来拜访。

客套寒暄片刻，吴先生：如果不是启明邀请我来看望你，还不知道你生病呢。你也是，既然生病，为什么不告诉我们一声呢？

潘启明：岳父大人，这样显得我们一家太不懂道理了，有失孝道啊！

鲁青山咳嗽了一声：其实，我并没有当作生病来看，事实上也不能算是什么大病。不过，从昨天晚上，就感觉到浑身散了，一点力气也没有。

吴老板：看了大夫没有？

鲁青山：看了，说是积劳成疾，嘿嘿，哪里还能说积劳呢？早就百事不问了。

潘启明：我再去看看其他有名的大夫。

鲁青山：早上服了一剂药，感觉好了许多。启明有什么事情找我吗？

潘启明愣了一下，立刻笑起来：可见，我是多么不孝顺，来看岳父一次，就被怀疑有事情。

吴老板提醒：如果真有事情，也不妨说说。

潘启明：没有事情，如果说有事，我已经派人告诉阿娇，让她过来，在这里住几天，照顾老人一段时间，俯请岳父恩准。

鲁青山笑了：那当然好，我也想念阿娇了。听说她有喜了？

潘启明点头。

鲁青山：哈哈，我快做外公了。也许，这一冲喜，我很快就好起来呢！不过，我感觉到启明好像还有其他事情。

潘启明坚决地摇头：确实没有其他事情了！有些事情，可说可不说，比方说，我想在内地收买一些茶山，自己生产茶叶。这种事情，并不要紧，等岳父身体复原之后，再行仔细商量也就是了。

鲁青山点头：这个主意甚好。

这时候，阿娇来到了。

潘启明起身：岳父大人，您先安心养病吧，我和吴叔叔先离开一步。阿娇，岳父的病，虽不甚重，也是积劳所致，你要仔细侍候了。

阿娇连连点头。

■ 四姨太的住处

四姨太对鲁子义、吴天福：老爷走在路上，还是不放心家里的事情，给家里几封书信。其中给我的一封，就是说咱们生意的事情。你看看，你们不认真，能行吗？

吴天福：只怕，茶叶的事情，潘启明不会善罢甘休。

四姨太：那是当然。

吴天福：我看潘启明带着潮鸣叔叔到老东家那边去了。我估计，告状去了。

四姨太：不行，子义，你爹认死理，如果他出面承认了我们的茶叶是陈年次品，那就麻烦了。你要抓紧时间，到那金那里，将潘启明告下了。告他一个监守自盗，偷梁换柱，栽赃诬陷，打击同行！

吴天福：这样子，我们不是要把巡抚大人的题匾正式挂起来吗？我们就用这个理由，请各位达人、各位洋商前来祝贺，利用这个机会，把我们的状纸交到那大人手中。你们想，巡抚大人亲自题匾的广利行，那大人你能不考虑给以面子？

鲁子义：这倒是个好主意，只怕有些来不及了！如果我们还在筹备换匾事宜，潘启明就先发动了，那不是被动吗？

四姨太：带着巡抚的题字去看望那金，关于换匾事宜，征求那大人的意见，然后，再告状！

吴天福：好！

鲁子义下定决心：就这样办！

■ 同文行

吴老板：启明，这件事情，你不准备告诉你的岳父了？

潘启明：我平时孝顺不够，难道还能在他老人家生病的时候，给他打击？这个亏，我吃了。

吴老板：我那里，还有一些茶叶，但是，二百箱——说着摇头冷笑。

潘启明：我这里还有一些。加在一起也可能不够。我可以再到其他商行动员一些。

吴老板：梁家可能有一些。我出面去借来。伍老板那里——

潘启明：我去。

吴老板：哼哼，这个鲁子义，只怕将来要吃大亏！

潘启明：喜妹，阿黄，把我们所有茶叶连夜运到哥德堡号，把广利行的陈年次品茶叶都换下来。

喜妹：他们的那些陈茶如何处理?

潘启明：倒大海里去吧!

阿黄痛心地：东家——

潘启明：对外，一字不许透露，明白吗?

喜妹：明白!上有天神，下有海神，我们不说，神仙知道!

阿黄：神仙有灵，让坏人不得好死吧!

潘启明训斥：废话，快行动吧!

■ 萨丽的住处

萨丽在收拾她的东西，有她的画作，有一些朋友赠送的东西，当然，最多的是丝绸衣服，她一件一件，认真收拾。她在准备回去瑞典的行装。她收拾起一张潘启明的画像，为即将到来的分别，心头涌起痛苦的潮水。

■ 那金府徜门前

鲁子义带领着吴天福来拜访。

帮办走出来，和鲁子义互相打躬作揖。然后，引领鲁子义吴天福朝里面走去。

■ 哥德堡号

夜幕中，潘启明的伙计们，把鲁子义他们的茶叶，一箱一箱，倾倒进大海里。

潘启明看着茶叶倒进大海，痛心不已。

萨瑞来到潘启明身后：潘，你是我最佩服的人。

潘启明转回身来：不，我可能是个最愚蠢的人。不过，我的良心很平静。

萨瑞：我一定要让我们的皇帝知道，中国人非常伟大!

潘启明：不，这件事情，不要让任何人知道了。我不想让我的兄弟被人看不起，被人耻笑，一句话，这件事情，就到此结束。

萨瑞似乎不解地看了潘启明半天，慢慢点头。

■ 江面上

来了一艘洋船。

苏诺大叔带着女儿苏珊来了。

第二十七集

▩ 哥德堡号甲板上

喜妹坐在那里，很痛苦。

潘启明来到她的背后：喜妹，可以回去了。

喜妹慢慢回头，果然满脸泪水。

潘启明安慰她：事情过去了，幸亏发现得早。不然，等到明年萨瑞从瑞典回来的时候，把这二百箱茶叶又带回来，不仅物质损失太大了，名誉损失就更大了。你想想，那个时候，必定是一场轩然大波啊！

喜妹：我明白。

潘启明：明白还哭什么呢。要高兴才对。

喜妹半晌无语：我难过的是萨丽要走了。

潘启明知道喜妹在为萨丽悲哀的同时，也为自己难过。自己对不起两个为自己做了很多牺牲的女子，心里也很难过，甚至有些内疚：喜妹，有些事情，是命中决定的。人啊，一个命，一个运，很难对抗。我呢，只求对得起良心，可能，会伤害到自己的亲朋……

喜妹幽幽地：不要说了，你是对的。

潘启明：喜妹，谢谢。

喜妹：杨小姐快到京城了吧？

潘启明无语。

喜妹：但愿，她一路顺风，身体逐渐康复。

潘启明仍然无语。

天色快明了。

潘启明：回家吧，该给萨丽送行了。

萨丽：对，萨丽的东西可是不少——她自己说都是珍宝，如果献给瑞典皇室，一定会在瑞典引起轰动。

■ 四姨太住处

四姨太亲手给鲁子义编辫子。

鲁子义：那金说了，说这个潘启明真不是一个省油的灯！

四姨太笑笑：你以为那金真的对潘启明生气？

鲁子义：不是嘛？

四姨太：他要借你的手，给潘启明一个下马威，一是能收拾一下潘启明，一是挑拨你们洋商之间关系不和——

鲁子义：哦，我们关系不和，对他有什么好处？他想让我们闹矛盾，他从中收我们的好处费还差不多！

四姨太点了鲁子义的额头一下：哼，你们洋商之间，越是钩心斗角，越是尔虞我诈，他越高兴。你们要是抱成一团，他就没戏了。你没看到，那个潘启明就是想让所有的洋商抱成一团！

鲁子义不由得呆住了，半晌：如果大家抱成一团，也好。不过，最好围绕我们广利行抱成一团！

四姨太点点头：不过，只要有潘启明在广州黄埔港，就怕没有你的戏哦！

■ 同文行大门口

萨丽上了一辆马车。车子内有很多她的行李。

阿娇带领所有的内眷，在门内送行。

潘启明等人在萨丽的后一辆车里就坐了。

大家依依惜别。萨丽强作笑容，但是，进了马车之后，她止不住流下了泪水。

■ 码头

哥德堡号就要返回瑞典了。

很多中外商人来送行。

■ 马路上　外　日

马车朝码头走来。

萨丽操中文：请你——，快，快一点。

车夫：明白，驾——！

▩ 空荡荡的仓库里　内　日

库门关着。

阿黄跪在中央，面色苍白，像是惩罚，像是祷告……

门被推开了。

喜妹闯了进来，阿黄——！

阿黄动也不动。

喜妹气冲冲地来到面前，厉声地：你是不是个男人？

阿黄怔怔地望着。

喜妹：男人的膝下有金子，你知道不知道？

阿黄的眼珠子在转。

喜妹：跌倒了不爬起来，是人是猪？连猪狗跌倒了都知道再爬起来！

阿黄乖乖地站了起来，突然号啕大哭起来：我对不起同文行，对不起启明哥呀——！

喜妹：不是你对不住潘启明，是他的亲人，他的那个兄弟，那个坏蛋对不住他。这样长时间以来，前前后后，他一直在祸害咱们！

阿黄：我，我给他拼了！

喜妹拉住阿黄：启明是不愿意伤害他的。咱们忍住吧！

阿黄忍不住啜泣。

喜妹：走，先送走萨丽再说！

▩ 码头上　外　日

海关清兵丙、丁持枪当值。

哥德堡号上。

萨瑞正在看水手升帆……

清兵丙：看，人家这船，又大又稳，多威风。

清兵丁：你没想上去转悠转悠？

清兵丙：没这福气。

清兵丁：看，不少人来了。

果然，两辆马车奔向码头。

哥德堡甲板上。帆已经升起。

萨瑞朝水手甲：有不少朋友送行，快准备香槟酒。（英语，中文字幕）

水手甲：是。又停步：看，又来一条船。（英语，中文字幕）

萨瑞望去，一条商船正缓缓朝码头驶来……

船头甲板上，一个穿雪白西服带着鸭舌帽的年轻人十分显眼。她，就是苏诺大叔的女儿——苏珊。

水手甲：像是南洋的。（英语，中文字幕）

萨瑞：不是欧洲的。（英语，中文字幕）朝船下走去。

■ 码头近处　外　日

萨丽和潘启明他们的马车也奔向码头。

■ 码头上　外　日

萨瑞在和马斯顿、弗朗西斯、普鲁斯和几位买办寒暄。

萨瑞：谢谢你们，赶来送行。（英语，中文字幕）

马斯顿：祝你好运！（英语，中文字幕）

弗朗西斯：祝你一路顺风，带回我向朋友们的问候。（英语，中文字幕）

普鲁斯：萨瑞，这趟你发了大财，明年还会再来吗？（英语，中文字幕）

萨瑞开心地：当然会来，一定会来，这里物产丰富、财源滚滚。而且，这些中国朋友热情好客，诚实可靠。不过，也有少少的人莫名其妙！（英语，中文字幕）

马斯顿：噢——？！（英语，中文字幕）

萨丽冒了出来：萨瑞——？（英语，中文字幕）

萨瑞：萨丽——（英语，中文字幕）

兄妹热情地拥抱。（英语，中文字幕）

萨瑞：我以为你不来了呢！（英语，中文字幕）

萨丽：我相信你一定在等人。（英语，中文字幕）

萨瑞：等谁？（英语，中文字幕）

萨丽：等潘和我。（英语，中文字幕）

萨瑞：妹妹，你增长了自信，更加有魅力了。（英语，中文字幕）

萨丽：哥哥，潘也来了，他的脸色不好看，好像有什么心事。（英语，中文字幕）

萨瑞：我知道，他处理事情，很果断，他是太累了，你要学会关心他。（英语，中文字幕）

萨丽：我明白，我正在学中国人关心别人的方式。（英语，中文字幕）

■ 码头一角　外　日

鲁子义、吴天福也来送行。

鲁子义：这场面还真热闹。

吴天福：越热闹越好，越热闹越好看。

鲁子义：为什么那大人还没有行动呢？

吴天福：我想，这个那大人故意玩这一手的，等你认为没有事了，嗨，事儿就来了！

■ 水军营地

那金骑在马上，威风凛凛。

许知远在点兵。

■ 码头上　外　日

苏珊那艘南洋商船正在靠岸。

船上船下的水手都在忙着系缆绳。

船甲板上。

这时人们才发现，白衣后生是女扮男装的苏珊。她定定地站着，观察着码头上，身边还站着印度侍者。

■ 苏珊朝侍者伸手

印度侍者递上望远镜。

苏珊手举望远镜在码头上搜索着。

望远镜里终于瞄准了潘启明。

镜头移动着，是喜妹、萨丽……

苏珊放下望远镜，脸上露出一种难以捉摸的表情……

■ 码头上　外　日

萨瑞、弗朗西斯、马斯顿、普鲁斯等在按照西方礼节碰杯送行……

▩ 码头上 外 日

阿黄和阿生朝甲板前抬木箱，准备上跳板登船。

清兵丙、丁望着箱子。

阿黄和阿生把箱子放到清兵面前。

阿黄：请检查过目。

清兵丙：装的是什么？

阿黄：是画，画的画。

清兵丙：画？

阿黄：对，是萨丽小姐画的画。

清兵丙：打开看看。

阿黄：没封。掀箱盖。

满箱画框展现出来。

清兵丁取出一个画框。

牡丹图活生生地映入眼帘。

清兵丙、丁都忍不住欣赏起来。

萨丽赶了过来：有什么问题吗？（英语，中文字幕）

清兵丙听不懂，望着萨丽身边的喜妹：她说什么？

喜妹：她是问，有没有问题？

萨丽：这是我的个人礼物，是送给家庭和皇室的礼物。（英语，中文字幕）

喜妹：她说，这是她个人送给瑞典皇室的礼物。

清兵丙：噢——，来头不小。

喜妹暗中朝清兵丙手里塞一小块银子：萨丽小姐是贵族，她这画连国王都会喜欢的。

清兵丙朝丁：自己画的画，个人礼物，不是货物，上船吧！

清兵丁：个人礼物，都看见了，上船吧！

阿黄和阿生把箱子抬起上船……

▩ 码头上 外 日

潘启明在和萨瑞握手告别：一路平安！

萨瑞突然拥抱启明：潘，朋友，永远的朋友。

潘启明在萨瑞耳边悄声地：萨瑞，我看到鲁子义和吴天福也来给你送行了，你要当作什么都没有发生。（英语，中文字幕）

萨瑞立时火冒三丈：这不可能，我做不到。（英语，中文字幕）

潘启明沉静地：现在你最重要的是平安返航。（英语，中文字幕）

萨瑞：我真不明白，你为什么还要为他保密？而且，你付出了那么大的代价，你到底为什么要这么做？（英语，中文字幕）

潘启明：他们来了，你先听我的。记着，什么事都没有发生。（英语，中文字幕）

吴天福陪鲁子义来到萨瑞面前。

鲁子义：你们俩真亲热，我看着真羡慕。

萨瑞似懂非懂。

吴天福：萨瑞先生，鲁老板说，你和潘很亲密。（英语，中文字幕）

萨瑞：真正的朋友应该很亲密，对于莫名其妙的人，怎么会亲密？（英语，中文字幕）

吴天福佯装不知地：萨瑞先生，我们鲁老板祝你一路顺风，发大财！（英语，中文字幕）

萨瑞：我会一路顺风的，肯定会。（英语，中文字幕）

吴天福朝鲁子义：萨瑞先生说，他会一路顺风的，肯定会，谢谢！

鲁子义朝萨瑞示意：谢谢！

▩ 码头上　外　日

南洋商船上。苏珊依然站在甲板上。

水手甲：苏老板，下船吗？

苏珊面无表情地：不！

▩ 码头上　外　日

潘启明、喜妹、弗朗西斯、马斯顿、普鲁斯和众买办和萨瑞招手告别……

萨瑞激动地后退着登上舷梯和大家招手……

吴天福和鲁子义钻出人群，也登上舷梯。

吴天福在众人面前紧拥着萨瑞依依不舍地：萨瑞，我忠实的好朋友，一路发财，盼你早日归来，享受人间欢乐。（英语，中文字幕）

鲁子义却是在舷梯上朝远处眺望。

萨瑞朝吴天福审视着：吴，国外有一个谚语故事，狐狸和羊交朋友的故事，你听说过吗？（英语，中文字幕）

吴天福故作亲热地：知道知道，只要都有利益，当然会成好朋友啦。（英语，中文字幕）

船上的水手们整齐地在甲板上列队。

潘启明从甲板上回头向岸上走去。

萨丽在背后突然高呼：潘启明！

潘启明站住了。发现萨丽向她走来。

这时候，岸上的人都处在很低的位置上，他们都仰起头来，看着一个漂亮的外国女人，向潘启明走去。

萨丽走到潘启明跟前：潘启明，记住，我是爱你的！

岸上的人看到了洋女人扑过去，和潘启明拥抱。这个动作，在当时，绝对惊世骇俗。一片惊呼的声音。

萨丽放开了潘启明：再见了——也许，永别了！

潘启明也忘记了这样多人在看着他们：保重！

▩ 岸上

突然，不远处传来一声炮响，一队清兵跑步朝码头拥来……

船上船下的人都一下愣住了。

骑马的钱都头先蹿到码头边，扬声大喊：不许开船！

潘启明已经飞快登岸：出了什么事？

钱都头下马：例行检查！

清兵们已快步跟了上来。

那金和许统领都来到了。

立时，整个码头上戒备森严。

众人都不由面面相觑……

许统领朝身边捧着公文簿的差役：随我上去，查！

潘启明又上前：那大人，您知道，这船货是我同文行作保，有什么不清楚的，找我好了。

那金：潘启明行首，有人首告你，说你监守自盗，偷梁换柱，以次充好，祸害邦交。哥德堡号非同寻常洋人洋商，所以，本大人亲自来查验！

潘启明大吃一惊，不由得向鲁子义看去。

鲁子义佯装无所谓的样子。

那金朝许知远一挥手。

许知远：潘老板，本统领也知道这船货是由你同文行作保，在下公务在身，也不便多说！又朝众清兵：上船！

随即，许知远带着差役和清兵登上甲板，直冲货舱……

潘启明跟上，被两名守卫清兵挡住。

萨瑞喊了起来：潘，这是为什么？

潘启明：让他们查好了。

众人都在窃窃私语。

弗朗西斯朝马斯顿：到底出了什么事？（英语）

马斯顿：我和你一样，也想知道出了什么事。（英语）

人群边，鲁子义和吴天福会意地窃笑着……

■ 甲板上

许知远站在货舱口上。

萨瑞：你们，为什么？

许知远冷笑着：等会儿，我还要问你呢！

清兵们直接来到装茶叶的货仓，找到广利行的茶叶箱子，打开了，检查。不由得愣住了。许知远带领一个似乎懂得茶叶的老兵，走过去仔细看看，不由得也愣住了。

许知远安排：都不许动，我去去就回来——说着，出船舱——

萨瑞忍不住：你们到底什么意思？（英语）

士兵：不要说话！

萨瑞：你说什么？（英语）

士兵：你说什么？

一个说对方听不懂的汉语，一个说对方听不懂的英语，只能造成笑话。

■ 岸上

许知远已经低声告诉了那金情况有变化。

那金愣了片刻：难道这个鲁子义告刁状，他娘的！

许知远低声：那就收兵？

那金：不行，不能这样便宜了潘启明。再说，要师出有名，这样走了，不是灰溜溜的吗？过去，找一些别的理由，挽回面子！

许知远：明白！

许知远转身回船上去了。

潘启明走到那金前面：大人，有没有需要潘启明做的事情。

那金：你且到一旁，等候老爷我的吩咐吧。

潘启明无奈，只好退回去。

鲁子义走到那金跟前：老爷，需要商民做什么，只管吩咐。

那金冷笑：需要你做的事情多着呢，你老实等着吧！

鲁子义看到那金脸色很难看，不明所以，难免担惊受怕。

▩ 船上

许知远正督促士兵到处认真搜索。

许知远：萨瑞，请问，你的茶叶原来就是这样子的吗？

通司翻译给了萨瑞。

萨瑞不想说：当事人交代我，不要对外说。（英语）

许知远听过了翻译之后：这是一桩案件，你应该配合。不然，我们会扣押你的船只。

萨瑞听说了，正中下怀：其实，我并不愿意替潘启明隐瞒。（英语）

通司翻译。

许知远大喜过望：对，没有必要替别人隐瞒罪恶，快说！

萨瑞听过翻译：不是罪恶，是功德。鲁子义他们广利行给我的茶叶，是陈年次品，潘启明知道之后，把这些陈年次品全部倒进了大海，换成了一级上等茶叶。（英语）

许知远听完翻译之后，愣住了，片刻：你说，潘启明又运了二百箱茶叶上船？

通司翻译。

萨瑞点头：我可以以人格担保。我的船长也可以证实这件事情。（英语）

许知远听了翻译之后，对翻译说：让他写出一个证明出来。

萨瑞听过通司的话，立刻同意。

许知远安排通司：去，让他把证明写出来。还有其他人证，都要搞齐全，明白不？

通司表示明白，带着萨瑞一起走出舱口。

两清兵抬着萨丽的大木箱子进来。

萨丽跟着冲进来来：礼物，这是我的礼物。（英语）

许知远不理睬萨丽，命令士兵：打开！

士兵一边打开，一边说：都是没有报税的东西——

许知远看了，抬头看萨丽，比画：这是你的？

萨丽点头。

许知远对士兵：东西，走私，连东西加上这个洋女人，一起带下船去，交给粤海关衙门处置！

▩ 岸上

那金表面上威风凛凛，心里有些忐忑，担心找不到借口，难以下台。

远远看到许知远走下悬梯，面上有难以掩饰的喜悦。

那金放心了，等许知远跑到跟前：情况如何！

许知远：发现有人偷运二百箱偷税茶叶，还发现一箱子走私品。

那金：因为季节风在即，大船哥德堡号，可以放行。走私品扣下，走私人——

许知远：洋女人萨丽！

那金：洋女人萨丽，扣下！

一片喧哗。

▩ 南洋商船上　外　日

苏珊抚了抚鸭舌帽，思寻片刻，朝印度侍者：下船。（英语）

印度侍者：遵命，我的主人。（英语）

▩ 京城　杨巡抚驻地

杨巡抚坐在客厅，很生气。因为女儿不愿意跟他去拜会亲王。

安格宁从内室出来，走到巡抚跟前，耸耸肩膀：巡抚，小姐身体确实不允许刺激。（英语）

通司翻译给巡抚。

杨巡抚：难道，拜会亲王都不能成行？

安格宁：恕我直言，巡抚大人，您的女儿已经极度虚弱。她的疾病根源就是精神刺激。如果，大人执意让小姐跟随去拜会王爷，我相信，可能危及她的生命。（英语）

通司翻译。

杨巡抚起身向室内走来。

安格宁急忙跟随在身后。

杨巡抚走进内室，看到了闭着眼睛躺在床上的杨如雪。

杨巡抚：雪儿，这次来京，父亲陛见万岁固然重要，你见亲王也很重要。

杨如雪闭住眼睛不说话。

安格宁：大人，您声音放低一些更好。（英语）

杨巡抚降低了声音：孩子，亲王不仅决定了你一生的幸福，也决定着父亲的大事情。孩子，父亲这次如果能得到亲王推荐，有可能回京城，以得近天颜啊！

杨如雪眼睛里流出了泪水。

安格宁：大人，我的病人需要安静。说着，伸手送客。（英语）

杨巡抚愤愤地看了安格宁一眼。但是，也不好发作。安格宁毕竟是为了自己的女儿身体健康啊！

外面传来：杨广东、安格宁接旨了！

杨巡抚急忙拉住安格宁走出内室。

丫鬟急忙给杨如雪擦泪。

▩ 客厅

杨巡抚和安格宁跪接圣旨。

宣旨太监：……洋人安格宁者，精通算学，知晓天文，着召养心殿，万岁慈恩垂询——

杨巡抚急忙偕安格宁谢恩。

▩ 内室

杨如雪悄声吩咐丫鬟：打听一下，圣上什么旨意。

丫鬟急忙出门。

▩ 客厅

杨巡抚安排安格宁，通司一句一句翻译：见了万岁，千万不可失了礼仪！万岁跟前，只谈科学，不可谈宗教。有关政治，更是不可多说一句。洋人传教，杀头；洋人议政，也是罪过，明白吗？

通司翻译之后。

安格宁：安格宁明白。万岁为什么只见我一个，为什么不让推荐我的巡抚一起过去呢？（英语）

通司翻译

杨巡抚：天机难猜。再说，天子见大臣，是有礼制规定的。岂能随便？你只管放心去，天子喜欢你们洋人的学问。记住不要妄谈传教和政治，保你无事。

安格宁听过翻译，点头：我现在可以去了吗？

杨巡抚：等一等，天子有车子来接你的。安格宁先生，不谈政治是一定的。但是，若天子问起你到广东的观感，不妨说说所见所闻。比方说，百姓安居乐业，城市乡村一片升平景象等等。

通司翻译了。

安格宁：明白了。（英语）

家人进来：老爷，宫里车子来了。

杨巡抚：安格宁先生，此一去，可能万岁就要将您留在身旁了。接近龙颜，是人生一大幸事，但是，切忌替洋商们说话。如果，有哪个洋商请你在万岁面前说谁的坏话，你如果不问青红皂白，乱说一通，不仅可能给自己带来杀身之祸，也可能给其他人带来罪证。

通司急忙翻译。

安格宁愣了一下，半晌：大人，我最担心的还是你的女儿，千万不可以再做刺激了。那样

绝对会有生命危险的。（英语）

家人再次来催：宫里人着急了。

▩ 那金大堂

正在审问萨丽走私一案。萨丽的箱子和箱子里的东西，摆了一地。

潘启明等旁听。

外面围观的人中，有男士扮装的苏珊。

那金：本老爷认为，萨丽无视我粤海关，胆敢偷税漏税。着罚款三百两，拘役三个月！

通司翻译：萨丽，因为你偷税漏税，罚款三百两，拘役三个月。

萨丽：我需要律师。（英语）

通司对那金说：老爷，萨丽说她需要律师。

那金不高兴：什么意思？什么律师？她的意思，对本老爷的宣判不服气？

潘启明插话：老爷，此事同文行作为保商已有不可推卸的责任，三百两罚款，我愿意代缴，另外，追加一百两保荐不力的罚款——

那金高兴了：好，你算是醒目的。

潘启明：三个月拘役，考虑到老爷对洋人女人拘役甚不方便，同文行愿意代行管束，实施拘役。俯请老爷恩准！

那金高兴地：如此甚好。老爷准了！

潘启明下堂施礼：谢老爷！

▩ 四姨太府上

四姨太正对着很多别人送礼送来的药材发愁。丫鬟打开一只箱子，发现这只箱子里的药材已经过期了，气味非常不好。

四姨太愁眉不展。佣人过来：奶奶，侄少爷来了！

四姨太：让他进来吧！

吴天福进来了。吴天福第一眼看到这些药材，大加惋惜：姑妈，这太可惜了，这都是很值钱的好东西啊，咋都这个样子了！

四姨太：就等你想办法了！

吴天福：这个，包在我的身上了，姑妈。

四姨太高兴了：天福，姑妈找到你，那真是找对了。

吴天福：不过，少东家一会就到了，这个药材，暂时不要让他看到。

四姨太：为什么？

吴天福：姑妈的东西，行里不会立马给现银的。

四姨太马上明白，不由得笑了。

佣人进来：鲁家姑爷来了。

四姨太马上带着吴天福走出来。

在门口，他们迎上了鲁子义。一起往里走。

四姨太：情况怎样了？

鲁子义愁眉苦脸：嗨——那些茶叶——也不知那金葫芦里什么药，什么都没有说，还不知道怎么回事呢？

四姨太很惊讶地：那个那金不是答应一定认真处置吗？

鲁子义：他们上船检查，下了船，什么都没有说。我还以为他们要把那些陈年次品茶叶取下来一部分，当作潘启明的罪证呢。没有，什么都没有。取下来一些那个洋女人的东西，带着洋女人，回粤海关了。

四姨太：你不是说，那个许统领，叫什么许知远的，和你是朋友，他怎么说？

鲁子义：他哪里敢离开那大人，我们一直没有来得及见面呢！

四姨太沉吟半晌：不要怕。他们不能惩治潘启明，也不敢惩治你们。既然对萨丽不客气，那个潘启明就要破财，就要丢人！

吴天福：姑妈说得太有道理了。

▩ 那金衙门外

潘启明带领萨丽等一行人正准备回去。潘启明和萨丽对望，都有一些不好意思。

喜妹笑起来：看起来，老天爷不同意你们就这样分手啊！

想起来他们接吻的场面，大家都笑了。

萨丽有些兴奋：潘，刚才在船上——对不起啊！不过，这是上帝的旨意！

潘启明：看来，你只好在我们中国多待一年了。好了，让喜妹陪你仍然回到你的住地吧，请你继续帮助我培训伙计们。

大家都很高兴。

帮办出来：潘行首，请留步。

潘启明回头迎接了帮办几步：帮办大人，请指教。

帮办：老爷请潘行首暂留一步，二堂说几句体己话。

▩ 京城巡抚驿馆

赵太监来看望杨巡抚。

赵太监是来向杨巡抚宣布皇帝决定将安格宁留在京城的。安格宁的行囊，一切东西，杨巡抚都给他收拾好了，交给赵太监带回去。

杨巡抚：总管，不要急着走，下官还给总管带来了一点小小的心意——回头示意，家人立刻奉上了一个大大的包袱，杨巡抚接过来，双手捧了：不成敬意！

赵太监：我们是老朋友了，何必客气。回头命令小太监收下了。

杨巡抚示意手下的人出去。

赵太监也示意自己的人出去。人都走了，赵太监：杨大人，这次安格宁说了一些很不好的话，圣上对大人有些不满啊！

杨巡抚大吃一惊：难道，他说我广东百姓——

赵太监摇摇头：安格宁认为广东官吏对商人非常不公道。甚至说，洋商，成了养肥了就宰的猪！万岁居然认为他说得很有道理——

杨巡抚汗水流了下来：这，肯定都是洋商在他那里胡说八道，特别是那个潘启明，一天到晚和他在一起！

赵太监：万岁可能已经有圣旨斥责那大人了。

杨巡抚：万岁对下官——

赵太监沉吟有顷：你留在京城入阁的事情，这一次恐怕可能性不大了。

杨巡抚苦笑：如果有旨申斥那大人，我哪里还敢想留在京城入阁，能勉强自保，就是万幸了——

赵太监：看来，你和王爷那里结亲的事情，要往前走一步。不是我这个媒人贪功，如果亲事能成，万岁他们兄弟之间，就能替你说话了。

杨巡抚：这门亲事，自然是天大的恩德，下官没齿不忘。不过，小女儿一路风霜，居然卧床不起，没有办法觐见亲王，如何是好？

赵太监：原来孩子病了？打起精神，勉强一见，也是个态度啊！有了这个由头，亲王自然会找万岁替你讲情。就算是不能立刻留在京城入阁，仍然回到广东，总是可以的吧？

杨巡抚连连点头。

▩ 粤海关内堂

那金问潘启明：潘行首，本大人这里有一份证人证词，请你看看，是怎样一回事情？

说着，把萨瑞等人写的关于潘启明用正品茶叶换掉陈年次品茶叶的证明，递给了潘启明。

潘启明认真看了：老爷，确实有二百箱茶叶出现了错误。本来准备销毁的茶叶，被人弄错，装上了哥德堡号。商民发现之后，连夜将那些茶叶倾倒进了大海，换上了正品好茶。

那金：那些陈年次品茶叶，是你的吗？

潘启明沉吟片刻：老爷，哥德堡号到我们中国，我是他们的保人。哥德堡号的上船商品，都是我的同文行查验。从这个角度说，那些货物，我都应该负责。

那金点头：你很厚道啊！

潘启明：老爷，我是中国商人，到了瑞典，人家就说我们这些商人是中国人。再说了，那些茶叶，到了瑞典，打开一看，不合协定，人家还是要退回来的。我们有一丝一毫不认真，不仅损失白银，还要损失信誉。

那金：你倒进大海的茶叶，上税没有？

潘启明：回老爷，上税了。

那金：你后来又上去二百箱茶叶，上税没有？

潘启明一下子愣住了，半晌：老爷，这个，这个——

那金：上船就要上税。你说不上税，可以，把那些倾倒进海水的茶叶捞上来，说明情况，再说免税的事情。

潘启明：老爷，陈年次品茶叶，关乎洋商名誉，不能打捞出来展览了。

那金：那样也可以。不过，本老爷要罚你款！

潘启明急忙跪下来：老爷，商民知错了。如果老爷法外施恩，商民定当格外感谢——

那金明白如果饶过了潘启明，潘启明就会额外送礼给他：好，本大人暂时不做追究。不过，如果上峰有所追查，本大人就不好替你隐瞒了。

潘启明：谢老爷法外施恩！

■ 杨巡抚驿馆

杨巡抚劝女儿去见亲王，杨如雪执意不从。

杨巡抚：孩子，明天亲王如果来了，你只要到他跟前，行一个礼就可以。难道，就这一个动作，也不行吗？

杨如雪闭目不语。

杨巡抚：女儿，你的父亲已经到了很危险的地步。三天后，万岁要召见父亲，如果在这三天中间，亲王不能给父亲说情，父亲有可能丢掉巡抚的位置啊！

杨如雪仍然不说话。

杨巡抚：你是父亲的掌上明珠，难道，你能眼看你的父亲走上绝路？

杨巡抚看杨如雪仍然不表态，回头一点头，立刻，女佣送上来一盅酒。放在杨大人身旁。

杨巡抚：女儿，你看好，这是一杯毒酒。亲王那里，父亲已经答应婚事。父亲不想让人家说我言而无信。万岁那里，因为安格宁胡说八道，盛怒不已。除了你和亲王联姻，父亲已经无路可走了。如果孩子不能答应为父，咱们父女两人，只有死掉一个。

杨如雪慢慢睁开眼睛：父亲，我明白了。轻声命令丫鬟：搀我起床。

杨巡抚暗喜。

丫鬟帮助杨如雪慢慢起床。

杨如雪在丫鬟帮助下，梳洗打扮一下。

杨巡抚：好了，孩子，只要见了亲王，福上一福，给一个笑容——

杨如雪突然拿起毒酒：父亲，孩儿实在不愿以此形象见人，让孩儿死了吧！

杨巡抚看到女儿确实要饮下去毒酒，一把酒杯夺到手中，端起要饮……

杨如雪扑上去抱住胳膊，悲凉地：爹——，孩儿任凭爹作主了！

■ 同文行

来买脱谷机的排成了队伍。

丁师爷带着小厮监视，并且偷偷数数目。

潘启明走过来，看到一个农民穿着不好，愁眉苦脸。凑过去打招呼：大哥，看你样子，很不舒服，想必有病？

农民摇摇头。

潘启明耐心地：想必肚子饿了？

农民又摇摇头。

潘启明想了一会儿，轻声慢语地：大哥，跟我到里面来一下好不好？

农民有些犹豫。

潘启明拉他一下，农民就跟着潘启明走回了同文行里。

来到待客室。潘启明安排：我有些饿了，送些点心来。

小伙计急忙端着一些常备的点心跑过来。

潘启明亲自泡茶，招待农民。

农民恍然大悟：噢，您就是潘老板？小人可不敢坐这里。说着，要起来行礼。

潘启明拉他坐下：大哥，你好好坐住。实不相瞒，我也是苦出身，我也曾饿得半死不活。来，吃点儿吧！

农民吃起来，吃着吃着，泪水流下来了。

潘启明：大哥，心里有什么苦，说给我听听。

农民：我不能说。

潘启明很警觉地：难道是我给你带来了苦难，不然，为什么不能给我说呢？

农民思考了一会子，终于决定说出来：潘老板，您这个脱谷机是个好东西，不过，不是谁家都能用起的。很多人家，就像我一样，只有不到十亩土地，您想想，三家五家，合伙买一个就很好了。可是，却要我们家家买一个。一个就是五两银子啊！

潘启明突然笑起来：大哥，你说的有道理啊，稻田少的人家，可以三家五家合伙买一台。没有必要只有十亩八亩土地，也来买一台。

农民愣住了：怎么，潘老板不知道？

潘启明愣住了：什么？

农民叹口气：知府老爷有命令，凡是有十亩稻田的，必须一家一个啊！

潘启明一下子站起来了：噢，原来如此啊！

农民：小人可不敢撒谎啊！

潘启明思考半晌，对农民说：大哥，你回去吧，你到柜台上，留下你的地址，回家，邀集几户土地少的人家，过几天，我去你们那里，让你们合并起来买一个，好不好？

农民：哎呀，潘老板，您真是个救苦救难的菩萨啊！

喜妹走进来：启明，阿黄想不开，可能——

潘启明立刻：走，我去看看他。

喜妹：走吧！

■ 海水边

水面上听着南洋号。阿黄徘徊来去，非常苦恼。吴天福走过来。

阿黄突然冲上去，拦住吴天福：吴天福，站住，今天，你要给我说清楚！

周围的人都被他的吼声惊动了，围拢上来。

吴天福倒是自若地：阿黄，你这是干什么，你叫我说什么呀？

阿黄愤怒地：你自己干的缺德事，你清楚！

吴天福见大家都注视着他，更是装模作样地：同文行走私，因为一个女人，一个外国洋女人，亏了一大笔银子，本来跟我没有关系，不过我们鲁老板仁义，也很心疼。刚才还给我说，怎么想办法帮帮同文行潘老板，阿黄，这，这，你这是干什么？你们大家都看着，这莫名其妙地拿我出什么气呀？我真稀里糊涂，你也不能拿我出冤枉气呀！

潘启明和喜妹来到了。

喜妹冷眼注视着眼前的一切。

鲁子义走过去，也显出心平气和的样子：阿黄，放开吴掌柜，即使有什么误解和误会，也得慢慢说才能说清楚呵。今天跟我回去。

阿黄仍然抓住吴天福的衣领不松手。

吴天福用手掰又掰不动。

众人都看着他俩在较劲儿。

潘启明在阿黄面前突然大吼一声：阿黄，把手松开！

阿黄不由自主地松开手，望着严厉的启明，无限委屈地：启明哥——！

潘启明：自己做错了事情，在大庭广众之下，还想往别人身上推，你这是干什么？向吴掌柜赔礼道歉！

阿黄失望地望着启明，又极其痛苦地转向吴天福，两眼滚圆地指着吴天福：你——，就等着上天报应吧——！

阿黄突然朝南洋号上狂奔起来……

众人都怔怔地望着他……

阿黄竟飞也似的登上南洋号……

苏珊和几个水手也不知他要干什么，所以没有阻挡……

阿黄站在船舷边高呼：让老天爷做证——纵身跳入水中……

水手们诧异地望着苏珊。

苏珊朝两个水手做了个手势。

两个水手会意地也跳入水中……

码头上的人都拥到水边望去。

潘启明在脱外衣。

喜妹扯住启明。

潘启明：你——

喜妹却若无其事般地看水面。

■ 水面上　外　日

两个南洋水手不时露出水面观察着……

■ 水中　外　日

两个水手在水中寻觅着……

阿黄脚手挺直，合着两眼躺在水底，完全是一副决心要与世长辞的样子……

阿黄的嘴中却被迫的嚅动和吹泡……

两个南洋水手又往下游寻找着……

阿黄的身体在缓缓地往上浮动，一种求生的本能让他的手开始划动，慢慢地，他触到船的后舵，他两腿贴住和夹住后舵，脸不由自主地往上浮动，微微露出鼻孔……

■ 码头上　外　日

众人都争先恐后地望着水面……

两个水手又浮出江面，朝船上的苏珊伸出无奈的双臂……

船上的苏珊又朝他俩做了个继续下去的手势。

两个水手又钻入水中。

潘启明没脱衣服，乘喜妹不备，猛然跃入水中……

■ 水中　外　日

潘启明在水底慢慢地游动、寻找着……

两个南洋水手也在水底寻找着……

两个水手发现了启明，很快朝启明游来，而且不管三七二十一，俩人上前驾住启明——

潘启明挣扯，做手势——

两个南洋水手根本不理睬，强行把他架出水面……

■ 水面上　外　日

两个水手架着启明浮出水面。

岸上的人以为捞到了阿黄，纷纷叫好……

潘启明向两个水手：错了，不是我——

两个水手：我们找的就是你——硬是往岸边划着……

岸上的喜妹也发现是启明，便高声地：启明，上来吧！

潘启明不得已地上岸。

两个水手径直往自己的南洋船上走去。

喜妹赶上两步：谢谢你们，呵——

两个水手善意地笑笑，指指船上，去登自己的船。

码头上的人面面相觑，不知该怎么办……

喜妹朝众人大声地：谢谢大家关心，同文行的人，同文行的事儿，由同文行负责，由同文行承担，由同文行办，大家先请回吧。

众人议论着，不甘心地散去。

他们怎么不捞啦？

我亲眼看着，他是真的寻死呀！

人命关天，就这样收场了？

……唔……

第二十八集

京城巡抚驿站

家人进来报告：老爷，王爷府的人来了。

杨巡抚听了，猛一振奋：有请！

家人对外高呼：有请贵宾！

王爷府总管太监带着一位皇宫御医进来。两个人先给杨巡抚见礼。

杨巡抚又给王爷表示了敬意。

总管秦太监：大人，王爷说，本想亲自过府探望巡抚大人，考虑到大人尚未陛见，恐外人误会结党拉派，私通关节，所以——

杨巡抚：本督明白，谢谢王爷。好叫总管回禀，陛见之后，卑职即刻去王府叩谢。

总管：王爷听说贵千金玉体有恙，特意请了宫廷御医王大人——

杨巡抚：原来是御医王大人，失敬失敬！

王大人：理当效劳！

总管：王大人善于悬丝把脉——

杨巡抚：那就有劳了。

三个人客气着，一起往杨如雪住处走来。来到门外，早有丫鬟迎接出来。

杨巡抚：告诉小姐，著名宫廷御医王大人来了！

丫鬟进去片刻，出来：小姐不能下床施礼，实在抱歉，前辈们请——

大家随着丫鬟走进房间，但见杨如雪床帐已经放下。丫鬟请总管和杨大人一旁坐下。又搬了一只凳子，请王大人床前做好。

王掏出一根丝线，递给丫鬟：一头系在小姐右手腕上，一头递将出来即可。

丫鬟伸头在帐子里把丝线在杨如雪手腕上系好，一头递给了王大人。

王大人捏着丝线，号了一阵子，微微点头。三个人又一起出门。

三个人出得门来，丫鬟跟出来，在后边说：小姐吩咐——慢怠了前辈，乞恕海涵！

秦总管竖起指头，意思小姐知礼，值得夸奖。

望着三个人走去，丫鬟回头，到了房子内，开始调制药物。

三个人来到客厅，坐下。

杨巡抚：王大人，以为小女病情如何？

王大人：内潮外感，心脉微弱，需要慢慢将养。在下这里倒是有一个方子——说着，写了方子——切忌，不可大喜大悲。

杨巡抚接过方子，看了，说：很好。我一定按方抓药——

秦总管接过去药方说：王爷有口谕，由王爷府配药！

杨巡抚抱拳施礼：感恩不尽，感恩不尽啊！

秦总管：王爷口谕，都是一家人，不必客气。

■ 南洋号上　外　日

两个水手来到苏珊面前。

水手甲：老板，我们已经尽力了。（英语，中文字幕）

水手乙：老板，很遗憾，没找到。（英语，中文字幕）

苏珊：你们做得不错，休息片刻，你俩继续下水。（英语，中文字幕）

两个水手：为什么？（英语，中文字幕）

苏珊：从这人跳水的动作和姿势，我判断，他的水性很好！（英语，中文字幕）

两个水手对视。

■ 行驶着的马车上　外　日

鲁子义和吴天福坐在车上。

吴天福：老板，你看今天这事儿，真没想到，会是这样。

鲁子义：既然这样了，也没办法。

吴天福：下面怎么收场？

鲁子义：我要去拜访许统领，看看那金他老人家到底什么意思。

吴天福：这个许统领也是，怎么还不过来一趟呢！

鲁子义冷笑：他过来？哼，等着我拿银子拜访呢！

吴天福明白了：哦，看来，要跟您准备银子了？

鲁子义无奈地点头，突然想起来一件事情：啊，前些日子，我到夷馆去，那个洋人马斯顿劝我买一些枪支，你以为如何？

吴天福立刻兴奋：枪支，洋人的枪支？

鲁子义点头。

吴天福：好啊！如果穿上你的官服，后面跟几个扛着枪支的跟班，嗨，就是京城王爷，也不过就是这个份儿吧！不过，暂时不能买。

鲁子义看着吴天福，有些不明白。

吴天福：枪支，是不允许公开买卖的。犯禁啊！

鲁子义：我自然知道不能公开，咱可以偷偷地弄过来。夷馆马斯顿说，他们可以帮忙。

吴天福：只要夷馆帮忙，那还有什么话说！不过，最近，银子有些紧啊！

鲁子义：没有大批进货啊？

吴天福：老东家的意思不是要跟着潘启明一起买一些茶园吗？还有，要进一批药材——

鲁子义沉思半晌：我可以找陈徽州借一些……

■ 南洋船上　内　暮色中

两个水手领着湿透的阿黄往舱里走。

阿黄：你们怎么知道我躲在舵上？

水手甲：问我们老板，他知道。

阿黄：你们老板知道？

船舱里。看得出来，舱里摆着不少书籍，很雅致。苏珊正在翻阅着书籍。

两个水手把阿黄领到舱内。

水手甲：老板，您说的一点都不错，他果然是不想死了。（英语）

阿黄望着苏珊真发愣，脱口而出：苏珊小姐——！

苏珊胸有成竹地：认错人了吧！

阿黄：我是阿黄呵！

苏珊：阿黄，哪里的阿黄？

阿黄：你真的不认识我，咱们在一起吃过饭，还——

苏珊：噢——，我明白了，你把我认成堂姐姐了，我堂姐她是叫苏珊，我和她长得是很像。

阿黄有些失望地：太像了，对不起，老板。

苏珊：我也叫苏山，不过，是大山的山。

阿黄：谢谢你，苏山老板，派水手捞我上来。

苏珊朝俩水手：你们忙自己的事吧，我要单独和他谈谈。（英语）

两个水手：是，老板。（英语）

▩ 潘启明家

喜妹在照顾挺着肚子的阿娇。

阿娇担心地：阿黄会不会淹死啊？

喜妹：淹死鸭子，也不能淹死阿黄！

阿娇：那，他为什么还要跳水啊？

喜妹：犯傻呗！

阿娇总是忧心忡忡。

▩ 南洋号船上　内　夜

苏珊坐在那里，听阿黄娓娓诉说着。

苏珊：让你说来，鲁子义毁坏你们老板已经不止一次两次了。

阿黄：一百次也有了……以前都算了，大人不记小人过。再说，我们东家过去欠了他们一点儿人情。这一次，事关重大，没想到启明哥，他仍然不分青红皂白，不查真相，反而还当众训斥我，让我有冤难申有仇难报，无地自容难以见人，只有跳江自尽，以示清白。

苏珊平静地：你现在清白了吗？

阿黄：当然没有，在水里……我沉不下去，又想想，要是真死了，连启明哥也说不清了。所以，所以……

苏珊：所以，你要好好活着，好好干下去，等有适当机会的时候，再设法洗清冤枉。

阿黄：苏山老板，我听您的。启明哥是那么好的人，我不能给他丢脸。

苏珊：你回去打算怎么说？

阿黄：当然实说了。

苏珊：不，别牵上我。我一个外国人，来这里找点生意做，可不想趟你们这里的浑水。再说，鲁子义也不是好对付的，你就说……想了想，就说你淌到下游，落到滩上，醒了，就又回去了。

阿黄：那——您救了我，这大恩——

苏珊：我不救你，你也会自己回去。记着，别说见到，别说认识了我，以后遇到什么事，你都得给我装糊涂。

阿黄：装糊涂？

苏珊：对，一定要装糊涂，你不装糊涂，我就要开罪你们这里的人。你装糊涂，就是帮助我了。我劝你尽快回去吧，免得他们担心的坐卧不宁。

阿黄自作聪明地：我明白了。不过，我们东家不明白。你等着吧，他这样让着鲁子义。鲁子义又是这样坏，一天到晚，都想点子祸害他。早晚，我们东家要毁到这个坏蛋手中。这个坏蛋不死，我们东家就得死啊！

阿黄说着，居然泪流满面。

苏珊似乎很难过：放心，好人总有好报。也许，会有人替你东家除害呢！

阿黄：但愿玉皇大帝显灵，观音菩萨降福！

▩ 京城驿馆

杨巡抚陛见回来了。情绪很好，来到女儿房中：女儿，爹爹陛见了！

杨如雪：看父亲神态，万岁没有申斥？

杨巡抚：申斥，倒是申斥了几句。不过，也着实嘉奖了一通。幸亏你的公爹事前在万岁说了我的好话。不然，比那个那金还要倒霉。

杨如雪低头不语了。

杨巡抚：万岁已经亲拟圣旨，切责粤海关那大人了。说什么——若不能迷途知返，定当拿回京城，严加追问——可怕啊！万岁命我速回广东，京城是不能多待了。爹爹马上到王爷府叩谢。

杨如雪：京城多事之地，早早离开为好。

杨巡抚：女儿身体不好，只怕路途颠簸，是不是留在京城将养？我想，王爷会多方照顾女儿的。

杨如雪立刻反对：无非仅仅议亲而已，如果留下，只怕外人议论，坏了女儿名誉倒是小事，坏了父亲声誉，就不好了。

杨巡抚只得点头。

▩ 茶楼上　内　晨

大厅里。

熙熙攘攘喝早茶的人们热热闹闹，边喝边吃边谈天说地……

靠窗一张桌上，一位年轻后生面窗背对茶客，独自坐着。他长袍大褂，瓜皮帽下拖着个长辫子，完全是一副当地生意人的打扮，她是苏珊。

苏珊一边品着茶，一边倾听着。

后桌几位正谈得有劲儿。

茶客甲：……只见人家潘老板眼都不眨，手一挥，大吼一声：倒——，给我倒——！一万多两银子的茶，哗——就打了水漂了！

茶客乙：我的个妈呀，一万两，我祖宗三代、八代也挣不了这个银子呀！

茶客甲：人家潘老板这才叫大气、豪气，还有义气。

茶客乙：那是他有银子、有底气、还有傲气，官府一传，接着就是罚，他不就成了晦气啦！

茶客甲：你这话我就不爱听了，人家虽然被传、被罚，那是人家还有冤气，人家认了，顶住了。别看人家潘老板年纪轻轻，不慌不乱，这才叫做大事、成大器。

茶客丙：这话没错，要不然，能有那么多老板推他当行首，服服帖帖地听他调遣？！

茶客丁：没错，人家才叫有钱、有路，还有艳福，连那么漂亮的洋妞都心甘情愿地跟他做小老婆。

茶客丙：怎么，眼馋了？赶快想法子赚钱哪？有了钱，漂亮的姨太太等着你娶。

茶客乙讥笑地：你看老四这猪头样，就是有了钱，也只能买肥猪——！

众人都笑起来。

茶客丁不服地：别说一万，你给我一千两银子，我保证，不出三天，我就能娶回两个十七八的绝色美女！

茶客丙：大清早还做啥梦呵，一千两，你保证能买回二百头小肥猪回家养。

茶客丁笑恼着：王八蛋，糟蹋我，有本事，你也娶一个姨太太呀，你家那母老虎，不给你开膛破肚炒腰花才怪呢！

众人又笑。

茶客甲：好了，说实话，光有钱，没有才，没有人品，那叫窝囊财主。就是娶了姨太太、小老婆，说不定还真会当王八，真成了王八蛋呢！

众人笑得更开心。

苏珊也在一边忍不住偷笑。

大厅口出现了容买办、郑买办和胡买办，在寻找桌位，小二也在张望着。

茶客甲：看，说着说着就来了几位有本事的，人家真是说娶就娶。

茶客乙：人家懂洋文，当买办也是人上人，没得比呀！

茶客甲显示地起身招呼：郑哥——！

郑买办大大咧咧地：哟，赵贤弟，早哇！

茶客甲：位满了，赏个脸，一起坐吧？

郑买办果然领着容买办和胡买办走过来。

几位茶客都起来让位子。

店小二忙着添杯筷。

郑买办和容买办坐下来。

胡买办嫌坐得挤，打起邻桌主意。

胡买办：小兄弟，一个人太冷清，我搭个坐如何？

苏珊矜持地：请便！

胡买办毫不客气地坐下来：小二，过来！

小二应声过来：爷，您吩咐。

胡买办：这位小兄弟的茶钱我付。

苏珊：不用，谢了。

胡买办：看不起我呀，你知道我是干什么的吗？

苏珊微微摇头。

胡买办卖弄地：我在代表大清粤海关，与葡萄牙、西班牙方面服务当差。（葡语）

苏珊不动声色地望着他。

小二为胡买办摆上茶点。

胡买办也注视着苏珊：小兄弟，我刚才的话你懂吗？

苏珊微微点头。

胡买办：你真听得懂？

苏珊微微一笑，淡淡地：你是个买办。

胡买办一惊：敢问小兄弟，从哪儿来？

苏珊往外一指：南洋。

胡买办突然起身大喊：小二——！

小二应声而到：胡爷，请吩咐。

胡买办：你立马得给我腾出个清静的单间，我有事要请教这位小兄弟。

小二又应声而去。

邻桌的容买办和郑买办他们扯的正有劲，倒没顾上留意他胡买办。

▩ 夷馆

鲁子义带着吴天福来到了夷馆，马斯顿接待。

马斯顿的中国话有了很大进步，当然，个别字句还需要吴天福翻译一下：鲁老板，你近来非常发财，为什么不请我吃饭？

鲁子义：我今天就可以请你吃饭。

马斯顿高兴起来：太好了，太好了！

鲁子义：不过，我有件事情，需要和你商量。

马斯顿：请讲。

鲁子义：上次，你说，可以帮助我搞到一些枪支武器。

马斯顿瞥了吴天福一眼，马上摇头：不，不，那是开玩笑的。

鲁子义着急了：怎么能是开玩笑的？我可是当真的！

马斯顿：你们大清国有严格规定，走私贩卖枪支，杀头的！而我们国家也有规定，不准把枪支武器外流，外传。

鲁子义：我是六品顶戴，我是巡抚大人的女婿，我还在努力，也许，马上我就可以是四品顶戴了。我可以配备卫队的！

马斯顿不屑地笑着摇头。

吴天福用英语：大班，我是鲁子义东家的掌柜。同时，我也是巡抚大人的内侄。我们东家的事情，就是我的事情，您不要把我当作外人。何况，我也很想暗中促成你们的武器交易！

马斯顿立刻问鲁子义：他是你的掌柜，你的亲戚？

鲁子义立刻明白了：哦，你把他当作外人了？嘿，他是我的掌柜，还是我的小舅子。懂不懂，小舅子？我的太太，是他的姐姐。

马斯顿：哦，明白了！你们是——中国话怎么说来——对，一丘之貉！

鲁子义：NO，NO！是情同兄弟！

吴天福拉拢地：我们都是情同兄弟！你，大班、我，大掌柜、他，未来的四品大员，十三行行首——都是兄弟，情同兄弟！

马斯顿吹捧鲁子义：对，未来的四品，十三行行首！呵呵！

马斯顿拍拍手，一个黑大汉走过来，马斯顿：阿三，这位是十三行行首先生！（英语，中文字幕）

阿三：行首先生！

马斯顿：行首先生，我要向你隆重介绍我们的阿三先生——

■ 鲁家　外　日

后院花园里。

鲁青山把鸟笼吊到树干上，看到喜妹和阿娇进来：阿娇，喜妹！

阿娇：义父！

喜妹：姐姐喊您义父，我也跟着喊义父算了。您不会生气吧？

鲁青山：嘿，吴先生的义女，喊我义父，我高兴啊！其实，吴先生的孩子，就是我的孩子！

阿娇过去轻轻搀扶鲁青山：义父，感觉好了？

鲁青山：也不能总是躺着啊，起来慢慢行动行动。

喜妹展开提来的东西。

鲁青山：嗷，又给我送好吃的来了？启明在忙什么？

喜妹：还不是那些脱谷机的事情。

鲁青山：哦，听说这个脱谷机，让同文行发了大财了！

阿娇：可不是。

喜妹：也发财了，也发愁了。

鲁青山疑惑了：嗯？

喜妹：广州知府——义父，千万不要对外说——广州知府命令，有十亩以上的水田，每户都要买一台脱谷机，那不是胡闹吗！

鲁青山：没利不肯早起，虽说有一个关心农民的幌子，恐怕，那广州知府也可以从中获利吧？

喜妹：大概是这样。启明说，我们帮助农民，不能坑害农民。启明找苏知府商量这件事情去了。

■ 广州府衙

潘启明正在和丁师爷商谈。

潘启明：一个是需求量太大，实在是供不应求，一个是小户人家承受不了，大户人家却不够用，难免有民怨声气。所以，请老爷更改前命，改为三十亩一台。

丁师爷：这个——

潘启明：师爷只管放心，您的收入，不会减少——

丁师爷：能保证不会减少？

潘启明：绝对。

■ 夷馆

阿三：行首，枪支不是说要就有的，这个要预定。还有，大船到了外洋，就要转给小划船，乘着风大浪高的黑夜，才能转过来。您知道，水兵搜寻很严密，稍有不慎，就有危险——

鲁子义：明白。不过就是钱上说话罢了。

阿三竖起大拇指：行首是醒目的！

■ 茶楼上　内　日

单间雅座里。

胡买办正眉飞色舞地：好，这真叫有心栽花花不开，无心插柳柳成荫哪。没想到，我老胡无意碰到个真神，真做大买卖的。

苏珊：我年纪轻，刚过来学做生意，就得多请教你们这样的内行、前辈。

胡买办：呃——，别客气，今天一见面，我就觉得你不是凡人，眉清目秀、谈吐高雅，有学问、有风度，说句玩笑话，就凭你，就是扮个女装，也是倾国倾城。

苏珊正色地：这玩笑可开不得。

胡买办：一笑了之，一笑了之。小兄弟，既然您苏老板看起我，交上了朋友，说吧，这趟生意我能帮你什么？

苏珊：茶叶和名贵中药材。想了想：主要看看名贵中药材。黄埔港，哪家洋行最有力量？

胡买办：要说药材，自然是广利行。不过——

苏珊点点头：不错，这几天，我打听了，广利行是中药材大行。你说不过——什么意思？

胡买办沉吟不说。

苏珊冷笑：看来，胡先生认定我不懂行？

胡买办：不是这个意思，药材，刚刚走了一批。这是其一，另外，药材都是去年订货，今年才有储备。像您这样突然插手——

苏珊掏出一张银票往胡买办面前一放：先劳驾给我打探打探市上的行情。

胡买办抓起银票看了看，笑眯眯地：好，出手大方，这才像是做大买卖的，咱们的合作就这么说定了，我帮助您就是了。

苏珊：我还要现有的存货，三五天内，能拿出来多少。

胡买办：噢——，我明白了，你是想来一个突然袭击，三五天就清货，叫他们想抬价都来不及。妙，苏老板，您做事果然果断，往后，我就果断地跟上你，专做您的生意了。

苏珊：咱们就这么说定了。

胡买办：这叫两个哑巴睡一头，没说的。说着，起身把手搭在苏珊肩上，神秘地：敢问小兄弟，娶亲没有哇？

苏珊摇着头把他的手拉开。

胡买办：我表舅也是十三行的老板，专做中药材的。家有一个女儿，貌若天仙，你要是娶了她呀，药材生意发了，美人呵，也得了。

苏珊：你还是给我盯住广利行吧！那个广利行，名声在外呢！

胡买办：苏老板，我的意思，不能直接找广利行。

苏珊：为什么？

胡老板：苏老板，您想，您如果直接找他们，他们肯定要找借口，何况借口是现成的，一，刚走了一批药材，到处缺货，二，您去年没有预定。

苏珊：胡老板说的有道理，只是，应该怎样处理，说来我听听。

胡老板：咱们在广利行外围敲锣，等着广利行来上钩。他做上门的买卖，就不好抬价……

苏珊思考有顷，明白了这个道理：好，这个主意不错……拜托了！

▩ 夷馆

鲁子义告辞走人。

马斯顿望着走了的鲁子义背景，冷笑。

阿三：大班，只要他们买了枪支，就等于将把柄交给了大班。到时候，再让他们帮助我们销售刚制作的福寿膏，等到闹出事来，他也得哑巴吃黄连！（英语，中文字幕）

马斯顿把食指放在嘴上：嘘——

■ 鸿运客栈　外/内　日

客栈生意不错，人来人往。

穿着白色西装、白鸭舌帽、白皮鞋的苏珊旁若无人地走出客栈。

不少人仰望她的帅气……

胡买办走来，朝苏珊乜了一眼，想了片刻，也走进客栈。

胡买办大喊大叫：成老板——成老板——！

账房先生看看他，也朝后面喊：老板，胡先生来了。

成老板掀开布帘走出来：哟，稀客，胡老板——！

胡买办：你才是真正的老板呢，生意这么旺，天天收着钱。我呢，就是跑跑腿，给洋人当当先生。

成老板：给洋人当先生，还得了哇？全广州城排排、数数，当老板的成千上万，一棍子出去能打好几个。给洋人当先生……我做梦都想，可就是肚里没那个墨水，脑子里缺那根洋弦。

胡买办：好了，别拿我开心了。

成老板：进来喝杯茶吧？

胡买办：没那闲工夫。

成老板：你是无事不登三定殿，啥事，说吧。

胡买办：找个人，在你这住。

成老板：什么人，能让你胡先生登门拜访？

胡买办：南洋来的苏老板，苏山，大山的山。

账房先生：呃——，我刚才看着，出门了？

胡买办：刚刚——？！

账房：对呀，他出门，你进门，该碰着呀？

胡买办：没碰上呵！

账房：难道你不认识呀！穿一身白西装，够显眼的啦！

胡买办一跺脚：嘿——！

■ 广利行　外/内　日

后院里。

名叫阿旺的后生正给吴天福禀报。

阿旺：按您吴爷的吩咐，我一大早就盯住那个胡买办，您说得太对了，他在帮助一个南洋苏客商筹办药材，扣子很大——

吴天福：苏客商？

阿旺：一个穿白色西装的年轻人，那艘南洋大船，就是他的。胡买办的意思，那苏客商，出手很大方，需要量也很大。我跑过来就跟您报。

吴天福：需要药材？

阿旺：就是啊，药材！

■ 通往客栈的路上　外　日

苏珊悠闲地边走边逛，不时有意无意窥视后面……

■ 路上　外　日

鲁子义已追上吴天福。

鲁子义：你小子，脑子还真好使呵！

吴天福：这条大鱼不能让他跑了哇！

鲁子义：没错，有戏！

■ 通往客栈的路上　外　日

苏珊在路边和一个卖鸡头榄的搭讪着。

苏珊：地道吗？

卖榄的：当然地道了，这是番禺有名的徐家铺子做的，整个广州城，谁不知道哇。

苏珊付着钱，转着脸看，果然发现后面不远处的鲁子义和吴天福。

苏珊的堂妹小云突然冒了出来：苏珊姐，你让人好找！

苏珊一怔，望着也已换了男装的小云：你怎么跑出来了？把小云扯到一边。

小云：苏珊姐——

苏珊忙嘘了一下：乱喊什么？又朝卖榄的看着。

果然，卖榄的注视着她俩。

苏珊拉起小云往前走着。

小云不悦地：干吗那么神秘呀！

苏珊：我给你说过了嘛，洋人在这里是不许乱跑的。特别是洋女人，要是给抓住，还要关起来呢！

小云：那你——你呢！

苏珊：我是来做生意的，有权和十三行的人打交道。

小云：我是你的随从，有权跟着你，好不容易跟你来趟广州，把我关在船上，回去看我——噢，我想起来了，你是见那个姓潘的，怕我碍事碍眼，对不对？

苏珊：别瞎说，也别乱说，咱们有场好戏看。

小云：看戏，什么戏？

苏珊：到了，别乱说话了。

小云：知道。

苏珊：看我的眼色行事。

小云：明白，我不管。

■ 鸿运客栈　内　日

胡买办正坐在柜台边喝茶。

成老板：胡老弟，到底他是什么贵人，能让你胡大买办在这坐等呵？

胡买办：是爷，财神爷，懂吗？

成老板：我看不像财神爷，看那俊俏样，怕是个花花公子，来广州游山玩水、寻欢作乐的。

胡买办：你就知道寻欢作乐，你见过几个真财神哪？

成老板：你以为来住我客栈的人都是要饭的呀？呃——你看，说着说着，你的财神爷真的回来了。

苏珊和小云出现在客栈门口。

胡买办两眼发亮地迎到门口：苏老板，您终于回来了！

■ 鸿运客栈近处　外　日

鲁子义和吴天福发现了胡买办迎接苏珊，不由停步。

吴天福：果然，胡泽这个家伙冒出来了！

鲁子义：这小子还真鬼。

■ 鸿运客栈内　内　日

苏珊和小云往里走着。

苏珊：胡老板，事情有眉目了吗？

胡买办眉飞色舞地：苏老板，您一句话，我把广州城的贵重药材搞了个天翻地覆，咱们——，到您的房间说去？

苏珊：不，就在这说。

胡老板，四下张望，果然看到了在外边窥视的鲁子义和吴天福，当时明白了，撇开柜台，引苏珊到对面窗下的茶桌边：那……只好在这坐坐喽。

苏珊欣然坐下。

胡老板望一眼小云：苏老板，这位是……?

苏珊：我的随从，云彩的云，大山的山。

胡老板：自己人，不用回避了。

成老板立时亲自送上一壶茶来：二位老板，请用茶。

胡老板朝赵老板摆手：好了，好了，我们自己倒。

成老板知趣地离开了。

苏珊悠然品了一口茶，眼睛却望着客栈大门外：胡老板，说吧。

胡买办：苏老板，您要的货，问题不大了。

苏珊：你的动作还真快。

胡买办：是您找对人了。

苏珊注视着胡买办：噢喃——

胡买办：我准备请怡春行出面办理粤海关事务。故意把怡春行这个名字说得非常响亮，以便鲁子义他们听到。

苏珊：怡春行?

胡买办：十三行的怡春行是专做药材的，我只要和怡春行的蔡老板一商量，他一出马，这广州城的所有名贵药材足够您装船的了。

苏珊：照你的话说，广州城的名贵药材只够我装船的?

胡买办：也就是那么巧，别的船再来，缺货!

苏珊朗声一笑：胡老板，这事您办得不错。安排个时间，我要会一会这个怡春行老板——

▩ 那金徜门

那金正向儿女发脾气。

那金：这个潘启明，狼心狗肺。居然鼓动安格宁，告老子的御状!

那青：不会吧?

那金：万岁降旨申斥，把你老子骂了一个狗血喷头！我正疑惑万岁咋知道这里的事情。嗨，杨大人来信了。原来都是安格宁告状。安格宁在潘启明那里培训，好事没有告诉他，诬陷的话说了不少！潘启明，我，我——

那青：未必就是潘启明——据我知道，是吴老板在巡抚府专门训练安格宁礼仪。

那金：还说，安格宁是枪头子，那个潘启明就是嫌粤海关碍事！哼，难道搬倒了老子，你可以做这个粤海关巡抚？等着吧，饶不了他！他总有犯到老子手中的时候！

那青不免忧心忡忡：父亲，您也要弄清楚了，别冤枉了正直的人啫！

那金：哼哼，别人，谁够得上给万岁吹风？

■ 鸿运客栈

胡买办一出门，顶头遇到了鲁子义。

鲁子义：老胡，最近发大财了？

胡买办满脸堆笑地：哎呀，鲁大老板，吴掌柜——难怪我今天一早出门就听到喜鹊叫喳喳的，真有喜事啊。出门遇到了贵人！

吴天福：胡买办最近有没有生意啊？

胡买办装作支吾其词。

鲁子义：过来吧，这里坐。小二，添一副碗筷！

胡买办：哎呀啊，今天沾鲁大老板的光了。说着凑过来，坐下。

胡买办：鲁老板大东家，要说生意，哪里会没有？就是小一些，怕您看不上。此其一，另外，人家要的货色，恐怕咱们广利行暂时缺手啊。

吴天福：亏你还是个老码头，老黄埔港，居然说广利行有缺手的货色。

鲁子义：是不是别的行增加了提成？

胡买办：那倒没有！

鲁子义：买主指明不要我广利行？

胡装作不好说的样子。

吴天福靠近胡买办：东家不会亏待你的。

胡买办：是这样，买主说，买了您的，担心开罪同文行。买了同文行的，又担心吃二手货。

鲁子义明白了：原来是这样啊，这个好办呢——咱们可以不让同文行知道啊！

胡买办：可以不让同文行知道，可是，不能不让十三行行首知道啊！

吴天福：等事情做好了，到十三行行首那里说话的事情，自然由我们东家去了。你以为潘行首会让我们老板没面子？

胡老板：不过，人家苏老板要的可是上等中药材啊！

鲁子义犹豫一下。

吴天福大喜过望：别的没有，我们就是中药材多，不仅多，质量高，价格也合理。别的不是吹，黄埔港要说谁能一下子拿出来我们这样多好的药材，还真没有！

鲁子义看吴天福如此笃定，也跟着鼓吹：放心吧，这件事情我们广利行做了！

胡买办犹豫片刻，装作不情愿的样子：那好吧，我安排二位见苏老板吃饭！

鲁子义：这就对了！

■ 那金衙门

那金对许知远：鲁子义怎么说？

许知远：职等找到了鲁子义，告诉他，小子你是诬告，哥德堡号上的茶叶，全是上等优质茶叶。我本来准备当场把你小子抓起来的。为了你的面子，我找了萨丽的岔口，这才让那老爷下了台面。现在，那老爷说，要治你小子诬告之罪呢！

那金哼哼笑：小子，尿裤子了吧？

许知远：还不尿裤子？说着，取出一包银子——大人！

那金看着银子包袱，嘿嘿笑起来。

许知远：大人，鲁子义状告潘启明这一案子，可以销了吧？

那金：不能销掉。告诉你，凡是有关这个潘启明的案子，是真是假，都不能轻易销掉。另外，你要安排几个得力的人役，一天到晚，给我盯紧了潘启明。只要有一点一滴违法的事情，都要报我知道！

许知远：对，这小子现在发财发大了——

那金：码头上，要严防走私，这个潘启明的资金源源不断，难道他找到了哪一朝哪一代埋着的宝库？走私的事情，一定要严查！

许知远：职等明白！

■ 陈徽州当铺

鲁子义从里面出来，左右看看没有人，才放心出门。

吴天福在门口等候着，看到鲁子义出来了，急忙迎上去。

两个人像是害怕别人看到，匆忙拐弯儿，来到一个僻静的地方。

吴天福：东家好像很紧张？

鲁子义：别人看到我到当铺借钱，什么样子？我们是堂堂的广利行啊！

吴天福点头。

鲁子义从怀里掏出来银票，递给吴天福：告诉阿三，一定要保密。

吴天福表示明白，追加一句：还要快一些。

■ 同文行门前

几个水兵，化妆成了一般市民，互相挤眉弄眼，在周围监视。

■ 茶楼

胡买办引荐苏珊认识鲁子义。阿云做小厮打扮，跟在苏珊后面。

鲁子义抱拳：广利行大东家，六品顶戴鲁子义！

苏珊抱拳：久仰久仰！南洋客商苏山！

胡买办安排大家入座，招呼小二上茶水点心。

鲁子义：听说苏老板第一次来广州黄埔港？

苏珊：的确是初来宝地。还望鲁子义老板，不，鲁大人多多照顾。

鲁子义：我虽是六品顶戴，其实还是个商人，咱们商业一脉，当然要互相照顾。听说苏老板此次重点收购药材，中药材？

苏珊：正是。不过，实不相瞒，家父定了大批中药材的货出去。可是，临来之时，家父偶感风寒，不能成行。这才让我这个新手赶来了。本人是对中药材一无所识。幸亏胡先生古道热肠——

鲁子义：哈哈，畅快，畅快，苏老板是个坦荡磊落的人。你实话实说，我也是实话实说——我广利行经营中药材，不敢说是黄埔港第一家，起码也是数得着的大行。

苏珊：原来是这样？

胡老板：苏老板放心，广利行实力雄厚，信誉卓著，有口皆碑啊！

苏珊：哈哈，反正我不懂药材，只要不用假货哄骗我就行。

鲁子义：哪里哪里！

胡老板：小二，上菜吧！

■ 同文行

潘启明和阿黄谈心：你说那个救你的人，长得很像苏珊姑娘？

阿黄点头。

潘启明：为什么一直没有告诉我？

阿黄：他不让我告诉你，他说，看来鲁子义和潘启明在明争暗斗，他一个初来此地做生意的，可不想趟咱们的浑水。

潘启明点头：有道理。不过，为什么又要告诉我这件事呢？

阿黄：我发现，这个苏山先生，他在和鲁子义做生意。

潘启明：这很正常啊。

阿黄：我听人说，那个买办姓胡，和吴天福偷偷商量，说这个苏老板是个雏儿，根本不懂怎样做生意，更不懂什么中药材，并且，出手还大方——总而言之，胡买办和坏蛋吴天福要联手坑害苏山呢。我就想，人家苏老板救了我的命，我不能眼看他上吴天福那小子的当。所以，才决定跟您说了。

潘启明沉吟：原来是这样——

▩ 鸿运客栈　内　日

苏珊和小云款款上楼。

小云嘀咕着：姐，真把我当随从呵？

苏珊扶着栏杆慢慢上楼：当随从才能堵住你的嘴呀。要不，露了馅，就不好玩了嘛！

小云：怎么，走不动了？

苏珊：急什么？

小云进房就往床上一躺：我的天哪，好累哟！

苏珊上前：起来！

小云：让我躺会儿。

苏珊：哪有仆人躺在主人床上的？

小云：这是在房间里。

苏珊：店小二来端茶送水呢！

小云立马站了起来，往门口张望，发现没有来：姐，我现在才明白，你冒充的是我。

苏珊：又喊姐，喊苏老板！

小云：听你的，喊苏老板！又亲热地：姐，真没想到，你说话做事，这么干练。

苏珊：学了几年，又跟着爹闯荡，看也看会了。

小云：哎——，不对呀，你和姓胡的那个胖子不也是——？

苏珊：我就是要他们玩花招——

成老板亲自提壶走了进来，笑嘻嘻地：苏老板，你真是个大贵人哟，你一来小栈，就人来客往，还都是大老板、腕儿，连我的客栈都跟着增光噢——！

苏珊不动声色地：待会有人来接，叫他们在下面等着。

成老板：那是自然。

成老板退出去了。

小云：刚才你说，就是要鲁子义他们一帮玩花招？

苏珊：对。

成老板在门外：苏老板，又有大贵人来拜访了！

苏珊：什么大贵人？

成老板：同文行大东家，六品顶戴，十三行行首潘启明潘老板来访——

苏珊顿时愣住了。

第二十九集

■ 鸿运客栈　外/内　夜

听说潘启明来拜访，既在意料之中，也出乎意料之外。苏珊一时有些慌乱。

小云：姐，怎么办？

苏珊很快镇静下来：怎么办？迎接客人。虽然很久没有见过，咱不欠他的债，不欠他的人情，有什么不好接见的。看看，我要不要换衣服？

小云打量一下苏珊，表示很满意：好，我看这样就行。

苏珊：好，你不要出来了，我一个人会他就行。

小云：不行，我要看看这个人到底什么样子，引得这样多美女为他神魂颠倒。

苏珊有些气恼：胡说八道！我告诉你，我这次行动，事关重大，不仅关系到咱们的生意今后能否在这个黄埔港做下去，也关系着父亲的愿望能否实现——

小云慎重地点头：好，你去吧！

■ 鸿运客栈　外　茶座

潘启明稳稳地坐在这里等候苏珊出来。

成老板：嗨，潘启明行首，以后没事您就来小处，我保证，亲自侍候您老。一律八折——不，七折，您来这里，那是给小子面子！

果然，苏珊出来了。

成老板一跳好高：哎呀，苏老板下来了——苏老板，过来，我给您二位介绍一下——这位，就是咱们黄埔港第一号大洋商，六品顶戴，十三行行首潘启明大人！潘大人，这位就是南洋商人，苏山，苏老板！

两个人都道久仰，施礼。

成老板：二位慢慢说话，小的侍候着了！

成老板吆喝着伙计送茶水点心，离开了。

潘启明：苏老板，迎接来迟，敬乞海涵！

苏珊：客气了，潘大人。俗话说，行客拜坐客，是苏某人失礼！

潘启明：其他人自然应该行客拜坐客，但是，据说苏老板是我苏诸叔叔的至亲，潘启明理当拜访招待。

苏珊：苏某来之前，叔叔倒是说要拜访潘启明老板。但是，苏某来到之后，潘老板实在过于繁忙。所以，决定等生意有了结果之后，再行拜会。

打扮成一般市民的水兵，过来过去的，好像找人，其实在听他们说话，实施监视。

潘启明：不然不然，苏先生初来广州，第一次到这里黄埔港做生意，还是有亲朋帮助为好。

苏珊故意装作不懂：不好，做生意就是做生意，苏某也不是第一次做生意了，从来不会依仗权势的。

潘启明：误会了，绝对没有要求苏先生依仗权势的意思，何况，潘启明在这里，也谈不上什么权势。

苏珊：苏某人绝对不给他人懦弱无能的看法。

潘启明笑了：苏先生误会了。苏先生自然是个能独立做生意的商人。既然不用帮忙，那么，看在潘启明和苏诸叔叔的份上，赏脸到我那里小酌如何？

苏珊：谢谢。吃饭的事情，一定要叨扰的。不过，等苏某把生意搞定再说如何？

潘启明又吃了一个软钉子，想想，终是不放心：启明毫无表示，实在惭愧。我看苏老板跟随的人甚少，这样，派一个小厮跟随侍候，如何？

苏珊知道潘启明想派一个对生意，特别是对中药材懂行的人过来帮忙，心里想，你哪里知道，我就是需要他们给我假货次货呢，哈哈一笑：跟随的人很多，一船都是，只是苏某不喜欢前呼后拥罢了，谢谢。

苏珊说着，站起来，有送客的意思。

潘启明一看对方软硬不吃，更加不放心：苏先生——

苏珊：对不起，广利行邀请我看样货了，改日再请您过来，如何？

潘启明显得很是尴尬。

■ 许知远的住处

水兵甲跟许知远回报：将军，我们的线人说，阿三他们在倒腾枪支，说是给一个六品顶戴的商人搞的。

许知远：六品顶戴洋商？

水兵甲点头。

许知远：是不是十三行行首？

水兵甲大乐：对，说了，什么行首行首的！

许知远更高兴：好，好，你小子有功劳！

水兵甲：谢谢将军！

许知远：听着，不要惊动他们，免得打草惊蛇。等他们赃物到手之后，最好，等到交货的时候——

许知远做了一个两手一掐的动作。

▩ 广利行

吴天福布置中药材展览。

鲁子义一个一个观看：天福，你真有本事，这个时候，居然在黄埔港搞到这些名贵药材……

吴天福：哼，咱们是谁？大名鼎鼎的广利行啊！

鲁子义发现一些鹿茸质量不好：天福，这些鹿茸质量不好啊！

吴天福笑笑，有些神秘莫测的味道：接着往下看——

鲁子义发现一件虎骨有问题：天福，这个是虎骨吗？我是懂得这个东西的！

吴天福走到鲁子义跟前：你懂得，那个苏老板就懂得？

鲁子义待了半天：那个姓胡的买办，恐怕也懂得吧？

吴天福：姓胡的——说着，做了一个送银子的动作。

鲁子义：万一，那个苏老板懂得。

吴天福：你没有看到吗——这些东西，我掺了一些次品进去，只要那个苏老板看出来这些不好的东西，后面的这些，我就不让他看了。如果，我发现他确实是个雏儿，哼哼——

鲁子义明白了：一点一点地试探？

吴天福：对！

鲁子义：不会出事吧？

吴天福：不多，不多，很少的。到了南洋，真正认识的人，也不多。就算是发现了，货到地头死不说，次品行货不多，也不影响他们赚钱。

鲁子义：一定要把稳！

吴天福：我办事，你放心。茶叶的事情，不是也没有任何影响吗？

鲁子义：还说没有影响？那金讹诈我八千两银子啊！

吴天福：你知道潘启明损失多少？里外三万多，还白白落一个窝心，嘻嘻。

鲁子义点头：我就是要他折本带窝心，不要说我八千他三万，就是我三万他三万，我也要跟他拼到底……

吴天福：不错，只要能把他的行首拼掉了，一切都好说了。到时候，你当了行首，所有生意的分成配额，都是咱们说了算，那时候，整个黄埔港，还不都是广利行的生意？

鲁子义：不错，这才是大生意！

伙计：老爷，掌柜的，苏老板到了！

鲁子义：快，快请进来。

吴天福立刻把假虎骨包起来，放在一旁了。

苏珊带着小云款款而来。胡买办紧紧跟在后面。

大家互相施礼，非常客气。

鲁子义请苏珊主仆和胡买办先坐下来饮茶。

苏珊：广利行名不虚传，果然气派。我看这个黄埔港，贵行大概数一数二了吧？

胡老板：苏老板有所不知。鲁大人的岳父，梁老板才是黄埔港最大的商行呢。对了，是二太太的娘家。大太太，就更加了不起了，广东巡抚的千金啊！

苏珊立刻站起来：失敬失敬！

鲁子义故作谦虚：呵呵，无非一介商人而已！

吴天福：我们鲁大人既不凭借岳父家的财势，也不凭借自己的六品顶戴。我们老板凭借的是货真价实，老少无欺，广交朋友，诚信经营。

胡买办：这是真的，广州城人人皆知。

苏珊：能和这样的大商人做交易，苏某三生有幸啊！

鲁子义心花怒放：过奖了，过奖了！

胡买办：这样，咱们先看看鲁大人准备的样货，苏老板，您说好不好？

苏珊：当然好了。看样货，看过之后，苏某请客。

鲁子义：不，看过之后，鲁某请客。今天，又是在广州，如果让苏老板请客，我鲁某的脸面往哪里放？

大家一起笑起来，同时起身，向样货摊子走去。

■ 路上

潘启明带着阿黄、喜妹乘车而来。

喜妹：我想，鲁子义不可能用行货假货欺骗苏山老板的。

阿黄：这个不好说，现在的鲁子义，哪里还像个商人。更加上那个头上长疮脚底流脓的吴天福，什么缺德的事情，他们都敢干啊！

喜妹：也有道理。

潘启明：苏山这个人，很骄傲，还很托大。我担心吴天福利用他的无知自大，让他吃哑巴亏。我作为十三行行首，不能不问。还有，苏诺叔叔那里，我若不照顾，也说不过去。

喜妹：他们没有花招倒还罢了，如果真要花招，你会跟鲁子义当场翻脸？

潘启明：我最担心的是他们此时并不耍花招，等到上船装箱的时候，再耍花招。如果他们此时敢于以次充好，我倒不怕当面指出。

▩ 广利行

鲁子义吴天福引导苏山看药材。

胡买办发现东西不地道，欲说话，抬头看到吴天福。

吴天福不停地注意着苏珊和胡买办呢。看到胡买办欲说话，猛地眨巴眼睛。

胡买办自然明白，笑笑不再说话。

苏珊一副天真的样子，拿起一样东西：这是什么？

吴天福认真地：正宗东北虎鞭！

苏珊脸色微微一红，又拿起一样东西：这个呢？

鲁子义、吴天福都止不住笑起来：苏老板真会考验我们，这个是天山雪莲啊！

对苏珊的无知，胡买办不禁暗暗摇头。

小云偷偷观察，心里好笑，但是不动声色。

苏珊：不怕大家笑话，我确实不认识。多包涵了！

吴天福：苏老板放心，你越是信任我等，我等越是把好货，用最佳包装，最低价格，交给您！

吴天福说着，把一些刚才还包装着的东西，都打开了包装。

苏珊看到了假虎骨，走上前拿起来：这是什么？

吴天福狡猾地：苏老板，您看这像什么？

苏珊：我看，这个肯定是虎骨！

吴天福一惊一乍地：哎呀，苏老板还说外行呢，居然能一下子认出来是虎骨，啧啧，吴某佩服！

鲁子义、胡买办一起说：佩服，佩服！

这时候，伙计进来：老爷，潘姑老爷到了。

鲁子义大吃一惊：啊！

吴天福和胡买办都显出了不安。

吴天福反应较快：东家，请姑老爷到后堂看望老人去吧！

不过，潘启明已经闯进来了。

喜妹紧紧跟在后面。

潘启明：哈哈，没有耽误你们做大生意吧？苏老板，山不转水转，没有想到，在我兄弟这里见到您了！

苏珊只好还礼：原来是十三行行首潘大人，幸会幸会！

鲁子义：姐夫，让他们在这里忙吧，我们到那边说话。

潘启明：不，我也没有什么事情，正好陪陪南洋客商——说着，两步走到样货跟前——这些，都是准备卖给苏老板的样货吗？

吴天福：回潘行首，小生意，不值得您亲临指导。我们东家请您那边喝茶呢！

喜妹：喝茶，天天喝茶。我还没从来没有见过这样多名贵药材，启明，教给我认识认识好不好？

潘启明：在位都是药材大行家，你要认师傅，哪个都比我强得多！

喜妹上前，拿起一些质量不好的鹿茸：这是什么？

潘启明：问问胡买办吧？

喜妹递给胡买办：胡老师父，请教了？

胡买办：鹿茸！

喜妹：鹿茸啊，请问这鹿茸质量如何？

胡买办：这个——很需要学问了，您请教吴掌柜吧！

喜妹：吴掌柜，请教了——这鹿茸质量到底如何呢？

吴掌柜：这种东西，学问很大，今天我们正接待客人，是不是改日再说？

喜妹冲过去，拿起假虎骨：这是什么，你总不会告诉我，这是虎骨吧？现在市场上好多人用这个冒充虎骨骗钱呃！

顿时，场面非常尴尬。

苏珊走上前来，拿起喜妹刚刚放下的鹿茸：我来告诉您，这是鹿茸，质量非常好的鹿茸——又接过去“虎骨”——这个就是虎骨，正宗东北虎骨——

喜妹大吃一惊：谁告诉你的？这是谁告诉你的？

苏珊不理睬喜妹，回头很不满地告诉潘启明：行首大人，我来黄埔港就听说了你的大名。不过，很遗憾，我这次不能和您做交易。如果，广利行的中药材不够我收购，我会考虑麻烦您的。

喜妹：什么，你怀疑我们和广利行争生意？你真是——

苏珊：潘大人，我们南洋，生意人之间，也有竞争，不过，我们讲究手段的正当，不会公然挑拨，更不会仗势欺人。我是一个正派商人，也是一个正直的人，我不希望有人伤害商人的名誉。

喜妹：你真是狗咬吕洞宾啊！

苏珊：既然伙计佣人可以随便说话，阿云，你说怎么办——

小云：下午，咱们请鲁大人吴掌柜胡买办吃饭！

苏珊：那好，鲁老板，如果你这里没有办法继续谈生意，我就走了！

潘启明连忙阻止：不，苏老板，请恕我冒昧。你们继续谈生意，我走，我无非路过这里，顺便看看我的内弟而已。你们谈，你们谈——

喜妹：启明——

潘启明命令喜妹：走！

喜妹愤愤然地出去了。

潘启明抱拳施礼：诸位，继续谈生意，抱歉，抱歉啊！说着，走出去了。

吴天福看着潘启明走出门去了，一句话打破沉默：难道所有的生意，都要跟你们同文行做吗？岂有此理！

鲁子义向苏珊施礼：多谢苏老板深明大义，仗义执言！

胡买办也跟着夸奖苏珊。

苏珊：我就看不惯这种仗势欺人的人。他想阻止我和你们成交，我就要不吃馒头蒸口气，偏偏和你们成交！

鲁子义：苏老板，您太会做生意了！

■ 许知远处

水兵甲：将军，阿三他们已经弄到枪支，今天从澳门偷运来黄埔港。

许知远：确切属实？

水兵甲：绝对属实。

许知远：准备出发抓人！

■ 澳门港口

阿三带了两个小马仔，扛着包装好的两支枪，来到码头上。

阿三：一定要等到天黑，我们再行动。

马仔：现在就走，等到了黄埔港，天就半夜了。

阿三：一定要注意那些巡逻的水兵缉私队。

马仔：这是不要说的。不知道对方谁来接货。

阿三：先放到夷馆里。那个行首经常来夷馆，他自己带走。我们亲手交给行首，多么危险，不行的。交到夷馆，保险。

说着话，他们已经收拾停当，开始起航了。

■ 同文行

潘启明很苦闷。

喜妹：这个苏山，真像你说的那样，过分自作聪明了。

潘启明：我没有想到，他居然这样愚蠢。想想真可笑，我曾经怀疑他就是苏珊姑娘呢！嗨嗨，几乎一样的长相，智力的悬殊，居然如此之大。

喜妹：算了，每个人的路子都是自己走的。既然他决心走死路，谁也救不了他。这件事情，到此为止了。

潘启明：不行，既然是苏诺叔叔的侄子，我不能不管。还有，我更不能不管鲁子义，他是我鲁青山岳父的儿子啊！

喜妹：你真是以德报怨啊，这个世界上，最恨你的人，大概就是鲁子义了，伤害你最厉害的，也就是鲁子义了。你还这样帮助他。你帮助他，他承你情意也好，人家不仅不承情，人家还恨你，你到底图什么？

潘启明：我图的是良心平安！如果放任鲁子义这样搞下去，不出三年五年，广利行就要倒大霉！身败名裂，破产关门！不行，我一定要过问这件事情。

喜妹：买方卖方，都不喜欢你，你老虎吃天，没地方插口。人家一个周瑜一个黄盖，愿打愿挨，你不是自找没趣吗？家乡茶园来信了，有些事情，需要你亲自处理，你回家乡看看吧。

潘启明：不，我要去再一次找到鲁子义，说明利害关系！

潘启明起身就走，喜妹想阻拦，也来不及了。

■ 广利行

鲁子义有些醉醺醺的了，吴天福也有些喝多了。

鲁子义：见过多少商人，没有见过这样的傻瓜蠢蛋。

吴天福：买咱的东西，次品，还要感谢，还要买单请客——

鲁子义：潘启明白天突然闯过来，你说是不是有意过来搅局？

吴天福：那还用说，他是有备而来的。没有想到，那个苏老板给我们挡过去了。这真是财运来了，门板都挡不住啊！

他们一抬头，发现到处都是箱子。

鲁子义：哪里来这样多箱子？谁给咱们送银子来了吧？呵呵呵。

吴天福低头认真查看：哈哈，我收购的药材送来了。都送来了——你看，都送来了！

鲁子义也看：不假，真是的。天福，你可真神啊——

突然，他们听到一个声音：真身在这里呢！

循着声音望去，他们看到了在正厅上坐着的四姨太。

吴天福第一个反应过来：哎呀，姑妈，您老人家来了？什么风把您老人家吹来了，你早通知一声，孩儿也好早接远迎啊！

鲁子义：岳母大人，孩子给您施礼了！

四姨太：都喝多了吧？

鲁子义：有些多，太高兴了。

吴天福：那个买我们药材的苏老板，非要请客不行。我们对他诚实，优待，他感谢我们，嘿嘿。

■ 海面上

许知远的船只在巡航。

■ 另一处海面

阿三的走私船也在黑暗中前行。

城内路上，潘启明坐在马车里，匆匆赶路。

■ 广利行

已经掌起灯火。四姨太在饮茶。鲁子义、吴天福都已经基本清醒了。

四姨太：这次中药材，代付的资金必须尽快到位。

吴天福：姑妈放心，那个苏老板资金不成问题。按照一般常识，我们交货当天，他就交银子。同一天银货两清。

■ 海面

马仔：大当家，不好了，那儿的搜缉私巡逻船，有意包抄咱们呢！

阿三也发现情况不妙：回头，奔回澳门。

但是，大船似乎发现了他们的企图，从后路包抄。

马仔：老大，不好了，他们就是对咱来的。

阿三：不要紧张。

阿三说着，穿起了潜水服装：如果躲过去，给你三成利润。躲不过去，我会运动，保你出来。只要你不吐口说出来我，一时半会没有事的。

马仔：明白。咱不是第一回了。不就是送一点钱给他们嘛！老大放心。

阿三潜入水中。

大船包抄过来了。

■ 广利行

伙计进来：老爷，潘家姑老爷又来了！

鲁子义：嗨，这个人咋的啦，非要跟我作对不行！

四姨太用眼光打听怎么回事情。

吴天福：姑妈，这个潘启明大概听说卖药材这回事了。白天，我们正让苏老板看货，他就来了，来了就搅局。幸亏这个苏老板认定潘启明使手段争生意。潘启明灰溜溜地走了。看来，不死心，想威胁我们，让利给他吧？

四姨太：你们太眼光短浅了，他要让利给他，就给他一些吧！目前，他毕竟是十三行的回首。他如果存心捣蛋，只怕还有麻烦。可以让一点儿利润给他嘛！

鲁子义：也是，他要存心捣蛋也很麻烦。

四姨太：我后边躲一躲，我可不想在这里看到他。

四姨太说着，起身到后面房子去了。

鲁子义和吴天福起身去迎接潘启明。

潘启明走进来，抽抽鼻子，似乎问到了香气，断定有女客人在这里待过，不过，他顾不过来这些了。

■ 粤海关衙门

马仔被绳捆索绑压到了公堂上。

那金连夜升堂：姓甚名谁，从实招来。

马仔：回老爷，小人马仔！

那金：马仔，哪里来的枪支？

马仔：回老爷，在码头上捡的？

那金：哼哼，看来，不给你点儿厉害，你也不会说实话。来呀，给我狠狠地打！

衙役们立刻冲过来，按倒了马仔。

马仔：老爷息怒，老爷息怒，马仔说实话。

那金：讲！

马仔：枪支是走私货物。

那劲：给谁买的，下家哪个？

马仔：下家？这个，小人只管偷运，下家是谁，小人不知道。

那金：看来，这顿板子是不能省下了，来也，给我狠狠打！

马仔：老爷，小人确实不知道——

那金：打！

衙役们狠狠打马仔的板子，马仔鬼哭狼嚎：老爷——

那金：停！马仔，说不说？

马仔：老爷，小人确实不知道——

那金：给我打——

马仔：老爷，老爷，小人只是听说接货对方是个六品顶戴，还是个行首——

那金心中高兴：早说了，哪里还有这顿板子！

▩ 广利行

潘启明 ：我思想再三，决定还是要过来和你说说话。吴掌柜，你是吴叔叔的侄子，对我来说，也是自己人。不过，请你给我兄弟俩一点时间，好不好？

吴天福：好，好，潘启明行首拿我吴天福当外人，我也不好硬套近乎。

鲁子义阻拦：天福，你不要走——姐夫，如果你谈亲戚话，天福是咱们的亲戚，如果你谈生意上的话，我的生意都交给天福了。天福不是外人。

吴天福假客气：行首认定我——

潘启明让步：好吧，既然子义认定你是自己人，我当然也很高兴和天福交换意见了。

鲁子义：有什么指教，请讲吧！

潘启明：你们心里很清楚，我要说的还是这批药材的事情。你们不能这样对待南洋苏老板！

鲁子义：姐夫，我想知道，南洋这位苏老板是不是找十三行投诉了？

潘启明：没有！

鲁子义：是不是买办代理找你投诉了？

潘启明：没有！

鲁子义：对了，是夷馆大班马斯顿找你投诉了？这个就严重了——

潘启明：哈哈，兄弟，你都知道，还没有到那种程度。目前来看，苏老板不仅不会投诉您，还在努力促成你们之间的生意呢！

鲁子义：那你不是多管闲事吗？

潘启明：兄弟，我要告诉你，这绝对不是闲事，这是大事。我可以在你们成交之后，派人到南洋船上验货，我也可以在你们成交之后，鼓动马斯顿大班来验货。

吴天福：看来，潘行首不把我们东家收拾了，是誓不甘休了，

潘启明：错了，我最怕的事，是南洋的船，明年带着你们的药材回来索赔！

鲁子义：这件事情，我自有安排。如果你仅仅担心这一样，你可以走了。我不要你担心，不要你负责，请走吧！

潘启明：你不对广利行负责，我要对我的恩人负责。我问你，这些药材哪里来的？

吴天福：行首，你这就管得太多事了吧？

鲁子义：你问我从哪里进货？你什么意思，断我的货源？

潘启明：子义，你被鬼迷了心窍？难道，这些货物的主人逼着你替他销售？难道，你不懂这样做危害有多大？我不会同意你把这些货物装上南洋大船的。

四姨太实在按捺不住了，走出来：这是谁呀，说话这样霸道？

潘启明看到是她，起来施礼：原来是四太太驾到，启明施礼了！

四姨太：我知道你现在是十三行行首，不过，好像没有听说过十三行可以不让人家做生意啊！

潘启明已经有些明白了：潘启明没有不许洋商正常经营的权力。

四姨太：我想也是。吓唬一般老百姓，也许可以。吓唬我的女婿，恐怕就要商量商量了。

潘启明：四太太，启明谁也不敢吓唬。启明不能阻止洋商正常经营，但是，对于洋商经营来历不明的假货劣货，作为十三行行首，潘启明责无旁贷！

四姨太：噢，今天，潘启明十来行使三行行首权力的。

潘启明：不是。启明是来表示一个亲人的关怀的。是来告诉自己的亲人，应该怎样做一个正当商人的。

鲁子义：如果你真是我的亲人，就不要管我的闲事。如果干涉我的正当经营，恕我不认你这亲人！

吴天福示意几个伙计过来，一字排在潘启明面前，意思要强行赶人走路。

潘启明看出来不能继续商谈了：好，看来，子义你是执迷不悟了。你可能认为，为了岳父的面子，我不能当众揭发你。你有恃无恐。我现在就去见岳父大人，我不相信，你的父亲会容忍你如此作为！

几个人听说潘启明要去寻找鲁青山告状，呆住了。

这是，一群士兵冲进来：潘启明，潘启明！

吴天福：潘启明在这里！

士兵们涌上来，把潘启明绳捆索绑。

鲁子义反应较快，看到士兵拥着被捆绑的潘启明出去，追上去，拉住一个士兵，塞过去一小块银子：出了什么事？

士兵悄声：走私！

鲁子义：走私什么东西？

但是，士兵没有时间回答他了，外面已经集合，士兵匆匆跑出去集合。

四姨太按捺不住心中的高兴：真是老天爷有眼！

吴天福：我说过，老天爷想让你发财，门板都挡不住！

鲁子义感觉到很惊奇：嘿嘿，居然说潘启明走私，奇也怪哉！

吴天福：不管他走私不走私，反正，他是个倒霉蛋！东家，准备当行首吧！

四姨太：对，除掉这个潘启明，子义，你就是行首了！

鲁子义也想到了这一层，不由得非常高兴。

▩ 那青住处

那青正准备休息，丫鬟匆匆跑过来：小姐，小姐！

那青：慌张什么？

丫鬟：老爷抓了人，打板子呢！

那青：嗯，哪天不抓人，哪天不打人？

丫鬟：今天抓的是——

那青：谁？

丫鬟：小姐——

那青：难道是潘启明？

▩ 那金公堂

潘启明被带到公堂，按倒在地上。

潘启明抬头看到那金凶神恶煞地坐在上头，大呼：冤枉！

那金：潘启明，你是六品顶戴，堂堂十三行行首，等闲本大人也不能抓你，更不敢慢待你，你犯事了，本大人越不敢徇私枉法。

潘启明：那大人，商民所犯何法，但乞明示！

那金：如果是别人，本大人只要一顿板子，早就自己招认了。潘行首，可以给你客气一些。我说来也——

衙役齐声呐喊：侍候老爷！

那金：带马仔和他的走私货物！

衙役们立刻把马仔和枪支带了出来。

那金：潘启明，看到了没有？老实交代吧？

潘启明一头雾水：启禀那大人，商民还是不明所以，无从交代。

那金问：马仔——

马仔：青天大老爷！

那金：你面前是何物？

马仔：回青天大老爷，那是小子帮助回收走私的两支火枪！

潘启明大惊失色：大人，商民冤枉！

那金冷笑：人证物证俱在，你还要口喊冤枉，潘启明，本大人可就只有不客气了。

潘启明：大人，商民从未结识此人，商民也从未委托此人购买什么火枪，这真是天外行横祸，商民一定是被人诬陷，蒙受冤枉了！

那金突然变脸：本大人本来不欲动刑。看来，潘启明你是要不给本大人面子了，我说来呀——

衙役们齐声：侍候老爷！

那金：大刑侍候——

衙役们把潘启明按倒在地上打板子。

潘启明高呼：商民冤枉！

衙役发现潘启明不说话，一看，昏厥了。

衙役：老爷，犯人晕刑了。

帮办上前：老爷，可以暂缓审问。

那金：暂且关押，明天再审。

衙役们押走了马仔，几个人架起来昏厥的潘启明，走出大堂，去往监狱。

那金走下公堂，突然发现女儿气冲冲地走过来：天到这个时候，你来干什么？

那青：爹，你真的想报复潘启明了？

那金：胡说八道，哪个报复他？他居然走私，并且走私枪支，人证物证俱在，这是杀头的大案，老爹怎敢胡来！

那青：我在后堂听候多时，你说人证物证俱在，那个马仔根本就不认识潘启明，怎能证明他就是受潘启明委托？

那金：我问你，六品顶戴的洋商，黄埔港有几个？十三行行首，黄埔港又有几个？说来说去，不就是一个潘启明？

那青：既然马仔是给潘启明走私，两个人互不相认，如何交货？

那金：他仅仅一个马仔而已，交货当然要他的老大出面了。

那青：老大在哪里？

那金：许知远正在追捕！

那青：没有追捕到老大，何以如此审问潘启明。

那金强词夺理：潘启明承认了，那老大不就好找到了吗？

那青：哼哼，分明挟私报复。

那金：臭丫头，不好好在家练功，哪里需要你替潘启明出头？回去，听到没有，给老子滚回去！

▩ 监狱　关押马仔的地方

马仔蹲在里面，对看守他的禁卒：老大，实不相瞒，我们老大，三天之内，就可以让我出去！

禁卒：不错，我信你的话。我以前看到你经常进来出去的。

马仔：噢，老熟人了！这样，帮我赊一斤酒二斤肉来怎样？

禁卒：犯酒瘾了？

马仔：就是。

禁卒：你等等。

禁卒出去了，马仔哼小调子。

不一会儿，禁卒进来了，捧着一只血淋淋的猪头：看吧，你的东西来了！

马仔：胡闹，这是个生猪头，怎么吃下去？

那青一身劲装，带着一把匕首，走进来：我帮助你吃下去！

马仔吓了一跳：老大，这是谁？

禁卒：谁？粤海关不认识她的人还真不多，她说帮助你，你就老实接受帮助吧！回头对那青：大小姐，您审问吧！

那青对马仔：跪下！

马仔已经吓坏了，急忙跪下：大妈，不，大嫂，不，大小姐大姑妈，您老人家不要动刀子啊——

那青：我问你几句话，回答上来，给你猪耳朵吃，回答不上来，你的耳朵——说着，很轻快地一下子把猪耳朵切了下来。

马仔一看：哎呀，大姑妈使用刀子是行家，大姑妈的刀子也真锋利，大姑妈，您想知道啥，只要小子知道的，不说不是娘养活的！

那青：你的老大是谁？

马仔：大姑妈，我们有规矩——

那青刷一下，割下另一只猪耳朵。

马仔：大姑妈，我说，是阿三！在黄埔港混的，都知道阿三的。

那青：阿三告诉你，那些枪支，是给行首弄的？

马仔：是的！

那青一挥匕首：说实话！

马仔：大姑妈，说假话您老人家宰了我。

那青：阿三告诉你行首是谁？

马仔：行首就是行首呗！反正，阿三认识就行了。

那青：行首姓什么？

马仔：这个姓什么，阿三倒是没有说。

那青：没有说姓什么？

马仔：确实没有说。

那青一匕首，刺中了猪眼睛。

马仔吓得一哆嗦：大姑妈老姑奶奶，我要说一个字的瞎话，您刺瞎我的狗眼！

那青站起来，掏出一块银子，对禁卒：你去买些酒菜，你们吃。剩下的，都是你的了！

禁卒：谢谢大小姐！

那青：潘启明那边，你知道吗？

禁卒：那边，回答小姐，是我的把兄弟看守。

那青有掏出一块银子：给你的把兄弟！

禁卒打千：大小姐，不要给银子了，有大小姐一句话，我们都听您的。潘行首，我们绝不会亏待的。

那青：好，等本小姐破了案子，一并请你们吃酒！

禁卒跟着那青出门：大小姐，是不是去看看潘行首？

那青犹豫了一下：男女授受不亲，多有不便。再说，本小姐要去找那个阿三，今天就算了。

禁卒：好叫大小姐知道，那个阿三，是个大混混，身边常常跟着打手，他本人出手也非常狠毒，您可要多多小心哦！

那青：本小姐艺高人胆大，放心吧！

■ 阿三的窝点

阿三和几个兄弟喝酒。

阿三：准备几个钱，他妈的，明天要到水军缉私队走走。

兄弟甲：需要很多吗？

阿三：可不是，不光马仔，两支火枪也掉里面了！

■ 码头

巡查的士兵发现穿着夜行衣的那青：站住！

那青：干什么？

士兵：这里戒严了！

那青：老子找人！

他们发生了一些争执。争闹得有些不可开交，许统领到了。

许知远：干什么的？

几个士兵争着回报。许知远走进了一看，愣住了：你——

那青：让他们走开！

许知远：都走开！

几个士兵知道遇到大个子了，知趣地走开了。

许知远：大小姐，您这是干什么？

那青：本小姐今天要捉拿一个要犯。

许知远：谁？

那青：阿三！

许知远：为什么？

那青：走私火枪一案，阿三是主犯。

许知远：是他？

那青：你认识他？

许知远：认识。不过，这个阿三……

那青：可能是你的朋友吧？

许知远改口了：大小姐，阿三是个青头混混，本标堂堂将军，怎么会结交他们那样的东西。大小姐，捉拿阿三是我们的事情。

那青明白了，许知远和阿三是有关系的：好，我就请许统领帮忙了。

许知远：一定尽心。

那青走人，一转身，不见了踪影。

许知远感觉到很为难。

■ 阿三窝点

阿三正喝酒，那青走进来。威风凛凛。

阿三几个急忙拉出来刀子：谁，干什么？

那青：官府钦差，请阿三先生跟我走一趟。

阿三：谁知道你是不是官府钦差！

阿三试图逃走，那青看出名堂，横剑一栏：阿三，劝你放明白一点儿。跟我走，说明情况，保你没事。

阿三推一个兄弟上前抵挡那青，自己企图逃走。

展开了械斗。

那青受伤，但是，她按倒了阿三。

阿三的两个兄弟企图伤害那青。

那青把剑横在阿三脖子上：哪个敢动一动，我就杀掉他！

阿三害怕了：别，别，大侠，我跟你走！

但是，受伤的那青不能走了。

阿三看到这一点：大侠，咱们打个商量，你放开我，我阿三从来说话算话，江湖上人人知道，我保证，给你治疗。你放我人，我治好你的伤，从今往后，咱们就是弟兄，你说如何！

那青：我问你一句话，你的火枪，是给谁走私的。

阿三：行首。

那青：行首姓什么叫什么？

阿三：我听洋人们都叫他鲁子义！
那青：好，跟我到粤海关作证。只要说实话，本小姐保证你毫发无损。
阿三：好，现在就放掉我吧。我跟你去粤海关。
那青：不，跟我走——
但是，那青不能行走了。
阿三：那就等着耗死吧！
那青的血液不停地流淌，那青感觉到一阵一阵眩晕，非常危险。
阿三示意他的兄弟不要着急。
许知远带领士兵过来了。

■ 那金住处

丫鬟着急地过来：老爷，老爷！
那金：何事如此惊慌？
丫鬟：老爷，昨晚上小姐出门，一夜没有回来，恐怕——
那金慌张了：一夜没有回来，你，你，你是怎样——嗨，帮办，帮办，我说来人呀！
帮办急忙跑过来：大人——
那金：快，请水军统领许知远！
许知远正好带着很多人赶过来了：见大人！
这时候，那金看到了躺在担架上的女儿，捆绑着的阿三和两个混混。

■ 夷馆

鲁子义来找马斯顿。
马斯顿：天还没有亮，鲁大人有什么事情？
鲁子义：来请你帮忙！
马斯顿：要请客吃饭啊？哈哈，请问，需要什么帮助？
鲁子义：潘启明失踪了。我们好多商务因为没有十三行行首，没有办法开展。我准备带一些洋商，到粤海关请示。我想麻烦你，代表夷馆，就一些正常商务无法开展为理由，到粤海关请示。
马斯顿：慢，慢。你有什么证明，潘启明失踪了。
鲁子义凑近马斯顿的耳朵：实不相瞒，潘启明犯了罪，被粤海关逮捕了。
马斯顿：真的？
鲁子义：是当着我的面逮捕的。

马斯顿明白了：哈哈，你想让我们制造声势，催促粤海关巡抚，帮助你做十三行行首，对不对？

鲁子义点头：放心，我们是好朋友，我不会亏待你的，尊敬的大班。

■ 那青住处

那青已经包扎妥当，但是，受伤过重，流血过多，非常虚弱。

那金痛苦非常：青儿，孩子——

那青如同死去，脸色苍白，双目紧闭，毫无知觉。

第三十集

同文行

潘启明被逮捕的消息已经有很多人知道了，大家惶惶不安，聚集在一起。

喜妹：大家不要慌乱，听我说——

阿黄：你就快说吧。

喜妹：阿黄，你去吴先生家，请他老人家过来，东家不在这里，请他老人家过来管理咱们同文行。

阿黄：好。说着，匆匆忙忙走了。

喜妹：贵叔，您老人家在家，领着大家，继续做生意，不许惊动大奶奶。也不能让来做生意的客商看出咱们家里出了这样的大事情。

贵叔：明白。大家都明白吧？

众人一起说明白。

喜妹：我到粤海关，去找那青小姐，请她帮忙。

众人：你就快去吧！

喜妹走了两步，回头：听清楚了，不能让大奶奶知道——

大家都说明白。

粤海关衙门

很多洋商都聚集在这里，互相打招呼。

梁老板：伍老板，怎么回事？

伍老板：说启明行首出事了。也不知是什么事情？

老齐：说是走私，走私火枪呢！

另一个老板：不可能，人家潘行首，哪里会干这种事情呢。

老齐：我说也是的。

梁老板：群龙不可一日无首，十三行没有人办公，哪里行呢！

一个老板：看，你的女婿，不正是个好人选！

梁老板：不，我不是这个意思，我的意思，如何想办法把咱们潘行首解脱出来。

这时候，马斯顿带着很多洋人来到了。

大家互相打招呼。

马斯顿：为什么十三行没有人办公了？（英语，中文字幕）

梁老板：我们的行首不见了。

帮办出来了：大家这样早就来这里闹闹嚷嚷，有什么事情？

梁老板：我们十三行行首不见了。我们有事情，有很多重要当紧的事情需要潘行首处理。

帮办：对不起，今天海关大人身体不适，不能升堂——

大家一听，都闹腾起来。

马斯顿：我们的大船，很多都要乘季节风来去。时机不等人啊，行首找不到了，是天大的事情，你海关大人也不办公，不是胡闹吗？（英语，中文字幕）

帮办：对不起——

梁老板：帮办大人还是跟那大人说说好！

马斯顿：你们这是公然无视朝廷！（英语，中文字幕）

帮办感觉到无法招架，非常尴尬。

鲁子义出来说话了，先大声咳嗽一声：我说，大家听我说——

一个洋商：大家听鲁老板说话，大家都听六品顶戴，广利行老板鲁先生说话——

众人安静了一些。

鲁子义：帮办大人，黄埔港每天往来船只成百上千，每天经营成千上万，不能一时无主，全部瘫痪。此事如果传扬出去，与大清国名声不好，朝廷也会震怒。依在下之见，要么，立刻派人找出潘启明行首，要么，指定专人，临时代办十三行事宜，请帮办请示那金大人！

大家一起说好。

帮办：好，大家暂等一时！

帮办说着，匆匆往衙门内跑去。

一个洋商奉承鲁子义：少东家果然聪明果断，几句话，就把我们的意思，说得一清二楚！

跟着来帮腔的一些广利行的伙计，在吴天福带领下，一起起哄：那是当然——鲁少爷当然厉害！咱们干脆推选鲁少爷当行首算了！

▩ 那青卧室

那青依然昏迷不醒。

那金在门口，听完了帮办的陈述。

那金沉吟片刻：哼哼，这个鲁子义真是着急了。好，你出去告诉他们，潘启明暂时有紧急事务，不能处理十三行事务。本大人命令由广利行东家鲁子义，暂时代理十三行行首之职。

帮办：是。

看着帮办走了，那金脚步沉重地回到女儿床边。

丫鬟发现那青动了一动：小姐——

那金一步迈到那青身边：女儿，青儿——

那青微微睁开了眼睛，立刻紧张：阿三呢！

那金：女儿，阿三已经关押了！

那青看到父亲，撇嘴：爹——

那金：孩子，乖孩子，不要哭。

丫鬟急忙取过来熬好的中药，喂那青喝。那青不喝药，摇头：爹——

那金：不要说话，孩子，慢慢复原。

那青：不，爹，孩儿还有好多话要跟爹说啊。爹——孩儿知道，青儿是爹的命根子，自从母亲去世，为了任性的青儿，爹一直单身过日子。把孩儿捧在手里怕摔了，含在嘴里，怕化了——

那金：别说了孩子，你要是有个三长两短，爹就不能活了！

那青：对不起，爹，孩子不孝顺啊！

那金让丫鬟出去之后：孩子，爹知道你的心思。不过，爹不能答应啊，满汉不能通婚，何况，咱们是皇族，不光要面子，还得要命啊！

那青：孩儿明白。

那金：青儿是个孝顺孩子。

那青：爹，潘启明他没有走私火枪啊。阿三亲口招认，买火枪的是鲁子义！

那金：孩子，你以为爹会怀疑潘启明走私火枪？

那青：爹是收到了皇上申斥，挟私报复潘启明？

那金：孩子，爹报复他，也就是打他一顿，撸了他的行首之职，可没有要他的命的意思。

那青：好，爹爹现在出气了吧，给他申明冤屈，放掉他吧。

那金：孩子，真正要他的性命的，是巡抚大人呢！这次杨大人进京，满心里结交多铎王爷，留在京城，入阁拜相呢！不料，那个潘启明让安格宁在御前告状，说了巡抚大人和爹爹很多坏话。爹爹不过是受了皇上一顿申斥罢了。那个巡抚，不仅不能入阁拜相，还差一点被撸了广东巡抚的衔儿。要不是多铎帮忙，哼哼，只怕回不了广东了！

那青这才明白：原来是这样——幸亏，有多铎亲王！

那金：多铎亲王，也差一点儿让这个潘启明搅黄！

那青感觉到很疑惑，两只大眼睛直眨巴。

那金叹了一口气：那个杨如雪小姐不像我的宝贝女儿孝顺，因为潘启明，坚决不同意亲王那里的亲事——你想，不杀潘启明，巡抚能死心？

那青傻眼了。让丫鬟帮助自己擦干血迹，示意丫鬟找来笔墨纸张。

▩ 那青居处后小门

喜妹来到了。

喜妹径直走进那青卧室：小姐，丫鬟喜妹来了。

丫鬟看到喜妹，用手制止她说话：嘘——

喜妹才看到那青躺在床上，形同死人，不由得大惊。

丫鬟拉喜妹到外面说话：小姐受伤了，很重——

喜妹：谁伤了小姐？因为什么？

丫鬟：小姐为了救你家潘先生啊！

喜妹：啊！

丫鬟哭了：恐怕，恐怕……

内室传来那青微弱的声音：喜妹吗？

喜妹和丫鬟都听到了。喜妹轻轻走进内室，到那青床前跪下：小姐，丫鬟喜妹来给您请安了！

那青艰难地：喜妹，请起来。

喜妹凑到那青跟前：小姐，您要保重。

那青艰难地笑笑：喜妹，过去说主人仆人，都是开玩笑的。我们是姐妹，不要生我的气啊！今天，可能是咱姐妹最后一面了，喊我一声姐姐，行不？

喜妹强忍泪水，深情地喊道：姐姐！

那青：妹妹，我这里有一封信，请你想办法转交给巡抚府杨如雪小姐。一定，一定！

丫鬟立刻从那青枕头下，取出来一封信。郑重地交给了喜妹。

这时候，那青已经闭目无语，好像沉沉入睡，又好像昏厥。

▩ 码头

吴天福正在指挥伙计给苏珊装船。

一箱一箱的中药材，被装上了苏珊的大船。

苏珊对吴天福：吴掌柜，等大船装好了，我请你吃饭。

吴天福得意扬扬地：不，今天是我们东家上任十三行行首的开张日，我们广利行请客。不仅请你，还要请所有的黄埔港洋商，所有的夷馆洋人！

望着得意扬扬的吴天福，苏珊蔑视地一笑。

▩ 同文行

一派繁忙，贵叔指挥着，很是镇静。

阿娇被丫鬟搀扶着出来，贵叔看到了，急忙迎上去：哎呀，阿娇你来干什么，身子重，回去，快回去。

阿娇笑盈盈地：昨天晚上，启明哥哥没有回家，我有些着急。

贵叔：又是耽误在码头了，一大早，喜妹就去看望他了。您回去吧，这里人多，又乱腾，不方便，回去，回去。

丫鬟在贵叔的催促下，搀扶着阿娇，慢慢向后面走去。

吴天福带着一个伙计，走过来：贵叔大掌柜！

贵叔急忙迎接：吴大掌柜的，无事不登三宝殿，请里面坐下喝茶说话。

吴天福：不能坐了。我要见大小姐。

贵叔警惕地：请问，有什么事情？

吴天福：老东家请大小姐回家，家里有事情。

贵叔：这就不对了，老东家明明知道我们东家奶奶不方便行动，有什么事情，就告诉我们吧。

吴天福：告诉你，你也不能替代大小姐。粤海关那大人亲口任命，我们少东家现在要做十三行行首了，请大小姐回家，举家庆贺呢！

贵叔一下子愣住了。

好多伙计都听到了，开始议论：鲁子义当行首，我们东家干什么？难道，我们东家出大事了？

贵叔突然清醒过来，看到吴天福正往里面走去，急忙拦住：吴掌柜，请留步！

吴天福：什么事情？

贵叔：我们东家没有回家之前，我们这里不接待客人！

吴天福：贵叔，你说这话忒大胆了吧？你们东家要是不回来了，你们这里就关门大吉，你说了算？

吴天福说着，硬要往里面闯过去，贵叔岂能容他，急忙阻拦。

两下里正僵持不下，阿黄带着吴先生来到了。

吴先生：干什么，不能坐下来说话吗？

贵叔看到吴先生，立刻施礼：吴先生，您来得正好！

吴天福急忙施礼：叔叔，侄子天福给您见礼了。

贵叔：吴先生，我们东家昨天出去，一夜没有回家。今天这一大早，吴掌柜过来，说是他们少东家已经是十三行行首，邀请我们东家奶奶回娘家庆贺！

吴先生不禁暗自盛怒，强压怒火：天福，你这是奉了少东家的命令，还是奉了老东家的命令？

吴天福：叔叔，侄儿在广利行当下人，少东家老东家一视同仁。

吴先生：你回去告诉你的少东家老东家，这样的大喜事，不通知我吴潮鸣，很不够朋友。一会我也要过去庆贺一番。我带着潘家太太一同过去。

吴天福顿时愣住了。他碰上了一个比他更老练的对手：好，谢谢叔叔。

看着吴天福离去，吴潮鸣冷笑一声：无耻之徒！

这时候，喜妹来到了。

▩ 巡抚府　四姨太处

巡抚刚刚接见过文武幕僚，来到了四姨太这里。四姨太带着丫鬟殷勤侍候。

巡抚：嗨呀，繁礼缛节，累死我了！

四姨太给巡抚捶腿：好了，好好休息几天，咱们去游玩白云山。

巡抚舒服地眯着眼睛：家里事情如何？

四姨太：嘿嘿，那些药材啊，全部处理掉了！

巡抚一下子睁开眼睛：真的？

四姨太：那还有假！

巡抚：哼，老四能干！

四姨太色色地：怎样奖励奴家啊？

巡抚：想要怎样奖励啊？色色地摸摸四姨太的脸，一副淫荡的样子。

两个人正惹火，春儿回来了，好远就听到她的声音：义父回来了吗？可把女儿想死了也！

巡抚浑身一震，一把推开四姨太：春儿来了，嘻嘻！

春儿进门了，没有看到四姨太的妒恨表情，直奔义父过去，上头扑面，极其亲热，旁若无人。

巡抚偷看看了四姨太一眼，示意她出去。

四姨太强装笑脸，推出门去，顺手把门也关上了。

四姨太来到偏房，看到丫鬟也躲在这里，难抑满腔愤怒。

丫鬟：奶奶，不要生气，现在阿春，不比从前，有根基了。咱们惹不起人家啊！

四姨太：哼，根基？鲁子义做大了？

丫鬟：刚才她说，鲁子义姑爷当十三行行首了。

四姨太：嗷，难怪今天趾高气扬，行首太太了。止不住用鼻子冷笑。

丫鬟不知道是息事宁人还是挑拨离间：反正，咱惹不起，咱就让着她一些，俗话说，惹不起躲得起，是不是奶奶？

四姨太眼珠转转，阴狠地：子是中山狼，得志便猖狂。对，我躲她。哼哼，只怕老娘我躲她初一，她躲老娘我十五……

■ 杨如雪住处

吴先生来到了。门子从大门里传出来了范大姑。

范大姑：哎呀，原来是吴家舅舅——里面请！

吴潮鸣跟随范大姑来到了一个小客厅，坐下。片刻，丫鬟扶着杨如雪来到。

吴潮鸣一看，杨如雪确实病骨支离，急忙站起来：哎呀，小姐这样身体，怎能起来见客人，罪过罪过。

杨如雪要施礼：舅舅万福！

吴潮鸣：不要见礼了，小姐坐下吧，坐下吧。

吴潮鸣看着杨如雪坐下，继续说：早就听说小姐身体不好，没有想到这样严重，冒昧来访，实在唐突。

杨如雪：舅舅有所不知，原来比这还要厉害一些，现在已经算是痊愈了。

吴潮鸣：但愿早早康复！

杨如雪：舅舅此来，有何指教？

吴潮鸣：那大人的千金那青小姐，有一封书信，让我转交小姐。

吴潮鸣说着，取出来那青的书信。

杨如雪：舅舅，容孩子当面看信，也许那小姐要孩子立刻回信呢！

吴潮鸣：小姐请便。

杨如雪打开书信，刚看了一眼，顿时愣住了。再看下去，泪水连连。

吴潮鸣：孩子，你要保重。

杨如雪：舅舅，那小姐为了救人，身负重伤，危在旦夕，孩儿要去看望那小姐。

吴潮鸣：原来如此，理当看望。

杨如雪：不过，孩儿出门多有不便，想借舅舅的车轿一用。

吴潮鸣：舅舅明白，孩子你赶快准备，舅舅让车轿在后门等候。

■ 那青卧室

那金坐在昏昏沉沉的女儿床前，泪水不断。

丫鬟过来，俯在那金耳旁：老爷，巡抚府小姐杨如雪来看望我们小姐了。

那金小声地：你家小姐昏迷不醒，如何接待？

那青气息微弱地：爹爹，让她来。

那金蹑手蹑脚走到门外，果然看到了杨如雪：小姐——

杨如雪看到那金痛苦的表情，也觉伤心：那叔叔，不要伤心，俗话说吉人天相，青姐姐也许没有什么事情的。

那金：谢谢小姐！

那金告退，丫鬟搀着杨如雪施施然走进室内。

杨如雪走进那青，不禁垂泪。

那青凄楚地一笑：终于把你盼来了！

杨如雪：青姐姐！

那青：不要难过，谁能不死！二十年后，又是一条好汉！

杨如雪勉强一笑。

那青：麻烦姐姐到监狱，看望潘启明那小子一下，告诉他，走私火枪的人，已经查明。不是潘启明，而是鲁子义。他小子该醒悟了。

杨如雪：青姐姐放心，妹妹心中有数。

那青笑了，嘴角又流出血来。

▩ 监狱　关押潘启明的地方

潘启明戴着脚镣手铐，俨然重犯。

狱卒走进来：恭喜了，潘老板！

潘启明一惊：怎么，还没有定案，就要杀头了？

狱卒知道对方误解了：潘老板误会了。看来您的案子有了转机。上头命令——亮亮手中的钥匙——给您宽刑法了！说着，上前替潘启明卸开了刑具。

潘启明：谢谢大哥。

狱卒：告诉潘老板，原来的刑具，是死刑犯的。现在这一打开呢——

潘启明：明白。冤案大白之日，潘某一定好好感谢大哥。

牢头走过来。狱卒看到了，急忙施礼：头儿！

牢头：打扫一下卫生，有人来看望潘老板！

狱卒一愣：好嘞！

牢头很慎重地：闲杂人等闪开，不要冒犯了来客！

狱卒明白来了要人，立刻：是，明白！

狱卒看老头走远了，小声对潘启明：您的救星来了！恭喜潘老板！

狱卒也走了，丫鬟搀扶着用斗篷遮蒙的杨如雪过来了。狱卒送过来座椅，匆匆闪开。丫鬟帮助杨如雪打开斗篷，退下。

潘启明这才看清来人是杨如雪，急忙施礼：小姐——

杨如雪望着眼前的人儿，止不住心潮澎湃，泪水迷离：你，受苦了——

潘启明低头：与小姐一别，总共两年了。听说小姐贵体有恙，看来不假。您要多多保重啊！

杨如雪：无望之人，无用之身，保重与否，无所谓了。倒是恩人，才堪济世，身膺重任，多多保重为是。

潘启明：戴罪之身，只怕想保重也无从保重了！

杨如雪：恩人差矣，如雪此来，一来是听说恩人遭诬陷身陷囹圄，二来，也是替朋友过来探望。

潘启明：朋友？

杨如雪：那青小姐，为了帮助恩人辨明冤屈，冒险深入奸人巢穴，擒拿了走私头目阿三，已经辨明恩人实乃蒙冤受屈。

潘启明：那青小姐恩重如山。潘启明实在不知道以何为报！

杨如雪：那青小姐已经身负重伤，危在旦夕了。

潘启明大震，泪水立刻倾泻汹涌。

杨如雪看到潘启明这样重感情，心头大震，痛苦万分：恩人，先在这里忍受一些时日，不白之冤，总有平反昭雪之时。如果苍天保佑那小姐，出狱之时，或能相见。

潘启明跪倒在杨如雪面前：小姐，请您转告这位恩人，潘启明此生无福无份，只能怨恨自己时运不济，不敢怨天尤人。潘启明对天盟誓，若有来生来世，一定报答恩人！如若违誓，让我潘启明永世不得超生！

潘启明连连磕了三个响头。

■ 广利行

大张旗鼓，准备庆贺鲁子义担任十三行行首。

来人很多，热热闹闹。

鲁青山来到，大发脾气：子义，你这是干什么？

鲁子义：父亲，孩儿何尝想这样，都是这些同行们，这些洋人朋友，非要如此庆贺不可。孩儿不好开罪大家啊！

鲁青山：你，你——你的姐夫情况未明，生死不知，你居然如此张狂，你不怕这些人背后骂你没有人性？撤掉，立刻撤掉！

鲁青山盛怒之下，一脚把就近的一张桌子踢翻了。

一些宾客慌慌张张撤退出去。

鲁子义：父亲——

鲁青山大呼：诸位，哪个在这里表示庆贺，就是打我鲁青山的脸！

客人很快走干净了。

鲁子义沮丧地无以言表。

■ 巡抚府

杨巡抚正在写东西，杨如雪走进来。

杨巡抚：嗷，女儿，感觉好些了吗？

杨如雪：父亲，孩儿有当紧的事情跟您说。

杨巡抚：哦，那就说吧。

杨如雪：父亲，十三行行首潘启明被粤海关捉拿，严刑拷打，您知道吗？

杨巡抚立刻面色不悦：孩子，一个洋商的事情，何必关心。

杨如雪：父亲，这可能是孩儿最后一次跟您商讨此事了。

杨巡抚听出了威胁，只好屈从：好，咱们就最后一次商讨。这件事情，为父知道。那个潘启明胆大包天，居然敢走私。走私别的东西也好说，居然走私火枪，死罪一条，绝难宽恕！

杨如雪：现在，真相已经大白了。

杨巡抚：什么真相？

杨如雪：走私火枪的不是潘启明！另有他人，潘启明被冤枉了。

杨巡抚：竟有此事？

杨如雪：那大人证据确凿，很快就会呈报朝廷和广东巡抚府的。

杨巡抚沉思片刻：哼哼，就算不是他潘启明走私。作为十三行行首，他也难以推卸责任。纵使不能杀头，十年八年牢狱之灾，也在所难免。

杨如雪：父亲，如此痛恨潘启明，大概还在生孩儿的气吧？

杨如雪：父亲，请您老人家相信，孩儿和那潘启明玉洁冰清——

杨巡抚：既然玉洁冰清，为何拒绝多铎亲王的亲事？

杨如雪：父亲，今天咱们亲生父女，打开窗子说明话吧。孩儿至今也只认为潘启明是个有志气的好男人，他救过我，我回报他，人之常情，为什么就不能包容和理解呢，为什么会想到儿女情长上去呢。至于以前拒绝多铎亲王，那是孩儿不了解亲王家贝勒的人品，心不踏实，还有，母亲不在了，孩儿实在是舍不得父亲远嫁呀！

杨巡抚轻轻走过去，拥抱住女儿：孩子，你都说出这样的话来了，还要父亲说什么呢？

杨如雪大哭：父亲，请恕孩儿不孝啊！

■ 陈徽州当铺

吴先生来拜访陈徽州。

陈徽州：你的意思，启明这次蒙冤，全是鲁子义所为？

吴先生：不错。

陈徽州：你知道，那个鲁子义刚愎自用，冥顽不灵，很难说服他的。何况，你让他自己承认走私，更是不可能。

吴先生：他可以找到那金，花钱打点，消弭祸端。

陈徽州：这倒也是。只要他肯到那金那里打点，确实可以消弭祸端。别说走私火枪，走私鸦片的，也为数不少，哪个被杀头了？

吴先生：我想，鲁子义在你这里，肯定有把柄。

陈徽州：你真厉害，他欠我银子已经很多，他的父亲根本不知道。我想，都不是花在正路上的，我可以找他——对，逼他改邪归正！

▩ 广利行

苏珊满面怒容，直奔会客室而来。

吴天福：苏老板，请坐！

苏珊昂首不睬地：我要和你们东家鲁子义说话。

苏珊走进来会客室，吴天福发现事情不妙，躲在门外偷听。

室内，鲁子义抬头看到苏珊，气色不虞，有些惊慌：苏老板，正说给您践行呢，您看，又让我接收处理十三行的事，原谅啊原谅！

苏珊：鲁老板，恭贺你高升啊！

鲁子义：同喜，同喜。

苏珊：不过，鲁老板可知道我和潘启明的关系？

鲁子义一惊。

躲在门外的吴天福也是一惊。

鲁子义：不知道啊！

苏珊：我的叔叔就是苏诺，他和潘启明是莫逆之交。所以，我来购买你的中药材，潘启明很不高兴。

鲁子义放了心：原来如此。

苏珊：看在我的叔叔份上，你可以做十三行行首，但是，不能让潘启明坐监狱。

鲁子义：哎呀，苏老板，你不懂得我们中国的规矩，潘启明犯了王法！

苏珊：他是被人冤枉的。你有责任去救他。

鲁子义：苏老板，谁给你的权力，命令我去做这样的事情？

苏珊：鲁老板，不要忘记，我的船还没有走，你供应的那些所谓中药材还在船上！

吴天福一下子愣住了，蹑手蹑脚走开了。

鲁子义一下子愣住了，半晌：你，你什么意思……

苏珊：我的意思很明确！

鲁子义：苏老板，我告诉你，我现在是十三行行首，我是六品顶戴，我是巡抚的女婿。你的货，如果需要重新检查，必须我十三行行首点头。

苏珊：鲁老板，你的意思，拒绝到粤海关搭救潘启明！

鲁子义：我不会去的。

苏珊：好吧。我有些强人所难了。对不起。

■ 夷馆

苏珊来拜访马斯顿。

马斯顿：啊，亲爱的苏老板，欢迎您的到来。

苏珊：马斯顿大班，蒙你的照顾，我的货物已经装好了大船。

马斯顿：哈哈，那么，您距离发财的日子越来越近，请接受我的预祝！

苏珊：谢谢！不过，我有一件很重大的事情，需要跟您商量。

马斯顿：很重大？

苏珊：牵扯到很巨大的违约索赔！

马斯顿：什么，广利行出现重大违约？

苏珊：是的。

马斯顿简直不敢相信：会是这样？

苏珊：这次中药材，出现大批次品，甚至假货！

马斯顿跳起来：咱们马上到你的船上去！

苏珊：请——

■ 广利行

鲁子义寻找吴天福：天福，天福——问一个伙计：吴掌柜到什么地方去了？

伙计：刚才还在这里呢。

鲁子义：赶快给我找到他。

伙计：是！

鲁子义：回来到后院，让你大少奶奶到巡抚府看看。

伙计：是。

陈徽州到了。

鲁子义：陈老板来了，请，里面坐。

陈徽州跟随鲁子义来到小客厅。伙计忙着泡茶。一番客气，陈徽州开始说话：鲁老板，很不好意思，我来讨账的！

鲁子义一愣：陈老板，实不相瞒，现在手头上有些紧张——

陈徽州：我如果不是紧张，不会来找你。要不，看看老东家是不是有点儿存货，务必帮助我渡过这场危机。

鲁子义就是担心父亲知道他的外债，急忙阻拦：不必，不必。陈老板有什么过不去的坎儿，不妨告诉子义。咱们共同商量。

陈徽州：鲁老板知道，我的最好的朋友就是潘启明。

鲁子义脸色一寒，立刻笑了：知道，知道。所以，我看陈老板如同亲人。

陈徽州：启明遭到冤狱，我想凑集一些银子，将潘启明救出来。如果，鲁老板愿意找到那大人，救出来启明，我的讨账事情，倒是可以商量的。

鲁子义知道了对方在威胁自己：陈老板，你可能有所误会，启明是我的姐夫，他陷入囹圄，我岂能不伤心，岂能会见死不救。

这时候，马斯顿已经来到了客厅之外，驻足而听。

陈徽州：鲁老板，如果你真心想搭救启明——这里没有外人，恕我直言——只怕那大人会给你这个面子的。那大人是个知错就改的人，何况——

鲁子义生气了：陈老板，不要说了。三天之内，鲁子义砸锅卖铁，也要还您的账——

陈老板：子义，不要硬撑了。据我所知，你三十天内都不可能还清我的欠债了。你可以找到吴天福，查查你的账——

马斯顿：什么，你的意思，鲁老板已经是个空架子了？（英语，中文字幕）

陈徽州对马斯顿笑笑，回头对鲁子义：子义，我与你父亲是很好的朋友，潘启明是你的姐夫，你还是三思而行吧！

陈徽州走了。马斯顿回过头来：鲁，我们的债务怎么说？在我们没有对簿公堂之前，我希望你先解决你欠我们的债务问题。你知道，你们的大皇帝是不允许你们洋商欠我们洋人债务的。（英语，中文字幕）

鲁子义：对不起，我要找到我的掌柜。

鲁子义：出门对伙计：找到吴掌柜没有？

伙计：大家四处寻找，不见踪影！

鲁子义命令：让会计把总管的账目拿过来我看。

鲁子义回到室内，对马斯顿：大班，不要惊慌，我们广利行，瘦死的骆驼比马大，船破还有三千钉！

会计捧着账本子进来了：东家！

鲁子义：账上能动的钱还有多少？

会计：东家，所有的钱，都被掌柜调走了！

鲁子义大吃一惊：什么？都调走了？掌柜呢？

会计：找不到了！

马斯顿：看来，我们只有粤海关见面了？

鲁子义当然不能让马斯顿说出去：好，请大班稍等片刻。我去我的二太太那里筹措一些银两来给您。

马斯顿：好，我在夷馆等候您。今天晚上，我要见到您的银子。

四姨太处

吴天福：姑妈，中药材的事情，要露馅了。

四姨太：是吗？

吴天福：可能，我们上当了。上那个苏珊的当了。

四姨太：我们？不是我们，是广利行！

吴天福：姑妈，我咋办？

四姨太：你先躲起来吧。等着我让人去接你再出来。

吴天福高兴地笑了：谢谢姑妈！

丫鬟进来：奶奶，春儿来了！

四姨太对吴天福：去吧！

吴天福起身往后走了，把自己的擦汗的手帕忘在座位上。

四姨太看着吴天福躲开了，对丫鬟：请鲁家大太太吧！

丫鬟出去，一眨眼，带着春儿进来了：给义母见礼。

四姨太喜笑颜开地：哎呀，我们春儿这一做官太太，气色皮肤都和从前不一样了。你看，多水灵！问丫鬟：你看是不是？

丫鬟：那当然啦，人家是六品顶戴，十三行行首的太太啊！

春儿：孩儿不论到了那一步，都是义母的孩子。说着，到处乱瞅。

四姨太：春儿，看啥呢，找谁呢？老爷今天没有过来呀！

春儿：义母，孩儿找天福表弟。

四姨太：这个死天福，这么些天也不来看我。这人呀，怎么都像小鸟儿似的，翅膀根儿一硬，就不认人了呢！

春儿听着不对味道，不愿意多说：义母，行里有急事，天福不见了。子义让我寻找他呢！

四姨太装作慌张的样子：嗨，这孩子，不来看姑妈倒还罢了，连生意都耽误，那还了得！赶快寻找去吧。如果来我这里，我立马赶他回家！

春儿看到了吴天福的手帕，明白了四姨太藏起来了吴天福。冷笑道：义母，看样子，孩儿没有你的女婿面子大，等会儿你的女婿来了，孩儿找不到吴掌柜，他会生气的……

四姨太被气噎住了，她没又想到，春儿敢拿她和鲁子义的关系说话。

春儿扭身就走。

四姨太：春儿，哪里去？

春儿有恃无恐地：孩子去看看义父。义父说过，孩儿可以随便去看他老人家。

四姨太突然笑起来：这个孩子，还给母亲赌气呢！回来，你义父一会儿就过来这里。还有，你不是想见到天福吗？他也会来的。四姨太说着，向丫鬟使了一个眼色，去，给你小姐泡杯好茶来——

丫鬟看到四姨太的眼色，身上一震。

阿春以为自己镇住了四姨太，很高兴：好吧，我就在这里陪义母多说几句话吧。

丫鬟在四姨太的目光逼迫下，到里面“泡茶”去了。

四姨太：春儿，近来生意还好吧？

春儿：外边的生意我不管，鲁家内里家底子，义母，您现在还要问我吗？

四姨太听出了她的讽刺：孩子，所有鲁家的东西，凡是您放到这里来的，您大概都留了底子吧？

春儿：不错。

四姨太：你放心，孩子，你该得到多少，义母不会少了你的，就是说少了你的，你义父也不会同意，是不是？

春儿骄傲地：那是当然。

丫鬟两只手哆哆嗦嗦捧出来一杯水。

四姨太伸手接过去，递给了春儿：春儿，先喝杯水——

春儿站也不站，大大咧咧地：谢谢了，义母！

▩ 广利行　阿香住处

鲁子义向二老婆借钱。

阿香翻翻眼睛：问我要钱？你给过我多少钱？你把钱都给你的长房太太了，花钱却问我来了？哼哼，你想得倒美！

鲁子义：阿香，为夫遇到了难关，只要你帮助我渡过这一道难关，我感恩不尽。

阿香：钱，我这里有，我没有，我可以问我爹爹要。不过，你要钱，需要答应我一件事情——

鲁子义：阿香，你放心，等我过了这一关，我休了这个大婆娘，立你为长房大太太。

阿香：我不等将来，现在就写一封休了那婆娘的书信，交给我。

鲁子义：这——

阿香：还有，把管家钥匙统统拿过来，她凭什么管家，她快把你鲁家财产都倒腾到巡抚府去了，你知道不知道？

鲁子义：阿香，修书暂时不能写，我要审时度势，见机而作。

阿香冷笑：你以为我还相信你鲁子义，我宁可相信猫不捉老鼠，狗不吃腥，我也不相信你鲁子义的话了。

鲁子义：难道，你不怕我休了你。

阿香：老娘早过够了你家的日子，你休吧，你要是不休了老娘，你就不是个东西！说着话，捞起茶杯，朝鲁子义砸了过去！

四姨太处

春儿喝了茶水，突然头晕，大吃一惊：你——

四姨太：春儿，这可是你的义父赐给你的好茶啊！巡抚家和你们鲁家的事情，你知道的太多了。你义父说了，春儿这孩子啥都好，就是太逞能，太肯说——

春儿倒在地上：你，你和鲁子义——

四姨太：其实，鲁家就要破产了，你就是活着，也没有什么意思了，要谢谢你义父的恩典哦！

春儿终于断气了。

丫鬟：奶奶！

四姨太：看到没有，这就是乱说话的下场。

广利行

许知远带人马包围了广利行。

鲁子义、鲁青山都被士兵包围了起来。

许知远对已经惊慌失措的鲁子义：子义，你走私火枪的事情，出事了！

鲁子义一下子瘫了。

鲁青山突然明白过来：什么，走私火枪是子义？不是明仔？

许知远点头。

鲁青山再看儿子，儿子被士兵夹着，像没有骨头一样，垂首无语。

鲁青山悲痛欲绝，半晌：许统领，看在你和子义情意上，留下他吧。走私火枪，是我老头子的事情。

许统领摇摇头：鲁老板，你就是替他顶包下了火枪走私，也无济于事。南洋号苏老板一船劣质中药材，也是一宗大案子啊，马斯顿大班已经代表外商告到了粤海关，粤海关已经派人详细查验了。还有……窟窿太大，补不上了——算了，还是让我带走少东家吧！

鲁青山：子义，真的是这样？

鲁子义终于挤出来一句话：父亲，孩儿后悔晚了……

鲁青山欲哭无泪：好，好，幸亏你还没有把广利行搭进去。

许统领：老东家，广利行也要封了，广利行欠外债太多，其他人的还好说，欠夷馆洋人债务太多。粤海关已经命令十三行联合查账抵债了。

许统领说着，一挥手，一些人上来捆绑鲁子义，一些人取出封条，去封广利行的大门。

鲁青山浑身颤抖，两眼翻白。

鲁子义虽然被困着，还在关心父亲，不由得吃惊：父亲。

鲁青山一口气上不来，直挺挺地倒在地上，死掉了。

鲁家一片哭声。

■ 那青住处

那青危在旦夕，她期望爹爹告诉自己最想知道的消息。

那金：孩子，潘启明已经放出监狱了，他还是十三行行首啊！

那青喃喃地：老爹，对不起了——撒手而去。

那金看到女儿去世，痛不欲生。

■ 监狱

潘启明卸掉了所有刑具，在狱卒殷勤陪同下，走出去。

与此同时，一身重刑具的鲁子义被一群衙役拘押着，走进了监狱。

潘启明想和鲁子义说话。鲁子义低头无语。他们擦肩而过。

■ 江面上

一艘进京的官船。

杨如雪进京成婚去了。

她呆呆地望着越来越远的广州城，面色苍白。

范大姑把一件披风披在她的身上：小姐，水面上风硬啊！

杨如雪痛苦地转身扑在奶妈的怀中。

■ 同文行

潘启明回到家里，呆呆地望着眼前的一切。

所有的人都默默地注视着他。

突然，传来一声洪亮的婴儿哭声。

喜妹走进来：明哥哥，阿娇姐姐生了！小少爷出生了！

（第一部剧终）